HEYNE

Das Buch

Lancelots und Gwinneths Flucht vor den Rittern der Tafelrunde führt sie mitten im kältesten Winter zu einem einsam gelegenen Gasthaus. Dorthin schickt ihnen die Schwarze Fee Morgaine eine Horde Piktenkrieger nach. Lancelot legt in aller Eile seine Zauberrüstung an. Währenddessen sucht Gwinneth Schutz bei den übrigen Gästen, die sich unter der Führung des bärenstarken Sean verzweifelt gegen die Pikten wehren. Als Lancelot in silberner Rüstung auf seinem schneeweißen Einhorn heransprengt und sein Elbenschwert zieht, scheint sich das Blatt zum Guten zu wenden. Und doch ebnet er damit dem Unheil den Weg, denn Morgaine prophezeite ihm, dass das Böse Macht über ihn erlangen würde, zöge er noch einmal die verwunschene Klinge.

Als sich Gwinneth von ihm abzuwenden beginnt und der mit ihnen fliehende Sean merkwürdige Fragen über den Silbernen Ritter stellt, beginnt Lancelot die Wahrheit zu erahnen: Der eigentliche Feind sind nicht die Männer, die es mit Schwertern bewaffnet auf ihn und Gwinneth abgesehen haben, der eigentliche Feind steckt tief in ihm selbst.

Die Autoren

Wolfgang und Heike Hohlbein sind die erfolgreichsten und meistgelesenen Fantasy-Autoren des deutschsprachigen Raums. Sie wurden unter anderem mit dem »Preis der Leseratten« (ZDF) und dem »Phantasie-Preis der Stadt Wetzlar« ausgezeichnet, und ihr gemeinsames Erstlingswerk, der phantastische Roman *Märchenmond*, wurde mit bisher über 500.000 verkauften Exemplaren zum Bestseller. Sie leben mit ihren Kindern in der Nähe von Düsseldorf.

Ein umfangreiches Werkverzeichnis finden sie am Ende des Buches.

WOLFGANG & HEIKE
HOHLBEIN

RUNENSCHILD

DIE LEGENDE VON CAMELOT III

Roman

WILHELM HEYNE VERLAG
MÜNCHEN

FSC
Mix
Produktgruppe aus vorbildlich bewirtschafteten Wäldern und anderen kontrollierten Herkünften

Zert.-Nr. SGS-COC-1940
www.fsc.org

Verlagsgruppe Random House FSC-DEU-0100
Das für dieses Buch verwendete
FSC-zertifizierte Papier *Holmen Book Cream*
liefert Holmen Paper, Hallstavik, Schweden.

2. Auflage
Vollständige Taschenbuchausgabe 01/2009

Printed in Germany 2009
Umschlagillustration: © Maitz, Don via Agentur Schlück
Umschlaggestaltung: Nele Schütz Design, München
Druck und Bindung: GGP Media GmbH, Pößneck
ISBN: 978-3-453-53234-2

www.heyne.de

*

Das Schwert des Angreifers schnitt mit einem hässlichen Laut durch die Luft, prallte klirrend gegen den Rand des nach oben gerissenen Schildes und flog in hohem Bogen davon, als Lancelot blitzartig konterte und das Handgelenk des Ritters mit seiner eigenen Klinge traf. Sir Bartholomäus keuchte vor Schmerz, sank im Sattel nach vorne und umklammerte sein Handgelenk. Durch das feinmaschige Gewebe des Kettenhemdes sickerte helles, frisches Blut. Sein Pferd wieherte unruhig und begann zu tänzeln, sodass es dem Ritter zunehmend schwerer fiel, sich im Sattel zu halten. Sein Gesicht war grau vor Anstrengung und wohl auch vor Schmerz, aber Lancelot las in seinen Augen dennoch eine grimmige Entschlossenheit, die ihm einen kalten Schauer über den Rücken jagte.

»Gebt auf, Sir!« Er ließ den Runenschild und das ganz normale Ritterschwert sinken, das er anstatt der Elbenklinge für diesen Kampf gewählt hatte – allerdings nicht so weit, sich damit eine Blöße zu geben, die sein Gegenüber möglicherweise für einen blitzschnellen Angriff nutzen konnte. Erst dann brachte er das Einhorn mit einem leichten Schenkeldruck dazu, zwei Schritte rückwärts zu gehen und von seinem Gegner abzulassen. Das Fabelwesen gehorchte, kommentierte seinen Befehl aber mit einem unwilligen Schnauben und einem noch unwilligeren Schütteln des prachtvollen Hauptes mit dem weißen Horn, das nur Lancelot selbst sehen konnte, nicht aber sein Gegner. Wenn er nicht aufpasste, würde es damit den Ritter aufspießen, denn es hatte Blut gewittert; das Raubtier in ihm war längst erwacht.

Bartholomäus richtete sich stöhnend im Sattel auf. Einer von Lancelots letzten Hieben hatte ihm den Helm vom Schädel gerissen. Sein Gesicht glänzte vor Schweiß und war schmerzverzerrt. Sein Handgelenk musste gebrochen sein und der Schmerz schien selbst für einen so kampferprobten Ritter wie ihn fast mehr zu sein, als er ertragen konnte. Dennoch las Lancelot ganz deutlich in seinen Augen, dass er nicht aufgeben würde, obwohl er wissen musste, was das bedeutete.
Mit zusammengebissenen Zähnen legte Bartholomäus den gebrochenen, nutzlosen rechten Arm vor sich in den Sattel, schüttelte den Schild von seinem anderen Arm und tastete ungeschickt und fahrig mit der nun frei gewordenen Hand nach dem dreikugeligen Morgenstern, der an seinem Sattel hing. Selbst über dieses Handgelenk lief Blut, wenn auch nicht annähernd so viel wie über das andere. Lancelot hatte ihn mindestens ein Dutzend Mal getroffen, und obwohl er mit einem ganz normalen Schwert kämpfte statt mit der magischen Runenklinge, hatte mehr als ein Hieb die Rüstung seines Gegners durchschlagen und ihm tiefe Wunden zugefügt. Er wusste nicht, welches Gefühl stärker in ihm war: Die Achtung, die er der Kraft und dem Mut des Tafelritters zollte, oder das kalte Entsetzen bei dem Gedanken, dass er ihn aller Wahrscheinlichkeit nach töten musste.
»Ich beschwöre Euch, gebt auf, Sir«, sagte er eindringlich. »Ihr wisst, dass Ihr mich nicht besiegen könnt. Zwingt mich nicht, Euch auch noch zu erschlagen!«
Bartholomäus war nicht allein gekommen, sondern in Begleitung zweier Knappen und zweier weiterer Lancelot unbekannter junger Ritter, die sich wohl wie viele andere erst in letzter Zeit König Artus angeschlossen hatten. Der Mut dieser jungen Heißsporne war größer

als ihr Geschick im Umgang mit dem Schwert und erst recht größer als ihr Verstand. Die Knappen hatten sofort die Flucht ergriffen, als sie den legendären Lancelot auf seinem riesigen gepanzerten Reittier erblickten – obwohl sie dieses nur als prächtiges Schlachtross, nicht aber als Einhorn erkennen konnten –, die beiden Ritter und Sir Bartholomäus waren dagegen dumm genug gewesen, sich auf einen Kampf einzulassen.

Die zwei jungen Narren lagen jetzt in ihrem Blut da. Bartholomäus hatte ihnen die undankbare Aufgabe übertragen, Lancelot als Erste anzugreifen, um ihn zu ermüden, auch wenn er vermutlich ganz genau gewusst hatte, dass sie mit ihrem Leben dafür bezahlen würden; ein Verhalten, das vielleicht nicht unbedingt ritterlich, unter Artus' altgedienten Recken aber nichtsdestotrotz gang und gäbe war. Wenn es um ihren Vorteil ging, dann nahmen es die Mitglieder der zusammengeschmolzenen Tafelrunde mit den alten Rittertugenden nicht allzu genau.

»Ich kann nicht aufgeben, und das wisst Ihr auch genau, Lancelot«, antwortete Bartholomäus gepresst. In den Schweiß auf seinem stoppelbärtigen, ausgezehrt wirkenden Gesicht mengte sich jetzt Blut, das aus seinem Haaransatz sickerte. Sein Blick flackerte. Er hatte den Morgenstern vom Sattel gelöst, aber er hatte nicht mehr die Kraft, ihn zu schwingen. Die stachelbewehrten Eisenkugeln hingen reglos nach unten und wirkten nun nicht mehr bedrohlich, sondern unterstrichen eher noch die Schwäche des Mannes.

»Ich habe Artus geschworen, Euch und Lady Gwinneth zurückzubringen.«

»Dann sagt ihm, Ihr hättet mich nicht gefunden.« Lancelot maß Bartholomäus' zerschlagene, blutüberströmte Gestalt mit einem langen Blick und verbesserte sich.

»Oder sagt ihm, Ihr hättet mich gefunden und ich hätte Euch besiegt ... was ja auch der Wahrheit entspricht.«
»Ihr wisst, dass mir ein solches feiges Verhalten verwehrt ist«, antwortete Bartholomäus.
»Ich werde nicht gegen Euch kämpfen.« Lancelot senkte demonstrativ den Schild, dann das Schwert. Nach einem neuerlichen, kurzen Zögern schob er die Waffe schließlich in die silberbeschlagene Scheide an seinem Gürtel, die dieser Waffe vorbehalten war und nicht dem Runenschwert, das er sorgfältig eingewickelt dem Einhorn anvertraut hatte in der Hoffnung, es nie wieder benützen zu müssen.
»Dann zwingt Ihr mich, einen unbewaffneten Mann zu erschlagen.« Bartholomäus ließ sein Pferd antraben und irgendwoher nahm er sogar die Kraft, den Arm zu heben und die Kugeln des Morgensterns kreisen zu lassen. Lancelot wartete ruhig, bis er heran war, duckte sich unter den wirbelnden Eisenkugeln weg und stieß Bartholomäus den Runenschild vor die Brust. Der Tafelritter wurde rücklings aus dem Sattel geschleudert, prallte schwer auf dem steinhart gefrorenen Boden auf und blieb reglos liegen. Sein Pferd galoppierte noch ein paar Schritte weiter und verfiel dann in einen etwas langsameren Trab, blieb aber nicht stehen, sondern lief einfach weiter und verschwand schließlich hinter der nächsten Wegbiegung des verschneiten Waldes.
Lange Zeit blieb Lancelot vollkommen reglos im Sattel sitzen und wartete darauf, dass der Tafelritter wieder zu sich kam, aber Bartholomäus regte sich nicht. Schließlich schwang sich Lancelot aus dem Sattel, löste den Schild vom linken Arm und ging zu Bartholomäus hinüber. Sein Herz klopfte schneller, als er neben dem grauhaarigen Ritter im Schnee niederkniete und ihn mit einiger Mühe auf den Rücken drehte.

Sir Bartholomäus hatte das Bewusstsein nicht zurückerlangt, und das würde er auch nie wieder. Er war mit der Schläfe auf einen Stein geprallt und hatte sich den Schädel eingeschlagen.

»Es tut mir so Leid, alter Freund«, flüsterte Lancelot, und diese Worte waren bitter ernst gemeint. Obgleich sie beide Mitglieder von Artus' Tafelrunde waren, hatte er diesen Ritter nur oberflächlich gekannt, aber sie hatten dem gleichen König gedient, sie hatten ihre Leben dem Schutz derselben Gesetze und Regeln verschrieben und sie hatten mehr als einmal Seite an Seite gekämpft, um die Fahne Camelots zu verteidigen und das Prinzip, für das sie stand.

Und dennoch war dieser Mann jetzt gekommen um ihn zu töten.

Langsam streckte er die Hand aus, schloss Bartholomäus' gebrochene Augen und machte das Kreuzzeichen auf seiner Stirn. Er war kein Anhänger der Religion, für die dieses Zeichen stand, aber er wusste, dass Bartholomäus ein streng gläubiger Christ gewesen war – anders als viele Tafelritter, die unter dem Kreuz der Christenheit ritten, aber die alten Götter noch immer in ihren Herzen trugen –, und er hatte das Gefühl, ihm diese letzte Geste einfach schuldig zu sein.

Das Geräusch leichter Schritte knirschte auf dem Schnee hinter ihm und er musste sich nicht umdrehen um zu wissen, dass es Gwinneth war. Er wollte es auch nicht. Er wusste, welchen Ausdruck er jetzt auf ihrem Gesicht sehen würde, und er hätte ihn in diesem Augenblick vielleicht nicht ertragen.

»Ist er tot?«, fragte Gwinneth.

Lancelot nickte nur. Er hätte sagen können, dass er Bartholomäus nicht erschlagen hatte, und das wäre die Wahrheit gewesen. Der Ritter war einfach nur unglück-

lich gestürzt. Und trotzdem war es genau so, als hätte er ihn mit eigener Hand getötet.
»Und die beiden anderen?«
Lancelot war fast erstaunt, wie gefasst Gwinneths Stimme klang. Aber das täuschte ihn nicht wirklich. Er wusste, dass es in ihr nicht viel anders aussah als in ihm selbst. Die Frage war schon lange nicht mehr, ob einer von ihnen zusammenbrechen würde, sondern nur noch, wann das passieren würde und wer zuerst an der Reihe war.
Als würde er damit Gwinneths Frage beantworten, richtete er sich schweigend auf und trat an die beiden anderen toten Rittern heran. Sie lagen dicht nebeneinander, so wie sie gefallen waren: von einem einzigen gewaltigen Schwerthieb Lancelots gefällt. Er war nicht stolz auf diesen Sieg, dazu hatte er keinen Grund. Die beiden Männer waren deutlich älter als er gewesen, von kräftigerem Wuchs und geübt im Umgang mit ihren Waffen – aber welche Chance hatten sie schon gegen einen Gegner, der eine Zauberrüstung trug, die ihn nicht nur praktisch unverwundbar machte, sondern ihm auch noch die Stärke und Erfahrung all ihrer früheren Besitzer verlieh.
Als er neben ihnen kniete und ihre Helmvisiere hochschob, sah er ganz genau das, was er erwartet hatte: junge, beinahe noch unfertige Gesichter, auf deren Wangen sich gerade die ersten Bartstoppeln zeigten. In ihren erloschenen Augen schien noch immer ein Ausdruck fassungslosen Erstaunens zu liegen. Nein, er war nicht stolz darauf, diese Männer erschlagen zu haben, ganz und gar nicht.
»Bitte geh und hol die Pferde«, bat er, noch immer ohne sich Gwinneth zuzuwenden. Er hätte ihren Blick in diesem Moment nicht ertragen. »Ich möchte hier weg, so schnell es geht.«

Gwinneth folgte wortlos seiner Aufforderung und es dauerte nicht lange, bis sie zurückkam, ihren prachtvoll aufgezäumten Schimmel und das kleinere, erschöpft wirkende Packpferd an den Zügeln hinter sich führend. Ihr war diesmal nicht viel Zeit geblieben, sich zu verstecken. Lancelot hatte den Hinterhalt erst im allerletzten Moment bemerkt, beinahe schon zu spät. Irgendwann *würde* er es erst merken, wenn es zu spät war, und dann ...

Nein. Er schob diesen Gedanken mit Macht von sich. Er wollte sich nicht vorstellen, was geschähe, wenn Gwinneth Artus' Häschern in die Hände fiele. Er hatte ihr versprochen, sie eher zu töten, bevor er zuließe, dass sie nach Camelot zurückgebracht würde. Sie wussten beide, dass er dieses Versprechen nicht halten könnte, aber Lancelot weigerte sich darüber nachzudenken, was für Konsequenzen sein Wortbruch nach sich ziehen würde.

Gwinneth wollte ihm helfen, doch Lancelot scheuchte sie fast unwirsch zurück, während er Sir Bartholomäus' Leichnam vom Weg herunterschleifte und anschließend seinen Mantel über ihm ausbreitete, auf den er danach noch eine Hand voll Schnee häufte. Wenn es nur möglich gewesen wäre, hätte er ihm gerne ein würdigeres Begräbnis bereitet. Der hart wie Stein gefrorene Boden ließ das jedoch nicht zu; außerdem mussten sie machen, dass sie von hier wegkamen.

»Das ist Sir Bartholomäus, nicht wahr?«, fragte Gwinneth, noch immer mit ihrer fast tonlosen, schrecklich leeren Stimme.

»Ja«, bestätigte Lancelot.

»Der Wievielte war es?«, fuhr Gwinneth fort. »Der Fünfte oder vielleicht schon der Sechste oder Siebte?« Sie gab ein Geräusch von sich, das Lancelot im ersten

Moment für ein Lachen hielt, obwohl es in Wahrheit eher so etwas wie ein kleiner Schrei war. Er wandte sich zu Gwinneth um und sah ihr nun doch ins Gesicht. Sie wirkte auf geradezu unheimliche Weise gefasst.

»Und wie viele werden noch kommen?«, fuhr sie fort. »Noch fünf, noch sechs oder fünfzig oder hundert? Wie viele von Artus' Rittern musst du noch erschlagen?«

Lancelot war alarmiert. War das der Moment, den er seit Monaten fürchtete? Er wusste, wie stark Gwinneth war, aber selbst ihre Stärke war nicht unerschöpflich.

»Gwinneth ...«, begann er, »ich ...«

»Und wer wird der Nächste sein?«, fuhr sie fort, als hätte sie seine Worte gar nicht gehört. »Galahad? Leon? Parzival?«

»Bitte nicht, Gwinneth«, sagte Lancelot. »Sie werden aufgeben. Artus weiß, dass mich keiner seiner Ritter besiegen kann. Er ist es seinem Ruf schuldig, nach uns suchen zu lassen, aber er wird nicht seine besten Männer einen nach dem anderen in den sicheren Tod schicken.«

Gwinneth schwieg. Ihre Augen füllten sich mit einer Dunkelheit, die Lancelot bis ins Mark erschütterte. Vielleicht nur weil er den Anblick dieser Schwärze nicht mehr ertrug, wandte er sich ruckartig ab, ging zu den beiden toten Rittern hin und kniete noch einmal neben ihnen nieder. Rasch, aber sehr methodisch begann er ihre Taschen zu durchsuchen und häufte alles, was er fand, neben sich auf. Die Ausbeute war erbärmlich. Einige Münzen, ein Ring mit einem Edelstein und ein goldenes, offenbar schon sehr altes Kreuz, das einer der Männer um den Hals getragen hatte. Es war sehr klein und das Gold war von minderer Qualität.

»Was tust du da?«, fragte Gwinneth.

»Das siehst du doch«, antwortete Lancelot. Sein grober

Ton erschreckte ihn fast selbst, obwohl er sehr wohl wusste, dass er nur seinem schlechten Gewissen entsprang. »Ich sehe nach, was sie an Wertsachen bei sich haben. Sie brauchen sie nicht mehr, aber wir dafür umso nötiger. Auch ein abtrünniger Ritter und eine flüchtende Königin müssen essen, weißt du?«

Er raffte seine magere Ausbeute an sich, stopfte sie achtlos in die Tasche und stand auf.

»So weit ist es also jetzt schon mit uns gekommen«, sagte Gwinneth. »Gemeine Diebe und Leichenfledderer, das sind wir geworden.«

Und plötzlich begann sie zu weinen; nicht leise und schluchzend, wie sie es in den letzten Tagen und Wochen so oft getan hatte, wenn sie glaubte, Lancelot merke es nicht. Diesmal brachen die Tränen wie eine Explosion aus ihr hervor, ein krampfhaftes Wimmern und Schluchzen, fast wie ein Schrei, das sich wie ein glühendes Messer in Lancelots Brust bohrte. Hastig schloss er sie in die Arme und hielt sie fest, aber Gwinneth beruhigte sich nicht. Sie zitterte im Gegenteil immer stärker und ihre heißen Tränen schienen Lancelots Gesicht in Strömen zu benetzen. Sie klammerte sich mit solcher Kraft an ihn, dass ihm die Umarmung die Luft abschnürte, aber er spürte auch, dass er ihr keinen Trost spenden konnte.

»Ich kann so nicht mehr leben, Lancelot«, schluchzte sie. »Nicht auf diese kranke Art. Lieber kehre ich nach Camelot zurück und liefere mich Artus aus.«

»Bitte, Gwinneth«, flüsterte Lancelot. Er strich ihr beruhigend über das Haar, aber er hatte das Gefühl, dass sich ihr Zittern dadurch eher noch verstärkte. Er kam sich so hilflos vor, dass es wehtat.

»Es wird nicht so bleiben, glaub mir, und wenn ich noch zwanzig von seinen Rittern erschlagen muss. Irgendwann wird Artus die Jagd auf uns abblasen. Wir werden einen Ort finden, an dem wir sicher sind. Wenn nicht in diesem Land, dann in einem anderen, das verspreche ich dir.«

Aber glaubte er eigentlich selbst an diese Worte? Vielleicht war es nichts weiter als ein leichtfertiges Versprechen, das er ebenso wenig zu halten vermochte wie alles andere, was er Gwinneth in Aussicht gestellt hatte. Sie waren seit weit mehr als vier Monaten auf der Flucht und jeder Tag war schlimmer als der vorhergehende gewesen. Natürlich hatten sie gewusst, dass Artus weder seinen scheinbaren Verrat noch Gwinneths schmähliches Verhalten klaglos hinnehmen konnte, und zumindest Lancelot war sich von Anfang an bewusst gewesen, dass ihnen eine erbarmungslose Jagd bevorstand, in der die Jäger nahezu alle Vorteile auf ihrer Seite hatten.

Dennoch hatte er sich niemals, nicht einmal in seinen schlimmsten Träumen vorgestellt, dass es *so* schlimm werden konnte. Was sowohl Gwinneth als auch ihm trotz allem ein wenig wie ein romantisches Abenteuer vorgekommen war – zwei Liebende, die auf der Flucht vor einem übermächtigen Feind waren und praktisch die ganze Welt gegen sich hatten –, das war schon nach kurzem zu einer Tortur und bald darauf zu einem Albtraum geworden, aus dem es kein Entrinnen zu geben schien. Es war nichts Abenteuerliches daran und schon gar nichts Romantisches. Sie lebten das Leben wilder Tiere, genau wie Gwinneth es ihm in den letzten Wochen immer wieder vorgehalten hatte. Eine ununterbrochene Flucht ohne jedes konkrete Ziel, die nur aus Furcht, Entbehrungen, Misstrauen und Schmerz bestand und die ihnen beiden mehr Kraft abverlangte, als sie auf Dauer aufbringen konnten.

Und aus Kämpfen. So vielen, so nutzlosen Kämpfen,

ganz gleich, wohin ihre absichtlich vollkommen willkürlich gewählte Route sie auch geführt haben mochte.
Er hatte Gwinneth nicht widersprochen, aber er wusste, dass sie sich irrte. Bartholomäus war nicht der fünfte oder sechste Ritter gewesen, den er erschlagen hatte, sondern mittlerweile der achte. Und er war nicht so sicher, wie er Gwinneth gegenüber behauptete, dass es wirklich jemals aufhören würde. Artus schien von dem Gedanken an Rache geradezu besessen zu sein. Wahrscheinlich würde er nicht eher Ruhe geben, bis Gwinneth und er entweder tot oder gefangen waren – oder es keine Tafelrunde mehr gab.
Sehr behutsam löste er sich aus Gwinneths Umarmung und schob sie weit genug von sich, um ihr ins Gesicht sehen zu können. Was er erblickte, erschreckte ihn. Gwinneth hatte aufgehört zu weinen; ihre Tränenspur hatte die unerbittliche Kälte zu weißen Raureifspuren gefrieren lassen. Diese schreckliche Dunkelheit war noch immer in ihren Augen, nicht mehr ganz so deutlich wie zuvor, sondern eher wie ein schleichendes Gift, das im Verborgenen lauert, ohne deshalb auch nur eine Spur weniger gefährlich zu sein. Er kannte sogar den Namen dieses Giftes: Er lautete Mutlosigkeit. Vielleicht der schlimmste Feind eines Menschen in einer sowieso schon ausweglos erscheinenden Lage.
Während er einen Zipfel seines Mantels benutzte, um die gefrorenen Tränen von ihren Wangen zu wischen, versuchte er sich zu einem aufmunternden Lächeln zu zwingen.
»Wir werden einen Ausweg finden«, versprach er. »Artus ist mächtig, aber nicht *allmächtig.* Es gibt immer noch ein paar Königreiche in diesem Land, die nicht mit ihm verbündet sind. Vielleicht finden wir dort irgendwo Zuflucht.«

Gwinneth deutete ein Achselzucken an und tat wenigstens so, als ob ihr diese Worte ein wenig Zuversicht spendeten; was in Wahrheit gar nicht der Fall sein konnte. Mit Artus' Macht war es sonderbar: Es gab selbstverständlich eine Reihe mehr oder weniger mächtiger Häuser und Königreiche, die seinen alleinigen Herrschaftsanspruch über ganz Britannien nicht anerkannten. Aber das Land spaltete sich dabei in zwei strenge Lager: Es gab die, die Artus treu ergeben waren und die, die ihm ewige Feindschaft geschworen hatten. Nichts dazwischen. Sie hatten die Wahl, in einer Stadt oder bei einem Herrscher Unterschlupf zu suchen, der sie am Ende an Camelot ausliefern würde, oder sich Artus' Feinden anzuschließen. Das eine verbot sich von selbst und das andere kam für sie beide erst recht nicht infrage. Artus mochte sie für vogelfrei erklärt und ihnen den Tod geschworen haben, aber zu seinen Feinden überzulaufen, wäre dennoch ein Akt des Verrates gewesen, zu dem weder Gwinneth noch er bereit waren.
Er führte Gwinneth die wenigen Schritte zu ihrem Pferd und half ihr in den Sattel hinauf. Erneut fiel ihm auf, wie kalt und wächsern sich ihre Haut anfühlte und wie dünn, ja fast zerbrechlich sie wirkte. Schlank war sie schon immer gewesen, aber nun hatte sie gefährlich an Gewicht verloren. Obwohl sie nicht krank werden konnte – schließlich gehörten sie beide dem widerstandsfähigen Elbenvolk an –, zehrten doch Hunger und Entbehrungen an ihr. Mit dem Geld und den Wertsachen der Toten waren sie wenigstens wieder in der Lage, sich etwas zu essen zu kaufen und vielleicht einen Platz unter einem Dach oder wenigstens an einem warmen Feuer zu bezahlen. Es war so, wie Gwinneth gesagt hatte: So weit war es mit ihnen gekommen.
Lancelot überzeugte sich davon, dass Gwinneth sicher

im Sattel saß, dann ging er zu dem wartenden Einhorn und stieg ebenfalls auf. Das Tier schnaubte und begann mit den Vorderhufen im Schnee zu scharren und Lancelot spürte seine Enttäuschung und seinen Ärger. Das Geschöpf hatte Blut gewittert und es verlangte nach mehr.

»Wohin?«, fragte Gwinneth.

Lancelot tat so, als müsste er einen Moment überlegen, dann deutete er nach Westen – um der Wahrheit die Ehre zu geben, vollkommen willkürlich. Es war die Richtung, in die der Weg führte, das war der einzige Grund. Sie wussten schon lange nicht mehr, wohin sie sich auf ihrer Flucht eigentlich wenden sollten. Nachdem sie anfänglich so weit wie möglich an die zerklüftete Küste im fernen Schottland vorgestoßen waren, ohne Artus' Häscher abschütteln zu können, verfolgten sie mittlerweile nur noch einen vollkommen willkürlichen Zickzackkurs, wobei sie lediglich darauf achteten, Camelot nicht zu nahe zu kommen.

Gwinneth ließ ihr Pferd antraben und Lancelot wartete, bis sie an seiner Seite war, ehe er das Einhorn ebenfalls in Bewegung setzte. Das Packpferd schloss sich ihnen ohne besondere Aufforderung an, doch sein Anblick versetzte Lancelot einen tiefen Stich. Obwohl ihnen das struppige Pony seit drei Monaten die Treue gehalten hatte, würden sie sich jetzt bald von ihm trennen müssen. Es war bedeutend langsamer als das Einhorn und Gwinneths prachtvoller Schimmel und hielt sie nur auf; außerdem hatten sie schon seit Wochen kaum noch etwas, das sich auf seine Satteltaschen auszulagern lohnte.

Das Schneetreiben nahm zu, während sie langsam nebeneinander über den schmalen Waldweg ritten. Es wurde kälter.

Der Hof lag in der Biegung eines Flusses, dessen Namen Lancelot nicht kannte und der so schmal war, dass man ihn vermutlich auf kaum einer Karte fand. Der strenge Winter hatte ihn schon vor Wochen zufrieren lassen, wodurch er seine Funktion als natürliche Begrenzung des Hofs eingebüßt hatte. Ein Teil des Viehs war über das Eis ans gegenüberliegende Ufer gelaufen und hatte sich dort über die weitläufige Wiese des Flusses verteilt; ein knappes Dutzend zottiger, langhaariger Rinder, das mit unerschütterlicher Beharrlichkeit unter dem frisch gefallenen Schnee nach den wenigen Grashalmen oder moosbedeckten Stellen suchte, die den Wintereinbruch bisher überstanden hatten.

»Der Bauer scheint sich um sein Vieh nicht viele Sorgen zu machen«, murmelte Lancelot.

»Oder er hat keinen Grund, misstrauisch zu sein«, antwortete Gwinneth. Ihr Blick tastete über das offen daliegende und nur spärlich bewachsene Ufer auf der gegenüberliegenden Seite. So weit man sehen konnte, gab es dort keinen Zaun oder irgendein anderes Hindernis, das die Tiere aufhalten – oder schützen – könnte. »Das hier scheint eine sehr friedliche Gegend zu sein.«

Es gibt keine friedliche Gegend, dachte Lancelot. *Nicht in diesem Land, vielleicht nirgendwo mehr.* Dennoch ließen ihn Gwinneths Worte lächeln. Wann immer es eine Situation auch nur im Entferntesten zuließ, versuchte sie das Positive in ihr zu sehen. Vielleicht war das einer der Gründe, aus denen er sie so sehr liebte.

»Jedenfalls sehe ich nirgends Soldaten«, bemerkte er, eigentlich nur, um überhaupt etwas zu sagen. Er hatte keine Angst vor Soldaten. Der noch immer tobende Krieg gegen die Pikten band den größten Teil von Artus' Kräften – wäre es anders gewesen, hätte er zweifellos schon eine ganze Armee losgeschickt, um sie zu fangen. So begnügte sich Artus notgedrungen damit, in fast regelmäßigen Abständen einen seiner Ritter auszuschicken. So grausam diese unmenschliche Rechnung Lancelot auch erschien: Er war ziemlich sicher, dass sie nach Bartholomäus' Tod eine Atempause hatten.

Und die hatten sie auch dringend nötig. Es war den ganzen Tag über beständig kälter geworden und jetzt, mit Einbruch der Dämmerung, begann aus dem Schneetreiben ein regelrechter Schneesturm zu werden, der die Sicht zusätzlich zu dem schwächer werdenden Licht noch erschwerte. Nicht mehr lange, und es würde vollends dunkel sein. Und es war schon jetzt so kalt, dass er nur zwischen zusammengebissenen Zähnen hindurch zu atmen wagte, weil die Luft wie ein Messer in seine Kehle schnitt.

»Bitten wir den Bauern um ein Nachtlager?«, fragte Gwinneth.

Obwohl Lancelot im nächsten Moment genau denselben Vorschlag gemacht hätte, zögerte er zu nicken. Sie befanden sich in Dyfed, nahe der Irland gegenüberliegenden Küste, und vermutlich hatten die meisten Menschen hier den Namen Camelot noch nicht einmal gehört. Außerdem brannte in dem großen, strohgedeckten Haus dort unten bereits Licht, dessen warmer gelber Schein sie die beißende Kälte doppelt spüren ließ. Alles machte einen durch und durch friedlichen und einladenden Eindruck. Aber er hatte kein gutes Gefühl, und Lancelot hatte gelernt auf seine Gefühle zu hören. Sie hatten ihm und Gwinneth mehr als nur einmal das Leben gerettet.

Andererseits jagte ihm die bloße Vorstellung, in diesem unbekannten, eisigen und vom Sturm durchtosten Wald zu übernachten, einen Schauer des Entsetzens über den Rücken. Sie hatten nicht besonders viel da-

von, wenn sie Artus' Schergen entkamen, um dann zu erfrieren.
Dennoch sah er sich noch einen Moment lang nachdenklich um und deutete dann fast wahllos auf den dunkel daliegenden Wald zur Linken. »Wir verstecken das Einhorn und dein Pferd dort. Und meine Rüstung auch. Die Leute dort unten werden einem bewaffneten Ritter zwar eher Obdach gewähren als zwei einfachen Reisenden, aber sie werden sich ganz bestimmt auch eher an ihn erinnern.«
Gwinneth nickte wortlos. Was solcherlei Entscheidungen anging, widersprach sie Lancelot fast nie – obwohl er manchmal das Gefühl hatte, dass sie sie nicht immer billigte und es vielleicht das eine oder andere Mal auch besser gewesen wäre, wenn sie ihn auf einen Denkfehler aufmerksam gemacht hätte. Sie ritten die wenigen Schritte zum Waldrand zurück und Gwinneth führte ihren Schimmel ein gutes Stück weit ins Dickicht hinein, bevor sie ihn festband, damit er wenigstens vor dem ärgsten Wind geschützt war.
Lancelot dagegen musste sich erst einmal seiner Rüstung entledigen und die einzelnen Teile dann auf dem Einhorn verstauen. Als Letztes befestigte er die silberbeschlagene Scheide mit dem Ritterschwert am Sattelknauf – er hatte in den letzten Wochen ausschließlich diese Waffe verwendet und nicht die sorgfältig verstaute Elbenklinge, die er zusammen mit der Rüstung vor langer Zeit auf dem Grund eines Sees gefunden hatte.
Um das Einhorn musste sich Lancelot keine Sorgen machen. Das Geschöpf verschwand zwischen den Bäumen, kaum dass er sich abgewendet hatte, und er wusste, dass es am nächsten Morgen zuverlässig wieder auf ihn warten würde. Sowohl das Einhorn als auch die Rüstung

waren magische Dinge; Bestandteile einer Welt, die ihm fremd und unheimlich war, obwohl er längst begriffen hatte, dass auch Gwinneth und er aus ganz genau dieser Welt stammten.
Er zog sich hastig an. Mit den einfachen braunen Sackleinenhosen, den Schnürsandalen und dem groben, aber halbwegs wärmenden Überwurf – der im Grunde nur eine Decke war, in die er ein Loch für den Kopf geschnitten hatte – verwandelte er sich nicht nur äußerlich in Dulac den Küchenjungen. Mit dem Kleidungswechsel gab er auch einen Teil der Persönlichkeit des legendären Ritters Lancelot du Lac auf, um sich danach wieder wie der Küchenjunge vom Hofe König Artus' zu fühlen.
Nun – vielleicht nicht ganz. Dulac war im Laufe des zurückliegenden Jahres deutlich gealtert. Er war gewachsen und hatte breitere Schultern bekommen, woran auch die sicherlich zwanzig Pfund Gewicht nichts änderten, die ihm Hunger und Entbehrungen in den letzten Monaten abverlangt hatten. Er war kein Kind mehr, sondern ein hochgewachsener, schlanker junger Mann, der deutlich älter wirkte, als es ihm von den Jahren her zustand. Das hatte Vor- aber auch Nachteile. Zwar konnte er jetzt vieles ganz selbstverständlich tun, was ihm noch vor kurzem verwehrt gewesen war, aber dafür nahm ihm auch niemand mehr die Rolle des unbedarften Jungen ab, der in einer ihm unverständlichen Welt auf fremde Hilfe angewiesen war.
Mit Gwinneth verhielt es sich da schon etwas anders.
Trotz der beißenden Kälte, und obwohl er mittlerweile am ganzen Leib zitterte, wurde Lancelot für einen Moment warm ums Herz, als er sich zu ihr umdrehte. Sie hüllte sich gerade in einen groben braunen Mantel, der nicht nur ihre zerbrechliche Gestalt verbarg, sondern

auch das trotz allem noch kostbare Kleid, das sie nun schon seit Monaten trug. Obwohl sie kränklich aussah und ebenso abgemagert war wie er selbst, wirkte sie immer noch wie ein strahlendes Juwel. Das war das Problem mit Gwinneth, dachte er. Sie konnte sich in Sack und Asche hüllen und das Gesicht mit Schlamm und das Haar mit Kuhmist beschmieren und eine Stunde in der Jauchegrube baden – man hätte ihr die Königin immer noch angesehen.

Lancelot überzeugte sich noch einmal davon, dass das Pferd sicher angebunden war – niemand hätte ihnen geglaubt, dass dieses prachtvolle Schlachtross mit dem kostbaren Zaumzeug ihnen gehörte, sondern sie allenfalls des Diebstahls bezichtigt, wie Lancelot bereits leidvoll erfahren hatte –, dann half er Gwinneth auf den Rücken des Packpferds zu steigen und nahm das Tier beim Zügel.

Der Weg, den Hügel hinab und bis zum Bauernhof, war nicht sehr weit. Dennoch war es vollends dunkel geworden, bis sie das hell erleuchtete Gebäude erreichten, und der Wind hatte sich endgültig in einen Sturm verwandelt, der mit unsichtbaren Fäusten am Dach und an den Fensterläden rüttelte und tausend heulende Geisterstimmen mit sich brachte. Lancelot band das Pony an einen Pfahl vor dem Eingang, hob Gwinneth kurzerhand aus dem Sattel – um sie möglichst schnell vor dieser grausamen Kälte in Sicherheit zu bringen – und trat an die Tür um zu klopfen. Er bekam keine Antwort, aber er glaubte drinnen Geräusche zu hören. Mit seinen steif gefrorenen Fingern wäre es zu schmerzhaft gewesen, noch einmal und dazu energischer anzuklopfen, also öffnete er kurz entschlossen die Tür und trat ein.

Der sich ihm bietende Anblick war so überraschend, dass er mitten im Schritt innehielt und sich erstaunt umsah. Von weitem hatte die Ansammlung mehr oder weniger heruntergekommener Gebäude tatsächlich wie zu einem Bauernhof zugehörig gewirkt – wegen des immer heftiger werdenden Schneesturms hatte er danach kaum noch etwas erkennen können –, aber das Innere dieses Gebäudes erwies sich eindeutig als Schankraum eines Gasthauses, und zwar eines von der Art, die er normalerweise lieber mied, selbst wenn er in Rüstung und Waffen war.

Der Raum war erstaunlich groß, aber so ungemütlich, als wäre bei seiner Einrichtung vor allem auf eine abschreckende Wirkung Wert gelegt worden. Es gab ein knappes Dutzend grob gezimmerter Tische, von denen zwei von einer verwegen aussehenden Männerrunde aneinander gerückt worden waren, und eine niedrige Theke, hinter der ein schmuddelig gekleideter Fettwanst stand, der einen schmierigen Lappen über die linke Schulter geworfen hatte und eine speckige Lederschürze trug.

Zusammen mit ihnen war ein eisiger Lufthauch hereingeweht, der das Kaminfeuer Funken stiebend flackern ließ und die Hälfte der Kerzen löschte, die zuvor den Raum erhellt hatten. Eine Wolke aus Schnee und eisiger Nässe fauchte an ihm vorbei und die Männerrunde unterbrach abrupt ihr Gespräch und wandte sich ihnen zu.

»Heda! Was soll das?«, polterte der Wirt. »Kommt rein oder bleibt draußen, aber macht gefälligst die Tür zu!«

Dulac erwachte aus seiner Erstarrung, zog Gwinneth hastig hinter sich ins Haus und riss die Tür geradezu ins Schloss. Der Wind wurde ausgesperrt, doch die hereingewirbelten Schneeflocken tanzten für einen Moment noch heftiger, als wollten sie dagegen protestieren, dass sie von ihrem unsichtbaren Verbündeten getrennt worden waren. Flackernd erloschen zwei weitere Kerzen.

Dulac stampfte ein paarmal mit den Füßen auf, um den an seinen Schuhsohlen klebenden Schnee loszuwerden, und registrierte aus den Augenwinkeln, wie Gwinneth die Kapuze ihres Mantels zurückschlagen wollte, es dann aber doch nicht tat, sondern stattdessen unauffällig den Kopf senkte, damit ihr Gesicht im Verborgenen blieb. Dieses Gasthaus schien ihr so wenig zu gefallen wie ihm.

Sie gingen zu einem der freien Tische und Gwinneth setzte sich; wie durch Zufall so, dass ihr Gesicht von den beiden besetzten Tischen abgewandt war. Dulac trat an die Theke heran und bemühte sich, ein ganz genau dosiertes verlegenes Lächeln auf sein Gesicht zu zwingen; aber seine Züge waren so steif vor Kälte, dass er selbst spürte, wie kläglich es misslang.

»Das mit der Tür tut mir Leid«, begann er. »Ich wollte keinen Ärger machen.«

»Was willst du?«, fragte der Wirt grob. Seine Entschuldigung, begriff Dulac, war ein Fehler gewesen. Der Wirt gehörte nicht zu der Sorte Menschen, die das Wort *Freundlichkeit* auch nur kannten.

»Wir wussten nicht, dass das hier ein Gasthaus ist«, antwortete Dulac. Seine Stimme zitterte hörbar, zwar nur vor Kälte, aber er verfluchte sich selbst dafür, denn ihm war natürlich klar, dass sein Gegenüber dieses Zittern als Schwäche auslegen musste. »Wir haben es für ein Gehöft gehalten.«

»Das ist es auch immer noch«, antwortete der Wirt. »Es ist das einzige weit und breit. In manchen Jahren kamen mehr Reisende, die nach einem Nachtlager fragten, als Korn auf den Feldern wuchs.«

»Und da habt Ihr Euch gefragt, warum Ihr nicht gleich

zusätzlich ein Gasthaus eröffnet«, vermutete Dulac. Die Redseligkeit des Dicken war kein Zufall. Er hatte mit dieser kleinen Geschichte klar gemacht, dass es hier nichts umsonst gab; nicht einmal die Wärme, mit der das prasselnde Kaminfeuer den Raum füllte – ganz zu schweigen von dem Gestank und dem beißenden Qualm, mit dem das zu feuchte Holz verbrannte.

»Ganz richtig.« Die trüben Augen des Wirts taxierten Dulac rasch und geübt und schienen genau zu dem Schluss zu kommen, den Dulac mit seinem Aussehen erreichen wollte: Ein Habenichts, von dem nichts zu holen war und dem die Welt auch nichts zu bieten hatte.

Als er seine Musterung abgeschlossen hatte und sich Gwinneth zuwenden wollte, sagte Dulac rasch: »Wir brauchen ein Nachtlager. Und etwas zu essen.«

»Und du kannst zahlen?«, fragte der Wirt in einem Ton, der klar machte, dass er eigentlich mit einem Nein als Antwort rechnete.

Dulac griff in die Tasche und zog eine der Münzen hervor, die er den toten Rittern abgenommen hatte. Er legte sie vor sich auf die Theke. Der Wirt ließ sie so schnell verschwinden, dass Dulac die Bewegung kaum sah, und deutete dann mit vorgeschobenem Kinn auf den Tisch, an dem Gwinneth saß.

»Habt ihr Pferde dabei?«

»Eines«, antwortete Dulac.

»Dann könnt ihr es im Stall hinter dem Haus unterbringen«, brummte der Fettsack, »und auch gleich dort schlafen. Jetzt setz dich. Ich bringe euch zu essen.«

Dulac war nicht enttäuscht, im Gegenteil. Sie hatten in den zurückliegenden Wochen mehr Nächte in Pferdeställen und auf Heuböden verbracht als in richtigen Betten, und wenn er sich in dieser heruntergekomme-

nen Absteige umsah, dann konnte er sich durchaus vorstellen, dass der Stall dem vorzuziehen war, was der Wirt als Gästezimmer bezeichnete. Er ging zu Gwinneth zurück, setzte sich und stützte schwer die Ellbogen auf die Tischplatte.
Sofort sprangen ihn Müdigkeit und Schwere an wie zwei ungleiche Beutejäger, die geduldig auf ihre Chance gewartet hatten. Der Angriff kam so warnungslos, dass Dulac ihm fast erlegen wäre. Sein Kopf sank nach vorne und er hätte nur etwas bequemer dasitzen müssen, um vermutlich auf der Stelle einzuschlafen. So knallte seine Stirn mit einem schmerzhaften Schlag auf die Tischplatte und Dulac fuhr so erschrocken hoch, dass er zu allem Überfluss um ein Haar auch noch vom Stuhl gefallen wäre.
Einer der anderen Gäste lachte schadenfroh. Dulac unterdrückte den Impuls, dem Mann einen wütenden Blick zuzuwerfen, sondern fuhr sich stattdessen müde mit dem Handrücken über das Gesicht und wandte sich Gwinneth zu. Sie hatte ihre Kapuze immer noch nicht zurückgeschlagen, doch ihr Gesicht konnte er darunter deutlich erkennen. Es war grau und blass, aber trotz aller Erschöpfung glitzerten ihre Augen jetzt spöttisch, was ihn erleichtert aufatmen ließ.
Es verging nur eine überraschend kurze Zeitspanne, bis der Wirt zurückkam und das Essen brachte; halb gar gekochtes Schweinefleisch, Kohl und Brot, ein Fraß, den Dulac zu Hause in Camelot nicht einmal einem Hund vorgesetzt hätte, den sie aber beide gierig hinunterschlangen. Die ganze Zeit über spürte er die Blicke des Wirtes wie die Berührung einer unangenehmen, schmierigen Hand auf sich – und vor allem auf Gwinneth – ruhen, aber der Fettsack war nicht der Einzige, der sie anstarrte. Das knappe halbe Dutzend Männer an

den beiden Nachbartischen hatte seine Unterhaltung längst wieder aufgenommen und ihrer Lautstärke und dem grölenden Gelächter nach zu urteilen war der Krug Bier, der vor ihnen stand, nicht der erste an diesem Abend. Dennoch sahen die Männer immer wieder in ihre Richtung, manchmal verstohlen, zumeist aber ganz offen neugierig und abschätzend.

Nachdem sie fertig gegessen hatten, ging Dulac zur Theke und bat um einen Krug Wasser und zwei Becher. Der Wirt machte ein Gesicht, als hätte er etwas Unanständiges von ihm verlangt, doch bevor er etwas dazu sagen konnte, mischte sich einer der Männer vom Nebentisch ein.

»Gib den beiden einen Krug Bier, elender Geizkragen«, rief er. »Bei den Wucherpreisen, die du für deinen Fraß verlangst, müsstest du ihnen eigentlich ein ganzes Fass spendieren!«

Der Wirt spießte den Sprecher mit Blicken geradezu auf, aber zu Dulacs nicht geringer Überraschung zapfte er tatsächlich einen Krug Bier und knallte ihn zusammen mit zwei Bechern auf den Tresen vor sich. Dulac nahm den Krug in die linke und die beiden Becher in die rechte Hand und drückte alles an seine Brust, damit ihm nichts entglitt, als er zum Tisch zurückbalancierte. Während er den Männern, die ihm so unverhofft Schützenhilfe geleistet hatten, dankbar zunickte, nutzte er die Gelegenheit, um sie genauer zu mustern.

Was er sah, gefiel ihm überhaupt nicht. Es waren fünf ausnahmslos große, kräftige Burschen, der jüngste gute zehn Jahre älter als er selbst und der älteste noch kein Greis, aber auch nicht mehr weit davon entfernt. Soweit er erkennen konnte, hatten sie vernarbte Hände und den einen oder anderen Schmiss im Gesicht. Sie sahen ungepflegt aus, ihre Kleider waren schmutzig und an zahllosen Stellen geflickt, aber als einer von ihnen aufstand und mit seinem Becher in der Hand auf sie zukam, klaffte sein Mantel auseinander und Dulac sah, dass er ein Schwert darunter trug.

»Du darfst solche Kerle nie um etwas bitten, mein Junge«, sagte er, während er sich uneingeladen setzte. »Bei solchen Leuten muss man fordern. Alles andere legen sie als Schwäche aus, und dann hast du schon verloren.«

»Ich weiß«, antwortete Dulac. »Ich bin bei so einem Menschen aufgewachsen.«

Er war nicht mehr Lancelot, sondern wieder Dulac, und als solcher hatte er nicht einmal gelogen, auch wenn er Tander Unrecht tat. Bei allem, was sein Ziehvater ihm auch angetan haben mochte, hatte er doch ein ganz anderes Niveau als der schmierige Fettwanst hinter der Theke.

»Reisende müssen zusammenhalten«, antwortete der andere. »Woher kommt ihr?«

»Camelot«, entfuhr es Dulac. Gwinneth sah ihn einen Moment lang fast entsetzt an, aber Dulac schenkte ihr einen weiteren beruhigenden Blick. Wenn er in den letzten Monaten eines wirklich gelernt hatte, dann das Lügen, und wenn er eines über das Lügen gelernt hatte, dann, dass überzeugende Lügen möglichst viel Wahrheitsgehalt enthielten.

»Camelot?«, antwortete der andere. Er drehte den Kopf und wandte sich an seine Kameraden. »Freunde, die beiden hier kommen aus Camelot. Dann habt ihr wirklich eine lange Reise hinter euch«, fuhr er nun wieder an Dulac und Gwinneth gewandt fort. Er stand auf und wirkte plötzlich sehr aufgeregt. »Kommt. Setzt euch an unseren Tisch. Ihr müsst uns von Camelot erzählen. Habt ihr die große Schlacht miterlebt?«

»Ich glaube nicht, dass ...«, begann Dulac, aber der an-

dere schnitt ihm mit einer harschen Handbewegung, wenn auch lachend, das Wort ab.
»Papperlapapp! Ihr kommt an unseren Tisch und erzählt uns von euren Abenteuern, und dafür spendieren wir euch noch eine Mahlzeit.« Ohne Dulacs Antwort auch nur abzuwarten, drehte er sich zum Wirt herum. »Bring den beiden hier noch etwas zu essen. Aber eine anständige Mahlzeit diesmal, nicht wieder so einen Fraß wie gerade. Ich warne dich!«
Die freundlich-bestimmte Art des Fremden ließ es Dulac ratsam erscheinen, seine Einladung anzunehmen. Mit einem kurzen Kopfnicken bedeutete er Gwinneth, der Aufforderung Folge zu leisten, um dann gemeinsam mit ihr an den Nachbartisch zu wechseln. Aller Aufmerksamkeit richtete sich nun auf sie, und natürlich ganz besonders auf Gwinneth. Zwei Stühle wurden scharrend herangezogen, und eine harte Hand stieß Dulac mit etwas, was er nur noch mit sehr viel gutem Willen als ›sanfte Gewalt‹ bezeichnen konnte.
»Ich bin Sean«, stellte sich der Dunkelhaarige vor, der Gwinneth und ihn eingeladen hatte. Er deutete nacheinander auf die anderen und nannte ihre Namen, aber Dulac machte sich nicht die Mühe, sie sich zu merken. Es war ein schwerer Fehler gewesen, dieses *Gasthaus* zu betreten, doch es hatte keinen Sinn, über einmal gemachte Fehler zu jammern. Sie mussten von hier verschwinden, unauffällig und schnell.
»Sean?«, fragte Gwinneth stirnrunzelnd. »Das ist kein britischer Name.«
»Das will ich meinen«, antwortete Sean lachend. »Wir sind Iren. Diese drei da mit den dummen Gesichtern sind meine Brüder, und der griesgrämige Alte ist der Bruder meines Vaters.«
»Dein Onkel also.«

Sean legte die Stirn in Falten und tat so, als müsste er über dieses Wort nachdenken, aber das unterdrückte Glitzern in seinen Augen entging Dulac keineswegs. Dieser Mann spielte nur den Dummkopf. Dulac gemahnte sich in Gedanken zur Vorsicht. »Wenn man das so nennt ...«, meinte Sean schließlich. »Und ihr? Wer seid ihr? Ist das deine Schwester, oder ...?«
»Oder«, sagte Dulac. Er trank einen Schluck von seinem Bier und versuchte Seans Lächeln standzuhalten, aber ganz gelang es ihm nicht. Mit der silbernen Rüstung hatte er mehr von seiner Selbstsicherheit und seinem Mut abgelegt, als ihm bisher klar gewesen war.
»Ich verstehe.« Seans Grinsen wurde unverblümt anzüglich. »Sie ist wirklich sehr hübsch.«
»Das weiß ich«, antwortete Dulac. »Ihr Vater ist ein einflussreicher Mann, der an Artus' Hof ein und aus geht.«
»Und natürlich jedem den Hals umdrehen würde, der seine wunderschöne Tochter auch nur ansieht«, grinste Sean. »Und deshalb hat er seinen besten Ritter zu ihrem Schutz mitgeschickt, nehme ich an?«
»Ganz genau«, sagte Dulac.
Das Ergebnis waren ein grölendes Gelächter und ein derber Rippenstoß des Burschen zu seiner Linken, der Dulac fast die Luft aus den Lungen trieb.
Gwinneth begann zu husten; einmal, zweimal zuerst, dann ein regelrechter Hustenanfall, der in einem qualvollen Keuchen endete. Das Gelächter der Iren verstummte nach und nach, und als Gwinneth wieder halbwegs zu Atem gekommen war, starrten die Männer sie teils besorgt, aber auch ein wenig alarmiert an.
»Geht es wieder?«, fragte Dulac.
Gwinneth nickte mühsam. »Es ist schon viel besser geworden«, sagte sie immer noch ein wenig kurzatmig. »Mach dir keine Sorgen. Ich hatte heute schon kein Fie-

ber mehr und der Ausschlag ist auch schon zurückgegangen.«
Fieber?, dachte Dulac. *Ausschlag?* Er sah Gwinneth verständnislos an, aber dann rückte der Mann zu seiner Linken ein kleines Stück von ihr fort und auch die anderen wirkten plötzlich nervös, wenn nicht sogar beunruhigt. Für einen Moment machte sich betretenes Schweigen breit ...
... und dann begann Sean schallend zu lachen und schlug Dulac so heftig mit der flachen Hand auf die Schulter, dass ihm nun wirklich die Luft wegblieb und er zum zweiten Mal fast vom Stuhl gefallen wäre.
»Du gefällst mir, Bursche«, rief er lachend. »Ihr gefallt mir beide. Ihr seid gewitzt, das mag ich.«
»Ich verstehe nicht ganz«, murmelte Dulac.
Sean zwinkerte ihm verschwörerisch zu. »Deine Kleine da hat eine schrecklich ansteckende Krankheit, wie? Etwas ganz Furchtbares, nehme ich an. Besser, man kommt ihr nicht zu nahe und man rührt sie schon gar nicht an.« Er schüttelte lachend den Kopf, aber in seinen Augen entstand ein neues, schon fast wieder misstrauisches Glitzern. »Ihr habt schlechte Erfahrungen gemacht.«
Dulac hob nur wortlos die Schultern.
»Ihr braucht keine Angst zu haben«, sagte Sean. »Unser Vater war ein fleißiger alter Rammler, weißt du? Außer vier prachtvollen Söhnen hat er auch noch ein halbes Dutzend draller Töchter gezeugt, obwohl ich zugeben muss, dass keine von ihnen auch nur annährend so bezaubernd ist wie deine kleine Freundin da. Ihr braucht euch nicht zu fürchten. Keiner von uns würde zulassen, dass einer so reizenden jungen Lady auch nur ein Haar gekrümmt würde, nicht wahr, Jungs?«
Die anderen grummelten zustimmend und eine vorsichtige Erleichterung machte sich in Dulac breit. Natürlich

wusste er nicht, ob er diesen Männern wirklich trauen konnte – aber welchen Grund sollten sie haben, ihn anzulügen? Sie waren zu fünft und jeder Einzelne von ihnen wirkte kräftig und kampferfahren genug, um es alleine mit einem erschöpften jungen Paar aufzunehmen. Der Wirt würde wohl kaum eingreifen, wenn ihnen danach war. Was immer die Männer ihm und Gwinneth tun wollten – sie mussten glauben, es ohne große Gegenwehr durchsetzen zu können. Sie hatten es nicht nötig, ihm etwas vorzumachen.

»Aber jetzt erzählt«, fuhr Sean fort. »Ihr seid also aus Camelot. Dann habt ihr bestimmt Aufregendes zu berichten. Habt ihr die Belagerung miterlebt?«

»Wir sind vor dem Krieg geflohen«, antwortete Dulac – was ja sogar irgendwie der Wahrheit entsprach. »Und während des Ansturmes der Pikten hatten wir uns im Keller versteckt.«

»Was euch nicht besonders viel geholfen hätte, hätten die Pikten die Mauern gestürmt«, fügte einer von Seans Brüdern hinzu. »Glaubt mir, ich kenne diese Barbaren. Ich habe schon gegen sie gekämpft.«

»Wir alle haben das«, sagte Seans Onkel und stellte ein übertriebenes Frösteln zur Schau. »Sie kennen keine Gnade. Und sie kämpfen wilder als die Tiere.«

»Was uns aber nicht daran gehindert hat, ihnen die Schädel einzuschlagen«, grinste Sean.

»Ihr wart im Krieg?«, fragte Gwinneth.

»So ... könnte man es nennen, ja«, antwortete Sean. Er tauschte einen raschen Blick mit seinen Brüdern, und das – zusammen mit dem fast unmerklichen Zögern in seinen Worten – sagte Dulac eine Menge mehr über diese Männer, als ihnen lieb sein konnte.

»Aber jetzt erzählt«, verlangte Sean aufgeregt. »Ihr seid also aus Camelot? Ist diese Stadt wirklich so prachtvoll,

wie man sagt? Ich habe gehört, ihre Mauern und Türme wären aus purem Gold.«
Dulac unterdrückte ein Lächeln, aber er beantwortete gehorsam und geduldig alle Fragen, die Sean und seine Brüder ihm stellten. Es waren ihrer nicht wenige und ein paar davon brachten Dulac und Gwinneth auch in Verlegenheit. Schließlich gaben sie eine Geschichte zum Besten, die sich so nahe an der Wahrheit orientierte, wie Dulac es gerade noch vertreten konnte: Er blieb, was er war, nämlich ein Küchenjunge aus Camelot, und aus Gwinneth machten sie die Tochter eines reichen Bauern, dessen Hof von den marodierenden Pikten gebrandschatzt worden war, sodass sie beide ihr Heil in der Flucht gesucht hatten.
»Und wir waren bei weitem nicht die Einzigen, die danach loszogen, um irgendwo ein warmes Plätzchen zum Überwintern zu finden«, schloss er. »Deshalb mussten wir auch immer weiterziehen: Lebensmittel und Unterkünfte sind selbst ein paar Tagesritte von Camelot entfernt ausgesprochene Mangelware.«
Seine Geschichte hatte lange gedauert, denn Sean und seine Brüder hatten ihn immer wieder unterbrochen und unzählige Fragen gestellt. Es schien nichts zu geben, was sie nicht interessierte, und Dulac hatte mehr als einmal das Gefühl gehabt, dass ihm die Brüder seine Geschichte nicht unbedingt abnahmen. Zwischendurch brachte der Wirt das bestellte Essen, das nicht unbedingt besser ausfiel als die erste Portion, aber deutlich reichhaltiger war. Zum ersten Mal seit mehr als einer Woche hatte Dulac das Gefühl, wirklich *satt* zu sein, als er seinen Teller schließlich zurückschob. »Wie viele mittlerweile aus Camelot und seiner Umgebung geflohen sind, wissen wir nicht. Nur dass die meisten von ihnen Haus und Hof verloren haben.«

»Und manche auch ihr Leben«, ergänzte Seans Onkel. »Ich habe gehört, dass die Pikten die Flüchtlingstrecks überfallen um sie zu plündern. Artus hat seinen Untertanen keinen guten Dienst erwiesen, als er sie fortgeschickt hat.«

»Aber es geschah in bester Absicht.« Sean trank einen gewaltigen Schluck Bier und bedeutete dem Wirt, ihm einen neuen Krug zu bringen. Wenn die Männer so weitermachten, dachte Dulac, dann waren sie in längstens einer Stunde sinnlos betrunken. »Ein König, der seine Soldaten wegschickt, damit sie nicht in der Schlacht fallen? Wer hätte so etwas schon einmal gehört?«

»Kennt du König Artus?«, erkundigte sich der älteste von Seans Brüdern.

»Kennen?« Dulac machte eine Bewegung, die einer Mischung aus Kopfschütteln und einem angedeuteten Schulterzucken nahe kam. »Ich habe ihn ein paarmal gesehen, auf dem Weg zur Burg oder zurück, aber nur von weitem. Hoch zu Ross. Wir hatten ein einfaches Gasthaus, in das Artus und seine Ritter niemals einkehrten. Wahrscheinlich wussten sie gar nicht, dass es uns gibt.«

»Was sie aber nicht daran gehindert hat, euch mit Steuern und Abgaben zu belegen«, donnerte Seans Onkel. »Verdammtes adeliges Pack!«

»Ihr mögt den Adel nicht?«, erkundigte sich Dulac harmlos. Der neue, beinahe hasserfüllte Unterton in der Stimme des fast kahlköpfigen Iren war ihm keineswegs entgangen.

»Du vielleicht?«

»Ich weiß es nicht«, antwortete Dulac vorsichtig. »Um ehrlich zu sein, habe ich niemals wirklich darüber nachgedacht. Es war schon immer so.«

»Ja, es war schon immer so, dass die Reichen den Ar-

men das Wenige nehmen, was sie haben, um noch reicher zu werden.« Sean lächelte noch immer, aber da war plötzlich etwas Neues in seinem Blick, das Dulac zur Vorsicht gemahnte.
»Dafür geben sie uns Schutz«, gab Dulac zu Bedenken. »Artus' Ritter beschützen Camelot schon seit einer halben Ewigkeit.«
Seans Onkel wollte widersprechen, doch Sean brachte ihn mit einem raschen Blick zum Schweigen. »Du bist noch nicht sehr alt, Dulac. Wahrscheinlich glaubst du wirklich noch an das, was du da von dir gibst.«
»Ist es denn nicht so?«
»Wenn du Glück hast und alt genug dazu wirst, verstehst du vielleicht in ein paar Jahren, was ich meine.« Sean leerte einen weiteren Becher Bier mit einem einzigen Zug und knallte ihn so wuchtig auf den Tisch, dass eine Ecke des Tongefäßes absplitterte und davonflog, dann lachte er. »Aber jetzt genug! Reden wir über euch. Was habt ihr vor? Wo wollt ihr hin?«
»Das wissen wir noch nicht«, gestand Dulac. »Wir suchten nur Schutz vor den Pikten und dem nahenden Winter.«
»Und jetzt wisst ihr nicht, wohin und wie es weitergeht«, vermutete Sean. »Ihr könnt ein Stück mit uns reiten, wenn ihr wollt. Es ist sicherer, als allein unterwegs zu sein.« Plötzlich wirkte er sehr ernst. »Deine Freundin ist eine sehr schöne junge Frau, Dulac. Du solltest sie nicht unnötig in Gefahr bringen.«
»Wohin seid ihr denn unterwegs?«, fragte Dulac vorsichtig.
»Nach Norden«, antwortete Sean. »Ein Stück an der Küste entlang und dann sehen wir weiter. Männer, die mit ihren Schwertern umzugehen wissen, werden heutzutage überall gebraucht.«

»Ihr seid Söldner«, vermutete Gwinneth.
»Wenn es sich anbietet«, antwortete Sean gleichmütig.
Wahrscheinlich waren sie eher Räuber, dachte Dulac – soweit das überhaupt ein großer Unterschied war. Er sah zu, wie Sean sich einen neuen Becher Bier eingoss und ihn erneut in einem einzigen Zug hinunterstürzte, und korrigierte seine Einschätzung, wie lange es noch dauern würde, bis der Ire betrunken vom Stuhl fiel, ein gutes Stück nach unten. Und das war auch gut so. Er glaubte mittlerweile nicht mehr, dass Gwinneth oder ihm von diesen Männern wirklich Gefahr drohte, aber sie würden sich trotzdem von ihnen trennen, so schnell es nur ging. Söldner oder Räuber – Männer wie sie zogen das Unglück an.
»Ich bin müde«, sagte Gwinneth. »Lass uns schlafen gehen.«
»Du hast Recht.« Dulac streckte die Hand nach seinem erst halb geleerten Becher aus, zog sie dann aber zurück und stand auf. Er hatte genug getrunken für einen Abend. So müde, wie er war, würde er ohnehin wie ein Toter schlafen.
Sean prostete ihm zu. »Viel Spaß«, sagte er mit einem anzüglichen Grinsen.
Gwinneth schien selbst zu müde zu sein, um auf diese Bemerkung zu reagieren. Sie schlug ihre Kapuze wieder hoch, schloss ihren Mantel und verließ hinter Dulac den Schankraum.
Der Sturm hatte noch zugenommen und peitschte ihnen den Schnee jetzt fast waagerecht in die Gesichter; rasiermesserscharfe, winzige Klingen, die schmerzhaft in ihre ungeschützte Haut bissen und wie Nadeln in ihre Augen stachen. Der Wind war so kalt, dass selbst das Luftholen wehtat. Im Fell des Ponys hatten sich Eiskristalle festgesetzt, sodass das Tier jetzt eher weiß als

braun aussah, und im allerersten Moment fürchtete Dulac fast, sie hätten das Pferd umgebracht in der knappen Stunde, die sie es draußen in der Kälte angebunden stehen gelassen hatten. Der Knoten, den er in den Zügel gemacht hatte, war zu hartem Stein gefroren und er brach sich allein zwei Fingernägel bei dem Versuch ab, ihn zu öffnen. Das Pony wieherte ganz schwach und sah ihn vorwurfsvoll aus seinen großen dunkelbraunen Augen an.

Der Blick rührte Dulac tiefer, als er es sollte. Dieses Tier hatte ihnen beiden treu und klaglos gedient und sie vergolten es ihm, indem sie es hier draußen in der Eiseskälte angebunden hatten, sodass es um ein Haar erfroren wäre. Vielleicht brachte er ja einfach allen, die ihm Treue und Freundschaft schenkten, am Ende nur Verderben.

Dulac verscheuchte den Gedanken fast erschrocken, knotete das Tier mit einiger Mühe gänzlich los und postierte es so, dass es vor Gwinneth herging, um sie wenigstens vor dem schlimmsten Wind zu schützen, als sie sich auf den Weg zur Rückseite des Gebäudes und damit zu den Ställen machten. Es nutzte nicht viel. Die Entfernung betrug kaum mehr als zwei oder drei Dutzend Schritte, und obwohl sie sich in der Gaststätte hinlänglich aufgewärmt hatten, waren sie vor Kälte schon wieder fast steif, als sie den Pferdestall erreichten.

Es war nicht mehr als ein zugiger Schuppen, in dem es fast ebenso kalt war wie unter freiem Himmel, doch wenngleich es auch eisig durch die Ritzen in den dünnen Bretterwänden pfiff und hier und da sogar Schnee hereinwirbelte, waren sie wenigstens vor dem schneidenden Wind geschützt. Es gab kein Licht, aber Dulacs Augen waren viel schärfer geworden, seit er die silberne Rüstung trug, sodass er ihre Umgebung zumindest schemenhaft erkennen konnte. Der Raum war größer, als er erwartet hatte, und beherbergte fast ein Dutzend Pferde; die Hälfte abgemagerte, struppige Klepper, die die Spuren jahrelanger, viel zu schwerer Arbeit und zahlreicher Schläge aufwiesen, die anderen kräftige, gedrungene Tiere, die noch Sättel und Zaumzeug aus grobem geschwärztem Leder trugen und nebeneinander angebunden waren. Dulac vermutete, dass es sich um die Reittiere ihrer neuen *Freunde* handelte. Im hinteren Teil des Stalles führte eine steile Leiter auf einen Heuboden hinauf. Es roch nach feuchtem Stroh und auch ein wenig unangenehm, als läge irgendwo etwas Totes, das faulte.

Dulac band das Pony neben den Tieren der Söldner an, wo es warm und halbwegs vor dem Wind geschützt war, der durch die Ritzen in der Bretterwand hereinpfiff. Dann deutete er mit einer Kopfbewegung auf die Leiter zum Heuboden.

»Schlafen wir dort oben oder willst du lieber hier unten bei den Pferden bleiben? Hier ist es wärmer.«

»Es stinkt«, stellte Gwinneth fest.

»Nur nach Pferd.« Dulac hob die Schultern. »Andererseits sind wir dort oben wahrscheinlich sicherer, falls wir ungebetenen Besuch bekommen. Und wir haben schon an schlimmeren Orten geschlafen.«

»Du traust den Männern nicht«, sagte Gwinneth.

Anstelle einer direkten Antwort hob Dulac nur die Schultern. Er wusste es wirklich nicht. Seine mitunter schmerzhaft erwobene Lebenserfahrung warnte ihn davor, *irgendjemand* zu leichtfertig Vertrauen zu schenken – während seine Menschenkenntnis in diesem Fall das Gegenteil von ihm verlangte. Über seine Brüder und seinen Onkel traute er sich kein Urteil zu, doch Sean schien trotz seines reichlich ungehobelten Benehmens

kein schlechter Kerl zu sein. Vielleicht sehnte er sich aber auch einfach nur nach normalem menschlichem Umgang.
Gwinneth verzichtete auf eine weitere Erläuterung und stieg stattdessen langsam und zielstrebig vor ihm die Leiter empor. Dulac wäre lieber hier unten geblieben – die Körperwärme der Pferde hätte sie besser vor der Kälte geschützt als das feuchte Stroh dort oben –, aber er war viel zu müde, um sich mit Gwinneth auf eine Debatte einzulassen.
Oben angekommen kuschelten sie sich eng aneinander, um wenigstens vor der schlimmsten Kälte geschützt zu sein, und Dulac schlief ein, noch bevor er sich ganz ausgestreckt hatte.

Er erwachte von dem unbestimmten aber qualvollen Gefühl einer Gefahr, die sich über ihm zusammenballte, und mit dem sicheren Wissen, dass nicht besonders viel Zeit vergangen war. Wie immer, wenn er kurz nach dem Einschlafen wieder geweckt wurde, hatte er das Gefühl, vollkommen zerschlagen zu sein. Seine Glieder schienen mit Blei gefüllt und seine Augenlider waren aus irgendeinem Grund plötzlich zentnerschwer. Er brauchte fast seine gesamte Kraft, um sie zu heben und in die Dunkelheit über sich zu blinzeln.
Nichts. Sie waren allein. Er sah nichts weiter als die bleichen Schatten des vom Schnee reflektierten Mondlichts, das durch die fingerbreiten Ritzen der Bretterwände fiel, und er hörte nicht mehr als Gwinneths regelmäßige Atemzüge und die gedämpften Geräusche, die die Pferde unter ihnen im Stall verursachten. Sean und seine Brüder saßen vermutlich noch immer im Schankraum und taten ihr Möglichstes, um sich bis zur Besinnungslosigkeit zu betrinken, und Camelot und ih-

re Verfolger waren weit weg. Vielleicht war es nur ein Traum gewesen, versuchte er sich selbst zu beruhigen. Auch ein Held hatte schließlich das Recht auf Albträume, wenn er seit Monaten praktisch von der gesamten Welt gejagt wurde.
Es war eine Erklärung, die vielleicht dazu angetan war, ihn selbst zu beruhigen.
Dummerweise war es nicht die Wahrheit.
Dulac schloss die Augen und lauschte in sich hinein und das Gefühl war da. Es war nicht die Erinnerung an einen Traum und auch kein böser Streich, den ihm seine überstrapazierten Nerven spielten, es war das unheimliche, aber glasklare Gefühl, von etwas Unsichtbarem und unglaublich Bösem angestarrt zu werden. Er hob die Augenlider, zählte in Gedanken ganz langsam bis fünf und versuchte behutsam den Arm unter Gwinneths Kopf hervorzuziehen.
Es gelang ihm nicht. Einen Atemzug zuvor hatte Gwinneth noch geschlafen wie ein Stein, jetzt hob sie mit einem Ruck die Lider und sah ihn voller Schrecken und hellwach an.
»Was?«
»Nichts«, antwortete Dulac – im Flüsterton, was allein schon beinahe reichte, um seine Antwort ad absurdum zu führen. »Ich konnte nicht schlafen, das ist alles.«
»Das verstehe ich«, antwortete Gwinneth, als sie sich aufrichtete und mit beiden Händen durchs Gesicht fuhr. »Mir geht es ganz genau so. Dieser ganze Müßiggang und das luxuriöse Leben ... man ist so ausgeruht, dass man kaum noch Schlaf findet, nicht wahr?« Sie nahm die Hände herunter, gähnte ungeniert und sah ihn spöttisch an. »Versuch nicht mich zu belügen, Lancelot. Das hast du noch nie sehr gut gekonnt. Was ist los?«

Dulac hob zur Antwort nur die Schultern; zumindest im ersten Moment. Wieso nannte sie ihn Lancelot? Er war Dulac. Lancelot war der andere, der Reiter in der silbernen Rüstung, die das Einhorn irgendwo dort draußen vor einer zufälligen Entdeckung verbarg. Es war absurd, aber Dulac gestand sich ein, dass er eifersüchtig auf den Silbernen Ritter war.
»Ich weiß es nicht«, gestand er. »Ich hatte das Gefühl, dass ... etwas da wäre.« Er lächelte unsicher. »Wahrscheinlich nur ein Albtraum.«
Gwinneth musterte ihn kurz und schweigend, dann stand sie immer noch wortlos auf und schlich gebückt zu der roh gezimmerten Bretterwand zur Linken.
»Das war kein Albtraum«, murmelte sie.
»Siehst du etwas?« Dulac richtete sich schlaftrunken in eine halbwegs sitzende Position auf. Sein linker Bizeps schmerzte an der Stelle, an der Gwinneths Kopf darauf gelegen hatte, und er begann ihn zu massieren ohne sich der Bewegung selbst bewusst zu sein.
»Nein«, antwortete Gwinneth. »Nur die Nacht und Schnee. Eine Menge Schnee.«
»Es ist November«, antwortete Dulac. Nach einem Moment fügte er hinzu: »Ungefähr jedenfalls.«
Gwinneth schüttelte heftig den Kopf. »Trotzdem, es ist viel zu kalt. Selbst für diese Jahreszeit.« Sie sah kurz in seine Richtung, aber ihr Gesicht blieb eine dunkle Fläche, die nahezu mit dem schwarzen und schattenfarbenen Hintergrund verschmolz.
»Du hast Recht. Da draußen *ist* etwas.«
Dulac war mit einer einzigen Bewegung auf den Füßen und neben ihr.
Was er sah, als er durch die fast fingerbreiten Ritzen in der Bretterwand blickte, das war ganz genau das, was er nach Gwinneths Schilderung erwartet hatte: Dunkelheit

und Schnee. Draußen herrschte mittlerweile fast völlige Schwärze. In zwei oder drei Tagen war Vollmond, aber von dem silbergrauen Schein war kaum noch etwas zu erkennen. Der Himmel war mittlerweile völlig schwarz. Nur ein wenig Licht, das aus keiner genau auszumachenden Quelle stammte, durchdrang die geschlossene Wolkendecke und ließ den noch immer dicht fallenden Schnee in schrägen Steifen geisterhaft aufleuchten; ein gespenstisches, zugleich aber auch faszinierendes Bild, das eine Erinnerung in Dulac auslösen wollte, es aber nicht ganz schaffte.

Was ihm aber ohne Mühe gelang, das war, seine Furcht zu wecken. Er hätte nicht zu sagen vermocht, wovor er sich fürchtete, aber etwas da draußen machte ihm schreckliche Angst.

»Wir hätten nicht herkommen sollen.« Dulac stand vollends auf und wollte gebückt zur Leiter treten, aber Gwinneth hielt ihn mit einem fragenden Blick zurück.

»Ich hole nur dein Pferd.« Nach einem kurzen, aber bedeutungsvollen Zögern fügte er hinzu: »Und meine Rüstung. Wir müssen hier weg.«

»Und wohin?«

Dulac konnte nur die Schultern heben. Er wusste ja noch nicht einmal genau, wo sie waren – wie sollte er dann wissen, was ihr Ziel sein könnte?

»Lass uns wenigstens warten, bis es hell ist«, bat Gwinneth. »Dieser Sturm macht mir Angst. Irgendetwas stimmt damit nicht.«

Dulac ging zu ihr zurück und blickte neben ihr wieder in die Nacht hinaus. Er hätte Gwinneth gerne widersprochen oder sie zumindest getröstet, aber er konnte es nicht. Dort draußen *war* etwas.

Und dann wusste er auch was.

Dulac sog so scharf und erschrocken die Luft ein, dass

Gwinneth mit einem Ruck den Kopf drehte und ihn alarmiert ansah. »Was ist?«

»Morgaine.« Dulac starrte wie gebannt in die Dunkelheit hinaus. Nichts dort draußen hatte sich verändert und doch war es ihm plötzlich nicht mehr möglich, den Blick von dem tobenden Schneesturm und der Düsternis zu nehmen, die sich dahinter zusammenballte.

»Morgaine?«

»Es ist Morgaine«, murmelte Dulac. Plötzlich holte ihn die Erinnerung wieder ein; warnungslos und mit solcher Wucht, dass er um ein Haar aufgestöhnt hätte. »Morgaine Le Faye. Sie ist hier, Gwinneth.«

»Woher willst du das wissen?«, fragte Gwinneth unsicher.

»Es ist ihre Magie«, antwortete Dulac. »Damals, als sie Merlin getötet hat, war es ganz genauso. Diese Kälte und die Dunkelheit ... es ist genau dasselbe wie damals. Und später im Kerker von Camelot, als sie Mordred befreit hat. Sie ist hier, Gwinneth!«

»Aber das ist unmöglich!«, protestierte Gwinneth in einem schrillen, fast hysterischen Ton, den er so noch nie bei ihr bemerkt hatte. Wahrscheinlich hatte sie längst begriffen, dass er Recht hatte, aber sie wollte es nicht akzeptieren. »Sie kann gar nicht wissen, dass wir hier sind. Wir wissen doch selbst noch nicht einmal genau, wo wir sind!«

»Sie besitzt Zauberkräfte«, erinnerte Dulac. »Wenn sie uns wirklich finden will, dann findet sie uns auch.«

Seine Gedanken rasten, aber er kam zu keinem Ergebnis, sondern fühlte sich im Gegenteil mit jeder Sekunde hilfloser und verwundbarer. Allein der Gedanke, dass die schwarze Fee ihre Spur wieder aufgenommen hatte, lähmte ihn schier. Vielleicht war dies sogar Morgaines größte und schrecklichste Waffe: die Furcht, die sie in

die Herzen ihrer Feinde pflanzte. Er hatte gesehen, wozu sie fähig war, und allein dieses Wissen machte es ihm fast unmöglich, einen klaren Gedanken zu fassen.
»Wir müssen weg hier«, sagte er. »Sofort!«
Gwinneth nickte und wollte sich schon zur Leiter umdrehen, doch diesmal war es Dulac, der sie mit einer energischen Bewegung zurückhielt. »Du wartest hier. Ich hole das Einhorn und dein Pferd. Allein bin ich viel schneller.«
»Ich weiß«, antwortete Gwinneth. »Aber ich will nicht ohne dich hier bleiben. Bitte, Lancelot!«
Dulac zögerte einen winzigen Moment. Er hatte die Wahrheit gesagt – Gwinneth würde ihn nur aufhalten. Allein wäre er wahrscheinlich doppelt so schnell am Waldrand und wieder zurück wie in ihrer Begleitung. Aber er konnte sie auch verstehen; schließlich war sogar ihm nicht wohl bei dem Gedanken, sie alleine hier zurückzulassen, schutzlos dem ausgeliefert, was mit dem Sturm dort draußen herankam.
»Gut«, gab er widerwillig nach. »Aber bleib immer dicht hinter mir! Und tu ganz genau das, was ich sage.«
Sie kletterten die Leiter hinab. Gwinneth wollte unverzüglich zur Tür eilen, doch Dulac bedeutete ihr mit einer Geste zu warten und ging stattdessen zu den Pferden der irischen Söldner. Er hatte nicht vor die Tiere zu stehlen, sondern allenfalls eines davon auszuleihen, um das kurze Stück zum Waldrand hinaufzureiten.
Der Versuch hätte ihn um ein Haar ein paar Finger und möglicherweise auch noch mehr gekostet. Das erste Pferd, nach dessen Zügel er griff, biss nach ihm und das zweite schlug so heimtückisch mit den Hinterläufen aus, dass er nur noch im buchstäblich allerletzten Moment den Kopf einziehen konnte. Auf einen dritten Versuch ließ er es vorsichtshalber gar nicht erst ankommen.

Offenbar waren die Tiere darauf dressiert, nur ihre rechtmäßigen Besitzer als Reiter zu akzeptieren.
Gwinneth grinste schadenfroh, als er zurückkam. Dulac versuchte das spöttische Blitzen in ihren Augen zu ignorieren, so gut es ging, marschierte stolz erhobenen Hauptes an ihr vorbei und trat ohne zu zögern in den Sturm hinaus.
Zu seiner Überraschung hatte er jedoch gänzlich aufgehört. Es war bitterkalt und auf eine schwer greifbare Weise noch dunkler als zuvor und es herrschte eine fast völlige Stille. Der Schnee wirbelte sonderbarerweise weiterhin in Kreisen und Spiralen umher, obwohl überhaupt kein Lüftchen mehr ging. Gwinneth trat hinter ihm aus dem Pferdestall, blieb abrupt stehen und wirkte nun vollständig verunsichert. Spätestens jetzt, dachte er, musste er ihr nicht mehr erklären, dass sie es mit Magie zu tun hatten.
»Los!«
Er hatte das Wort geflüstert, trotzdem schien es wie ein Schrei durch die Nacht zu hallen, so still war es geworden. Gwinneth nickte nervös und sie setzten sich, diesmal nebeneinander und sehr schnell, in Bewegung, aber sie kamen auch jetzt nur wenige Schritte weit.
Der Schnee wirbelte immer heftiger, obwohl es noch immer völlig windstill war, zog Spiralen und Kreise und dann bildete sich ein verschwommener, etwas mehr als mannshoher Kreis aus etwas vor ihnen in der Luft, das Dulac nur als schwarzes Licht bezeichnen konnte. In seinem Zentrum ballte sich körperlose rabenschwarze Finsternis zu brodelnder Bewegung zusammen und Dulac wusste mit schrecklicher Gewissheit, was nun geschehen würde: Was sie sahen, das war nichts anderes als ein magisches Tor, das von Morgaine Le Fayes schwarzer Zauberkraft erschaffen wurde und aus dem

im nächsten Augenblick Trupps ihrer schrecklichen Dunkelelbenkrieger hervorbrechen würden. Aus seiner Furcht war Gewissheit geworden: Morgaine hatte sie gefunden.

»Zurück!«, keuchte er. »Gwinneth! Zurück ins Haus!«

Gwinneth reagierte sofort und schneller, als er es gehofft hatte – aber auch anders. Sie lief nicht zurück, sondern rannte ganz im Gegenteil auf den Kreis aus schwarzem Licht zu, bis sie die Ecke des Gebäudes erreichte und dahinter verschwand. Vielleicht versuchte sie ja den Schankraum zu erreichen.

Kaum war sie seinen Blicken entschwunden, da setzte Dulac ihr nach – auch er im allerersten Moment genau auf das magische Tor zu, um dann aber einen Haken in die andere Richtung zu schlagen und auf den Waldrand zu zu hetzen. Ihm war klar, dass ihn die aus dem Kreis aus brodelnder Finsternis hervorstürmenden Krieger sofort sehen mussten, aber das nahm er nicht nur in Kauf, sondern hoffte es beinahe. Auf diese Weise würde er vielleicht die Aufmerksamkeit der Dunkelelben auf sich ziehen und Gwinneth damit genau den Vorsprung verschaffen, den sie brauchte, um sich in Sicherheit zu bringen.

Dulac warf im Rennen einen Blick über die Schulter zurück und sein Herz machte einen erschrockenen Sprung, als der Abgrund zwischen den Welten weiter aufriss und rasch hintereinander fast ein Dutzend Gestalten ausspie. Vor Überraschung kam er ins Stolpern und wäre um ein Haar gestürzt.

Die Männer, die aus dem magischen Tor traten, waren ausnahmslos groß und dunkel gekleidet – und außerdem bis an die Zähne bewaffnet –, aber es waren keine Dunkelelben. Es waren Pikten.

Dulac war schon ein gutes Stück entfernt, aber er muss-

te die breitflächigen, grob geschnittenen Gesichter nicht sehen um zu wissen, mit wem er es zu tun hatte. Es waren Angehörige desselben Barbarenvolkes, gegen das er schon so oft gekämpft hatte und das um ein Haar Camelot erobert hätte.
Im allerersten Moment war Dulac fast erleichtert – aber auch wirklich nur im allerersten Moment. Genauso lange, wie er sich darüber wunderte, wieso Morgaine Pikten schickte statt ihrer unbesiegbaren Elbenkrieger. Dann wurde ihm der Grund für diese scheinbar so törichte Entscheidung klar und ein neuer, noch eisigerer Schauer lief ihm über den Rücken. Dennoch blieb er stehen, drehte sich sogar vollends zu dem knappen Dutzend Gestalten um und riss die Arme in die Höhe.
»Heda!«, brüllte er. »Sucht ihr vielleicht mich?«
Die Krieger fuhren in einer einzigen, blitzartigen Bewegung herum wie von einem Willen gesteuert. Wie hingezaubert erschienen plötzlich Waffen in ihren Händen und Dulac vernahm aufgeregte Rufe in der ihm unverständlichen Sprache der Pikten. Trotzdem ahnte er, was sie bedeuteten.
Drei der hünenhaften Barbarenkrieger hielten auf ihn zu, während der Rest herumfuhr und auf das Gutshaus zurannte. Seine Rechnung war nicht aufgegangen. Aber daran war jetzt nichts mehr zu ändern, so schlimm die Folgen dieses Fehlers vielleicht auch sein mochten. Er wirbelte auf dem Absatz herum und rannte los, so schnell er nur konnte.
Unglückseligerweise erlosch hinter ihm das magische Tor zwischen den Welten wieder und im gleichen Moment setzte der Sturm mit solcher Wucht wieder ein, als wolle er in einer einzigen Sekunde alles wieder wettmachen, was ihm in den Minuten zuvor verwehrt worden war. Dulac taumelte wie unter einem Schlag, stolperte

ungeschickt und fiel auf die Knie. Der Wind schlug ihm wie mit unsichtbaren Fäusten ins Gesicht und der Schnee wirbelte plötzlich so dicht vor ihm, dass er kaum noch atmen konnte.
Irgendwie schaffte er es dennoch, auf die Füße zu kommen und weiterzustolpern. Alles rings um ihn herum war plötzlich weiß; reine tobende Bewegung und Kälte, die mit unsichtbaren gläsernen Zähnen in seine Haut biss. Das Heulen des Sturmes, das nach der unheimlichen Stille zuvor plötzlich doppelt so laut schien, erfüllte seine Ohren mit dem Kreischen von tausend losgelassenen Dämonen. Er stolperte blind weiter, fiel wieder auf ein Knie und brauchte dieses Mal deutlich länger, um sich wieder in die Höhe zu arbeiten. Wohin er auch sah, tobte ein weißes, brüllendes Chaos.
Er hatte die Orientierung verloren.
Dulac wusste nicht mehr, aus welcher Richtung er kam und in welche Richtung er laufen musste. Ob die Verfolger hinter, vor oder neben ihm waren. Wo der Wald lag oder das Gasthaus. Er hatte sich verirrt.
Panik drohte ihn zu übermannen. Für einen Moment verlor er nicht nur die räumliche Orientierung, sondern auch die Kontrolle über seine Gedanken. Und für einen noch kürzeren, aber schrecklich gefährlichen Moment wollte er nichts anderes als einfach davonrennen und sich irgendwo verkriechen, bis all dieser Schrecken vorüber war.
Dann trug das Heulen des Windes Gwinneths Schrei an sein Ohr.
Vermutlich war es gar nicht ihre Stimme. Der Sturm heulte und kreischte wie eine ganze Meute losgerissener Höllenhunde rings um ihn herum und sein Brüllen hatte eine Lautstärke erreicht, die ihn fast taub machte, sodass er sie gar nicht hören *konnte,* aber für die Dauer ei-

nes schreckerfüllten Herzschlages glaubte er Gwinneths Stimme zu hören, die in höchster Not um Hilfe schrie, und es spielte keine Rolle, ob es Einbildung war oder Realität – das Geräusch riss ihn in die Wirklichkeit zurück und rettete ihm vielleicht sogar das Leben. Er sah einen verzerrten Schatten durch das weiße Wogen auf sich zutaumeln, warf sich instinktiv zur Seite und fiel der Länge nach in den Schnee. Der Pikte, der ihn um ein Haar über den Haufen gerannt hätte, stürmte blindlings an ihm vorbei und brauchte in seiner Überraschung noch zwei oder drei Schritte, um abzubremsen und sich umzudrehen, und diese Zeitspanne genügte Dulac, auf die Füße zu kommen und loszurennen.

Er verschwendete keine Zeit damit, sich nach dem Pikten umzusehen, um sich davon zu überzeugen, ob er ihn verfolgte oder nicht, sondern riss schützend die Arme vors Gesicht und rannte, so schnell er konnte und ohne auf den Wind, den eisigen Schnee und die tief hängenden, eisverkrusteten Äste zu achten, die ihm ins Gesicht peitschten. Er stolperte, fand nur noch mit Mühe sein Gleichgewicht wieder und wäre im nächsten Moment beinahe wirklich gestürzt, als er gegen einen Baum prallte, der zu schnell aus der schneedurchtosten Dunkelheit vor ihm auftauchte, als dass er noch darauf hätte reagieren können. Die stampfenden Schritte seines Verfolgers waren immer noch hinter ihm und sie schienen näher zu kommen, aber dann und wann hörte er ein Grunzen oder einen unterdrückten Fluch, die ihm klar machten, dass die Pikten mit den gleichen Schwierigkeiten zu kämpfen hatten wie er.

Dennoch bestand am Ausgang dieser verzweifelten Flucht kaum noch ein Zweifel. Der Barbarenkrieger war viel stärker als er und vermutlich auch in deutlich besserer Form. Haken schlagend und immer wieder

den jäh aus dem Sturm auftauchenden Hindernissen ausweichend stürmte Dulac tiefer in den Wald hinein, aber am Ende kam es dann doch, wie es kommen musste: Wo er festen Boden erwartet hatte, gab der Schnee plötzlich unter seinem Fuß nach und Dulac machte noch einen ungeschickt-torkelnden Schritt, bevor er mit hilflos rudernden Armen vornüber in den Schnee fiel. Hinter ihm erscholl ein triumphierendes Keuchen, und noch während Dulac sich verzweifelt auf den Rücken zu wälzen versuchte, machte er sich auf den tödlichen Schmerz gefasst, mit dem ihn die Waffe des Pikten treffen musste. Er hatte keine Angst vor dem Tod – die hatte er schon lange nicht mehr –, aber er empfand tiefes Bedauern bei dem Gedanken, dass er Gwinneth nun nicht mehr beschützen konnte.
Doch der tödliche Hieb, auf den er wartete, kam nicht. Als er es geschafft hatte, sich auf den Rücken zu drehen und sich mit der linken Hand Schnee und Schmutz aus den Augen zu wischen, da war der Pikte verschwunden. Über ihm war nur tobendes weißes Chaos und er hörte immer noch Schreie, aber sie klangen nun anders.
Verwirrt stemmte sich Dulac in die Höhe, und was er erblickte, das ließ ihm schier das Blut in den Adern erstarren. Der Pikte lag wenige Schritte neben ihm im Schnee, und direkt über ihm, als hätte sich der Sturm zusammengeballt um ein weißes Ungeheuer zu gebären, ragte das Einhorn auf, das sich immer wieder auf die Hinterläufe erhob, um seine Vorderhufe wie tödliche Waffen auf sein wehrloses Opfer heruntersausen zu lassen. Blut hatte das weiße Fell des Tieres besudelt und auch das gewundene Horn, das aus seiner Stirn ragte und nur für Dulac und andere Angehörige seines Volkes sichtbar war, glitzerte in frischem, hellem Rot. Obwohl er schon mehr als einmal erlebt hatte, welch

unvorstellbare Kraft dieses scheinbar so edle und sanfte Geschöpf hatte, wusste Dulac, dass der Pikte längst nicht mehr am Leben sein konnte. Dennoch gebärdete sich das Einhorn weiter wie rasend, trampelte auf seinem Opfer herum und stieß immer wieder mit dem nadelspitzen, fast unterarmlangen Horn zu.
Schaudernd wandte er sich ab, setzte sich ganz auf und fuhr sich noch einmal und jetzt mit beiden Händen durchs Gesicht, um den Schnee wegzuwischen. Plötzlich merkte er, wie kalt es war. Schnee war ihm unter die Kleidung geraten, jagte einen eisigen Schauer nach dem anderen über seinen Rücken und seine Finger waren so steif gefroren, dass er sie kaum bewegen konnte. Es kostete ihn erhebliche Mühe, sich ganz in die Höhe zu stemmen und umzudrehen.
Das tobende Einhorn beruhigte sich allmählich. Dulac vermied es, auch nur einen Blick auf sein Opfer zu werfen, sondern wandte sich im Gegenteil in die andere Richtung und versuchte das Schneegestöber hinter sich mit Blicken zu durchdringen.
Es war sinnlos. Er konnte sich ganz in der Nähe der Stelle befinden, an der er Gwinneth verloren hatte, ebenso gut aber auch auf der anderen Seite des Gasthauses. Selbst hier im Wald war das Schneegestöber noch so dicht, dass er kaum die Hand vor Augen sehen konnte; er wusste nicht einmal mehr, aus welcher Richtung er gekommen war, geschweige denn in welche er sich wenden musste.
Wieder mischte sich ein klagender Laut ins Heulen des Sturmes. Diesmal war sich Dulac sicher, dass es nicht Gwinneths Stimme war, aber das Geräusch *erinnerte* ihn an ihre hoffnungslose Situation, und das allein reichte aus, seiner Panik neue Nahrung zu geben. Er musste seine Rüstung anlegen, um zu Gwinneth zurück-

zukehren und sie zu retten. Und da waren ja auch noch die beiden anderen Pikten, die kehrtgemacht hatten, um nach ihm zu suchen.
Hinter ihm ertönte ein unwilliges Schnauben. Da Dulac immer noch Angst hatte, sich dem totgetrampelten Pikten zuzuwenden, zögerte er, aber dann schnaubte das Tier erneut und diesmal klang das Geräusch eindeutig verärgert, fast schon ein bisschen drohend. Dulac drehte sich fast widerwillig herum und sah in das edel geschnittene, strahlend weiße Gesicht des Fabelwesens hoch, das nun plötzlich, wie durch Zauberhand, voll gerüstet in Schabracke und Panzer vor ihm stand. Vor wenigen Augenblicken noch waren sein Fell und das gedrehte Horn auf seiner Stirn mit dem Blut des toten Piktenkriegers besudelt gewesen, jetzt war davon nichts mehr zu sehen. Auch die Mordlust, die gerade noch in seinen Augen geglitzert hatte, war verschwunden, doch sie hatte etwas anderem Platz gemacht, etwas, das Dulac nicht in Worte fassen konnte, das ihm aber beinahe noch mehr Angst bereitete.
Er verscheuchte den Gedanken und machte eine auffordernde Geste und das Einhorn drehte sich so zu ihm um, dass er ihm die Rüstung abnehmen konnte. Das Fabelwesen ließ ein sonderbar zufriedenes Schnauben hören, das Dulac erneut einen kalten Schauer über den Rücken laufen ließ. Nicht zum ersten Mal fragte er sich, wer von ihnen beiden eigentlich der Herr war.
Aber jetzt war nicht der Moment für solcherlei Überlegungen. Dulac sah sich hastig um – er hatte die beiden anderen Pikten, die noch irgendwo durch den Wald streiften und nach ihm suchten, nicht vergessen – dann schlüpfte er aus seinen Kleidern und legte in Windeseile die silberne Rüstung an. Mit jedem Teil verwandelte er sich wieder ein bisschen mehr in den Silbernen Ritter

Lancelot. Und das nicht nur äußerlich. Panik und Furcht entschwanden im gleichen Maße, in dem er seine Ausrüstung komplettierte. Als er sich schließlich aufrichtete, den Schild am linken Arm befestigt und als Letztes das Helmvisier herunterklappte, da war der Küchenjunge Dulac zwar noch irgendwo in ihm, aber seine Angst war erloschen. Er fühlte sich wieder von der schier unbezwingbaren Kraft all derer durchströmt, die diese magische Rüstung vor ihm getragen hatten, und er hatte keine Angst mehr vor den beiden Pikten, die irgendwo ganz in der Nähe sein mussten, sondern fieberte im Gegenteil eher dem Moment entgegen, in dem sie ihn fanden.

Er musste nicht lange warten. Das Einhorn schnaubte und scharrte unruhig mit den Vorderhufen über den Schnee, und gerade als Lancelot sich zu ihm umdrehen wollte um in den Sattel zu steigen, hörte er einen überraschten Ausruf hinter sich.

Die beiden Barbarenkrieger tauchten nebeneinander aus dem Schneegestöber auf. Jeder von ihnen war mindestens eine Handspanne größer als Lancelot und viel breitschultriger und kräftiger; sie trugen schwere Rüstungen aus schwarzem Leder und schartige, plumpe Schwerter, deren bloßer Anblick Lancelot schaudern ließ. Obwohl sie der Anblick des ganz in Silber gekleideten Ritters, der so jäh vor ihnen stand, vollkommen überraschen musste, zögerten sie nur einen winzigen Moment, bevor sie auseinander wichen, um ihn gleichzeitig und aus zwei verschiedenen Richtungen anzugreifen.

»Tut das nicht«, warnte sie Lancelot. »Ich habe keinen Streit mit euch. Geht und ich lasse euch am Leben.«

Falls die beiden Pikten seine Worte über dem Heulen des Sturmes überhaupt verstanden, so reagierten sie nicht darauf. Ganz im Gegenteil: Der Krieger zu seiner Linken sprang mit einem gellenden Kampfschrei vor und schwang seine gewaltige Waffe mit beiden Händen hoch über dem Kopf, während sein Kamerad abwartend stehen blieb, zweifellos um Lancelot in den Rücken zu fallen, sobald er sich dem ersten Gegner zuwandte.

Lancelot dachte jedoch nicht daran, das zu tun. Er ignorierte den angreifenden Pikten vollkommen, wandte sich stattdessen dem anderen zu und zog das Schwert aus dem Gürtel. Hinter ihm ertönte ein schrilles Wiehern, gefolgt von einem dumpfen Laut und einem keuchenden Schrei, und die Augen des zweiten Pikten wurden groß vor Entsetzen, als er sah, was sich hinter Lancelot abspielte.

Er überlebte seinen Kameraden nur um die Dauer eines Atemzuges. Lancelots Schwert durchbohrte seine schwarze Lederrüstung und sein Herz, nahezu ohne auf spürbaren Widerstand zu stoßen. Lautlos kippte der Mann nach hinten und starb, noch bevor er in den Schnee fiel.

Langsam wandte Lancelot sich um. Sein Herz klopfte. Er war auf Schlimmes vorbereitet, doch das Einhorn stand einfach nur ruhig da und blickte ihn auffordernd an. Offensichtlich war der Blutdurst der Bestie, die sich hinter der Maske dieses wunderschönen Geschöpfes verbarg, zumindest für den Moment gestillt, denn es hatte sich damit begnügt, den Barbarenkrieger mit seinem Horn zu durchbohren und ihm auf diese Weise einen schnellen und gnädigen Tod zu gewähren, statt in blinder Raserei über ihn herzufallen, wie über seinen Kameraden vorhin.

Irgendwo in Lancelot musste wohl doch noch ein kleiner Rest des alten Dulac sein, denn er spürte einen leisen Hauch von Entsetzen, als er diesen Gedanken dachte. *Ein gnädiger Tod ...* es gab keinen *gnädigen* Tod. Es gab nur den Tod, und sonst nichts. Das Ende eines Lebens, das völlig sinnlos und willkürlich ausgelöscht wurde. Und es spielte im Grunde keine Rolle, ob er es hatte tun müssen oder nicht.

Das Einhorn schnaubte unwillig und begann mit den Vorderhufen im Schnee zu scharren, und Lancelot verscheuchte den Gedanken und ging mit entschlossenen Schritten zu dem Tier hin. Er saß auf und beugte sich tief über den Hals des Einhorns, als das Fabelwesen auf der Stelle kehrtmachte und fast ansatzlos in einen scharfen Galopp verfiel, ohne auf die dicht stehenden Bäume, das Unterholz oder die Äste zu achten, die schwer von Schnee und Eis waren und zum Teil fast bis zum Boden herunterhingen. Durch seine unheimliche Magie geschützt wich es jedem Hindernis im letzten Moment aus und schien manchmal regelrecht *hindurch*zugleiten, und schon nach wenigen Augenblicken waren sie wieder aus dem Wald heraus und Lancelot sah das Gehöft inmitten des Schneesturmes unter sich liegen – aus einem völlig anderen Blickwinkel, als er erwartet hatte. Der Stall lag auf der Rückseite des Haupthauses, nun aber näherte er sich ihm aus der entgegengesetzten Richtung. Der magische Weg, den das Einhorn genommen hatte, war sicher der schnellste gewesen, möglicherweise aber nicht der kürzeste.

Als sie aus dem Wald heraus waren, griff das Einhorn weiter aus. Das Gasthaus flog regelrecht auf sie zu. Trotz des Heulens des Sturmes und des immer noch dichter werdenden Schneetreibens sah Lancelot schon von fern die weit offen stehende und anscheinend eingeschlagene Tür und das flackernde rote Licht hinter den Fenstern. Dunkelgrauer Qualm drang aus einem

Teil des strohgedeckten Daches und wurde sofort vom Sturm gepackt und davongerissen. Unter dem Heulen des Sturmes glaubte er das Klirren von Waffen und Schreie zu hören.
Lancelot verschwendete keine Zeit damit, aus dem Sattel zu steigen, sondern beugte sich erneut tief über den Hals des Einhorns und sprengte kurzerhand durch den leeren Türrahmen.
Der Anblick, der sich ihm bot, gab ihm Recht.
In der schäbigen Gaststube tobte ein erbitterter Kampf. Nahezu sämtliche Möbel waren zerschlagen und hinter der offen stehenden Tür zur Küche war ein Feuer ausgebrochen, das den Raum in zuckendes rotes Licht tauchte, sodass er eher einer grässlichen Version der Hölle glich als der Wirklichkeit. Ein toter piktischer Krieger lag direkt vor der Tür, der Leichnam eines zweiten war halb vor der Theke zusammengesunken, halb lag er aber auch auf dem fetten Wirt, den sein Schicksal ebenfalls ereilt hatte.
Mindestens sieben oder acht weitere Pikten lieferten sich einen erbitterten Kampf mit Sean und seinen Brüdern, die sich vor dem Kamin zusammengerottet hatten und Seite an Seite verzweifelt gegen die erdrückende Übermacht kämpften. Lancelots Herz machte einen erschrockenen Satz, als er Gwinneth entdeckte, die zwischen den Iren stand. Sie hatte beide Arme vors Gesicht gerissen um sich zu schützen, aber Lancelot sah trotzdem, dass ihre Kleidung in Fetzen hing und sie aus einer hässlichen Schnittwunde über dem linken Auge blutete.
Der Anblick ließ ihn jegliche Skrupel vergessen. Seit er das erste Mal diese Rüstung angelegt hatte und vom einfachen Küchenjungen Dulac zum Silbernen Ritter Lancelot geworden war, hatte er lernen müssen, dass Kämp-

fen kein Spiel war und nur zu oft mit einem schrecklichen Tod endete, aber er hatte stets versucht seinen Gegnern eine faire Chance zu lassen. Der Anblick von Gwinneths blutüberströmtem Gesicht ließ jedoch irgendetwas in ihm zerbrechen. Mit einem gellenden Schrei trieb er das Einhorn an und fuhr wie ein leibhaftiger Racheengel unter die Pikten.

Die beiden ersten Männer fielen unter seiner Klinge, oh ne auch nur zu ahnen, wie ihnen geschah. Ein dritter wurde Opfer des Einhorns, durchbohrt von einem gedrehten, nadelspitzen Horn, das er noch nicht einmal hatte sehen und dem er deshalb auch nicht hatte ausweichen können, und damit war der Kampf im Grunde entschieden. Die überlebenden Pikten wichen in heller Panik auseinander und selbst Sean und seine Brüder prallten ganz instinktiv erschrocken vor Lancelot und seinem Einhorn zurück, aber das Erschrecken währte nur einen winzigen Moment, bevor sie begriffen, dass die silbern schimmernde Gestalt, die so scheinbar aus dem Nichts aufgetaucht war, auf ihrer Seite stand. Von einem Atemzug auf den anderen wendete sich das Blatt, und aus Verteidigern wurden Angreifer, aus Jägern Opfer.

So mutig die Pikten auch sein mochten, suchten sie ihr Heil nun doch in der Flucht, aber nicht einer von ihnen entkam. Während die Iren johlend vorstürmten, riss Lancelot das Einhorn auf der Stelle herum und beugte sich im Sattel vor, um nach einem der flüchtenden Krieger zu schlagen. Der Hieb ging fehl, weil der Pikte im letzten Moment einen Haken schlug, aber damit verlängerte er sein Leben nur um einen Atemzug. Er stolperte über einen zerbrochenen Tisch, ging auf Hände und Knie und kam noch einmal halb in die Höhe, bevor sich das für ihn unsichtbare Horn des Einhornes genau zwischen seine Schulterblätter bohrte.

Lancelot riss das Einhorn herum und sah sich wild nach einem weiteren Gegner um. Sean und seine Brüder waren in erbitterte Zweikämpfe mit jeweils einem der Pikten verstrickt, an deren Ausgang es kaum noch einen Zweifel geben konnte. Denn auch wenn die Barbarenkrieger den Iren zweifellos ebenbürtig waren, so hatte sie Lancelots plötzliches Eingreifen doch vollkommen überrascht und demoralisiert, und schließlich, nach einem nur erstaunlich kurzen Schlagabtausch zwischen den Pikten und den Iren, blieb nur noch ein einziger Angreifer übrig: ein hochgewachsener Mann mit schulterlangem, blondem Haar, der bereits aus zwei tiefen Wunden blutete und kaum noch die Kraft zu haben schien, sich auf den Beinen zu halten.
Er warf sein Schwert fort und taumelte auf die Theke zu. Lancelot setzte mit einem wütenden Schrei zur Verfolgung an. Das Einhorn fuhr fast auf der Stelle herum. Unter seinen Hufen zerbarsten zerbrochene Möbelstücke zu kleineren Splittern und Lancelots hochgerissenes Schwert prallte so hart gegen die niedrige Decke des Schankraumes, dass es ihm fast aus der Hand geprellt worden wäre. Der Pikte setzte zu einem verzweifelten Spurt an, kam aber ins Stolpern und fiel dicht vor der Theke zu Boden. Sofort rappelte er sich wieder auf, kam aber nicht auf die Füße, sondern kroch auf Händen und Knien weiter. Das Einhorn prallte gegen ihn und schleuderte ihn zur Seite. Der Krieger überschlug sich zwei- oder dreimal, krachte hart auf den Rücken auf und kroch mit angstverzerrtem Gesicht rücklings weiter.
»Nein!«, flehte er. »Nein! Gnade, Herr!«
Dulac, der noch immer irgendwo in Lancelot war, schrie voller Entsetzen auf, aber seine Stimme verhallte ungehört. Dieser Pikte war kein Gegner mehr, nur noch

ein Mensch, der von nackter Todesangst geschüttelt und noch dazu schwer verwundet war und um sein Leben flehte; aber auch Lancelot war in diesem Moment nicht mehr Herr seiner selbst. Vor seinem inneren Auge sah er nur Gwinneths blutüberströmtes Gesicht, die Angst in ihrem Blick und die Kleidung, die in Fetzen hing und mehr über ihre Flucht hierher verriet, als alles andere. Ohne auch nur einen Sekundenbruchteil zu zögern beugte sich Lancelot im Sattel vor und durchbohrte den Pikten mit seinem Schwert. Und er ließ es nicht dabei bewenden, sondern stieß noch einmal zu und noch einmal, und ganz gleich, welches Entsetzen er noch vor Augenblicken empfunden hatte, nun war er es, der das Einhorn herumriss und das Tier dazu brachte, auf dem längst leblosen Körper herumzutrampeln, während er selbst immer wieder und wieder mit dem Schwert zustieß.
Seine Raserei beruhigte sich erst, als eine Hand nach dem Zaumzeug des Einhorns griff und das Tier mit einem Ruck zurückriss. Lancelot fuhr wütend im Sattel herum, das Schwert schon wieder halb erhoben um zuzuschlagen, doch im allerletzten Moment erkannte er, dass es kein weiterer Pikte war, der ihn da hinterrücks angriff, sondern niemand anderer als Sean.
Der Ire blickte ihn mit einer Mischung aus Entsetzen und maßloser Verwirrung an, aber auch er hatte das Schwert halb erhoben und war bereit sich zu verteidigen. Offensichtlich war er nicht völlig davon überzeugt, wirklich einem Verbündeten gegenüberzustehen.
»Es ist vorbei, Herr«, sagte er. »Hört auf!«
Lancelot starrte ihn noch für die Dauer eines Herzschlages verständnislos an, dann aber sah er wieder nach unten und erkannte schaudernd, was er getan hatte. Für einen Moment schloss er die Augen, bevor er

hörbar ausatmete und endlich das Schwert sinken ließ. Auf einen leichten Schenkeldruck hin bewegte sich das Einhorn zwei Schritte rückwärts und auch Sean ließ den Zügel los und trat zur Seite. Ein flüchtiges Stirnrunzeln huschte über sein Gesicht, als er auf den toten Pikten hinabsah, doch er sagte nichts, sondern blickte nur wieder zu Lancelot hoch.

Es war vorbei. Der Kampf war zu Ende. Sämtliche Pikten waren gefallen, während Sean und seine Familie den Kampf nahezu unbeschadet überstanden zu haben schienen; nur einer der langhaarigen jungen Männer presste die Hand gegen den linken Oberarm, und zwischen seinen Fingern sickerte Blut hervor.

»Ich danke Euch, Herr«, sagte Sean – allerdings mit einer Stimme, die viel mehr von Verwirrung und Misstrauen erfüllt war als von wirklicher Dankbarkeit. »Ohne Euch hätten wir es wahrscheinlich nicht geschafft.«

Lancelot hörte gar nicht hin, sondern drehte das Einhorn auf der Stelle herum und ritt langsam auf Gwinneth zu. Auch sie war weiter zurückgewichen und stand mit dem Rücken an der Wand neben dem Kamin. Sie sah zu ihm hoch und Lancelot erkannte nun, dass sie längst nicht so schwer verletzt war, wie er im ersten Moment angenommen hatte. Im Grunde war das, was er für eine gefährliche Wunde gehalten hatte, kaum mehr als ein Kratzer, aus dem nur einige Blutstropfen über ihr Gesicht gelaufen waren. Aber auch ihre Augen waren groß und fast schwarz vor Entsetzen, und was Lancelot darin las, das brach ihm fast das Herz. Es war Angst, doch diese Angst hatte einen völlig anderen Grund, als er bisher angenommen hatte. Er wollte etwas sagen, aber er konnte es nicht. Seine Kehle war wie zugeschnürt.

»Ich danke Euch, Herr«, sagte Sean noch einmal. »Aber wer seid Ihr?«
Lancelot schwieg noch immer. Seine Kehle war wie zugeschnürt und es wurde nicht besser, sondern schlimmer. Er verstand nicht wirklich, was er da in Gwinneths Augen las, aber das war nur die halbe Wahrheit. Die ganze Wahrheit war, dass er es nicht verstehen *wollte*, weil er diese Wahrheit nicht ertragen hätte.
Seine Schwerthand begann immer heftiger zu zittern. Mit aller Kraft riss er seinen Blick von dem Gwinneths los, schob das Ritterschwert in die silberbeschlagene Scheide und griff mit beiden Händen nach den Zügeln des Einhorns. Das Tier scharrte unruhig mit den Vorderhufen, als spüre es den Aufruhr von Gefühlen, der seinen Reiter quälte, und schüttelte die prachtvolle Mähne so heftig, dass Sean erschrocken einen halben Schritt zurückwich und plötzlich wieder ein bisschen alarmiert aussah.
»Herr?«, fragte er.
Lancelot sah in schweigend an, dann ließ er seinen Blick nacheinander über die Gesichter der anderen Iren schweifen. Er erkannte Erleichterung und Verwirrung, aber auch ein deutliches Misstrauen, und keineswegs die Dankbarkeit, mit denen man einen Retter oder auch nur einen potenziellen Verbündeten musterte.
»Wir müssen hier raus, Herr«, sagte Sean mit einer Kopfbewegung auf die offen stehende Tür zum hinteren Raum. Die Flammen brannten jetzt heller, schwarzer Rauch quoll unter dem Türsturz hervor und begann sich unter der Decke zu sammeln. »Das Haus wird niederbrennen.«
Lancelot nickte schweigend. Er vermied es, Gwinneth anzusehen, als er das Einhorn auf der Stelle wenden und zur Tür reiten ließ. Sean rief ihm noch irgendetwas

nach, das er nicht verstand, und nur einen Augenblick später war er wieder draußen im Sturm und das wirbelnde weiße Chaos und das Heulen tausend losgerissener Höllenwölfe verschlang das Einhorn und seinen Reiter.

Obwohl kaum mehr als fünf Minuten vergangen sein konnten, bis Dulac zurückkehrte, stand das Hauptgebäude bereits in hellen Flammen. Das gesamte Dach qualmte wie ein Feuer aus nassem Stroh und aus den Fenstern und Türen quoll dunkler Rauch, in dem es hin und wieder gelb und rot aufblitzte. Aus dem Dach schlugen winzige Vulkane aus Funken und brennenden Holzsplittern, bevor sie vom Sturm auseinander gerissen und weggetragen wurden, und selbst über dem Heulen der entfesselten Naturgewalten waren die panikerfüllten Schreie des Viehs in den Ställen zu hören.

Lancelot war gerade weit genug geritten, um sicher zu sein, dass man ihn vom Haus aus nicht mehr sehen konnte, und dann nach links abgebogen, dorthin, wo sie Gwinneths Pferd im Wald zurückgelassen hatten. Fast zu seiner eigenen Überraschung hatte er das Tier auf Anhieb gefunden und sich an Ort und Stelle seiner Rüstung und Waffen entledigt, so schnell er nur konnte. In aller Hast verstaute er die Zauberrüstung auf dem Einhorn und ergriff Gwinneths Schimmel am Zügel, um das Tier zurück zum Gasthaus zu führen. Der Sturm hatte noch weiter an Gewalt zugenommen, und obwohl es im Grunde nur wenige Schritte waren, hätte Dulac sich möglicherweise selbst auf diesem kurzen Wegstück verirrt, hätte ihm nicht der immer heller werdende Feuerschein die Richtung gewiesen.

Als er sich der Rückseite des Gebäudes näherte, hatte das Feuer bereits auf das Dach des Stalles und somit auch auf den Heuboden überzugreifen begonnen. Die Türen standen jedoch weit offen, und noch bevor er Zeit gefunden hätte, wirklich in Panik zu geraten, kamen ihm zwei von Seans Brüdern entgegen, die offensichtlich in aller Hast die Pferde aus dem Stall getrieben hatten – unter ihnen auch das Packpferd, auf dessen Rücken sich ihre gesamte zusammengeschmolzene Habe befand. Dulac wollte nach seinen Zügeln greifen, doch das Pony war halb von Sinnen vor Furcht und Aufregung, prallte mit einem erschrockenen Wiehern zurück und verschwand dann mit weit ausgreifenden Sätzen im Schneegestöber.

Ganz instinktiv wollte Dulac hinter ihm herlaufen; immerhin befand sich in den abgewetzten Packtaschen alles, was Gwinneth und er noch besaßen. Und so gering dieser Besitz auch sein mochte, würden sich ohne ihn ihre Chancen noch weiter verschlechtern, auch nur die nächsten Tage zu überleben. Einer von Seans Brüdern hielt ihn jedoch mit einer groben Bewegung an der Schulter zurück und schüttelte den Kopf. »Lass es!«, schrie er über den Sturm und das immer lauter werdende Prasseln der Flammen hinweg. »Wir fangen es später ein! Jetzt hilf uns!«

Dulac kam nicht dazu, über diese Aufforderung nachzudenken – der Ire riss ihn einfach herum und versetzte ihm einen groben Stoß, der ihn durch die offen stehende Tür des Pferdestalles stolpern ließ, ob er nun wollte oder nicht.

Vorhin war ihm dieser Raum trostlos und düster vorgekommen, jetzt hatte er sich in einen Vorhof der Hölle verwandelt. Funken und brennendes Stroh regneten von der Decke und hier und da hatten sich auch auf dem Boden schon kleine Glutnester gebildet, die so heftig qualmten, dass man kaum die Hand vor Augen sehen konnte. Das zuckende rote Licht der Flammen tat ein Übriges, um Dulac das Gefühl zu geben, geradewegs ins Herz des Fegefeuers hineinzustolpern, und er sah überall hektische Bewegung und tanzende Schatten und hörte das panikerfüllte Kreischen von Pferden, die vergebens an ihren Fesseln zerrten.

Der Ire versetzte ihm einen weiteren, diesmal allerdings nicht ganz so derben Stoß und gestikulierte nach links, während er sich selbst in die entgegengesetzte Richtung wandte, und Dulac atmete noch einmal tief ein und hetzte dann los. Einem Teil von ihm erschien es geradezu absurd, dass er tatsächlich sein Leben riskierte, um ein paar Pferde zu retten, aber zugleich wusste er auch, dass sie ohne diese Tiere keine Chance hatten. Hustend und halb blind taumelte er inmitten der verwirrend zuckenden Schatten und des roten Lichtes vorwärts und wäre um ein Haar von einem Paar wirbelnder Hufe getroffen worden, die wie aus dem Nichts aus dem Qualm vor ihm auftauchten. Dulac zog hastig den Kopf ein, wich dem tobenden Tier aus und versuchte den Knoten zu lösen, mit dem sein Zügel an einem Holzpfahl festgebunden war.

In seiner Angst biss das Pferd nach ihm. Es verfehlte ihn, aber Dulac musste sich abermals mit einem hastigen Sprung in Sicherheit bringen und er brauchte drei weitere Anläufe, bevor es ihm gelang, das Tier loszubinden. Mit einem erleichterten Wiehern stieg der Hengst auf die Hinterläufe, drehte sich um und raste blindlings davon, und Dulac wandte sich einem zweiten Pferd zu, das nur wenige Schritte entfernt mit einer noch größeren Panik an seinen Fesseln zerrte. Diesmal gelang es ihm auf Anhieb, es loszubinden, aber er bezweifelte, dass seine Kraft reichen würde, noch ein drittes Tier zu befreien.

Mittlerweile war es hier drinnen nicht mehr kalt, sondern nahezu unerträglich heiß. Von der Decke regnete es Feuer und der Qualm war so dicht geworden, dass er kaum noch atmen konnte. Doch hinter ihm waren noch immer panische Bewegung und das Stampfen von Hufen, sodass er trotz seiner eigenen, immer größer werdenden Furcht herumwirbelte und halb blind lostaumelte. Seine Augen hatten sich längst mit Tränen gefüllt. Irgendetwas berührte unerträglich heiß seine Wange und hinterließ eine heftig schmerzende Brandblase darauf und die Atemnot wurde mit jedem Schritt schlimmer. Dann aber hatte er das Pferd erreicht, einen besonders großen, prachtvollen schwarzen Hengst, der einen Schuppenpanzer aus geöltem Leder trug. Das Tier zerrte mit solcher Kraft an seiner Fessel, dass es sich das Maul aufgerissen hatte und Blut von seinen Lefzen tropfte, und seine wirbelnden Hufe machten es fast unmöglich, sich ihm zu nähern.
Dulac wollte beruhigend auf den Hengst einreden, aber alles, was er herausbrachte, war ein unverständliches Krächzen, das gleich darauf in ein qualvolles Husten überging und das die Angst des Tieres eher noch zu schüren schien statt sie zu besänftigen. Die Mähne des Hengstes schwelte an mehreren Stellen, und hätte er nicht seinen ledernen Schuppenpanzer getragen, so wäre es längst um ihn geschehen gewesen, denn von der Decke regneten mittlerweile nicht mehr nur Funken und glimmendes Stroh, sondern brennendes Holz und Flammen, die heiß genug waren, selbst das feuchte Stroh auf dem Boden auf der Stelle in Brand zu setzen.
Dennoch gab Dulac nicht auf, sondern raffte noch einmal all seinen Mut zusammen, brachte irgendwie das Kunststück fertig, den wirbelnden Vorderhufen des Hengstes auszuweichen und auch seinen schnappenden

Zähnen zu entgehen, und griff mit beiden Händen nach den Zügeln, die an einem fast armstarken Querbalken festgebunden waren. Aber es gelang ihm nicht, den Knoten zu lösen. Seine Finger waren trotz allem noch immer steif vor Kälte und der Hengst zerrte mit aller Gewalt an seiner Fessel, sodass der Knoten immer enger zusammengezogen wurde. Nicht einmal die Kraft von zehn Männern hätte vermutlich gereicht um ihn zu lösen.

Irgendwo über ihm zerbrach etwas mit einem dumpfen, lang nachhallenden Krachen und nur ein kleines Stück neben Dulac stürzte brennendes Holz zu Boden. Die Hitze war so gewaltig, dass sie ihn wie ein Faustschlag traf und ihn vor Schmerz aufheulen ließ. Dulac riss schützend die linke Hand vor das Gesicht, griff mit der anderen nach seinem Gürtel und zerrte den Dolch hervor. Er versuchte den Zügel mit einem einzigen Schnitt zu durchtrennen, aber das Leder war so zäh, dass die Waffe einfach abprallte und ihm um ein Haar aus der Hand gerissen worden wäre. Und die Hitze wurde immer noch schlimmer. Mittlerweile war es nicht mehr der beißende Rauch, der ihn husten ließ, sondern die schiere Höllenglut, die ihm den Atem nahm. Er konnte längst nicht mehr richtig sehen. Selbst das riesige Pferd vor ihm war kaum mehr als ein bizarrer Schatten, dessen Umrisse sich in der roten Glut ringsum aufzulösen schienen. Er begriff, dass er sterben würde, wenn er auch nur noch einen Moment länger bliebe.

Trotzdem versuchte er es noch einmal. Mit zusammengebissenen Zähnen und angehaltenem Atem griff er nach dem Zügel, setzte mit der anderen Hand den Dolch an und säbelte mit einer Mischung aus Verbissenheit und wachsender Verzweiflung an dem zähen Leder. Vermutlich brauchte er in Wahrheit nicht länger

als wenige Augenblicke, aber es kam ihm vor, als dauerte es Stunden. Schließlich aber zersprang der Zügel mit einem peitschenden Knall und der Hengst warf mit einem erleichterten Wiehern den Kopf in den Nacken, fuhr herum und war nur einen Lidschlag später im Rauch verschwunden.
Wieder knarrte etwas über ihm und dann folgte ein lang anhaltendes, bedrohliches Knirschen und Stöhnen. Dulac hob erschrocken den Kopf und stellte mit einer Mischung aus Entsetzen und Unglauben fest, dass der gesamte Heuboden, auf dem Gwinneth und er die Nacht hatten verbringen wollen, sich langsam, aber auch unaufhaltsam, in seine Richtung zu neigen begann. Das Feuer hatte die ohnehin morschen Stützpfeiler weit genug geschwächt, um die gesamte Konstruktion unter ihrem eigenen Gewicht zusammenbrechen zu lassen.
Dulac reagierte ganz instinktiv und ohne zu denken. Statt herumzufahren und vor dem zusammenbrechenden Heuboden davonzulaufen, was seinen nahezu sicheren Tod bedeutet hätte, stürmte er in die entgegengesetzte Richtung los, riss schützend die Hände über den Kopf und stieß sich schließlich mit einem gewaltigen Satz ab, als die gesamte Konstruktion über ihm endgültig auseinander brach und in einem Regen aus schwelendem Heu, Flammen und lichterloh brennenden Holztrümmern zusammenstürzte. Feuer berührte sein Gesicht und ließ ihn vor Schmerz aufschreien und irgendetwas traf ihn mit solcher Wucht in den Rücken, dass er fast das Bewusstsein verlor.
Aber er war gerettet. Als Dulac sich nach einem Augenblick hustend und qualvoll nach Atem ringend aufrichtete und dort hinsah, wo er sich befunden hätte, wenn er blindlings losgerannt wäre, erblickte er nur ein wirres

Durcheinander aus zerborstenem Holz, Glut und meterhoch prasselnden Flammen.
Die Hitze nahm ihm noch immer den Atem und sie schien mit jedem Augenblick schlimmer zu werden. Unsicher rappelte Dulac sich auf, wich ein paar Schritte rückwärts gehend vor der lodernden Feuerwand zurück und drehte sich schließlich um.
Um ein Haar hätte er vor Entsetzen aufgestöhnt. Weniger als drei Schritte hinter ihm befand sich die Rückwand des Stalls. Zu seiner Rechten ragte die aus massivem Backstein gemauerte Rückwand des Gasthauses auf, und links und hinter ihm eine ebenso undurchdringliche, aber viel gefährlichere Mauer aus lodernden Flammen. Er saß in der Falle.
Verzweifelt sah sich Dulac nach einem Fluchtweg um. Obwohl die Luft mittlerweile so heiß war, dass sie ihm schier die Kehle versengte, atmete er schließlich ein letztes Mal tief ein, stürmte los und warf sich mit aller Gewalt gegen die Bretterwand.
Das einzige Ergebnis war ein stechender Schmerz, der durch seine Schulter zuckte und ihn zu Boden schleuderte. Ganz offensichtlich befand er sich im einzigen Teil des Pferdestalls, der nicht baufällig war. Die scheinbar morschen Bretter hatten nicht einmal gezittert.
Doch die Flammen kamen näher. Trotz allem bekam er irgendwie noch Luft, auch wenn jeder Atemzug eine größere Qual zu sein schien als der vorhergehende, aber der Ring aus Feuer schloss sich immer schneller um ihn. Wäre die Situation nicht so grausam gewesen, hätte er fast aufgelacht: Er hatte das Pferd gerettet und bezahlte jetzt mit dem eigenen Leben dafür.
Der Gedanke weckte seinen Trotz. Nein, so durfte es nicht enden. Er war nicht durch halb Britannien geflohen, hatte nicht die schwarze Hexenkönigin der Elben

besiegt und erfolgreich gegen die besten Ritter von König Artus' Tafelrunde gekämpft, nur um hier elendiglich zu verbrennen! Das war lächerlich! So grausam konnte das Schicksal nicht sein.

Aber vielleicht war es das doch. Dulac warf sich noch einmal und mit noch größerer Wucht gegen die Wand. Diesmal wurde er nicht zu Boden geschleudert, doch durch seine Schulter jagte ein so scharfer Schmerz, dass er sich kaum noch zu bewegen vermochte, und diese verdammte Bretterwand gab nicht im Geringsten nach. Dafür schienen die Flammen schneller näher zu kriechen und sein Gesicht fühlte sich mittlerweile an, als würde sich die Haut in Streifen davon lösen. Der Schmerz war schier unerträglich und ihm wurde immer schwindeliger, weil die Luft, die er sich zu atmen zwang, kaum noch Sauerstoff enthielt. Dulac taumelte zurück, prallte mit dem Rücken gegen die harte Backsteinwand und sank langsam in die Knie. Alles rings um ihn herum begann zu verschwimmen.

Dann zerbarst die Welt vor seinen Augen in einer Explosion aus zersplitterndem Holz, Flammen und Schnee, der in einer kochenden Wolke hereingewirbelt wurde, und aus dem Herzen dieses Chaos tauchte ein riesiges weißes Pferd auf, aus dessen Stirn ein gedrehtes Horn aus strahlend weißem Elfenbein wuchs.

Der Anblick gab ihm noch einmal Kraft. Dulac hatte das Gefühl, am ganzen Körper in Flammen zu stehen und flüssiges Feuer zu atmen, doch als das Einhorn neben ihm war, stemmte er sich mit zusammengebissenen Zähnen in die Höhe, streckte die Hand nach dem Sattel aus und zog sich mit letzter Kraft auf den Rücken des Tieres, und kaum hatte er es getan, da sprengte das Fabelwesen auch schon los. Als könnten ihm weder die Flammen noch der beißende Rauch oder der Hagel aus brennenden Trümmern etwas anhaben, raste es mitten durch das Feuer hindurch.

Dulac beugte sich tief über seinen Hals und klammerte sich mit letzter Kraft an seiner Mähne fest. Sein Haar hatte Feuer gefangen, aber er hatte nicht mehr die Kraft, danach zu schlagen und die Flammen zu ersticken. Rings um ihn herum waren nur noch Feuer, Hitze und gleißendes Licht, das seine Augen zu versengen drohte. Er konnte nun endgültig nicht mehr atmen und er spürte, wie seine Kräfte mehr und mehr erlahmten. Nur noch einen Augenblick und er würde den Halt verlieren und vom Rücken des Einhorns stürzen und dann war es endgültig vorbei.

Und plötzlich waren sie aus dem Feuer heraus. Statt in der brennenden Scheune, befand sich Dulac von einem Lidschlag auf den nächsten in einem anderen, nicht minder tobenden Chaos, das aus heulenden Sturmböen und durcheinander wirbelnden Schneeflocken bestand, in die die Flammen zuckende rote Lichtblitze warfen. Dulac bemerkte verzerrte, schattenhafte Gestalten, hörte Pferdegetrappel, panisches Wiehern und entsetzte Ausrufe, und inmitten des tobenden weißen Chaos glaubte er für einen Moment sogar Gwinneths Gesicht zu erkennen, doch dann versagten seine Kräfte endgültig.

Das Einhorn galoppierte noch drei oder vier Schritte weiter, bevor seine Hände ihren Halt in seiner Mähne endgültig verloren und er kopfüber in den Schnee fiel. Im selben Moment war das Einhorn auch schon verschwunden.

Als er wieder zu sich kam, drangen Schreie an sein Ohr, aufgeregte Stimmen, und er glaubte jemanden seinen Namen rufen zu hören. Plötzlich waren Gestalten rings um ihn herum, die nach ihm griffen und Schnee auf ihn warfen, um die Glut zu ersticken, die in seinem Haar glomm, und die Flammen, die aus seinen Kleidern züngelten. Der Schnee, dessen Kälte ihm noch vor Minuten wie eine schier unerträgliche Qual vorgekommen war, tat jetzt gut auf seinem verbrannten Gesicht und linderte den Schmerz ein wenig, aber er fühlte sich noch immer unendlich erschöpft und so müde und kraftlos, dass er nur noch mit äußerster Anstrengung die Augen offen halten konnte.

»Was hast du nur gemacht, Junge?« Ein von langem Haar eingerahmtes bärtiges Gesicht beugte sich über ihn, dunkle Augen blickten besorgt auf ihn herab. »Bist du verletzt?«

Dulac wollte den Kopf schütteln, aber selbst dafür fühlte er sich zu schwach; außerdem hätte er sich damit vermutlich nur lächerlich gemacht. Ihm war schwindelig, und die Linderung, die der Schnee gebracht hatte, hielt nicht lange vor. Zumindest sein Gesicht und seine Hände, die dem Feuer ungeschützt ausgesetzt gewesen waren, hatten eine Menge abbekommen und der brennende Schmerz, der schon wieder erwachte, war von einer Art, die ihn spüren ließ, dass dies nur der Anfang war.

Dann tauchte Gwinneths Gesicht über ihm auf und das Entsetzen, das plötzlich in ihren Augen loderte, verriet ihm mehr über seinen Zustand, als er eigentlich wissen wollte. »Oh nein!«, hauchte sie. »Dulac! Was ist mit dir?«

»Jetzt nicht«, sagte Sean. »Wir müssen seine Wunden versorgen. Bringt saubere Tücher und Schnee. Schnell!«

Während einer seiner Brüder davoneilte, um seinen Befehl auszuführen und das Gewünschte zu holen, schob er Gwinneth mit sanfter Gewalt, aber sehr nachdrücklich zur Seite, hob Dulacs Kopf an und maß sein Gesicht und dann seine Hände mit einem langen, stirnrunzelnden Blick. »Das war das Dümmste, was ich jemals gesehen habe«, sagte er zornig. »Was hast du dir bloß dabei gedacht, direkt ins Feuer zu laufen?«

»Aber dein Bruder hat ihn doch hineingestoßen!«, protestierte Gwinneth.

Sean sah mit einem Ruck hoch. »Wie?!«

»Ich habe es genau gesehen«, beharrte Gwinneth. »Er hat ihn gezwungen mit in den Stall zu kommen.«

»Ich wollte, dass er die Pferde losbindet«, sagte eine andere Stimme, irgendwo rechts von Dulac und außerhalb seines Gesichtsfeldes. »Wenigstens die, die wir noch erreichen konnten. Ich wusste ja nicht, dass er blindlings ins Feuer rennt.«

»Du hättest ihn fast umgebracht«, sagte Gwinneth aufgebracht. »Du ...«

»Genug!«, unterbrach sie Sean. Er drehte den Kopf und warf dem Mann auf Dulacs anderer Seite einen wütenden Blick zu. »Darüber reden wir später«, entschied er. »Jetzt müssen wir uns erst einmal um seine Verletzungen kümmern. Das sieht nicht gut aus.«

Dulac stemmte sich mit zusammengebissenen Zähnen auf die Ellbogen hoch. Der Schmerz war zwar peinigend, aber nicht so unerträglich, dass er es nicht aushalten konnte. »Es geht schon wieder«, murmelte er. »Ich hab schon Schlimmeres überlebt.«

»Wenn es nur halb so schlimm ist, wie es aussieht, dann wird dir das diesmal schwer fallen«, sagte Sean besorgt. »Bleib liegen.«

Dulac schüttelte stur den Kopf und stemmte sich weiter in die Höhe, bis er schwankend und mit an den Leib gezogenen Knien dasaß. Jeder einzelne Knochen in seinem Leib tat ihm weh. Er fühlte sich so erschöpft, als wäre er hundert Meilen weit gerannt ohne innezuhalten.

Und ihm war noch immer schwindelig. Aber er wollte nicht, dass sich Gwinneth um ihn Sorgen machte. »Es geht schon wieder«, wisperte er. »Wirklich.«
»Natürlich, und meine Mutter ist eine englische Königin«, spottete Sean. Er sah noch einen Moment besorgt auf Dulac hinab, dann wandte er sich halb um und blickte stirnrunzelnd zum Stall zurück. Das Gebäude brannte mittlerweile lichterloh und es war nicht besonders schwer, den verwirrten Ausdruck auf Seans Gesicht zu deuten. Auch Dulac verstand nicht *wirklich,* wie es ihm gelungen war, aus dieser Hölle zu entkommen.
Sehr vorsichtig, damit er nicht vor Schwäche vor ihr zusammenbrach, drehte er sich zu Gwinneth um. »Ist dir etwas passiert?«
Gwinneth wollte antworten, aber Sean kam ihr zuvor. »Deine Freundin ist unversehrt. Aber wo bist du gewesen?«
»Ich wollte ihr helfen«, sagte Dulac, während er Gwinneth einen raschen, fast flehenden Blick zuwarf. Er betete, dass sie Sean nicht verraten hatte, wer der Silberne Ritter wirklich gewesen war. »Wir haben diese fremden Krieger gesehen und sind davongelaufen, aber dann ... dann habe ich mich wohl im Sturm verirrt ... und ...«
»Und hast das Beste verpasst«, sagte Sean grimmig. »Eure Freunde waren hier. Die Pikten.«
»Pikten?«, fragte Dulac mit geschauspielerter Überraschung, dann runzelte er die Stirn. »Wieso unsere Freunde?«
»Nun, vor nicht allzu langer Zeit haben wir über sie geredet, oder?«, gab Sean zurück. Er machte eine abwehrende Bewegung, als Dulac antworten wollte. »Gleichwie – sie waren jedenfalls plötzlich da. Wie hingezaubert. Und es waren eine ganze Menge.« Er deutete ein Achselzucken an. »Wahrscheinlich ist es gut, dass du

nicht dabei warst. Sie hätten dich erschlagen.« Seine Augen wurden schmaler. »Als du da draußen durch den Sturm geirrt bist – hast du da sonst noch irgendetwas gesehen?«

»Irgendetwas?«, wiederholte Dulac.

»Einen Fremden«, sagte Sean. »Einen Ritter auf einem riesigen weißen Pferd.«

»Ich habe niemanden gesehen«, versicherte Dulac. »Von welchem Ritter sprichst du?«

»Wenn ich das wüsste«, sagte Sean nachdenklich. Dann sog er tief die Luft durch die Nase ein und schüttelte den Kopf. »Aber gut. Später ist noch Zeit genug, darüber zu reden. Jetzt kümmern wir uns erst einmal um dich und dann sollten wir machen, dass wir hier wegkommen. Das ganze Gehöft wird niederbrennen und der Feuerschein könnte trotz des Sturms unerwünschten Besuch anlocken – im schlimmsten Fall noch eine Horde Pikten!«

»Aber wo wollt ihr denn hin«, flüsterte Dulac. Es fiel ihm immer schwerer, dem Gespräch zu folgen, und noch schwerer, zu antworten. Sonderbarerweise ebbte der Schmerz in seinem Gesicht und an seinen Händen jetzt wieder ab, das Schwindelgefühl hinter seiner Stirn nahm dafür jedoch immer mehr zu.

»Wir«, verbesserte ihn Sean. »Ihr kommt mit uns.«

»Aber ...«

»Keine Widerrede«, unterbrach ihn der Ire grob. »Der Wirt ist tot. Nicht dass es schade um diesen Halsabschneider wäre, doch seine Angehörigen werden nicht besonders begeistert sein, fürchte ich. Im Moment sind sie damit beschäftigt, zu retten, was noch zu retten ist, aber sobald sie damit fertig sind, werden sie an Rache denken.« Er deutete ein Achselzucken an. »Willst du mit deiner Freundin hier bleiben und darauf warten, dass sie euch die Schuld an dem Überfall und dem Brand in die Schuhe schieben?«

»Warum? Dafür konnten wir doch nichts«, protestierte Dulac schwach. »Wir hatten noch nie etwas mit Pikten zu schaffen.«

Sean schwieg, aber auf eine Art, die Dulac wohl klar machen sollte, dass er an dieser Behauptung ernsthafte Zweifel hegte. Wahrscheinlich ließ er es nur wegen Dulacs angegriffenem Zustand dabei bewenden, denn nach einer Weile stand er wortlos auf und brüllte nach seinem Bruder, damit dieser endlich das verdammte Verbandszeug bringe.

Dulac wandte sich mühsam Gwinneth zu. Er wollte etwas zu ihr sagen, aber plötzlich verweigerte seine Stimme ihm den Dienst, während die Welt um ihn herum wegzusacken schien. Er sah noch, wie Gwinneth erschrocken die Augen aufriss und die Arme nach ihm ausstreckte, doch er spürte schon nicht mehr, wie er zur Seite kippte und in den Schnee fiel.

In dieser Nacht bekam er Fieber. Dulac sank in einen tiefen, aber alles andere als ruhigen Schlaf, aus dem er immer wieder hochschrak, manchmal in Schweiß gebadet und schreiend, manchmal auch sinnlose Worte stammelnd oder auch vor Kälte zitternd, obgleich er das Gefühl hatte, von innen heraus zu verbrennen. Hinterher glaubte er sich an Gesichter zu erinnern, die sich über ihn beugten, Stimmen, die besorgt auf ihn einredeten, und Hände, die über seine Stirn und seine fiebernden Wangen fuhren um sie zu kühlen, manchmal aber auch seine Arme festhielten, wenn er um sich schlug. Aber er war nicht sicher, welche von diesen Erinnerungen Wirklichkeit und welche nichts weiter als quälende Trugbilder waren.

Als er schließlich endgültig erwachte, dämmerte der Morgen und er lag auf dem Rücken auf einer dünnen Decke, die auf dem nackten Erdboden ausgebreitet worden war und kaum Schutz vor der Kälte bot, die bereits unbarmherzig in seinen Körper gekrochen war. Viele Stunden mussten vergangen sein, doch er fühlte sich nicht erholt, sondern eher noch müder und kraftloser, und er hatte entsetzlichen Durst. Nur ein kleines Stück neben ihm brannte ein Feuer, dessen prasselnde Flammen der Kälte der Nacht eigentlich Einhalt gebieten sollten, und obgleich er ihre Hitze schon fast unangenehm auf Händen und Gesicht spürte, fror er trotzdem entsetzlich. Er wollte etwas sagen, irgendjemanden rufen, der ihm einen Schluck Wasser oder wenigstens eine wärmende Decke bringen konnte, aber seine Kehle war so ausgedörrt, dass er nur ein gequältes Krächzen hervorbrachte, und selbst das überstieg schon beinahe seine Kräfte.

Dennoch schien jemand bemerkt zu haben, dass er wach war, denn er hörte sich rasch nähernde Schritte und dann beugte sich auch schon ein Schatten über ihn. Für einen ganz kurzen Moment sah ein bärtiges Gesicht auf Dulac herab. Es verschwand zu schnell, als dass er es erkennen konnte, aber nur einen Augenblick später erschien Gwinneth in seinem Blickfeld.

Sie wirkte übernächtigt und erschöpft. Unter ihren Augen lagen dunkle, fast schwarz wirkende Ringe, die einen scharfen Kontrast zu ihrem ansonsten leichenblassen Gesicht bildeten. Ihre Wangen waren eingefallen und es kam ihm vor, als hätte sie noch mehr an Gewicht verloren. Ein neuer, bitterer Ausdruck von Schmerz und tiefer Sorge hatte sich in ihre Mundwinkel gegraben. Als sie sich über ihn beugte, da wirkte ihre Erleichterung durchaus echt, aber hinter dieser Erleichterung verbarg sich ein Schmerz, den er fast körperlich nachempfinden konnte. Sie hatte sich umgezogen und trug nun ein einfaches braunes Kleid, das er noch nie an ihr gesehen hatte, und ihr wunderschönes Haar versteckte sich unter einem schäbigen Tuch, das sie zu einem engen Knoten unter dem Kinn zusammengebunden hatte. Ihr Gesicht war schmutzig, als hätte sie es seit Tagen nicht gewaschen.

»Du bist endlich wach«, stellte sie fest.

Dulac konnte darauf nur nicken. In seiner Kehle wühlte ein einziger rauer Schmerz und das Fieber hatte seine Lippen rissig und hart werden lassen. Irgendetwas an Gwinneths eigentümlicher Begrüßung alarmierte ihn jedoch. Mühsam drehte er den Kopf auf der zusammengerollten Decke, die ihm als Kopfkissen diente, und starrte in den Himmel. Es hatte endlich aufgehört zu schneien und die Nacht war jetzt so klar, dass man die Sterne fast mit den Händen berühren zu können glaubte. Im Osten zeigte sich bereits ein schmutziggrauer Streifen am Horizont. Dulac schätzte, dass es nicht einmal mehr eine halbe Stunde dauern würde, bis die Sonne aufging. Er hatte die ganze Nacht dagelegen und im Fieber fantasiert, sodass er Gwinneths Erleichterung einerseits verstehen konnte. Auf der anderen Seite aber waren es doch nur ein paar Stunden gewesen.

Wieder näherten sich Schritte, dann beugte sich ein wesentlich weniger hübsches Gesicht als das von Gwinneth über ihn und betrachtete ihn einen Moment lang ernst, aber auch sehr aufmerksam.

Schließlich nickte Sean, als wäre er mit dem, was er sah, zufrieden, wirkte zugleich jedoch leicht irritiert. Ohne ein Wort kniete er neben Dulac nieder, hob seinen Kopf und seine Schultern an und setzte ihm einen Wasserschlauch an die Lippen.

Das Wasser war so kalt, dass es im ersten Moment wie Feuer auf seinen gerissenen Lippen brannte. Trotzdem trank Dulac mit großen, gierigen Schlucken, bis Sean den Schlauch zurückzog und ein Kopfschütteln andeutete.
»Du bekommst gleich mehr«, sagte er. »Aber du tust dir keinen Gefallen, wenn du zu schnell trinkst.«
Hätte Dulac die Kraft gehabt, hätte er dem Iren den Schlauch einfach aus der Hand gerissen, um ihn in einem einzigen Zug zu leeren. Dennoch wusste er natürlich, dass Sean Recht hatte. Er hatte die ganze Nacht hohes Fieber gehabt und vermutlich so gut wie nichts getrunken, und wenn er jetzt nicht vorsichtig war, dann würde er sich nur übergeben und die kostbare Flüssigkeit wieder verlieren.
»Kannst du sprechen?«, fragte Sean.
»Nein«, murmelte Dulac.
Sean lächelte flüchtig, setzte den Wasserschlauch wieder an seine Lippen und ließ ihn diesmal deutlich mehr trinken, ehe er ihn erneut zurückzog und demonstrativ verknotete. Dulac folgte dem Beutel aus gegerbtem Ziegenleder mit gierigen Blicken, bis Sean ihn hinter sich legte, dann sah er wieder in das Gesicht des Iren hoch, und schließlich in das Gwinneths. Sie wirkte noch immer so erschrocken und besorgt wie zuvor, und auch der Ausdruck von Schmerz war nicht aus ihren Zügen gewichen und Dulac begriff, dass sie Todesangst um ihn ausgestanden haben musste.
»Mir geht es gut«, flüsterte er mit unsicherer, krächzender Stimme, die seine Behauptung zu einem schlechten Scherz werden ließ. Dennoch fuhr er fort: »Lasst mich noch ein wenig ausruhen, dann komme ich schon wieder auf die Beine.«
»Ich glaube, er redet noch immer im Fieber«, murrte Sean. Er wollte noch mehr sagen, aber Gwinneth gebot

ihm mit einer raschen Geste zu schweigen, und der hünenhafte Ire zuckte nur mit den Schultern und ließ sich zurücksinken.

»Du erinnerst dich nicht, wie?«, fragte Gwinneth schließlich.

Auf eine ebenso absurde wie grundlose Art riefen diese Worte ein Gefühl von Enttäuschung in Dulac wach. Er sah Gwinneth nur verständnislos an. Was meinte sie?

»Weißt du, dass du fast gestorben wärst, du verdammter Narr?« Plötzlich schimmerten Tränen in ihren Augen. Es gelang ihr, sie zurückzuhalten, doch Dulac sah auch, dass sie die Hände zu Fäusten geballt und in den Schoß gepresst hatte, damit man ihr Zittern nicht sah.

»Gestorben?«, wiederholte er verständnislos. »Aber wieso? Ich meine ... ich bin doch nur ...«

»... zwei Tage und Nächte bewusstlos gewesen«, fiel ihm Gwinneth ins Wort. »Und du hattest ununterbrochen hohes Fieber. Ein paarmal war ich sicher, dass du stirbst.«

Dulac sah sie fassungslos an. »Zwei Tage?« Aber das war doch unmöglich!

»Und zwei Nächte«, bestätigte Sean. Nach einem kurzen Blick in den Himmel verbesserte er sich: »Fast drei, um genau zu sein. Deine kleine Freundin hat Recht, Dulac – ein paarmal waren wir alle sicher, dass du es nicht mehr schaffst.« Er runzelte die Stirn, maß ihn wieder mit diesem sonderbaren Blick und fügte etwas leiser und in einem Tonfall, der Dulac nicht gefiel, hinzu: »Und eigentlich müsstest du tot sein, wenn ich es recht bedenke.«

»Wieso?«, fragte Dulac verstört. Er verstand nichts mehr. Er sollte zwei Tage und Nächte im Fieber dagelegen haben? Das war Unsinn. Er hätte sich doch erinnern müssen!

»Entweder hast du mehr Glück als Verstand, mein Junge«, sagte Sean, »oder du bist der zäheste Bursche, auf den ich jemals getroffen bin. Ich habe jedenfalls niemals einen Menschen getroffen, der solche Verbrennungen überlebt hätte. Davon, wie schnell du dich erholt hast, ganz zu schweigen.«

Dulac wandte sich mit einem Hilfe suchenden, ja fast flehenden Blick an Gwinneth, aber sie sah ihn einfach nur wortlos an, traurig, besorgt und erleichtert zugleich, doch auch mit einem Blick, der ihm fast vorwurfsvoll vorkam, obwohl er sich beim besten Willen keinen Grund dafür denken konnte.

Mühsam setzte er sich auf. Er fühlte sich schwach und so hilflos wie ein kleines Kind, und obwohl er Seans Wasserschlauch fast zur Hälfte geleert hatte, war er noch immer furchtbar durstig. Nur das Schwindelgefühl, auf das er instinktiv wartete, blieb aus. Wenn Sean und Gwinneth die Wahrheit sagten – und warum sollten sie in belügen? –, dann hatte er jedes Recht, erschöpft und durstig zu sein, aber er spürte nichts, was auf die schweren Verbrennungen schließen ließ, von denen Sean gesprochen hatte.

»Was ist passiert?«, murmelte er.

Gwinneth schwieg noch immer, doch Sean sagte: »Wenn du das nächste Mal in einen Spiegel blickst oder dein hübsches Gesicht auf einer Wasseroberfläche betrachtest, mein Junge, dann wirst du wahrscheinlich der Meinung sein, gar nichts. Aber noch in der vergangenen Nacht hast du ausgesehen wie ein Laib Brot, den jemand eine Woche zu spät aus dem Ofen geholt hat, und ich hätte keinen roten Heller mehr für dein Leben gegeben.« Er schüttelte den Kopf. »Du warst vollkommen verbrannt.«

»Wie bitte?«, entfuhr es Dulac erschrocken. Ganz automatisch hob er die Hände und betastete sein Gesicht. Es fühlte sich nicht gut an. Seine Haut war trocken und ausgedörrt vom Fieber und er konnte spüren, dass auch er weiter an Gewicht verloren hatte, aber da war keine Verletzung und schon gar nicht der grindige Schorf, den er bei Brandwunden erwartet hätte.

»Würde ich an Zauberei glauben, dann wärst du jetzt der Beweis dafür.« Sean lächelte, doch die Art, wie er die Worte aussprach, gefiel Dulac nicht. Dennoch fuhr er nach einer kurzen, wenn auch bedeutungsschweren Pause und mit einem Achselzucken fort: »Zum Glück glaube ich nicht an Zauberei. Deine kleine Freundin hier hat Kräuter gesammelt und eine Salbe zusammengebraut.« Er lachte leise und völlig ohne Humor. »Wenn es stimmt, dass alles, was schlecht schmeckt und schlecht riecht, gut für die Gesundheit ist, dann muss sie unglaublich gut gewesen sein. Vielleicht hast du aber auch einfach nur gutes Heilfleisch.«

»So schlimm war es doch gar nicht«, murmelte Dulac. Er versuchte sich an die letzten Augenblicke zu erinnern, bevor ihn das Einhorn aus der Hölle des brennenden Stalls hinausgetragen hatte. Er hatte gespürt, wie sein Haar und seine Kleider Feuer fingen, und ja, die Hitze hatte sein Gesicht verbrannt, aber *so schlimm* war es doch gar nicht gewesen.

»Jedenfalls schlimm genug, dass wir uns schon Gedanken über deine Grabinschrift gemacht haben«, sagte Sean lakonisch. »An welche Götter glaubst du, mein Junge?«

Dulac blieb ihm die Antwort schuldig, aber Sean schien auch nicht wirklich damit gerechnet zu haben. Er zuckte erneut mit den Schultern, griff hinter sich um seinen Wasserschlauch aufzuheben und stand in der gleichen Bewegung auf. »Dann denk dir meinetwegen einen

Gott aus, dem du für deine wundersame Rettung danken kannst.« Er betrachtete den Wasserschlauch in seiner Hand einen Moment lang nachdenklich, dann ließ er ihn mit einem erneuten angedeuteten Achselzucken neben Dulac wieder in den Schnee fallen und drehte sich um. »In einer Stunde geht die Sonne auf und dann reiten wir weiter. So lange lasse ich euch beide allein.«

Dulac griff zwar ganz instinktiv nach dem Schlauch und öffnete ihn, aber dann setzte er ihn nicht sofort an, sondern hielt mitten in der Bewegung inne um Sean hinterherzublicken. Der Ire entfernte sich mit wenigen schnellen Schritten. Nur einen halben Steinwurf entfernt von dem Feuer, neben dem Dulac erwacht war, brannte ein zweites, deutlich größeres Lagerfeuer, vor dem vier zusammengerollte und dick in Decken eingemummelte Gestalten im Schnee lagen und schliefen: Seans Brüder und sein Onkel. Hinter ihnen war ein halbes Dutzend Pferde am Waldrand angebunden, darunter auch Gwinneths prachtvoller Schimmel, das Packpferd und das Einhorn. Das war gar nicht gut. Er hatte sich während seiner Flucht immer bemüht, dass möglichst niemand den wertvollen Schimmel und das Einhorn aus nächster Nähe zu sehen bekam. Zwar konnten normale Menschen das Horn des Fabelwesens nicht sehen, doch passte das auch so immer noch auffällig prächtige und elegante Tier höchstens zum Silbernen Ritter Lancelot, nicht aber zum Küchenjungen Dulac.

Umso mehr wunderte er sich darüber, dass sich das Einhorn nicht von sich aus abseits gehalten hatte. Es sah ihm gar nicht ähnlich, sich zu fremden Menschen und Pferden zu gesellen und sich wie selbstverständlich anbinden zu lassen, als sei es nichts weiter als ein ganz gewöhnliches Reittier. Doch immerhin schien es als einziges nicht im Stehen zu schlafen, sondern hatte den Kopf gedreht und blickte aus seinen großen, klugen und auf beunruhigende Weise wissend erscheinenden Augen zu Dulac herüber, als wolle es ihn auf etwas aufmerksam machen – vielleicht auf den mindestens ebenso großen nachtschwarzen Hengst, der nur ein Stück neben ihm angebunden war. Das Tier trug jetzt nicht mehr den ledernen Schuppenpanzer, aber Dulac erkannte es dennoch sofort wieder. Es war der Hengst, den er aus dem Stall gerettet hatte.

»Zwei Tage?«, murmelte er, immer noch in ungläubig zweifelndem Ton, obwohl er längst begriffen hatte, dass Sean und Gwinneth die Wahrheit sprachen.

»Du wärst fast gestorben«, sagte Gwinneth mit einem bestätigenden Nicken. »Ich hatte solche Angst.«

»Das tut mir Leid«, sagte Dulac. »Ich wollte nicht ...«

»Was?«, unterbrach ihn Gwinneth. Ihre Stimme war nicht lauter geworden, auch nicht schärfer, und dennoch war plötzlich ein Ton darin, der Dulac alarmiert aufsehen ließ. »Mich nicht erschrecken? Mir keine Angst machen?« Sie schüttelte heftig den Kopf. »Was ist los mit dir, Dulac? Was ist aus dir geworden?«

»Ich verstehe nicht, was du meinst«, antwortete Dulac, aber das war nicht ganz die Wahrheit. Er wusste, was der bittere Ton in Gwinneths Stimme zu bedeuten hatte, genauso wie er wusste, was die Dunkelheit in ihren Augen war. Es war Angst. Doch er wollte nicht zugeben, dass es Angst vor ihm war, viel mehr als vor irgendetwas anderem.

»Als du draußen im Wald warst, wie viele Pikten hast du da erschlagen?«, fragte Gwinneth.

»Pikten?«, murmelte Dulac, als verstünde er nicht genau, wovon sie sprach.

»Wir haben sie gefunden«, sagte Gwinneth. »Es waren

drei. Wenigstens haben wir nur diese drei Leichen gefunden.«

»Und was hätte ich tun sollen?«, verteidigte sich Dulac. »Es galt: sie oder ich. Hätte ich mich vielleicht kampflos erschlagen lassen sollen? Oder wäre es dir lieber gewesen, ich wäre weggelaufen und hätte dich deinem Schicksal überlassen?«

»Vielleicht wäre es mir wirklich lieber gewesen«, flüsterte Gwinneth. Dulac konnte sehen, wie sie erschauerte. »Was geschieht mit dir, Dulac? Selbst Sean und seine Brüder hatten Angst vor dem Silbernen Ritter, der wie ein Dämon unter die Pikten gefahren ist.«

»Sie hätten dich getötet, Gwinneth«, sagte Dulac. »Oder dich gefangen genommen und zu Morgaine gebracht, vielleicht auch zurück zu Artus. Willst du das?«

»Ich weiß nicht mehr, was ich will«, flüsterte Gwinneth. Sie wich seinem Blick aus. »Ich weiß nicht einmal mehr, ob du noch der bist, den ich zu kennen glaube, Dulac – oder sollte ich lieber Lancelot sagen?« Sie hob mit einem Ruck den Kopf und starrte an ihm vorbei ins Nichts. Etwas in ihrem Blick hatte sich verändert. Ihre Augen wirkten jetzt so hart wie kunstvoll bemalte Glaskugeln. »Du erschlägst ein halbes Dutzend Männer ohne Gnade und dann riskierst du dein Leben – und damit auch meins und das dieser Männer hier –, um ein *Pferd* zu retten?«

»Aber ich ...«, begann Dulac.

Gwinneth stand auf. »Es geht dir wieder gut, wie ich sehe«, sagte sie leise, mit fast tonloser Stimme und noch immer ohne ihn direkt anzusehen. »Dann entschuldige mich bitte. Wir brechen in einer Stunde auf und ich möchte noch ein wenig schlafen. Ich bin sehr müde.«

Völlig fassungslos sah Dulac ihr nach, während sie sich umdrehte und ein Stück weit davonging, um sich schließlich an einen Baum gelehnt zusammensinken zu lassen, den Mantel enger um die Schultern zu ziehen und die Augen zu schließen. Und so unglaublich es ihm vorkam, er konnte sehen, dass sie auf der Stelle eingeschlafen war.

Lange Zeit saß Dulac einfach da und starrte mit einer Mischung aus Verständnislosigkeit, Schrecken und Trauer zu der schlafenden Elben-Prinzessin hinüber. Gwinneths Worte hatten ihn getroffen wie ein Schlag ins Gesicht, und der Schmerz ließ nicht nach, sondern schien mit jedem Moment schlimmer zu werden. War es möglich, dass Gwinneth tatsächlich *Angst* vor ihm hatte?

Er kroch ein Stück näher ans Feuer heran, doch die prasselnden Flammen vermochten ihn nicht wirklich zu wärmen. Seine Finger zitterten plötzlich so heftig, dass es ihm kaum gelang, den Wasserschlauch zu öffnen und anzusetzen, und das Wasser, das vor einem Augenblick noch so köstlich geschmeckt hatte, kam ihm jetzt bitter vor.

Als er den Schlauch absetzte, spürte er, dass er nicht mehr allein war. Dulac sah auf und blickte in Seans Gesicht. Der Ire war wieder herübergekommen und hatte sich ein kleines Stück neben ihm in die Hocke sinken lassen. Eine Zeit lang erwiderte er Dulacs Blick ruhig und fast ausdruckslos, dann drehte er den Kopf, um nachdenklich zu Gwinneth hinüberzusehen. »Du darfst es ihr nicht übel nehmen«, sagte er.

»Was?«

»Ihr habt euch gestritten, habe ich Recht?«

Dulac hob die Schultern. »Vielleicht. Ich bin nicht sicher.«

»Sie hat keinen Moment geschlafen, seit du aus der Scheune gekommen bist«, sagte Sean. »Um sie von dei-

ner Seite zu bekommen, hätten wir sie mit Gewalt wegschleifen müssen. Das Mädchen liebt dich wirklich, mein Junge. Du hast sehr großes Glück, einen solchen Menschen zu haben.«
»Ich weiß«, sagte Dulac. »Aber ich verstehe nicht, was sie hat.«
»Angst«, antwortete Sean. »Sie hat Angst um dich. Menschen sind so, weißt du? Manchmal täuschen sie Zorn oder Kälte vor, um ihre wirklichen Gefühle nicht zeigen zu müssen. Sie hat für dich getan, was in ihrer Kraft stand, und viel mehr, als die meisten anderen getan hätten. Jetzt ist es an der Zeit, dass du etwas für sie tust.«
»Und was?«
»Hab einfach ein bisschen Geduld«, sagte Sean. »Wir erreichen heute im Laufe des Tages die Grenze von Cornwall. Es gibt ein kleines Dorf, nicht weit von hier, in dem wir Unterschlupf finden werden. Vielleicht können wir einen oder zwei Tage dort bleiben, bis ihr beide euch erholt habt. Nach einer Nacht voller Schlaf und mit einer anständigen Mahlzeit im Bauch sieht die Welt schon wieder ganz anders aus, du wirst sehen.«
»Wir?«, fragte Dulac.
»Ihr könnt euch natürlich auf eure Pferde setzen und allein weiterreiten«, antwortete Sean mit sanftem Spott. »Nur zu, wenn du unbedingt ausprobieren willst, wie lange euer Glück noch vorhält. Ich werde dich nicht daran hindern.«
»So war das nicht gemeint«, sagte Dulac hastig. »Es ist nur ...«
»Ja?«, fragte Sean, als Dulac nicht weitersprach, sondern den Blick senkte und einen Moment vergeblich nach Worten suchte.
»Ich ... bin euch sehr dankbar für das, was ihr für uns

getan habt«, fuhr Dulac schließlich zögernd fort. »Aber ich möchte nicht ...« Wieder brach er ab, suchte einen Moment fast hilflos nach Worten und setzte dann neu an: »Es ist schon zu oft passiert, Sean.«

»Was?«

»Dass Leute, die es einfach nur gut mit uns gemeint haben, einen hohen Preis dafür bezahlen mussten«, antwortete Dulac. Eine leise Stimme in seinen Gedanken warnte ihn davor, weiterzusprechen. Diese Männer hatten Gwinneth und zweifellos auch ihm das Leben gerettet und sich ihrer angenommen, und er spürte ganz tief in sich, dass Sean im Grunde ein aufrechter Mann war, ganz gleich, wie sehr er sich auch bemühte, einen gegenteiligen Eindruck zu erwecken, aber dennoch: Sie wussten nichts über diese Männer. Und trotzdem sprach er nach einem neuerlichen Zögern weiter: »Was in diesem Gasthaus passiert ist, war kein Zufall.«

»Ich weiß«, sagte Sean ruhig.

Dulac sah ihn überrascht an. »Woher?«

»Weil ich mittlerweile weiß, wer deine Begleiterin ist.«

Ganz automatisch sah Dulac zu Gwinneth hin, aber Sean schüttelte den Kopf und fuhr fort: »Nein. Sie hat sich nicht verraten. Genau genommen hat sie während der ganzen Zeit nicht einmal ein Dutzend Worte mit uns gewechselt. Sie traut uns nicht, glaube ich. Und ich kann es ihr nicht einmal verdenken, nach allem, was sie erlebt haben muss.«

»Woher weißt du ...?« Dulac verbesserte sich. »Woher glaubst du denn zu wissen, wer sie ist?«

Sean lachte leise. »Eine junge Frau von so königlicher Ausstrahlung, dass nicht einmal das schlichteste Gewand ihre Abstammung verbergen kann – da ist es nicht schwer, eins und eins zusammenzuzählen. Und wenn man weiß, wer sie ist, kommt man ganz von selber drauf, dass ihr gemeinsam aus Camelot geflohen seid.«

Dulac konnte nicht verhindern, dass er merklich zusammenzuckte, doch dann sammelte er sich wieder und sagte rasch: »Das habe ich dir doch alles bereits selbst erzählt!«

Sean nickte ernst. »Ja, du hast dabei nur verschwiegen, wer Gwinneth ist – und dass die Hälfte von König Artus' Tafelrunde auf der Suche nach ihr ausgerückt ist und dass man auf ihren und auf den Kopf des sie begleitenden Ritters eine Belohnung ausgesetzt hat, für die die meisten Habenichtse ihre eigene Familie verkaufen würden.«

Dulac erstarrte. Sein Herz begann schneller zu klopfen und er spürte selbst, wie er sich stocksteif aufrichtete und blass wurde.

»Du brauchst keine Angst zu haben, Junge.« Sean strich sich gedankenverloren durch den Bart. »Ich sagte: Die meisten Männer, die ich kenne. Nicht alle. Und ich auch nicht.«

»Du musst dich täuschen«, widersprach Dulac. Er kam sich selbst ein wenig albern bei diesen Worten vor. »Es gibt niemanden in Camelot oder sonst wo, der eine Belohnung auf uns aussetzen würde. So wichtig sind wir nicht.«

»Das scheint mir arg untertrieben«, antwortete Sean. »Es interessiert mich allerdings auch nicht sonderlich. So wenig wie die Belohnung, die auf eure Ergreifung ausgesetzt ist.«

»Warum?«, fragte Dulac misstrauisch, während er sich die unbehagliche Frage stellte, ob ihn Sean nicht schon allein anhand des Einhorns als den Silbernen Ritter identifiziert hatte, der im Schankraum Jagd auf die Pikten gemacht hatte. »Weil du ein so aufrechter Mann bist?«

»Geld«, antwortete Sean, »interessiert mich im Grunde immer nur dann, wenn ich keines habe.«
»Und im Moment hast du welches?«
Sean schwieg einen Augenblick. Er fuhr sich nachdenklich mit der Hand über das Kinn und blickte an Dulac vorbei in die Flammen des Feuers, als suche er in dem tanzenden Lichtspiel nach der Antwort auf seine Frage. Schließlich deutete er ein Achselzucken an und Dulac hatte den Eindruck, dass sich sein Mund unter dem struppigen Bart zu einem leicht schiefen Lächeln verzog. »Warum soll ich dir etwas vormachen?«, fragte er. »Artus hat zwar einen Preis auf eure Köpfe ausgesetzt, aber es scheint, dass er nicht der Einzige ist, der sich für euch interessiert.«
»Was soll das heißen?«, fragte Dulac alarmiert.
»Es war kein Zufall, dass wir uns in diesem Gasthaus getroffen haben«, gestand Sean. »Tatsächlich waren wir schon seit ein paar Tagen auf eurer Spur – auch wenn ich zugeben muss, dass ihr es uns nicht leicht gemacht habt.«
»Also doch«, sagte Dulac. Seine Stimme wurde bitter. »Ihr seid nichts anderes als Diebe und Kopfgeldjäger.«
»Nicht so vorschnell«, antwortete Sean und hob besänftigend die Hand. »Es ist wahr. Wir sind Diebe, wenn es sich ergibt. Aber wir nehmen nur von denen, die genug haben, und meist auch nur das, was sie selbst gestohlen haben. Jemand hat uns geschickt, um euch zu finden und in Sicherheit zu bringen, und wir bekommen Geld dafür – was ist schlimm daran?«
»Jemand? Wer?«
»Das weiß ich nicht«, antwortete Sean.
»Du weißt nicht, wer dich beauftragt hat?« Dulac lachte leise. »Mach dich nicht lächerlich!«
»Natürlich weiß ich, wer es war«, erwiderte Sean in leicht

verärgertem Ton. »Ein Fremder, dem wir vor Monatsfrist begegnet sind. Ein älterer Mann; graues Haar, sehr groß, prachtvoll gekleidet und mit den Manieren und dem Gehabe eines Edelmannes. Sagt dir das etwas?«
Diese Beschreibung traf auf mindestens hundert Personen zu, an die Dulac sich erinnern konnte, aber er schüttelte trotzdem den Kopf. »Hat er seinen Namen genannt?«
»Ja, aber der war mit Sicherheit so falsch wie die Geschichte, die ihr uns aufgetischt habt«, erwiderte Sean. »Er hat uns für seinen Auftrag gut bezahlt. Mehr interessiert mich nicht.«
»Und das soll ich dir glauben?«, fragte Dulac.
»Nur wenn du es willst«, erwiderte Sean. »Es macht keinen Unterschied.«
»Vielleicht doch«, sagte Dulac. »Vielleicht macht es den Unterschied, ob wir bei euch bleiben oder verschwinden.«
Sean machte sich nicht einmal die Mühe, darauf zu antworten, und wozu auch? Nur dass Dulac und Gwinneth nicht gefesselt waren, bedeutete nicht, dass sie *keine* Gefangenen waren. Zumindest in der Rolle des Küchenjungen Dulac hatte er nicht die geringste Chance, Sean und seinen Brüdern zu entkommen. Seltsam: Er sollte wütend sein, erschrocken oder zumindest enttäuscht, aber alles, was er fühlte, war eine immer größer werdende Verwirrung.
»Weiß ... Gwinneth davon?«, fragte er.
Sean schüttelte den Kopf. »Wie gesagt: Sie traut uns nicht und weicht uns deshalb aus.« Er hob den Kopf und blickte in die andere Richtung. »Ich glaube, es ist an der Zeit, dass ich den Rest meiner nichtsnutzigen und faulen Verwandtschaft wecke. Du fühlst dich wirklich wieder besser?«

Dulac nickte.
»Dann kannst du dich ja auch nützlich machen«, fuhr Sean mit einem breiten Grinsen fort. »Hilf mir das Frühstück zuzubereiten. Sobald die Sonne ganz aufgegangen ist, reiten wir weiter. Es ist noch ein schönes Stück Weg bis zur Grenze nach Cornwall.«

Wie sich zeigte, waren diese Worte keineswegs übertrieben gewesen. Nach einem kargen Frühstück, das nur aus einem Stück steinhartem Brot und zwei dünnen Scheiben gebratenem Speck bestand, stiegen sie in die Sättel und ritten los, und es dauerte gar nicht lange, bis Dulac sich ernsthaft zu fragen begann, ob er nicht in den zurückliegenden beiden Tagen besser dran gewesen war, Fieber und quälende Trugbilder hin oder her. Sie ritten in südwestliche Richtung und damit ins Landesinnere, doch das war auch schon alles, was Dulac sagen konnte. Obwohl sie zweimal einen Waldweg und einmal sogar eine gut ausgebaute, wenn auch schneebedeckte Straße passierten, bewegten sie sich doch die meiste Zeit mitten durch den Wald, der manchmal so dicht war, dass es selbst im Sommer und bei gutem Wetter schwierig gewesen wäre, ihn zu passieren.
Sie kamen buchstäblich nur im Schneckentempo vorwärts und Dulac hatte mehr als einmal das Gefühl, dass sie im Kreis ritten – was natürlich nicht stimmte; es hatte aufgehört zu schneien, sodass sie auf ihre eigenen Spuren hätten stoßen müssen, hätten sie sich tatsächlich verirrt. Aber je weiter der Tag voranschritt, desto weniger sicher war sich Dulac, ob Sean wirklich das Ziel bestimmte oder nicht vielmehr sein schwarzer Hengst, der sich ohne viel Rücksicht auf sie zu nehmen seinen Weg durch das schwierige Gelände bahnte. Dabei schienen Ross und Reiter ganz instinktiv die Nähe aller Orte zu

meiden, an denen sie auf Menschen hätten stoßen können, und nahmen lieber große Umwege in Kauf, statt einen der an Siedlungen oder Gehöften vorbeiführenden Wege zu benutzen, auf denen sie viel besser vorangekommen wären.

»Vor wem fliehen wir eigentlich?«, fragte Dulac schließlich, als die Sonne sich langsam dem Zenit näherte und es auch hier drinnen im Wald allmählich heller wurde, wenn schon nicht wärmer. Da man ihm keine feste Position in der Gruppe zugewiesen hatte, war er den größten Teil des Vormittages an Gwinneths Seite geritten, und schließlich hatte er ihr beharrliches Schweigen und die gleichermaßen vorwurfsvollen wie traurigen Blicke, mit denen sie ihn ab und zu maß, nicht mehr ausgehalten und sich zu Sean ganz nach vorn an die Spitze der kleinen Kolonne gesellt.

»Fliehen?« Sean sah ihn an, als verstünde er nicht ganz, wovon er sprach.

»Wir meiden jede menschliche Ansiedlung, halten uns von Straßen und Wegen fern und bemühen uns, möglichst wenig Spuren zu hinterlassen«, erwiderte Dulac ärgerlich. »Meinst du etwa, das merke ich nicht?«

»Du bist ein guter Beobachter.« Sean zog hastig den Kopf ein, um nicht von einem tief hängenden Ast im Gesicht getroffen zu werden. »Aber ich kann dich beruhigen: Soweit ich das feststellen kann, ist uns zumindest im Moment niemand auf den Fersen.«

»Soweit du das feststellen kannst«, wiederholte Dulac.

»Genau deshalb verhalten wir uns ja auch so, als *hätten* Artus' Ritter unsere Spur aufgenommen«, antwortete Sean, schüttelte aber dennoch den Kopf. »Mach dir keine Sorgen. Wir sind bald in Sicherheit. Noch vor Einbruch der Dunkelheit, wahrscheinlich aber schon früher.«

»Und dann?«, fragte Dulac, der sich noch immer nicht damit anfreunden konnte, dass der Ire zumindest Gwinneths Identität enttarnt hatte.
Sean hob die Schultern und sah sich zum wiederholten Male an diesem Tag aufmerksam um, doch der Wald lag weiter still und weiß und wie ausgestorben da. Selbst die wenigen Tiere, die der früh hereingebrochene, dafür aber umso härtere Winter nicht in ihre Höhlen gejagt oder in wärmere Landstriche vertrieben hatte, hatten es offensichtlich vorgezogen, aus der unmittelbaren Nähe der Störenfriede zu verschwinden, die in ihr Reich aus Halbschatten und weißer Kälte eindrangen. Wären die Spuren nicht gewesen, die die Pferde hinterließen, so hätte man meinen können, in einem Teil der Welt zu sein, den noch niemals ein Mensch betreten hatte. Aber gerade diese Spuren waren es, die Dulac Sorgen bereiteten.
Sein entsprechender Blick entging Sean keineswegs, denn obwohl Dulac nichts sagte, schüttelte er den Kopf und meinte: »Keine Sorge. Es wird bald wieder schneien. In längstens einer Stunde sind unsere Spuren nicht mehr zu sehen.« Er schwieg eine Weile, und als er weitersprach, klang seine Stimme anders, ohne dass Dulac genau sagen konnte wie. »Da ist etwas, das ich nicht verstehe, *Küchenjunge*.«
»Ja?«
»Nachdem alles vorbei war, haben wir den Wald abgesucht, nur um keine weiteren Überraschungen zu erleben«, sagte Sean. »Wir haben drei erschlagene Pikten gefunden – und auch die Spuren der anderen. Aber weißt du, was seltsam ist?«
»Nein«, antwortete Dulac. »Woher auch?«
Sean antwortete nicht gleich, doch als er schließlich weitersprach, klang er fast enttäuscht: »Es gab keine

Spuren, die aus dem Wald herausführten. Ich bin ein ziemlich guter Spurenleser, Dulac. Jedenfalls habe ich das bisher immer gedacht. Aber was ich dort gesehen habe, kann ich mir nicht erklären. Es sah so aus, als wären sie einfach aus dem Nichts erschienen.«

»Wahrscheinlich hat der Schneesturm ihre Spuren einfach verweht«, antwortete Dulac. Am liebsten hätte er sich auf die Zunge gebissen. Seine Antwort war zu schnell gekommen, um nicht nach irgendetwas anderem als einer leichtfertigen Ausrede zu klingen.

Sean nickte. »Ja, genau das habe ich im ersten Moment auch geglaubt. Doch wenn es so wäre, dann hätte er genauso die Spuren verwehen müssen, die ich gesehen habe, meinst du nicht? Aber sie waren da. Die Spuren eines Dutzends Männer, die plötzlich einfach anfingen, ohne irgendwoher gekommen zu sein.« Er schüttelte heftig den Kopf und deutete ein übertriebenes Schaudern an. »Würde ich an Zauberei glauben ...«

»Was willst du damit sagen?«, fragte Dulac.

»Nichts«, antwortete Sean. »Es ist nur etwas, das ich nicht verstehe. Und wenn ich etwas nicht verstehe, dann macht mich das nervös.«

Dulac war klug genug, nichts mehr darauf zu antworten. Er hatte Sean jetzt schon ein paarmal unterschätzt und er tat gut daran, das nicht zu einer Angewohnheit werden zu lassen. Der Mann machte einen grobschlächtigen, einfachen Eindruck und in gewisser Weise war er das sicher auch. Aber das änderte nichts daran, dass er trotzdem ein sehr kluger Mann war und ein offensichtlich sehr aufmerksamer Beobachter, dem nichts entging, und der auch nicht so leicht hinters Licht zu führen war.

»Aber vielleicht hast du Recht und ich war einfach nervös und unaufmerksam«, fuhr Sean schließlich fort, als er wohl begriff, dass er keine Antwort bekommen würde. Dulac konnte sich nicht erinnern, etwas in dieser Art gesagt zu haben, hütete sich aber zu antworten. Vielleicht war es überhaupt das Klügste, wenn er nur noch das Allernotwendigste mit dem Iren sprach.

»Immerhin habe ich ebenso die Spuren eures Freundes nicht mehr gefunden«, fuhr Sean fort. »Sie waren einfach weg, als hätte der Sturm ihn verschluckt.«

Dulac antwortete auch darauf nicht, aber sein Herz begann schneller zu klopfen. Es war das erste Mal, dass Sean ihn direkt auf den Silbernen Ritter ansprach. Wider besseren Wissens hatte er sich bislang an die Hoffnung geklammert, dass er es nicht tun würde. Und jetzt fragte er sich vergeblich, was er sagen sollte, wenn der Ire weiter auf dem Thema herumritt.

Was er ganz offensichtlich vorhatte, denn alles Schweigen und beharrliches Wegsehen nutzte nichts. »Du fragst gar nicht, von welchem Freund ich rede«, sagte Sean nach einer Weile.

»Du wirst es mir schon sagen«, antwortete Dulac unfreundlich. »Ich weiß nicht, was passiert ist. Ich war draußen im Wald ...«

»... und du hast dich im Sturm verirrt und die Orientierung verloren, ich weiß«, unterbrach ihn der Ire. Er lachte leise. »Das ist schon seltsam, findest du nicht? Halb Britannien sucht nach einer entflohenen Königin und einem Ritter, der seinen Treueid gebrochen hat. Und was finde ich? Eine entflohene Königin, die in Begleitung eines Küchenjungen durch die Wälder irrt.«

»Das ist zumindest das, was du dir selbst eingeredet hast«, korrigierte ihn Dulac. »Aber ...«

»Aber im Moment der höchsten Not ist er dann doch da, der Ritter«, unterbrach ihn Sean völlig unbeeindruckt. »Er fährt wie der Leibhaftige unter die Pikten, rettet uns allen die Hälse und verschwindet dann wie-

der.« Er schüttelte den Kopf. »Das ist schon sonderbar. Und kaum ist er verschwunden, da tauchst du wieder auf.«
»Also gut, du hast mich ertappt«, sagte Dulac in übertrieben gespieltem, zerknirschtem Ton. »In Wahrheit bin ich Ritter Lancelot. Ich habe mich nur als Küchenjunge verkleidet, damit wir nicht so auffallen.«
Sean sah ihn einen winzigen Moment lang so verwirrt und fast erschrocken an, dass sich Dulac fragte, ob er nicht vielleicht zu weit gegangen war, aber dann warf der Ire den Kopf in den Nacken und begann schallend zu lachen. Seine Brüder blickten überrascht hoch und Gwinneth warf einen schnellen und eindeutig besorgten Blick in seine und Dulacs Richtung.
»Du gefällst mir, Bursche«, sagte Sean kichernd. »Du hast Humor, vor allem wenn man bedenkt, dass du gestern um diese Zeit noch mehr tot als lebendig warst.«
Er schüttelte immer noch glucksend und mit einem breiten Grinsen den Kopf, dann schlug er Dulac so kräftig mit der flachen Hand zwischen die Schulterblätter, dass dieser keuchend nach vorne rutschte und um ein Haar aus dem Sattel des Einhorns gekippt wäre. Das Fabelwesen schnaubte erschrocken und warf dem Iren einen drohenden Blick zu, und Dulac beeilte sich, sich wieder aufzusetzen und dem Tier beruhigend mit der Hand über die Stirn zu streichen. Für Sean, wie für alle anderen Menschen dieser Welt, war das Einhorn nur ein ganz normales, wenn auch ausnehmend schönes, prachtvolles und seltsam gerüstetes Tier, aber die Wahrheit war, dass er in diesem Moment mit seinem Leben spielte ohne es auch nur zu ahnen.
»Sogar dein Name klingt ja ein bisschen so, nicht wahr?«, fuhr Sean fort. »Dulac – Lancelot du Lac ... Ist das ein Zufall?«

»Ich sagte doch, dass ich in Wirklichkeit der Silberne Ritter bin«, beharrte Dulac.

»Hör mit dem Unsinn auf«, antwortete Sean streng. »Aber immerhin reitest du sein Pferd, das ist richtig.«

»Sein Pferd?« Dulac sah ganz automatisch und erschrocken auf das Einhorn hinab. »Das ist ...«

»Halt mich nicht für dumm«, fiel ihm Sean ins Wort. Er lächelte noch immer, aber seine Stimme war schärfer geworden. »Auch wenn es jetzt keine Schabracke und keinen Panzer mehr trägt – ein Tier wie dieses vergisst man nicht. Warum ist sein Reiter nicht bei uns?«

»Er ist ganz in der Nähe, da kannst du sicher sein«, antwortete Dulac. Seine innere Stimme mahnte ihn, nichts mehr zu sagen, doch er war im Grunde schon viel zu weit gegangen, um es jetzt nicht zu Ende zu bringen. Nicht zum ersten Mal gestand er sich ein, dass er Sean unterschätzt hatte, schon wieder.

»Daran zweifle ich nicht.« Sean runzelte die Stirn. »Also gut. Du willst nicht darüber reden. Das verstehe ich. Aber nun verrate mir wenigstens, wer du bist.«

»Ich bin nur ein Küchenjunge, genau wie du gesagt hast«, beharrte Dulac stur. Sean wollte widersprechen, doch er fuhr rasch und mit etwas lauterer Stimme fort: »Du hast es ja selbst gesagt: Zwei einfache junge Menschen auf der Flucht vor dem Krieg fallen nicht so auf wie eine Königin und ein abtrünniger Ritter.«

»Lüg mich nicht an«, sagte Sean. Er lächelte immer noch, aber Dulac konnte den Ärger des hochgewachsenen Mannes spüren. »Sie hat zwei Tage und Nächte an deinem Krankenlager gesessen und genug Tränen vergossen, um einen ausgetrockneten See damit zu füllen. Und du behauptest, nur ein einfacher Küchenjunge zu sein, den sie kaum kennt?« Er schüttelte den Kopf.

Dulacs Gedanken rasten. Er musste eine Ausrede finden, mit der Sean sich zufrieden geben würde, jetzt wo er schon so viel gesagt hatte. Das war das Problem mit Lügen, dachte er: Wenn man einmal damit anfing, dann musste man es auch zu Ende bringen, und es wurde komplizierter mit jedem noch so winzigen Schritt, den man sich weiter von der Wahrheit entfernte. »Also gut«, sagte er. »Erinnerst du dich noch an die erste Frage, die du uns in dem Wirtshaus gestellt hast?«

Sean kniff die Augenbrauen zusammen. »Was meinst du damit?«

»Du fragtest mich, ob Gwinneth meine Schwester sei.«

»Ich erinnere mich undeutlich.« Seans Gesichtsausdruck verfinsterte sich zusehends. »Aber was willst du damit sagen?«

»Du hattest Recht, damals, ohne es zu ahnen.« Dulac nickte bestätigend. »Ich bin tatsächlich ihr Bruder.«

Sean schüttelte ungläubig den Kopf. »Niemand hat mir gesagt, dass Lady Gwinneth einen Bruder hat.«

»Weil niemand es weiß«, antwortete Dulac. »Ich bin auf Camelot aufgewachsen und habe dort wirklich als Küchenjunge gelebt. Und eigentlich bin ich auch nur Gwinneths Halbbruder. Wir haben uns erst wiedergesehen, als sie nach Camelot kam um Artus zu heiraten.«

»Und der König ...«

»... weiß nichts davon«, sagte Dulac. »Es war ihr Wunsch. Und so wie es aussieht, eine sehr kluge Entscheidung.«

»Einen Verbündeten bei Hofe zu haben, von dem niemand etwas weiß«, sagte Sean nachdenklich. Er wiegte den Kopf. »Noch dazu jemanden vom Dienstpersonal, das sowieso viel besser über alles Bescheid weiß, was bei Hofe geschieht, und vor allem über das, was man so redet.« Er nickte. »Deine Schwester ist wirklich eine sehr kluge junge Frau.«

Dulac konnte gerade noch ein erleichtertes Aufatmen unterdrücken. Zumindest für den Moment schien Sean ihm zu glauben, auch wenn seine Geschichte kaum einer genaueren Überprüfung standhalten würde. Aber so weit würde es nicht kommen. Obwohl Dulac gestehen musste, dass ihm der schwarzhaarige Ire trotz allem immer sympathischer wurde, und er tief in sich spürte, dass er ihm und seinen Brüdern durchaus trauen konnte, würden sie sich von diesen Männern trennen, sobald sich eine Gelegenheit dazu ergab. Und sei es nur, weil er nicht noch mehr Menschen, die es gut mit ihnen meinten, Tod und Verderben bringen wollte.

Es dauerte doch noch deutlich länger, als Sean angekündigt hatte, bis sie endlich ihr Ziel erreichten. Tatsächlich war der Nachmittag bereits so weit fortgeschritten, dass sich Dulac innerlich schon mit dem Gedanken anzufreunden begann, eine weitere Nacht in Eis und Schnee und unter nichts anderem als dem Schutz eines Blätterdaches zu verbringen. Vielleicht, überlegte er, wäre es ohnehin das Klügste. Sie hatten menschliche Ansiedlungen und die Nähe anderer Reisenden in den letzten Tagen und Wochen gemieden, wo sie nur konnten, und das erste und einzige Mal, als sie von dieser Regel abgewichen waren, hatte in nichts anderem als einer Katastrophe geendet. Möglicherweise war das ja der wirkliche Fluch, mit dem Morgaine sie belegt hatte: Sie waren zwar frei, doch vielleicht würden sie nie wieder ungestraft in die Nähe von Menschen zurückkehren können und den Rest ihres Lebens als Gejagte und Einsame verbringen.

»Da vorne ist es.« Sean zügelte sein Pferd und hob gleichzeitig die linke Hand um nach vorne zu deuten.

Auch Dulac hielt an und blickte in die angegebene

Richtung, aber er konnte dort vorne nichts anderes erkennen als das, was er den ganzen Tag über schon gesehen hatte: Dichtes Buschwerk, das Eis und Schnee in eine massive Mauer aus glitzernd erstarrter Kälte verwandelt hatten, und niedrig wachsende Bäume, deren Äste sich unter ihrer weißen Last durchbogen. Er warf Sean einen zweifelnden Blick zu, aber der Ire lächelte nur aufmunternd und ritt – etwas schneller – weiter, und nachdem sie sich mühsam ihren Weg durch das Buschwerk gekämpft hatten, erkannte Dulac, dass Sean Recht hatte. Vor ihnen hörte der Wald auf, um in eine sanft abfallende, schneebedeckte Ebene überzugehen, durch die sich ein zugefrorener, nicht sehr breiter Fluss schlängelte. An seinem gegenüberliegenden Ufer, weniger als eine Meile entfernt, erhob sich ein großes, von einer mannshohen Mauer eingefasstes Gehöft, hinter dem noch einige wenige weitere Häuser standen. Aus allen Kaminen kräuselte sich grauer Rauch und jenseits des Hofes erkannte er eine umzäunte Weide, auf der eine Hand voll magerer Kühe stand.
Obwohl sich der Hof sowohl in Größe als auch in der Bauweise völlig von dem Gasthaus unterschied, in dem sie auf Sean und seine Brüder getroffen waren, erinnerte der Anblick Dulac doch so sehr an die schreckliche Szene, dass er erschrocken zusammenfuhr und eine instinktive Bewegung machte, als wolle er das Einhorn rückwärts wieder in den Wald zurückweichen lassen.
»Keine Sorge«, sagte Sean rasch. »Das dort unten sind Freunde.«
Dulac zweifelte nicht daran, dass dieses Anwesen Freunden der Iren *gehörte* – aber das war schließlich kein Beweis dafür, dass es im Moment auch von seinen rechtmäßigen Besitzern bewohnt wurde. Und unbeschadet dessen, was er gerade selbst gesagt hatte, schien

Sean wohl doch zumindest ähnlichen Überlegungen nachzugehen, denn er blickte eine Weile nachdenklich auf die friedlich erscheinende Szenerie hinab, dann aber wendete er sein Pferd und ritt wieder ein gutes Stück weit in den Schutz des Waldes hinein.

»Patrick und ich reiten erst einmal allein hinunter«, verkündete er. »Ihr anderen wartet hier. Lasst euch nicht sehen. Wenn alles in Ordnung ist, komme ich zurück und hole euch.«

Mit Ausnahme Seans selbst und des jüngsten seiner Brüder stiegen sie alle aus den Sätteln. Seans Onkel ließ sich unverzüglich an einem Baum entlang zu Boden sinken, legte den Hinterkopf gegen den Stamm und schloss die Augen, um, wie es schien, auf der Stelle einzuschlafen. Und auch seine beiden anderen Brüder machten es sich so gemütlich, wie es in diesem kalten, längst von Schnee und Eis eroberten Wald möglich war. Dulac stieg ebenfalls aus dem Sattel, doch er blieb unschlüssig neben dem Einhorn stehen, die linke Hand noch am Zaumzeug. Das Tier war unruhig, scharrte mit den Vorderhufen im Schnee und drehte immer wieder den Kopf nach rechts und links, als wittere es eine Gefahr. Vielleicht war es aber auch einfach nur müde.

So, wie sie alle. Nachdem er gerade erst zwei Tage und Nächte voll kräftezehrenden Fiebers überwunden hatte, war Dulac nicht weiter überrascht, dass er vor Schwäche am ganzen Leib zitterte und das Gefühl hatte, sich kaum noch auf den Beinen halten zu können. Doch auch den Iren schien es nicht deutlich besser zu ergehen. Ihre Gesichter waren grau vor Erschöpfung, ihre Bewegungen schleppend und fahrig. Er wusste nicht, wie lange diese Männer schon unterwegs waren, aber es musste *lange* sein – und Dulac fragte sich plötz-

lich, *wo* sie diesen Unbekannten getroffen hatten, der sie auf ihre Fährte gesetzt hatte.
Von allen hier hielt sich Gwinneth vielleicht noch am besten, obwohl Sean ja behauptet hatte, sie hätte seit dem Überfall praktisch kein Auge zugetan. Aber auch sie war blass und wirkte erschöpft. Ihr Atem dampfte in der Kälte vor ihrem Gesicht, und ihre Hände zitterten leicht, obwohl sie sie zu Fäusten geballt und fest gegen die Oberschenkel gepresst hatte. Dennoch hatte sie sich nicht hingesetzt wie die anderen, sondern war Sean und seinem Bruder zum Waldrand gefolgt und stand nun im Schutz der letzten Büsche da, um auf das Gehöft und den Fluss hinabzusehen. Gegen den grellweißen Hintergrund der schneebedeckten Ebene wirkte ihre Silhouette noch zerbrechlicher und schlanker als ohnehin, und Dulac erinnerte sich schmerzlich an Seans Worte: »*Sie hat zwei Tage und Nächte an deinem Krankenlager gesessen und genug Tränen vergossen, um einen ausgetrockneten See damit zu füllen.*«
Zögernd ließ er die Zügel des Einhorns los, folgte ihr und blieb einen halben Schritt hinter ihr stehen. Gwinneth musste das Geräusch seiner Schritte auf dem Schnee gehört haben und vermutlich hörte sie auch seinen Atem, der noch immer keuchend und ein wenig unregelmäßig ging, aber sie wandte sich nicht zu ihm um, noch ließ sie sich irgendwie anmerken, dass sie sich seiner Anwesenheit bewusst war. Dulac stand eine ganze Weile schweigend hinter ihr, bis er sich eingestand, dass sie nicht von sich aus das Wort ergreifen würde.
Er nahm all seinen Mut zusammen, trat ganz neben Gwinneth und legte ihr behutsam die Hand auf den Unterarm. Einen winzigen Moment lang reagierte sie gar nicht, dann zog sie den Arm zurück. Es war nur eine winzige Bewegung, vielleicht sogar ein Reflex, für den

sie gar nichts konnte, und dennoch tat sie so weh, als hätte sie ihm mit der Hand ins Gesicht geschlagen.

»Es ... es tut mir Leid, Gwinneth«, murmelte er.

Er hatte nicht mit einer Antwort gerechnet, doch nachdem zwei oder drei weitere Herzschläge verstrichen waren, drehte Gwinneth langsam den Kopf und sah ihm in die Augen. »Es ist nicht deine Schuld, Dulac. Du hättest nichts ändern können, glaub mir.«

»Ohne mich wärst du jetzt noch immer Königin auf Camelot«, antwortete er. »Ich hätte es niemals so weit kommen lassen dürfen.«

»Das ist nicht wahr«, antwortete Gwinneth. »Ich wäre niemals bei Artus geblieben, Dulac. Vielleicht eine Weile. Vielleicht ist alles schneller gekommen, weil du da warst, aber ich hätte niemals mein Leben an seiner Seite verbracht.« Sie lächelte traurig. »Ich hätte ihn niemals heiraten sollen. Wenn es jemanden gibt, dem ich einen Vorwurf machen kann, dann bin ich es.« Ihr Lächeln wurde noch bitterer. »Wir gehören nicht in diese Welt, Dulac. Du nicht, ich nicht, Artus nicht.«

»Aber es ist unsere Welt, ebenso wie die der Menschen«, protestierte Dulac. »Unser Volk war lange vor ihnen hier.«

»Und vor uns waren andere hier, und vor denen wieder andere«, widersprach Gwinneth. »Vielleicht ist es der Lauf der Natur. Menschen sterben um der nächsten Generation Platz zu machen. Warum soll es nicht auch Völkern so ergehen?« Sie schüttelte den Kopf. »Diese Welt gehört uns schon lange nicht mehr, Dulac. Die meisten unseres Volkes haben das eingesehen und sind gegangen.«

»Niemand hat mich gefragt, ob ich hierher kommen will«, antwortete Dulac, etwas lauter und in so scharfem Ton, dass er sich selbst in Gedanken zur Ordnung rief.

Er musste Acht geben, dass er seinen Ärger nicht an Gwinneth ausließ, die ihn nun wirklich als Allerletzte verdient hatte. Trotzdem fuhr er fort: »Ich war ein kleines Kind, als ich hierher gebracht wurde. Noch vor einem Jahr wusste ich nicht einmal, was ich wirklich bin. Und wenn ich mich richtig erinnere, ist es dir nicht viel anders ergangen.«

»Aber jetzt sind wir keine Kinder mehr«, widersprach Gwinneth. »Vielleicht sollten wir nach Hause gehen, Dulac. Dorthin, wo wir hingehören.«

»Du weißt, dass du das nicht wirklich willst«, antwortete Dulac. »Du warst dort. Hast du es schon vergessen? Oder hat es dir etwa gefallen?«

»Ich war in den Kerkern von Malagon«, bestätigte Gwinneth, schüttelte aber zugleich auch den Kopf. »Morgaines schwarze Festung ist nicht die Tir Nan Og, so wenig wie die Verliese von Camelot etwas mit diesen Wäldern gemein haben oder den Menschen, die hier leben.«

Dulac wollte erneut widersprechen, doch Gwinneth schüttelte rasch den Kopf und brachte ihn damit zum Schweigen. Sehr leise und ohne ihn direkt anzusehen fuhr sie fort: »Ich habe darüber nachgedacht, Dulac. Und nicht erst seit heute. Wir gehören nicht hierher. Ich habe allen, die meinen Weg gekreuzt haben, nur Unheil und Tod gebracht. Selbst dir.«

»Unsinn!«, widersprach Dulac. »Ich bin ...«

»... nicht mehr der, als den ich dich kennen gelernt habe«, fiel ihm Gwinneth ins Wort.

»Was willst du damit sagen?«, murmelte Dulac.

»Der Dulac, der mir vor einem Jahr auf Camelot begegnete«, antwortete Gwinneth, »war ein anderer. Er hat gerne gelacht, war immer hilfsbereit und zu einem Scherz aufgelegt und er hat die Menschen und das Leben geliebt.«

»Und der Dulac, der jetzt vor dir steht?«
»*Lancelot*«, antwortete Gwinneth, und Dulac fuhr beim Klang dieses Namens nun wirklich zusammen wie unter einem Hieb, »ist ein Ritter, so wie Artus und all seine Männer. Er ist ein tapferer Ritter, vielleicht der stärkste von allen, und ein aufrechter Mann. Aber ich bin mir nicht mehr sicher, ob er das Leben liebt. Ich bin mir nicht sicher, ob er wirklich derselbe ist, in den ich mich verliebt habe.«
Dulac musste plötzlich gegen Tränen ankämpfen. Leiser und mit zitternder, nur noch mühsam beherrschter Stimme antwortete er: »*Dulac* hätte dich nicht aus dem brennenden Scheiterhaufen retten können. Er hätte es sicher versucht, aber er wäre dabei ums Leben gekommen und du auch.«
»Aber Dulac hätte auch keinen Mann erschlagen, der um sein Leben wimmert«, erwiderte Gwinneth.
Darauf gab es keine Antwort. Es gelang Dulac, die Tränen zurückzudrängen und sein Gesicht in eine beherrschte, unbewegte Maske zu verwandeln, aber er hatte nicht mehr die Kraft, Gwinneths Blick standzuhalten. Ihre Worte brannten wie vergiftete Pfeile in seiner Seele. Sie hatte das nicht gesagt um ihm wehzutun, sondern weil es die Wahrheit war, und tief in sich drin spürte er, dass sie Recht hatte. Er *hatte* sich verändert, und das lag nicht nur daran, dass er älter geworden war und gelernt hatte, sich zu wehren und um sein Leben zu kämpfen.
»Ich denke oft an unseren ersten Abend auf Camelot zurück«, fuhr Gwinneth nach einer Weile fort, leiser und nicht direkt an ihn gewandt; sie hatte sich wieder umgedreht und blickte auf die Ansammlung winziger Spielzeuggebäude tief unter ihnen im Tal hinab. »An Dagda und das sonderbare Buch, das wir in seinem Zimmer gefunden haben. Erinnerst du dich?«

Ob er sich erinnerte? Was für eine Frage. Es war das erste Mal gewesen, dass er einen Blick in die andere Welt geworfen hatte, in die Wirklichkeit hinter der Wirklichkeit. Die Tir Nan Og, die Insel der Unsterblichen, die ihrer beider Heimat war. Wie hätte er diesen Anblick jemals in seinem Leben vergessen können? Er nickte.

»Wir gehören dort hin, Dulac, nicht hierher«, flüsterte Gwinneth. »Dagda hat es gewusst. Ich glaube, hätten wir uns ihm damals anvertraut, er hätte uns geholfen.«

»Dagda ist tot«, erinnerte sie Dulac.

»Aber die Tir Nan Og existiert weiter«, widersprach Gwinneth. Obwohl sie ihn nicht direkt ansah, konnte Dulac erkennen, dass auch sie jetzt mit den Tränen kämpfte.

»Es gibt keinen Weg mehr zurück.«

»Einen gibt es«, widersprach Gwinneth.

Im ersten Moment verstand Dulac nicht wirklich, was sie meinte, doch dann lief ihm ein kalter Schauer über den Rücken. »Du meinst doch nicht ...?«

»Es wäre einen Versuch wert«, sagte Gwinneth. »Wir sind diesen Weg schon einmal gegangen – du sogar zweimal.«

Und genau das war der Grund, aus dem er wusste, dass Gwinneth sich irrte. Er *war* in der anderen Welt gewesen, auf Tir Nan Og, der Insel der Unsterblichen, und er erinnerte sich nur zu gut daran. An die schwarzen Gewölbe Malagons, aber auch an den verzauberten Wald voller Elfen und Feen und anderer Fabelwesen – und er erinnerte sich an den Elbenjungen, den er getroffen und mit dem er geredet hatte; ein Wesen, das ihm trotz aller Freundlichkeit so fremdartig und bizarr vorgekommen war, dass ihm noch jetzt ein kalter Schauer über den Rücken lief.

Gwinneth irrte sich. Er konnte ihre verzweifelte Hoffnung verstehen und er hätte alles darum gegeben, hätte er diese Hoffnung teilen können, doch er wusste, dass es sinnlos wäre. Gwinneth und er waren möglicherweise dort drüben geboren, aber sie waren in der Welt der Menschen und Sterblichen aufgewachsen, und sie würden dort drüben ebenso Fremde sein wie hier, vielleicht nicht gejagt und auf der Flucht, allerdings zu ewiger Einsamkeit verdammt. Doch er wagte es nicht, Gwinneth damit zu konfrontieren. Nicht jetzt. Vielleicht später. Ihre Hoffnung und ihr Wunsch waren aus Verzweiflung und grenzenloser Furcht geboren, und vielleicht war diese Hoffnung das Einzige, was ihr noch die Kraft gab, überhaupt weiterzumachen.
»Malagon liegt fast am anderen Ende des Landes«, sagte er. »Wir würden Monate brauchen, um dorthin zukommen.« Ganz zu schweigen davon, dass sie dazu wieder zurück in Richtung Camelot reiten mussten und damit den Heerscharen von Verfolgern, die Artus ausgesandt hatte, direkt in die Arme laufen würden. Gwinneth antwortete nicht, denn um ihre Hoffnung nicht aufzugeben, war es vielleicht tatsächlich ihre einzige Möglichkeit, seine Worte einfach zu ignorieren, und deshalb fügte Dulac noch hinzu: »Außerdem würden unsere neuen Freunde bestimmt nicht damit einverstanden sein.«
Gwinneth warf einen raschen Blick über die Schulter zu den Iren zurück und runzelte die Stirn. »Freunde?«
»Ich weiß nicht, ob sie das sind«, gestand Dulac. »Zumindest aber scheinen sie nicht unsere Feinde zu sein, und das ist schon mehr, als ich von den meisten Menschen behaupten kann, die wir in den paar Wochen getroffen haben.«
»Sie sind Halsabschneider und Diebe«, widersprach

Gwinneth. »Wenn nichts Schlimmeres. Ich traue ihnen nicht.«
»Immerhin haben sie mir das Leben gerettet.«
»Weil sie dafür bezahlt werden, ja«, sagte Gwinneth verächtlich. »Wahrscheinlich sind wir lebend und unverletzt einfach mehr wert als tot.«
Es gab nicht sehr viel, was er darauf hätte erwidern können. Dass er das Gefühl hatte, Sean vertrauen zu können, war gewiss kein Beweis für die Aufrichtigkeit des Iren. Und sollte er Gwinneth sagen, dass er es einfach müde war, zu kämpfen und davonzurennen, dass er einfach froh war, einen Menschen getroffen zu haben, der ihm die Entscheidungen abnahm? Gewiss nicht. Ganz egal was sie gerade über den Unterschied zwischen Dulac und Lancelot gesagt hatte – *diesen* Dulac wollte sie bestimmt nicht zurückhaben.
Er antwortete nicht mehr, und sie standen in unbehaglichem Schweigen nebeneinander da und warteten darauf, dass Sean oder sein Bruder zurückkehrten.
Es dauerte lange. Dulac hatte genug Gelegenheit, sich Sorgen zu machen. Das Bild unter ihnen sah so friedlich aus, dass es ihn schon wieder misstrauisch stimmte, und selbst als sich endlich nach einer schieren Ewigkeit ein winziger Punkt aus dem ummauerten Geviert unter ihnen löste und auf seiner eigenen Spur wieder zu ihnen heraufzukriechen begann, stand er mit klopfendem Herzen und wachsender Beunruhigung da, bis der Reiter endlich nahe genug gekommen war, um ihn zu erkennen. Es war nicht Sean, sondern sein Bruder Patrick.
Der Ire kam in scharfem Tempo herangaloppiert und brachte sein Tier dicht vor dem Waldrand mit einem so harten Ruck zum Stehen, dass das Pferd scheute und unruhig auf der Stelle zu tänzeln begann. »Es ist alles in Ordnung«, rief er. »Ihr könnt kommen!«

Gwinneth wandte sich auf der Stelle ihrem Pferd zu, doch Dulac blieb noch einen Moment stehen und sah an Patrick vorbei hinunter auf den scheinbar so friedlich daliegenden Hof. Nichts an diesem Bild war irgendwie falsch und auch in Patricks Stimme war kein verräterischer Unterton, so wenig, wie das Zittern seiner Hände oder das Flackern seines Blickes irgendetwas anderes gewesen wäre als Müdigkeit. Und dennoch hatte er das immer intensiver werdende Gefühl, dass dort unten ganz und gar *nicht alles in Ordnung* war. Aber vielleicht erging es ja auch ihm nicht anders als dem Iren und er war einfach erschöpft und übernervös.
Nach einem letzten Zögern wandte auch er sich um, stieg in den Sattel des Einhornes und lenkte das Tier neben Gwinneths Pferd. Die beiden anderen Brüder waren mittlerweile ebenfalls aufgesessen und auch Seans Onkel, der in der Zwischenzeit so tief und fest wie ein Stein geschlafen hatte, stand mit einer energischen Bewegung auf und kletterte in den Sattel. Nicht einmal eine Minute später verließen sie nebeneinander den Wald und machten sich auf den Weg zum Fluss hinab.
Dulac war sich unangenehm deutlich der Tatsache bewusst, dass sie eine weithin sichtbare Bresche in das Unterholz gebrochen hatten; die Spur, die ihre Pferde im Schnee hinterließen, war so breit, dass man sie vermutlich schon auf eine Meile Entfernung sehen konnte. Aus zusammengekniffenen Augen suchte er den Himmel ab. Vielleicht zum ersten Mal seit Wochen war er wolkenlos und von einem strahlenden Blau. Von dem Schnee, von dem Sean gesprochen hatte, war weit und breit nichts zu sehen. Hätte ihm der Gedanke nicht solches Unbehagen bereitet, dann hätte Dulac vielleicht sogar gelacht. Seit mehr als einem Monat wünschte er sich nichts sehnlicher, als dass es aufhörte zu schneien und

die Sonne endlich wieder einmal schien, und nun wurde sein Wunsch im einzigen Moment erfüllt, in dem er ihn wirklich nicht gebrauchen konnte; als hätte sich zu allem Überfluss nun auch noch die Natur auf die Seite ihrer Feinde geschlagen.
Aber vielleicht war es ja auch nur die Natur *dieser* Welt.

Sosehr der Anblick des Gehöftes Dulac und Gwinneth an den zurückliegenden Schrecken erinnerte, so wohltuend unterschied sich sein Inneres von dem schäbigen, heruntergekommenen Gasthaus, in dem sie auf Sean und seine Brüder getroffen waren. Sowohl Dulac als auch Gwinneth waren viel zu müde und erschöpft, um mehr als einen nur flüchtigen Blick in die Runde zu werfen oder mehr als beiläufig zu registrieren, dass ihre neuen Freunde hier offensichtlich mit offenen Armen empfangen wurden. Doch das Nachtlager, das man ihnen jetzt zuwies, war kein zugiger Heuboden voll faulendem Stroh, sondern ein richtiges Zimmer mit einem richtigen Bett, dessen bloßer Anblick bereits reichte, um Dulacs Knie weich werden zu lassen und seine Glieder mit flüssigem Blei zu füllen.
Er erinnerte sich am nächsten Morgen nicht mehr wirklich, wie er hereingekommen war, doch als er das nächste Mal erwachte, da schien die Sonne bereits hell durch das schmale Fenster, und er hatte das Gefühl, das erste Mal seit Monaten wieder *wirklich* geschlafen zu haben. Vielleicht lag es daran, dass er endlich einmal wieder in einem richtigen Bett gelegen hatte und die erste Nacht seit einer schieren Ewigkeit hinter ihm lag, in der er die Augen schließen konnte, ohne Angst haben zu müssen, im Schlaf von einem wilden Tier angefallen zu werden, zu erfrieren oder die Schwertspitze eines Verfolgers an der Kehle zu spüren, wenn er erwachte.

Es war warm. Unten im Haus musste kräftig eingeheizt worden sein, und er hörte gedämpfte Stimmen und dann und wann ein Lachen, das Klappern von Geschirr, und der Duft von gebratenem Speck und heißer Suppe ließ ihm das Wasser im Mund zusammenlaufen, noch bevor er die Augen ganz aufschlug. Er tat es auch nicht sofort, sondern genoss noch für einige Momente das völlig neue Gefühl angenehmer Mattigkeit, das sich in seinen Gliedern ausgebreitet hatte, die Wärme der Decke, unter der er lag, und das warme Sonnenlicht, das über sein Gesicht strich. Erst dann hob er die Lider, drehte den Kopf auf dem Kissen, das zwar in Wahrheit auch nichts anderes als ein mit Stroh gefüllter Sack war, ihm in diesem Moment aber so weich und luxuriös vorkam wie das kostbarste Linnen, und betrachtete lange Zeit und schweigend Gwinneths Gesicht.
Sie lag neben ihm auf dem schmalen Bett und hatte sich so eng in die Decke eingerollt, dass für ihn kaum mehr etwas übrig blieb. Sie war noch immer so schrecklich blass wie gestern, aber ihr Atem ging ruhig, und Dulac konnte sich kaum daran erinnern, wann er sie das letzte Mal so friedlich hatte schlafen sehen. Unendlich behutsam, um sie nicht zu wecken, rutschte er ein kleines Stück von ihr fort, schwang noch behutsamer die Beine vom Bett und stand auf. Gwinneth bewegte sich unruhig im Schlaf, sodass er für einen Moment fast befürchtete, sie doch geweckt zu haben, aber dann drehte sie sich zur anderen Seite und rollte sich nur noch fester in ihre Decke ein.
Dulac blieb eine Weile regungslos stehen, dann bückte er sich nach seinen Stiefeln, schlich auf Zehenspitzen zur Tür des kleinen Zimmers und huschte hindurch, ohne den mindesten Laut zu verursachen. Gwinneth würde ihm für seinen Alleingang vermutlich den Kopf

abreißen, aber Dulac hatte keinen Moment lang vergessen, was Sean ihm über ihre einsame Wache an seinem Krankenlager erzählt hatte. Sie hatte jede Minute Schlaf, die sie bekommen konnte, bitter nötig.

Erst draußen auf dem Gang, und nachdem er sich einige Schritte entfernt hatte, schlüpfte er in seine Stiefel und nahm sich die Zeit, sich zum ersten Mal aufmerksam umzusehen. Viel gab es allerdings nicht zu entdecken: Die Tür befand sich am Ende eines schmalen, fensterlosen Korridors, der nach vielleicht zwanzig Schritten in eine steile Treppe mündete. Die Stimmen und das Gelächter und auch der verlockende Essensgeruch kamen von dort unten, sodass Dulac nicht mehr viel Zeit verschwendete, sondern sich eilig auf den Weg machte. Immerhin bestätigte sich seine gestrige erste Einschätzung: Das hier war keine heruntergekommene Kaschemme, sondern ein sehr sauberes, freundliches Haus.

Die Treppe führte in zwei engen Windungen nach unten zu einem weiteren Korridor, von dem ein halbes Dutzend niedriger, aber äußerst massiv aussehender Türen abzweigte. Dulac ignorierte sie ausnahmslos und ging auf die Tür am anderen Ende des Ganges zu, die halb offen stand. Die Stimmen, das Lachen und das Scheppern von Geschirr waren hier deutlicher zu hören und er sah unstete Bewegungen durch den schmalen Spalt. Wenn er sich nicht täuschte, war es Sean, der sich dort mit seinen Brüdern in sehr aufgeräumtem Ton hinter der Tür unterhielt. Aus einem Grund, den er sich selbst nicht genau erklären konnte, empfand Dulac plötzlich Unbehagen bei dem Gedanken, den Iren gegenüberzutreten, aber dann verscheuchte er den Gedanken, schritt energischer aus und trat durch die Tür.

Vor ihm lag ein Zimmer, das dem Schankraum des Gasthauses vor drei Tagen gleichzeitig fast zum Verwechseln ähnlich sah, wie er sich auch von ihm unterschied. Er starrte auf die gleiche Art einfacher Tische und Stühle, die ganz ähnliche, roh aus Holz zusammengezimmerte Theke, selbst der Kamin, in dem ein behagliches Feuer prasselte, schien sich an derselben Stelle zu befinden, und um das Maß voll zu machen, stand hinter der Theke sogar ein Mann, der dem Wirt in Statur und Größe nahezu wie ein Bruder ähnelte und auch die gleiche Art von lederner Schürze wie dieser trug. Nur dass seine Schürze sauber war und nicht vor ranzigem Speck glänzte, dass er ein offenes, freundliches Gesicht hatte, nicht die Augen eines Halsabschneiders, und dass hier drinnen alles sauber und adrett und in sehr gutem Zustand war. Der größte Unterschied aber war die Atmosphäre von Fröhlichkeit, die über dem Raum lag, und das Fehlen jeglicher bedrohlicher Stimmung.
Doch ganz wie vor drei Tagen saßen Sean und seine Verwandten auch jetzt wieder an einem Tisch, unterhielten sich lautstark und lachend und ließen Bierkrüge kreisen, während sich vor ihnen Teller mit gebratenem Fleisch, Brot und gekochtem Gemüse stapelten. Und noch etwas war im ersten Moment auf verblüffende Weise gleich: Als Dulac eintrat, verstummten alle Gespräche im Raum, und nicht nur die Gesichter der Iren wandten sich in seine Richtung, auch der Wirt drehte sich zu ihm herum und maß ihn mit einem sehr langen und unverhohlen neugierigen Blick. Aber damit hörte es dann auch schon auf. Statt ihn übellaunig anzufahren, trat der Wirt hinter seiner Theke hervor und auf seinem feisten Gesicht erschien ein breites Lächeln, das ihn schlagartig um zehn Jahre jünger aussehen ließ und auch noch den letzten Zweifel in Dulac beseitigte.

»Unser Gast ist aufgewacht«, begrüßte er ihn, während er Dulac fast verschwörerisch zublinzelte. »Und ich nehme an, ihr seid jetzt ziemlich hungrig?«
»Das ... stimmt«, antwortete Dulac verwirrt. Sein Blick irrte vom Gesicht des Schankwirtes zu dem Seans. Wenn er sich schon die unverhohlene Freude in den Augen des Wirtes kaum erklären konnte, so verwirrte ihn der Anblick auf den Zügen des Iren noch mehr. Sean grinste eindeutig schadenfroh; als wisse er etwas, von dem Dulac noch keine Ahnung hatte.
»Setz dich zu uns, Junge.« Sean wedelte aufgeregt mit der linken Hand und zog mit der anderen einen freien Stuhl vom Nachbartisch heran. »Du musst halb verhungert sein. Also greif nur zu. Es ist mehr als genug da.«
Dulacs erster Impuls war, noch zu zögern, aber allein der Anblick all der aufgehäuften Köstlichkeiten vor Sean und seinen Brüdern ließ ihm nicht nur erneut das Wasser im Mund zusammenlaufen. Sein Magen knurrte hörbar – was ihm nicht nur peinlich war, sondern auch Seans Grinsen noch um etliches breiter werden ließ – und seine Beine setzten sich fast ohne sein Zutun in Bewegung. Er nahm Platz, streckte die Hand nach dem Teller aus, den Sean ihm über den Tisch hinschob, und begann schnell und gierig zu essen. Dulac war sich bewusst, dass ihn nicht nur seine irischen Freunde, sondern auch der Wirt unverhohlen anstarrten, aber das war ihm egal. Fast gierig stopfte er wahllos alles in sich hinein, was seine Finger nur zu fassen bekamen, schluckte, griff nach einer weiteren Scheibe Speck und schob sie sich in den Mund, bis er so voll war, dass er kaum noch kauen konnte. Erst dann wurde ihm klar, wie er sich benahm und was für einen Anblick er eigentlich bieten musste. Betroffen hielt er inne und sah sich ein wenig hilflos um.

Sean grinste noch genauso breit wie zuvor, aber irgendwie war sein Lächeln jetzt wärmer geworden. Ohne ein Wort goss er einen Becher Bier ein und reichte ihn Dulac.

»Hier«, sagte er. »Damit geht es leichter. Und du solltest langsamer essen, damit dir nicht übel wird. Keine Sorge – es ist genug da.«

Dulac nahm den Becher mit einer verlegenen Bewegung, spülte mit einiger Mühe die viel zu große Portion Essen hinunter, die er im Mund hatte, und verschluckte sich natürlich prompt. Er begann zu husten, schaffte es aber immerhin, den Großteil seines Essens im Mund zu behalten und keine allzu große Schweinerei anzurichten, fuhr sich dann verlegen mit dem Handrücken über die Lippen und nahm einen weiteren und größeren Schluck zu sich.

Das Bier war stark und bitter, und er spürte schon nach Augenblicken, wie ihm der Alkohol leicht zu Kopf zu steigen begann, sodass er sich innerlich zur Vorsicht gemahnte. Da er in einem Wirtshaus aufgewachsen und Bier nach klarem Wasser das billigste Getränk war – und Tander der größte Geizhals, den es jemals gegeben hatte –, hatte er sich von Kindesbeinen an an seinen Geschmack und seine Wirkung gewöhnt; in seiner Zeit als Küchenjunge und Mundschenk auf Camelot hatte er manchen gestandenen Ritter damit verblüfft, welche Mengen er davon schadlos in sich hineinschütten konnte. Aber sie hatten entbehrungsvolle Wochen hinter sich und er selbst hatte nur wie durch ein Wunder seine schweren Verbrennungen überlebt. Seine Wunden mochten verheilt sein, doch er war noch lange nicht wieder bei Kräften. Und so angenehm die Überraschung dieses Morgens auch sein mochte: Dulac hatte gelernt immer mit dem Schlimmsten zu rechnen. Er nahm sich

vor, allerhöchstens diesen einen Becher zu trinken und den Wirt dann um einen Krug Wasser zu bitten.
»Greif nur tüchtig zu«, forderte ihn Sean auf. »Du musst hungrig wie ein Wolf sein.«
Tatsächlich griff Dulac nach einem Stück Brot, biss jedoch nicht davon ab, sondern sah zuerst Sean, dann den pausbäckigen Wirt und dann wieder den Iren fragend an. »Haben wir denn Zeit?«
»Wir haben eine Menge zu besprechen«, antwortete Sean mit einem Schulterzucken. »Aber wir haben es nicht eilig.«
»Bestimmt?«, vergewisserte sich Dulac. »Ich meine: Sind wir hier ...« Er sprach nicht weiter, schon weil er den Wirt nicht in Verlegenheit bringen und Sean und seine Brüder nicht unnötig beunruhigen wollte, doch der Besitzer der Herberge hatte wohl verstanden, was er meinte.
»Ihr seid hier in Sicherheit, junger Herr«, versicherte er ihm. »Bei Freunden.«
Wie gern hätte Dulac das geglaubt – und was die *Freunde* anging, so zweifelte er mittlerweile nicht mehr daran. Aber Sicherheit? So wie es im Augenblick aussah, gab es für Gwinneth und ihn vielleicht auf dieser ganzen Welt keine Sicherheit mehr.
Wieder meldete sich sein Magen mit einem lautstarken Knurren und Dulac kapitulierte endgültig und tat für die nächsten zehn Minuten nichts anderes, als sich ganz aufs Essen zu konzentrieren. Er aß noch immer schnell, schlang jetzt aber nicht mehr und zwang sich sogar dazu, jeden Bissen sorgsam zu kauen, bevor er ihn hinunterschluckte. Es war das erste richtige *Essen*, das er seit Wochen bekam, und er hatte schon fast vergessen, welch unglaublicher Luxus solch eine Mahlzeit mitten im Winter war.

Als der Teller, den Sean ihm hingeschoben hatte, schließlich leer war, spürte er noch immer ein bohrendes Hungergefühl in sich, doch als Sean mit einem fragenden Blick auf eine weitere Portion deutete, schüttelte er nur den Kopf. Sein Hunger schien durch das Essen eher angefacht als gestillt worden zu sein, aber in seinen Eingeweiden begann es bereits zu rumoren und er tat sich bestimmt keinen Gefallen damit, wenn er es jetzt übertrieb und die kostbare Nahrung dann nicht bei sich behalten konnte. Von der damit verbundenen Peinlichkeit gar nicht zu reden.

Der Wirt räumte eilfertig den leer gegessenen Teller weg und wollte seinen Becher auffüllen, aber Dulac schüttelte rasch den Kopf und bat um einen Krug Wasser.

»Selbstverständlich, junger Herr«, sagte der Wirt hastig. »Ich schicke die Magd gleich danach. Benötigt Ihr sonst noch etwas?«

Die Diensteifrigkeit des Schankwirtes verwirrte Dulac immer mehr. Er schüttelte nur den Kopf und wartete darauf, dass der Mann ging, aber er trat nur einen Schritt zurück, sah Dulac an, als erwarte er etwas ganz Bestimmtes von ihm, und fragte schließlich: »Ich nehme an, Lady Gwinneth schläft noch?«

»*Lady* …?« Dulac erschrak so sehr, dass er es nicht mehr ganz verbergen konnte. Sein Kopf ruckte herum und er starrte Sean an, doch der Ire machte nur eine resignierende Geste mit beiden Händen.

»Sie wissen, wer ihr seid.«

»Bist du wahnsinnig geworden?«, keuchte Dulac. »Wie konntest du …?«

»Wir sind hier in Cornwall, mein Junge«, unterbrach ihn Sean. »Die guten Leute haben deine *Schwester* erkannt, noch bevor sie vom Pferd gestiegen ist.« Er betonte das Wort Schwester auf eine Art, die Dulac alarmierte, aber mittlerweile hatte er sich wieder weit genug in der Gewalt. Er begnügte sich damit, Sean einen noch ärgerlichen Blick zuzuwerfen und wandte sich dann mit ebenso fragendem wie unsicherem Gesichtsausdruck an den Wirt.

»Habt keine Angst, junger Herr«, sagte der Schankwirt hastig. »Euer Geheimnis ist bei uns sicher aufgehoben. Niemand weiß, dass Ihr hier seid, und es wird auch niemand erfahren, wenn Ihr es nicht wollt.« Er machte einen halben Schritt zurück, drehte sich herum und hielt mitten in der Bewegung noch einmal inne. »Ich werde meiner Frau Bescheid geben, damit sie ein Bad richtet. Wenn Lady Gwinneth erwacht, wird sie sich gewiss frisch machen wollen nach der langen Reise.«

Er ging. Dulac wartete, bis er den Raum durch eine schmale Tür hinter der Theke verlassen und diese auch hinter sich geschlossen hatte, dann wandte er sich wieder an Sean und spießte ihn mit Blicken regelrecht auf.

»Traust du ihm?«

»Noch gestern wäre ich nicht ganz sicher gewesen, was ich darauf hätte sagen sollen.« Seans Lächeln war erloschen und hatte einem Ausdruck von plötzlichem Ernst Platz gemacht, in dem jedoch keine Furcht lag. »Aber das war, bevor wir hierher gekommen sind.«

»Was soll das heißen?«, fragte Dulac unwillig. »Hör auf in Rätseln zu sprechen.«

»Es wäre leichter für uns gewesen, hättest du uns gleich gesagt, wer deine Schwester ist«, meinte Sean. Ein leiser Vorwurf klang in seinen Worten mit, den Dulac nicht ganz verstand.

»Aber das wisst ihr doch. Sie ist König Artus' Frau.«

»Und vorher war sie die von König Uther«, sagte Sean nickend.

»Und?«
Sean seufzte und verdrehte die Augen. »Weißt du denn gar nichts, Dummkopf? Uther! Der Herr über Tintagel. Und so ganz nebenbei König von Cornwall.«
Dulac konnte nicht anders, als den Iren einen Moment lang verblüfft anzustarren. Natürlich hatte er all das gewusst – aber so unglaublich es ihm auch selbst vorkam, er hatte es einfach vergessen. Für einen Moment machten sich eine wilde Hoffnung und eine ebenso wilde, jäh aufkommende Freude in ihm breit, doch dann schüttelte er nur umso trauriger den Kopf.
»Uther ist tot«, sagte er. »Und als Gwinneth Artus geheiratet hat, da ist ihr Königreich automatisch auch in seinen Besitz übergegangen. Cornwall gehört jetzt auch Artus.«
»Auf dem Papier vielleicht«, sagte Sean abfällig. Er machte eine Kopfbewegung in die Richtung, in der der Wirt verschwunden war. »Was glaubst du, wem die Treue dieser Menschen hier gehört? Einem König, den sie nie gesehen und von dem viele von ihnen noch nicht einmal etwas gehört haben, oder ihrer Königin, die sie seit Jahren kennen, und deren verstorbener Mann weise und gerecht über sie geherrscht hat?« Er lachte leise. »Glaub mir, ihr seid hier in Sicherheit.«
Wie gerne hätte Dulac sich der Hoffnung hingegeben, dass Sean Recht hatte. Aber er wusste, dass es nicht so war. Die meisten Menschen kannten Artus als gerechten und sehr großmütigen Herrscher und zweifellos war er das auch. Doch Dulac hatte ihn auch von einer anderen Seite kennen gelernt, einer Seite, die er bis jetzt noch nicht wirklich wahrhaben wollte, die es aber nichtsdestoweniger gab, und dieser Artus war grausam, unbarmherzig und gnadenlos.
»Ihr wollt also hier bleiben«, murmelte er.

»Das müssen wir sogar.« Sean goss sich einen weiteren Becher Bier ein und nahm einen gewaltigen Schluck. Bevor er weitersprach, wischte er sich mit dem Handrücken weißen Schaum aus dem Bart. »Dieses Gehöft ist der Treffpunkt, den unser Auftraggeber uns genannt hat. Wir sollen hier auf ihn warten.«
»Und wie lange?«
»Das weiß ich nicht. Einen Tag, eine Woche ...« Er prostete Dulac mit dem Becher zu. »Davon abgesehen tut uns eine kleine Erholungspause allen gut – dir am meisten.«
»Ich bin schon wieder in Ordnung«, behauptete Dulac. »Nehmt nur keine falsche Rücksicht auf mich.«
»Ja, das sehe ich«, murmelte Sean. »Auch wenn es mir schwer fällt, es zu glauben. Aber ich sehe es. Es muss wohl etwas an dem dran sein, was man über die alten Königsfamilien erzählt.«
Dulac wurde hellhörig. »Was erzählt man sich denn über sie?«
»Dass einige von ihnen noch das Blut des Alten Volkes in sich tragen«, antwortete Sean. »Des Volkes, das vor uns hier war. Jeder normale Mensch wäre jedenfalls an den Verletzungen gestorben, die du davongetragen hast – oder hätte zumindest Narben behalten.«
Ohne dass Dulac etwas gegen die Bewegung tun konnte, machte sich seine Hand selbstständig und tastete über sein Kinn und seine Wangen. »Wahrscheinlich war es doch nicht so schlimm, wie es im ersten Moment ausgesehen hat.«
Sean sah ihn eine ganze Weile durchdringend an, dann trank er einen weiteren Schluck Bier, nickte ruckartig mit dem Kopf und sagte: »Ja. Wahrscheinlich. Aber wenn ich an Zauberei glauben würde ...«
»Was du ja gottlob nicht tust.«

Sean grinste flüchtig. »Das stimmt. Aber was mache ich dir Vorwürfe und quäle dich mit Fragen. Ich habe eher allen Grund, dir dankbar zu sein. Immerhin hast du Parzival das Leben gerettet.«

»Parzival«, ächzte Dulac

»Mein Pferd«, antwortete Sean. »Der schwarze Hengst. Er wäre elend verbrannt, wenn du ihn nicht im letzten Moment befreit hättest.«

»Parzival?«, fragte Dulac noch einmal und riss ungläubig die Augen auf. »Dein *Pferd* heißt Parzival?«

Sean nickte ernsthaft. »Es schien mir ein angemessener Name zu sein, nachdem ich es gegen mein altes Schlachtross eintauschen musste. Dieser schwarze Hengst ist feurig, kampferprobt, edel und überaus tapfer. Alles Eigenschaften, die einem Ritter von Rang und Namen zustehen.« Plötzlich grinste er wieder. »Wobei das ›feurig‹ vielleicht die hervorragendste Eigenschaft ist, wenn ich es recht bedenke, denn irgendwo muss ja schließlich der Ritternachwuchs herkommen.«

»Was fällt dir ein, ein Pferd nach einem Ritter von König Artus' Tafelrunde zu nennen«, fuhr ihn Dulac empört an. Er musste sich beherrschen, um dem nicht noch deutlich mehr hinzuzufügen; schließlich war der wirkliche Parzival nicht nur einer der tapfersten und aufrechtesten Männer, die er kannte, sondern zudem vielleicht auch der einzig wirklich echte Freund, den er – oder besser gesagt: der Silberne Ritter Lancelot – in König Artus' Tafelrunde gefunden hatte.

Sean winkte ab. »Kein Grund, sich aufzuregen. Mein Schlachtross war wie gesagt am Ende. Und da dieser Unbekannte, der uns beauftragt hatte, euch hierhin zu bringen, ein Ersatzpferd bei sich führte, hat er dieses kurzerhand gegen meinen Rappen eingetauscht.«

»Das ist ...« Dulac unterdrückte mit aller Gewalt die

schroffe Entgegnung, die auf seiner Zunge lag, und beendete den Satz mit einer weitaus harmloseren Variante als geplant. »Das ist erstaunlich.«

Patrick, der gleich neben Sean saß, lachte ganz leise. »Es war unser Auftraggeber selbst, der den Hengst Parzival nannte. Mein Bruder brüstet sich also mit fremden Federn.«

»Oh«, machte Dulac.

»Letzten Endes ist der Name ja auch Nebensache«, meinte Sean mit einem schrägen Seitenblick auf Patrick. »Ich habe in jedem Fall den besseren Tausch gemacht. Parzival ist in jeder Beziehung ein erstaunlicher Hengst, und wenn ich ihn verkaufen würde, könnte ich von dem Geld wahrscheinlich fünf Jahre lang in Saus und Braus leben.«

Obwohl Dulac von dem Gehörten vollkommen verwirrt war und sich jetzt umso brennender dafür interessierte, *wer* Sean und die anderen beauftragte hatte und ein Pferd nach einem Ritter von König Artus' Tafelrunde benannte, zog er es vor, nicht weiter auf dieses Thema einzugehen. Stattdessen griff er nun doch noch einmal nach einem Stück Brot, knabberte aber nur vorsichtig daran herum. »Dieser Fremde, der euch den Auftrag gegeben hat, uns zu suchen«, fragte er in einem möglichst belanglosen Ton. »Er hat nur gesagt, dass wir hierher kommen sollen? Nicht, warum und für wie lange?«

»Nein«, antwortete Sean. »Aber seit ich diese guten Leute hier getroffen habe, kann ich mir den Grund denken. Du nicht?«

Dulac schüttelte den Kopf, nickte dann hastig und schüttelte noch einmal den Kopf. »Sicher. Aber ich halte es trotzdem für keine gute Idee, zu lange hier zu bleiben. Vielleicht hätten wir gar nicht erst kommen

sollen.« Er sah Sean ernst an. »Du hast es gerade selbst gesagt: Es sind gute und aufrechte Leute. Ich möchte ihnen ihre Freundlichkeit nicht damit danken, indem ich sie in Gefahr bringe.«
»Niemand weiß, dass wir hier sind«, widersprach Sean. »Und die, die es wissen, würden wahrscheinlich eher ihr Leben opfern, bevor sie Gwinneth verrieten. Dein Respekt vor König Artus und seinen Rittern in allen Ehren – aber er müsste schon über Zauberkräfte verfügen, um uns hier zu finden.«
»Und du glaubst ja nicht an Zauberei«, sagte Dulac geistesabwesend.
Diesmal verging mehr Zeit, in der der Ire ihn nur wortlos und auf eine alles andere als angenehme Art anstarrte. Aber schließlich erschien wieder das gewohnte breite Grinsen auf Seans Zügen. »Nein. Tue ich nicht. Und jetzt genug. Hör auf, mit dem Schicksal zu hadern und erzähl uns lieber ein bisschen etwas von König Artus' Hof und den Abenteuern, die du dort erlebt und von denen du gehört hast.«

Es verging noch mehr als eine Stunde, bis auch Gwinneth endlich erwachte, und mehr als *zwei*, bevor Dulac sie wiedersah. Er war unten bei Sean und seinen Brüdern im Schankraum geblieben und hatte ihnen wunschgemäß von seinem Leben bei Hofe und all den fantastischen und großen Abenteuern erzählt, die er erlebt und von denen er gehört hatte – das meiste dachte er sich in dem Moment aus, in dem er es erzählte, aber welche Rolle spielte das schon? –, bis er endlich Gwinneths Schritte auf der Treppe hörte und kurz darauf ihre Stimme und die einer anderen Frau. Hastig wandte er sich zur Tür um, doch Gwinneth trat nicht ein. Er hörte sie eine Zeit lang mit jemandem reden, dann ver-

nahm er das Zuschlagen einer Tür und wartete vergeblich darauf, dass noch irgendetwas geschah.
Ein wenig beunruhigt und nach einem fragenden Blick zu Sean – den dieser nur mit einem Achselzucken beantwortete – stand er auf und trat auf den Flur hinaus. Er vernahm Gwinneths Stimme hinter einer der Türen und die einer anderen Frau, blieb wieder stehen, zögerte und ging schließlich weiter. Er konnte die Worte nicht verstehen, aber Gwinneth klang gleichermaßen ungehalten wie verwirrt, was nicht weiter erstaunlich war. Sie war am vergangenen Abend ebenso schnell eingeschlafen wie er und mit Sicherheit ebenso konfus und verunsichert wie er selbst nach dem Erwachen, denn noch dazu hatte sie sich allein in einer fremden Umgebung wiedergefunden. Entschlossen streckte Dulac die Hand nach dem Riegel aus und schob ihn zurück, doch kaum hatte er es getan, da wurde die Tür von der anderen Seite aus aufgerissen, und eine rothaarige Frau trat heraus. Sie trug ein einfaches, aber dennoch geschmackvoll genähtes Kleid, war eine Handspanne kleiner als er und musste gut das Dreifache seines Gewichtes auf die Waage bringen. Ohne dass er fragen musste, wusste er, es war die Wirtsfrau.
»Was sucht Ihr hier, junger Herr?«, erkundigte sie sich in einem gleichzeitig freundlichen, aber auch sehr entschlossenen Ton.
Dulac stellte sich auf die Zehenspitzen und versuchte an ihr vorbei einen Blick in den Raum hinter der Tür zu werfen. Er konnte jedoch nichts erkennen. Ein Schwall feuchtwarmer Luft schlug ihm entgegen und er hörte ein leises Plätschern, als würde Wasser aus einem Krug in ein größeres Behältnis gegossen. »Wo ist Gwinneth?«, fragte er.
Die Wirtsfrau schüttelte den Kopf und griff mit einer

Hand hinter sich, um die Tür wieder zuzuziehen. »Ihr müsst Euch keine Sorgen machen. Wir kümmern uns um Lady Gwinneth.«

»Ich möchte sie sehen«, verlangte Dulac.

Die Rothaarige schüttelte den Kopf und verschränkte mit einiger Mühe die Arme vor ihrem gewaltigen Busen. »Das geht jetzt nicht.«

»Aber ich bestehe darauf«, sagte Dulac, nun schon eine Spur schärfer. Was ging in diesem Raum vor? »Ich bin ...«

»Ich weiß, wer Ihr seid, junger Herr«, unterbrach ihn sein resolutes Gegenüber und schüttelte zugleich noch entschiedener den Kopf. »Und wenn Ihr König Artus persönlich wäret, würde ich Euch jetzt nicht in dieses Gemach lassen.« Ihre Augen blitzten kampflustig, aber auf ihrem Gesicht erschien zugleich auch ein gutmütig-mütterliches Lächeln. »Macht Euch keine Sorgen um Eure Schwester, junger Herr. Sie ist bei uns in besten Händen. Geht nur zurück zu den anderen. Ich werde sie später persönlich zu Euch bringen.«

Dulac war verwirrt. Trotz der enormen Masse seines rothaarigen Gegenübers wäre es ihm ein Leichtes gewesen, sie aus dem Weg zu schieben und sich gewaltsam Einlass in den Raum hinter der Tür zu verschaffen, und für einen winzigen Moment war er nahe daran, ganz genau das zu tun. Gottlob hielt ihn seine Vernunft jedoch im letzten Augenblick zurück. Vielleicht lag es einzig am Ausdruck in den Augen der rothaarigen Frau. Sie sah ganz so aus, als wäre sie entschlossen diese Tür mit ihrem Leben zu verteidigen, wenn es sein musste, und trotzdem las er in ihrem Blick nichts anderes als Freundlichkeit und eine Sanftmut, die er schon viel zu lange nicht mehr in den Augen eines Menschen gesehen hatte. Zögernd trat er einen Schritt zurück.

»Verzeiht«, sagte er.
»Da gibt es nichts zu verzeihen«, antwortete die Wirtin. Ihr Lächeln wurde noch wärmer. »Es scheint wohl zu stimmen, was der irische Halsabschneider über Euch erzählt hat. Aber macht Euch keine Sorgen. Solange Ihr hier seid, ist Lady Gwinneth in Sicherheit.«
Dulac gab endgültig auf, wandte sich ab und kehrte zu den anderen zurück. Sean empfing ihn mit einem Blick, als wüsste er nicht nur ganz genau, was sich draußen auf dem Gang abgespielt hatte, sondern als hätte er auch mit nichts anderem gerechnet, und sein Onkel machte eine Bemerkung, die Dulac zwar nicht verstand, die von den anderen aber mit grölendem Gelächter quittiert wurde. Dulac zog es vor, so zu tun, als hätte er es nicht gehört. Für diesen Morgen, fand er, hatte er sich genug blamiert.
Sean und seine Brüder schienen nicht dieser Meinung zu sein, denn sie amüsierten sich eine geraume Weile damit, Dulac mit gutmütigen Sticheleien aufzuziehen und ihn auf die eine oder andere Weise zu foppen, bis sie des Spieles schließlich überdrüssig wurden. So verging annähernd noch einmal eine Stunde, in der sich Dulac immer wieder umdrehte und nervös und ungeduldig zur Tür sah – was natürlich jedes Mal Anlass zu weiteren spöttischen Bemerkungen der irischen Söldner gab.
Endlich aber hörte er das Geräusch der Tür, drehte sich um – und was er sah, das verschlug ihm buchstäblich den Atem.
Die zwei Stunden, die vergangen waren, seit er Gwinneth das letzte Mal gesehen hatte, hatten ausgereicht, einen vollkommen anderen Menschen aus ihr zu machen. Sie war noch immer ein wenig blass, und wenn man ganz genau hinsah, dann musste man die Spuren der

Entbehrungen bemerken, die die zurückliegenden Wochen in ihrem Gesicht hinterlassen hatten.
Davon abgesehen jedoch sah sie mehr denn je wie eine Königin aus. Sie trug nicht mehr das zerschlissene Kleid, in dem sie sich am vergangenen Abend zum Schlafen niedergelegt hatte, sondern eine weiße Bluse und einen dunklen, bis auf die Knöchel fallenden Rock, die beide von einfachem Schnitt, aber dennoch sehr geschmackvoll waren, und zweifellos von der gleichen Hand geschneidert wie das Kleid, das die Wirtsfrau trug. Ihr Haar war sorgsam gebürstet und hing ihr offen bis weit über die Schultern herab, und das heiße Bad hatte sichtlich nicht nur den Schmutz der vergangenen Tage von ihr abgewaschen, sondern auch ihre Lebensgeister wieder geweckt, denn sie strahlte eine Kraft und Zuversicht aus, die er viel zu lange und viel zu schmerzlich an ihr vermisst hatte.
Dulac starrte sie lange und wortlos an, bis ihm klar wurde, dass es gar nicht so sehr die sauberen Kleider, das frisch gewaschene Gesicht und das gebürstete Haar waren, die die wirkliche Veränderung ausmachten. Was *diese* Gwinneth von der unterschied, mit der er noch am Abend zuvor am Waldrand gestanden hatte, das waren die Kraft und die Zuversicht, die sie plötzlich ausstrahlte. Fast hätte Dulac laut aufgejubelt. Gwinneth hatte ihren Mut zurückerlangt.
Er schien nicht der Einzige zu sein, dem diese Veränderung auffiel. Sean und seinen Brüdern hatte es offensichtlich die Sprache verschlagen. Sie starrten Gwinneth aus großen Augen an, und schließlich war es der Wirt, der das Schweigen brach. Er kam mit hastigen Schritten hinter seiner Theke hervor, hielt in respektvollem Abstand vor Gwinneth an und fiel auf seine Knie herab.
»Mylady«, sagte er, während er demütig das Haupt vor Gwinneth beugte.

Ein Ausdruck von Überraschung huschte über Gwinneths Gesicht, aber das Benehmen des Mannes schien ihr eher peinlich zu sein als ihr zu schmeicheln. Sie machte einen halben Schritt in seine Richtung, hob die Hand und ließ den Arm dann wieder sinken. Hinter ihr erschien die dicke Frau in der Tür, die Dulac vorhin so energisch zurückgewiesen hatte. Als sie ihren Mann auf den Knien liegen sah, runzelte sie missbilligend die Stirn, sagte aber nichts, sondern drängte sich mit einiger Mühe an Gwinneth vorbei ganz ins Zimmer und verbeugte sich dann ebenfalls tief; ohne allerdings auf die Knie herabzufallen.
»Bitte tut das nicht«, sagte Gwinneth. »Ich will nicht, dass irgendjemand vor mir auf den Knien liegt.«
Der Wirt hob unsicher den Kopf. Für eine Moment sah er so hilflos aus, dass er Dulac fast Leid getan hätte, dann aber rappelte er sich hastig hoch und machte wieder zwei Schritte rückwärts und schien mit einem Male nicht zu wissen, was er mit seinen Händen anfangen sollte. »Verzeiht, Mylady«, stammelte er. »Ich wollte nicht ...«
»Wir freuen uns nur so, dass Ihr unser bescheidenes Heim mit Eurer Anwesenheit ehrt, Mylady«, sagte seine Frau. Ganz flüchtig drehte sie den Kopf, streifte Dulac mit einem Blick und blinzelte ihm fast verschwörerisch zu, ehe sie sich wieder an Gwinneth wandte. »Verzeiht meinem Gatten, Mylady. Er ist ein Dummkopf, der nicht weiß, was sich gehört.«
Gwinneth schien mit diesen Worten noch weniger anfangen zu können als mit dem unterwürfigen Benehmen des Wirtes, denn sie sah die Rothaarige nur verstört an und der Wirt sagte unsicher: »Wenn Ihr jetzt zu speisen wünscht, Mylady ... Nehmt nur schon Platz. Ich bringe gleich das beste Geschirr und lasse eine frische Mahlzeit für Euch zubereiten.«

»Das ist nicht nötig«, sagte Gwinneth rasch, und mit einer Kopfbewegung in Dulacs Richtung. »Ein Becher Wasser und ein Stück Brot sind im Moment alles, was ich möchte.«
»Ganz wie Ihr befehlt, Mylady«, sagte der Wirt enttäuscht.
Gwinneth führte das sinnlose Gespräch nicht weiter, sondern kam gemessenen Schrittes auf Dulac zu. Sie sah nur ihn an und bemühte sich ganz offensichtlich, Sean und die anderen am Tisch sitzenden Iren zu ignorieren. Dulac sprang hastig auf und bot Gwinneth mit einer Geste seinen Stuhl an, aber sie ignorierte auch dieses Entgegenkommen und setzte sich an den Nachbartisch; ganz gewiss nicht zufällig so, dass sie ihm den Rücken zuwandte. Sean runzelte die Stirn und warf Dulac einen fragenden Blick zu, doch Dulac antwortete nur mit einem hilflosen Gesichtsausdruck darauf, bevor er sich zu Gwinneth an den Nachbartisch gesellte.
»Was soll das?«, flüsterte er – was albern war. Es war so still in dem großen Raum geworden, dass man jeden Atemzug hören konnte, und ein geflüstertes Wort, und sei es noch so leise geflüstert, erst recht. Trotzdem fuhr er in der gleichen Lautstärke fort: »Willst du unsere Freunde mit Gewalt beleidigen?«
Gwinneth maß ihn mit einem kühlen Blick. »*Freunde?*« Zumindest sprach sie das Wort nicht laut aus. Aber Dulac hatte dennoch das Gefühl, dass Sean und seine Brüder es deutlich hörten.
»Du siehst fantastisch aus«, sagte er, lauter und in einem deutlich bemühten und alles andere als überzeugend klingenden fröhlichen Ton. »Der Schlaf hat dir gut getan. Und das Bad auch. Ich hatte schon beinahe vergessen, dass du ja nicht nur meine Schwester, sondern auch eine Königin bist.«

»Bei einem von beiden bin ich mir nicht mehr so sicher«, antwortete Gwinneth.
Dulac schluckte die Erwiderung, die ihm auf der Zunge lag, im letzten Moment hinunter, aber er sah Gwinneth beinahe verzweifelt an. Was war in sie gefahren? Gerade noch hatte sein Herz gejubelt, sie endlich wieder so vor sich zu sehen, wie er sie kennen gelernt hatte, nun aber begann er sich Sorgen um sie zu machen. Vielleicht war die Veränderung doch nur äußerlich. Nach dem heißen Bad und der Nacht voller Schlaf war aus dem übernächtigten, erschöpften Mädchen wieder die wunderschöne Königin geworden, deren Anmut ihn schon bei ihrer ersten Begegnung so sehr beeindruckt hatte, aber die Bitterkeit, die sich in ihre Seele eingenistet hatte, schien eher noch größer geworden zu sein.
Ein Stuhl scharrte, dann erhob sich Sean und kam mit langsamen Schritten zu ihnen herüber. Er setzte sich nicht, sondern baute sich so auf, dass er Gwinneth und Dulac zugleich im Auge behalten konnte. Der Ausdruck auf seinem Gesicht entsprach eher Fassungslosigkeit als Zorn, aber er konnte den Ärger in seiner Stimme nicht mehr ganz unterdrücken, als er sich an sie wandte.
»Bitte verzeiht, Mylady«, begann er, »wenn wir Euch in den letzten Tagen vielleicht nicht mit der gebührenden Ehrerbietung behandelt haben. Wir sind nur einfache Männer, die eine Aufgabe zu erfüllen haben. Wir haben wenig Umgang mit Edelleuten und noch weniger mit hochwohlgeborenen Damen.«
Dulac sah das Blitzen in Gwinneths Augen und wandte sich beunruhigt ganz zu Sean um. Seine Worte waren nichts anderes als eine gewollte Provokation, die Dulac so wenig verstand wie die Feindseligkeit, die Gwinneth ausstrahlte. Er fühlte sich hilflos. Gerade noch hatte er

geglaubt, alles würde sich wieder zum Guten wenden, und kaum einen Atemzug später drohte ihm die Situation zu entgleiten.

»Meine Schwester ist einfach müde«, behauptete er. »Sie hat eine Menge durchgemacht.«

»Sicher«, sagte Sean. »Es steht mir auch nicht zu, Kritik zu üben. Vielleicht sollten wir uns alle einfach ein wenig in Geduld fassen.«

»Geduld?«, fragte Gwinneth.

Bevor Sean antworten konnte, sagte Dulac: »Wir werden ein paar Tage bleiben. Hier sind wir sicher und wir alle brauchen ein wenig Ruhe.«

»Und du glaubst, das hier wäre der richtige Ort, um auszuruhen?«

»Es ist der Ort, an wir Euch geleiten sollten, Mylady«, sagte Sean, und seine Stimme machte deutlich, dass er seine Aufgabe damit keineswegs als erledigt betrachtete. »Seid unbesorgt. Die Leute hier sind aufrechte Menschen, die Euch nicht verraten werden. Und meine Brüder und ich werden gut auf Euch und Euren Bruder Acht geben.«

»Das ist sehr freundlich von euch«, erwiderte Gwinneth. »Aber ich fürchte, wir können euer Angebot nicht annehmen.« Sie warf Dulac einen scharfen Blick zu. »Wir ... haben andere Pläne.«

Sean nickte. Es war ihm nicht anzusehen, was er von diesen Worten hielt oder ob sie ihn überhaupt interessierten. »Darüber sollten wir später reden. Der Tag ist schon weit fortgeschritten und nicht nur wir brauchen Ruhe. Auch unsere Pferde sind völlig erschöpft – und Eure übrigens auch. Darüber hinaus zieht ein Sturm auf, fürchte ich. Es wäre viel zu gefährlich, heute noch weiterzureiten.«

Gwinneth antwortete nicht darauf, sah aber demonstrativ zum Fenster. Der Ausschnitt des Hofes und der dahinter liegenden Ebene war schneebedeckt, aber von hellem, klarem Sonnenschein überflutet, und am Himmel zeigte sich nicht eine einzige Wolke. Zu Dulacs Erleichterung enthielt sich Gwinneth jedoch jeglichen Kommentars, sondern hob nur die Schultern. Die Bewegung wirkte dennoch trotzig und der königlichen Ausstrahlung, die sie weiterhin umgab, nicht würdig.

Wie auf ein Stichwort hin trat in diesem Moment der Wirt an ihren Tisch. Gwinneth hatte ihn zwar nur um Wasser und ein Stück Brot gebeten, aber selbstverständlich brachte er stattdessen ein Tablett, auf dem ein silberner Krug und ein fein ziselierter Becher aus dem gleichen Material standen, sowie zwei ebenfalls silberne Teller, auf denen sich tatsächlich ein halber Laib Brot befand – zusammen mit einer Portion Obst, Gemüse, Fleisch und Backwerk, die ausgereicht hätte, um selbst Sean und all seine Brüder satt zu bekommen, nachdem sie eine Woche nichts gegessen hatten.

Gwinneth musterte diese ungebetene Gabe einen Moment lang stirnrunzelnd, aber dann lächelte sie doch und nickte dem Wirt dankbar zu. Während der Mann seine Last umständlich und klappernd auf dem Tisch ablud, starrte Sean Gwinneth noch eine Weile wortlos und abwartend an, dann wandte er sich mit einem Ruck ab. Er setzte sich nicht, sondern verließ mit schnellen Schritten das Zimmer, und nach kurzem Zögern folgten ihm auch seine Brüder und sein Onkel.

Dulac sah ihnen mit gemischten Gefühlen nach. Einerseits war er froh, dass Sean und die anderen gegangen waren und der drohende Streit nicht noch weiter eskalierte, aber andererseits schmerzte es ihn auch, den Iren Unrecht zu tun – und er verstand Gwinneth nicht.

Ganz gleich was sie von diesen Männern hielt, sie hatten ihm das Leben gerettet, und es war niemals Gwinneths Art gewesen, undankbar zu sein oder gar launisch. Dulac schwieg jedoch beharrlich weiter, bis endlich auch der Wirt und seine Frau den Raum verlassen hatten und sie allein waren. Dann aber hielt er es nicht mehr aus.

»Was ist los mit dir?«, fragte er.

Gwinneth griff nach dem Becher, schüttete sich ein und trank einen Schluck, bevor sie antwortete. Ihre Hand zitterte leicht. »Seltsam – diese Frage wollte ich dir gerade stellen.«

»Mir?« Dulacs Stimme klang schriller, als er beabsichtigt hatte.

»Siehst du sonst noch jemanden hier am Tisch?«, fragte Gwinneth spitz. Sie schüttelte den Kopf, als er antworten wollte. »Wieso traust du diesen Männern? Und sag jetzt nicht, weil sie uns geholfen haben.«

»Aber das haben sie«, widersprach Dulac. »Sie haben uns das Leben gerettet, Gwinneth. Zumindest dir, als die Pikten auf dich losgingen.«

»Und ich dachte, mein Retter würde Lancelot heißen.« Gwinneth biss sich auf die Unterlippe, als sie sah, wie sehr ihre Worte Dulac trafen. »Verzeih«, fuhr sie fort. »Das war unfair. Es tut mir Leid. Aber du solltest dennoch darüber nachdenken, ob du diesen gedungenen Halsabschneidern wirklich dein Vertrauen schenkst.«

»Immerhin haben sie uns sicher hierhin geleitet«, gab Dulac zu bedenken.

»Weil sie dafür bezahlt werden, ja«, erwiderte Gwinneth. »Hast du dich eigentlich noch gar nicht gefragt von wem?«

Dulac hob hilflos die Schultern. Natürlich ließ ihn diese Frage die ganze Zeit nicht in Ruhe – aber wie sollte er

sie beantworten? »Vielleicht haben wir doch noch Freunde.«
Gwinneth lachte hart. »Freunde? Der einzige Freund, den ich hatte ...« Sie sprach nicht weiter, sondern starrte nur einen Moment lang an Dulac vorbei ins Leere, doch er wusste auch so, was sie hatte sagen wollen. Diese unausgesprochenen Worte taten besonders weh.
»Verzeih«, sagte Gwinneth noch einmal und in sanfterem, versöhnlichem Ton. »Du kannst es nicht wissen. Aber ich habe zwei Tage lang gehört, was sie gesprochen haben – vor allem dann, wenn sie glaubten, dass ich es *nicht* höre. Sie werden dafür bezahlt, uns hierher zu bringen und auszuliefern. Ich weiß nicht an wen. Doch ich weiß, dass sie uns hier festhalten werden, bis dieser geheimnisvolle Auftraggeber kommt. Willst du das? Sind wir so lange geflohen, nur um jetzt wieder Gefangene zu sein?«
Dulac hätte nicht einmal darauf antworten können, wenn er es gewollt hätte. Plötzlich überkam ihn ein Gefühl tiefer Trauer. Vielleicht hatte Gwinneth ja Recht, vielleicht auch nicht, aber es spielte im Grunde keine Rolle. Was ihn so schmerzte, was so wehtat wie ein Messer, das sich langsam in sein Herz bohrte, das war die Erkenntnis, was mit ihnen beiden geschehen war. Trotz allem, was sie in den letzten Wochen erlebt und erlitten hatten, wurde ihm erst jetzt in vollem Ausmaß klar, *was* sie wirklich verloren hatten. Viel mehr als ein Königreich. Viel mehr als ihre Heimat und ihre Freunde. Sie hatten das Vertrauen verloren. So wie er, wenn er zu Lancelot wurde, jedes Mal ein winziges Stückchen mehr von seiner Menschlichkeit einzubüßen schien, so schien Gwinneth nicht mehr in der Lage zu sein, einem anderen Menschen wirklich zu trauen. Wie lange, dachte er traurig, würde es noch dauern, bis sie auch ihm misstraute?

Ohne ein weiteres Wort stand er auf, wandte sich um und ging mit langsamen Schritten zum Fenster. Lange Zeit stand er da und starrte nach draußen ohne wirklich etwas wahrzunehmen – und er konnte sich hinterher nicht mehr erinnern, was er in dieser Zeit gedacht hatte. Er spürte nur noch Leere, und als er endlich Gwinneths Schritte hörte, ihre Nähe spürte und allmählich wieder in die Wirklichkeit zurückfand, da fragte er sich, ob sie nun, in diesem Augenblick, nicht tatsächlich am Ende ihrer Flucht angelangt waren, ob dieses winzige, in eine schier unendliche Einöde aus Eis, Kälte und Feindseligkeit eingebettete Haus irgendwo im Nichts vielleicht der Ort war, von dem aus es nicht mehr weitergehen würde. Nicht weil ihre Feinde sie eingeholt hatten, nicht weil sie Verrat oder Heimtücke fürchten mussten, sondern einfach weil es von hier aus nichts mehr gab, wohin es sich noch zu fliehen lohnte.

»Irgendetwas kommt«, sagte Gwinneth.

Dulac sah sie kurz an und wandte den Blick dann wieder nach draußen. Er war nicht sicher, ob er verstand, was sie meinte. Der Schnee reflektierte das helle Sonnenlicht so stark, dass es ihm fast die Tränen in die Augen trieb und er die Spur auf der anderen Seite des Flusses nur als verschwommenen Schemen erkennen konnte. Aber das Fenster ging nach Osten, in die Richtung, in der Camelot lag, und mit ihm König Artus' Reich und der Krieg, vor dem sie geflohen waren. Beides war weit entfernt, unendlich weit entfernt, und dennoch, vielleicht durch Gwinneths Worte heraufbeschworen – glaubte er für einen Moment einen gewaltigen Schatten zu erkennen, der sich auf düsteren Schwingen über den Himmel erhob.

»Wir können nicht hier bleiben, Dulac«, sagte

Gwinneth. Sie lehnte sich gegen seine Schulter, aber zum ersten Mal schien ihre Berührung keinen Trost zu spenden. Er spürte nur die Wärme ihres Körpers, jedoch nicht jene andere, viel intensivere Wärme, die er sonst empfunden hatte, wenn sie sich nahe waren. »Es ist nicht nur wegen Sean und seiner Brüder«, fuhr sie fort. »Artus wird uns zweifellos finden. Wir werden den Leuten hier den Tod bringen, wenn wir sie nicht so schnell wie möglich verlassen.«

»Ich weiß«, sagte Dulac.

»Dann lass uns fortgehen«, drängte Gwinneth. »Wir gehen nach Malagon.«

»Zurück in Richtung Camelot?«, fragte Dulac. Er sah Gwinneth nicht an, sondern blickte weiter in den Himmel hinauf. Der Schatten war immer noch da. Er konnte ihn nicht mehr sehen, aber er war da.

»Artus wird uns dort zuallerletzt vermuten«, sagte Gwinneth – was vermutlich sogar der Wahrheit entsprach. Dennoch verspürte Dulac einen neuen und tieferen Stich im Herzen. Es gab Momente, in denen Logik und Wahrheit vielleicht das Schlimmste waren, was Menschen einander antun konnten. Aber da war auch noch eine andere Wahrheit, nämlich die, dass Gwinneth Recht hatte: Artus *würde* sie finden, und wenn sie hier blieben, dann *würden* all diese Menschen für die Hilfe, die sie ihnen gewährt hatten, mit dem Leben bezahlen.

»Du hast Sean gehört«, sagte er. »Ich denke nicht, dass man uns gehen lässt.«

»Heute Nacht«, entschied Gwinneth. »Wir warten, bis es dunkel geworden ist und alle schlafen, bevor wir aufbrechen. Ich glaube, dass Sean Recht hat. Es zieht ein Sturm auf. Er wird unsere Spuren verwischen.«

Dulac schwieg lange, endlos scheinende Sekunden.

Aber dann nickte er. »Heute Nacht«, ihn überlief ein eiskaltes Frösteln, »sobald es dunkel geworden ist.«

Ihre Geduld wurde auf eine mehr als harte Probe gestellt. Sowohl Sean und seine Brüder als auch der Wirt und seine gesamte Familie respektierten Gwinneths offensichtlichen Wunsch, allein zu sein; allerdings nicht auf Dauer und eigentlich nicht einmal sehr lange. Es verging vielleicht eine Stunde, bis der Wirt zurückkam und Gwinneth in unterwürfigem Ton fragte, was sie zu Mittag zu speisen begehre und ob sie irgendwelche besonderen Wünsche für den Abend hätte. Gwinneth beschied ihm zwar, dass sie wie alle anderen behandelt zu werden bitte, doch nachdem Dulac gesehen hatte, was er ihr vorhin statt des bestellten Krugs Wasser und der Scheibe Brot aufgefahren hatte, war er nicht weiter erstaunt, dass sich der Tisch schon eine Stunde vor der Mittagszeit unter einem Festmahl zu biegen begann, wie es dieses einfache Gehöft vielleicht seit Jahren nicht mehr gesehen hatte; möglicherweise überhaupt noch nie.
Und auch wenn Gwinneth weiter hartnäckig darauf bestand, wie ein ganz normaler Gast behandelt zu werden, so wurden ihre Proteste doch allmählich leiser und verstummten dann irgendwann ganz. Sie gab sich zwar alle Mühe, es sich nicht anmerken zu lassen, aber Dulac entging nicht, wie sehr sie es insgeheim genoss, wieder in die Rolle der Königin zu schlüpfen, und sei es nur für wenige Stunden. Und auch ihm selbst erging es nicht viel anders. Zwar behandelte man ihn nicht annähernd so ehrerbietig wie Gwinneth, aber dem vermeintlichen Bruder der Königin zollte man doch deutlich mehr Respekt, als er es in all den Jahren auf Camelot erfahren hatte; selbst bei den Gelegenheiten, wo

er in seiner Verkleidung als Ritter Lancelot dort aufgetreten war.
Da sich das Wetter tatsächlich verschlechterte, ganz wie Sean vorhergesagt hatte, verließen sie das Gebäude den ganzen Tag über nicht, sondern verbrachten die Zeit bis Sonnenuntergang in der behaglichen Wärme der Gaststube. Sean und seine Familie leisteten ihnen in wechselnder Besetzung Gesellschaft, und das taten auch der Wirt, seine Frau und eine so große Anzahl von Söhnen, Töchtern und Enkelkindern, dass Dulac schon bald die Übersicht verlor und es aufgab, sie zu zählen oder sich gar ihre Gesichter merken zu wollen. Erst lange nach dem Abendessen – das das Mittagsmahl noch um etliches übertroffen hatte – gelang es Gwinneth und ihm endlich, sich in ihr Zimmer oben unter dem Dach des Gebäudes zurückzuziehen.
Dulac hatte diesem Moment mit gemischten Gefühlen entgegengefiebert. Seit sie am Morgen nebeneinander am Fenster gestanden hatten, war ihr Vorhaben kein Thema mehr zwischen ihnen gewesen, was auch gar nicht möglich gewesen wäre – schließlich hatte man sie nicht einmal für die Dauer eines Lidzuckens unbeobachtet gelassen. Nun aber war der Moment der Entscheidung gekommen; und damit der Augenblick, vor dem er sich den ganzen Tag über gefürchtet hatte. Tief in sich spürte er noch immer, dass Gwinneths Entscheidung falsch war und dass alles, was hinter ihnen lag, ja selbst ihre Ankunft auf diesem winzigen Gehöft am Rande der Welt, vielleicht einen Sinn hatte. Aber es war nur ein vages Gefühl, das er nicht wirklich in Worte kleiden konnte, und selbst wenn er es gekonnt hätte – er hatte nicht mehr die Kraft, mit Gwinneth zu streiten. Seit sie dieses Gasthaus betreten hatten, war es ihm, als verwandle er sich mit jeder Minute ein winziges biss-

chen mehr in den Dulac zurück, der er einmal gewesen war, vor zwei Jahren und damit vor einer Ewigkeit. Vielleicht war es einfach der Umstand, dass er die silberne Rüstung jetzt so lange nicht mehr getragen hatte. Möglicherweise wurde er ja tatsächlich wieder zu dem Menschen, von dem Gwinneth vorhin noch behauptet hatte, dass er ihr um so vieles lieber sei als Lancelot. Aber wenn, dann verlor er offensichtlich nicht nur die körperliche Kraft, die ihm die Elbenrüstung verliehen hatte, sondern auch seine Entscheidungsfähigkeit.

Gwinneth und er hatten sich nebeneinander auf dem schmalen Bett ausgestreckt und auch das Licht gelöscht, damit nichts verriet, dass sie nicht schliefen, aber Dulac hatte die Tür einen Spaltbreit offen gelassen; gerade weit genug, um den Stimmen lauschen zu können, die noch immer aus dem Erdgeschoss des Hauses zu ihnen heraufdrangen. Er konnte die Worte nicht verstehen, aber er registrierte sehr wohl den Tonfall der Unterhaltung, der deutlich ernster geworden war, und auch dass Sean und seine Brüder jetzt nicht mehr annähernd so oft und so laut lachten wie am Morgen.

Lange – endlos lange, wie es ihm vorkam – wartete Dulac darauf, dass unten im Haus endlich Ruhe einkehrte und sich die Iren zum Schlaf zurückzogen. Wie es ihm vorkam, schienen sie aber nicht zum Schluss kommen zu wollen, was Dulac mehr und mehr in Erstaunen versetzte. Den ganzen Tag über und erst recht während des Abendessens hatte er dafür gesorgt, dass Seans Bierkrug niemals leer wurde, und der Ire hatte sich ebenso wie seine Brüder einmal mehr als kräftiger Zecher erwiesen. Sean hätte mittlerweile so sternhagelvoll sein müssen, dass er einfach vom Stuhl fiel.

Irgendwann kehrte dann aber doch Ruhe unten im Haus ein. Trotzdem ließ Dulac noch eine geraume Weile verstreichen, ehe er sich vorsichtig erhob, auf Zehenspitzen zur Tür schlich und lauschte. Er hörte nichts außer dem leisen Prasseln der Flammen unten im Kamin, dem gelegentlichen Knacken eines Dachbalkens und dem monotonen Heulen des Sturms, der sich an den Holzschindeln über seinem Kopf brach. Seiner Schätzung nach musste es beinahe Mitternacht sein, und vermutlich waren Gwinneth und er jetzt die einzigen im ganzen Haus, die noch wach waren. Er blieb trotzdem eine geraume Weile reglos und mit fast angehaltenem Atem stehen und lauschte, bevor er es endlich wagte, die Tür ganz aufzuziehen und einen Schritt auf den Gang hinauszutun. Es war vollkommen finster. Vom unteren Ende der Treppe her drang ein blasser rötlicher Lichtschein herauf, der ihnen die Richtung wies, die sie nehmen mussten; Einzelheiten waren nicht erkennbar. Es war so still, dass er vollkommen sicher sein konnte, dort unten war niemand mehr, denn andernfalls hätte er seine Atemzüge hören müssen.

Ebenso lautlos wie bisher kehrte er ins Zimmer zurück und wollte Gwinneth wachrütteln, aber sie richtete sich auf, als er die Hand nach ihr ausstreckte und erhob sich mit einer gleichermaßen elegant wie angespannt wirkenden Bewegung. »Ist alles in Ordnung?«

»Ja«, antwortete Dulac im Flüsterton. »Es dürfte jetzt keiner mehr wach sein.«

»Gut«, sagte Gwinneth. »Dann los.«

Dulac griff nach den beiden Mänteln, die er neben dem Bett bereitgelegt hatte, schlüpfte in seinen eigenen und half dann Gwinneth, das schwere Kleidungsstück überzustreifen. Darunter trug sie immer noch den einfachen Rock und die weiße Bluse, die sie von der Wirtsfrau erhalten hatte; Kleider, die nicht annähernd so prachtvoll und schön waren wie ihre eigenen, für die bevorstehen-

de Flucht durch die eiskalte und stürmische Nacht aber deutlich besser geeignet waren. Ihre wenigen übrigen Habseligkeiten hatten sie schon längst zu einem Bündel verschnürt, das Dulac sich an einem Strick über die Schulter warf, bevor er wieder zur Tür ging und noch einmal auf den Gang hinauslauschte. Im Haus war es nach wie vor vollkommen still.
Dicht hintereinander verließen sie das Zimmer und schlichen die Treppe hinab. Sie war alt wie das gesamte Gebäude, und etliche der Stufen knarrten, aber Dulac hatte sich die meisten davon auf dem Weg hinauf gemerkt, sodass unter seinem Fuß nur ein einziges Mal ein verräterischer Laut zu hören war, der seinen Herzschlag für einen Moment auf die doppelte Schnelligkeit ansteigen ließ. Mit angehaltenem Atem blieb er stehen und lauschte, aber niemand schien das Geräusch gehört zu haben.
Dulac warnte Gwinneth mit einer Geste vor der Stufe und ging dann vorsichtig weiter. Ohne weiteren Zwischenfall erreichten sie das untere Stockwerk und nur einen Augenblick später den Schankraum, in dem sie den ganzen Tag verbracht hatten. Da das Feuer im Kamin noch nicht vollständig heruntergebrannt war, konnten sie sich in seinem flackernden Licht einigermaßen orientieren und den Raum durchqueren, ohne irgendwo anzurempeln und dadurch jemanden aufzuschrecken. Die Tür war mit einem schweren, massiven Riegel versperrt, der einem kleinen Burgtor alle Ehre gemacht hätte, und Dulac und Gwinneth wuchteten ihn mit vereinten Kräften und unendlich behutsam zur Seite, um nicht im allerletzten Moment doch noch jemanden aufzuschrecken. Dann waren sie draußen und ließen damit den unendlichen Luxus des geheizten Hauses hinter sich, den sie so ganz unverdient eine Weile hatten genießen können.

Dulac biss die Zähne zusammen, um ein Keuchen zu unterdrücken, als er in den Sturm hinaustrat. Er war nicht annähernd so schlimm wie der während des Pikten-Überfalls und trotzdem hatte er im ersten Augenblick das Gefühl, dass der Wind ihm mit glühenden Messern in sein Gesicht und seine ungeschützten Hände schnitt. Auch Gwinneth sog scharf die Luft zwischen den Zähnen ein und drehte das Gesicht zur Seite. Um ein Haar hätte sie dabei vor Schreck die Tür losgelassen, was einer Katastrophe gleichgekommen wäre, denn der Sturm hätte sie zweifellos mit einem Knall zugeschlagen, der das ganze Haus hätte wecken können. Dulac griff hastig zu und verhinderte das Schlimmste – wenn auch um den Preis, sich die Finger so kräftig einzuklemmen, dass ihm schon wieder die Tränen in die Augen schossen –, bedeutete Gwinneth mit einer entsprechenden Geste, vorsichtiger zu sein, und machte gleichzeitig eine Kopfbewegung nach links.

Die gemauerte Front des Hauses setzte sich in dieser Richtung noch zehn oder zwölf Schritte weit fort und ging dann in die hölzerne Wand des weitläufigen Pferdestalles über, in dem sie am vergangenen Abend ihre Tiere untergebracht hatten. Schräg gegen den Sturm gelehnt und die Hände schützend vor die Gesichter gehoben, kämpften sie sich durch das eisige weiße Chaos bis zu einer schmalen Tür, die in das große, zweiflügelige Tor des Pferdestalles eingelassen war. Obwohl sie sich erst seit wenigen Augenblicken hier draußen befanden, waren Dulacs Finger schon wieder so steif vor Kälte, dass er im ersten Moment Mühe damit hatte, den Riegel aufzuschieben, und als es ihm endlich gelungen war, da riss ihm eine Windböe die Tür aus der Hand und warf sie drinnen mit einem schmetternden Krachen gegen die Wand.

Dulac erstarrte für einen Moment und lauschte, aber dann wurde ihm bewusst, wie lächerlich das war. Der Sturm war so laut, dass er nicht einmal gehört hätte, wenn drinnen im Haus hundert Iren Zeter und Mordio geschrien hätten, und mit Sicherheit hatte er auch das Geräusch der auffliegenden Tür verschluckt.
Dicht gefolgt von Gwinneth huschte er in den Stall, blieb einen Moment stehen und versuchte sich zu orientieren. Es war so vollkommen dunkel hier drinnen, dass er nur Schemen sah, aber zumindest einer davon schimmerte in vertrautem Weiß. Er hatte kaum den nächsten Schritt gemacht, da hörte er ein wohl bekanntes Schnauben und der Schemen bewegte sich unruhig. Das Einhorn.
Dulac griff im Dunkeln nach hinten, ertastete Gwinneths Hand und zog sie hinter sich her. Sie hatten ein zweites Mal Glück. Unmittelbar neben dem Einhorn war auch Gwinneths weiße Stute angebunden, und als wäre das Schicksal ausnahmsweise einmal auf ihrer Seite, entdeckte er fast sofort ihre Sättel, die ordentlich auf einen Balken gehängt waren. Zusammen mit Gwinneth sattelte er beide Tiere und zäumte sie auf, und noch bevor sie ganz fertig waren, deutete Gwinneth auf ihr Packpferd, das gleich daneben angebunden war.
Dulac schüttelte den Kopf. »Wir müssen es hier lassen. Es würde uns nur aufhalten.«
Und sehr viel zu tragen hätte das Tier ohnehin nicht mehr gehabt. Die Wirtsfrau hatte praktisch alles, was sie an Kleidung besaßen, mitgenommen, um zu waschen und zu flicken, was noch zu flicken war. Alles, was ihnen jetzt noch blieb, befand sich in dem schmalen Bündel, das auf seinem Rücken hing. Trotzdem hatte er ein ungutes Gefühl, als er diese Worte aussprach. Das Packpferd hatte ihnen treu gedient und alle Entbehrun-

gen und Strapazen klaglos hingenommen. Auch wenn es nur ein Tier war: Er kam sich undankbar vor, und die Art, wie das struppige Pony jetzt den Kopf an ihn schmiegte, verstärkte dieses Gefühl noch, denn fast schien es, als wisse es um sein Schicksal.
Dulac schüttelte den Gedanken ab und machte eine abwehrende Handbewegung, als Gwinneth aufsteigen wollte. Sie folgte seinem Blick und nickte dann, ohne dass er ihr erklären musste, was er meinte. Das zweiflügelige Stalltor war riesig, und sowohl sie als auch Dulac hatten gerade beide am eigenen Leibe gespürt, welche Gewalt der Sturm hatte, der von draußen darauf einprügelte. Dulac bezweifelte, dass ihrer beider Kraft ausreichte, um das Tor zu öffnen und es gegen den Sturm aufzustemmen. Ohne ein weiteres Wort lösten sie die Zügel der weißen Stute und des Einhorns und machten sich auf den Weg zu der kleine Schlupftür, durch die sie hereingekommen waren. Dulac war nicht einmal ganz sicher, dass das gewaltige Einhorn überhaupt hindurchpasste.
Aber er sollte nie dazu kommen, es herauszufinden. Sie hatten sich der Tür bis auf zwei Schritte genähert, als ein gewaltiger Schatten in der Öffnung auftauchte. Gwinneth stieß einen kleinen erschrockenen Schrei aus und schlug die Hand vor den Mund und auch Dulac fuhr fast entsetzt zusammen. Das Einhorn, dessen Zügel er in der rechten Hand hielt, schnaubte drohend und senkte den Kopf, sodass sich das unterarmlange, nadelspitze Horn auf seiner Stirn wie eine Waffe auf den Eindringling richtete. Dulac verstärkte hastig seinen Griff um die Zügel.
Der Schatten trat vollends in den Stall herein und machte einen Schritt zur Seite, um einer zweiten, womöglich noch größeren Gestalt Platz zu machen, die ihm dichtauf folgte. Die Hände des zweiten Mannes wa-

ren nicht leer. In der rechten trug er ein heftig flackerndes Windlicht, das die Dunkelheit vertrieb, aber so unstet flackerte, dass ihn Dulac auf den ersten Blick beinahe nicht erkannt hätte.
Es war Sean. Sein Haar war vom Wind zerzaust und voller Schnee und hier und da hatte sich Eis in seinem Bart und dem schweren Fellmantel gebildet, den er komplett zugeknöpft hatte. Sein Gesicht war vor Kälte gerötet und sein Atem erschien als rhythmische Folge kleiner grauer Dampfwölkchen vor seinem Gesicht. Bei seinem Begleiter handelte es sich um Patrick, aber Dulac glaubte hinter der offen stehenden Tür mindestens noch einen weiteren Schatten zu erkennen und er vermutete, dass irgendwo dort draußen ihre beiden anderen Brüder und ihr Onkel Wache hielten.
»Mylady. Junger Herr.« Sean deutete eine spöttisch-übertriebene Verbeugung an und schaffte es irgendwie, sein vor Kälte halberstarrtes Gesicht zu einem Lächeln zu zwingen. Aber seine Augen blieben so kalt wie das Eis in seinem Haar. »Wolltet ihr einen kleinen Spaziergang machen? Davon würde ich euch abraten. Das Wetter ist nicht besonders gut und ich habe mir sagen lassen, dass sich üble Gestalten in der Gegend herumtreiben.«
»Was fällt dir ein?«, herrschte Gwinneth ihn an. »Du wirst sofort ...«
»Halt den Mund«, sagte Sean. Er sprach nicht einmal besonders laut und auch nicht in scharfem Ton, doch Gwinneth verstummte trotzdem mitten im Satz und starrte den Iren zugleich fassungslos und schockiert an. Sean lächelte immer noch, aber auch dieses Lächeln wirkte plötzlich kalt, eher eine Miene mühsam unterdrückter Wut als irgendetwas anderes. Er machte einen Schritt zur Seite und bedeutete seinem Bruder mit ei-

nem Wink, die Tür zu schließen. Patrick gehorchte und mit dem Heulen des Sturmes beruhigte sich nun auch das Flackern des Windlichtes, sodass der Stall nun nicht mehr von unzähligen, hin und her huschenden Lichtreflexen erfüllt, sondern halbwegs vernünftig ausgeleuchtet war.

»Nun?«, fragte er. »Ich höre!«

»Und ich dachte, wir wären vorsichtig gewesen«, sagte Dulac enttäuscht.

»Das wart ihr«, antwortete Sean. »Und um ehrlich zu sein bin ich froh, dass ihr nicht noch vorsichtiger wart. Ich bin fast erfroren, während ich draußen auf euch gewartet habe. Das war sehr dumm von euch.«

»Was soll das heißen?«, begehrte Gwinneth auf. Sie warf einen Hilfe suchenden und zugleich auffordernden Blick in Dulacs Gesicht, aber er konnte nur mit einem Schulterzucken darauf antworten. Er war nicht einmal wirklich enttäuscht. Irgendwie war es, als hätte er tief in sich drinnen geahnt, dass es nicht gut gehen würde.

»Was fällt dir ein?«, fuhr Gwinneth fort. »Wir haben uns entschieden zu gehen. Willst du uns etwa daran hindern?«

»Und wenn es so wäre?«, erkundigte sich Sean.

»Das wäre lächerlich.« Gwinneth wirkte noch immer betroffen und verwirrt, aber in ihren Augen und in ihrer Stimme war wieder der alte Stolz, den Dulac immer so sehr an ihr bewundert hatte, auch wenn er im Moment wohl fehl am Platze war. »Du weißt, wer wir sind.«

»In der Tat, Mylady«, antwortete Sean. »Doch ich fürchte, ich muss dennoch darauf bestehen, dass Ihr und Euer Bruder hier bleibt.«

»Bist du von Sinnen?«, fragte Gwinneth. »Ich bin die Königin dieses Landes! Ein Wort von mir genügt und du verbringst die nächsten zehn Jahre in Ketten!«

»Das mag sein«, antwortete Sean gelassen. »Oder auch nicht. Dieses Risiko muss ich wohl eingehen, so wie ich zu meinem großen Bedauern auch darauf bestehen muss, dass Ihr hier bleibt.«

»Was soll das heißen? Dass wir eure Gefangenen sind?«

»Mir würde das Wort *Gäste* besser gefallen«, antwortete der Ire ruhig. »Aber ich verstehe durchaus, dass Ihr es wohl so seht, Mylady.« Er deutete mit der Hand, die die Lampe hielt, auf die Tür, und ein Durcheinander von flackernden Lichtreflexen und sie hastig verfolgenden Schatten begleitete die Bewegung. Dadurch wurde seine Geste zu etwas völlig anderem; etwas, das auf seine Art schlimmer als eine Drohung schien. »Aber vielleicht sollten wir ins Haus zurückgehen und dort weiterreden. Ihr braucht eure Pferde nicht abzusatteln. Wir erledigen das für euch.«

Dulac wünschte sich, dass Sean nicht in einem solchen Ton mit ihnen gesprochen hätte. Es fiel ihm immer schwerer, das Einhorn ruhig zu halten. Das Tier spürte die Gefahr, die von den beiden Iren ausging, und viel mehr vermutlich noch die Gefühle, die sie in seinem Herrn auslöste, und es bedurfte vielleicht nur noch einer Kleinigkeit, bis es sich losreißen und Sean angreifen würde. Für den Iren und seinen Bruder war das Einhorn nur ein ungewöhnlich großes und kräftiges Schlachtross, ein Tier, vor dem sie sicherlich gehörigen Respekt, aber ganz bestimmt keine Angst hatten. Woher sollten sie auch sein Geheimnis kennen, seine Fähigkeit, wie durch Zauberhand innerhalb von Augenblicken voll gerüstet in Panzer und Schabracke angreifen zu können, wenn es die Situation erforderte, um dann mit seinem für Menschen unsichtbaren Horn erbarmungslos unter seinen Gegnern zu wüten? Dulac selbst hatte das Wesen dieses vielleicht gefährlichsten Raubtier noch nicht vollständig begriffen, das es auf dieser und auf der anderen Welt gab, und schon gar nicht war er in der Lage, die Natur der Magie zu verstehen, die es zu schier unglaublichen Dingen befähigte.

»Also?«, fragte Sean in jetzt eindeutig herrischem Ton, als weder Dulac noch Gwinneth sich rührten.

Gwinneth wollte antworten, aber Dulac legte ihr rasch die Hand auf den Unterarm und schüttelte den Kopf. »Bitte lass es. Es ist vorbei.«

Gwinneth starrte ihn an. Ihre Augen blitzten und für einen Moment schien sich ihr Zorn nun auf Dulac entladen zu wollen, doch dann presste sie nur die Lippen zu einem dünnen Strich zusammen und nickte abgehackt. Dulac hatte sie noch nie so zornig wie jetzt erlebt. Und er wusste nicht einmal genau, wem dieser Zorn galt.

»Wenigstens einer von euch, der vernünftig ist.« Sean wiederholte seine wedelnde Geste zur Tür und Gwinneth setzte sich widerwillig und selbstverständlich erst nach einem trotzigen Blick in seine Richtung in Bewegung, während Dulac in die entgegengesetzte Richtung ging um das Einhorn festzubinden. Er führte das Fabelwesen nicht wieder dorthin, wo er es vorgefunden hatte, sondern ein gutes Stück weiter von Sean und seinem Bruder entfernt; um nicht zu sagen, so weit weg von ihnen wie nur möglich. Sean sah ihm stirnrunzelnd und mit unübersehbarer Ungeduld zu, aber überraschenderweise verzichtete er auf einen Kommentar. Vielleicht spürte er ja, dass dieses Tier nicht das war, wonach es aussah.

»Das ist ein wirklich prachtvolles Pferd«, sagte er, als Dulac endlich fertig war und zu ihm zurückkam. »Eines Ritters eigentlich mehr angemessen als eines ehemaligen Küchenjungen.«

Dulac hütete sich, etwas darauf zu antworten. Wortlos

ging er an Sean vorbei und trat wieder in den Sturm hinaus, der in den wenigen Augenblicken noch deutlich an Kraft zugenommen zu haben schien. Obwohl Gwinneth und Patrick nicht allzu weit entfernt waren, konnte er sie nur noch als verschwommene Schemen erkennen, die der Sturm immer wieder zu verschlingen und auszuspucken schien, und schon lange, bevor sie die Tür des Gasthauses erreichten, entschwanden sie endgültig seinem Blickfeld. Dulac schritt mit gesenktem Kopf zügig aus, das Gesicht aus dem Wind gedreht. Dennoch entging ihm nicht, dass Sean ihm zwar dichtauf folgte, trotzdem aber immer wieder nervös hinter sich sah, und einmal glaubte er sogar eine weitere Gestalt zu erkennen, die auf der anderen Seite des Hofes stand, war sich aber dessen nicht ganz sicher.

Sie fanden die Gaststube hell erleuchtet vor. Das Feuer im Kamin war neu entfacht worden und es brannten mindestens ein Dutzend Kerzen. Gwinneth saß auf dem gleichen Stuhl, auf dem sie auch am Morgen Platz genommen hatte und starrte Sean und ihn finster an, und Seans Bruder Patrick stand mit drohend vor der Brust verschränkten Armen hinter ihr. Er trug noch immer den schweren Fellmantel, der in der Wärme hier drinnen zu dampfen schien, und um seine ebenfalls mit Fell besetzten Stiefel hatte sich bereits eine kleine Pfütze gebildet. Seine beiden anderen Brüder waren ebenfalls anwesend; sie waren auf ähnliche Weise gekleidet und auch in ihren Mänteln und Haaren glitzerten Schnee und Eis. Als Dulac feststellte, dass Seans Onkel als einziger der Iren nicht hier war, begann er zu ahnen, bei wem es sich um die Gestalt gehandelt haben mochte, die er auf der anderen Seite des Hofes für einen Moment im Sturm gesehen hatte.

Er fragte sich nur, was er dort suchte. Sean hatte ganz

offensichtlich geahnt, dass sie einen Fluchtversuch unternehmen würden, und es war gewiss nicht besonders schwer gewesen, sich auszurechnen, dass sie auf kürzestem Weg in den Stall gehen und ihre Pferde holen würden, denn eine Flucht zu Fuß wäre bei den herrschenden Witterungsverhältnissen einem Selbstmord gleichgekommen. Warum also hatten sie nicht gleich dort auf sie gewartet, statt sich auf dem Hof zu verteilen?

Sean versetzte ihm einen groben Stoß zwischen die Schultern, als er nicht schnell genug weiterging, und dann einen zweiten, mit dem er ihn auf einen freien Stuhl am gleichen Tisch herabstieß, an dem auch Gwinneth saß. Dulac wollte sofort wieder hoch- und herumfahren, erreichte damit aber nicht mehr, als dass Sean ihn ein zweites Mal und noch derber auf den Sitz zurückstieß.

»Hör mit dem Unsinn auf, Junge«, sagte der Ire streng. »Dazu fehlt mir im Moment wirklich die Geduld.«

»Überleg dir, was du tust«, drohte Dulac. »Ich bin eine solche Behandlung nicht gewöhnt.«

Der Ire verzog verächtlich die Lippen. »Dann ist es jetzt wohl an der Zeit dafür, junger Herr«, sagte er spöttisch, wurde aber sofort wieder ernst und fügte etwas leiser hinzu: »Aber diese Entscheidung liegt ganz bei dir, mein Junge.«

»Und hör auf mich *mein Junge* zu nennen«, grollte Dulac. »Ich habe einen Namen.«

Sean setzte zu einer geharnischten Antwort an, doch in diesem Moment wurde die Tür hinter der Theke aufgestoßen und der Wirt stürmte herein. Er wirkte aufgelöst und leicht verwirrt; ein Mensch, der jäh aus tiefstem Schlaf gerissen worden war und noch nicht genau wusste, was überhaupt vorging, sich aber sehr wohl bewusst war, dass etwas nicht stimmte. Er hielt ein langes Flei-

schermesser in der linken und – ein Anblick, der zu gleichen Teilen albern wie auch fast rührend wirkte – eine gusseiserne Pfanne in der rechten Hand.
»Was geht hier vor?« Völlig verwirrt blickte er der Reihe nach die Iren und dann Dulac an. Aber jede Benommenheit und alle Verwirrung wichen aus seinem Blick, als er Gwinneth bemerkte und Patrick, der in einer eindeutig drohenden Haltung hinter ihr stand.
»Mylady!«, keuchte er. »Was hat man mit Euch ...?«
»Nichts«, unterbrach ihn Sean. »Und wir werden Eurer Königin auch nichts tun. Es gab eine kleine Meinungsverschiedenheit, das ist alles.« Er lächelte bei diesen Worten und seine Stimme hatte einen durchaus überzeugenden leichten Klang – doch er machte auch eine kaum sichtbare Geste mit der linken Hand, woraufhin einer seiner Brüder unauffällig aber sehr schnell hinter den Wirt trat, um ihn im Notfall zu packen und seiner Waffen berauben zu können.
»Es ist alles in Ordnung«, behauptete Gwinneth, der das Manöver des Iren so wenig entgangen war wie Dulac. »Macht Euch keine Sorgen. Wir haben nur ... etwas zu besprechen.«
Der Wirt war nicht überzeugt und er war weder dumm noch blind. Aber er begriff wohl auch, wie wenig er im Moment ausrichten konnte, denn er sah Gwinneth nur noch einen kurzen Moment lang fast hilflos an, dann ließ er seine beiden improvisierten Waffen sinken und legte sie demonstrativ neben sich auf die Theke. »Wenn Ihr etwas braucht, dann ruft mich, Mylady.«
»Das wird nicht nötig sein«, versuchte ihn Gwinneth zu beruhigen. »Legt Euch nur wieder schlafen.«
»Das war sehr klug von Euch, Mylady«, sagte Sean, nachdem der Wirt gegangen war. »Ich hätte diesem guten Mann ungern etwas angetan.«

»Was dich aber bestimmt nicht davon abgehalten hätte, es zu tun, wenn es sich als nötig erwiesen hätte, nicht wahr?«, fragte Gwinneth kalt.
Sean antwortete darauf nicht, aber sein Schweigen war Antwort genug.
»Und wie soll es jetzt weitergehen?«, fragte Dulac, als auch Gwinneth nichts mehr sagte, sondern nur ihr Möglichstes tat, um Sean und seine Brüder abwechselnd mit Blicken zu durchbohren. »Ich meine: Wollt ihr uns jetzt in Ketten legen oder lasst ihr es dabei bewenden, unser Fenster zuzunageln und abwechselnd vor unserer Tür Wache zu halten?«
Bevor Sean antworten konnte, wurde die Tür aufgestoßen, und in einer Wolke von hereinwirbelndem, pulverfeinem Schnee und eisiger Luft, die auf einen Schlag die Hälfte der Kerzen im Raum löschte und das Kaminfeuer Funken stiebend aufflackern ließ, stolperte Seans Onkel herein. Er war auf die gleiche Weise gekleidet wie seine Neffen. Sein Mantel, sein Haupthaar und auch sein Bart waren jedoch so voller Schnee und Eis, dass Dulac im ersten Moment kaum erkennen konnte, wo die gefrorene weiße Kälte aufhörte und der Mann begann. Als er die Tür hinter sich zudrückte, schien der Sturm für einen Moment auf doppelte Kraft anzuwachsen, als wollte er sich mit aller Macht gegen das Ausgesperrtwerden wehren, sodass der Mann fast seine gesamte Körperkraft brauchte um die Tür zuzudrücken. Keuchend drehte er sich um und stampfte ein paarmal mit den Füßen auf, um den Schnee aus seiner Kleidung zu schütteln.
»Und?«, fragte Sean.
Sein Onkel schüttelte den Kopf. Sein Haar war so steif gefroren, dass es ein hörbares knisterndes Geräusch gab. »Da draußen ist niemand. Und wenn doch, dann

finden wir höchstens morgen früh seine Leiche. Der Sturm wird immer heftiger.«
»Dann sieht es ja fast so aus, als hätten wir euch Kindern das Leben gerettet«, sagte Sean spöttisch, nun wieder an Gwinneth und Dulac gewandt. »Was habt ihr euch nur dabei gedacht?«
»Warum bist du nicht wenigstens ehrlich, *Söldner*?«, fragte Gwinneth abfällig. »Wir sind deine Gefangenen, nicht wahr? Wertvolle Beute, die du meistbietend verschachern kannst. Hast du schon einen Boten zu Artus geschickt? Wenn nicht, dann solltest du es schnellstens tun, denn ich bin sicher, er bezahlt den höchsten Preis für unsere Köpfe.«
Sean seufzte. Er wurde nicht wütend, wie Dulac erwartet hatte, sondern sah eher betroffen aus. »Ihr beide müsst wirklich schlechte Erfahrungen gemacht haben. Wir sind keine Räuberbande. Wir haben den Auftrag angenommen, euch zu suchen, zu finden und unbeschadet hierher zu bringen, nicht mehr und nicht weniger. In einem oder zwei Tagen wird jemand kommen, der euch alles erklärt.«
»Wer weiß«, sagte Dulac mit zornbebender Stimme. »Vielleicht wird schon eher jemand kommen, der *dir* erklärt, was du falsch gemacht hast.«
Sean seufzte erneut. Er schien etwas sagen zu wollen, beließ es aber dann bei einem Kopfschütteln und einem erneuten Seufzen und gab demjenigen seiner Truppe, der am nächsten bei der Theke stand, einen Wink. Der Ire bückte sich hinter den hölzernen Tresen, hob einen Sack auf, der Dulac groß genug erschien, dass Gwinneth und er sich zusammen darin verstecken konnten, und in dem es lautstark klapperte, als er ihn zum Tisch trug. Mit einem immer noch wortlosen Nicken forderte Sean seinen Bruder auf, den Sack auf dem Boden auszuschütten.

Dulac war nicht einmal mehr besonders überrascht, dennoch fuhr er ebenso heftig und mindestens genauso erschrocken wie Gwinneth zusammen, als aus dem Sack nichts anderes als seine komplette Rüstung zum Vorschein kam – Harnisch, Bein- und Armschützer, Handschuhe, Stiefel und Helm, sowie Ritterschwert und Runenschild, ja selbst die sorgsam in mehrere Lagen groben Tuches eingewickelte und verknotete Elbenklinge, die er nicht mehr gezogen hatte, seit sie Camelot verlassen hatten. Gwinneth sog scharf die Luft ein und auch Dulac konnte ein abermaliges und noch heftigeres Zusammenzucken nicht mehr unterdrücken, als er Seans Blick auf sich spürte.
»Das haben wir in der Nähe des Gasthauses gefunden«, sagte Sean. »Gar nicht lange nachdem euer geheimnisvoller Retter aus dem Schneesturm aufgetaucht und genauso spurlos wieder darin verschwunden ist.«
Dulacs Gedanken überschlugen sich. Es war das Einhorn, das während ihrer Flucht seine Rüstung auf wundersame Weise verwahrt hatte. Die ganze Zeit über schien es auf rätselhafte, unbegreifliche Art zu wissen, was zu tun war, um sein Geheimnis des Silbernen Ritters zu wahren, und niemals hatte Dulac den geringsten Zweifel daran gehabt, dass das auch immer so bleiben werde, solange er mit dem Fabelwesen unterwegs war. Und nun das. Wenn Sean Lancelots Rüstung gefunden hatte, dann konnte das nur bedeuten, dass das Einhorn sie ganz absichtlich dort platziert hatte oder aber dass seine magischen Fähigkeiten anfingen zu verblassen. In jedem Fall, und unabhängig von den Konsequenzen, die es noch zu ziehen galt, musste er erst einmal herausbekommen, wie viel der Ire wusste.
»Du bist ...«, begann er vorsichtig, allerdings nur um so-

fort und in nun deutlich schärferem, unüberhörbarem Ton von Sean unterbrochen zu werden.

»... kein Dummkopf.« Die Augen des Iren blitzten, während er abwechselnd Gwinneth und Dulac anstarrte. »Glaubt ihr beiden wirklich, ich hätte euch die Geschichte auch nur einen Moment lang abgenommen? Eine flüchtende Königin in Begleitung ihres Bruders, eines ehemaligen Küchenjungen, die es ganz alleine schaffen, den besten Rittern von König Artus' Hof drei Monate lang immer wieder ein Schnippchen zu schlagen?« Er schüttelte so heftig den Kopf, dass sein steif gefrorenes Haar zur Seite flog. Es klirrte tatsächlich leise, als würden winzige Schellen aneinander geschlagen.

»Dieser Ritter war die ganze Zeit in eurer Nähe, habe ich Recht?«, fuhr Sean in seiner Anklage fort. »Und jener Abend war bestimmt nicht der erste, an dem er euch gerettet hat. Aber wenn ihr jetzt darauf baut, dass er auch diesmal wie ein rettender Engel im letzten Moment erscheinen wird, dann täuscht ihr euch. Ich weiß nicht, wo er ist. Ob er überhaupt noch lebt. Aber eines weiß ich ganz genau ...« Er machte eine wedelnde Handbewegung in Richtung seines Onkels, der immer noch vor der jetzt wieder geschlossenen Tür stand. »Dort draußen ist er nicht. Wenn er wirklich so närrisch gewesen ist, uns in diesem Sturm bis hierher zu folgen, dann ist er jetzt tot.«

»Das ist er ganz bestimmt nicht«, sagte Gwinneth impulsiv und Dulac konnte sich gerade noch zurückhalten, ihr *keinen* erschrockenen Blick zuzuwerfen.

»Ich hoffe, Ihr habt Recht, Mylady«, sagte Sean, und fast zu Dulacs Erstaunen klang das Wort *Mylady* diesmal kein bisschen spöttisch oder herausfordernd. »Dieser Mann hat schließlich auch uns das Leben gerettet. Er ist nicht unser Feind und ich wünsche ihm nichts

Schlechtes. Aber er wird nicht im allerletzten Moment erscheinen, um Euch hier herauszuholen. Diesmal nicht.«
»Und was soll das bedeuten?«, fragte Dulac.
»Dass ihr hier bleiben werdet«, antwortete Sean. »Zumindest bis unser Auftraggeber eingetroffen ist.«
»Und danach?«, fragte Gwinneth bitter.
»Er hat mir sein Wort gegeben, dass er Euer Freund ist und ehrenhafte Absichten hat«, antwortete Sean. »Nur aus diesem Grund haben meine Brüder und ich uns bereit erklärt seinen Auftrag anzunehmen. Ich glaube ihm.«
»Und wenn ihr euch irrt?«
»Dann wird er erleben, dass man einen Iren besser nicht belügt.« Sean blickte sie noch einen Moment finster an, dann wechselte er sowohl das Thema als auch die Tonlage und deutete auf die mit Runen verzierte Rüstung, die zwischen Dulac und Gwinneth auf dem Boden lag. »Das da ist ein sehr kostbares Stück. Mir ist noch nie eine Rüstung wie diese untergekommen und ich habe schon viele gesehen. Ich denke, es ist besser, wenn ich sie in Verwahrung nehme – schon um niemanden in Versuchung zu führen. Sollte euer Freund noch am Leben sein und wiederkommen, dann gebe ich sie ihm selbstverständlich zurück.«
»Und wenn nicht?«, fragte Gwinneth feindlich.
»Wer etwas findet, das niemandem gehört, der darf es im Allgemeinen behalten«, erklärte Sean grinsend.
»Dann tu dir selbst einen Gefallen«, sagte Dulac nachdrücklich. Sean sah ihn fragend an und Dulac zögerte zwar noch einen winzigen Moment, deutete dann aber auf das in Tuch eingeschlagene Elbenschwert. Die Knoten waren nicht mehr dieselben, wie er sie hineingeknüpft hatte. Sean hatte das Bündel ausgewickelt und

wusste, was sich darin verbarg. Dulac fing auch Gwinneths warnenden, fast schon entsetzten Blick auf, doch er fuhr trotzdem nach einer winzigen Pause und in sehr ernstem Ton fort: »Rühr es nicht an. Ganz egal was auch immer passieren wird.«
»Darauf gebe ich dir mein Wort«, sagte Sean. »Und nun schlage ich vor, dass wir dieses unerquickliche Gespräch beenden und uns schlafen legen. Wenn unser Auftraggeber morgen kommt, steht uns möglicherweise ein anstrengender Tag bevor.«

Der geheimnisvolle Auftraggeber, von dem Sean gesprochen hatte, kam weder am nächsten Tag noch an den zwei darauf folgenden, sodass sich ihre Gefangenschaft immer mehr hinauszögerte und von einer reinen Unbequemlichkeit bald zu einer echten Qual wurde – zumal sich auch die Stimmung zwischen Dulac und Gwinneth immer weiter verschlechterte. Gwinneth hütete sich zwar, ihm die Schuld an dem Scheitern ihrer Flucht zu geben, aber sie machte auch keinen Hehl daraus, dass sie vielleicht ein etwas mutigeres Auftreten von ihm erwartet hätte. Dulac litt sehr darunter, obwohl er sich selbst immer wieder sagte, dass es rein gar nichts gab, was er hätte tun können. Ohne seine Zauberrüstung und das Schwert war er nicht einem einzigen dieser fünf Männer gewachsen, geschweige denn allen. Und selbst wenn es so gewesen wäre: Er war nicht einmal sicher, ob er gegen Sean und seine Brüder kämpfen wollte. Es gab eine Menge, was ihm an dem Iren missfiel, und dennoch spürte er tief in sich, dass diese fünf Männer nicht ihre Feinde waren.
Auch das Verhältnis der Wirtsleute zu den Iren hatte sich drastisch verschlechtert. Hatten sie die fünf am ersten Tag noch wie Freunde behandelt, ja fast schon

ehrerbietig, als wären es Edelleute oder Ritter und nicht in Lumpen gekleidete Halsabschneider, so machten sie aus ihrer Feindseligkeit jetzt keinen Hehl mehr; der Wirt hatte nicht nur drei hübsche Töchter, sondern auch fünf kräftige Söhne und gebot über ein gutes Dutzend Knechte, die das Leben in diesem rauen Teil des Landes hart und stark gemacht hatte. Dulacs Einschätzung nach brannte er darauf, seiner legitimen Königin zu beweisen, wem seine Sympathien gehörten. Wahrscheinlich hätte es ihm das allergrößte Vergnügen bereitet, die Iren aus dem Haus prügeln oder ihnen sogar gleich die Kehlen durchschneiden zu lassen.

Selbstverständlich waren sich Sean und seine Brüder dessen bewusst und verhielten sich entsprechend. Dulac war nicht einmal sicher, ob es dem tapferen Wirt und seinen Söhnen und Knechten tatsächlich gelungen wäre, die Iren zu überwältigen. Aber das Letzte, was er wollte, war ein Blutbad unter diesen Menschen, die sie so freundlich aufgenommen hatten wie sonst noch niemand seit Anbeginn ihrer Flucht, und Gwinneth schien wohl genauso zu empfinden, denn sie nutzte die erste Gelegenheit, als sie allein mit den Wirtsleuten sprechen konnte, um sie eindringlich davor zu warnen, irgendetwas Unbedachtes zu tun.

Dennoch schienen die Tage kein Ende nehmen zu wollen. Das Wetter besserte sich allmählich: Es wurde zwar kälter, aber der Himmel war jetzt fast den ganzen Tag über klar, es schneite nur noch wenig und der Sturm hatte endgültig aufgehört. Immerhin hatte die unfreiwillige Ruhepause auf dem Gehöft im Norden Cornwalls ein Gutes: Das reichhaltige Essen, die Wärme und vor allem der viele Schlaf, zu dem sie mehr oder weniger gezwungen waren, führten dazu, dass Gwinneth und Dulac sich – zumindest körperlich – rasch erholten. Die meiste Zeit verbrachten sie in ihrer Dachkammer und kamen nur zu den Mahlzeiten herunter, doch nicht nur Gwinneth und er, sondern auch Sean und die Seinen wurden immer schweigsamer und einsilbiger. Die Atmosphäre, die schließlich zwischen ihnen herrschte, war zwar noch nicht offen feindselig, aber doch ebenso frostig wie der Winter, der das Land in seinem eisernen Griff hatte. Der Ausbruch von Gewalttätigkeiten lag wie etwas Greifbares in der Luft und zweifellos wäre es auch dazu gekommen, hätte ihre Gefangenschaft auch nur noch zwei oder drei weitere Tage angedauert.

Es war vielleicht eine Stunde vor Anbruch der Dämmerung. Dulac hatte den ganzen Tag über schon ein ungutes Gefühl gehabt, und obwohl sie nicht darüber gesprochen hatten, spürte er doch, dass es Gwinneth kaum anders erging. Sie waren früher als gewohnt in den Gastraum heruntergekommen, angeblich weil sie die Langeweile und die Enge in ihrem Zimmer nicht mehr ertragen hatten, in Wahrheit jedoch, weil sowohl Gwinneth als auch er spürten, dass irgendetwas geschehen würde. Eine fühlbare Spannung hatte sich über dem Gehöft ausgebreitet, die Ahnung von etwas Bevorstehendem, Großem, und es dauerte nicht lange, bis Dulac klar wurde, dass es ganz und gar nicht nur Gwinneth und ihm so erging. Auch Sean und vor allem sein Onkel blickten immer wieder nervös aus dem Fenster und suchten die weiße Einöde draußen aufmerksam mit ihren Blicken ab.

Dabei war das ganz und gar überflüssig, wie Dulac wusste. Das Gehöft lag zwar eingebettet zwischen einer Hügelkette und dem dichten Wald auf der anderen Seite am Flussufer, dennoch war das nächste Hindernis, das groß genug gewesen wäre, auch nur einem Hund als Versteck zu dienen, eine gute halbe Meile entfernt, und die dichte und völlig unberührte Schneedecke, die sich über dem Land ausgebreitet hatte, machte es zudem völlig unmöglich, dass sich irgendwer näherte, ohne schon von weitem gesehen zu werden.

»Erwartet ihr jemanden?«, fragte Gwinneth spitz, als Sean das vierte oder fünfte Mal innerhalb kurzer Zeit aufstand und ans Fenster trat.

Der irische Riese drehte sich erst nach einer geraumen Weile zu ihnen herum und maß erst Gwinneth, dann Dulac, und dann noch einmal Gwinneth mit einem langen stirnrunzelnden Blick, bevor er ein Nicken andeutete. »Ich nehme doch an, ihr wisst genauso gut wie ich, auf wen wir warten, Mylady«, antwortete er schließlich – wobei es Dulac auch dieses Mal einfach nicht gelingen wollte, wirklich zu entscheiden, ob er das Wort *Mylady* ernsthaft oder spöttisch gemeint hatte.

»Vielleicht hat dein Freund ja im Schnee die Orientierung verloren«, stichelte Gwinneth. »Oder er braucht bei diesem Wetter länger als erwartet, um nach Camelot zu reiten und seine Kopfprämie von Artus einzufordern.«

Sean sah ganz so aus, als wolle er wütend werden, aber dann zuckte er stattdessen mit den Schultern und verzog die Lippen zu etwas, das mit sehr viel gutem Willen vielleicht sogar als Lächeln durchgehen konnte. »Das wird sich zeigen.«

Er schien noch mehr sagen zu wollen, beließ es aber dann bei einem angedeuteten Kopfschütteln und sah stattdessen sehr lange und mit sehr nachdenklichem Gesichtsausdruck zu der Wand neben dem Kamin hin, wo er Lancelots silberne Rüstung und seine Waffen so auf einem Stuhl drapiert hatte, dass es fast wie ein müde gewordener Ritter aussah, der mit kraftlos nach vorne gesunkenem Kopf im Sitzen eingeschlafen war. »Irgendjemand kommt …«, murmelte er. Die Worte waren nicht für sie bestimmt, und wenn sein Gesicht dabei auch ausdruckslos blieb, so entging Dulac doch nicht der Unterton von Sorge, der in seiner Stimme mitschwang. Er tauschte einen überraschten Blick mit Gwinneth. Sean hatte im Grunde nur das ausgesprochen, was sie beide schon den ganzen Tag über gespürt hatten, und selbst die unterschwellige Furcht, die der Ire zu empfinden schien, entsprach ihren eigenen Gefühlen.

»Du hast Recht«, sagte sein Onkel, der an einem anderen Fenster stand und in Richtung der Hügelkette blickte, die sie selbst vor wenigen Tagen überschritten hatten um hierher zu kommen. »Er ist schon fast da.«

Sean fuhr überrascht herum und war mit zwei Schritten neben seinem Onkel, und auch Dulac wollte aufstehen, verharrte aber mitten in der Bewegung, als er einen warnenden Blick Patricks auffing, der sich halb von seinem Stuhl erhoben und die Hand auf den Schwertgriff am Gürtel gelegt hatte. Gwinneths Gesichtsausdruck verdüsterte sich noch weiter und auch Dulac spürte ein heißes Wallen, in dem sich Erschrecken und Zorn miteinander mischten. Vielleicht waren sie doch mehr Gefangene, als er bis jetzt hatte wahrhaben wollen.

»Du hast Recht«, sagte Sean. Er klang überrascht, verwirrt und ein bisschen beunruhigt. Und nach einem Moment fuhr er mit einem Kopfschütteln und leise und eigentlich nur an sich selbst gewandt fort: »Das verstehe ich nicht. Ich habe doch gerade noch …«

»Genau wie ich«, sprach sein Onkel für ihn weiter, als Sean es nicht tat. »Ich habe vor einem *Moment* noch genau dorthin gesehen und ich schwöre beim Grab meiner Mutter, dass der Kerl noch nicht da war.« Er schüttelte heftig den Kopf. »Wenn er sich angeschlichen hat,

dann versteht der Bursche mehr von Tarnung als ein Schneehase im tiefsten Winter.«
Dulac hielt es nicht mehr aus. Ohne auf Patricks warnende Blicke und seine nun ganz offen drohende Haltung zu achten, sprang er auf, eilte zu den beiden Iren hin und quetschte sich so zwischen ihnen hindurch, dass er einen Blick aus dem Fenster werfen konnte.
Im ersten Moment sah er auch jetzt nichts außer einer weißen Einöde, die keinen Anfang und kein Ende zu haben schien, aber dann entdeckte er doch, was Sean und seinen Bruder so offensichtlich beunruhigte: Auf halbem Wege zwischen dem Hügel und dem Fluss, vielleicht eine Viertelmeile entfernt, bewegte sich eine winzige Gestalt auf sie zu. Sie war ganz in Grau gekleidet, vielleicht auch in schmutziges Weiß, genau war das auf die Entfernung nicht zu bestimmen, und obwohl Dulac aus eigener qualvoller Erfahrung wusste, wie schwer das Gehen auf dem pulverfeinen, trockenen Schnee war, schien sie geradezu darüber hinwegzugleiten, fast als berühre sie ihn gar nicht. Und als die Gestalt näher kam, fiel Dulac noch etwas auf, und das war geradezu unheimlich: Sie hinterließ keine Spuren. Ein kalter Schauer lief ihm über den Rücken.
»Ist er das?«, fragte er.
Sean zuckte wortlos mit den Schultern, ohne den Blick von der unheimlichen Erscheinung abzuwenden. Erst nach einer Weile, und auch jetzt wieder mehr an sich selbst als an Dulac gewandt, murmelte er: »Ich weiß es nicht. Auf diese Entfernung könnte es jeder sein.«
Oder auch alles, fügte Dulac in Gedanken hinzu und ein neuerlicher, noch viel kälterer Schauer lief ihm über den Rücken, als hätte ihn eine eiskalte, unsichtbare Hand berührt. Er hörte, wie auch die anderen näher kamen und schließlich auch Gwinneth ihren Stuhl zurück-

schob, um an das Fenster auf der anderen Seite der Tür zu treten.

Der sonderbare Fremde kam rasch näher und schließlich, gerade noch weit genug von dem Gehöft entfernt, dass man ihn eben *nicht* genau erkennen konnte, blieb er stehen.

»Was macht er da?«, murmelte Seans Onkel.

Der Ire hob die Schultern. »Ich weiß es nicht. Aber was immer es ist, es gefällt mir nicht.« Er überlegte einen Moment, dann schien er zu einem Entschluss gekommen zu sein und wandte sich zu den anderen um.

»Ich gehe hinaus und rede mit ihm. Ihr anderen bleibt hier. Wenn es eine Falle ist, dann seid ihr mir für die beiden verantwortlich.« Er machte eine Kopfbewegung in Dulacs und Gwinneths Richtung ohne sie dabei anzusehen, nahm seinen Mantel vom Stuhl und verließ den Schankraum. Als er die Tür öffnete, fauchte ein eisiger Windhauch herein, begleitet von einem Schwall pulvertrockenen Schnees und etwas, das kälter zu sein schien als die frostklirrende Luft und für einen unendlich kurzen Moment Dulacs Seele zu berühren schien.

Aber das war nicht einmal der Grund, aus dem er zum dritten Mal und noch heftiger erschauerte. So unheimlich und fremdartig das Gefühl auch sein mochte – er *kannte* es. Er hatte es schon einmal gespürt, oft sogar, und es war ...

... vollkommen unmöglich. Dulac gestattete dem Gedanken nicht einmal, wirklich Gestalt anzunehmen. Was er gerade für einen kurzen Moment beinahe geglaubt hatte, das war so absurd, dass es einfach nichts anderes sein konnte als Wunschdenken.

Er trat wieder dichter ans Fenster heran und sah zu, wie Sean vornüber gebeugt und mit gesenktem Kopf, wie gegen einen gar nicht vorhandenen Sturm ankämpfend,

den Hof überquerte und sich der Gestalt näherte, die in vielleicht hundert oder hundertundzwanzig Schritten Entfernung stehen geblieben war. Dulac konnte ihr Gesicht noch immer nicht erkennen, aber er sah zumindest, dass sie tatsächlich ganz in Grau gekleidet war, eine Farbe, die sie vor dem Hintergrund des Schnees fast unsichtbar werden ließ und vermutlich eine bessere Tarnung darstellte, als hätte sich der Fremde in strahlendes Weiß gehüllt. Selbst sein Haar schien die gleiche Farbe zu haben. Er stand völlig reglos da und sah dem Iren entgegen, der deutlich mehr Mühe hatte als er selbst vorhin, sich seinen Weg durch den knietiefen Schnee zu bahnen. Bei jedem Schritt sank er bis weit über die Waden ein und man konnte sehen, welche Kraft es ihn kostete, einen Fuß vor den anderen zu setzen.
Dulac trat vom Fenster zurück und gesellte sich zu Gwinneth, die wie er – und alle anderen auch – gebannt verfolgte, was sich draußen vor dem Gebäude abspielte. Von hier aus war es noch schwerer, Einzelheiten zu erkennen, denn die papierdünn geschabte Tierhaut, mit der das Fenster ausgefüllt war und die zumindest den Wind und die schlimmste Kälte draußen ließ, war nicht annähernd so klar wie die auf der anderen Seite, sodass man im Grunde nur Schemen sah. Aber das unheimliche Gefühl, das beim Anblick des Fremden von Dulac Besitz ergriffen hatte, ließ sich nicht von einer straff gespannten Haut aufhalten und vermutlich nicht einmal von einer Mauer aus Eisen. Er spürte es noch immer so deutlich, als hätte eine unsichtbare Hand nach seinem Herzen gegriffen und erschwere ihm das Atmen.
»Wer ist das?«, flüsterte Gwinneth.
»Ich weiß es nicht«, antwortete Dulac ebenso leise wie sie. »Aber ich ...«

Er sprach nicht weiter, doch Gwinneth nickte. »Ich auch.« Sie erschauerte sichtbar und in ihren Augen erschien ein Ausdruck, den Dulac seit einigen Tagen nicht mehr darin gesehen und nicht im Geringsten vermisst hatte: Angst.

Und wenn sie gar keinen Grund hatten, Angst zu haben?, dachte Dulac. *Wenn dieses Gefühl, das er für Furcht hielt, das genaue Gegenteil war, und ...?*

Er gestattete sich auch diesmal nicht, den Gedanken bis zu seinem konsequenten Ende weiterzudenken, schon allein deshalb, weil er zu oft erlebt hatte, wie grausam Enttäuschung leichtfertige Vorfreude zerschmettern konnte und einem mehr Kraft raubte, als einem Hoffnung je geben konnte. Irgendwann in den letzten Monaten, ohne dass er genau sagen konnte, wann und bei welcher Gelegenheit, hatte er den Punkt endgültig überschritten, an dem er dem Schicksal noch traute. Alles Neue und Unbekannte hatte sich letztendlich als Bedrohung erwiesen, niemals als ihr Gegenteil.

»Das wäre jetzt vielleicht die Gelegenheit«, murmelte Gwinneth. Sie sah weiter aus dem Fenster, machte aber eine Kopfbewegung zur anderen Seite des Raumes, und natürlich wusste Dulac, was sie meinte. Die Rüstung war nur wenige Schritte entfernt. Die Iren würden ihm sicher nicht die Zeit lassen, sie anzulegen, Dulac war dennoch zuversichtlich, dass es ihm zumindest gelingen würde, den Runenschild und das im Gegensatz zur Elbenklinge verführerisch offen liegende Ritterschwert zu ergreifen – und mit diesen beiden Waffen in der Hand fühlte er sich durchaus imstande, den Söldnern die größte und vermutlich unangenehmste Überraschung ihres Lebens zu bereiten. Dennoch rührte er sich nicht von der Stelle. »Es ist zu spät.«

Fast zu seiner Überraschung widersprach Gwinneth

nicht. Vielleicht spürte sie genau wie er, dass er Recht hatte. Was immer geschehen würde, *würde* auch geschehen, ganz egal was er auch tat oder versuchte. Und vielleicht, dachte Dulac bitter, war das der größte und schwerwiegendste Unterschied zwischen ihrem jetzigen und ihrem früheren Leben. So wie er sein Vertrauen in das Schicksal verloren hatte, hatten sie beide irgendwann, fast ohne es zu merken, aufgehört über ihr Leben selbst zu bestimmen. Sie reagierten nur noch. Das taten sie schnell, konsequent und bis jetzt immerhin erfolgreich genug, um am Leben zu bleiben, doch sie bestimmten nicht mehr den Weg, sondern konnten nur noch blindlings seinen Kehren und Windungen folgen.

Draußen hatte Sean den geheimnisvollen Fremden mittlerweile erreicht und war stehen geblieben. Natürlich konnten sie nicht hören, was zwischen den beiden gesprochen wurde, aber sowohl Sean als auch sein sonderbarer Besucher deuteten ein paarmal zum Haus hin, und zumindest die Gesten des Iren wurden immer heftiger. Schließlich schüttelte er eindeutig zornig den Kopf und Dulac wäre nicht erstaunt gewesen, hätte er den Fremden im nächsten Moment gepackt oder gar sein Schwert gezogen, doch weder das eine noch das andere geschah. Vielmehr schien der Ire plötzlich für eine kurze, aber eindeutig sichtbare Zeitspanne einfach zu erstarren, dann nickte er, drehte sich um und begann mit sonderbar schwerfällig wirkenden Schritten wieder auf das Haus zuzugehen. Der Fremde blieb noch einen Moment reglos stehen, dann wandte auch er sich um und ging auf seiner eigenen, gar nicht vorhandenen Spur zurück.

Und als ob die ganze Situation nicht schon unheimlich genug wäre, frischte der Wind in diesem Moment auf. Wie aus dem Nichts hob ein heftiges Schneegestöber an, kein wirklicher Sturm und schon gar kein Unwetter, aber doch Schneetreiben, das dicht genug war, den Fremden in seiner Kleidung, die die Farbe von schmutzigem Eis hatte, binnen weniger Augenblicke ihren Blicken entschwinden zu lassen. Dulac war nicht einmal mehr sonderlich überrascht, als der Wind ebenso rasch wieder an Kraft verlor und schließlich ganz erlosch. Noch bevor Sean das Haus erreichte, war die Luft draußen so klar und unbewegt wie zuvor. Und der geheimnisvolle Fremde war verschwunden.

Sean kam herein, warf die Tür hinter sich zu und stapfte mit übertrieben heftigen Schritten zum Tisch, um den Schnee von den Stiefeln und seiner Kleidung zu schütteln. Immer noch schweigend und mit einem Gesichtsausdruck, der Raum für jede nur denkbare Auslegung zuließ, streifte er den Mantel von den Schultern, ließ ihn achtlos zu Boden sinken und griff nach einem Becher mit Glühwein, den der Wirt ihm vorsorglich gebracht hatte. Erst nachdem er ihn mit einem einzigen Zug geleert hatte und sich mit dem Handrücken über die Lippen gefahren war, brach Patrick das Schweigen.

»Und?«, fragte er. »War er es?«

Sean maß ihn mit einem sonderbaren Blick und sah erst kurz zu Gwinneth und Dulac herüber, bevor er antwortete. »Ich glaube, ja.«

»Du glaubst?« Zwischen Patricks buschigen Augenbrauen entstand eine steile Falte. »Was soll das heißen?«

»Was ich sage«, knurrte Sean unwillig. »Ich glaube, dass er es war. Ich bin nicht ganz sicher.«

»Moment«, mischte sich Gwinneth ein. »Verstehe ich dich richtig? Du bist nicht ganz sicher, ob es derselbe Mann ist, mit dem du vor ein paar Wochen gesprochen hast?«

»Genauso ist es, *Mylady*«, sagte Sean verärgert.

»Und was hat er gewollt?«, fragte sein Onkel, bevor Gwinneth Gelegenheit bekam, eine weitere spitze Bemerkung anzubringen und Sean damit noch mehr zu reizen.

»Er hat mir mitgeteilt, wohin wir die beiden bringen sollen.«

»Ich dachte, das hier wäre der Treffpunkt«, sagte Gwinneth scharf.

Sean durchbohrte sie regelrecht mit Blicken, antwortete aber mit einigermaßen beherrschter Stimme. »Das dachte ich bisher auch. Aber ich habe neue Anweisungen bekommen. Ihr werdet Euch freuen, Mylady. Er hat gesagt, wir sollen Euch nach Tintagel geleiten.«

»Tintagel?«, keuchte Gwinneth. Und auch Dulac riss ungläubig die Augen auf.

»Was missfällt Euch daran?«, grollte Sean. »Immerhin ist es Eure Burg. Wenn Ihr irgendwo sicher seid, dann doch wohl dort, oder?«

»Ja, und wenn Artus uns irgendwo sucht, dann doch wohl dort«, antwortete Gwinneth verärgert. Sie lachte schrill. »Großer Gott, was für ein genialer Plan! Warum bin ich nicht gleich von selbst darauf gekommen?«

Sean warf ihr einen weiteren bösen Blick zu, war allerdings klug genug, auf eine Fortsetzung des Gesprächs zu verzichten. Stattdessen wies er den Wirt mit einem herrischen Wink an, ihm einen weiteren Becher Wein zu bringen, und bückte sich nach seinem Mantel. Als er mit der Hand in der Tasche grub, klirrte es vernehmlich.

»Hier ist die versprochene Summe«, sagte er, während er eine Hand voll Goldmünzen auf den Tisch warf.

Die Worte galten seinen Brüdern, die aufgeregt und erstaunt näher kamen und die Münzen mit einer Mi-

schung aus Faszination und Gier anstarrten. Auch Dulac war einigermaßen überrascht. Er machte sich nicht die Mühe, das Geld zu zählen, aber er erkannte auch so, dass vor Sean und seinen Brüdern ein kleines Vermögen auf dem Tisch lag. Selbst für eine entflohene Königin und einen Ritter, der seinen Treueid gebrochen hatte, erschien ihm das eine erstaunlich hohe Belohnung.
Doch da war auch noch etwas, was ihn verwirrte. Über die große Entfernung und bei der schlechten Sicht hatte er Sean und seinen unheimlichen Besucher natürlich nicht deutlich erkennen können – aber er war dennoch ziemlich sicher, dass der Fremde ihm *nichts* gegeben hatte. Und zumindest Seans Onkel schien die gleiche Beobachtung gemacht zu haben, denn er maß den breitschultrigen Iren mit einem sehr langen, zwar wortlosen, aber zugleich auch beredten Blick und sah plötzlich sehr nachdenklich aus, fast schon ein bisschen bestürzt, wie Dulac fand. Er war auch der Erste, der sich schließlich vorbeugte und die Hand nach den Goldstücken ausstreckte. Zögernd, so als hätte er Angst, dass sich die glänzenden Münzen im letzten Moment in ein ekliges Insekt verwandeln und ihm in die Finger beißen würden, nahm er eines der Goldstücke auf, drehte es nachdenklich hin und her und prüfte seine Echtheit schließlich, indem er darauf biss und anschließend den winzigen Abdruck begutachtete, den seine Zähne in dem weichen Gold hinterlassen hatten. Sean sah ihm schweigend zu, aber sein Gesichtsausdruck wirkte alles andere als versöhnlich.
»Also gut, dann reiten wir nach Tintagel«, stellte Patrick fest. »Ist das alles, was er gesagt hat?«
»Nur dass wir uns beeilen sollen«, bestätigte sein Bruder. »Er hat darauf gedrängt, dass wir noch heute aufbrechen.«

»Heute?« Seans Onkel runzelte die Stirn und legte das Goldstück mit spitzen Fingern auf den Tisch zurück. »In einer Stunde geht die Sonne unter und es ist jetzt schon bitterkalt.«

»Warum ist er nicht hereingekommen?«, mischte sich Seans jüngster Bruder ein. »Hatte er Angst, wir könnten zu viele Fragen stellen?«

»Das weiß ich nicht«, antwortete Sean, und wieder fiel Dulac etwas Sonderbares auf: Für einen winzigen, aber sichtbaren Moment starrte der Ire die Goldmünzen auf dem Tisch mit einem Ausdruck vollkommener Verständnislosigkeit an, dann blinzelte er, drehte sich zu seinem Bruder um und sagte noch einmal, lauter und in hörbar verändertem Ton: »Ich weiß es nicht. Er hat mir nur aufgetragen, was zu tun ist, und ist dann wieder gegangen.«

»Dann sollten wir tun, was dir dein geheimnisvoller Freund aufgetragen hat«, entschied Gwinneth, »und auf der Stelle losreiten. Wenn wir sofort unsere Sachen zusammenpacken und die Pferde satteln, können wir noch vor dem Dunkelwerden aufbrechen.«

»Und in die Nacht und möglicherweise in einen Sturm hineinreiten?« Sean schüttelte heftig den Kopf. »Das ist Unsinn. Gefährlicher Unsinn. Wir brechen morgen früh auf, bei Sonnenaufgang. Wenn sich das Wetter hält, sind wir in zwei Tagen in Tintagel, vielleicht schneller.«

»Aber ...«, protestierte Gwinneth.

Sean schnitt ihr mit einer herrischen Geste das Wort ab. »Mein Entschluss steht fest, basta. Selbst wenn wir in Gefahr wären, sind wir hier allemal sicherer als irgendwo draußen im Wald, möglicherweise übermüdet, halb erfroren und am Ende unserer Kräfte. Wir werden uns heute Abend noch einmal gründlich satt essen und dann früh schlafen gehen. Wer weiß, für wie viele Tage es das letzte Mal ist. Und damit genug.«

Es war ein Werk von wenigen Augenblicken, ihr bisschen persönlicher Habe zusammenzupacken. Sowohl Dulac als auch Gwinneth waren alles andere als begeistert von Seans Entschluss, den Rat des geheimnisvollen Fremden in den Wind zu schlagen und erst am nächsten Morgen aufzubrechen – auch wenn er im ersten Moment durchaus vernünftig klang. Zwar blieb der Himmel während der Stunde Tageslicht, die ihnen noch blieb, klar, und auch der Wind frischte nicht auf, sodass es sicher nicht zu dem Sturm kommen würde, den sein Onkel prophezeit hatte. Aber es wäre dennoch ein sowohl unnötiges als auch unerhörtes Risiko gewesen, so spät am Abend noch aufzubrechen und in die Nacht hineinzureiten, statt den anstrengenden Weg, der vor ihnen lag, am nächsten Morgen frisch, ausgeruht und mit neuen Kräften zu beginnen.

Wenigstens hätte Dulac so argumentiert, hätte es sich bei dem sonderbaren Besucher um einen normalen Reisenden gehandelt – was er aber ganz und gar nicht gewesen war. Sean hatte sich weiter beharrlich geweigert, über seinen unheimlichen Gesprächspartner mehr zu verraten, als unbedingt nötig gewesen wäre, doch er wirkte durch die Begegnung mit dem grauen Fremden mindestens ebenso verstört und erschreckt wie alle anderen.

Und was ihn selbst anging ... Dulac hätte nicht einmal wirklich sagen können, ob ihn der bizarre Zwischenfall tatsächlich *erschreckt* hatte. Verwirrt, ja. Verunsichert und verstört, sicher. Aber erschreckt? Dulac konnte das Gefühl nicht begründen, doch irgendetwas ihn ihm wusste mit unerschütterlicher Sicherheit, dass dieser seltsame Fremde gewiss rätselhaft und unheimlich gewesen war, aber nicht wirklich gefährlich. Und er hatte nach wie vor das völlig widersinnige Gefühl, tief in sich zu wissen, wer der Mann mit dem grauen Haar und der eisfarbenen Kleidung war. Erst lange nach Dunkelwerden schlief er ein und fiel in einen unruhigen Schlaf.

Kälte weckte ihn. Dulac blinzelte verschlafen und tastete automatisch mit der rechten Hand neben sich. Aber die Stelle, an der Gwinneth liegen sollte, war leer. Und erst in diesem Moment begriff er, warum er so fror: Die Bettdecke war zurückgeschlagen und ein eisiger Wind pfiff durch das Zimmer. Dulac fuhr mit einem Ruck hoch. Er war schlagartig hellwach. Sein Herz begann zu klopfen und in dem Bruchteil eines Augenblickes, den er benötigte, um sich umzusehen und nach Gwinneth zu suchen, schossen ihm tausend Schreckensbilder durch den Kopf. Ganz ohne sein Zutun fuhr seine Hand an die linke Seite des Gürtels, dort wo er in seiner Rolle als Lancelot das Schwert trug, doch sie griff ins Leere; seine Waffe lehnte unten an der Wand neben dem Kamin, ebenso unerreichbar wie der Schild und die gesamte Rüstung.

Momentan gab es auch nichts, weswegen er die Waffe hätte ziehen können. Gwinneth lag zwar nicht mehr neben ihm im Bett, aber sie war offenbar nicht in Gefahr, denn sie stand ruhig und hoch aufgerichtet vor dem schmalen Fenster, das sie weit geöffnet hatte um hinausblicken zu können. Sie hatte die Decke wie einen Mantel um die Schultern geschlungen, doch Dulac fiel trotzdem auf, dass sie leicht zitterte und ihr Atem einen grauen Dunstschleier vor ihrem Gesicht bildete.

»Entschuldige bitte«, murmelte sie, ohne sich zu ihm umzudrehen oder den Blick von der Dunkelheit draußen zu lösen. »Ich wollte dich nicht wecken.«

Dulac stand vollends auf und trat zögernd neben sie. Bevor er irgendetwas sagte, blickte auch er aus dem Fenster, aber da war nichts außer fast vollkommener Dunkelheit, in der hier und da ein blasser Schemen zu schwimmen schien. Der Himmel hatte sich mit Wolken bedeckt, während sie geschlafen hatten, sodass die Sterne nicht mehr sichtbar waren und auch der Mond praktisch kein Licht mehr spendete. »Was hast du?«, fragte er.

Gwinneth sah ihn immer noch nicht an, schlang aber unter der Decke die Arme um den Oberkörper und fröstelte stärker. »Ich konnte nicht schlafen. Irgendetwas ... kommt.«

»Genau dasselbe hast du heute schon einmal gesagt.«

»Und es ist ja auch jemand gekommen, oder?« Gwinneth löste nun doch ihren Blick von der Schwärze auf der anderen Seite des Fensters und sah ihn an, wenn auch nur kurz und auf eine Art, die er nicht genau einschätzen konnte.

»Du musst immer noch an ihn denken«, vermutete Dulac. »Mir geht es genauso.« Er wollte gerade hinzufügen, dass er davon überzeugt war, dass ihnen von dem Fremden keine Gefahr drohte, entschied sich aber dann dagegen. Es war nicht nötig. So wie Gwinneth und er sich immer nahezu ohne Worte verstanden hatten, so wusste er auch jetzt, dass es ihr nicht anders erging.

»Nicht er.« Gwinneth wandte das Gesicht wieder direkt in die eisige Kälte, die von draußen hereinströmte. »Es ist verrückt, weißt du? Aber ich hatte das Gefühl, ihn ... zu kennen.«

»Ich weiß«, sagte Dulac.

»Irgendetwas ist dort draußen«, murmelte Gwinneth. »Ich kann es spüren.« Ihre Stimme wurde leiser, war jetzt fast nur noch ein Flüstern. »Dieser Sean ist ein

Narr, die Warnung einfach so in den Wind zu schlagen. Wir werden alle sterben.«
»So schnell stirbt es sich nicht«, antwortete Dulac mit einem leisen Lachen und in einem Ton, der einen Optimismus vorspiegelte, den er absolut nicht empfand. »Wir haben die besten Leibwächter, die man sich wünschen kann, weißt du?«
»Weil sie so treu und vertrauenswürdig sind?«, fragte Gwinneth spöttisch.
»Weil sie *gierig* sind«, erwiderte Dulac. »Hast du den Ausdruck in ihren Augen gesehen, als sie das Gold erblickt haben?« Er schüttelte heftig den Kopf. »Mach dir keine Sorgen. In zwei Tagen sind wir in Tintagel und dort sind wir sowohl vor Artus als auch vor allen anderen sicher.«
Er wusste nicht, woher er diese Überzeugung nahm, aber es waren nicht nur leere Worte. Gwinneth jedoch sah ihn nur zweifelnd an, trat schließlich einen Schritt vom Fenster zurück und schüttelte den Kopf. »Du kennst Artus nicht. Er wird niemals Ruhe geben, bis er uns wieder in seiner Gewalt hat. Tintagels Mauern sind stark, aber Artus' gesamter Macht sind sie nicht gewachsen.«
Und ob er das nicht selbst wüsste! Dulac hatte mehr als einmal mit eigenen Augen gesehen, wozu Artus und seine Ritter imstande und auch bereit waren, doch er schüttelte trotzdem den Kopf und fuhr in beruhigendem Tonfall fort: »Artus und seine Tafelrunde haben im Moment anderes zu tun als uns zu jagen. Zum Beispiel einen Krieg zu gewinnen.«
»Er wird nicht ewig dauern«, sagte Gwinneth. »Irgendwann wird er kommen, Dulac.«
»Aber dann werden wir nicht mehr hier sein.« Dulac hob die Hand, als Gwinneth erneut widersprechen

wollte. Es war nicht seine Art, ihr ins Wort zu fallen oder ihr nicht zuzuhören, doch er hatte längst begriffen, dass das Gespräch zu nichts führte und Gwinneth einfach alles, was er sagen oder tun konnte, nur falsch verstehen oder auslegen würde; als wäre sie selbst nicht bereit, sich zu gestatten auch nur noch ein Fünkchen Hoffnung zu empfinden.

»Lass uns morgen darüber reden«, schlug er vor. »Es ist spät. Morgen werden wir all unsere Kraft brauchen.«

Gwinneth machte tatsächlich zwei weitere Schritte rückwärts ins Zimmer hinein, warf dann aber nur einen langen Blick auf das aufgeschlagene Bett und schüttelte den Kopf. »Ich kann nicht schlafen. Irgendetwas ... nimmt mir den Atem.«

»Dann lass uns hinuntergehen«, lenkte Dulac ein. »Das Feuer im Kamin brennt sicher noch. Wir können uns ein wenig aufwärmen.«

Gwinneth zögerte auch jetzt, aber schließlich nickte sie, zog die Decke noch enger um die Schultern und warf einen raschen schuldbewussten Blick zum Fenster, ehe sie herumfuhr und zur Tür ging. Dulac wusste nicht, wie lange sie dort gestanden und hinausgeblickt hatte, doch die Zeit hatte gereicht, um es hier drinnen so kalt werden zu lassen, dass er nicht weiter verwundert gewesen wäre, hätte er Raureif an den Wänden entdeckt.

Als sie das Zimmer verließen, hörten sie Stimmen und sahen Licht am anderen Ende des Ganges. Offensichtlich waren sie nicht die Einzigen, die in dieser Nacht keinen Schlaf fanden. Dulac zögerte einen winzigen Moment und war drauf und dran, wieder kehrtzumachen, um einem Gespräch mit Sean und den anderen zu entgehen. Doch da Gwinneth weiterhetzte, blieb ihm nichts anderes übrig, als seine Schritte ebenfalls zu be-

schleunigen, bis sie schließlich Seite an Seite durch die offen stehende Tür am Ende des Flurs traten.
Der Ire wirkte kein bisschen überrascht, als er Gwinneth und Dulac zu so später Stunde hereinkommen sah. Er unterbrach zwar sein Gespräch und runzelte flüchtig die Stirn, stand dann aber wortlos auf und zog zwei weitere Stühle vom Nachbartisch herbei, mit denen er die Runde vergrößerte, die seine Brüder und er bildeten. Zu Dulacs nicht geringer Überraschung zögerte Gwinneth nur ganz kurz, der Einladung Folge zu leisten und Platz zu nehmen. Er selbst warf einen raschen Blick in die Runde, bevor er ihrem Beispiel folgte. Nicht nur die Iren, sondern auch der Wirt und seine Frau waren trotz der vorgerückten Stunde noch wach und standen hinter der Theke. Von Seans Brüdern waren nur drei anwesend, der jüngste sowie sein Onkel waren nicht da.
»Ihr könnt also auch nicht schlafen«, stellte Sean fest, nachdem Dulac ebenfalls Platz genommen hatte. Er nickte, obwohl weder Dulac noch Gwinneth auch nur mit einer Miene auf seine Worte reagiert hatten. »Nun ja, heute ist ein großer Tag – besser gesagt: morgen. Wenn sich das Wetter nicht drastisch verschlechtert oder etwas Unvorhergesehenes geschieht, dann werdet Ihr bald wieder in Eurem Schloss sein, Mylady.«
Gwinneth reagierte ganz anders, als Dulac erwartet hatte. Sie wurde nicht zornig oder zumindest abweisend, sondern lächelte ganz im Gegenteil, und für einen winzigen Moment erschien in ihren Augen ein Glanz, den Dulac viel zu lange vermisst hatte. Einen Herzschlag lang spürte er eine absurde Eifersucht auf den Iren. »Vielleicht wäre es besser, diesen Weg ausgeruht anzutreten«, sagte er deshalb schroffer, als es vielleicht nötig gewesen wäre.

»Warum seid ihr dann nicht oben in euren Zimmer und schlaft?«, erwiderte Sean lächelnd.
Dulac setzte zu einer ärgerlichen Antwort an, doch in diesem Moment wurde die Tür aufgerissen und Seans jüngster Bruder stürmte herein. Die Köpfe aller Anwesenden fuhren mit einem Ruck herum und Sean war nicht der Einzige, der ganz instinktiv nach seiner Waffe griff, bevor er seinen Bruder erkannte.
»Was ist los?«, fragte er alarmiert.
Der junge Ire warf die Tür hinter sich zu, ohne jedoch den Riegel vorzulegen. Er fuhr sich mit dem Unterarm über das Gesicht, um den Schnee wegzuwischen, der in seinen Augenbrauen und Bart klebte. »Was für ein Sturm. Das müsst ihr euch ansehen!«, stieß er hervor.
Sean und seine Brüder waren bereits auf den Beinen, doch nun sprangen auch Dulac und Gwinneth auf und versuchten direkt hinter den anderen aus dem Haus zu stürmen, sodass an der Tür ein regelrechtes Gedränge entstand. Aber auch nach Überwindung dieses Engpasses hatten Dulac und Gwinneth noch nichts gewonnen, denn die Iren blieben wie erstarrt nebeneinander stehen und verwehrten ihnen so die Sicht. Als Dulac zwei Schritte beiseite trat und endlich erkannte, was Seans Bruder so sehr in Aufregung versetzt hatte, da verschlug ihm der Anblick im wahrsten Sinne des Wortes den Atem.
Von dem Sturm, von dem Seans Bruder erzählt hatte, war nichts zu sehen. Aber er konnte diesen Irrtum durchaus begreifen. Rings um das Gehöft herum schien sich die Dunkelheit zu einer massiven Wand zusammengeballt zu haben, als hätte die Nacht Gestalt angenommen, um eine Mauer zu bilden, in deren Schutz sich unheimliche und gefährliche Dinge heranschlichen. Das Schlimmste aber war nicht das, was er sah oder hörte,

sondern das, was er *fühlte.* Mit Einbruch der Dunkelheit war es noch kälter geworden, doch viel schlimmer als die eisige Luft, die seine Haut wie kaltes Glas zu verbrennen schien, war die grausame Kälte, die seine Seele berührte. Und es war nicht das erste Mal, dass er so etwas spürte.

»Morgaine ...«, flüsterte er schaudernd. Gwinneth, die neben ihm stand, nickte mit steinernem Gesicht, und obwohl er wirklich nur geflüstert hatte, wandte Sean für einen Moment den Kopf und blickte ihn stirnrunzelnd an, sagte jedoch nichts, sondern konzentrierte sich gleich darauf wieder auf die unheimliche, wattige Finsternis auf der anderen Seite des Hofes.

»Du verdammter Narr«, sagte Gwinneth bitter; und diesmal so laut, dass sich Sean abermals umdrehte, da er sich eindeutig angesprochen fühlte.

»Ja, genau dich meine ich, du verdammter irischer Dickschädel!«, schimpfte Gwinneth.

Sean sog scharf die Luft ein. Sein Blick verfinsterte sich.

»Was fällt dir ...« Er brach ab, als sein Bruder ihn erschrocken am Arm ergriff und so fest zudrückte, dass seine Mundwinkel vor Schmerz zuckten, und fuhr in der gleichen Bewegung herum.

Die Dunkelheit hinter ihnen war nicht mehr leer. Inmitten dessen, was Dulac noch vor einem Augenblick für das vollkommenste Schwarz gehalten hatte, das es gab, war ein doppelt mannshoher Kreis aus noch tieferer Finsternis entstanden, als hätte jemand ein Loch in die Wirklichkeit gerissen, eine Verbindung herum in eine Welt, die so vollkommen anders und fremdartig war, dass nicht einmal mehr die Dunkelheit darin Bestand hatte.

»Was ist *das*?«, keuchte Sean.

Dulac hätte es ihm sagen können. Die unheimliche Erscheinung war ein magisches Tor, eine Verbindung zwischen den Welten, wie er sie schon mindestens zweimal gesehen hatte, ebenso wie er auch die damit verbundene grausame Kälte schon mehrfach gespürt hatte. Gwinneth hatte Recht. Morgaine. Es war das Wirken ihrer finsteren Elbenmagie, dem sie ausgeliefert waren.

»Was bedeutet das?«, fragte Sean noch einmal, zwar ohne sich zu ihm umzudrehen, aber in schärferem, forderndem Ton, der klar machte, dass er dieses Mal auf einer Antwort bestehen würde.

Dulac musste jedoch nicht antworten. In diesem Moment begann sich die Finsternis im Inneren des magischen Tores zu bewegen. Da war nichts, was man wirklich sehen, spüren, erkennen oder beschreiben konnte. Der Anblick war so unheimlich, dass selbst Dulac, der dieser magischen Kraft nicht zum ersten Mal begegnete, ein eiskalter Schauer über den Rücken lief.

»Zurück!«, schrie er. »Ins Haus! Schnell!«

Er war der Erste, der herumfuhr und Gwinneth einfach am Arm hinter sich herzerrend ins Haus zurückstürmte, doch auch Sean und seine Brüder schienen instinktiv zu begreifen, welche furchtbare Gefahr von der Erscheinung ausging, denn sie folgten ihnen so dichtauf, dass sie sie drinnen im Haus fast über den Haufen gerannt hätten. Noch während Dulac und Gwinneth fast ziellos weiterstolperten, warf Seans Onkel, der als Letzter hereinkam, die Tür hinter sich ins Schloss und legte in der gleichen Bewegung den Riegel vor, während einer seiner Neffen bereits einen der schweren Tische heranschleifte, um ihn zusätzlich unter dem Türgriff zu verkanten. Sean und die anderen zogen ihre Waffen und verteilten sich an den beiden Fenstern, obwohl draußen auch dann rein gar nichts zu erkennen gewesen wäre, hätten nicht die schweren Läden davor gelegen.

»Was geht hier vor?«, fragte der Wirt. Er war als Einziger nicht mit nach draußen gekommen, stand aber schreckensbleich und zitternd hinter seiner Theke.

»Das hätte ich auch gerne gewusst!« Sean fuhr wütend herum und trat auf Dulac zu, die rechte Hand drohend um den Schwertgriff geschlossen. »Findest du nicht, dass es an der Zeit wäre, uns zu sagen, womit wir es hier zu tun haben?«

Draußen erscholl ein reißender Laut; ein Geräusch, als würde ein seidenes Laken von der Größe einer ganzen Stadt in Fetzen gerissen, und dann hörten sie stampfende Schritte und Stimmen, die sich Befehle in einer unverständlichen, sonderbar klingenden Sprache zuriefen. Sean, der gerade noch ganz so ausgesehen hatte, als würde er sich in der nächsten Sekunde auf Dulac stürzen um die Wahrheit aus ihm herauszuprügeln, wenn es denn sein musste, fuhr mitten in der Bewegung wieder herum und war mit einem Satz an der Tür.

Das Schwert fuhr mit einem scharrenden Laut aus der Scheide und auch die anderen Iren zückten ihre Waffen. Schritte, Stimmen und polternde Geräusche kamen näher, dann erzitterte die Tür aus massivem Eichenholz unter einem Schlag, der sie aus den Angeln gerissen hätte, hätte der Tisch nicht unter der Klinke gestanden. Aber auch so riss das Türblatt auf ganzer Höhe, und Kälte und pulverfeiner Schnee fauchten herein. Nicht einmal einen halben Herzschlag später erbebte die Tür unter einem weiteren, noch härteren Schlag, der sie zwar noch immer nicht aufsprengte, aber doch einfach in zwei Teile brechen ließ. Eine in schwarzes Eisen gehüllte Hand griff durch den Spalt, schloss sich um das Holz und riss es mit einem einzigen harten Ruck nach draußen.

Dulac konnte gerade noch einen entsetzen Aufschrei

unterdrücken. Für einen Moment waren draußen wieder nur Schatten und huschend durcheinander wirbelnde Bewegung zu erkennen, aber schon der Anblick des gepanzerten Handschuhs hatte ihm klar gemacht, womit sie es zu tun hatten. Wie vermutlich alle anderen, hatte er ganz instinktiv angenommen, dass es diesmal wieder Morgaines piktische Handlanger wären, die das Haus zu stürmen versuchten.

Doch auch diese Annahme erwies sich nun als grausamer Irrtum. Die erste Gestalt, die durch die halb aufgebrochene Tür hereinzustürmen versuchte, prallte heftig gegen den davor gestellten Tisch und kippte dann hilflos wieder zurück, als Seans Onkel ihr die Schwertspitze gegen die Brust stieß. Der kreischende metallische Laut, der dabei entstand, machte wohl nicht nur Dulac klar, dass seine Waffe vom eisernen Harnisch des Angreifers abgeprallt war, ohne ihn durchdrungen zu haben.

Und das würde vermutlich auch so bleiben. Keine von Menschenhand geschmiedete Waffe, das wusste Dulac, konnte die schwarzen Rüstungen der unheimlichen Angreifer durchdringen, denn sie bestanden ebenso wenig aus wirklichem Eisen, wie ihre Träger Menschen waren. Es waren Dunkelelben, Morgaines furchtbarste Krieger, die Herren der dunklen Seite der Tir Nan Og, und in Wahrheit eher Dämonen als Elben. Falls das überhaupt ein Unterschied war.

»Auf sie!«, brüllte Sean. »Lasst sie nicht herein!«

Eine zweite, ganz mit Stacheln bewehrte, in schwarzes Eisen gehüllte Gestalt erschien unter der Tür und zerschmetterte den verbliebenen Rest des Türblattes mit einem einzigen Fausthieb. Seans Onkel stieß mit dem Schwert nach seiner Brust, um ihn auf die gleiche Weise am Betreten des Gebäudes zu hindern wie seinen Vor-

gänger, aber der schwarzverhüllte Riese schlug sein Schwert mit der bloßen Hand so spielerisch beiseite wie ein Erwachsener das Weidenstöckchen eines Kindes. Praktisch gleichzeitig trat er gegen den Tisch, der ihm im Weg war. Das schwere Möbelstück wurde zurückgeschleudert wie ein Spielzeug und riss einen von Seans Brüdern zu Boden. Dann aber waren die anderen Iren heran. Von drei oder vier Schwerthieben gleichzeitig getroffen, taumelte der Dunkelelb zurück und prallte gegen zwei weitere Angreifer, die hinter ihm heranstürmten.
Aber auch das war nur noch eine allerletzte Atempause, wie Dulac nur zu gut wusste. Er hatte schon einmal mit eigenen Augen gesehen, mit welch unerbittlicher Härte und Gnadenlosigkeit die Dunkelelben kämpften, und nach den Stimmen und Schritten draußen zu urteilen, mussten sie es mit mindestens einem Dutzend der riesigen Krieger zu tun haben. Sean und seine Brüder verstanden sich zweifellos auf den Umgang mit ihren Waffen, aber nicht einmal fünfzig Krieger wie sie hätten ausgereicht, um es mit diesem Feind aufzunehmen.
Der Panik nahe sah er sich um. Der Wirt stand immer noch schreckensbleich und wie erstarrt hinter der Theke und schien nicht glauben zu können, was er sah, und seine Frau war unter der tiefer ins Haus hineinführenden Tür erschienen und hatte die Hand vor den Mund geschlagen. Sein Blick irrte weiter, blieb für einen Moment an dem Stuhl neben dem Kamin hängen, auf dem Sean Lancelots silberne Zauberrüstung einschließlich des von Menschenhand geschmiedeten Ritterschwerts drapiert hatte, und für einen etwas längeren an dem schlanken, in Tuch eingeschlagenen Bündel, das daneben an der Wand lehnte.
»Nein«, flüsterte Gwinneth. Ihre Stimme bebte. »Tu es nicht!«

Die Angst in Gwinneths Stimme war fast so groß wie die, die er selbst bei dem Gedanken spürte, das Elbenschwert aus seiner Umhüllung zu ziehen und diese verfluchte Klinge noch einmal zu benutzen. Aber wenn er nicht mit dieser Waffe gegen die Dunkelelben antrat, dann waren nicht nur Sean und seine Brüder verloren, sondern auch ihm und Gwinneth stand möglicherweise ein Schicksal bevor, das schlimmer als der sichere Tod war.

Hinter ihm erscholl ein dumpfes Krachen und als Dulac herumfuhr, starrte er auf drei Dunkelelben, die gleichzeitig durch die Tür stürmten und Sean und seine Brüder mit kräftigen Schwerthieben vor sich herjagten. Die Iren hielten sich tapfer und wehrten nicht nur die Schläge der Angreifer ausnahmslos ab, sondern brachten selbst mehr als einen Treffer an – aber es war so, wie Dulac befürchtet hatte: Ihre Waffen vermochten die mit Magie gehärteten Rüstungen ihrer Gegner nicht zu durchdringen. Es war die pure Kraft ihrer Hiebe, die ihre Angreifer wieder und wieder zurückwarf. Doch wie lange würde es noch dauern, bis die Iren erlahmten?

»Lauf weg!«, rief er Gwinneth zu. »Versuch den Stall zu erreichen und nimm das Einhorn! Es wird dich sicher nach Tintagel bringen!«

Ohne auf ihren Protest zu achten versetzte er ihr einen Stoß, der sie haltlos in Richtung der Theke und der dahinter liegenden Tür taumeln ließ, fuhr endgültig herum und war mit einem Satz neben dem Kamin. Mit einer einzigen Bewegung ergriff er den Runenschild und das Ritterschwert, wirbelte auf dem Absatz herum und warf sich in den Kampf.

Und wie es aussah, keinen Atemzug zu früh!

Der Moment, den er abgelenkt gewesen war, hatte ausgereicht um die Szene dramatisch zu verändern. Einer

von Seans Brüdern lag in seinem Blut da und rührte sich nicht mehr und auch Seans Onkel torkelte genau in diesem Moment zurück und starrte aus aufgerissenen Augen und anscheinend vollkommen fassungslos auf den rasch größer werdenden dunklen Fleck, der sich auf der Brust seines Fellmantels bildete.
Noch während er langsam in die Knie brach, war Dulac heran und rammte einem der Dunkelelben den Runenschild vor die Brust.
Die Wirkung war erstaunlich. Es war nicht das erste Mal, dass Dulac den Schild als Waffe einsetzte, nicht zur Verteidigung, und auch nicht das erste Mal, dass er seinen Gegner damit überraschte. Was nun aber geschah, damit hätte er niemals gerechnet: Sein riesenhafter Gegner, zwei Köpfe größer als er und mindestens doppelt so schwer, wurde wie vom Faustschlag eines Giganten getroffen von den Füßen gerissen und quer durch den Raum bis gegen die Wand neben der Tür geschleudert, wo er mit einem erstickten Schrei zusammenbrach. Gleichzeitig ließen zwei weitere Dunkelelben von ihren Gegnern ab und wandten sich Dulac zu. Er konnte ihre Gesichter hinter den heruntergeklappten Visieren ihrer bizarren Helme nicht erkennen, aber er spürte die Mischung aus Fassungslosigkeit und Schrecken, die die Männer für einen Augenblick erfüllte.
Und er nutzte diese Chance. Vielleicht war es ja die letzte, die er hatte. Noch bevor der Elb, den er mit dem Schild getroffen hatte, ganz zusammengebrochen war, attackierte er einen zweiten und schwang das Schwert von Seans Onkel mit aller Gewalt nach dem Helm seines Gegners. Der Elb versuchte nicht einmal seinem Hieb auszuweichen oder ihn abzuwehren, sondern starrte ihn nur weiter mit dieser vollkommenen Fas-

sungslosigkeit an, die auch seinem Kameraden schon zum Verhängnis geworden war, und der Hieb traf. Der von Menschenhand geschmiedete Stahl des Schwertes vermochte seine Rüstung nicht zu durchdringen, aber die pure Wucht des Schlages reichte aus, den schwarz gepanzerten Riesen zwei Schritte rückwärts taumeln zu lassen, und mehr brauchte Dulac nicht. Er setzte ihm nach, stieß mit dem Schild zu und traf seinen Gegner diesmal mit der Kante.

Da Ergebnis war noch verheerender als das erste Mal: Der Elbenkrieger wurde nicht gegen die Wand geschleudert wie sein Kamerad, sondern ließ Schild und Schwert fallen und brach stöhnend in die Knie, während er beide Hände vor dem Leib verkrampfte. Unter dem Kettenhemd, dessen Schöße unter seinem schwarzen Brustharnisch hervorschauten, sickerte hellrotes Blut hervor.

Für einen Moment schien es, als wäre die Zeit stehen geblieben. Die sieben oder acht Dunkelelben, die sich noch im Raum befanden, ließen schlagartig von ihren Gegnern ab, prallten zurück oder starrten Dulac einfach nur ungläubig oder entsetzt an, und auch Sean und seine Brüder nutzten die Atempause, um sich zurückzuziehen und nebeneinander Aufstellung zu nehmen. Er konnte hören, wie Gwinneth hinter ihm entsetzt die Luft einsog und dann ihren eigenen Schrei mit der Hand erstickte, dann wichen die Elben wie auf ein unhörbares Signal hin gemeinsam weiter zurück. Zwei von ihnen ergriffen ihren verwundeten Kameraden unter den Armen und schleiften ihn mit sich, und auch der, den Dulac gegen die Wand geschmettert hatte, kam mühsam und torkelnd wieder auf die Beine. Nur einen Augenblick später waren die Elben wie ein Spuk verschwunden.

Keuchend ließ Dulac Schild und Schwert sinken und wandte sich um. Sein Herz jagte so schnell, dass er das Gefühl hatte, kaum noch Luft zu bekommen, und tief in ihm erwachte ein Gefühl, über dessen wahre Bedeutung er sich nicht im Klaren war, und auch nicht sein wollte, denn es war etwas, das ihm Angst machte.
Dann begegnete er etwas anderem, das ihm fast noch mehr Angst machte: Dem Ausdruck in Seans Augen. Der Ire starrte ihn regelrecht hasserfüllt an und das Schwert in seiner rechten Hand zitterte als brauche er seine ganze Kraft, um es davon abzuhalten, ganz von selbst auf Dulac zuzufahren. Aber er sagte nichts, sondern drehte sich plötzlich mit einem Ruck herum, ging zu seinem Bruder und kniete sich neben ihn. Behutsam drehte er ihn auf den Rücken, tastete mit den Händen über sein Gesicht und hob seine Augenlider an. Dann schüttelte er den Kopf, stand mit steinernem Gesicht auf und trat zu seinem Onkel hin. Auch dieser war zusammengebrochen, aber er lebte noch, und als Sean seinen Mantel öffnen wollte um nach seiner Wunde zu sehen, schüttelte er trotzig den Kopf und wehrte seine Hand ab.
»Das ist nur ein Kratzer«, sagte er. »Lass mich.«
Sean wirkte nicht überzeugt, doch er zuckte nur mit den Schultern, stand auf und schob sein Schwert in den Gürtel zurück, während er sich Dulac zuwandte. Noch in der gleichen Bewegung machte er eine Geste zu Patrick hin, der endlich auch aus seiner Starre erwachte und mit wenigen schnellen Schritten bei der Tür war.
»Was bedeutet das?«, fragte Sean scharf. »Und erzähl keine Lügen, Junge. Ich warne dich!«
»Ich ... ich habe gar nicht darüber nachgedacht«, sagte Dulac. »Ich habe nur die Waffen gesehen und Angst gehabt.«

Sowenig überzeugend diese Worte klangen, sosehr schien Sean der verstörte Ton in seiner Stimme und viel mehr noch sein entsetzter Gesichtsausdruck zu verunsichern. Für einen kurzen Moment hoffte Dulac sogar, mit dieser Behauptung durchzukommen, aber dann machte sich wieder jener grimmig-entschlossene Ausdruck auf Seans Gesicht breit, der ihm klar machte, dass der Ire jetzt auf Antworten bestehen würde.

»Mein Bruder ist tot«, sagte er kalt. »Und ich will wissen, warum er gestorben ist.«

»Lass uns darüber später streiten«, sagte Patrick von der Tür her. Seine Stimme zitterte. »Sie kommen zurück!«

Sean fuhr zusammen, als hätte ihn eine giftige Spinne gebissen, und auch seine Brüder griffen wieder nach ihren Waffen. Selbst sein Onkel stemmte sich mühsam und mit zusammengebissenen Zähnen in die Höhe und hob sein Schwert auf, während Dulac mit zwei schnellen Schritten zurück an Gwinneths Seite war. Sie stand noch immer wie gelähmt da und hatte die Hand vor den Mund geschlagen und sie zitterte am ganzen Leib.

»Bist du verletzt?«, fragte er.

Er bekam keine Antwort, aber er konnte zumindest keine Verletzung sehen. Als er jedoch die Hand nach Gwinneth ausstrecken wollte, um sie beruhigend am Arm zu ergreifen, prallte sie zurück und für einen Moment flackerte die Angst in ihren Augen noch stärker auf. Und diesmal galt diese Angst ihm. Er verstand das nicht. Er hatte diesen Ausdruck in Gwinneths Augen schon mehr als einmal gesehen, aber da hatte er stets die silberne Rüstung getragen, die ihn von Dulac zu Lancelot, dem Silbernen Ritter, werden ließ, und das Elbenschwert in der Hand gehalten, das ihn im gleichen Maße unbesiegbar machte, wie es ihm seine Menschlichkeit nahm.

»Lauft nach hinten! Schaut, ob der Weg dort frei ist!«, brüllte Sean. Die Worte galten dem Wirt, der zu Dulacs Überraschung tatsächlich auf der Stelle herumfuhr und verschwand, während Sean und die anderen Iren bereits damit beschäftigt waren, Tisch und Stühle zu einer provisorischen Barrikade vor sich aufzutürmen. Dulac glaubte nicht, dass dieses Hindernis die Dunkelelben ernsthaft aufhalten würde, aber wenn das Leben nur noch nach Augenblicken zählte, dann war ein Atemzug so wichtig wie ein Jahr.

Seine Gedanken wurden unterbrochen, als eine ganz in Schwarz gehüllte Gestalt unter der zerborstenen Tür erschien, die eine riesige Streitaxt schwang. Dulac hob ganz instinktiv den Schild und machte einen Schritt auf sie zu, erstarrte dann aber mitten in der Bewegung, als er seinen Irrtum erkannte. Es war kein Elbenkrieger, der hereingestürmt kam. Es war ein schwarzhaariger Hüne aus dem Volk der Pikten. Und hinter ihm drängten weitere, in Felle und zerschrammtes schwarzes Leder gehüllte Gestalten, Barbarenkrieger mit langem Haar und verfilzten Bärten, die schartige Schwerter, Keulen und Streitäxte schwangen.

Der Hüne mit der zweischneidigen Axt stürmte brüllend heran und ging dann zu Boden, als Sean mit einem Stuhl nach ihm warf; ein vielleicht ungewöhnliches, nichtsdestoweniger aber äußerst wirkungsvolles Wurfgeschoss. Und auch die Barrikade, die die Iren errichtet hatten, erwies sich als überraschend großer Vorteil, denn mehr als ein Pikte ließ sein Leben bei dem Versuch, das hastig improvisierte Hindernis zu übersteigen. Dennoch war Dulac schon nach Augenblicken klar, dass sie auf verlorenem Posten standen. Die Barbarenkrieger waren zwar nicht unverwundbar wie die gepanzerten Elben, gegen die sie gerade gekämpft hatten, aber sie standen ihnen weder an Kraft noch an Entschlossenheit nach und ihre Zahl war ungleich größer. Schon jetzt verteidigten sich Sean und die anderen erbittert gegen mindestens ein Dutzend Angreifer und von draußen drängten immer noch mehr und mehr herein. Auch Dulac warf sich tapfer in den Kampf, doch das war ein Entschluss, den er um ein Haar mit dem Leben bezahlt hätte. Zwar gelang es ihm, einen der piktischen Angreifer so wuchtig mit dem Runenschild vor die Brust zu stoßen, dass er rückwärts taumelte und hilflos zu Boden fiel, aber ein anderer schwang im gleichen Moment seine Keule und Dulac konnte nur noch im buchstäblich allerletzten Augenblick den Schild hochreißen, um dem Hieb die schlimmste Wucht zu nehmen.

Die stachelbesetzte Eisenkugel prallte harmlos vom Runenschild ab, und das mit solcher Wucht, dass sie ihrem Besitzer aus der Hand geprellt wurde, aber auch Dulac taumelte mit einem Schmerzensschrei zurück. Sein ganzer linker Arm schien gelähmt und Wellen heißen Schmerzes pulsierten durch seinen Körper. Er *spürte* den nächsten Angriff mehr, als er ihn sah, riss automatisch das Schwert in die Höhe und wurde damit belohnt, dass nun auch sein rechter Arm und die Schulter vor Schmerz regelrecht explodierten, doch es gelang ihm, den Schwerthieb abzulenken.

Der Pikte nahm nicht annähernd so viel Rücksicht auf ihn, wie es die Elbenkrieger getan hatten. Durch einen Nebel von Schmerz und Schwäche sah er einen hünenhaften Barbaren auf sich zustolpern, versuchte vergeblich zurückzuweichen. Das Schwert des Barbaren hob sich zu einem vernichtenden Hieb, aber im allerletzten Augenblick warf sich einer von Seans Brüdern dazwischen. Dulac sah nicht einmal, ob er den Hieb abfing

oder vielleicht an seiner Stelle getroffen wurde. Er torkelte blindlings zurück, halb wahnsinnig vor Angst und Schmerz, und sein einziger Gedanke galt Gwinneth, die irgendwo in dem tobenden Chaos hinter ihm verschwunden zu sein schien. Von draußen drängten immer noch mehr und mehr Pikten herein und auch auf der anderen Seite des Hauses glaubte er jetzt dumpfe Schläge und Poltern zu hören, vielleicht Schreie.
Endlich entdeckte er Gwinneth. Sie hatte sich in einem Winkel neben dem Kamin zusammengekauert und einen Dolch gezogen; eine Waffe, die geradezu rührend wirkte angesichts der Äxte, Keulen und Schwerter ihrer Feinde, die Dulac aber auf grausame Weise klar machten, dass Gwinneth vermutlich eher ihrem Leben selbst ein Ende bereiten als zulassen würde, dass sie in die Hände dieser Barbaren – und damit in Morgaines und vielleicht Artus' – fiel. Selbst taumelnd vor Schwäche, löste er sich vollends aus dem Kampf und wankte zu ihr hin.
»Wir müssen raus hier«, keuchte er. »Der Wirt hat vielleicht ... Auf der anderen Seite ...«
Wie auf ein Stichwort hin flog die Tür hinter der Theke in diesem Moment auf und der Wirt stürmte herein. Dulac fuhr zu ihm herum, aber die Frage, die ihm auf der Zunge lag, wurde zu einem entsetzten Stöhnen, als er sah, wie der Mann weitertaumelte, hilflos gegen die Theke prallte und dann langsam daran zu Boden glitt. Aus seinem Rücken ragten die zitternden Schäfte von gleich drei Pfeilen.
Und es wurde noch schlimmer. Von draußen drängten weitere Pikten herein, die sich nicht im Geringsten davon beeindrucken ließen, mit welcher Erbitterung sich die Iren wehrten und wie rasch sie ihre Kameraden niederstreckten. Vor der Barrikade aus umgestürzten Ti-

schen und Stühlen, die Sean und seine Brüder aufgebaut hatte, erhob sich jetzt eine zweite, kaum weniger hohe Wand aus toten und verwundeten Barbarenkriegern, über die ihre Brüder im wahrsten Sinne des Wortes hinwegsteigen mussten. Doch wie tapfer sich die Iren auch verteidigten, der Moment, in dem ihr Widerstand zusammenbrechen musste, war abzusehen.
Dulac warf einen gehetzten Blick zu der Tür, durch die der Wirt hereingekommen war. Er glaubte Schatten dahinter zu erkennen, aber wie durch ein Wunder tauchten dort noch keine Angreifer auf, und wie durch ein zweites, noch viel größeres Wunder gelang es den irischen Söldnern immer noch, dem Ansturm der Pikten standzuhalten. Hastig lehnte er den Runenschild gegen die Wand, drückte Gwinneth das Ritterschwert in beide Hände und war mit einem Satz bei dem Stuhl auf der anderen Seite des Kamins. Fast verzweifelt riss er Teile der Rüstung an sich, wider besseres Wissen, denn die ihm verbleibende Zeit würde niemals ausreichen, um den kompletten Panzer anzulegen ...
... und im nächsten Augenblick *trug* er die Rüstung.
Für einen winzigen Moment erstarrte Dulac. Seit jenem schicksalhaften Tag vor zwei Jahren, als er die Rüstung in einem kleinen See gefunden hatte, hatte er sich niemals gefragt, woher er eigentlich die Fertigkeit besaß, den eisernen Waffenrock anzulegen – etwas, das nicht annähernd so einfach war, wie man glauben mochte. Und es war immer *schnell* gegangen. Das hier aber war wie Zauberei!
Und mehr noch: Nicht *wie*, eindeutig *durch* Zauberei trug er nicht nur die silberne Rüstung, sondern auch das vertraute Gewicht des Runenschildes hing an seinem linken Arm, und als er auf seine rechte Hand herabsah, war sie nicht mehr leer, nun hielt sie ein Schwert.

Aber es aber nicht die beidseitig geschliffene Waffe, die er Gwinneth gegeben hatte.
Es war das Runenschwert. Der dunkle Bruder Excaliburs. Und es war mächtig und verlockend wie eh und je. Dulac spürte die Kraft, die ihn plötzlich durchströmte. Die unwiderstehliche Entschlossenheit, den Feind zu stellen und zu schlagen, und die summende Gier, unter der der silberfarbene Stahl in seiner Hand vibrierte und ihn mit aller Macht dazu bringen wollte, unter die Pikten zu fahren und den Blutdurst des Schwertes zu stillen. Er wusste, dass er es gekonnt hätte. Sowohl die Rüstung als auch das Schwert machten ihn weder unbesiegbar noch unverletzlich, aber sie verliehen ihm die Kraft, die Erfahrung und das Wissen all derer, die sie vor ihm getragen hatten.
Und die dieses Schwert letztendlich vernichtet hatte.
»Lancelot! Nein!«, keuchte Gwinneth.
Langsam, wie gegen eine unsichtbare aber fast unzerreißbare Kette ankämpfend, drehte sich Lancelot um und sah sie an. Gwinneths Gesicht war totenbleich. Die Angst in ihren Augen loderte heller. Sie wusste, was geschehen würde, wenn er dieses Schwert auch nur noch ein einziges Mal benutzte. »Nein«, flehte sie noch einmal.
Lancelot wandte sich wieder dem Kampfgeschehen zu. Sean und die anderen Iren hielten immer noch stand, aber ihre Kräfte erlahmten jetzt zusehends. Sie alle bluteten aus zahlreichen, mehr oder minder tiefen Wunden, und Seans ohnehin verletzter Onkel hatte sich gegen einen Tisch gelehnt, um überhaupt noch stehen zu können, und führte sein Schwert mit beiden Händen. Seine Hiebe waren kraftvoll, aber langsam.
Ihm blieben noch Augenblicke, sich zu entscheiden.
Lancelot machte einen Schritt und hob das Schwert

und tief in seinen Gedanken konnte er spüren, wie der dunkle Geist der Klinge triumphierend aufschrie. Es wäre so leicht. Er musste diesem Drang nur nachgeben und er würde Gwinneth retten, sich retten und auch Sean und seine Brüder. Aber zugleich ahnte er, welchen Preis er dafür würde zahlen müssen. So wie ihn die silberne Rüstung langsam und schleichend von Dulac, dem Küchenjungen, zu Lancelot du Lac, dem unbesiegbarsten aller Ritter gemacht hatte, so würde ihn dieses Schwert vom Menschen zu etwas anderem machen, wenn er die Klinge auch nur noch ein einziges Mal in Blut tauchte. Er wusste nicht woher, aber er spürte ganz instinktiv, dass das Schicksal, das ihn erwartete, schlimmer sein würde als der Tod.

Stöhnend, zitternd, machte Dulac einen weiteren Schritt. Das Schwert hob sich ohne sein Zutun, schien wie die gespaltene Zunge einer Schlange in Richtung seiner Feinde zu zucken. Es war nicht nur leicht, er *musste* es tun. Gleich ob Sean und die anderen nur auf eine königliche Belohnung aus gewesen waren – sie *hatten* ihnen das Leben gerettet, und er konnte es ihnen nicht danken, indem er tatenlos zusah, wie sie erschlagen wurden.

Lancelot schloss die Augen, ergriff das Schwert mit beiden Händen – und schleuderte es in hohem Bogen von sich. Im nächsten Augenblick war er neben Gwinneth, riss ihr das Ritterschwert aus der Hand und stürzte vor.

Plötzlich hatte er das Gefühl, wieder frei atmen zu können. Er hatte immer noch Angst, er sah immer noch Seans und der anderen schmerzverzerrte Gesichter, hörte ihre Schreie und sah ihr Blut, und der Anblick erfüllte ihn immer noch mit rasendem Zorn, aber der absolute, fast sinnlose Wille, zu vernichten und zu zerstören, mit dem ihn das Runenschwert erfüllt hatte, war

erloschen. Er war jetzt wieder Ritter Lancelot, aber er war auch *nur noch* Ritter Lancelot, nicht mehr dieses fremde, bösartige Ding, vor dem er selbst Angst hatte.
Mit einem gellenden Schrei stürzte er sich in den Kampf, war mit einem einzigen Satz neben Sean und streckte einen Pikten nieder, der gerade seine Axt geschwungen hatte, um sie auf den Schädel des irischen Hünen donnern zu lassen. Gleichzeitig stieß er mit dem Schild zu und fegte mit dieser Bewegung gleich zwei weitere Barbaren von den Füßen, und noch aus derselben Bewegung heraus setzte er über die Barrikade aus umgeworfenen Möbeln hinweg und fuhr wie ein Dämon unter die Pikten.
Was schon einmal geschehen war, wiederholte sich, nur hundertmal schlimmer. Lancelots Klinge fuhr durch die Reihen der Barbarenkrieger wie die Sense eines Bauern durch Korn. Er fällte sieben, acht Angreifer in einer einzigen wütenden Attacke und stürmte immer noch weiter. Er wurde selbst unzählige Male getroffen, und obgleich ihn die Rüstung, die aus demselben unzerstörbaren Material bestand wie die schwarzen Schuppenpanzer der Dunkelelben, zuverlässig vor jeder Verletzung schützte, drang die pure Wucht der Hiebe doch durch und ließ ihn vor Schmerz aufstöhnen. Aber die dumpfen Schläge, die ihn bis ins Mark erschütterten, nahmen ihm keine Kraft, sondern schienen seine Wut nur immer noch mehr anzufachen. Wie durch einen Nebel aus Blut und Zorn registrierte er, dass auch Sean und die anderen neuen Mut fassten und nun ihrerseits zum Angriff übergingen – etwas, das schierer Wahnsinn schien, denn die Übermacht war immer noch gewaltig – , aber er achtete nicht darauf, sondern wütete weiter unter den Pikten, als spiele nichts anderes auf der Welt mehr eine Rolle.

Und irgendwann war es vorbei. Sein Schild erbebte unter einem Axthieb, der so gewaltig war, dass die Waffe des Angreifers zersplitterte, und die pure Wucht des Schlages reichte aus, seinen linken Arm und die Schulter fast komplett zu lähmen. Lancelots Schildarm sank kraftlos herab, aber der Angreifer starb auch fast im selben Moment, durchbohrt von Lancelots Klinge. Er wartete nicht, bis der Mann zusammengebrochen war, sondern fuhr herum, riss das Schwert in die Höhe und suchte nach einem Feind, einem neuen Herz, in das er das Schwert stoßen konnte, einen neuen Schädel, den es einzuschlagen galt – aber da war niemand mehr. Die wenigen Pikten, die den Kampf überlebt hatten, der eine so jähe und drastische Wendung genommen hatte, suchten ihr Heil in der Flucht.
Keuchend ließ Lancelot das Schwert sinken, ohne aber die Waffe in die Scheide gleiten zu lassen, und er widerstand auch der Versuchung, den Schild abzulegen, obwohl ihn dessen Gewicht mittlerweile schier zu Boden zu reißen drohte. Er zitterte am ganzen Leib. Jeder einzelne Muskel in seinem Körper schien verkrampft und sein Herz raste so schnell, als wollte es im nächsten Moment einfach in seiner Brust zerspringen. Trotzdem musste er all seine Willenskraft aufbieten, den flüchtenden Pikten nicht hinterherzueilen, um auch noch den Letzten von ihnen zu erschlagen.
Als er sich umdrehte, bot sich ihm ein Anblick des Grauens. Der Schankraum war total verwüstet. Nicht ein Möbelstück war an seinem Platz oder auch nur unbeschädigt geblieben und überall lagen tote oder sterbende Pikten, anderthalb Dutzend, vielleicht zwei, möglicherweise sogar mehr. Aber auch die Verteidiger hatten einen hohen Preis für ihren Sieg bezahlt. Soweit Lancelot das auf den ersten Blick feststellen konnte, wa-

ren nur noch Sean und sein Bruder Patrick am Leben, und auch diese beiden waren über und über mit Blut besudelt und schienen Mühe zu haben, sich überhaupt noch auf den Beinen zu halten. Lancelot schenkte der ganzen Szenerie jedoch nur einen flüchtigen Blick, dann war er mit wenigen, schnellen Schritten neben Gwinneth und ließ sich vor ihr auf ein Knie herabsinken.

Sie hatte sich angstvoll in die Ecke gekauert, die Beine an den Leib gezogen und den linken Arm schützend über das Gesicht gehoben. In der anderen Hand hielt sie wieder den Dolch, den sie offensichtlich aufgehoben hatte, doch als Lancelot in ihre Augen sah, wurde ihm klar, dass sie sich nicht einmal des Umstandes bewusst war, bewaffnet zu sein, geschweige denn in einer Verfassung, sich zu wehren. Als er die Hand nach ihr ausstreckte, prallte sie angstvoll zurück und begann leise zu schluchzen.

»Gwinneth! Ich bin es, Lancelot!«

Im ersten Moment schien es, als würde sie auch auf den Klang seiner Stimme nicht reagieren. Schließlich erlosch das Flackern in ihrem Blick. Die Angst jedoch blieb, ein Anblick, der Lancelot schier das Herz brach.

»Es ist vorbei«, sagte er. »Sie sind fort.«

Gwinneth reagierte immer noch nicht, sondern starrte ihn weiter auf diese schreckliche Art und Weise an und Lancelot begriff, dass er jetzt nichts mehr sagen konnte ohne es schlimmer zu machen. So beließ er es bei einem letzten traurigen Blick, erhob sich und wandte sich in der gleichen Bewegung um.

Der Eindruck der Verheerung, der sich ihm bot, hatte sich nicht geändert, oder wenn doch, so schien er eher noch schlimmer geworden zu sein. Sean und Patrick knieten neben ihren erschlagenen Brüdern, als gäbe es noch irgendetwas, das sie für sie tun konnten, und der

Wirt hatte sich trotz der drei Pfeile, die ihn getroffen hatten, hinter der Theke hervorgeschleppt und lag in einer immer größer werdenden Blutlache da. Seine Frau war neben ihm auf die Knie gefallen und hatte die Hände nach ihm ausgestreckt, war aber mitten in der Bewegung erstarrt, als wage sie es nicht, ihn wirklich zu berühren, und er hörte jetzt auch aus anderen Teilen des Hauses Schreie und Rufe und vielleicht sogar etwas, das das Knistern von Flammen sein mochte. Es hätte ihn nicht überrascht. Er hatte oft genug gegen die Barbaren aus dem Norden gekämpft um zu wissen, dass sie zerstörten, was sie nicht erobern oder stehlen konnten.
Er wollte sich Sean zuwenden, machte dann aber mitten in der Bewegung kehrt und ging stattdessen zu der Frau des Wirtes hin. Sie hörte seine Schritte und sah hoch, und sie hätte schon blind sein müssen, um nicht gesehen zu haben, auf welcher Seite der Silberne Ritter gekämpft hatte. Dennoch war alles, was Lancelot in ihren Augen las, Entsetzen und ein dumpfer, noch längst nicht ganz erwachter Schmerz.
»Es tut mir Leid«, sagte er. »Er war ein sehr tapferer Mann. Wenn es Euch ein Trost ist, dann lasst mich Euch sagen, dass er sein Leben für seine Königin geopfert hat.«
Wieso klangen diese Worte plötzlich nicht anders als zynisch in seinen Ohren? Er wollte noch mehr sagen, aber seine Kehle war plötzlich wie zugeschnürt. Selbst wenn er hätte sprechen können, so hätte es ihm das, was er in den Augen der grauhaarigen Frau las, unmöglich gemacht. Seine Worte waren kein Trost, sondern mussten auf sie wie der pure Hohn wirken.
Er hielt ihrem Blick nur noch einen Moment lang stand, dann wandte er sich mit einem Ruck ab, schob endlich

das Schwert in die Scheide und ging zu Sean und Patrick hinüber. Patrick kniete neben seinem jüngsten Bruder am Boden, hatte Kopf und Oberkörper des Erschlagenen in seinen Schoß gebettet und weinte lautlos, aber Seans Gesicht war wie Stein, als er den Kopf hob und Lancelot ansah. Es gab nichts, was er sagen konnte um ihn zu trösten, und so schwieg er nur einen kurzen Moment und meinte dann: »Wir müssen weg. Schnell. Sie werden wiederkommen und noch einmal werden wir sie vermutlich nicht zurückschlagen können.«
Er war nicht sicher, ob Sean seine Worte überhaupt gehört hatte. Der Ire starrte das geschlossene Visier vor Lancelots Gesicht für die Dauer eines endlosen Atemzuges ausdruckslos an, dann drehte er ganz langsam den Kopf und sah dorthin, wo jetzt der leere Stuhl stand, auf dem er früher am Abend die Rüstung drapiert hatte, dann für einen etwas kürzeren Moment in Gwinneths Richtung, und schließlich wieder hoch zu Lancelot.
»Ich werde dir alles erklären, aber nicht jetzt«, kam Lancelot seiner Frage zuvor. »Glaub mir, ich kenne die Pikten. Sie werden nicht lange brauchen, um sich von ihrem Schrecken zu erholen und in doppelter oder dreifacher Anzahl zurückzukommen.« Er stockte einen winzigen Moment, bevor er weitersprach, und es fiel ihm nicht leicht. »Ich fürchte, es bleibt keine Zeit, deine Brüder zu beerdigen. Erweist ihnen die letzte Ehre und dann holt eure Sachen. Und sagt den guten Leuten hier, dass sie ihren Hof verlassen müssen. Auf der Stelle. Die Pikten würden sie nicht am Leben lassen. Ich hole die Pferde und warte draußen auf euch.«

Es war lange nach Mitternacht, als Lancelot endlich wieder zu ihnen stieß. Er hatte die Pferde nicht holen müssen, denn kaum hatte er das Gebäude verlassen, da

war das Tor des Pferdestalles wie unter einem Fausthieb zerborsten und das Einhorn war herausgaloppiert, komplett aufgezäumt und gepanzert, und Lancelot war aufgesessen und hatte die nähere Umgebung des Hofes nach überlebenden Pikten oder deren Spuren abgesucht. Er hatte zwei weitere tote Barbarenkrieger gefunden, die sich noch ein gutes Stück weit geschleppt und dann zum Sterben in den Schnee gelegt hatten, und zahlreiche Spuren, die aber nicht in eine gemeinsame Richtung führten, sondern scheinbar willkürlich überallhin, als wären die Pikten in blinder Panik in die Nacht gestürmt.
Vermutlich waren sie es, denn das Auftauchen des Silbernen Ritters musste sie vollkommen überrascht haben – Lancelot glaubte nicht, dass Morgaine oder Mordred sie darauf vorbereitet hatten, womit sie es zu tun bekommen würden. Ganz im Gegenteil. Sein schreckliches Erlebnis, der Blutrausch, der ihn überkommen hatte, machte ihm nicht nur jetzt noch Angst, sondern hatte ihm auch endgültig klar gemacht, was Morgaines Plan war: Sie hatte ihre Elbenkrieger zweifellos aus keinem anderen Grund als dem losgeschickt, Gwinneth und ihn lebend in ihre Gewalt zu bekommen, aber die Pikten waren von vornherein zum Sterben bestimmt gewesen. So wie alle menschlichen Krieger, die Morgaine jemals gegen ihn ausgesandt hatte, ihn niemals hatten besiegen sollen. Es war ihr Tod gewesen, der Morgaine am Ende den Sieg bringen sollte, denn ob sie ihn in ihre Gewalt bekam und damit unter den Einfluss ihrer schwarzen Magie, oder ob seine Seele mit jedem Leben, das er auslöschte, ein winziges Stückchen weiter zu der dunklen Seite gezogen wurde, das machte am Ende vermutlich keinen Unterschied.
Und diese Erkenntnis war auch der Grund, aus dem er

am Ende darauf verzichtet hatte, den Spuren der überlebenden Pikten zu folgen. Auf dem Rücken des Einhornes, das durch den knietiefen Schnee ebenso sicher und schnell galoppierte wie über weichen Waldboden oder harten Fels, wäre es ihm ein Leichtes gewesen, die fliehenden Barbaren einen nach dem anderen aufzuspüren und zu erschlagen, doch während er durch die Kälte und den Schnee ritt, an die schrecklichen Szenen zurückdachte, die sich vorhin im Gastraum zugetragen hatten, wurde ihm klar, dass er für ein Leben bereits mehr als genug Blut vergossen hatte.

Und so machte er irgendwann kehrt und ritt zu dem kleinen Gehöft zurück. Aber er hatte sich ihm nicht weiter als bis auf hundert oder hundertfünfzig Schritte genähert; nahe genug, um das Gebäude und alles, was sich davor abspielte, erkennen zu können, ohne jedoch selbst gesehen zu werden. Er hatte den Ausdruck in Gwinneths Augen nicht vergessen und er hätte in diesem Moment nicht die Kraft gehabt, ihr gegenüberzutreten. Und auch nicht Sean.

Er hatte nicht lange warten müssen. Die beiden überlebenden Iren schienen seine Warnung beherzigt zu haben und waren schon nach wenigen Augenblicken in Gwinneths Begleitung im Stall verschwunden. Als sie wieder daraus auftauchten, führten sie nur Gwinneths weiße Stute, Seans riesiges schwarzes Schlachtross und Patricks kaum weniger muskulöses Pferd mit sich; die Tiere der erschlagenen Iren und auch das Packpferd hatten sie zurückgelassen. Ohne auch nur noch einen einzigen Blick zum Hof zurückzuwerfen, waren sie aufgesessen und in östlicher Richtung in der Nacht verschwunden und Lancelot war ihnen in einigem Abstand gefolgt.

Gut eine Stunde lang war er nach ihrer Spur geritten,

immer darauf bedacht, einen sicheren Abstand zwischen sich und den vorausreitenden Iren und Gwinneth zu halten. Eine ganze Weile war es ihm sogar gelungen, sich selbst einzureden, dass es sich dabei um eine reine Vorsichtsmaßnahme handelte, denn schließlich mussten sie trotz allem damit rechnen, verfolgt zu werden, und zumindest wenn er diese Rüstung trug und auf diesem Pferd saß, waren seine Sinne ungleich schärfer als die jedes anderen Menschen. Aber natürlich war das nur eine Lüge und nicht einmal eine besonders überzeugende.

Sean, Patrick und Gwinneth waren eine weitere Stunde geritten und schließlich war Lancelot klar geworden, dass sie vermutlich nicht anhalten würden, bevor die Nacht vorüber war und die Sonne aufging. Er hatte noch weitere, endlose Minuten gezögert, das Einhorn dann aber zu einer schnelleren Gangart bewegt und auf diese Weise rasch zu ihnen aufgeschlossen.

Die beiden überlebenden Iren und Gwinneth warteten hinter einer Wegbiegung auf ihn. Sean und Patrick hatten ihre Tiere so weit an den Wegesrand gedrängt, dass sie einen eventuellen Verfolger gleichzeitig angreifen und in die Zange nehmen konnten, und ihre Schwerter gezogen und sie senkten die Waffen auch nicht, als Lancelot aus der Dunkelheit auftauchte und sie ihn erkannten. Seans Gesicht war weiter vollkommen unbewegt und wie aus Stein gemeißelt, aber auf dem seines Bruders lag ein Ausdruck, der Lancelot dazu brachte, rasch wegzusehen.

»Keine Sorge«, sagte er rasch. »Ich bin es nur. Wir werden nicht verfolgt.« Er ließ das Einhorn absichtlich langsamer gehen und legte beide Hände deutlich sichtbar auf den Hals des Tieres und er suchte auch ganz bewusst nicht Seans Blick, sondern sah in Gwinneths

Richtung, die noch ein kleines Stück weitergeritten war, um dann ebenfalls anzuhalten. Es war zu dunkel, um mehr als einen hellen Schemen zu erkennen, wo ihr Gesicht sein sollte, aber Lancelot spürte den Schmerz, der sie immer noch quälte.

»Seid Ihr ... sicher?«, fragte Sean. Er hatte den Schild gesenkt, nicht einmal das Schwert, und sein Blick tastete unstet, zwischen vorsichtiger Erleichterung und brodelndem Zorn hin und her flackernd, über Lancelots Pferd, seine silberne Rüstung und blieb schließlich an dem geschlossenen Visier vor seinem Gesicht hängen. Lancelot zögerte nur noch einen Moment, dann hob er die Hand und klappte das Helmvisier nach oben.

»Sie verfolgen uns nicht«, bekräftigte er noch einmal. »Ich glaube, für eine Nacht haben sie genug.«

»Oder sie haben Besseres zu tun«, sagte Sean mit einer Kopfbewegung in die Richtung, aus der Lancelot gekommen war. Fast erschrocken drehte Lancelot sich im Sattel herum und sog scharf die Luft zwischen den Zähen ein, als er sah, dass sich der Himmel hinter ihnen rot gefärbt hatte. Das Gehöft.

»Noch mehr, die mit dem Leben dafür bezahlen, sich die falschen Freunde ausgesucht zu haben«, sagte Sean leise.

Die Worte taten weh, aber Lancelot antwortete nicht darauf. Was hätte er auch erwidern sollen?

»Wohin reiten wir?«, fragte er mit einer entsprechenden Geste den Weg hinab. »Einfach nur weg oder habt ihr ein Ziel für diese Nacht?«

Sean lachte bitter. »Einige wenige Freunde sind uns geblieben. Es gibt ein kleines Dorf, nur ein paar Stunden von hier. Wenn Ihr es wünscht, reiten wir gerne dorthin und sehen zu, wie sie ebenfalls umgebracht werden, *Sir.*«

Lancelot fuhr wie unter einem Hieb zusammen. Er zog es vor, auch diesmal nicht auf die Worte des Iren zu reagieren, sondern lenkte das Einhorn stumm an ihm vorbei und an Gwinneths Seite. Sie starrte ihn wortlos und mit jetzt fast unbewegtem Gesicht an und Lancelot erschauerte erneut, als er in ihre Augen blickte. Er hatte befürchtet, darin wieder die Angst zu sehen, die ihn vorhin so sehr getroffen hatte, aber sie war verschwunden. Stattdessen jedoch erblickte er eine Leere, die schlimmer war.

»Wie geht es dir?«, fragte er.

Gwinneth nickte knapp. »Ich lebe.«

»Und die Wirtsleute?«

Statt direkt zu antworten wandte sich auch Gwinneth mühsam im Sattel um und sah zu dem in der Farbe von frischem Blut leuchtenden Himmel hinter ihnen hoch. Ein dünnes, bitteres Lächeln umspielte ihre Lippen. »Vielleicht sind sie entkommen. Jedenfalls habe ich ihnen gesagt, dass sie sofort fliehen müssen. Aber ich glaube nicht, dass sie es getan haben.« Sie deutete ein Achselzucken an und wandte sich wieder Lancelot zu. »Vielleicht habe ich jetzt ein paar Untertanen weniger. Das Reich wird es überstehen.«

»Ja«, antwortete Lancelot leise. »Das wird es wohl.« Er hätte gern etwas anderes gesagt, etwas wie: »Sie sind für eine gute Sache gestorben«, oder: »Ihr Tod wird nicht umsonst gewesen sein«, aber er konnte es nicht. Seit er zum Ritter geworden war, hatte er zahllose Kämpfe hinter sich gebracht. Er war an Artus' Seite in die Schlacht gezogen, er hatte bei der Verteidigung Camelots gegen die piktischen Horden auf den Zinnen gestanden und hatte sogar das Schwert mit den schrecklichen Dunkelelben gekreuzt, aber das hier war etwas anderes. Seine Gegner waren anfangs ausnahmslos Männer gewesen, die ihr Leben dem Krieg und dem Kampf verschrieben hatten und die wussten, worauf sie sich einließen, auch wenn den allermeisten wohl erst im wirklich letzten Moment klar geworden war, um welch hohen Einsatz sie spielten. Doch auch das hatte sich verändert. Mittlerweile bezahlten mehr und mehr Unschuldige und Unbeteiligte den Preis dafür, dass sich ein kleiner Küchenjunge aus Camelot den Traum erfüllt hatte, zum strahlenden Ritter zu werden.

Da er ahnte, dass Gwinneth nichts mehr sagen würde, drehte er das Einhorn herum und ritt zu Sean und Patrick zurück. Auch die beiden hatten ihre Tiere gewendet, jedoch keine Anstalten gemacht, näher zu kommen.

»Wir brauchen ein Versteck für den Rest der Nacht«, sagte er. »Du hast Recht, Sean – wir können es nicht riskieren, irgendwo um Obdach zu fragen. Falls die Pikten unsere Spur finden, würden nur noch mehr Unschuldige mit ihrem Blut dafür bezahlen.«

»Ganz, wie Ihr meint, Sir«, murrte Sean.

»Bitte hör damit auf«, sagte Dulac leise. »Das mit deinen Brüdern tut mir unendlich Leid, das musst du mir glauben. Aber es ist nun einmal geschehen und nichts auf der Welt kann es rückgängig machen.«

»Vielleicht wäre es nicht passiert, wenn wir von Anfang an gewusst hätten, worauf wir uns einlassen«, sagte Sean bitter. Er ritt ein kleines Stück näher und starrte Lancelots Gesicht hinter dem hochgeklappten Visier des Helmes an. »Ich erkenne Euch nicht, aber ich weiß, wer Ihr seid. Auch wenn es gar nicht möglich ist.«

»Und wenn du an Zauberei glauben würdest ...«, begann Lancelot, aber der Ire unterbrach ihn mit einem ärgerlichen Kopfschütteln.

»Mir ist nicht nach Scherzen zumute, Sir Lancelot«, sagte er. »Jetzt nicht und vielleicht nie wieder.«

»Verzeih«, bat Lancelot. »Ich wollte dich nicht verletzen. Ich bedaure den Tod deiner Brüder. Aber wenn du nicht willst, dass sie umsonst gestorben sind, dann sollten wir aufhören uns gegenseitig Vorwürfe zu machen und überlegen, wie wir unseren Verfolgern entkommen können.«
»Können wir das denn?«, fragte Sean. »Können wir einem Feind entkommen, der mit schwarzer Magie kämpft und aus dem Nichts zu erscheinen vermag?«
»Das weiß ich nicht«, antwortete Lancelot ehrlich. »Aber solange wir noch am Leben sind, sollten wir es zumindest versuchen.«
»Vielleicht sollten wir zuerst einmal versuchen ehrlich zueinander zu sein«, antwortete Sean.
»Sean, ich bitte dich«, sagte Lancelot. »Ich konnte es euch nicht sagen. Hättet ihr mir denn geglaubt?«
»Das weiß ich nicht«, gestand Sean. »Aber vielleicht wären meine Brüder noch am Leben ...«
»... wenn ihr getan hättet, was man euch geraten hat?«, unterbrach ihn Lancelot scharf. »Und sofort aufgebrochen wärt, statt noch eine Nacht am warmen Feuer zu sitzen und Bier zu trinken?« Die Worte taten ihm schon Leid, noch bevor er sie ganz ausgesprochen hatte, aber natürlich war es zu spät, sie zurückzunehmen.
Sean starrte ihn für eine kleine Ewigkeit völlig unbewegt an, aber plötzlich, so warnungslos wie der erste Blitz eines Sommergewitters, loderte blanke Wut in seinen Augen auf. Blitzschnell packte er Lancelot, zerrte ihn halbwegs aus dem Sattel und ballte die andere Faust zum Schlag. »Du verdammter ...«
Seine Wut erlosch so schnell, wie sie gekommen war. Er sprach nicht weiter und nach einem weiteren Augenblick ließ er Lancelot auch wieder los und senkte den Arm. Das Einhorn schnaubte unruhig und begann mit

den Vorderhufen im Schnee zu scharren und Lancelot strich ihm rasch beruhigend mit der Hand über die Mähne. Das Tier spürte den Zorn des Iren und reagierte auf seine ganz eigene Weise darauf.

»Verzeiht, Sir«, sagte Sean.

»Ich bin es, der um Verzeihung bitten muss«, erwiderte Lancelot, und diese Worte waren keine leere Floskel. Er versuchte zu lächeln. »Wir haben beide Fehler gemacht. Vergessen wir es und denken lieber darüber nach, wie es weitergeht.«

»Wie gesagt«, antwortete der Ire, »es gibt ein kleines Dorf nicht weit von hier. Nur eine Hand voll Häuser, tief im Wald. Kaum jemand weiß überhaupt von seiner Existenz. Wir könnten dort Unterschlupf finden – aber ich weiß nicht, ob wir dort sicher wären.«

Lancelot überlegte einen Moment. Da war etwas, was ihn schon die ganze Zeit über beschäftigt hatte, ohne dass es ihm bisher gelungen wäre, den Gedanken wirklich in Worte zu fassen. Jetzt, als oder vielleicht *gerade* weil Sean diese Frage stellte, wurde es ihm plötzlich klar. »Dieser Fremde, der euch beauftragt hat, nach uns zu suchen und uns zu diesem Gasthaus zu bringen ... Beschreibe ihn.«

»Da gibt es nicht viel zu beschreiben«, antwortete der Ire. »Er hatte ein durchschnittliches Gesicht, an dem nichts auffällig war, ein Vertrauen erweckender Mann ... irgendwie edel.«

»Das meine ich nicht«, antwortete Lancelot. »Hatte er blaue Augen oder grüne? Eine schmale Nase oder eine breite? Dünne Lippen, gute oder schlechte Zähne?«

»Was soll das?«, fragte Sean. »Er sah ganz normal aus.«

»Du willst damit sagen, du kannst dich nicht an ihn erinnern.«

»Unsinn!«, widersprach Sean. »Es ist nur ...« Er brach

ab, blickte Lancelot einen Moment lang verwirrt an und runzelte dann die Stirn, um eine geraume Weile sichtlich angestrengt nachzudenken. »Ihr habt Recht«, murmelte er schließlich. »Ich kann mich tatsächlich nicht auf sein Gesicht besinnen.«

»So wie bei mir«, sagte Lancelot.

Sean antwortete erst nach einer ganzen Weile und in einem verstörten, fast ängstlich klingenden Tonfall. »In der Tat. Ich weiß, wer du ...« Er verbesserte sich. »Verzeiht, ich weiß, wer *Ihr* seid, aber ...«

»Bleib ruhig beim du«, unterbrach ihn Lancelot. »Du könntest durcheinander kommen, wenn du jedes Mal erst überlegen musst, auf welche Weise du mich ansprichst.«

»Ich weiß, wer *du* bist«, sagte Sean gehorsam, obwohl Lancelot das sichere Gefühl hatte, dass es dem Iren in diesem Moment unangenehm war, ihn auf diese vertrauliche Weise anzusprechen. »Und dennoch erkenne ich dich nicht.« Er schüttelte den Kopf. »Vielleicht ist jetzt doch der Moment gekommen, in dem ich anfangen sollte an Zauberei zu glauben.«

»Es muss einer von unserem Volk gewesen sein.«

Lancelot hatte nicht gehört, dass Gwinneth herangekommen war und den letzten Teil ihrer Unterhaltung offensichtlich mit angehört hatte. Er drehte sich halb im Sattel herum und fügte mit einem Nicken in Gwinneths Richtung hinzu: »Und Morgaine ist vielleicht ihm gefolgt, nicht uns«, sagte er nachdenklich.

»Einer von *eurem* Volk?«, wiederholte Sean misstrauisch. »Was soll das sein? Ein Volk von Zauberern und Hexen?«

»Ich wünschte, es wäre so einfach«, murmelte Lancelot, mehr an sich selbst gewandt als an den Iren. »Ich fürchte, ich weiß die Antwort selbst nicht. Jedenfalls noch nicht.« Er schwieg einen kurzen Moment und fuhr dann in verändertem Ton fort: »Aber wenn es so ist, wie Gwinneth vermutet, dann stehen unsere Chancen vielleicht besser, als ich dachte. Wo genau, sagtest du, ist dieses Dorf?«

»Nicht weit entfernt«, antwortete Sean. »Wir können es bis Sonnenaufgang erreichen.«

»Nein!«, widersprach Gwinneth heftig.

Nicht nur Lancelot drehte sich überrascht zu ihr herum, auch die beiden Iren sahen sie fragend an.

»Aber Sean hat Recht«, sagte Lancelot. »Selbst wenn es anstrengender sein mag, ist es im Moment vermutlich viel sicherer, in der Nacht zu reiten und uns tagsüber verborgen zu halten.«

Gwinneth schüttelte nur energisch den Kopf. »Nein!«, wiederholte sie in noch entschlossenerem Ton. »Und wenn ich im Sattel schlafen muss: Wir werden niemanden mehr in Gefahr bringen, nur weil wir ihn um eine warme Suppe oder einen Platz am Feuer bitten.«

»Ich fürchte, das werden wir müssen, Mylady«, sagte Sean ernst. »Der Weg nach Tintagel ist nicht weit, aber schwierig, zumal es besser wäre, wenn wir alle größeren Ortschaften und selbst die Straßen und Wege meiden. Es könnte zu viel für Euch sein.«

»Mach dir um mich keine Sorgen.« Gwinneth warf einen kurzen Seitenblick auf Lancelot. »Und wo wir schon einmal dabei sind: Auch ihr habt mehr verloren, als mit Geld aufzuwiegen ist. Ihr solltet eurer Wege gehen, bevor noch mehr passiert. Von hier aus finden Lancelot und ich den Weg nach Tintagel auch allein.«

»Unsere Aufgabe ist noch nicht beendet, Mylady«, antwortete Sean. Seltsam – Lancelot war nicht ganz sicher, aber doch ziemlich, dass das Wort *Mylady* aus seinem Mund plötzlich ganz anders klang. Auch wenn er sich hörbar bemühte, es spöttisch klingen zu lassen, so gelang es ihm nicht ganz. Und selbst die Verachtung und der Zorn in seinem Blick waren eigentlich nur noch Gewohnheit und Absicht, nicht mehr echte Gefühle.

»Ihr könnt jederzeit nach Tintagel kommen«, sagte Gwinneth kühl. »Ihr werdet die zweite Hälfte eures ausstehenden Lohnes dort von mir erhalten – falls wir die Burg lebend erreichen.«

Nicht einmal diese gezielte Bosheit konnte Sean mehr aus der Ruhe bringen. Er schüttelte nur noch einmal den Kopf. »Es geht nicht um Geld, Mylady. Wenn wir eine Aufgabe übernehmen, so bringen wir sie zu Ende. Außerdem ...« Er maß Lancelot mit einem flüchtigen, aber sehr beredten Blick. »... habe ich das bestimmte Gefühl, dass wir in Eurer Nähe im Moment sicherer sind als allein.«

»Wie du willst«, entschied Gwinneth, »aber dann werdet ihr tun, was ich sage. Meinethalben reiten wir nachts und halten uns tagsüber versteckt, wenn du meinst, dass das sicherer ist; von solcherlei Dingen verstehe ich nichts und will es auch nicht. Doch wir werden alle Dörfer und Ansiedlungen meiden und wir werden mit keinem Menschen sprechen, bevor Tintagel nicht in Sicht ist.«

Sean sah sie noch einen Moment lang nachdenklich an, dann drehte er sich ächzend im Sattel um und blickte in den Himmel hinauf. Der Feuerschein hatte sich noch ausgebreitet, aber das rote Toben schien die Dunkelheit, die Mond und Sterne verschlungen hatte, eher noch zu betonen. »Ganz wie Ihr wünscht, Mylady. Nun dann sollten wir weiterreiten. Die Nacht ist schon halb vorüber und wir haben noch einen langen Weg vor uns.«

»Sie sind dort unten.« Patrick fuhr sich mit beiden Händen durch das Gesicht, wodurch sein Antlitz von den weiß verkrusteten Zügen eines mythischen Fabelwesens wieder zu etwas zumindest Menschenähnlichem wurde – wenn auch zu einem Menschen, der sichtlich am Ende seiner Kraft angelangt war. Sein Bart und das weit über die Schulter fallende, lockige Haar waren gefroren, und es hätte Lancelot in diesem Moment nicht einmal gewundert, hätte er auch zu Eis erstarrte Kugeln dort erblickt, wo eigentlich seine Augen sein sollten.

»Wie viele?«, fragte Sean.

Patrick atmete zwei- oder dreimal tief hintereinander ein und aus, bevor er antwortete. Nicht nur sein Gesicht, auch seine Kleidung war über und über mit Schnee und Eis verkrustet. Lancelot vermutete, dass der junge Ire den Großteil des Weges zum Hügelkamm hinauf und wieder herab auf allen vieren kriechend zurückgelegt hatte. »Ich konnte es nicht genau erkennen«, sagte er, fügte aber nach einem Moment mit einem besorgten Blick in Richtung seines Bruders hinzu: »Es müssen sehr viele sein. Drei, vier Dutzend, vielleicht mehr.«

Lancelot war nicht einmal wirklich erschrocken. Patricks Worte ließen das ungute Gefühl, das ihn gequält hatte, zur Gewissheit werden, aber er war nicht überrascht. Sie hatten das restliche Stück des Weges zur Atlantikküste Cornwalls ausschließlich nachts und abseits der bekannten Straßen und Wegstrecken zurückgelegt und waren in dieser Zeit – ganz wie sie gehofft hatten – weder auf Menschen noch auf deren Spuren gestoßen. Jetzt lag die Küste so nah vor ihnen, dass man das Donnern der Brandung hätte hören können, wäre das Heulen des eisigen Nachtwindes nicht gewesen und würde sie nicht nur noch eine einzige Hügelkette vom Anblick der See und der stolzen Burg an ihrem Ufer trennen.

Vielleicht war es gerade das, was ihn beunruhigt hatte, mit jedem Schritt, den sie sich Tintagel näherten, ein bisschen mehr: Es war zu leicht gewesen. Nach all der Mühe, die sich Artus und ganz offensichtlich auch seine Schwester gegeben hatten, ihrer habhaft zu werden, war es geradezu unvorstellbar, dass sie Tintagel nun unbehelligt erreichen sollten. Zumindest nach den letzten beiden Begegnungen mit ihren Haschern musste Morgaine Le Faye kein Genie sein, um sich auszurechnen, wohin sie wollten. Es gab in der Richtung, in die sie sich bewegten, nur ein einziges denkbares Ziel.
»Pikten?«, fragte er müde.
Patrick hob die Schultern. Sein Gesicht verschwand halb hinter einem Vorhang aus grauem Dampf, als er in Lancelots Richtung gewandt antwortete, was ihm fast noch mehr von seiner Menschlichkeit zu nehmen schien als die weiße Maske, die er zuvor getragen hatte. »Ich bin nicht sicher. Ich konnte nicht nahe genug an ihr Lager heran, um sie zu erkennen. Sie haben Wachen aufgestellt«, fügte er mit einem fast um Verzeihung heischend wirkenden Blick in Richtung seines Bruders hinzu.
»Wer soll es sonst sein?«, grollte Sean. »Artus würde sich nicht die Mühe machen, uns hier draußen aufzulauern.«
»Sondern Tintagel schlichtweg stürmen und uns drinnen erwarten«, pflichtete ihm Gwinneth bei. Es waren die ersten Worte, die sie sprach, seit sie hier am Waldrand Halt gemacht hatten und Patrick wie üblich als Kundschafter vorausgegangen war, und obwohl sie in den letzten Tagen immer schweigsamer und verschlossener geworden war, wünschte sich Lancelot doch fast, sie hätte auch jetzt geschwiegen. Es war nicht das, was sie gesagt hatte. Damit hatte sie vermutlich vollkommen

Recht. Was sich wie ein dünnes, glühendes Messer tief in seine Brust grub, das war die Art, *wie* sie es sagte. Ihre Stimme war so flach, dass sie kaum noch wie die eines Menschen klang.

Auch in Seans Blick erschien für einen Moment ein Ausdruck tiefer Besorgnis, ja fast Schreckens, aber dann zuckte er nur andeutungsweise mit den Schultern, ging zu seinem Pferd und begann sich an den Satteltaschen zu schaffen zu machen; zweifellos aus keinem anderen Grund als dem, seine Hände zu beschäftigen. Sie hatten die Tiere weder abgezäumt noch etwas wie ein Lager aufgeschlagen, sondern sich nur – jeder für sich – einen halbwegs trockenen Platz gesucht, um sich niederzulassen und auf Patricks Rückkehr zu warten.

»Dann müssen wir uns wohl einen anderen Weg suchen.«

»Es gibt nur diesen einen«, sagte Gwinneth leise. »Tintagel liegt direkt an der Steilküste. Die Felsen im Norden sind bei dieser Witterung unüberwindbar.«

»Ein Boot?«, schlug Sean vor, ohne mit seinem sinnlosen Tun innezuhalten oder auch nur zu Gwinneth zurückzublicken.

»Das hätte keinen Sinn«, erwiderte Gwinneth. »Der nächste Ort, in dem wir ein Boot bekommen könnten, ist einen Tagesritt entfernt, schon bei gutem Wetter. Und die See ist zu dieser Jahreszeit viel zu stürmisch, als dass man sich mit einem Boot hinauswagen könnte.«

»Ganz davon abgesehen dass Morgaine nicht dumm ist«, fügte Lancelot hinzu. »Sie wird sich ausrechnen können, was in unseren Köpfen vorgeht.«

»Ja, vermutlich«, sagte Sean. Er hörte endlich auf, vollkommen sinnlos in seinen Satteltaschen herumzuwühlen, und begann stattdessen den Hals seines prachtvollen schwarzen Hengstes zu streicheln. Das Tier schnaubte, als wäre ihm die Berührung unangenehm, doch als Sean die Hand sinken ließ, stupste es ihn sanft, aber nachdrücklich mit dem Schädel an, sodass der Ire den Arm ausstreckte und fortfuhr mit den Fingern durch die schwarze Mähne des Hengstes zu streichen. »Also bleibt uns nur, abzuwarten und auf ein Wunder zu hoffen?«

Und genau das war es, was sie nicht konnten. Ihr Vorrat an Wundern war schon längst aufgebraucht und die Zeit, die ihnen noch blieb, beinahe ebenfalls. Lancelot fühlte sich unendlich müde und so erschöpft wie nie zuvor in seinem Leben und er war sich darüber im Klaren, dass es allein die Kraft der Zauberrüstung war, mit der er sich noch auf den Beinen hielt, längst nicht mehr seine eigene. Den beiden Iren erging es eher noch schlechter und wie Gwinneth die Strapazen der zurückliegenden Nächte überstanden hatte, wagte er sich nicht einmal vorzustellen. Sie war nur noch ein Schatten ihrer selbst. Irgendwie hatte sie es geschafft, aufzustehen und sich die paar Schritte heranzuschleppen, als Patrick zurückgekommen war, aber sie wankte sichtlich und Lancelot war unauffällig hinter sie getreten um sie aufzufangen, sollte sie zusammenbrechen.

Natürlich hatte Sean Recht, von seinem Standpunkt aus: Schon sehr bald würde die Sonne aufgehen und sie konnten nichts Vernünftigeres tun, als im Schutz des Waldes auf den Einbruch der nächsten Nacht zu warten und die Zeit dazwischen dafür zu nutzen, einen Plan zu ersinnen oder nach einem anderen Weg zu suchen. Aber die vernünftigste Lösung war nicht immer die, die das Schicksal zuließ. Lancelot war nicht sicher, ob Gwinneth noch einen weiteren Tag durchhalten könnte. Obwohl so etwas für eine Angehörige des widerstandsfähigen Elbenvolks kaum denkbar war, befürchtete er, dass sie die Augen nie wieder aufschlagen würde, wenn sie sich jetzt zum Schlaf niederlegte.

»Wo genau ist das Lager?«, wandte er sich an Patrick.

»Auf der anderen Seite des Hügels«, antwortete der junge Ire. »Vielleicht eine Meile, eher weniger.«

»Gut«, sagte Lancelot. »Ich werde mir das selbst ansehen.«

Patrick wirkte überrascht, einen Moment später verärgert, aber er war klug genug, auf eine Antwort zu verzichten, und auch sein Bruder beließ es bei einem stirnrunzelnden Blick in Lancelots Richtung. Gwinneth reagierte überhaupt nicht. Lancelot war nicht einmal sicher, ob sie seine Worte überhaupt gehört hatte. Er bedeutete Sean mit einem stummen Blick, seinen Platz einzunehmen und auf Gwinneth zu achten, dann ging er mit schnellen Schritten dorthin, wo er das Einhorn angebunden hatte, setzte den Helm auf und löste Schild und Schwertgurt vom Sattelzeug des Tieres. Das Einhorn begann mit den Vorderhufen im Schnee zu scharren und schnaubte leise. Es klang enttäuscht.

»Gedulde dich, mein Freund«, murmelte Lancelot. »Du wirst bekommen, was du willst, noch bevor die Nacht vorüber ist.«

Er hatte nicht damit gerechnet, doch als er an Gwinneth vorbeiging, streckte sie den Arm aus und hielt ihn zurück. »Du wirst nichts Unüberlegtes tun, oder?«

»Keine Sorge«, versicherte Lancelot. »Ich will mich nur ein wenig umsehen, das ist alles.«

Er gab Gwinneth keinen Gelegenheit, ihn darauf hinzuweisen, dass Patrick genau das soeben getan hatte, sondern ging schnell weiter und brach sich rücksichtslos seinen Weg durch das gefrorene Unterholz, durch das Patrick vor wenigen Augenblicken mühsam und vorsichtig hindurchgekrochen war, um ja keinen Zweig zu

knicken und ihr ohnehin erbärmliches Versteck möglicherweise damit zu verraten.
Nach wenigen Atemzügen erreichte er den Waldrand und blieb stehen. Vor ihm lag ein schmaler Streifen nackten Felsgesteins, auf dem nicht einmal Schnee Halt gefunden hatte, dahinter stieg der Boden sanft an, um schließlich die Kuppe der letzten Hügelkette zu bilden, die die raue Steilküste Cornwalls von den dichten Wäldern des Binnenlandes trennte. Der Wind schlug ihm wie mit einer Kralle ins Gesicht, als hätte er nur darauf gewartet, dass er sein Versteck verließ, und im ersten Moment stiegen ihm die Tränen in die Augen, sodass er fast blind war. Lancelot wischte sie mit dem Handrücken fort, biss die Zähne zusammen und suchte den Hang vor sich nach den Spuren ab, die Patrick im frisch gefallen Schnee hinterlassen haben musste.
Er fand sie fast auf Anhieb, eine Fährte, die so breit und überdeutlich war, dass nicht einmal die Nacht sie zu verbergen vermochte. Er musste sich keine Sorgen darum machen. Es schneite ununterbrochen, und noch bevor die Sonne aufging, würde der Hügel wieder so makellos und unberührt daliegen wie vor ihrem Eintreffen. Dennoch wich Lancelot einige Schritte nach rechts von seinem bisherigen Kurs ab und achtete darauf, sich genau in Patricks Fährte zu bewegen, statt eine eigene, zusätzliche Spur zu hinterlassen.
Seans jüngerer Bruder war auf Händen und Knien gekrochen, um eine zufällige Entdeckung zu vermeiden, aber Lancelot ging hoch aufgerichtet und schnell, und er ließ sich nicht einmal in die Hocke sinken, als er die Hügelkuppe erreichte und sich das Tal mit dem Lager der Pikten vor ihm auftat, in dessen Hintergrund sich die Küste mit dem gewaltigen schwarzen Schatten Tintagels abzeichnete. Sean hätte dieses Verhalten zweifel-

los als leichtsinnig bezeichnet, aber Lancelot wusste, dass Vorsicht ihm jetzt nicht mehr weiterhelfen würde. Ein sonderbares Gefühl von Endgültigkeit hatte von ihm Besitz ergriffen. Er konnte es nicht definieren, nicht einmal begründen, aber er zweifelte auch nicht daran. Etwas würde zu Ende gehen, jetzt und hier, an diesem Ort, und noch bevor die Nacht vorüber war. Er hatte keine Ahnung *was*, doch er war davon überzeugt, *dass* etwas geschehen würde.

Das Lager der Pikten befand sich genau dort, wo er es nach Patricks Worten vermutet hatte: Am Fuße des Hügels, nicht ganz auf halbem Wege nach Tintagel hin. Lancelot, der in seiner Rüstung über weitaus schärfere Augen verfügte als Patrick, erspähte ein halbes Dutzend Zelte, zwischen denen die dunkelrote Glut fast erloschener Lagerfeuer glomm, und eine aus hastig in den Boden gerammten und mit Seilen miteinander verbundenen Speeren improvisierte Koppel, in der sich mindestens zwanzig Pferde aufhielten, vermutlich mehr. Patricks Schätzung, was die Anzahl der Barbarenkrieger anging, war vermutlich zu hoch gegriffen gewesen; aber dort unten mussten sich dennoch zwischen zwanzig und dreißig Krieger aufhalten. Viel zu viele für zwei halb erfrorene Männer, die längst am Ende ihrer Kräfte angelangt waren, und einen Küchenjungen, der sich einbildete unbesiegbar zu sein, nur weil er eine Zauberrüstung trug. Und erst recht zu viele für eine Prinzessin aus einer anderen Welt, die zu zerbrechlich für diese Wirklichkeit war und zu kostbar, als dass man ihr Leben aufs Spiel setzen konnte, nur um ein Königreich zu retten.

Lancelot stand lange so da und starrte in die Nacht hinein. Der Wind zerrte an ihm und die Kälte ließ sein Gesicht erstarren und seine schon tausendmal gesprungenen Lippen erneut aufreißen, sodass sie zu bluten begannen. Er spürte es nicht, sowenig wie er das Heulen des Sturmes wahrnahm und die anderen, noch unheimlicheren Laute, die die Nacht herantrug. Einmal glaubte er Schritte zu hören, vielleicht gar Schatten zu sehen – die Wachen, von denen Patrick gesprochen hatte –, aber er reagierte auch darauf nicht, sondern blieb hoch aufgerichtet und reglos stehen. Er war nicht hierher gekommen, weil er Patricks Worten keinen Glauben geschenkt hätte.

Er war hier, um sich mit eigenen Augen davon zu überzeugen, dass es vorbei war. Es gab nur diesen einen einzigen Weg nach Tintagel, zumindest in dieser Nacht und somit in der Zeit, die Gwinneth noch blieb. In das noch immer anhaltende Gefühl von Endgültigkeit und Verbitterung, das von Lancelot Besitz ergriffen hatte, mischte sich für einen Moment eine fast hysterische Heiterkeit. Das Schicksal hatte sich einen wirklich bösen Scherz mit ihnen erlaubt. Sie hatten das Unmögliche geschafft und waren Artus' Häschern entkommen und sie hatten das noch viel Unmöglichere möglich gemacht und hatten sogar Morgaines Barbarenkriegern und ihrer finsteren Magie getrotzt – und nun würden sie scheitern aus keinem dramatischeren Grund als dem, dass es nur einen einzigen Weg gab. Hatte er wirklich geglaubt, es wäre so leicht?

Lancelot stand lange reglos inmitten des immer heftiger werdenden Schneesturmes da und blickte auf das kleine Zeltlager hinab, dessen schwarze Schatten und trübrote Glutfunken mehr und mehr hinter den tobenden Schneeschleiern zu verschwinden begannen, bevor er sich umdrehte und langsam auf seiner eigenen und Patricks Spur zurückzugehen begann.

Hätte er noch einen Beweis gebraucht, wie erschöpft und dem Zusammenbruch nahe Sean und sein Bruder waren, so wäre es die Reaktion der beiden Iren auf seine Rückkehr gewesen. Patrick saß mit Rücken und Hinterkopf an einen Baum gelehnt und mit geschlossenen Augen da und schien zu schlafen, und auch Sean bemerkte ihn erst, als Lancelot sich nur noch zwei oder drei Schritte vor ihm befand. Wären an Lancelots Stelle piktische Krieger gewesen, dann wäre es in diesem Moment bereits um die beiden Brüder geschehen gewesen, und zumindest das schien Sean vollkommen klar zu sein, denn obwohl er Lancelot erkannte, sprang er erschrocken hoch und griff nach seinem Schwert. Erst als er die Waffe schon halb aus der Scheide gezogen hatte, hielt er in der Bewegung inne und sah für einen Moment regelrecht verloren aus.

»Ich bin es nur.« Lancelot schüttelte den Kopf. »Es besteht kein Grund zur Sorge. Sie sind dort drüben, auf der anderen Seite des Hügels, genau wie Patrick gesagt hat. Aber bei diesem Sturm werden sie sich nicht hierher wagen.«

Es gab keinen Grund für diese Annahme, außer vielleicht dem, Sean und möglicherweise sich selbst zu beruhigen, und auch das musste der Ire ganz genau wissen. Er widersprach jedoch nicht, sondern sah Lancelot nur weiter abwartend an. Lancelot seinerseits hielt dem Blick des hochgewachsenen Iren noch eine Weile wortlos stand, dann drehte er sich um und ging zu dem Gebüsch hinüber, in dessen Windschatten Gwinneth Schutz gesucht hatte.

Sie schlief; jedenfalls nahm Lancelot das im ersten Moment an. Gwinneth hatte sich in einen schweren Fellmantel gehüllt, der noch vor einigen Tagen einem von Seans Brüdern gehört hatte, und jemand – vermutlich Sean – hatte zusätzlich einen zweiten Mantel wie eine Decke über sie gebreitet, um sie vor dem schneidenden

Wind zu schützen, dessen Kraft nicht einmal der Wald und das dichte Unterholz ganz zu brechen vermochten. Das wenige, das von ihrem Gesicht zu sehen war, unterschied sich in der Farbe kaum mehr von dem Schnee, der durch die Baumwipfel rieselte und ihren Mantel allmählich weiß zu färben begann, und selbst ihr Atem, der in der eisigen Luft als grauer Nebel zu sehen war, schien zu einer Wolke winziger Eiskristalle zu gefrieren, kaum dass er ihre Lippen verlassen hatte. Ihr Gesicht glitzerte, als wäre es eine Skulptur, die ein begnadeter Künstler aus Eis erschaffen hatte, und hätten sich die Augäpfel hinter den geschlossenen Lidern nicht dann und wann unruhig bewegt, Lancelot wäre tatsächlich nicht sicher gewesen, ob noch Leben in ihr war. Aber auch so spürte er, wie weit die Flamme bereits heruntergebrannt war. Aus dem strahlenden Licht, das sein Leben erhellt und seiner Zukunft neuen Sinn gegeben hatte, war längst ein im Erlöschen begriffener Funke geworden und sein Leuchten wurde schwächer mit jedem Augenblick, den er weiter hier stand und die wenigen kostbaren Herzschläge, die ihr vielleicht noch blieben, ungenutzt verstreichen ließ.
Lancelot hätte in diesem Moment den Rest seines Lebens dafür gegeben, noch einmal mit ihr zu reden, sie noch einmal in die Arme zu schließen, noch ein einziges Mal in ihre Augen zu blicken. Aber er wagte es nicht, sie zu wecken. Gwinneth würde wissen, was er vorhatte, im gleichen Moment, in dem sie ihm in die Augen sah, und sie würde es nicht zulassen. So blieb ihm nur die Wahl, ohne Abschied von ihr zu gehen.
Leise, um kein verräterisches Geräusch zu machen und sie dadurch vielleicht doch zu wecken, entfernte er sich zwei Schritte rückwärts gehend von ihr, dann drehte er sich um und ging zu seinem Einhorn. Diesmal scharrte

das Fabelwesen nicht unruhig mit den Vorderhufen im Schnee und es ließ auch kein enttäuschtes Schnauben hören, sondern sah ihm nur reglos aus seinen großen, beängstigend wissend wirkenden Augen entgegen. Es ahnte nicht, was er vorhatte. Es *wusste* es. Lancelot sah das Glitzern in seinem Blick, die Vorfreude, die Gier des Raubtiers, das die Beute noch nicht witterte, aber um ihre Nähe wusste.

Als er nach dem Sattelhorn greifen wollte, hörte er das Knirschen von Schritten im Schnee hinter sich und hielt noch einmal inne um sich umzudrehen.

Es war Sean. »Was hast du vor?«, fragte er.

Anstatt direkt zu antworten führte Lancelot die begonnene Bewegung zu Ende und schwang sich mit einer kraftvollen Bewegung in den Sattel. Erst dann deutete er mit der linken Hand in die Richtung, aus der er gerade gekommen war, und ließ die Geste in einer flatternden Bewegung enden, die ihn, Sean und das ganze improvisierte Lager einschloss. »Warte, bis ich fort bin. Dann weckst du Gwinneth und deinen Bruder und ihr folgt meiner Spur in einigem Abstand.«

Seans Augen wurden groß. »Was hast du vor?«, fragte er noch einmal. »Du willst doch nicht ...«

»Gwinneth hat Recht«, unterbrach ihn Lancelot. »Es gibt keinen anderen Weg. Wartet, bis ihr Kampflärm hört, und dann versucht euch irgendwie nach Tintagel durchzuschlagen.«

Er wollte das Einhorn antraben lassen, aber Sean fiel ihm mit einer raschen Bewegung in die Zügel. »Das ist Selbstmord!«

»Es ist der einzige Ausweg, der uns bleibt«, erwiderte Lancelot. »Wir können nicht warten. Gwinneth wird eine weitere Nacht hier draußen nicht überstehen. Ich sehe keine andere Möglichkeit.«

»Als was?«, fragte Sean scharf. »Als Euch umzubringen?«
Lancelot entging nicht, dass er vom vertrauten du wieder zur förmlicheren Anrede gewechselt war, wohl um seinen Worten mehr Gewicht zu verleihen. »Mir wird nichts geschehen«, behauptete er. Er wollte Seans Hand abstreifen, doch der Ire hielt das Zaumzeug des Einhorns eisern umklammert.
»Verzeiht, wenn ich anderer Meinung bin, Herr«, sagte er. »Aber ich fürchte, Ihr überschätzt Euch. Eine Zauberrüstung und ein unbezwingbares Schwert allein ...«
»... machen aus einem Jungen noch keinen Helden?«, fiel ihm Lancelot ins Wort. Sean fuhr erschrocken zusammen und Lancelot ließ bewusst einen Moment verstreichen und zwang sich zu einer Grimasse, die der Ire zumindest als Lächeln deuten konnte, wenn er es wollte, bevor er fortfuhr: »Ich weiß das, mein Freund. Ich habe nicht vor, Morgaines Krieger ganz allein zu erschlagen. Aber vielleicht kann ich sie ablenken und euch so genug Zeit verschaffen, um Tintagel zu erreichen.« Er machte eine Kopfbewegung in Richtung Waldrand. »Es ist nicht mehr weit. Kaum mehr als eine Meile. Wenn ihr schnell genug seid, könnt ihr es schaffen.«
Sean wollte erneut widersprechen, doch diesmal ließ Lancelot das Einhorn mit einem so harten Ruck antraben, dass der Ire den Zügel loslassen musste, ob er wollte oder nicht, schwenkte zum Waldrand ein und brach rücksichtslos durchs Unterholz. Das Geräusch zersplitternder Äste klang in seinen Ohren wie Peitschenhiebe, die noch auf der anderen Seite des Hügels zu hören sein mussten, und der Wind schien noch einmal kälter geworden zu sein. Das Einhorn schnaubte

unruhig und warf nervös den Kopf hin und her, denn anders als sein Halter brannte es darauf, sich in den Kampf zu stürzen.
»Nur einen Moment noch«, flüsterte Lancelot. »Hab noch ein wenig Geduld.«
Das Einhorn schnaubte, als wolle es widersprechen, und hinter ihm sagte eine leise, traurige Stimme: »Wolltest du nicht einmal Lebewohl sagen?«
Lancelot fuhr wie unter einem Hieb zusammen. Sein Herz begann zu rasen und er war nur noch eine Winzigkeit davon entfernt, einfach loszupreschen, nur um sich nicht umdrehen und Gwinneths Blick standhalten zu müssen. Als er sich schließlich im Sattel umwandte, knirschte seine Rüstung, als hätte auch sie sich mittlerweile zu Eis verwandelt.
Gwinneth hatte den Mantel abgestreift, in dem sie geschlafen hatte, und stand bleich und zitternd vor Kälte nur in ihrem dünnen Kleid hinter ihm am Waldrand. Der Sturm zerrte an ihrem Haar. »Was hast du vor?«
»Geh zurück«, sagte Lancelot ohne ihre Frage zu beantworten. Wozu auch? »Patrick und Sean werden dich sicher nach Tintagel bringen.«
»Und du?« Gwinneth wartete seine Antwort nicht ab, sondern kam mit schnellen Schritten auf ihn zu und streckte die Hand nach dem Zaumzeug aus. Das Einhorn warf erschrocken den Kopf zurück und tänzelte einen Schritt zur Seite, bevor Lancelot es mit einem schon fast gewaltsamen Ruck am Zaumzeug beruhigen konnte.
»Wolltest du dich einfach davonschleichen?«
»Ich hatte nicht vor ...«, begann Lancelot, wurde jedoch sofort und in noch schärferem Ton von Gwinneth unterbrochen.
»Ich weiß genau, was du vorhattest«, sagte sie. »Aber

das lasse ich nicht zu. Du wirst nicht dein Leben wegwerfen um den Helden zu spielen.«
»Gwinneth, bitte«, murmelte Lancelot. Ihm war klar, dass sie diese Worte ganz bewusst gewählt hatte um ihn zu verletzen, vielleicht auch um ihn wütend zu machen. Doch er empfand nur Schmerz, Trauer und eine Spur von Zorn, der aber nicht Gwinneth galt, sondern dem Schicksal, das sich nun einen allerletzten bösen Streich mit ihm erlaubte und seine letzte Erinnerung an Gwinneth zu der an einen Streit werden ließ.
»Es gibt keinen anderen Weg mehr«, sagte er leise. »Du musst nach Tintagel. Nur dort bist du sicher. Und du weißt das.«
»Sicher?« Gwinneth schrie fast. »Sicher wozu? Und für wen? Ich lasse nicht zu, dass du dein Leben opferst, nur um mich zu retten. Hast du schon vergessen, was wir uns geschworen haben? Ganz egal was geschieht, wir werden es zusammen durchstehen.«
Lancelot schwieg. Er konnte nicht antworten. Gwinneth hatte Unrecht und sie wusste es. Sie hatten nicht mehr die Chance, dieser Gefahr gemeinsam Herr zu werden. Die einzige Wahl, die ihm blieb, war allein zu sterben oder zusammen mit Gwinneth. Aber ihm war klar, wie sinnlos es gewesen wäre, das auszusprechen.
Noch während er vergeblich nach Worten suchte, teilte sich das Unterholz hinter Gwinneth, und Sean trat heraus. Er wirkte bestürzt, ein wenig verwirrt und auch erschrocken und er stürmte zwei Schritte weit in den Schnee hinaus, ehe er abrupt stehen blieb und Gwinneth mit einer Mischung aus Erleichterung und neuerlichem Schrecken ansah.
»Geh mit Sean zurück«, bat Lancelot. Er hatte nicht die Kraft, Gwinneths Blick standzuhalten, sondern starrte an ihr vorbei ins Leere, und er wusste, dass sie sein Ge-

sicht nicht deutlich genug erkennen konnte, um die Tränen zu sehen, die in seinen Augen brannten. »Wartet dort auf mich. Ich werde nachkommen, wenn ...«
»Wenn du noch lebst?« Gwinneth lachte schrill. »Wofür hältst du dich, du größenwahnsinniger Narr?« Sie machte eine wütende Geste zum Hügelkamm hinauf. »Dort drüben sind zwanzig oder dreißig Krieger, vielleicht mehr! Was willst du tun? Sie alle erschlagen?«
Statt zu antworten wandte sich Lancelot mit einem entsprechenden Blick an Sean und der Ire verstand, was er von ihm wollte. Er schob sein Schwert in den Gürtel zurück und trat hinter Gwinneth. Er wagte es nicht, sie zu berühren, aber sie war sich seiner Nähe gewiss, denn ihre Haltung versteifte sich plötzlich und eine neue Härte erschien in ihrem Blick.
Lancelot sah rasch weg und wandte sich wieder an den Iren. »Du bist mir für ihre Sicherheit verantwortlich«, sagte er überflüssigerweise und im Grunde nur, um überhaupt etwas zu sagen und nicht Gwinneth anschauen zu müssen. Er fügte ein Nicken hinzu, um seinen Worten noch mehr Gewicht zu verleihen, zog das Ritterschwert aus dem Gürtel und reichte es Sean mit dem Griff voraus. Der Ire runzelte verwirrt die Stirn und sah die Waffe an, als verstünde er nicht ganz, was Lancelot von ihm wollte, streckte dann aber gehorsam den Arm aus und nahm sie.
»Falls wir uns nicht wiedersehen, ist das mein Geschenk an dich«, sagte Lancelot. »Es ist nicht viel, jedoch das Einzige, was ich dir geben kann.«
Sean blinzelte. Er verstand sichtlich nicht, was Lancelot mit diesen Worten meinte, aber schließlich nickte er, schob das Schwert neben sein eigenes unter den Gürtel und versuchte aufmunternd zu lächeln. Seine Nervo-

sität und der eisige Wind ließen eine Grimasse daraus werden.
Langsam und mit klopfendem Herzen griff Lancelot hinter sich, löste das in Tuch eingeschlagene, lang gestreckte Päckchen vom Sattelzeug seines Pferdes und begann mit vor Kälte steifen Fingern die Knoten zu lösen. Sean runzelte die Stirn, während Gwinneth scharf die Luft zwischen den Zähnen einsog. Ihre Augen füllten sich mit Entsetzen, als sie endgültig begriff, was er tat.
»Nein!«, flüsterte sie. »Nicht das!«
»Hab keine Angst«, sagte Lancelot, während er das Tuch auseinander schlug. »Ich weiß, was ich tue.«
»Du Narr!«, murmelte Gwinneth. »Was hast du vor? Mein Leben zu retten um den Preis, dadurch mein größter Feind zu werden?«
Seans Stirnrunzeln vertiefte sich. Er blickte abwechselnd Gwinneth, Lancelot und das mehr als einen Meter lange Runenschwert an, das unter den sorgsam gewickelten Tüchern zum Vorschein kam, aber er sagte immer noch nichts.
»Das wird nicht geschehen«, behauptete Lancelot. Selbst in seinen eigenen Ohren klangen die Worte lächerlich. Wenn es jemanden auf dieser Welt gab, der wusste, was geschehen würde, falls er die Zauberklinge auch nur noch ein einziges Mal in Blut tauchte, dann war es Gwinneth. Trotzdem fuhr er fort: »Euch droht keine Gefahr von mir, ganz egal was geschieht. Mach dir keine Sorgen. Noch ehe es hell wird, bin ich wieder bei euch.«
Aber bist du dann noch du?, fragte Gwinneths Blick.
»Und wenn nicht?«, fragte Sean.
Lancelot hätte ihm allein für diese Frage die Kehle durchschneiden können, doch er wusste natürlich, dass

der Ire die Frage zurecht stellte. Vielleicht war der Feind, gegen den er ritt, selbst für ihn zu stark. Rüstung und Zauberschwert allein machten ihn weder unbesiegbar noch unverwundbar, wie er schon öfters am eigenen Leib gespürt hatte. Aber vielleicht wäre das Schlimmste, was ihm widerfahren könnte, ein Sieg. Er sprach nichts von alledem aus, sondern zwang sich im Gegenteil zu einem Nicken, als er mit ruhiger Stimme antwortete: »Dann wartet ihr in Tintagel auf euren geheimnisvollen Freund. Ich bin sicher, er wird kommen und wissen, was zu tun ist.« Er atmete hörbar ein. »Aber ganz egal was geschieht, gib mir dein Wort, dass sie nicht Morgaines Barbarenkriegern in die Hände fällt.«

»Das verspreche ich«, sagte Sean ernst.

»Und wenn er nicht kommt?«, murmelte Gwinneth. Ihre Stimme zitterte. Tränen liefen über ihr Gesicht und gefroren, noch ehe sie den halben Weg die Wange hinab zurückgelegt hatten, und sie zitterte am ganzen Leib. »Oder wenn er kommt und sich als Feind entpuppt?«

Es fiel Lancelot unendlich schwer, die Worte auszusprechen, aber sie waren alles, was ihm noch blieb; wenn es wirklich zum Schlimmsten kam, vielleicht der letzte Ausweg, der zwischen Gwinneth und einem Schicksal stand, das tausendmal schlimmer wäre als der Tod. »Dann reite zurück nach Camelot«, sagte er. »Geh zu Artus.«

»Artus?«, keuchte Gwinneth.

»Er wird dir verzeihen«, sagte Lancelot ruhig. Er hatte das Schwert vollends ausgewickelt und schloss die Hand um den mit feinstem Leder umwickelten Griff. Im ersten Moment spürte er nur Kälte, die auch in die Klinge gekrochen war, dann jedoch, kaum einen Atemzug später, war dieses unheimliche Flüstern und Locken wieder da; Gier, die noch schlief, sich aber bereits regte wie ein uraltes Ungeheuer, das nur dann und wann aus seinem äonenlangen Schlaf erwachte, um Blut zu trinken und Leben zu zerstören. Rasch, bevor das Gefühl überhand nehmen und schon jetzt vollends von ihm Besitz ergreifen konnte, rammte er das Runenschwert in die Lederscheide an seinem Gürtel und zog die Hand so hastig zurück, als hätte er glühendes Eisen berührt. »Artus wird dir verzeihen«, sagte er noch einmal. »Er wird dich verstehen und er wird dich wieder bei sich aufnehmen.«

»Lieber sterbe ich!«, begehrte Gwinneth auf.

»Und genau das werde ich nicht zulassen«, antwortete Lancelot. Sie waren längst an einem Punkt ihres Gespräches angelangt, an dem Worte nur noch schaden und nichts mehr bewirken konnten. Statt weiterzureden oder Gwinneth auch nur die Gelegenheit zu einem neuerlichen Widerspruch – oder einem Lebewohl – zu geben, wandte er sich mit einem auffordernden Blick an Sean, wartete gerade lange genug, um in den Augen des Iren zu lesen, dass dieser verstanden hatte, schlug dann mit einem fast zornigen Ruck das Visier seines Helmes nieder und ließ gleichzeitig die Zügel knallen. Das Einhorn sprengte wie ein von der Sehne geschossener Pfeil los und trug ihn so schnell wie der Sturmwind zur Hügelkuppe hinauf, darüber hinweg und auf der anderen Seite hinab.

Der Schnee war rot vom Blut der Erschlagenen und in das Heulen des Sturmes hatte sich ein Chor aus Schmerz- und Todesschreien gemischt, der allmählich leiser wurde, aber dennoch nicht an Intensität abzunehmen schien, sondern sich im Gegenteil wie die Spitze eines glühenden Dolches immer tiefer und tiefer in Lancelots Herz grub. Er hatte längst aufgehört die Männer

zu zählen, die sich ihm – am Anfang siegesgewiss, dann erschrocken und trotzig und am Schluss mit dem schieren Mut der Verzweiflung – in den Weg gestellt hatten. Die beiden letzten Barbarenkrieger, die versucht hatten, ihn gleichzeitig und aus zwei verschiedenen Richtungen anzugreifen, mussten diesen Versuch ebenso mit ihrem Leben bezahlen wie all die anderen vor ihnen; das Blut des einen hatte die unersättliche Runenklinge getrunken, den anderen hatte das Einhorn mit seinem schrecklichen Horn aufgespießt. Danach hatte der Sturm aufgehört, Gestalten in schwarzen Lederrüstungen und struppigen Fellmänteln auszuspeien.
Vielleicht gerade im letzten Moment. So wenig, wie Lancelot sagen konnte, wie viele Männer er erschlagen hatte, konnte er sagen, wie oft er getroffen worden war. Hundertmal, tausendmal? Es spielte keine Rolle – die magische Rüstung hatte ihn zuverlässig vor jeder Verletzung geschützt und das Runenschwert hatte jeden Angriff mit Blut vergolten, sodass die Klinge längst nicht mehr im reinen Silber Excaliburs schimmerte, sondern in einem dunklen, nassen Rot wie die vergiftete Zunge einer mythischen Schlange aus Stahl. Aber auch wenn er nicht verwundet war, so war er doch am Ende seiner Kraft. Das Schwert in seiner Hand schien Zentner zu wiegen und jeder Atemzug kostete ihn mehr Mühe als der davor. In seinem Mund war der Geschmack seines eigenen Blutes, das fast schneller seine Kehle hinabzurinnen versuchte, als er es hinunterschlucken konnte. Und es gab keinen Muskel in seinem Körper, der nicht schmerzte. Vielleicht war es nur noch die lodernde Gier des Runenschwertes, die ihn im Sattel hielt, nicht weil sie ihm Kraft gab, sondern weil sie einfach nicht *zuließ*, dass er zusammenbrach, denn es gab noch mehr Opfer in seiner Nähe, noch mehr Leben, die sie nehmen konnte.

Lancelot hatte geglaubt zu wissen, was ihn erwartete, aber das stimmte nicht. Er war in dem Bewusstsein ins Lager der Pikten gesprengt, diesen selbstmörderischen Angriff vielleicht nicht zu überleben, doch mittlerweile betete er insgeheim längst darum, endlich zu sterben, und sei es nur, um diesem ebenso sinnlosen wie grausamen Töten ein Ende zu bereiten.
Gwinneth hatte Recht gehabt. Er hätte diese verfluchte Waffe niemals wieder ziehen dürfen, ganz gleich was auf dem Spiel stand. Er war längst nicht mehr ihr Herr, sondern ihr Diener, nur noch der Arm, den sie brauchte um sie zu führen und über den sie vollkommene und möglicherweise unwiderrufliche Gewalt erlangt hatte. Selbst jetzt, als er mehr tot als lebendig war, suchte er noch mit Blicken die tobende grauweiße Wand aus Sturm und Schnee vor sich ab, prüfte die Schatten und die Bereiche reiner Bewegung und brüllender Kälte, immer auf der Suche nach einem neuen Opfer, einem weiteren Leben, um die Gier des Zauberschwertes zu stillen, weiterem warmem Fleisch, in das sich der rasiermesserscharfe Stahl senken konnte.
Gwinneth hatte Recht gehabt und er hatte sich geirrt. Er war bereit gewesen sein Leben zu geben, aber nicht einmal mehr diese Wahl blieb ihm. Das Schwert würde nicht innehalten, solange es in diesem Lager noch ein einziges schlagendes Herz gab.
Vor ihm bewegte sich etwas. Lancelot richtete sich mühsam im Sattel auf, klappte mit der linken Hand das Helmvisier hoch und fuhr sich mit dem Rücken des gepanzerten Handschuhs über die Augen, um Tränen und Schweiß fortzuwischen, bevor sie auf seiner Haut zu einer dünnen Eisschicht erstarren konnten. Einen Moment lang klammerte er sich noch an die Hoffnung, sich

geirrt zu haben, nur ein weiteres Gespenst zu sehen, das Schneesturm und Dunkelheit erschaffen hatten.
Aber seine verzweifelten Gebete wurden nicht erhört und das Schwert in seiner rechten Hand zuckte gierig nach oben, noch bevor sich die Schatten zusammenballten und zu den Umrissen dreier weiterer Barbarenkrieger wurden, die langsam nebeneinander auf ihn zuritten. Zwei von ihnen saßen auf riesigen gepanzerten Schlachtrössern, während der Dritte auf einem halb verhungerten Klepper saß, der kaum in der Lage schien, sein Gewicht zu tragen. Sie waren mit Äxten und Schwertern bewaffnet, einer zusätzlich mit einem langen Speer, jeder Einzelne von ihnen ein wahrer Riese, ungleich breitschultriger und größer als Lancelot selbst in seiner Rüstung.
Dem zum Trotz bemerkte Lancelot Angst auf ihren Gesichtern, die Mischung aus Verzweiflung und mutlosem Aufbegehren in ihren Augen, die aus dem unbedingten Wissen um ihren bevorstehenden Tod geboren war. *Wie viele noch?*, dachte er bitter. Wie viel Blut musste dieses verfluchte Runenschwert noch trinken, bevor diese Männer begriffen, dass sie es längst nicht mehr mit einem Gegner aus Fleisch und Blut zu tun hatten, sondern mit einem Dämon, dessen einziger Daseinszweck das Töten war?
Zumindest diese drei schienen es nicht zu wissen. Sie blieben gerade lange genug stehen, um ihren Gegner genau zu erkennen und sich vielleicht über eine Taktik einigen zu können, dann sprengten sie los, zuerst in einer geraden Linie, die dann plötzlich auseinander brach, wohl damit sie Lancelot von drei Seiten zugleich attackieren konnten.
Es machte keinen Unterschied. Das Einhorn stieß ein schrilles kampflustiges Wiehern aus und stürzte sich mit

gesenktem Schädel auf den ersten Pikten, um ihn mit seinem schrecklichen Horn aufzuspießen, und Lancelots Arm zuckte gleichzeitig nach oben und zur Seite, jetzt wirklich nicht mehr als ein Werkzeug für das verfluchte Elbenschwert, das sich seiner bediente. Lancelot selbst verfolgte das Geschehen mit einer Art distanziertem Entsetzen, so als wäre es gar nicht mehr er selbst, dessen Wüten er beobachtete, und zugleich einem Gefühl tiefer Leere.

Sein Schwert prallte gegen die hochgerissene Keule des Pikten, der ihn von rechts attackierte, und durchtrennte den Stiel dicht über der Hand des Kriegers; vielleicht kostete ihn der Treffer auch einen oder zwei Finger, denn der Pikte brüllte vor Schmerz, krümmte sich im Sattel und stürzte zu Boden, den rechten Arm gegen den Leib gepresst. Praktisch gleichzeitig verspürte er den Schlag, der ihn nach vorne und fast aus dem Sattel geworfen hätte, als auch das Horn seines unheimlichen Reittieres sein Ziel fand und den Brustpanzer des Angreifers so mühelos durchbohrte wie ein mit aller Kraft geschleuderter Speer ein trockenes Herbstblatt.

Lancelot suchte hastig im Sattel wieder nach festem Halt, ließ das Einhorn auf die Hinterläufe aufsteigen und zwang es gleichzeitig mit einem harten Ruck am Zügel herum, um sich seinem letzten verbliebenen Gegner zuzuwenden.

Um ein Haar hätte ihn die Bewegung das Leben gekostet.

Der Krieger – es war der, der auf dem kleinen, struppigen Klepper ritt, einer Mähre, die normalerweise höchstens zum Packpferd taugte – hatte die Ablenkung, die ihm seine beiden Kameraden verschafft hatten, genutzt, um Lancelot in weitem Bogen zu umkreisen und seine Lanze anzulegen. Die schartige Spitze schrammte Funken sprühend an der gepanzerten Schabracke des Einhorns entlang und wäre harmlos daran abgeglitten, hätte sich das Fabelwesen nicht steil auf die Hinterläufe erhoben und ihm so seinen empfindlichen Bauch dargeboten.

Das Geschöpft schien die Gefahr, in der es schwebte, instinktiv zu spüren, denn es warf sich mit einer fast unmöglich erscheinenden Bewegung herum, sodass es einem tödlichen Stich entging, aber die Waffe des Pikten fügte ihm dennoch eine tiefe, heftig blutende Wunde zu, die es vor Schmerz und Zorn aufschreien und sich noch weiter aufbäumen ließ. Das Einhorn stolperte wie ein tollpatschig tanzender Bär einen halben Schritt zur Seite und zurück und dieser neuerliche, doppelte Ruck ließ Lancelot endgültig den Halt im Sattel verlieren. Hilflos stürzte er nach hinten, überschlug sich halb in der Luft und landete schwer im Schnee, der nicht annähernd so weich war, wie er aussah, sondern nur eine trügerisch dünne Schicht über einem glashart gefrorenen Erdboden bildete. Das Schwert wurde ihm aus der Hand geprellt und schlitterte klirrend davon und der Aufprall war so hart, dass er fast das Bewusstsein verlor. Einige Augenblicke lang war er unfähig, sich zu rühren.

Als er endlich die Gewalt über seinen Körper zurückerlangt hatte, drehte er sich stöhnend auf die Seite und tastete instinktiv nach seinem Schwert. Aber seine Hand fühlte nur kalten, blutig verklumpten Schnee. Dann traf ihn ein Tritt, der ihn wiederum auf die Seite und halbwegs an den Rand der Bewusstlosigkeit schleuderte. Irgendetwas klirrte mit grausamer Wucht gegen seinen Brustharnisch, prallte zwar davon ab, nahm ihm aber trotzdem auch noch das letzte bisschen Atem, und wie von weither hörte er einen dumpfen, sonderbar wei-

chen und zugleich schweren Aufprall, dem ein gequältes, nicht menschliches Kreischen folgte.
Stöhnend wälzte sich Lancelot auf den Rücken, sah aus den Augenwinkeln einen Schatten auf sich zurasen und brachte irgendwie die Kraft auf, den linken Arm mit dem Schild schützend vors Gesicht zu reißen. Ein heftiger Schlag traf den Runenschild und lähmte Lancelots linken Arm, aber er spürte auch gleichzeitig, wie irgendetwas zerbrach, und hörte ein zugleich wütendes wie schmerzerfülltes Keuchen. Mit aller Kraft zwang er sich, die Lider zu heben und die Tränen wegzublinzeln, die der Schmerz ihm in die Augen getrieben hatte. Der Pikte stand über ihm, breitbeinig und zwei oder drei Schritte entfernt und blickte mit fassungslosem Gesichtsausdruck abwechselnd auf Lancelot und den Griff des abgebrochenen Schwertes hinab, den er in der rechten Hand hielt.
Wahrscheinlich war es nichts anderes als die ungläubige Überraschung des Barbarenkriegers, die Lancelot am Ende doch noch das Leben rettete. Der Pikte überwand endlich seine Lähmung und stürmte wieder heran, gleichzeitig packte er den Schwertgriff mit beiden Händen und drehte ihn herum, wohl um den abgebrochenen Stumpf der Klinge wie einen Dolch zu benutzen und ihn durch eine Lücke in Lancelots Rüstung zu rammen, aber sein Angriff erfolgte einen Herzschlag zu spät und eine Winzigkeit zu unüberlegt.
Lancelot beging weder den Fehler, nach seinem Schwert zu tasten, das meterweit entfernt und damit unerreichbar im Schnee lag, noch versuchte er den Arm mit dem Schild zu heben, der von der Wucht, mit der das Schwert des Angreifers daran zerborsten war, noch immer gelähmt und nutzlos war. Stattdessen wartete er mit einer Gelassenheit, die ihn selbst vielleicht am meis-

ten überraschte, ab, bis der Krieger nahe genug herangestürmt war, täuschte dann eine abwehrende Bewegung mit dem rechten Arm an und trat ihm fast gleichzeitig mit aller Gewalt vors Knie. Er konnte *hören*, wie die Kniescheibe des Angreifers brach.
Der Pikte heulte vor Schmerz auf, machte noch einen halben taumelnden Schritt und brach dann zusammen, als sein nutzloses linkes Bein unter dem Gewicht seines Körpers nachgab. Die zerbrochene Schwertklinge, die auf die Lücke zwischen Lancelots Helm und Brustpanzer gezielt hatte, bohrte sich harmlos zwei Handbreit neben ihm in den Boden, und noch bevor der Krieger gänzlich gestürzt war, wirbelte Lancelot herum und in die Höhe, war über ihm und rammte ihm die Knie in den Rücken. Der noch immer gellende Schmerzensschrei des Mannes wurde zu einem atemlosen Keuchen, als sein Gesicht unter Lancelots Gewicht in den Schnee gepresst wurde, und Lancelot umschlang blitzschnell seinen Hals mit dem Arm und spannte die Muskeln, um seinem wehrlosen Gegner das Genick zu brechen.
Aber er tat es nicht.
Es wäre leicht. Eine winzige Bewegung, ein Ruck und eine Drehung in einem ganz bestimmten Winkel, und das Rückgrat des Kriegers würde brechen wie ein trockener Ast. Der Pikte hatte noch vor einer Sekunde versucht ihn zu töten und er würde es zweifellos gleich jetzt tun, wenn er ihm auch nur die winzigste Chance dazu ließe – aber er konnte es nicht. Statt es zu Ende zu bringen und seinen hilflosen Gegner zu töten, blieb Lancelot für eine winzige Ewigkeit reglos sitzen, dann zog er den Arm unter dem Hals des Pikten hervor, richtete sich fast behutsam auf und trat einen halben Schritt zurück. Der Krieger blieb noch einen Moment wie erstarrt im Schnee liegen, bevor er sich mühsam und vor

Schmerz wimmernd auf den Rücken drehte und aus weit aufgerissenen und von blanker Todesangst erfüllten Augen zu Lancelot hochstarrte.

Aber dennoch flehte er nicht um Gnade. »Töte mich!«, stammelte er. Lancelot hatte Mühe, die Worte zu verstehen. Die Stimme des Kriegers zitterte und war kaum lauter als ein Flüstern und außerdem hatte er einen schrecklichen Akzent. »Bring es endlich ... zu Ende, Dämon!«

Lancelot rührte sich noch immer nicht. Die Worte des Pikten trafen ihn wie ein Schlag. *Dämon ...* War es das, was er für diese Männer war? Und für wie viele andere noch? Endlos lange starrte er auf den Mann hinab, den er im Grunde bereits umgebracht hatte; sein gebrochenes Knie würde mit ein wenig Glück heilen, aber er würde nie wieder reiten und vermutlich auch nie wieder richtig gehen können, etwas, das für einen Krieger aus einem kämpferischen Volk praktisch einem Todesurteil gleichkam. Bedachte er zudem Mordreds Grausamkeit, so tat er dem Mann vermutlich einen Gefallen, wenn er ihn erlöste. Aber er konnte es nicht.

Lancelots Blick löste sich vom schweißbedeckten Gesicht des Verwundeten und tastete nach links, wo das Runenschwert im Schnee lag. Die Klinge schimmerte wie makellos poliertes Silber. Nicht ein Tropfen der Ströme von Blut, die er in den letzten Minuten damit vergossen hatte, war darauf zu sehen, aber er spürte selbst über die Entfernung hinweg die Verlockung, die von dem Zauberschwert ausging. Das leise, wortlose Flüstern tief in seinen Gedanken, die unheimliche Macht, die eine Gier in ihm wachrief, die ihn erschauern ließ. Was hatte Morgaine zu ihm gesagt, damals, vor den Toren Camelots, erst wenige Wochen zuvor, doch scheinbar schon eine Ewigkeit her? *Noch ein Menschen-*

leben, das du mit dieser Klinge auslöschst, noch ein Tropfen Blut, mit dem du sie benetzt, und du gehörst mir. Nun hatte er mehr als ein Menschenleben ausgelöscht und mehr als einen Tropfen Blut damit vergossen, und somit hatte Morgaine gewonnen.

Langsam trat Lancelot zurück, ging zu seinem Schwert und hob es auf. Der verletzte Barbarenkrieger wandte den Kopf und folgte jeder seiner Bewegungen aus angstvoll geweiteten Augen und zugleich versuchte er sich auf Ellbogen und einem Arm in die Höhe zu kämpfen. Seine Kraft reichte nicht. Er fiel mit einem nur noch halb unterdrückten Schmerzensschrei zurück und begann zu wimmern. Schließlich schloss er die Augen und wartete auf den Tod.

Lancelot starrte auf das Schwert in seiner Hand hinab. Die Klinge schrie noch immer nach Blut, denn ihre Gier war unersättlich, ganz egal wie sehr er auch versuchte sie zu stillen, und ein neuer, unendlich grausamer Schmerz begann sich in seiner Brust auszubreiten. Nicht einmal der Gedanke an Gwinneth, die nun vermutlich hinter den festen Mauern und Toren Tintagels schon in Sicherheit war, spendete ihm noch Trost. Vielleicht *hatte* er ihr Leben gerettet – aber um welchen Preis?

Er näherte sich wieder dem Pikten. Der Mann hatte seine Schritte gehört, hob die Lider und sah ihn an und plötzlich war jede Angst aus seinem Blick verschwunden. »Worauf wartest du, Dämon?«, spuckte er ihm entgegen. »Bring es zu Ende. Oder bereitet es dir solche Freude, mich zu quälen?«

»Ich will dich nicht töten«, bekannte Lancelot.

Obwohl die Gier der Runenklinge wie ein verzehrendes Feuer in ihm loderte, schob er die Waffe mit einer ruhigen Bewegung in die weiße Lederscheide an seinem

Gürtel zurück. Dann wandte er sich einem der reiterlosen Pferde zu, die nur ein paar Schritte davongetrabt und dann stehen geblieben waren, um das Tier an den Zügeln zu ergreifen und zurück zu dem Verletzten zu führen. Ohne auf die fassungslosen Blicke des Pikten zu achten, beugte er sich zu ihm hinab, griff unter seine Achseln und half ihm, sich auf dem unverletzten Bein aufzurichten.
»Was hast du vor?«, murmelte der Pikte verständnislos. »Ist das eine neue Grausamkeit von dir?«
»Halt den Mund und hilf mir lieber«, keuchte Lancelot. Der Pikte war schwer, viel schwerer, als er erwartet hatte. Es kostete ihn seine ganze verbliebene Kraft, den Mann irgendwie in den Sattel des Pferdes hinaufzuschieben, nachdem er seinen linken, unverletzten Fuß in den Steigbügel gehoben hatte. Der Barbarenkrieger sank nach vorne und brach über dem Hals des Pferdes zusammen, aber er klammerte sich auch instinktiv am Zügel fest, sodass er nicht auf der anderen Seite wieder aus dem Sattel rutschte, wie Lancelot im ersten Moment fast befürchtete. Sein schon halb von Bewusstlosigkeit verschleierter Blick irrte über Lancelots Gesicht.
»Du treibst ein grausames Spiel mit mir, Dämon, habe ich Recht?«
»Glaub, was du willst«, antwortete Lancelot grob. »Und jetzt reite los. Reite nach Tintagel und frage nach Lady Gwinneth. Wenn du ihr sagst, dass Lancelot dich schickt, wird man dir Einlass gewähren und sich um deine Wunden kümmern.«
Der Pikte starrte ihn noch einen weiteren Herzschlag lang vollkommen fassungslos an, aber dann biss er die Zähne zusammen, richtete sich wieder unter Aufbietung aller Kräfte halb im Sattel auf und versuchte das Pferd in die entsprechende Richtung zu drehen. Das

Tier setzte sich nur zögernd und widerwillig in Bewegung und Lancelot konnte nur hoffen, dass der Mann die gute Meile Weges bis nach Tintagel hinauf noch bei Bewusstsein blieb. Mehr konnte er nicht für ihn tun.

»Das war ja eine herzergreifende Szene, mein junger Freund«, sagte eine spöttische Stimme hinter ihm.

Lancelot versteifte sich und legte die linke Hand auf den Schwertgriff, bevor er sich ganz langsam umdrehte. Er war nicht überrascht.

Der Schneesturm hatte nicht nachgelassen und trotzdem war da ein vielleicht zehn Schritte messender Kreis vollkommener Windstille, der von einer brodelnden weißen Wand umgeben war. Morgaine Le Faye, flankiert von zwei hünenhaften Kriegern in schwarzen, mit gefährlichen Stacheln besetzten Rüstungen, stand genau im Zentrum dieses Kreises und blickte aus ihren wunderschönen, gnadenlosen Augen auf ihn herab. Sie lächelte, aber es war ein Lächeln, dem jede Spur irgendeines echten menschlichen Gefühls fehlte.

Langsam hob sie die Arme, klatschte in die Hände und fuhr in noch spöttischerem Tonfall fort: »Eine wahrhaft rührende Szene. Der Jäger, der plötzlich Mitleid mit seiner Beute hat. Was ist mit dir, mein junger Freund? Glaubst du dich auf diese Weise freikaufen zu können oder ist diese arme Kreatur deines Zornes nicht wert?«

Sie wartete eine Antwort – die sie sowieso nicht bekommen hätte – nicht ab, sondern hob fast beiläufig die linke Hand, und einer der beiden Dunkelelben neben ihr nahm einen Bogen vom Rücken, legte einen schwarzen Pfeil auf die Sehne und schoss ihn ab, noch bevor Lancelot wirklich begriff, was geschah. Die Bewegung, mit der er hastig zur Seite trat, wäre viel zu spät gekommen. Aber der Pfeil galt auch nicht ihm. Das tödliche Geschoss zischte meterweit an ihm vorbei, schien für den

Bruchteil eines Herzschlages mit dem Sturm zu verschmelzen und bohrte sich dann mit solcher Gewalt zwischen die Schulterblätter des Pikten, dass der Mann aus dem Sattel gerissen wurde und kopfüber in den Schnee fiel.

»Du verdammte ...!« Lancelot riss mit einem gellenden Wutschrei das Schwert aus dem Gürtel und stürzte auf Morgaine zu.

Ihre beiden Elbenkrieger machten eine Bewegung, um ihm den Weg zu vertreten, aber Morgaine hob rasch die Hand und scheuchte sie zurück, und auch Lancelot blieb nach zwei Schritten wieder stehen, zitternd, keuchend vor hilflosem Zorn und Anstrengung, und hin- und hergerissen zwischen dem Bedürfnis, einfach laut loszuschreien und sein Entsetzen und seinen Schmerz in die Welt hinauszubrüllen, oder sich auf Morgaine zu stürzen und sie fühlen zu lassen, was der Tod, über den sie so gern sprach und den sie so freigiebig austeilte, wirklich bedeutete.

Er hätte er es sogar gekonnt. Schon mehr als einmal hatte er gegen diese unheimlichen Schwarzelben gekämpft und wusste, wozu sie fähig waren, aber er war sich auch der unbezwingbaren Stärke seiner Zauberrüstung bewusst und der Kraft des Schmerzes, der in ihm tobte und immer lauter danach schrie, sich in Gewalt und Zerstörung Luft zu verschaffen. Ja, vielleicht hätte er die beiden Dunkelelben überwinden und möglicherweise sogar Morgaine erschlagen können, trotz all ihrer List und Zauberkraft. Was ihn davon abhielt, es zu tun, war vielleicht einzig die Erkenntnis, dass sie auch dann gewonnen hätte. Dann erst recht.

Müde ließ er das Schwert sinken und auf Morgaines wunderschönem Gesicht erschien für einen Moment ein Ausdruck echter Überraschung und für einen noch kürzeren Moment vielleicht sogar etwas wie widerwillige Anerkennung. »Du überraschst mich immer wieder aufs Neue, mein Freund«, gestand sie. »Ich wusste, dass du stark bist. Aber ich wusste nicht *wie* stark.« Sie wiegte seufzend den Kopf. »Und trotzdem hast du verloren.«

»So?«, fragte Lancelot müde. Die Raserei war erloschen. Wo noch vor Augenblicken schier unbezwingbare Gier nach Blut in ihm gewesen war, fühlte er jetzt nichts anderes als eine große, quälende Leere. Nur einen Herzschlag zuvor hatte er geglaubt, Morgaine zu hassen wie niemand anderen auf der Welt, aber das stimmte nicht. Die Leere in ihm war zu gewaltig, um selbst Platz für ein so überwältigendes Gefühl wie Hass zu lassen.

»Du gehörst jetzt mir.« Morgaine nickte. »Im Grunde genommen hast du mir immer schon gehört, Lancelot. Du hättest dir und vor allem deinen Freunden viel Schmerz und Leid ersparen können, hättest du das gleich eingesehen.«

»Vielleicht«, antwortete Lancelot. »Möglicherweise irrst du dich auch. Ich sterbe lieber, bevor ich auf deiner Seite kämpfe.«

Morgaine lächelte und diesmal wirkte es echt. »Aber das tust du doch schon, mein junger Freund.« Sie seufzte. »Wehr dich ruhig noch eine Weile, wenn du glaubst, es dir schuldig zu sein. Aber am Ende wirst du einsehen, welches Volk das deine ist und zu wem du gehörst.«

Und damit verschwand sie. Die Magie, die dem Sturm bisher Einhalt geboten hatte, erlosch und Lancelot war von einem Herzschlag auf den anderen wieder von tobender weißer Kälte umgeben. Einen ganz kurzen Moment lang glaubte er noch die Umrisse der beiden Elbenkrieger zu sehen, dann aber waren auch sie verschwunden und Lancelot wandte sich müde ab, um zu dem wartenden Einhorn hinüberzuwanken.

Mitternacht war vorüber, als er Tintagel erreichte. Der Sturm heulte noch immer mit ungebrochener Kraft um die Mauern und Türme der gewaltigen Festung und das Schneetreiben hatte sogar noch zugenommen. Lancelot erinnerte sich nicht, wie er den Weg hier heraufgefunden hatte, und vermutlich war es auch eher das Einhorn gewesen als er selbst.
Er fühlte sich noch immer wie in einem Albtraum gefangen. Sturm und Dunkelheit hüllten ihn ein und die Kälte war längst durch seine Kleidung gekrochen und ließ nicht nur jede Bewegung, sondern selbst jeden Atemzug zu einer Qual werden. Er konnte kaum noch richtig sehen und er fühlte sich in diesem Moment nicht nur so schwach und hilflos wie ein neugeborenes Kind, er war es auch. Das Schlimmste aber war die Leere. Sie war nicht von ihm gewichen, nachdem er in den Sattel gestiegen und davongeritten war, sondern wühlte so grausam und allumfassend wie zuvor in seiner Brust. Er fühlte ... nichts.
Selbst als das Einhorn schließlich langsamer wurde und das riesige geschlossene Tor Tintagels vor ihm auftauchte, empfand er weder Erleichterung noch Freude, sondern starrte durch die Sehschlitze seines Helmes nur teilnahmslos auf die gewaltigen geschlossenen Flügel aus armdicken Eichenbalken. Er hatte es geschafft. Er hatte Tintagel erreicht. Obwohl er noch vor kaum mehr als einer Stunde mit dem Leben abgeschlossen gehabt hatte, war er nun unversehrt und siegreich hier angekommen, aber es bedeutete ihm nichts. Vielleicht hätte er noch Stunden so im Sattel gesessen, wäre nicht

schließlich in einem der beiden Torflügel eine kaum handgroße Klappe aufgegangen, durch die ein Paar ebenso misstrauischer wie aufmerksamer Augen zu ihm herauslugten.

Nach einer Weile wurde die Klappe wieder geschlossen und es vergingen nur wenige Augenblicke, bis Lancelot das Geräusch eines schweren Riegels hörte, der zurückgeschoben wurde. Dann bewegte sich einer der beiden riesigen Torflügel knarrend nach außen und ein alter Mann in einem rostigen Kettenhemd, der mit nichts Gefährlicherem als einem langen Küchenmesser bewaffnet war, trat ihm entgegen. Sein Gesicht war rot vor Kälte und der Wind biss ihm in die Augen, sodass er ununterbrochen blinzelte, doch Lancelot hätte sein Gesicht nicht sehen müssen, um seine Angst zu spüren. Er schien irgendetwas zu sagen, denn seine Lippen bewegten sich, aber das Heulen des Sturmes riss seine Worte mit sich fort und Lancelot hätte auch nicht geantwortet, hätte er sie verstanden.

Einen Moment lang sah er ausdruckslos auf den Alten hinab, dann ließ er das Einhorn mit einem leisen Schenkeldruck antraben, und obwohl das Fabelwesen, das von der gleichen Magie geschützt wurde wie auch er, für diesen erbarmungswürdigen alten Wächter nicht mehr sein konnte als ein ganz normales, wenn auch beeindruckendes Schlachtross, schien er doch die Gefahr zu spüren, die von der Kreatur ausging, denn er trat hastig beiseite und gab damit den Weg frei. Lancelot trabte langsam an ihm vorbei und durch den Spalt, um den sich das Tor geöffnet hatte. Der Durchgang war so hoch, dass er nicht einmal den Kopf einziehen musste, als er unter den Zähnen des uralten rostigen Pfeilgatters hindurchritt, das hinter dem Tor lauerte und ein Stück weit herabgelassen war.

Ein weitläufiger, von zahlreichen Fackeln in unsicheres flackerndes rotes Licht getauchter Innenhof empfing Lancelot. Nicht weit von ihm entfernt befand sich ein zweiter Wächter, der mindestens so alt wie der war, der ihn draußen in Empfang genommen hatte und noch schlechter ausgerüstet, denn er trug nur einen schweren ledernen Wams und anstatt einer wirklichen Waffe einen armlangen Knüppel, der ganz so aussah, als hätte er sich ihn im Vorbeigehen von einem Stapel Feuerholz genommen. Am Burgbrunnen standen zwei Frauen mittleren Alters, die in ihrer für die Witterung viel zu dünnen Kleidung zitterten, als sie einen Wassereimer hochkurbelten.
Davon abgesehen erwartete ihn niemand auf dem Hof und er konnte die Leere, die von dem ganzen gewaltigen Komplex Besitz ergriffen hatte, beinahe körperlich fühlen. Tintagel war eine Burg, die es an Größe durchaus mit Camelot aufnehmen konnte, und zweifellos musste sie einmal prachtvoll gewesen sein, aber nun war sie von ihren Bewohnern so gut wie verlassen und er konnte die Hoffnungslosigkeit fühlen, die sich wie ein unsichtbares, erstickendes Leichentuch über den zinnengekrönten Mauern und wuchtigen Türmen ausgebreitet hatte.
Lancelot lenkte das Einhorn noch wenige Schritte weiter, dann ließ er es halten und glitt ungeschickt aus dem Sattel. Eine der beiden Frauen kam heran und griff nach den Zügeln des Tieres, zog die Hand aber hastig wieder zurück, als das Einhorn ihr einen warnenden Blick aus seinen tückischen dunklen Augen zuwarf, und auch Lancelot schüttelte rasch den Kopf. Das Einhorn hatte ihn gehorsam und widerspruchslos hier heraufgebracht, aber er konnte seine wahren Gefühle spüren. Die Kreatur und das Schwert an seiner Seite hatten

mehr gemeinsam, als ihm bisher bewusst gewesen war. Auch der Blutdurst des Einhorns war durch den zurückliegenden Kampf keineswegs gestillt, sondern eher noch weiter geschürt worden. Und es spürte offensichtlich Angst, die die Frau zweifellos vor ihm empfand, und wurde dadurch noch unberechenbarer. Es war vermutlich besser, wenn außer ihm niemand das Fabelwesen anrührte – und darüber hinaus wohl auch gar nicht nötig. Das Einhorn würde wahrscheinlich einfach in den Schatten verschwinden und erst dann wieder auftauchen, wenn er es brauchte, so wie es dies schon oft genug getan hatte.
Die Frau zog sich mit deutlichen Anzeichen der Erleichterung zurück und Lancelot wollte gerade eine entsprechende Bemerkung machen, als auf der anderen Seite des Hofes eine Tür aufgestoßen wurde und ein heller Schrei erklang. Lancelot fuhr erschrocken herum und legte instinktiv die Hand auf den Schwertgriff, aber der Schrei war kein Zeichen einer Gefahr oder eines neuen Hinterhaltes, sondern das Gegenteil: In dem hellen Kerzenlicht, das durch das weit offen stehende Portal auf den Hof fiel, erkannte er Gwinneth, die nur in einem dünnen Kleid und mit wehendem Haar auf ihn zugestürmt kam. Sean und Patrick, die beiden Iren, folgten ihr dichtauf, doch Gwinneth rannte so schnell, dass es ihnen nicht gelang, wirklich Schritt mit ihr zu halten. Immer wieder seinen Namen rufend und mit weit ausgebreiteten Armen rannte sie auf ihn zu und warf sich schließlich mit solchem Ungestüm an seinen Hals, dass er einen hastigen Schritt nach hinten machen musste, um nicht das Gleichgewicht zu verlieren und zu stürzen.
»Lancelot!«, stammelte sie. »Lancelot! Du bist am Leben! Und unverletzt!« Sie küsste und herzte ihn unun-

terbrochen und mit solcher Kraft, dass ihm trotz der Rüstung, die er trug, fast der Atem wegblieb, dann löste sie sich plötzlich von ihm, trat auf Armeslänge zurück und sah ihn mit großen Augen und mit neuem Schrecken an. Ihr Gesicht war so bleich wie der Schnee, der rings um sie herum lautlos vom Himmel fiel. »Du bist doch unverletzt?«

»Mir fehlt nichts«, antwortete Lancelot. »Keine Sorge.« Wenn er den Ausdruck in Gwinneths Augen richtig deutete, dann waren diese Worte eher dazu angetan, ihre Angst noch zu schüren, statt sie zu beruhigen.

»Ich hatte solche Angst um dich«, stammelte Gwinneth. »Ich war sicher, dass ich ... dass wir uns nie wiedersehen.«

»Manchmal täuscht man sich eben«, sagte Lancelot leise.

»Aber wie hast du denn nur ...« Gwinneth brach ab. Etwas Neues erschien in ihrem Blick und ihr ohnehin totenbleiches Gesicht verlor noch mehr an Farbe. Als Lancelots Blick dem ihren folgte, sah er, was sie anstarrte. Es war das Schwert an seiner Seite.

»Du ... du hast es also getan«, murmelte sie. Lancelot schwieg. »Du hast diese verfluchte Waffe benutzt. Du hast Blut damit vergossen.«

»Und nichts ist geschehen«, antwortete Lancelot, laut und mit einer Kälte in der Stimme, die ihn selbst erschreckt hätte, wäre er nur in der Lage gewesen, irgendein Gefühl zu empfinden.

»Du hast es getan«, sagte Gwinneth noch einmal. Sie klang unendlich traurig.

Sean, der mittlerweile ebenfalls herangekommen und dicht hinter ihr stehen geblieben war, runzelte die Stirn und sah Lancelot fragend an, und auch sein Bruder Patrick wirkte auf schwer in Worte zu fassende

Weise alarmiert, aber Lancelot ignorierte die beiden. Sein Blick blieb fest auf Gwinneth gerichtet. »Wie du siehst, scheinen sich auch Hexen manchmal zu täuschen«, fuhr er fort. »Ich bin weder zur Hölle gefahren noch habe ich mich in einen zweiköpfigen Dämon verwandelt.«
Gwinneth starrte ihn an. Sie erwiderte nichts, doch ihre Hände begannen kleine, nervöse Bewegungen zu machen, und aus dem Schrecken in ihrem Blick wurde etwas anderes, Schlimmeres. Und plötzlich fuhr sie auf dem Absatz herum und rannte fast so schnell über den Hof zurück, wie sie gekommen war.
Sean blickte ihr verwirrt nach. Er machte einen Schritt, als wolle er ihr folgen, zögerte dann jedoch und wandte sich wieder ganz zu Lancelot um. »Was ist geschehen? Was ist mit den Pikten?«
»Die sind keine Gefahr mehr«, antwortete Lancelot.
»Keine Gefahr ...« Sean sog hörbar die Luft zwischen den Zähnen ein. »Willst du damit sagen ...« Wieder suchte er einen Moment angestrengt nach Worten. »Aber es waren mindestens zwanzig!«
»Mehr«, sagte sein Bruder. »Wahrscheinlich doppelt so viele.«
»Ich habe sie nicht gezählt.« Lancelot blickte Gwinneth nach. Sie hatte die kurze Treppe zum Haupthaus hinauf mittlerweile erreicht und überwand sie im Laufschritt und immer zwei, manchmal sogar drei Stufen auf einmal nehmend. Nur einen Atemzug später war sie hinter der Tür verschwunden.
»Aber das ist unglaublich«, murmelte Sean. Er schüttelte immer wieder den Kopf. Lancelot hatte ihn selten so verstört und hilflos gesehen wie jetzt, während sein Bruder eher misstrauisch wirkte. »Ein Mann allein ...«
»Wer sagt, dass ich allein war?«, fragte Lancelot. *Und*

wer sagt, dass ich ein Mann bin? Wie hatte ihn der Pikte genannt? Dämon?
Ohne Sean und seinen Bruder oder die Fassungslosigkeit auf ihren Gesichtern noch eines einzigen Blickes zu würdigen, setzte er sich in Bewegung und ging auf die Tür zu, die Gwinneth hinter sich offen gelassen hatte.

Der nächste Tag kam und war vorüber, noch bevor Lancelot ihn wirklich registriert hatte; geschweige denn dass er sich daran zu erinnern vermochte. Er war in das Zimmer gegangen, das ihm einer der Dienstboten zugewiesen hatte, und hatte sich auf dem weichen, mit kostbarem Damast bedeckten Bett ausgestreckt, ohne indes auch nur eine Sekunde Schlaf zu finden. Die ganze Nacht, den darauf folgenden Morgen und selbst noch einen guten Teil des Nachmittags blieb er allein in seinem Raum. Zwei- oder dreimal klopfte es an seiner Tür und die schüchterne Stimme eines Bediensteten fragte ihn, ob er irgendetwas benötige oder Wünsche habe, aber er antwortete nicht darauf und nach einer Weile hörte er jedes Mal leise, sich entfernende Schritte. Erst als die Sonne den Zenit bereits überschritten hatte und die zweite Hälfte ihrer Tagesreise in Angriff nahm, reagierte er auf ein abermaliges Klopfen und befahl der körperlosen Stimme auf der anderen Seite der Tür mit harschen Worten, ihm etwas zu essen zu bringen und eine Schale mit warmem Wasser, damit er sich waschen könne.
Es verging noch eine geraume Weile, bis schließlich die Tür geöffnet wurde und der grauhaarige Alte, der ihn in der vergangenen Nacht am Tor in Empfang genommen hatte, kam herein und lud ein gewaltiges hölzernes Tablett auf dem Tisch ab, auf dem sich neben einer Schale mit dampfend heißem Wasser auch saubere Tücher, ein

Krug und ein Zinnbecher, sowie ein Korb mit Brot, einer mit getrocknetem Obst und ein Stück gebratenes Fleisch befanden.
Lancelot sah nicht einmal in seine Richtung, sondern starrte weiter unverwandt und reglos gegen die Decke, wie er es die ganze Nacht und den ganzen Tag über getan hatte. Dennoch entgingen ihm die verstohlenen, fast ängstlichen Blicke nicht, die ihm der alte Mann zuwarf, während er sich beeilte seine Last abzuladen, um dann so schnell, dass es nicht gerade unhöflich wirkte, das Zimmer wieder zu verlassen.
Erst als er wieder allein war, erhob er sich. Er war weder hungrig noch verspürte er tatsächlich das Bedürfnis, sich zu waschen oder auch nur umzuziehen; er hatte Schild und Schwertgurt abgelegt und auch den Helm, sich aber ansonsten in voller Rüstung auf dem Bett ausgestreckt. Aus einem Grund, den er sich selbst nicht erklären konnte und der ihm im Moment auch völlig gleichgültig war, empfand er beinahe Unbehagen bei dem Gedanken, die silberne Rüstung abzulegen. Selbst Helm, Schild und Schwert fehlten ihm irgendwie.
Ja vielleicht war gerade dieses absurde Bedürfnis der Grund, aus dem er schließlich doch seine Rüstung ablegte, zwar umständlich und langsamer, als notwendig gewesen wäre, fast widerwillig, aber doch ohne innezuhalten. Sorgsam, als wäre sie sein kostbarster Schatz, drapierte er sie dann auf dem Bett, stellte den Runenschild daneben und legte die Elbenklinge auf den Sims des Kamins auf der anderen Seite des Zimmers. Er war kalt, und so wie er aussah, hatte seit Monaten kein Feuer mehr darin gebrannt, aber als er sich zum Essen an den Tisch setzte, hatte er den Kaminsims mit dem Schwert genau im Blick. Auch das erschien ihm wichtig, ohne dass er einen Grund dafür hätte benennen können.

Trotz der bitteren Kälte, die in dem Zimmer herrschte, legte Lancelot auch noch den Rest seiner Kleidung ab und wusch sich mit dem warmen Wasser, das der Diener gebracht hatte. Doch er fühlte sich hinterher keineswegs sauberer. Das, womit er sich in der zurückliegenden Nacht beschmutzt hatte, ließ sich nicht mit Wasser abwaschen.

Kaum hatte er sich mit einem der groben Leinentücher abgetrocknet, da begann er erneut und jetzt so sehr zu frieren, dass er mit den Zähnen klapperte und am ganzen Leib zitterte, obwohl er sich nach allen Kräften bemühte, es zu unterdrücken. Vermutlich hätte es nur eines Wortes von ihm bedurft und die Diener hätten ein Feuer im Kamin entzündet, doch stattdessen schlüpfte Lancelot nur in seine Kleider und nahm anschließend die Decke vom Bett, um sie wie einen Mantel um seine Schultern zu schlingen. Er fror hinterher kaum weniger. Und er war noch immer nicht hungrig. Ganz im Gegenteil: Der Anblick der kargen Mahlzeit, die der Diener gebracht hatte, bereitete ihm Unbehagen, ja fast Übelkeit. Dennoch zwang er sich zum Essen.

Die Mahlzeit entsprach dem, was ihr Anblick erwarten ließ: In dem Krug befand sich dünner, offensichtlich mit Wasser gestreckter Wein, das getrocknete Obst war fast ungenießbar, und wenn er an dem Brotlaib eine Kette befestigt hätte, hätte er ihn gut als Morgenstern benutzen können. Selbst die spärlichen Mahlzeiten, die Gwinneth und er sich in den zurückliegenden Monaten oft genug hatten erbetteln und manchmal auch stehlen müssen, waren meist nahrhafter gewesen. Lancelot wollte sich trotzdem nicht beschweren. Er glaubte nicht, dass man ihm dieses ärmliche Essen vorgesetzt hatte um ihn zu kränken – und selbst wenn, wäre es ihm gleich gewesen. Obwohl sich sein Magen bei jedem Bissen zusammenzuziehen schien, leerte er den Teller bis auf den letzten Krümel und trank den größten Teil des Weines. Schließlich stand er auf, zog die Decke enger um die Schultern zusammen und trat ans Fenster.

Der Anblick, der sich ihm bot, erfüllte ihn mit einem leisen Gefühl von Verwunderung. Er konnte sich kaum erinnern, am vergangenen Abend so viele Stufen hinaufgegangen zu sein, doch das Zimmer befand sich hoch über dem Innenhof Tintagels; drei oder vier Etagen, wenn nicht mehr. Er konnte den gesamten Hof und einen Gutteil der landwärts gerichteten Wehrmauern und -türme überblicken, und noch viel mehr als in der vergangenen Nacht wurde ihm klar, wie gewaltig Tintagel war. Gestern Nacht hatte er sie mit Camelot verglichen und geglaubt, dass sie ihr an Größe nahe kam, aber das stimmte nicht. Uthers Burg war deutlich größer und kam ihm auch weit wehrhafter und ausgeklügelter vor; wo Camelots Mauern ganz dazu ausgelegt waren, einer großen Anzahl von Verteidigern Platz zu bieten, da bildeten die Wehrgänge, Zinnenkronen und Türme Tintagels ein ineinander geschachteltes Labyrinth, das einem Angriff kaum ein klares Ziel bot und ganz dazu gedacht schien, die Burg selbst mit einer Mindestzahl von Verteidigern gegen eine gewaltige Übermacht zu halten.

Lancelot verstand plötzlich, warum die Pikten ihr Lager unten im Tal aufgeschlagen hatten, statt die Burg einfach anzugreifen und zu erobern. Selbst wenn sie gewusst hatten, dass sie nur von einer Hand voll Frauen und alter Männer bewohnt war, wäre ein Angriff auf dieses Bollwerk der reine Selbstmord gewesen. Allerdings wunderte er sich ein wenig über sich selbst, dass er auf diese Gedanken verfiel, denn sie passten so gar nicht zu der Leere und Mutlosigkeit, die ihn in den letzten Stunden erfüllt hatten. Vielleicht lag es einfach daran, dass er sich umgezogen und gegessen hatte. Es mochten banale Handlungen gewesen sein, aber der allergrößte Teil des Lebens bestand aus banalen Dingen und vielleicht hatten ihm diese Kleinigkeiten geholfen, den Teufelskreis zu durchbrechen und wieder ins Leben zurückzufinden.

Es klopfte. Lancelot nahm an, dass es der Diener war, der zurückkam, um das Tablett zu holen und sich nach seinen weiteren Wünschen zu erkundigen. Er hatte keine Lust, mit dem Mann zu reden, denn es gab im Moment nur einen einzigen Menschen auf der ganzen Welt, den er zu sehen begehrte, und zugleich schreckte er vor einer solchen Begegnung zurück wie vor nichts anderem auf der Welt. In der Erwartung, der Alte würde sich dann von alleine wieder trollen, schwieg er einfach. Doch nach einem weiteren Moment wurde die Tür aufgerissen und er hörte Schritte, die fester und energischer klangen als die des Dieners von vorhin. Widerwillig drehte sich Lancelot um.

Es war Sean. Der Ire hatte sich umgezogen und erschien zum ersten Mal, seit Lancelot ihn kannte, nicht in der Kleidung eines Kriegers, sondern trug ein lose fallendes Kleid, das von einem breiten Ledergürtel um die Hüften zusammengehalten und mit feinen Goldstickereien verziert war und außerdem um mindestens drei Nummern zu klein war. Lancelot vermutete, dass es Uther gehört hatte. Er hatte das Haar zu einem langen Pferdeschwanz zusammengebunden und sich offensichtlich auch den Bart stutzen lassen, was ihn um zehn Jahre jünger aussehen ließ. Vielleicht erblickte Lancelot ihn jetzt das erste Mal so, wie er wirklich aussah.

»Ich darf doch eintreten ... Herr?«, fragte Sean.

Lancelot antwortete immer noch nicht, sondern sah den Iren nur ausdruckslos an, aber Sean wertete sein

Schweigen ganz offensichtlich als Zustimmung, schob die Tür mit dem Fuß hinter sich zu und machte zwei weitere Schritte in den Raum herein, bevor er stehen blieb und sich übertrieben auffällig umsah. Schließlich nickte er. »In der Tat, ein Zimmer, wie es einem König zusteht«, sagte er anerkennend. »Der Raum, den man mir zugewiesen hat, ist nicht einmal halb so groß. Dafür brennt allerdings ein Feuer im Kamin.«

»Was willst du?«, fragte Lancelot unfreundlich. »Wenn dir kalt ist, geh zu deinem Kaminfeuer zurück. Ich lege keinen Wert auf Gesellschaft.«

»Darauf bin ich schon von selbst gekommen.« Sean machte keinerlei Anstalten, Lancelots kaum missverständlicher Aufforderung nachzukommen, sondern verschränkte im Gegenteil die Arme vor der Brust und bedachte ihn mit einem Blick, von dem sich Lancelot nicht im Klaren war, ob er abschätzend, missbilligend oder mitfühlend war. Vielleicht schwang von alldem ein bisschen darin mit. »Wir müssen miteinander reden, Lancelot – oder soll ich lieber Dulac sagen, jetzt, wo du nicht mehr deine Rüstung trägst?«

»Ganz wie es dir beliebt.« Lancelot hob die Schultern und wandte sich mit einem demonstrativen Ruck ab, um wieder aus dem Fenster zu blicken. Er wünschte sich, der Ire würde wieder gehen. Er wollte ihn nicht sehen. Er wollte nicht mit ihm reden. Er wollte überhaupt niemanden sehen und auch nie wieder mit irgendeinem Menschen reden.

»Ich denke, ich bleibe bei Lancelot«, sagte Sean nachdenklich. »Es ist ein bisschen schwierig, sich immer zwischen zwei verschiedenen Namen entscheiden zu müssen, je nachdem welche Kleidung du gerade trägst.«

Lancelot schwieg beharrlich. Ihm war klar, dass Sean einfach drauflosplapperte, aus keinem anderen Grund als dem, ihn in ein Gespräch zu verwickeln, aber diesen Gefallen würde er ihm nicht tun. Er konnte sich ziemlich genau vorstellen, *worüber* der Ire mit ihm reden wollte.

»Patrick und ich waren vorhin unten im Tal«, fuhr Sean fort, als nach einer geraumen Weile klar wurde, dass Lancelot nicht antworten würde. »Wir haben uns das Lager der Barbaren angesehen.«

»So?«, machte Lancelot.

Er konnte Seans Nicken hören. »Es ist niemand mehr da.«

»Ich weiß«, sagte Lancelot knapp.

»Anscheinend hast du doch nicht alle erwischt«, fuhr Sean fort.

Lancelot starrte noch einen Herzschlag lang weiter hartnäckig aus dem Fenster, dann aber drehte er sich um und sah den Iren fragend an. »Was meinst du damit?«

»Wie gesagt, es war niemand mehr da«, antwortete Sean. »Doch wir haben ihre Spuren gefunden. Bis auf ihre Pferde und Waffen haben sie alles zurückgelassen, auch die Toten haben sie mitgenommen und die Verwundeten.«

»Es gab keine Verwundeten«, sagte Lancelot leise.

Sean sah nicht überrascht aus. Nur seine Augenbrauen zogen sich ein winziges Stückchen weiter zusammen. »Dann müssen es sehr viele Tote gewesen sein. Ich habe schon die Spuren vieler Kämpfe gesehen, aber das dort unten war eine Schlacht.«

Natürlich wusste Lancelot, was Sean mit seinem scheinbar so sinnlosen Geplapper bezweckte. Der Ire starb innerlich fast vor Neugier, zu erfahren, wie es ihm gelungen war, nicht nur gegen eine so gewaltige Übermacht zu bestehen, sondern sie auch noch zu *besiegen*. Aber wie konnte er ihm das sagen? Er schwieg weiter.

»Sollte ich Angst vor dir haben, Lancelot?«, fragte Sean.
Ganz bestimmt, dachte Lancelot. *Jeder Mensch, der diesen Namen verdient, sollte das.* Laut und mit einem angedeuteten, kalten Lächeln antwortete er: »Nur wenn du mein Feind bist.«
»Und genau das weiß ich fast nicht mehr«, erwiderte Sean und der Blick, mit dem er ihn dabei maß, jagte Lancelot einen eiskalten Schauer über den Rücken. Natürlich hatte der riesenhaft gebaute Ire *keine Angst* vor ihm; nicht vor dem schmalschultrigen, blassen Jungen, der zitternd vor Kälte in eine Decke eingewickelt am offenen Fenster stand. Aber er hatte Angst vor dem, wozu er *werden* konnte, wenn er es wollte. Oder vielleicht schon unwiderruflich geworden war.
»Lady Gwinneth ist seit gestern Nacht in ihrer Kemenate und weint sich die Augen aus«, fuhr Sean fort. »Ich frage mich warum, wo du doch lebend und unversehrt hier angekommen bist – gegen jede Wahrscheinlichkeit.«
»Vielleicht war es einfach zu viel für sie«, antwortete Lancelot. »Sie ist eine Frau. Und sie hat viel mitgemacht, seit wir Camelot verlassen haben.«
Sean ignorierte seine Antwort. Er wusste ebenso gut wie Lancelot, wie unsinnig sie war. »Immerhin hast du mit dem Anlegen der Rüstung das Geheimnis um den tapferen Ritter gelüftet, der uns im Gasthaus gegen die Pikten beigestanden hat.« Er schüttelte in gespielter Verwunderung den Kopf. »Ich wäre wahrscheinlich nie von selbst darauf gekommen, dass Dulac und Lancelot ein und dieselbe Person sind – und das, obwohl du mir es selbst gesagt hast.«
»Du hast meine Worte für einen Scherz gehalten«, erinnerte ihn Lancelot.

»Allerdings.« Sean seufzte. »Wobei ich aber auch an einen Scherz glaubte, als du mir weismachen wolltest, Gwinneth sei deine Schwester. Sir Lancelot und Lady Gwinneth als wahrhaft würdiges Paar, dessen Liebe so stark ist, dass sie König Artus und der ganzen Welt trotzen – jetzt passt wenigstens alles zusammen.«
»Wenn du es sagst.«
»Und du mir nicht widersprichst. Doch im Grunde ist es nicht das, was mich beunruhigt.« Nachdenklich und ohne ihn direkt anzusehen fuhr Sean fort: »Den Weg hierher haben wir mit dem Blut zwei meiner Brüder und des Bruders meines Vaters erkauft, Lancelot. Ich beginne mich zu fragen warum.«
»Weil euch jemand dafür bezahlt hat«, erinnerte ihn Lancelot.
»Ja, bis vor einer kurzen Weile habe ich das auch geglaubt. Aber jetzt bin ich nicht mehr sicher.«
»Und da erwartest du eine Antwort von mir?« Lancelot lachte. »Woher soll ich wissen, was deine Beweggründe sind, Söldner?«
Er sah, wie sehr Sean seine Worte verletzten, und genau das war ihr Sinn gewesen. Warum begriff dieser irische Sturkopf nicht, dass er ganz einfach nur *allein* sein wollte?
»Sag mir den Grund, Lancelot«, fuhr Sean fort. »Nenn mir auch nur einen einzigen Grund, aus dem meine Brüder sterben mussten. Einen Grund, den ich verstehen kann.«
»Was erwartest du von mir?«, fragte Lancelot. »Dass ich dir die Absolution erteile?« Er lachte hart. »Bestimmt nicht.«
Sean sah ihn noch einen Moment lang traurig an, dann nahm er die Arme herunter, aber nicht um sich umzudrehen und das Zimmer zu verlassen, wie Lancelot ins-

geheim gehofft hatte, sondern um mit langsamen Schritten zum Kamin zu gehen. Auf Armeslänge entfernt davon blieb er stehen und ließ seinen Blick über die Klinge des Runenschwertes gleiten, das Lancelot auf den Sims gelegt hatte. Seltsam – er konnte sich gar nicht erinnern, es aus der Scheide genommen zu haben, sondern war im Gegenteil fast sicher, es zusammen mit dem Waffengurt und seiner Umhüllung dorthin gelegt zu haben, aber jetzt schimmerte die blanke Klinge der Zauberwaffe wie ein Strahl aus erstarrtem Mondlicht auf dem Sims aus uraltem Eichenholz.

»Eine wirklich prachtvolle Waffe.« Seans Stimme war leiser geworden und von ehrlicher Bewunderung erfüllt. »Ein so wundervolles Stück Arbeit habe ich noch nie zuvor gesehen. So ähnlich muss Excalibur aussehen, Artus' sagenhaftes Schwert.«

Lancelot war plötzlich froh, dass Sean das Runenschwert ansah und nicht ihn, denn er fuhr heftig unter den Worten des Iren zusammen. »So ... ungefähr«, murmelte er.

Etwas am Klang seiner Stimme schien Sean zu alarmieren, denn er wandte den Kopf und sah ihn kurz und durchdringend an, bevor er sich wieder dem Kamin zuwandte. Er schien noch etwas sagen zu wollen, beließ es dann aber bei einem abermaligen Kopfschütteln – und streckte die Hand nach dem Schwert aus.

»Rühr es nicht an!«, rief Lancelot erschrocken.

Sean erstarrte für die Dauer eines halben Atemzuges mitten in der Bewegung, dann ließ er ganz langsam die Hand sinken und drehte sich noch langsamer zu Lancelot um. Er sagte nichts, aber ein sehr seltsamer, nachdenklicher Ausdruck begann sich auf seinen Zügen breit zu machen, während er immer wieder abwechselnd ihn und das Runenschwert anstarrte. »Ist das dein

Geheimnis?«, fragte er schließlich. »Dieses Schwert? Ist es die Quelle deiner Unbesiegbarkeit?«
»Vielleicht«, antwortete Lancelot. »Und gerade deswegen solltest du es nicht anrühren.«
Wieder sah Sean kurz zu dem Schwert hin, ehe er antwortete. »Ein Zauberschwert«, murmelte er. Dann lachte er ganz leise und nur für einen ganz kurzen Moment. »Ich meine: Natürlich glaube ich nicht an Zauberei, aber wenn ich daran glauben würde ...«
»... dann würdest du der Wahrheit ziemlich nahe kommen«, sagte Lancelot bitter.
Sean lachte erneut, aber seine Augen blieben ernst. »Wenn hier wirklich Zauberei im Spiel wäre, wäre es dann nicht ein bisschen leichtsinnig von dir, mir dein Geheimnis so einfach anzuvertrauen? Ich könnte dieses Schwert nehmen und dich einfach damit erschlagen.«
»Und warum tust du es nicht?«, fragte Lancelot. »Vielleicht würdest du mir einen Gefallen damit erweisen.«
»Vielleicht«, sagte Sean. Dann wurde er ernst und seine Stimme leiser. »Aber mir selbst nicht, vermute ich.«
»Vermutlich«, bestätigte Lancelot. »Doch du hast es ja selbst gesagt: Du glaubst nicht an Zauberei. Wenn du einen Rat von mir haben willst, Ire: Bleib dabei. Es macht das Leben einfacher, glaub mir.«
Sean sah ihn nachdenklich an. Wieder löste sich sein Blick für einen kurzen Moment von Lancelots Gesicht und tastete über den armlangen Strahl aus eingefangenem Mondlicht auf dem Kaminsims, bevor er sich wieder an ihn wandte: »Und was soll ich jetzt Gwinneth sagen?«
»Gwinneth?« Die Frage überraschte Lancelot trotz allem. Er zuckte mit den Schultern. »Was immer du willst. Am besten nichts. Oder denk dir irgendetwas aus, wenn du dich schon dazu berufen fühlst, den Liebesboten zu spielen.«

Er konnte hören, wie Sean hinter ihm scharf die Luft einsog, und spannte sich ganz instinktiv. Dann wurde ihm klar, wie bitter Unrecht er dem Iren tat, und er schämte sich seiner eigenen Reaktion. »Geh und sag ihr, dass ich ... später zu ihr kommen werde. Ich brauche noch eine Weile, um mich zu erholen und ... und über gewisse Dinge nachzudenken.«

»Ja, das scheint mir auch so«, erwiderte Sean.

Lancelot starrte weiter beharrlich aus dem Fenster und sagte nichts mehr und nach einigen weiteren Augenblicken hörte er, wie der Ire herumfuhr und das Zimmer verließ. Er hatte fest damit gerechnet, dass Sean die Tür hinter sich ins Schloss werfen würde, doch er zog sie im Gegenteil so leise zu, dass Lancelot das entsprechende Geräusch nicht einmal hörte und sich nach einer Weile umdrehte, um sich davon zu überzeugen, dass er auch wirklich wieder allein war.

Er fühlte sich schlecht. Körperlich, aber viel mehr noch machte ihm sein Gewissen zu schaffen. Sean hatte die Wahrheit gesagt: Der Preis, den er dafür bezahlt hatte, Gwinneth und ihn hierher zu bringen, war zu hoch gewesen. Das Mindeste, was er erwarten konnte, war ein wenig Dankbarkeit. Wieso also behandelte er ihn jetzt so herablassend?

Lancelot fand auf diese Frage ebenso wenig eine Antwort wie auf all die anderen, die ihn quälten. Und das Schlimmste vielleicht war: Sie interessierte ihn auch nicht. Nicht wirklich.

Lancelot stand noch lange und reglos so am Fenster und blickte auf die Mauern und Türme Tintagels hinab und er spürte nicht einmal die Tränen, die ihm über das Gesicht liefen.

Als es zu dämmern begann, klopfte es erneut an seiner

Tür. Lancelot murmelte ein unwilliges »Herein« und der grauhaarige Alte, der ihm vorhin das Essen gebracht hatte, trat ein. Er kam auch jetzt nicht mit leeren Händen, brachte jedoch keine weitere Mahlzeit, sondern einen ganzen Arm voll sauber zusammengelegter Kleider, die er wortlos auf Lancelots Bett ablud, um die Kammer dann so schnell wieder zu verlassen, als liefe er vor irgendetwas davon. Vielleicht auch vor irgend*jemandem*. Lancelot war ein wenig verwirrt, trat aber dann doch an das Bett heran und begutachtete die Kleidung, die der Alte gebracht hatte. Es war ein wahrhaft königliches Geschenk: Hosen und Wams aus feinster Wolle, dazu gefütterte Stiefel aus weichem Leder und einen dunkelroten Umhang, dessen Kragen und Ärmel mit kostbarem Pelz besetzt waren.

Lancelot zögerte im ersten Moment, diese Kleider anzuziehen, die nicht nur aussahen, als wären sie für einen König gefertigt worden – schließlich hatte er Uther gesehen und wusste, dass der ehemalige Herrscher über Tintagel zwar ein wenig kräftiger gebaut gewesen war als er, aber ihn kaum überragt hatte –, doch mittlerweile spürte er die Kälte mehr als quälend. Wenn schon nicht das Bedürfnis, sich zum ersten Mal seit Monaten wieder vernünftig zu kleiden, so brachten ihn am Ende doch seine steif gefrorenen Finger und die zitternden Knie dazu, das zerschlissene braune Gewand abzustreifen und sich umzuziehen. Er zog Hose, Stiefel und Hemd an, warf sich nach einem letzten kurzen Zögern auch den warmen Mantel um die Schultern und verließ schließlich die Kammer.

Draußen auf dem Flur war es nicht wärmer als drinnen, aber der lange fensterlose Gang, der nun vor ihm lag, war vom dunkelroten Schein flackernder Fackeln erhellt, von denen nahezu ein Dutzend brannte, und aus der Ferne vernahm er Geräusche und Stimmengemurmel. Geschirr klapperte und irgendwo lachte ein Kind. Das alles klang so selbstverständlich und alltäglich, dass er um ein Haar wieder kehrtgemacht hätte, um sich in der Kälte und Abgeschiedenheit seines Zimmers zu verkriechen, denn ihm wurde schmerzhaft klar, dass sie zu einer Welt gehörten, die nicht mehr die seine war. Aber plötzlich glaubte er wieder Morgaines Stimme zu hören: *Jetzt gehörst du mir!*

Lancelot schüttelte die Erinnerung mit Mühe ab und straffte mit einem Ruck die Schultern, und sei es nur, um sich selbst Mut zu machen. Er würde Morgaine nicht erlauben für den Rest seines Lebens seine Gedanken zu beherrschen. Und schließlich konnte er sich nicht für immer hier oben verstecken.

Mit Schritten, die deutlich mehr Sicherheit ausstrahlten, als er in Wahrheit empfand, ging er den Gang entlang und die schmale gewundene, ins Erdgeschoss führende Treppe hinab. Er kannte Tintagel nicht, aber das war auch nicht nötig – er musste nur den Geräuschen und Stimmen folgen, um zu der großen Halle zu gelangen, die fast das gesamte Erdgeschoss des Haupthauses einnahm. Ein Schwall ungewohnt warmer, wohltuender Luft und der Geruch von gebratenem Fleisch und frisch gebackenem Brot wiesen ihm zusätzlich den Weg und er beschleunigte ganz automatisch seine Schritte. Als er den letzten Treppenabsatz in Angriff nahm, kam ihm der grauhaarige Diener entgegen. Lancelot stockte für einen Moment im Schritt, aber der Alte prallte regelrecht zurück und auf seinem Gesicht breitete sich für einen Moment ein Ausdruck aus, den Lancelot mit keinem anderen Wort als *Entsetzen* bezeichnen konnte. Dann hatte er sich wieder in der Gewalt; die Furcht in seinen Augen blieb jedoch.

»Herr!«, stammelte er. »Ihr seid ... ich meine ... verzeiht, ich wollte Euch gerade ...«
»Schon gut.« Lancelot versuchte zu lächeln, spürte aber selbst, dass ihm das misslang.
»Ich wollte gerade zu Euch eilen, um Euch zu holen, Herr«, fuhr der Diener fort. »Lady Gwinneth hat mir aufgetragen ... ich meine ...«
»Schon gut«, sagte Lancelot noch einmal. Der Alte war so aufgelöst, dass er ernsthaft befürchtete, er würde im nächsten Moment vollkommen die Fassung verlieren – auch wenn er nicht wusste warum. »Geh und richte Lady Gwinneth aus, dass ich sie zu sprechen wünsche. Du kennst doch den Weg zu ihrem Zimmer?«
Die Frage schien den Diener zu verwirren. Einen Moment lang wusste er sichtlich nicht, was er sagen sollte, dann fing er sich wieder und deutete mit einer unsicher zitternden Geste hinter sich. »Aber Mylord, Lady Gwinneth ist bereits ... ich meine ... sie erwartet Euch. Das Abendmahl ist aufgetragen.«
»*Abendmahl*?«
Lancelot war nur über die etwas sonderbare Wortwahl erstaunt gewesen, doch der Diener schien sein Stirnrunzeln falsch zu deuten. Er kroch regelrecht in sich zusammen und hatte plötzlich nicht mehr die Stärke, seinem Blick standzuhalten. »Bitte vergebt mir, dass ich Euch vorhin ein so einfaches Mahl kredenzt habe. Aber wir sind nicht auf Besuch vorbereitet gewesen und müssen erst neue Vorräte herbeischaffen und im Winter ist das alles andere als einfach ...«
»Schon gut«, unterbrach ihn Lancelot. »Es genügte durchaus meinen Bedürfnissen.«
Der Alte wirkte nicht erleichtert, sondern schien auch diese Worte eher als Vorwurf aufzufassen, aber er verzichtete auf ein weiteres Herumgestammel und nach ei-

ner letzten Sekunde des Zögerns ging Lancelot weiter und an ihm vorbei, ohne ihn auch nur noch eines Blickes zu würdigen.
Die Halle lag jetzt direkt unter ihm. Auch sie war von behaglich flackerndem rotem Licht erfüllt, das von einer Anzahl Fackeln und zahlreichen Kerzen, zum allergrößten Teil aber von dem gewaltigen Feuer herrührte, das im Kamin prasselte. Nach den endlosen Stunden, die er in der Kälte und Zugigkeit seines Zimmers verbracht hatte, kam Lancelot die Wärme im ersten Moment fast unangenehm vor, doch er spürte auch zugleich, wie wohl sie ihm tat, ebenso wie der Anblick, der sich ihm nun bot.
Die gewaltige Halle, die es ohne Probleme mit dem Thronsaal von Camelot aufnehmen konnte, war nahezu leer, und allein durch ihre Größe wirkte die lange Tafel, die man vor dem Kamin aufgestellt hatte, deutlich kleiner als sie in Wirklichkeit war. Außerdem kam sie ihm hoffnungslos überladen vor, doch die Platte aus sorgsam poliertem Eichenholz bog sich schier unter der Last all der Köstlichkeiten, die darauf aufgetragen worden waren – silberne und goldene Teller voller Bratenfleisch, Obst, Brot und Gemüse, edelsteinbesetzte Krüge und zahllose Becher und andere Trinkgefäße, eine Pracht, aber auch eine Menge, als erwartete man König Artus selbst samt all seiner Tafelritter. Umso verlorener wirkten die drei Personen, die an diesem reich gedeckten Tisch Platz genommen hatten. Es waren Sean, sein Bruder Patrick und Gwinneth.
Die drei waren in ein augenscheinlich sehr intensives Gespräch vertieft. Als Lancelot die Treppe herabkam, verstummten sie jedoch abrupt und wandten die Köpfe in seine Richtung. Lancelot konnte nicht sagen, ob der Ausdruck auf den Gesichtern der beiden Iren nun nur

überrascht oder betroffen wirkte, denn er schenkte ihnen nur einen flüchtigen Blick, dann sah er zu Gwinneth hinüber, und was er erblickte, das verschlug ihm wortwörtlich die Sprache.

Er wusste nicht, was er erwartet hatte. Nach der zurückliegenden Nacht vielleicht nichts mehr, und schon gar nicht mehr nach dem, was Sean ihm vorhin erzählt hatte. Aber Gwinneth war in diesem Moment nichts anderes als eine Königin; und mit Sicherheit die schönste und stolzeste Königin, die jemals auf Erden gewandelt war.

Sie trug ein schlichtes, hochgeschlossenes weißes Kleid, ohne irgendwelchen Zierrat wie Spitzen, goldene Borten, Stickereien, und als einzigen Schmuck ein einfaches Diadem aus Silber, in dem nur ein einzelner, allerdings fast daumennagelgroßer dunkelroter Rubin glänzte. Sie war noch immer so blass wie in den letzten Tagen und Lancelot erschrak innerlich, als ihm zum ersten Mal mit aller Deutlichkeit bewusst wurde, wie schmal ihr Gesicht geworden war. Gwinneth hatte immer schlank, fast zerbrechlich gewirkt, nun aber stachen ihre hohen Wangenknochen fast durch die Haut, und ihr Nasenrücken kam ihm scharf wie eine Messerklinge vor.

Sie hatte deutlich mehr Gewicht verloren, als ihm bis jetzt klar gewesen war. Schmerz und Entbehrung hatten nicht nur einen bitteren Zug um ihre Mundwinkel gegraben, sondern sich auch tief und vielleicht unauslöschlich in ihre Augen eingebrannt, unter denen immer noch dunkle, von den Monaten voller Entbehrungen und Hoffnungslosigkeit kündende Ringe lagen. Wäre es der bloße Anblick ihres Gesichts gewesen, so wäre Lancelot nicht nur erschrocken, sondern regelrecht entsetzt gewesen. Aber da war noch mehr.

Der eisige Schrecken, der Lancelot anfangs ergriff, hielt

nur kurz vor, wurde dann von dem hinweggespült, was er bei ihrem Anblick *fühlte.* Vielleicht zum ersten Mal, seit sie sich getroffen hatten, erblickte er sie als das, was sie war und was sie immer bleiben würde: Eine Königin. Dies hier war ihr Schloss, das Herrschaftshaus ihres Reiches, und obwohl sie nicht auf einem Thron, sondern nur auf einem einfachen Stuhl saß, strahlte sie eine sanfte Art von Macht und Güte aus, die so gar nicht zu ihrem jugendlichen Gesicht passen wollte und an der es doch nicht den geringsten Zweifel gab. Das Gefühl hielt nicht lange vor, wie alle wirklich intensiven Gefühle, aber für die Dauer der wenigen Herzschläge, in der Lancelot einfach dastand und Gwinneth anblickte, waren sämtliche Zweifel verflogen, aller Schmerz, alle Bitterkeit und jedes Hadern mit dem Schicksal vergessen, denn er wusste einfach, dass das, was er getan hatte, richtig gewesen war.

Vielleicht hatte er zu viel vom Schicksal erwartet. Vielleicht war seine einzige Aufgabe die gewesen, Gwinneth hierher zurückzubringen, an den Platz, an den sie gehörte, und diese Aufgabe hatte er erfüllt.

Dann bewegte sich Gwinneth und der Zauber des Augenblickes brach und verging so schnell, wie er gekommen war, aber es blieb keine Bitterkeit zurück, sondern nur ein Gefühl grenzenloser Erleichterung, als wäre eine unsichtbare Zentnerlast von seinem Herzen genommen worden.

»Lancelot«, begrüßte sie ihn. »Gerade wollte ich Iven schicken, um dich zu holen.«

»Ich bin ihm begegnet«, antwortete Lancelot.

Er schenkte Patrick und Sean, die ihm gleichermaßen aufmerksam wie misstrauisch entgegenblickten, ein flüchtiges Nicken und steuerte dann ohne zu zögern den Stuhl an Gwinneths rechter Seite an; den viel größeren, prachtvoll geschnitzten Stuhl am anderen Kopfende des Tisches, vor dem bereits ein Gedeck aus purem Gold aufgetragen worden war, ignorierte er. Stattdessen umrundete er den Tisch mit schnellen Schritten und ließ sich auf den harten Stuhl sinken, obwohl er Sean damit praktisch zwang, mit seinem eigenen Stuhl ein Stück zur Seite zu rutschen. Gwinneth sah ihn einen Moment lang irritiert an, verzog das Gesicht dann zu einer Miene, die er nicht deuten konnte, und ließ sich ein Stück zurücksinken.

»Iven ist der Alte, der mir Essen und Kleider gebracht hat?«, vermutete er.

Gwinneth nickte. Sie wirkte verwirrt und hilflos, als hätte sie eine ganz andere Reaktion von ihm erwartet. »Ja. Er und seine Familie sind die Letzten, die auf Tintagel zurückgeblieben sind.«

Lancelot rief sich rasch die Szene von vergangener Nacht ins Gedächtnis zurück. Er war nicht sicher, ob der andere Mann, den er getroffen hatte, Ivens Bruder oder Cousin war, aber eine gewisse Familienähnlichkeit war ihm aufgefallen. Er nickte.

»Aber das wird sich ändern«, warf Patrick ein. »Sean hat eine der Frauen ins nächste Dorf geschickt. Sie ist vor einer Stunde zurückgekehrt. Mit guten Neuigkeiten.«

Lancelot empfand einen völlig widersinnigen Ärger auf den jungen Iren, dass er es wagte, sich in das Gespräch zwischen Gwinneth und ihm einzumischen. Er ließ sich jedoch nichts davon anmerken, sondern wandte sich mit einem Lächeln an Patrick und einen Moment später mit einem fragenden Blick an dessen Bruder. »Gute Neuigkeiten? Das wäre zur Abwechslung ja einmal etwas ganz anderes.«

Sean wirkte im ersten Moment ebenso irritiert wie

Gwinneth gerade, und Lancelot ertappte sich bei der Frage, worüber die drei wohl vor seiner Ankunft gesprochen haben mochten. Dann aber grinste der Ire plötzlich breit, griff mit der linken Hand nach einem der zahlreichen Trinkgefäße, die vor ihm auf dem Tisch standen, und prostete ihm übertrieben zu. »Es sind Männer auf dem Weg hierher«, verkündete er. »Treue Anhänger von Lady Gwinneth und König Uther.«

»König Uther ist tot«, erinnerte ihn Lancelot.

»Ich weiß.« Sean trank einen Schluck Wein und fuhr sich genießerisch mit der freien Hand über die Lippen. »Erwartest du jetzt, dass ich Bedauern oder gar Mitleid heuchle? Ich habe ihn nicht einmal gekannt.«

»Nein«, sagte Lancelot. »Aber nach Gwinneths Vermählung mit Artus ist *er* der legitime Herrscher über diese Burg und dieses Land.«

Er sah aus den Augenwinkeln, wie Gwinneth leicht zusammenfuhr, doch Sean machte nur eine wegwerfende Geste. »Papperlapapp. Während Ihr Euch oben in Eurem Zimmer verkrochen und Eure Wunden geleckt habt, *Sir Lancelot*, habe ich mit den guten Leuten hier gesprochen. Und glaubt mir: Für sie spielt es keine Rolle, was irgendein König im fernen Camelot glaubt. Ihre Treue gehört nach wie vor dem legitimen Herrscher über dieses Land und nach seinem Tod dessen Witwe.«

»Artus' Frau«, beharrte Lancelot.

»Was sie nicht weniger zu Uthers Witwe und Erbin macht.« Sean wischte seine Argumente mit einer ärgerlichen Handbewegung vom Tisch. »Du magst ja ein gewaltiger Kämpfer sein, Lancelot, doch ich glaube, von Menschen verstehst du nichts.«

»Aber du?«

»Zumindest genug um zu wissen, dass *diese* Menschen hier ohne zu zögern ihr Leben für Gwinneth opfern würden«, erwiderte Sean. »Im Moment ist Tintagel nichts weiter als ein großer leerer Steinhaufen. Jedoch bin ich sicher, dass sich das ändert, bevor die Sonne das nächste Mal untergeht.«

Lancelot sah den Iren durchdringend an. Seans Blick machte klar, dass er Zustimmung von ihm erwartete, möglicherweise sogar Lob, aber die Worte des schwarzhaarigen Söldners erfüllten Lancelot eher mit Trauer. Hatte er denn aus allem, was ihnen auf dem Weg hierher widerfahren war, gar nichts gelernt? Statt auch nur mit einer Silbe auf Seans Worte zu reagieren, drehte er sich um und wandte sich Gwinneth zu; gleichzeitig griff er nach ihrer Hand.

Sie entzog sich seinem Griff nicht, aber Lancelot spürte, dass sie es gerne getan hätte, und er ließ nur einen Herzschlag verstreichen, ehe er die peinliche Situation beendete, indem er seinerseits den Arm zurückzog. Er suchte ihren Blick, doch auch das, was er darin las, war nur dazu angetan, den Schmerz in seiner Brust noch zu entfachen. Es war nicht so, dass sie Angst vor ihm hatte. Trotzdem spürte er genau, dass diese Angst da war und nur darauf wartete, zu erwachen.

Das Geräusch schlurfender Schritte enthob ihn der Peinlichkeit, irgendetwas sagen zu müssen. Lancelot wandte fast überhastet den Kopf und starrte zu dem grauhaarigen Diener hinüber, der mit hängenden Schultern herbeigeschlurft kam und dann mitten im Schritt stockte, als ihm klar wurde, dass Lancelot auf einem anderen Stuhl als erwartet Platz genommen hatte. Wieder wirkte er für einen Moment so hilflos, dass er ihm fast Leid tat, dann aber beeilte er sich, Geschirr, Essbesteck und einen mit Juwelen besetzten Pokal zu ihm zu bringen.

Lancelot beobachtete ihn genau. Jedem, der nicht wie

er in einem Gasthaus aufgewachsen war, wären die Bewegungen des Alten ungeschickt und überhastet vorgekommen, aber Dulac – der wohl noch irgendwo tief in Lancelot existieren musste – erkannte dennoch, mit welch langer Erfahrung und Selbstverständlichkeit Iven seine Arbeit tat. Er musste Gwinneth nicht fragen, um zu wissen, welche Aufgabe dieser Mann ein Leben lang verrichtet hatte. Zugleich aber erfüllte ihn diese Erkenntnis fast mit Trauer, denn er sah ihn plötzlich wieder so, wie er ihn in der vergangenen Nacht erblickt hatte: In einem viel zu großen rostigen Kettenhemd, viel mehr vor Furcht als vor Kälte zitternd und mit nichts anderem als einem schartigen Küchenmesser bewaffnet. Sean würde eine grausame Überraschung erleben, wenn er tatsächlich glaubte, es mit einer Hand voll *Kriegern* wie Iven mit Morgaine Le Fayes Barbarenhorden aufnehmen zu können; oder gar mit König Artus' Heer.
Schweigend wartete er, bis Iven den Platz vor ihm gedeckt hatte. Als der grauhaarige Alte dazu ansetzte, seinen Teller zu füllen, schüttelte er den Kopf, schickte ihn mit einer Geste fort und bediente sich selbst. Iven sah vollkommen hilflos, ja fast verängstigt aus, aber Lancelot wiederholte nur sein Kopfschütteln, erhob sich dann und schickte König Uthers alten Mundschenk mit einer entsprechenden Geste endgültig aus dem Raum, bevor er seinen Stuhl zurückschob und sich mit zwei Messern und ebenso großem Geschick wie Begeisterung über den Braten hermachte, um erst Gwinneths und dann die Teller der beiden Iren zu füllen.
Sean sah ihm mit erstaunt aufgerissenen Augen zu. Schließlich sagte er: »Mir scheint fast, als hättet Ihr Euren Beruf verfehlt, *Sir Lancelot.*«
Lancelot lachte. »Nicht verfehlt, Sean. Nur gewechselt. Schließlich war ich früher Küchenjunge.«

»*Küchenjunge.*« Sean nickte und machte ein Gesicht, als müsse er sich erst über die Bedeutung des Wortes klar werden. »Dann warst du das also tatsächlich.«
Lancelot nickte. »Es kommt sogar noch schlimmer. Ich bin als Stiefsohn in einem Gasthaus aufgewachsen: bei einem Wirt, der mich hundsmiserabel behandelt hat.«
Sean verzog anerkennend die Lippen. »Dann hast du wahrhaft Karriere gemacht.«
»Ja, so könnte man es nennen. Vom Küchenjungen an Artus' Hof zum berühmtesten Ritter an seiner Tafel.« Lancelot grinste breit, aber er konnte nichts daran ändern, dass seine Stimme hörbar bitter wurde, als er fortfuhr. »Und jetzt zum meistgesuchten Dieb Britanniens.«
»Dieb?« Sean hob seinen Becher und sah ihn über den Rand des verzierten Trinkgefäßes hinweg durchdringend an. »Ich habe eine Menge über Lancelot du Lac gehört und nicht viel davon war gut. Doch *Dieb* hat ihn eigentlich niemand genannt.«
»Aber ich bin es«, beharrte Lancelot. »Ich habe König Artus das Wertvollste gestohlen, was er besaß. Und ich werde es bestimmt nicht wieder hergeben.« Seine Worte waren scherzhaft gemeint gewesen, doch er spürte selbst, dass sie ihren Zweck nicht erfüllten. Seans Stirnrunzeln vertiefte sich nur noch, und obwohl er nicht in Gwinneths Richtung sah, fühlte er, wie sie für einen Moment erstarrte. Vielleicht nur um überhaupt etwas zu sagen, wechselte er das Thema. »Aber du hast natürlich Recht, *Söldner*. Man könnte es eine Karriere nennen. Und was hast du getan, bevor du angefangen hast dein Leben für Gold zu riskieren?«
»Mein Leben dafür riskiert, jeden Tag eine Mahlzeit zu bekommen«, antwortete Sean, »und im Winter einen Schlafplatz am Feuer. Unglückseligerweise ist es mir nicht immer gelungen.«

Lancelot hielt für einen Moment in seinem Tun inne, machte die Situation aber dann nicht noch schlimmer, indem er auf Seans Worte reagierte, sondern deutete schließlich nur ein Achselzucken an und nahm wieder Platz. Seans Bemerkung hatte einen deutlichen Missklang in das Gespräch gebracht, und obwohl er sicher war, dass das nicht die Absicht des Iren gewesen war, ärgerte er sich doch darüber. Dennoch verzichtete er darauf, ihn in seine Schranken zu weisen. Er war nicht heruntergekommen um zu streiten. Weder mit Sean noch mit sonst wem.

Stattdessen wandte er sich wieder Gwinneth zu. Sie hatte ihr Besteck aufgenommen und zu essen begonnen und sie schien voll und ganz darauf konzentriert zu sein. Trotzdem musste sie seinen Blick spüren, denn nach einer Weile hob sie den Kopf und sah ihn unsicher, fast ein wenig scheu an.

»Wie geht es dir?«, fragte Lancelot.

Gwinneth sagte nichts, aber Patrick antwortete an ihrer Stelle: »Gut. Im Grunde besser, als es ihr gehen dürfte.«

Lancelots Ärger wuchs. Er wollte mit Gwinneth reden, nicht mit Patrick. Dennoch wandte er nach einem Moment den Kopf und sah den jungen Iren fragend an. »Wie meinst du das?«

»Patricks Wortwahl war vielleicht ein bisschen ungeschickt«, sprang Sean seinem Bruder bei. »Was er meint, ist wohl, dass sich Lady Gwinneth erstaunlich schnell von den Anstrengungen und Strapazen der Reise erholt hat. So wie du ja wohl auch.«

»Wir haben eine gewisse Übung darin, auf der Flucht zu sein«, erwiderte Lancelot spröde. Sean fuhr weniger unter seinen Worten als vielmehr unter dem Ton, in dem er sie aussprach, leicht zusammen, warf seinem Bruder einen mahnenden Blick zu und konzentrierte sich dann wieder ganz auf seine Mahlzeit, und auch Patrick senkte den Blick auf seinen Teller und begann nun mit Heißhunger zu essen, sodass sich Lancelot wieder Gwinneth zuwenden konnte. »Dir fehlt auch wirklich nichts?«, fragte er.

»Nein«, antwortete Gwinneth ohne zu ihn anzusehen. »Ich fühle mich gut, keine Sorge.«

Das hatte Lancelot nicht unbedingt gemeint und Gwinneth schien das zu wissen, aber er hatte ihre Antwort auch verstanden. Das, worüber sie reden mussten, war nicht unbedingt für die Ohren anderer bestimmt. Lancelot räusperte sich unbehaglich, spießte eine dünne Scheibe knusprig gebratenes Fleisch mit der Spitze seines Messers auf und betrachtete es interessiert, machte aber keine Anstalten, zu essen. »Wenigstens sind wir in Sicherheit. Ich hatte schon fast vergessen, wie es ist, im Schutz mächtiger Mauern zu schlafen und unter der Obhut von Menschen, denen man vorbehaltlos trauen kann.«

»Von dem ausgezeichneten Essen ganz zu schweigen«, pflichtete ihm Patrick bei. Wieder warf ihm sein Bruder einen fast drohenden Blick zu und Patrick hatte wohl endgültig verstanden, denn er deutete ein entschuldigendes Achselzucken an und konzentrierte sich dann wieder ganz auf sein Essen.

Eine Zeit lang beschäftigte sich auch Lancelot intensiv mit nichts anderem als seiner Mahlzeit, und obwohl er die ersten Bissen fast mit Widerwillen hinunterwürgen musste, weckte der Geschmack doch rasch seinen Hunger. Bald musste er sich beherrschen um nicht zu schlingen, und obgleich er in einem Gasthaus aufgewachsen war und Bier und Wein fast gleichzeitig mit der Muttermilch kennen gelernt hatte, stieg ihm der schwere, süße Wein doch bald zu Kopf. Er war nicht betrunken, fühlte sich jedoch auf eine sonderbar angenehme Weise entspannt und auch ein wenig schläfrig, und auch das war etwas, was er viel zu lange vermisst hatte. Seit dem Beginn ihrer verzweifelten Flucht aus Camelot hatte er sich im Grunde niemals wirklich entspannen können, niemals wirklich sicher gefühlt, ganz egal, wo und in wessen Gesellschaft.

Plötzlich glaubte er besser zu verstehen, warum Gwinneth diese Burg stets ihre Heimat genannt hatte. Trotz der Düsternis und Leere, die die riesigen Räume erfüllten, strahlten ihre uralten Mauern und trutzigen Wälle ein Gefühl von Sicherheit aus, das auch er spürte. Und sei es vielleicht auch nur, weil irgendetwas in ihm verzweifelt genau danach suchte: Einen Ort, an dem er sich sicher fühlen konnte, an dem er nicht ständig vor einer Gefahr auf der Hut sein, nicht unentwegt nach einem Fluchtweg Ausschau halten und nicht in jeder Sekunde wachsam bleiben musste. Ein Zuhause.

Nachdem sie ihre Mahlzeit beendet hatten, begann sich ein unangenehmes Schweigen zwischen ihnen auszubreiten. Lancelot bedauerte es längst, nicht dort Platz genommen zu haben, wo Iven für ihn gedeckt hatte – seine allzu große Nähe war Gwinneth unangenehm, und auch wenn ihn diese Erkenntnis schmerzte, konnte er es doch verstehen. War schon er nach dem Erlebten mit seinen Kräften vollkommen am Ende, wie erst mochte es Gwinneth da ergehen?

Obwohl ihm der Wein immer deutlicher zu Kopf zu steigen begann, goss er sich einen zweiten Becher ein, trank jedoch nicht, sondern drehte ihn nur einen Moment scheinbar nachdenklich in den Fingern und hob ihn dann in Gwinneths Richtung. Einen Herzschlag lang war er überzeugt davon, dass sie ihn einfach ignorieren würde, dann aber gab sie sich einen sichtbaren Ruck, griff nach ihrem eigenen Pokal und erwiderte seine Geste, und Lancelot zwang sich zu dem flehendsten Lächeln, das er zustande bringen konnte. Gwinneth wirkte irritiert, fast erschrocken. Sie senkte den Kopf, doch Lancelot ließ ihren Blick nicht los und plötzlich sah Gwinneth fast gequält aus. Sie tat ihm Leid. Lancelot war klar, welches Unbehagen er ihr bereitete, aber zugleich spürte er auch, dass er *jetzt* mit ihr reden musste, wollte er nicht Gefahr laufen, sie vielleicht nie wieder wirklich zu erreichen.

»Du hast mir noch gar nicht erzählt, wie es dir auf dem Weg nach Tintagel ergangen ist«, sagte er.

»Da gibt es nicht viel zu erzählen.« Es war nicht Gwinneth, die antwortete, sondern Patrick, und Lancelot ließ geschlagene fünf Sekunden verstreichen, ehe er betont langsam den Kopf drehte und den jungen Iren mit einem eisigen Blick bedachte. Patrick wirkte irritiert, plapperte aber dennoch fröhlich weiter: »Wir haben den Kampflärm gehört und sind ...«

»Es ist spät geworden, Patrick«, fiel ihm Sean ins Wort, gähnte übertrieben und hielt sich mit noch übertriebenerer, unbeholfener Gestik die Hand vor den Mund. »Ich schlage vor, dass wir uns zurückziehen und schlafen. Wir haben morgen einen anstrengenden Tag vor uns.«

»Aber ...« Patrick runzelte die Stirn, deutete den fast beschwörenden Blick seines Bruders dann endlich richtig und sah mit einem Male verlegen aus. Fast hastig stand er auf. »Du hast natürlich Recht, Sean. Bitte entschuldigt uns. Ich wäre gern noch geblieben, aber es ist tatsächlich schon sehr spät.«

Gwinneth machte keinen Hehl aus ihrer Enttäuschung, während Lancelot nur ein Nicken andeutete und stumm abwartete, bis die beiden Iren gegangen waren und ihre Schritte oben auf der Treppe verklangen. Er trank nun doch noch einen – winzigen – Schluck, stellte den Becher mit einer bedächtigen Bewegung vor sich auf den Tisch und wandte sich dann wieder Gwinneth zu. Er rechnete fest damit, dass sie wieder zu Boden oder auch auf ihren Teller oder ihren Pokal starrte, aber sie hatte all ihren Mut zusammengenommen und sah ihm fest in die Augen. Lancelot versuchte vergeblich in ihrem Blick zu lesen. Da waren noch immer Furcht und Unsicherheit, aber auch noch etwas anderes; etwas, das ihm Hoffnung gab.

»Ich muss mich bei dir entschuldigen, Gwinneth«, begann er. »Ich hätte gleich zu dir kommen sollen, schon gestern Abend, ich weiß. Doch ich war ... erschöpft.«

Nur erschöpft?, fragte Gwinneths Blick. Ganz leise und mit tonloser, aber bebender Stimme sagte sie: »Ist es wahr, was Patrick erzählt hat?«

»Was hat er denn erzählt?«

»Dass du sie alle erschlagen hast«, flüsterte Gwinneth. »Die Pikten. Das ganze Lager.«

»Alle?« Lancelot hob die Schultern. Er schwieg einen Moment. Und als er weitersprach, war *er* es, der *ihrem* Blick auswich. »Ich weiß nicht, ob es alle waren. Aber es waren viele. Zu viele.«

»Also hast du das Schwert benutzt.«

»Ja.«

»Also hat Morgaine gewonnen.«

Hätte sie ihm einen Dolch ins Herz gestoßen, der Schmerz hätte nicht schlimmer sein können. »Glaubst du?«, fragte er bitter.

»Du weißt, was sie gesagt hat«, murmelte Gwinneth. Sie hatte die Hände nebeneinander auf die Tischplatte gelegt und presste sie so fest nieder, dass auch noch das letzte bisschen Blut aus ihren Fingern wich; zweifellos um ihr Zittern zu unterdrücken. »Noch ein Tropfen un-

schuldiges Blut, das du mit diesem Schwert vergießt ...«
»Ich weiß, was sie gesagt hat«, unterbrach sie Lancelot schärfer und lauter, als er beabsichtigt hatte. Gwinneth verstummte auf der Stelle und sah ihn fast ängstlich an und Lancelot bedauerte seine eigenen Worte sofort. Nach einer Pause und hörbar leiser fuhr er fort: »Aber vielleicht hat sie sich ja geirrt. Wer weiß – vielleicht hat sie ja auch gelogen.«
»Und wenn nicht?«
»Ich bin hier, oder?«
»Ja«, antwortete Gwinneth. »Aber ich weiß nicht, *wer* du bist.«
Darauf konnte Lancelot nicht antworten, jedenfalls nicht gleich. Und wie auch – er kannte die Antwort ja selbst nicht. Lange, endlos lange quälende Sekunden saßen sie sich schweigend gegenüber, doch schließlich streckte Lancelot zögernd die Rechte aus und griff nach ihrer Hand. Gwinneth sog hörbar die Luft zwischen den Zähnen ein, aber dieses Mal versuchte sie nicht sich seinem Griff zu entziehen, und als er sie berührte, schien sie sich sogar deutlich zu entspannen. Trotz der schon fast unangenehmen Hitze, die das Kaminfeuer in ihrem Rücken ausstrahlte, waren ihre Finger eiskalt und er konnte spüren, wie schnell ihr Herz schlug.
»Ich bin noch immer ich selbst, Gwinneth«, sagte er leise. »Was immer Morgaine Le Faye mit ihren Worten gemeint hat – es ist nicht geschehen.«
»Aber du hast all diese Krieger erschlagen.«
»Und ich bin nicht stolz darauf.« Fast, als müsse er sich selbst beweisen, dass er die Wahrheit sagte, glaubte er noch einmal die Augen des verletzten Barbarenkriegers vor sich zu sehen, und ein rascher, aber eisiger Schauer lief ihm über den Rücken. Etwas leiser und mit trauri-

ger, dennoch aber sehr fester Stimme, fuhr er fort: »Trotzdem würde ich es wieder tun, wenn ich es müsste um dich zu retten.«
Gwinneth entzog ihm nun doch seine Hand, aber er spürte, dass sie es nicht tat, weil ihr seine Berührung unangenehm gewesen wäre, sondern einzig weil sie es einfach nicht mehr aushielt, stillzusitzen. »Du würdest so viele Leben auslöschen, um ein einziges zu retten? Was bringt dich auf die Idee, dass mein Leben mehr wert ist als das all dieser Männer?«
»Die Tatsache, dass ich dich liebe«, antwortete er. »Ich würde die Welt in Brand setzen, wenn es sein müsste, um dich zu beschützen.«
»Und wenn ich das gar nicht will?«
»Auch dann.« Er sah, wie Gwinneth unter seinen Worten zusammenfuhr, schüttelte den Kopf und erhob sich. Plötzlich war auch ihm kalt, und obwohl er wusste, dass es keine äußere Kälte war, trat er nach einem weiteren Moment des Zögerns doch dicht an den Kamin heran und hielt die Hände über die prasselnden Flammen. In diesem Moment hätte er alles dafür gegeben, das Geräusch zu hören, mit dem Gwinneth ihren Stuhl zurückschob und aufstand, um zu ihm zu kommen. Aber er hörte es nicht.
Nach einer weiteren kleinen Ewigkeit und so leise, dass seine Worte kaum mehr als ein Flüstern selbst in seinen eigenen Ohren waren, fragte er: »Möchtest du, dass ich gehe?«
»Gehen?« Gwinneth klang erschrocken. »Aber ... aber warum denn? Und wohin?«
Lancelot hob die Schultern. »Irgendwohin. Wenn du willst, verlasse ich Tintagel noch in dieser Stunde.« Er konnte hören, wie Gwinneth zu einer Antwort ansetzte, drehte sich rasch zu ihr um und fuhr mit lauterer,

fester Stimme fort: »Ich könnte es verstehen. Und ich glaube, du kannst beruhigt hier bleiben. Sean und sein Bruder werden auf dich aufpassen, und nicht einmal Artus wird es wagen, ein Heer nach Cornwall zu schicken, um die Burg seiner eigenen Frau anzugreifen.«

Gwinneth starrte ihn schreckensbleich an. »Du ... du glaubst … dass ich das will?«, hauchte sie.

Lancelot wusste nicht mehr, was er glaubte. Er schwieg. Und nach einem weiteren Augenblick stand Gwinneth auf, kam langsam auf ihn zu und blieb zitternd und in zwei Schritten Abstand stehen. Mit einer schier unvorstellbaren Kraftanstrengung gelang es ihr, ihre Züge und selbst ihre Stimme einigermaßen unter Kontrolle zu behalten, aber in ihren Augen schimmerten Tränen.

»Oh Lancelot«, schluchzte sie. »Was ist nur mit uns geschehen? Ich würde eher sterben, bevor ich zuließe, dass du gehst. Weißt du das denn nicht?«

»Nein«, sagte Lancelot. »Ich weiß nichts mehr, Gwinneth. Ich weiß nicht mehr, ob es richtig war, was wir getan haben, oder falsch. Ich weiß nicht mehr, warum wir hier sind. Ich weiß nicht einmal mehr, wer ich selbst bin.«

»Dann gib mir die Gelegenheit, es herauszufinden«, erwiderte Gwinneth. »Doch du darfst mich nicht drängen. Gib mir Zeit, Lancelot. Gib uns beiden Zeit.«

Lancelot versteifte sich innerlich. Ihre Worte taten nicht einmal mehr wirklich weh. Sie schmerzten, aber sie schmerzten nur auf einer bestimmten Ebene. Den Panzer aus Eis, der sich um sein Herz gelegt hatte, vermochten sie nicht zu durchdringen. »Ganz wie Ihr befehlt, meine Königin«, sagte er.

Der Schmerz in Gwinneths Augen explodierte regelrecht, doch Lancelot gab ihr keine Gelegenheit mehr, zu antworten, sondern fuhr auf dem Absatz herum und stürmte aus dem Raum und die Treppe hinauf.

Iven weckte ihn am nächsten Morgen mit einem wahrhaft königlichen Frühstück und den Worten, dass Sean ihn zu sprechen wünsche, sobald er gegessen und sich angekleidet habe. Lancelot entließ den grauhaarigen Diener mit einem stummen Kopfnicken, schlang das Frühstück mit einer Hast hinunter, die der Mühe, die sich Iven bei der Zubereitung all dieser Köstlichkeiten zweifellos unterzogen hatte, bitter Unrecht tat, und hüllte sich dann in seinen eigenen zerschlissenen braunen Umhang, statt die königlichen Kleider anzuziehen, die man ihm am vergangenen Abend gebracht hatte. Einen Moment lang war er versucht die Rüstung anzulegen und vermutlich hätte er es sogar getan, hätte er sich nicht ausmalen können, wie dieser Anblick auf Gwinneth wirken musste, vor allem nach ihrem gestrigen Gespräch.
Er hatte noch lange wachgelegen und die Dunkelheit über seinem Gesicht angestarrt, ohne sich über die Bedeutung dessen, was er in ihren Augen gelesen hatte, wirklich klar zu werden. Aber vielleicht konnte er das gar nicht, bevor er nicht mit sich selbst im Reinen war. Er hatte jedes einzelne Wort, das er gestern Abend zu Gwinneth gesagt hatte, bitterernst gemeint, doch in einem Punkt hatte er die Unwahrheit gesagt, wenn auch ganz bewusst: Er glaubte nicht, dass Morgaine gelogen hatte, als sie ihm vom Fluch des Elbenschwertes erzählte, und er glaubte auch nicht wirklich, dass sie sich geirrt hatte. Tief in sich spürte er, dass die Veränderung schon längst begonnen hatte – wenn auch vielleicht auf eine völlig andere Art, als ihm jetzt schon klar sein mochte. Er fürchtete und hasste die schwarze Fee noch

immer wie niemanden sonst auf der Welt und er war entschlossener denn je, Gwinneths Leben und Freiheit um jeden Preis zu verteidigen, und trotz allem verspürte er auch Artus gegenüber keine wirkliche Feindschaft. Und doch ... irgendetwas war geschehen, als er das Elbenschwert benutzte.

Wie zufällig glitt sein Blick zum Kaminssims und tastete über die schlanke, wunderschön verzierte Klinge und wie jedes Mal, wenn er sie betrachtete, ergriff ihn eine Mischung aus Bewunderung und Ehrfurcht. Er hätte Excalibur nicht kennen müssen um zu wissen, dass dieses Schwert sein Bruder war, geschmiedet von derselben Hand und erfüllt von der gleichen unheimlichen Magie. Aber zum ersten Mal fragte er sich, ob auch auf Excalibur derselbe Fluch lastete, ob das Runenschwert wirklich der dunkle Bruder von Artus' Klinge war, ob sie vielleicht nicht vielmehr gleich waren und die Macht, die ihrem Träger annähernde Unbesiegbarkeit verlieh, nicht auch von Excaliburs Besitzer denselben viel zu hohen Preis forderte.

Er verscheuchte den Gedanken, schon weil ihn die Antwort darauf erschreckt hätte. Stattdessen zog er sich rasch zu Ende an, trat aber dann noch einmal ans Fenster, statt seine Kammer zu verlassen, und blickte auf den Hof hinab.

Lancelot erlebte eine Überraschung. Gestern Abend war Tintagel praktisch verlassen gewesen; jetzt zu sagen, dass die Burg von Menschen wimmelte, wäre zweifellos übertrieben – aber er sah doch ein gutes Dutzend Männer und Frauen, die emsig hin- und herhasteten, zwei beladene Fuhrwerke neben dem offen stehenden Tor und eine Anzahl Pferde, die offensichtlich gerade erst angekommen waren, denn ihre Leiber dampften in der Kälte. Gedämpfte Stimmen drangen an sein Ohr und

ein Geräusch, das möglicherweise seit Jahren nicht mehr in diesen Mauern zu hören gewesen war: Das helle Lachen eines Kindes. Sean hatte nicht übertrieben.
Ohne zu zögern verließ Lancelot seine Kammer und eilte mit raschen Schritten die Treppe hinab. Schon auf halbem Wege schlugen ihm die Geräusche eines Hauses entgegen, das alles war, nur nicht verlassen und von seinen Bewohnern aufgegeben. Das Feuer unten im Kamin brannte nicht nur immer noch, sondern loderte jetzt sogar heller als am vergangenen Abend, und auf dem Weg nach draußen kamen ihm zwei Männer in schneeverkrusteten Mänteln entgegen, die hoch mit Lebensmitteln beladene Körbe auf den Schultern trugen.
Lancelot eilte schnurstracks auf sie zu und verschwendete gar keinen Gedanken daran, dass sie etwa nicht zur Seite gehen könnten, aber die beiden blickten ihm nur stirnrunzelnd und unter dem Ausdruck leiser Verwirrung entgegen und machten keine Anstalten, ihm Platz zu machen. Ganz im Gegenteil: Als auch Lancelot nicht auswich, sondern ein ärgerliches Gesicht aufsetzte und seine Schritte sogar noch beschleunigte, streckte der eine plötzlich den Arm aus und versetzte ihm einen so derben Stoß, dass er zwei Schritte rückwärts stolperte und beinahe gestürzt wäre.
»Was ...?«, begann Lancelot, kam aber nicht dazu, seinem Ärger Luft zu machen.
»Pass doch auf, wo du hinläufst, Tölpel!«, fuhr ihn der Ältere der beiden an. »Hast du nichts zu tun? Mach dich nützlich oder es setzt eine Tracht Prügel!«
Im ersten Moment stieg rasender Zorn in Lancelot hoch, aber noch bevor er auch nur ein Wort sagen konnte, wurde ihm klar, was er für diese Männer war: Nicht Sir Lancelot, nicht der neue Herrscher über dieses Haus, nicht einmal ein *Mann*, sondern nur ein noch

nicht ganz erwachsener Junge in zerschlissenen Kleidern, der in seine Schranken gewiesen werden sollte.
Plötzlich musste er lachen. Es war lange her, dass ihn jemand so behandelt hatte, und er erinnerte sich gut, sich oft geschworen zu haben, sich nie wieder so niedermachen zu lassen – und gleichzeitig begriff er, wie sehr es ihm gefehlt hatte, als Gleicher unter Gleichen zu leben, einfach nur ein Mensch zu sein, den man zur Kenntnis nahm oder auch nicht, nichts Außergewöhnliches und vor allem niemand, den man fürchten musste.
Der Mann, der ihn beinahe niedergeworfen hatte, runzelte noch ärgerlicher die Stirn und Lancelot hätte sich nicht gewundert, wenn er ihm die angedrohten Prügel nun tatsächlich hätte verabreichen wollen, aber sein Begleiter legte ihm begütigend die Hand auf den Unterarm, schüttelte den Kopf und murmelte etwas Unverständliches und die beiden zogen ohne ein weiteres Wort ab. Lancelot durchquerte dagegen mit schnellen Schritten die große, zugige Eingangshalle, trat endgültig aus dem Haus und blieb auf der obersten Stufe der großen Freitreppe stehen.
Tintagel *hatte* sich verändert. Die Pferde, die er noch gerade vom Fenster seines Zimmers aus gesehen hatte, waren verschwunden, vermutlich schon in die Ställe geführt, aber die beiden Fuhrwerke standen noch da und warteten aufs Entladen. In der zur Hofseite hin offenen Schmiede prasselte ein Feuer, das heiß genug war, um den Schnee im Umkreis von fünf Schritten zum Schmelzen zu bringen, und als er zwei Schritte zur Seite trat und einen Blick durch das weit offen stehende Tor warf, konnte er ein weiteres, von Ochsen gezogenes Fuhrwerk erkennen, das sich dem schmalen Felsenweg zur Festung hinaufquälte. Er sah jetzt nicht mehr so viele Menschen wie gerade, aber er hörte überall Stimmen

und die Geräusche hektischer Betriebsamkeit. Ja, Tintagel *war* zum Leben erwacht.
Und im gleichen Maße, in dem er dies begriff, fühlte sich auch Lancelot plötzlich wieder so lebendig wie schon seit langem nicht mehr. Es war bitterkalt. Der Himmel hing tief und die bauchigen grauen Wolken, die nahezu die höchsten Zinnen Tintagels zu berühren schienen, versprachen weiteren Schnee. Als er genauer hinsah, erkannte er überall die Anzeichen des Verfalls, der sich bereits in den Mauern der Burg eingenistet hatte, und dennoch spürte er, dass es hier vor Leben nur so brodelte. Es kam ihm beinahe so vor, als würde die ganze gewaltige Festung vor Anspannung und Vorfreude vibrieren; wie ein edles Rennpferd, das nach viel zu langer Wartezeit endlich wieder aus dem Stall geführt wurde.
»Dulac!«
Lancelot sah sich verwirrt um, als er jemanden seinen Namen rufen hörte. Im ersten Moment entdeckte er niemanden, dann aber erscholl die Stimme zum zweiten Mal und Lancelot legte den Kopf in den Nacken und blinzelte zur Festungsmauer hinauf. Hoch über ihm, mehr als zwanzig Meter schätzte er, stand eine bärtige Gestalt in einem schwarzen Fellmantel hinter den Zinnen und winkte ihm aufgeregt mit beiden Armen zu. Sean. Lancelot erwiderte seinen Gruß, sah sich kurz und suchend um und eilte dann mit weit ausgreifenden Schritten auf die steile geländerlose Steintreppe zu, die zum Wehrgang hinaufführte.
Der Ire kam ihm aufgeregt entgegen, als er oben anlangte. Er wirkte nervös, aber nicht ängstlich, und als Lancelot näher kam, blieb er stehen und zauberte ein breites Grinsen auf sein bärtiges Gesicht. »Sir Lancelot, verzeiht. Ich habe aus Versehen ...«

»... den Namen benutzt, den ich im Moment vorziehe«, unterbrach ihn Lancelot. Er schlang fröstelnd die Arme um den Oberkörper und fügte in übertrieben finsterem Ton, aber mit einem Augenzwinkern hinzu: »Ich hoffe doch, du hast mich bei dieser Kälte nicht hier heraufzitiert, um dich dafür zu entschuldigen.«

Sean lachte. Sein Gesicht war gerötet und augenscheinlich fror er trotz des dicken Mantels, in den er sich gehüllt hatte, genauso wie Lancelot. Er schüttelte heftig den Kopf. »Bestimmt nicht. Ich würde es meinem ärgsten Feind nicht gönnen, hier oben eine Nacht lang Wache stehen zu müssen. Bei Ollathair und all den anderen alten Göttern: Ich beginne zu ahnen, warum Tintagel niemals erobert worden ist. Diese Festung braucht keine Verteidiger. Wind und Kälte sind abschreckend genug.«

»Ist sie das?«, fragte Lancelot. »Niemals erobert worden?«

»Nicht, soviel ich weiß.« Sean hob die Schultern und trat mit zwei schnellen Schritten an die Lücke zwischen zwei der gewaltigen, übermannshohen Zinnen. »Ich habe dich hier heraufgebeten, um dir etwas zu zeigen.«

Lancelot tat ihm den Gefallen und trat neben ihn, obwohl er dem schneidenden Wind dadurch noch schutzloser ausgesetzt war. Der Anblick, der sich ihm bot, entschädigte ihn dafür aber mehr als genug.

Sie standen auf der landwärts gerichteten Seite der Mauer und die Küstenregion Cornwalls breitete sich vor ihnen aus, so weit das Auge reichte. Es schneite nicht, sodass der Blick trotz der schweren Wolken und des eher grauen als hellen Lichtes meilenweit ging. Lancelot spürte ein neuerliches eisiges Frösteln, das diesmal nichts mit Wind und Kälte zu tun hatte, als er sah, wie täuschend nahe der Waldrand und die Ebene zu liegen schienen, die sie gestern überschritten hatten; fast meinte man, nur den Arm ausstrecken zu müssen, um sie berühren zu können. Die verschneiten Wälder dahinter waren eine gewaltige, schier endlose Masse, undurchdringlich von hier oben aus betrachtet und unglaublich *groß.* Für einen Moment fiel es ihm schwer, zu glauben, dass sie tatsächlich diesen Weg zurückgelegt haben sollten um hierher zu kommen, und noch schwerer, dass sie es lebend überstanden hatten.

»Ist es das, was du mir zeigen wolltest?«, fragte er.

Sean schüttelte den Kopf. Er grub eine Hand unter seinem Mantel aus und machte eine flatternde Geste. »Sieh nach Norden!«

Lancelot musste sich vorbeugen, um zu gehorchen, doch nachdem er es getan hatte, wusste er, was der Ire meinte. Winzig klein, Spielzeugen gleich, kroch eine ganze Kolonne von Wagen, Fuhrwerken und Reitern den gewundenen Felsenpfad zur Festung herauf. Lancelot schätzte ihre Anzahl auf mindestens fünfzig, wahrscheinlich mehr, und es brauchte keine große Fantasie, um zu erraten, um wen es sich dabei handelte.

Trotzdem fragte er. »Sind das ... Verbündete?«

Sean schüttelte grinsend den Kopf. Ein Hagel winziger Eissplitter löste sich aus seinem Haar und seinem Bart. »Untertanen von Lady Gwinneth«, verbesserte er ihn. »Treue Untertanen. Viel besser als Verbündete.«

»Aber wieso ...?«

Wieder unterbrach ihn der Ire. Die Kälte hatte seine Züge erstarren lassen, sodass es ihm schwer fiel, seinen Gefühlen Ausdruck zu verleihen, aber Lancelot sah das begeisterte Funkeln in seinen Augen. »Ich habe dir doch erzählt, dass wir einen Boten ins Nachbardorf geschickt haben. Ich hatte gehofft, dass einige zu uns kommen. Aber das ...« Er schüttelte den Kopf. Seine

Augen leuchteten noch mehr auf. »Die Nachricht muss sich wie ein Lauffeuer verbreitet haben. Wir haben jetzt schon genug Vorräte, um den Winter zu überstehen, und wenn es auch nur einen einzigen Tag so weitergeht, genug Männer, um die Burg ein Jahr lang gegen jeden Angreifer zu halten.«

»Es sind nur Bauern und Fischer«, erinnerte Lancelot, aber Sean war nicht bereit, auch nur einen einzigen Wermutstropfen in seine Begeisterung fallen zu lassen.

»Und mehr ist auch nicht nötig«, erwiderte er. »Alles andere erledigt diese Festung für uns. Bei Ollathair, ich habe niemals eine Burg wie diese gesehen. Gib mir ein Dutzend Männer und ich halte sie selbst gegen König Artus' Heer.«

Möglicherweise hatte der Ire sogar Recht. Aufgewachsen am Hof des größten Kriegsherren, den dieses Land jemals gesehen hatte, und in der Gesellschaft der tapfersten der tapferen Ritter, verstand Lancelot notgedrungen genug von Taktik und Festungsbau um zu erkennen, dass Tintagel tatsächlich so gut wie uneinnehmbar war; selbst für ein zahlenmäßig weit überlegenes Heer. Aber sie waren hierher gekommen, um vor dieser Welt, die nur aus Krieg, Tod und Angst bestand, zu fliehen. Nicht um sie mit sich zu bringen. Er sprach jedoch nichts von alledem aus, sondern warf nur noch einen abschließenden langen Blick über die tief verschneit daliegende Ebene hinter Tintagel, ehe er fröstelnd in den Windschutz der Zinne zurücktrat und sagte: »Hoffen wir, dass es nicht so weit kommt.«

Sean maß ihn mit einem kritischen Blick. Lancelot sah ihm an, dass ihm etwas anderes auf der Zunge lag, aber er antwortete nur mit einem Achselzucken und den Worten: »Vielleicht sollten wir das besser drinnen bei einem Becher Glühwein besprechen.« Plötzlich grinste

er wieder. »Nicht dass der berühmte Sir Lancelot du Lac uns am Ende noch zu einem Eiszapfen gefriert.«
Lancelot reagierte mit einem eher pflichtschuldigen Lächeln, hatte es aber plötzlich eilig, sich umzudrehen und wieder zur Treppe zurückzugehen. Als sie den Hof überquerten, frischte der Wind auf und die ersten Schneeflocken sanken aus den Wolken herab. Lancelot hätte die Burg gerne durchquert, um auch auf der anderen Seite auf die Mauer hinaufzusteigen und einen Blick aufs Meer hinauszuwerfen, aber er war mittlerweile gar nicht mehr so sicher, dass Seans Worte tatsächlich nur ein derber Scherz gewesen waren. Vielleicht hätte er besser auf seinen Stolz verzichten sollen und doch die warmen Kleider angezogen, die ihm Iven gestern Abend gebracht hatte.
Sie durchquerten die Halle und eilten in den großen Raum, in dem sie gestern Abend gegessen hatten. Lancelot trat so dicht an den Kamin heran, dass seine Kleider gerade noch kein Feuer fingen, während sich Sean ächzend aus dem mit Schnee verkrusteten Mantel schälte, ihn achtlos über einen Stuhl warf und ebenfalls fröstelnd die Hände aneinander rieb. Gerade als auch er neben Lancelot ans Feuer treten wollte, kamen die beiden Männer von vorhin zurück, die ihre Last mittlerweile abgeladen hatten.
Sean machte mitten in der Bewegung kehrt und winkte sie heran. »Euch schickt der Himmel. Wir sind halb erfroren. Bringt einen Krug Glühwein für Sir Lancelot und mich.«
Die Wirkung seiner Worte war erstaunlich. Lancelot drehte sich nicht vom Kamin weg, aber er beobachtete die Reaktion der beiden Männer aus den Augenwinkeln genau, und er hatte alle Mühe, ein Grinsen zu unterdrücken. Beide erstarrten mitten in der Bewegung und

vor allem der, der ihn vorhin zur Seite gestoßen hatte, wurde kreidebleich.
»Sir ... *Lancelot*?«, wiederholte er ungläubig.
Lancelot drehte sich nun doch herum und trat ganz neben Sean. Neben dem irischen Riesen musste er noch kleiner und unscheinbarer wirken als vorhin, aber die Gesichter seiner beiden Gegenüber verloren noch mehr an Farbe und zumindest in den Augen des einen machte sich plötzlich blankes Entsetzen breit.
»Du hast schon ganz richtig verstanden, Freund«, sagte er lächelnd. »Die Idee mit dem Glühwein klingt prächtig. Also sei bitte so freundlich und hole uns einen Krug. Aber mach ihn nicht zu stark – wir haben einen langen Tag vor uns und brauchen beide einen klaren Kopf.«
Einer der beiden Männer fuhr auf der Stelle herum und rannte regelrecht aus dem Raum, während der andere japsend nach Luft rang, einen zitternden Schritt auf ihn zumachte und dann auf die Knie hinabfiel. »Verzeiht, Herr«, stammelte er. »Ich konnte ja nicht wissen ... ich meine ... ich dachte ...«
»Dasselbe, was die meisten meiner Verfolger wohl auch dachten, wenn sie mich in meiner Verkleidung gesehen haben«, unterbrach ihn Lancelot. »Genau das war ihr Sinn.«
»Verzeiht mir, Herr«, flehte der Mann. »Ich wollte Euch nicht beleidigen. Bitte bestraft mich nicht!«
Sean blickte abwechselnd ihn und Lancelot mit einem Ausdruck völliger Verständnislosigkeit an und Lancelot musste nun wirklich all seine Kraft aufbieten, um nicht breit wie ein Schuljunge zu grinsen, dem ein besonders derber Scherz gelungen war. »Ich bestrafe dich allerhöchstens, wenn du weiter hier vor mir auf den Knien herumrutschst und dich zum Narren machst. Steh auf!«

Der Mann gehorchte, wenn auch nur zögernd, am ganzen Leib zitternd und ohne Lancelot dabei in die Augen zu sehen. Plötzlich kam Lancelot sein kleiner Scherz gar nicht mehr so lustig vor. Der Mann tat ihm einfach nur Leid. In verändertem Ton fuhr er fort: »Es ist nicht deine Schuld. Wie hättest du mich erkennen sollen? Also vergiss es einfach und sei das nächste Mal lediglich ein bisschen großmütiger, bevor du jemandem, den du nicht kennst, eine Tracht Prügel androhst. Und fall nie wieder vor mir auf die Knie!«

»Herr?«

»Weder vor mir noch vor sonst jemandem«, fuhr Lancelot fort, in verändertem Ton, leiser, aber auch ernster. »Kein Mensch sollte vor einem anderen knien. Wie ist dein Name?«

»Henry«, antwortete der Mann.

»Henry, so«, wiederholte Lancelot nachdenklich. »Und was bist du?«

»Ich bin Fischer«, antwortete der andere. »Mein Dorf liegt eine halbe Tagesreise von hier entfernt.«

»Und du hast alles zurückgelassen und bist hierher gekommen um Lady Gwinneth zu helfen«, stellte Lancelot fest. »Willst du bleiben oder hast du nur irgendetwas gebracht?«

»Mein Bruder und ich bleiben hier, solange Lady Gwinneth auf Tintagel weilt«, erwiderte Henry. Er wirkte noch immer verschüchtert, viel mehr aber verwirrt – und ein ganz kleines bisschen stolz.

»Das klingt gut.« Lancelot deutete auf den Iren neben sich. »Melde dich später bei Sean. Er soll dich als Hauptmann der Wache einteilen. Du hast Mut. Männer wie dich können wir gebrauchen.«

Er sah dem Fischer an, dass er seine Verwirrung damit vollends komplett gemacht hatte, sprach aber nicht weiter, sondern drehte sich demonstrativ wieder zum Feuer um und nach einem Augenblick vernahm er hastige, sich entfernende Schritte.

»Hauptmann der Wache?«, fragte Sean überrascht. »Du bist schnell damit bei der Hand, einen Mann zu befördern, wie?« Er lachte leise. »Hat er dir tatsächlich eine Tracht Prügel angedroht?«

»Angedroht?« Auch Lancelot lachte. »Wenn ich nicht schnell genug gewesen wäre, hätte er sie mir verabreicht.« Er wandte sich zu Sean um und sein Lächeln erlosch. »Ich glaube, du hast Recht. Wenn Gwinneths andere Untertanen auch nur halb so mutig sind wie dieser Mann, dann haben wir nichts zu befürchten.«

»Ich glaube, das haben wir ohnehin nicht«, meinte Sean, auch wenn sein Gesichtsausdruck das Gegenteil behauptete.

»Wieso?«

»Seit gestern sind nicht nur Nahrungsmittel und Waffen nach Tintagel gekommen, sondern auch Neuigkeiten«, antwortete Sean.

»Von Artus?«

Sean nickte. »Es steht nicht gut um seinen Krieg.« Er streckte noch einmal beide Hände über das Feuer, um die Finger aneinander zu reiben, und ließ sich dann auf einen Stuhl sinken, der unter seinem Gewicht ächzte. »Camelot ist weit, aber Nachrichten haben Flügel und sie sind schneller, je schlechter sie sind. Artus hat die Pikten drei Mal gestellt, und er wurde drei Mal geschlagen.«

»Drei Mal?«, ächzte Lancelot. Er hatte das ungeheuerliche Heer gesehen, das Mordred und Morgaine Le Faye aufgestellt hatten, aber er kannte auch Artus und seine Tafelritter und er wusste, wozu diese Männer imstande waren. Er hatte mehr als einmal mit eigenen Augen mit angesehen, wie sie gegen eine zehnfache Übermacht angetreten und gesiegt hatten.

»Etliche Königreiche haben sich von Artus abgewandt«, fuhr Sean fort. Er lachte bitter. »Du weißt, wie sie sind: Sie heulen mit den Wölfen, aber sobald ein Stärkerer kommt, wechseln sie nur zu gern die Seite. Dem König sind nicht allzu viele Verbündete geblieben. Und es heißt, er habe die meisten und besten seiner Ritter fortgeschickt.«

»Ich weiß«, sagte Lancelot leise.

Einen Moment lang sah ihn Sean irritiert an, aber dann schüttelte er heftig den Kopf. »Oh nein, nicht auf die Suche nach dir oder Gwinneth. Sie suchen etwas, das sie den Heiligen Gral nennen.«

Lancelot starrte ihn an. »Den Heiligen Gral?«

»Es sind nur Gerüchte, ich weiß, und es fällt mir selbst schwer, sie zu glauben«, erwiderte der Ire. »Andererseits ...« Er hob die Schultern. »Manchmal sind ja gerade die hohen Herren für die verrücktesten Dinge gut. Ich weiß nicht, was das sein soll: *Der Heilige Gral*, aber vielleicht hofft Artus ja auf ein Wunder, jetzt wo ihn das Kriegsglück verlassen hat.«

Lancelot war verwirrt und über die Maßen bestürzt. Besser als Sean – vielleicht besser als jeder andere Mensch auf der Welt – wusste er, was mit dem Heiligen Gral gemeint war. Wahrscheinlich war es Artus nur mit seiner Hilfe möglich, das Kriegsglück zu wenden und damit dem Land letztlich wieder den Frieden zu schenken, den es verdient hatte.

Henry und sein Bruder kamen zurück, brachten einen Krug Glühwein und einen Korb mit frisch gebackenem, noch warmem Brot, das so verlockend duftete, dass sowohl Sean als auch Lancelot noch einmal kräftig zugriffen, obwohl er ja gerade erst gefrühstückt hatte.

Während des Essens schwiegen sie, aber Lancelot entgingen nicht die verstohlenen Blicke, mit denen der Ire ihn ab und zu musterte, und er nahm an, dass er seine Züge nicht besonders gut in der Gewalt hatte, sodass es Sean leicht fiel, in seinem Gesicht zu lesen.
Was er von Sean gehört hatte, sollte ihn beruhigen, denn wenn diese Gerüchte stimmten, dann hatte Artus im Moment genug zu tun und würde kaum auf die Idee verfallen, etwa ein Heer hierher zu schicken um Gwinneth zurückzuholen. Aber er empfand keine Genugtuung bei dem Gedanken, dass Artus und sein Reich in Gefahr waren. Mochte die ganze Welt es anders sehen, er – und er war sicher: auch Artus – wusste, dass Ritter Lancelot seinen König niemals verraten hatte. Wenn Artus stürzte, dann fiel auch Camelot, und das Land würde wieder in der Barbarei versinken, aus der der erste König Britanniens es vor so langer Zeit herausgeführt hatte.
»Ihr seht nicht besonders zufrieden aus, *Sir Lancelot*«, sagte Sean nach einer Weile, in der er Lancelot seinen Gedanken überlassen hatte.
Lancelot war sicher, dass er die förmliche Anrede ganz bewusst gewählt hatte, aber er ignorierte die Frage, die sich hinter dieser Wortwahl verbarg, hob die Schultern und deutete ein Kopfschütteln an. »Das bin ich auch nicht. Doch jetzt lass uns über etwas anderes reden. Hast du schon Nachricht von deinem geheimnisvollen Auftraggeber?«
Sean verneinte. Ihm musste klar sein, dass Lancelot diese Frage – deren Antwort er ganz genau kannte – nur aus dem einen Grund gestellt hatte um das Thema zu wechseln. Aber zu Lancelots Erleichterung gab er sich damit zufrieden. Wenigstens für den Moment. »Und um ehrlich zu sein kommen mir allmählich

Zweifel, ob ich überhaupt noch einmal von ihm hören werde«, sagte Sean nach einer Weile.
»Wie meinst du das?«
Wieder hob Sean die Schultern. »Vielleicht hoffe ich auch fast, dass er nicht kommt.«
»Das würde bedeuten, dass du den noch ausstehenden Lohn nicht erhältst«, stellte Lancelot fest.
»Ich stehe im Dienst einer Königin, oder?« Sean grinste wieder. »Und wie es aussieht, bin ich gerade zum General befördert worden – oder irgend so etwas. Da wird es doch einen gewissen Sold geben?«
»Du stehst nicht im Dienste irgendeiner Königin«, antwortete Lancelot ernst, »sondern im Dienste der schönsten und holdesten Königin, die jemals über irgendein Land auf der Welt geherrscht hat. Diese Ehre allein müsste dir doch Sold genug sein.«
Es gelang ihm nicht oft, aber diesmal verschlug es Sean die Sprache. Er starrte Lancelot einen Moment lang mit offenem Mund und aus aufgerissenen Augen an, dann griff er nach seinem Becher und nahm einen gewaltigen Schluck.
»Na ja«, fuhr Lancelot fort, »das eine oder andere Goldstück wird sich vielleicht noch in den Schatzkammern Tintagels finden.«
»Komme ich ungelegen?«, fragte eine Stimme von der Treppe her.
Lancelot hob den Kopf und erblickte Gwinneth, die mit langsamen Schritten die Stufen herabkam und dabei abwechselnd Sean und ihn stirnrunzelnd ansah. »Mir scheint, ihr teilt gerade hinter meinem Rücken meinen Besitz auf. Das habe ich jetzt davon. Ich hätte es besser wissen müssen. Schließlich hat man mich oft genug gewarnt, mich mit Räubern und Wegelagerern einzulassen.«

»Gwinneth!« Lancelot stand auf und eilte ihr entgegen. Sein Herz begann zu klopfen. Gwinneth trug das gleiche schlichte weiße Kleid wie am vergangenen Abend, hatte ihr Haar aber jetzt mit einem goldenen Diadem geschmückt und einen Mantel mit weißem Fellbesatz über die Schultern geworfen, um sich vor der Kälte zu schützen, die ganz Tintagel in ihrem eisigen Griff hatte. »Wen genau hast du mit Wegelagerern gemeint?«

»Darüber muss ich mir erst noch klar werden«, antwortete Gwinneth. »Und was deine Frage angeht: Tintagels Schatzkammern sind wohl gefüllt. Jedenfalls waren sie das, als ich von hier fortgegangen bin.«

»Sie sind es noch«, sagte Sean vom Tisch aus. »Ich habe nachgesehen.«

»Es hätte mich auch gewundert, wenn nicht.« Gwinneth lachte leise, beschleunigte ihre Schritte und hauchte Lancelot im Vorübergehen einen Kuss auf die Wange, bevor sie sich neben Sean am Tisch niederließ und nach dem Brotkorb griff.

Lancelot blieb noch einen Moment stehen und sah sie verwirrt und nachdenklich an. Sie war immer noch so bleich wie gestern Abend und auch die dunklen Ringe unter ihren Augen waren nicht verschwunden. Aber sie strahlte eine Fröhlichkeit und Zuversicht aus, die all das mehr als wettmachte. Zögernd und hin- und hergerissen zwischen der Freude, Gwinneth so zu sehen, und der Furcht, sein erster Eindruck könnte sich als Irrtum erweisen, setzte sich Lancelot in Bewegung und nahm auf der anderen Seite des Tisches Platz. Gwinneth lächelte ihm zu, sagte aber nichts, sondern beschäftigte sich eine geraume Weile damit, das frisch gebackene Brot mit sichtlichem Appetit und ganz und gar nicht damenhaftem Heißhunger in sich hineinzustopfen, ehe sie schließlich nach Lancelots Becher griff, ihn mit

Glühwein füllte und dann in einem einzigen Zug hinunterstürzte. Sean runzelte die Stirn, aber in seinen Augen blitzte es amüsiert auf.
»Hast du ... gut geschlafen?«, erkundigte sich Lancelot unbeholfen.
Gwinneth nickte. »Sehr gut«, antwortete sie und blinzelte ihm zu. »Vielleicht nur ein bisschen einsam.«
Nun war Lancelot an der Reihe, sprachlos zu sein, während Sean sich gar nicht mehr beherrschen konnte und vor Lachen laut herausprustete. Gwinneth warf ihm einen übertrieben gespielten ärgerlichen Blick zu, was den Iren aber zu einem noch lauteren Lachen provozierte. »Ich glaube, ich habe noch zu tun«, sagte er und stand auf. »Ihr beiden Turteltäubchen werdet mir verzeihen, wenn ich euch einen Moment allein lasse.«
»Geht nur und tut Eure Arbeit, *General*«, sagte Lancelot.
Sean verbeugte sich spöttisch, klaubte seinen Mantel auf und stiefelte davon, während Gwinneth ihm verwirrt nachsah und sich dann mit einem fragenden Blick an Lancelot wandte. »General?«
»Ich glaube, er hat die halbe Nacht oben auf der Burgmauer verbracht und Pläne für die Verteidigung geschmiedet.« Lancelot schüttelte den Kopf. »Lass ihn ruhig. Er ist ein Mann, der ohne Aufgabe nicht glücklich ist.«
»Ist das nicht bei euch allen so?«, erkundigte sich Gwinneth. »Mir ist noch kein Mann begegnet, der nicht davon geträumt hätte, die Welt zu retten – oder wenigstens dann und wann einen Drachen zu erschlagen.«
»Bin ich etwa kein Mann?«, beschwerte sich Lancelot.
Gwinneth lachte. »Ich weiß nicht. Jedenfalls scheint es mir Monate her, dass du das letzte Mal versucht hast, es zu beweisen.«
Lancelot ächzte. »Also das ist doch ...«

»Und um auf deine Frage von vorhin zurückzukommen«, fiel ihm Gwinneth ins Wort, »ich habe tatsächlich sehr gut geschlafen, weißt du? Ich habe nicht einmal gefroren. In meinem Zimmer gibt es einen Kamin.« Sie blinzelte ihm zu. »Deshalb nennt man es Kemenate, musst du wissen – das kommt von dem alten Wort *Temin*.«

»So?«

»Ich fürchte nur, das Feuer ist allmählich heruntergebrannt«, sagte Gwinneth.

»Wenn das so ist«, antwortete Lancelot und stand auf, »dann sollten wir vielleicht hinaufgehen und gemeinsam ein paar Scheite nachlegen.«

Die Tage kamen und gingen und reihten sich zu einer Woche, und als sie vorüber war, erkannte Lancelot Tintagel nicht wieder. Aus der verlassenen, sturmumtosten Festung hoch über der Küste Cornwalls war wieder ein Heim geworden, in das Leben, Wärme und vor allem Zuversicht Einzug gehalten hatten, und auch wenn Tintagel noch weit davon entfernt war, nur einen schwachen Abglanz seiner früheren Pracht und Größe erahnen zu lassen, so begann doch selbst Lancelot allmählich wieder neuen Mut zu schöpfen. Als er in jener furchtbaren Nacht den gewaltigen Schatten Tintagels hoch über den Hügeln erblickt hatte, da war er fest davon überzeugt gewesen, dieser Burg niemals näher zu kommen, geschweige denn einen Fuß in ihre Mauern zu setzen. Und auch danach hatte er sie – wenn überhaupt – nur als Zwischenstation angesehen, einen Ort, an dem sie vielleicht wenige Tage ausruhen und neue Kraft schöpfen konnten, bevor ihre endlose aussichtslose Flucht weiterging. Mit jeder weiteren Frau und jedem Mann aber, die in die Burg kamen, jedem Wagen voller

Vorräte, Feuerholz und Kleidung, jedem Abgesandten aus einem der umliegenden Dörfer, der kam, um Gwinneth seines Beistandes zu versichern, wuchs auch in ihm die Hoffnung, dass sie vielleicht tatsächlich am Ende ihrer verzweifelten Flucht angelangt sein könnten.
Die zweite Woche verstrich, dann die dritte und schließlich der erste Monat, und endlich hatte auch der Winter seinen Höhepunkt überschritten. Es schneite noch immer fast ununterbrochen und es verging keine Nacht, in der der Sturm nicht wie mit unsichtbaren Riesenfäusten an den uralten Mauern und Zinnen Tintagels rüttelte und seine Enttäuschung hinausschrie, wenn sie ihm trotz allem standhielten. Aber die Nächte wurden bereits wieder kürzer und die Tage länger und irgendwann würde schließlich auch dieser ungewöhnlich harte Winter einmal zu Ende gehen.
Es war an einem Morgen, vielleicht sechs oder auch acht Wochen nach ihrem Eintreffen auf Tintagel, als Gwinneth auf das Thema zu sprechen kam, vor dem sich Lancelot insgeheim seit dem allerersten Moment gefürchtet hatte. Sie standen am offenen Fenster ihrer Kemenate, nur in die dünne Decke gehüllt, die sie sich teilten, und genossen das Gefühl des warmen, hochprasselnden Kaminfeuers im Rücken und der eisigen Kälte, die durch das weit offen stehende Fenster hereinströmte. Vielleicht lag es daran, dass es zum ersten Mal seit Ewigkeiten weder schneite noch stürmte, dass Gwinneth ihre Frage stellte: »Was tun wir, wenn der Winter vorüber ist?«
Lancelot antwortete nicht gleich. Wie oft hatte er sich selbst genau diese Frage gestellt und wie oft war er zu keiner Antwort gekommen? Sosehr sie alle unter der grausigen Kälte des Winters litten, der der schlimmste und härteste zu sein schien, soweit sich die Menschen in

diesem Land erinnern konnten, so wenig hatte er sich manchmal gewünscht, dass er jemals enden würde, denn die grimmige Kälte, die sie wie alle anderen beinahe zu Gefangenen in dieser Burg machte, war zugleich auch ihr zuverlässigster Schutz; vielleicht sogar ihr einziger.

Er antwortete nicht, doch Gwinneth schien sein Schweigen richtig zu deuten, denn sie fuhr nach einer Weile und mit leiserer, trauriger Stimme fort: »Wenn der Schnee schmilzt, wird Artus kommen.«

»Das ist nicht gesagt.« Lancelot schüttelte den Kopf, um seine Worte – die nichts als Wunschdenken waren – zu bekräftigen, glitt unter der Decke hervor und eilte mit raschen Schritten zum Bett, um seinen Kleider anzuziehen, die daneben auf dem Boden lagen.

Es war nicht mehr die schäbige Kutte, die er bei seiner Ankunft hier getragen hatte, aber auch nicht die Kleider König Uthers. Die Diener hatten auf Gwinneths Anweisung hin neue Hemden und Hosen für Lancelot genäht, die in ihrer Schlichtheit denen glichen, die er in seinem früheren Leben auf Camelot getragen hatte – in seinem Leben als Küchenjunge und Diener, nicht in dem als Ritter – nur von weitaus besserer Qualität waren. Obwohl sie niemals darüber gesprochen hatten, wusste er, dass es Gwinneth nichts ausgemacht hätte, ihn in Uthers Kleidern zu sehen. Viele hier auf Tintagel hätten es sogar begrüßt, denn auch wenn er alles andere als der legitime Herrscher dieser Burg war, so war er doch der Mann an Gwinneths Seite, und *sie* war die unbestrittene Königin Tintagels, ganz gleich was irgendein ferner König im noch ferneren Camelot auch sagen mochte. Doch ihm wäre es unangenehm gewesen und Gwinneth hatte das wohl gespürt.

Nachdem er sich angezogen hatte, fror er fast noch

mehr als zuvor, denn die Kleider hatten während der Nacht auf dem kalten Steinboden gelegen und waren eisig, aber der Grund, aus dem er an den Kamin herantrat und die Hände über die wärmenden Flammen ausstreckte, war ein anderer. Es war Gwinneths Frage, auf die er immer noch nicht geantwortet hatte. Vielleicht würde sie ja nicht auf einer Antwort bestehen, wenn er sie einfach ignorierte.

Natürlich tat sie es doch. »Er *wird* kommen«, sagte sie nach einer Weile, leise und noch immer mit fast tonloser Stimme und den Blick weiter starr aus dem Fenster gerichtet. Lancelot wandte sich nicht zu ihr um, aber er kannte Gwinneth mittlerweile gut genug um den Ausdruck zu spüren, der dabei in ihre Augen trat. »Artus wird niemals aufgeben.«

»Artus ist damit beschäftigt, einen Krieg zu führen«, erwiderte Lancelot. »Selbst wenn er ihn gewinnt, wird es lange dauern.«

»Und wenn nicht?«

»Das sollten wir uns nicht wünschen«, antwortete Lancelot. »Wenn Camelot fällt, ist ganz Britannien verloren.« Die Worte taten ihm sofort wieder Leid. Er hatte nichts gesagt, was Gwinneth nicht sowieso wusste, aber es war ein Unterschied, es zu wissen oder es auszusprechen. Er trat vom Kamin zurück, hob Gwinneths Mantel auf, den sie – anders als er – ordentlich über einen Stuhl neben ihrem Bett abgelegt hatte, und ging dann wieder zum Fenster. Gwinneth blinzelte verwirrt, als er ihr mit sanfter Gewalt die dünne Decke wegzog, unter der sie nackt in der Kälte zitterte, aber dann lächelte sie dankbar, als er ihr stattdessen den warmen Fellmantel um die Schultern legte.

»Gestern kam ein Bote mit Neuigkeiten.«

»So?« Lancelot war nicht neugierig darauf. Fast täglich

erreichten Nachrichten Tintagel, aber die wenigsten davon waren angenehm.
»Angeblich ist der Vormarsch der Pikten zum Stehen gekommen«, fuhr Gwinneth fort. »Weiter im Landesinneren scheint sich der Winter noch schlimmer auszutoben als hier.«
»Ja, ja.« Lancelot suchte krampfhaft nach einem Vorwand, das Thema zu wechseln. »Es kämpft sich schlecht, wenn einem die Hand am Schwert festfriert. Der Winter lähmt auch den Krieg.«
»Vielleicht sollten wir uns wünschen, dass er niemals vorübergeht«, murmelte Gwinneth. »Wenn Artus und seine Ritter geschlagen werden, dann ist nicht nur Camelot verloren, sondern ganz Britannien.«
»Das wird nicht geschehen«, behauptete Lancelot. »Glaub mir, Gwinneth, ich kenne Artus. Es wäre nicht das erste Mal, dass er sich in einer scheinbar aussichtslosen Lage befindet und am Ende doch den Sieg davonträgt.«
Gwinneth wollte widersprechen, aber Lancelot schüttelte heftig den Kopf und fuhr mit leicht erhobener Stimme und einem nicht ganz überzeugenden Lächeln fort: »Und ich kenne auch die anderen Könige, schließlich habe ich sie des Öfteren bedient.«
»Du meinst die, die sich feige von ihm abgewandt haben und abwarten, während er und seine Ritter ihr Blut vergießen, um ihre Ländereien zu beschützen?«, fragte Gwinneth.
»Ja«, antwortete Lancelot. »Viele von ihnen sind feige und vielleicht sogar hinterlistig – aber sie sind nicht dumm. Sie wissen, was ihnen bevorsteht, wenn die Pikten siegen. König Artus auf dem Thron Camelot ist so manchem Baron und selbst ernanntem König ein Dorn im Auge, das ist wahr. Aber Mordred auf diesem Thron

wäre ihr Tod. Sie werden es nicht zulassen.« Er hob die Hand. »Und jetzt genug davon. Mir ist kalt und ich bin hungrig. Warum wecken wir nicht einen deiner viel zu zahlreichen Diener und lassen uns ein gewaltiges Frühstück bringen?«

Er sah Gwinneth an, dass sein aufgesetzt lockerer Ton sie eher noch trauriger stimmte. Auch das war etwas, was sich geändert hatte: Gwinneth *hatte* ihre Fröhlichkeit wiedergefunden, im gleichen Maße, wie sie sich von den Anstrengungen der Flucht erholt hatte und auch ihre Schönheit und ihr strahlendes Lächeln zurückgekehrt waren. Aber es gab doch manchmal Momente wie diese, in denen die Furcht wieder da war, die sie zwar zurückgedrängt, aber keineswegs besiegt hatte. So wenig wie er. Schließlich aber nickte sie abgehackt und zwang sich ebenfalls zu einem knappen unechten Lächeln.

»Es ist sehr früh«, sagte sie. »Die meisten Diener werden noch schlafen – aber wir können hinunter in die Küche gehen und sehen, was die Vorratskammer hergibt.« Sie streifte erst den Kamin, dann das Fenster mit einem flüchtigen Blick. »Außerdem ist es dort wärmer.«

Der Gedanke gefiel Lancelot. Iven und das knappe Dutzend Dienstmägde und Helfer, das er in den letzten Wochen unter seine Fittiche genommen hatte, würde der Schlag treffen, wenn die Königin selbst hinunter in die Küche ging, um sich ein Mahl zuzubereiten. Doch gerade diese Vorstellung war es, die ihm eine fast kindliche, diebische Freude bereitete. Darüber hinaus hatte Gwinneth durchaus Recht: Es war noch sehr früh, und obwohl mittlerweile an die hundert Menschen auf Tintagel lebten, war ihre Zahl doch gering, bedachte man die gewaltige Größe der Küstenfestung. Jeder hier musste praktisch für zwei arbeiten, und er wäre sich

schäbig vorgekommen, Iven und seinen Helfern auch nur eine Stunde ihres wohlverdienten Schlafes zu rauben, nur weil ihm eine Stunde vor Sonnenaufgang der Sinn nach einer heißen Suppe stand.
Er sah schweigend zu, wie Gwinneth sich ankleidete und anschließend den Mantel wieder überstreifte, und bevor sie die Kemenate verließen, trat auch er an die Truhe mit ihrer Kleidung und nahm einen warmen, dick mit Schafwolle gefütterten Umhang heraus, den er sich um die Schultern warf. Ganz gleich wie viele Feuer auch in Tintagels Kaminen brannten, es war hier drinnen immer kalt und die Feuchtigkeit, die vom Meer heraufzog, machte es noch schlimmer.
Sie stiegen die drei Stockwerke bis in den Keller hinab, ohne auf einen Menschen zu treffen. In der Küche war es dunkel und kühl, aber nicht eisig. Das Feuer im Herd erlosch niemals ganz, und da der große Raum nur eine Hand voll winziger Fenster besaß, die sich hoch unter der Decke befanden und zugleich als Rauchabzug dienten, hatte die Kälte es schwer, ihren Weg durch die dicken Mauern zu finden. Der schwache Duft nach gebratenem Fleisch und frisch gebackenem Brot hing noch vom vergangenen Abend in der Luft und ließ Lancelot das Wasser im Munde zusammenlaufen. Oben in Gwinneths Kemenate hatte er einfach nur nach einem Vorwand gesucht um das Thema zu wechseln, aber nun spürte er, dass er tatsächlich hungrig war.
Sein Magen knurrte, während er sich im schwachen Dämmerlicht seinen Weg zum Herd ertastete. Er benutzte den Dolch, den er stets bei sich trug, um die Herdplatte anzuheben und weit genug zur Seite zu schieben, damit er darunter blicken konnte. Das Feuer war zu einem Häufchen roter Glut zusammengesunken, aber er musste nur ein paarmal hineinblasen und ein

wenig Reisig nachlegen, um es wieder hell aufflackern zu lassen und eine Fackel daran zu entzünden, die er anschließend in einen der zahlreichen geschmiedeten Halter an der Wand steckte.
Auf der Suche nach Essbarem drehte er sich einmal um die eigene Achse. Obwohl sie nun schon so lange auf Tintagel weilten, war er noch niemals hier heruntergekommen und der Anblick verblüffte ihn im ersten Moment ein wenig, denn der Raum ähnelte – abgesehen von seiner Größe vielleicht – fast zum Verwechseln den Küchengewölben Camelots, in denen er praktisch aufgewachsen war. Hätte er es nicht besser gewusst, er hätte geschworen, dass er vom gleichen Baumeister geplant und errichtet worden wäre.
Gwinneth hantierte bereits lautstark an einem der Regale auf der anderen Seite und kam mit einem Laib Brot und einer Speckseite zurück. Dazu balancierte sie noch eine irdene Schale mit Schmalz, einen bauchigen Krug und zwei Trinkbecher auf den Armen. Ganz automatisch wollte Lancelot ihr zu Hilfe eilen, dann aber blieb er stehen und wartete mit einem Gefühl kindlicher Schadenfreude darauf, dass Gwinneth an ihrer Aufgabe scheiterte und ihre ganze Last zu Bruch ging. Sie tat ihm den Gefallen jedoch nicht, sondern erreichte halbwegs unbeschadet den Tisch neben dem großen Herd, lud alles darauf ab und bedachte ihn mit einem gespielt vorwurfsvollen Blick.
»Wenn du wirklich ein Ritter wärest«, sagte sie, »dann hättest du einer Dame in Not geholfen.«
Lancelot grinste. »Ich sehe keine ...« Gwinneth spießte ihn mit Blicken regelrecht auf und Lancelot führte den Satz anders als ursprünglich geplant zu Ende: »... Not.«
»Dann heiz wenigstens kräftig ein«, sagte Gwinneth kopfschüttelnd. »Das Brot ist hart geworden. Wir soll-

ten es aufbacken, bevor wir uns die Zähne daran ausbeißen.«

Lancelot legte wortlos eine Hand voll Reisig und zwei Scheite Feuerholz nach. Er war erstaunt, welche Freude ihm diese einfachen Handgriffe bereiteten, die er früher nur als lästige Pflicht und oft genug als Zumutung betrachtet hatte. Und er war sogar ein bisschen erstaunt darüber, wie sehr er die ganze Situation genoss. Dann aber wurde ihm klar, warum das so war: Sie erinnerte ihn an den ersten Tag, den er mit Gwinneth verbracht hatte. Damals hatte sie ihn in der Küche Camelots besucht.

»Möchtest du, dass ich uns eine Suppe zubereite?«, fragte er. Gwinneth blickte zweifelnd und Lancelot beeilte sich hinzuzufügen: »Ich kann das. Bevor ich mich entschlossen habe, die Ritterlaufbahn einzuschlagen, war ich ein ganz passabler Koch. Und ich hatte einen guten Lehrmeister.«

»Dagda?« Gwinneth zog einen Schnute. »Ich hatte das eine oder andere Mal das Vergnügen, von seinen Köstlichkeiten probieren zu müssen.«

»Ach?«, machte Lancelot.

Gwinneth nickte. Mit dem unschuldigsten Gesicht der Welt fragte sie: »Und du bist ganz sicher, dass er dich zum Koch ausbilden wollte und nicht zum Foltermeister?«

Lancelot lachte. »So schlimm war es nun auch wieder nicht. Artus' Gäste haben seine Mahlzeiten immerhin überlebt – die meisten jedenfalls«, fügte er nach einem Moment hinzu.

Wieder lachte Gwinneth, aber das Geräusch klang anders; so anders, dass Lancelot herumfuhr und sie fragend und sogar ein bisschen beunruhigt ansah. Und was er erblickte, das veranlasste ihn zu einem tiefen Stirnrunzeln.

Gwinneth war um den Tisch herumgegangen und starrte auf den gewaltigen Herd, hinter dem er stand, und ein sonderbarer Ausdruck von Trauer und Nachdenklichkeit machte sich auf ihrem Gesicht breit. »Ich frage mich, ob er auch hier gestanden und sein Hexengebräu zusammengemischt hat.«
»Dagda?«, fragte Lancelot zweifelnd.
»Merlin«, sagte Gwinneth. Dann verbesserte sie sich. »Dagda. Uther hat oft von seinen Kochkünsten erzählt.«
»Dagda?«, wiederholte Lancelot. »Aber ich verstehe nicht ... Was meinst du damit?«
Für die Dauer eines Atemzuges sah Gwinneth ihn nur völlig verständnislos an. »Merlin hat hier auf Tintagel gelebt, bevor er nach Camelot kam«, sagte sie dann.
Ungläubig riss Lancelot die Augen auf. »Hier? Dagda ... *Merlin* hat *hier* gelebt?«
»Viele Jahre lang«, antwortete Gwinneth. »Ich dachte, du wüsstest das.«
»Nein«, erwiderte Lancelot. Er war wie vor den Kopf geschlagen. »Woher? Du ... du hast es mir nie gesagt.«
»Weil jedermann es wusste.« Auch Gwinneth wirkte jetzt verwirrt; fast ein bisschen schuldbewusst. »Aber ich dachte ...« Sie brach ab, suchte einen Moment sichtbar nach Worten und setzte dann neu und in verändertem Tonfall an. »Er hat hier gelebt, bis Artus vierzehn Jahre alt geworden ist und sie gemeinsam fortgegangen sind. Uther hat mir oft davon erzählt. Es hat ihm fast das Herz gebrochen.« Sie schüttelte den Kopf. »Ich dachte, du wüsstest es. Jedermann hier auf Tintagel kennt die Geschichte von Merlin und Artus.«
»Ich nicht«, polterte Lancelot. Sein barscher Ton tat ihm sofort wieder Leid, aber er entschuldigte sich nicht. Plötzlich war er sehr aufgeregt und sehr beunruhigt. Er

hatte gewusst, dass Artus die ersten Jahre seines Lebens auf Tintagel verbracht hatte, doch dass auch Dagda hier gelebt hatte, war ihm neu. Wieso hatte er ihm in all den Jahren niemals davon erzählt, ja nicht einmal nachdem Uther zu Besuch nach Camelot gekommen war? Das Feuer, der kurze Moment romantischer Erinnerung und auch sein Hunger waren vergessen. Er trat zu Gwinneth an den Tisch, aber nicht um sich über die Köstlichkeiten herzumachen, die ihm noch vor einem Moment das Wasser im Munde hatten zusammenlaufen lassen, sondern um sie so scharf und durchdringend anzusehen, als trüge sie die Schuld an seiner Unwissenheit. »Dagda hat hier gelebt?«, erkundigte er sich zum wiederholten Male.

»Damals nannte er sich Merlin«, sagte Gwinneth.

»Ich weiß«, unterbrach sie Lancelot unwillig, aber sie schüttelte den Kopf und beharrte: »Es wäre mir lieber, wenn du ihn bei diesem Namen nennen würdest, Lancelot. Der Dagda, den du gekannt hast, war ein uralter Greis, über den alle gelacht haben. Der Mann, an den man sich hier erinnert, war der mächtigste Zauberer Britanniens.«

Lancelot verstand durchaus, was sie meinte, und doch musste er sich beherrschen, um sie nicht vor Ungeduld anzufahren. Begriff Gwinneth denn nicht, wie ungeheuer *wichtig* das war, was sie ihm gerade verraten hatte? »Merlin, gut. Aber wenn er hier gelebt hat ...« Er brach ab, schüttelte ein paarmal den Kopf und sah sich dann aus weit aufgerissenen Augen um, doch bevor er irgendetwas sagen konnte, machte Gwinneth eine Handbewegung und ließ ein enttäuschtes Seufzen hören.

»Ich weiß, was du jetzt denkst. Seit wir zurückgekommen sind, war ich schon ein Dutzend Mal hier unten.« Auch sie schüttelte den Kopf, sah sich einen Moment –

allerdings eher hilflos als neugierig – in dem großen Raum um und ließ sich dann auf einen der Stühle am Tisch sinken. »Das hier ist eine Küche und sonst nichts. Glaub mir. Ich habe jeden Fußbreit gründlich abgesucht.«

Lancelot wusste nur zu gut, was sie meinte, und auch er verspürte im allerersten Moment Enttäuschung. Er hatte das Bild nicht vergessen, das sie in jener schicksalhaften Nacht auf der Wand in Dagdas Zimmer gesehen hatten: Das Tor in eine andere Welt, das ihnen damals unheimlich und fast ein bisschen Furcht einflößend vorgekommen war, obwohl es doch den Weg in ihre Heimat darstellte, die Brücke auf die Tir Nan Og, aus der sie beide kamen.

Dennoch war es nicht das gewesen, woran er gedacht hatte. Er war zweimal dort gewesen, in jener verzauberten Welt, von der die meisten Menschen glaubten, dass sie nur in den alten Geschichten existierte, und er hätte es gespürt, hätte es auch hier einen Weg auf die Insel der Unsterblichen gegeben. Sicher war Merlin zu Lebzeiten in der Lage gewesen, auf magischem Wege ein Tor hinüber in die Welt der Elben und Fabelwesen zu öffnen, aber Merlin war nicht hier und er war nicht einmal mehr am Leben. Dennoch war Lancelot plötzlich aufgeregt wie schon seit langer Zeit nicht mehr.

»Hast du ihn kennen gelernt?«, fragte er. Noch bevor Gwinneth etwas erwidern konnte, begriff Lancelot selbst, was für eine dumme Frage das gewesen war, aber sie antwortete trotzdem.

»Ich war noch nicht einmal ...« Sie hatte wohl sagen wollen: *Geboren*, verbesserte sich aber dann: »... hier, als Artus und er fortgegangen sind.« Für einen winzigen Moment erschien ein trauriges Lächeln auf ihrem Gesicht, das aber sofort wieder erlosch. Als sie weitersprach, wurde ihre Stimme leiser: »Trotzdem habe ich manchmal das Gefühl, ihn gekannt zu haben. Irgendwie ist er immer noch hier. Die Diener, die schon lange genug auf Tintagel sind, um ihn kennen gelernt zu haben, behaupten, man würde seine Gegenwart noch immer spüren.«

»Du weißt sicher, wo sein Zimmer war.« Lancelot konnte plötzlich nicht mehr still stehen und trat unruhig von einem Bein auf das andere. »Hat er eine Kammer neben der Küche gehabt wie in Camelot, oder ...?«

»Oder ein Gemach in der höchsten Turmkammer, wie es einem Zauberer zukommt?« Gwinneth schüttelte lachend den Kopf. »Nein. Es gab ein Gemach, gleich neben dem Uthers, aber dort war er nur selten. Die meiste Zeit hat er in einer Höhle unten an den Klippen gelebt.«

»In einer Höhle?«, vergewisserte sich Lancelot.

Gwinneth hob die Schultern. »Warst du es nicht, der mir erzählt hat, er wäre immer schon etwas seltsam gewesen? Uther hat oft versucht ihn zu überreden, hier in der Burg zu wohnen. Er hätte ihm eine Unterkunft gewährt, die eines Königs würdig ist. Aber er zog es wohl vor, die meiste Zeit des Jahres unten in seiner Höhle zu verbringen. Außer im Herbst, wenn die Stürme zu schlimm wurden, oder in ganz besonders bitteren Wintern.«

»Weißt du, wo sie ist?«

Gwinneth nickte. »Ich war zwei- oder dreimal dort. Es ist lange her und der Eingang ist gut verborgen. Aber ich glaube, ich finde ihn wieder.«

»Dann sollten wir dorthin gehen«, sagte Lancelot, erntete jedoch auch jetzt wieder ein beinahe erschrockenes Kopfschütteln von Gwinneth.

»Das ist unmöglich«, sagte sie.

»Warum?«
»Solange sich das Wetter nicht bessert, ist es viel zu gefährlich«, antwortete Gwinneth. Lancelot wollte widersprechen, aber sie hob rasch die Hand und fuhr mit etwas lauterer Stimme fort: »Es gibt nur einen schmalen Pfad die Klippe hinab. Er ist schon im Sommer nicht ungefährlich, doch jetzt, wo der Fels vereist ist und der Sturm um die Felsen heult, wäre es Selbstmord.«
»Und unten, am Strand entlang?«
»Um diese Jahreszeit sind die Felsen überflutet«, erklärte Gwinneth. »Man müsste schon schwimmen um sie zu erreichen – und ich vermute, dass das selbst für den tapferen Sir Lancelot zu viel wäre.«
»Dann geh wenigstens mit mir auf die Mauer hinauf und zeige mir den Weg«, drängte er.
Gwinneth sah ihn misstrauisch an. »Vielleicht sollte ich das besser nicht tun«, murmelte sie. »Wie ich dich kenne, schlägst du meine Warnung in den Wind und versuchst trotzdem in die Höhle zu steigen.« Sie seufzte. »Aber wenn ich ihn dir nicht zeige, suchst du wahrscheinlich auf eigene Faust danach und brichst dir am Ende noch den Hals.«
Lancelot grinste zur Antwort und Gwinneth kapitulierte endgültig und erhob sich.

Als sie Tintagel verließen, war die Wolkendecke aufgerissen und es so hell, wie es diese Jahreszeit überhaupt zuließ. Gwinneth und er waren noch einmal hinauf in ihr Zimmer gegangen, um sich wärmere Kleider und festes Schuhwerk zu holen. Anders als Lancelot erwartet hatte, führte sie ihn nicht zur seewärts gelegenen Mauer, sondern quer über den Hof, durch einen leer stehenden Pferdestall und ein kleines, abgemauertes Geviert, das mit Gerümpel und ausrangierten und zum

Teil zerbrochenen Möbeln voll gestopft war, bis zu einer schmalen Schlupftür, die in die dicke Mauer aus großen Bruchsteinen eingelassen war. Sie besaß kein Schloss, sondern nur einen einfachen Riegel, der aber offensichtlich seit einem halben Menschenalter nicht mehr bewegt worden war, daher brauchte es ihrer beider vereinter Kräfte, um ihn aufzubekommen.
Um ein Haar wäre ihr Ausflug danach schon zu Ende gewesen, denn die Tür musste nach außen aufgedrückt werden und der Wind hielt mit solcher Gewalt dagegen, dass sie nur gemeinsam gegen ihn ankamen. Dahinter erstreckte sich ein schmaler Pfad, der zwischen der Mauer und der jäh abfallenden Steilküste auf ganzer Länge entlangführte, aber er verspürte wenig Lust, Tintagel einmal komplett zu umrunden, nur um nach ihrem Ausflug wieder hineinzugelangen. Deswegen ließ er Gwinneth noch einmal zurückgehen und ein abgebrochenes Tischbein holen, das dicker als sein Oberschenkel war und das er so in den Türspalt klemmte, dass der Wind die Tür nicht hinter ihnen wieder zuwerfen konnte.
Gwinneth hatte nicht noch einmal versucht, ihn von seinem Vorhaben abzubringen, aber ihre Blicke sprachen Bände. Und als sie endlich auf dem Pfad waren und der graue, vom Sturm aufgepeitschte Ozean unter ihnen lag, konnte er sie beinahe verstehen. Der Felsen, auf dem Tintagel erbaut worden war, erhob sich weit mehr als hundert Meter über dem Meer, und dennoch konnte er selbst hier oben die Gewalt spüren, mit der das Wasser gegen die Steilküste anbrandete. Obwohl der Sturm längst nicht mehr so wütete wie noch vor wenigen Tagen, fiel es ihm schwer, sich aufrecht zu halten. Da der Pfad weniger als einen Meter breit war und die Felsen mit einer dicken Eiskruste überzogen, drohte jeder

Schritt zu einem kleinen Abenteuer zu werden. Schon nach wenigen Metern blieb er stehen und drehte sich zu Gwinneth um.
»Vielleicht solltest du besser zurückgehen«, schrie er ihr über das Heulen des Windes zu.
Gwinneth lachte. Der Sturm riss ihr den Laut von den Lippen und trug ihn davon, aber Lancelot konnte das grimmige Aufblitzen in ihren Augen sehen. »Ohne mich findest du den Pfad nie! Er ist schon bei gutem Wetter leicht zu übersehen.«
Sie wartete einen Moment vergeblich auf eine Antwort, dann zuckte sie mit den Schultern und ging kurzerhand an Lancelot vorbei. Sein Herz machte einen erschrockenen Satz, als er sah, wie nahe ihr Fuß dabei dem Abgrund kam, aber er beging nicht den Fehler, sie zurückhalten zu wollen, was sie möglicherweise erschreckt und endgültig zu einer Katastrophe geführt hätte.
Gwinneth folgte dem Pfad fast auf ganzer Länge, bevor sie wieder stehen blieb und sich mit gerunzelter Stirn umsah, die linke Hand über das Gesicht erhoben, um ihre Augen vor dem schneidenden Wind zu schützen. Lancelot fragte sich für einen Moment, ob sie ihm vielleicht etwas vorspielte und gleich behaupten würde, den Weg nicht wiederzufinden, aber dann entschuldigte er sich in Gedanken bei Gwinneth, ihr eine solche Täuschung unterstellt zu haben. Vermutlich hatte sie tatsächlich Probleme, sich zu orientieren. Die Felsen waren vollkommen vereist. Gefrorener Schnee und Wasser waren zu bizarren Formen erstarrt, die fast einen ganzen Winter über Zeit gehabt hatten, zu wachsen und sich auszubreiten. Ganz bestimmt sah es hier vollkommen anders aus, wenn kein Schnee lag. Er drängte Gwinneth daher nicht, sondern trat nur vorsichtig an ihr vorbei und sah aufs Meer hinab.

Trotz des Sturms, der die Wasseroberfläche peitschte, an seinen Haaren und Kleidern riss und ihm die Tränen in die Augen trieb, war es ein erhebender Anblick. Sie konnten nicht nur das Meer sehen, sondern auch den weit geschwungenen, natürlichen Hafen, der unterhalb Tintagels lag und dem die Burg früher ihren Reichtum und Einfluss verdankt hatte. Jetzt war er nahezu verlassen und dem Verfall preisgegeben. Kurz nach ihrer Ankunft auf Tintagel waren Sean und er einmal dort hinuntergeritten, um sich einen Überblick zu verschaffen, und was er gesehen hatte, das hatte Lancelot mit einer Mischung aus Trauer und Wut erfüllt. Die weitläufigen Hafenanlagen waren verwaist und zum Teil zerstört, die allermeisten Häuser der kleinen Ansiedlung aufgegeben und viele von ihnen bereits unbewohnbar.
Er hatte Gwinneth nicht danach gefragt, aber ihm war klar, dass dieser Verfall nicht erst eingesetzt haben konnte, nachdem Uther und sie Tintagel verlassen hatten. Vielmehr hatte ihm auch Sean – der offensichtlich eine Menge von Seefahrt verstand – versichert, dass dieser Hafen seit mindestens einem Jahrzehnt nicht mehr benutzt worden war, und die wenigen Menschen, die sie getroffen und mit denen sie geredet hatten, hatten diese Behauptung bestätigt. Etliche der früheren Bewohner waren mittlerweile zurückgekehrt und noch mehr waren zweifellos auf dem Weg hierher, und Lancelot bezweifelte nicht, dass der Hafen bald wieder in seiner alten Pracht und Größe entstehen würde – wenn Artus, Morgaine Le Faye und das Schicksal es zuließen.
Im Augenblick aber war der Anblick selbst von hier oben aus ein grausames Beispiel für die Krankheit, an der das ganze Land litt. Sie blickten nicht auf die Spuren einer gewaltsamer Zerstörung, sondern einer anderen, viel unauffälligeren, leiseren und vielleicht gerade

dadurch gefährlicheren Entwicklung. Die Menschen dort unten hatten den Mut verloren. Es gab nichts mehr, wofür sie arbeiten konnten, kein Ziel mehr, das ihnen die Kraft gab, auch die schlimmsten Entbehrungen durchzustehen. Was geschah mit diesem Land?

»Das ist es«, drang Gwinneths Stimme in seine Gedanken. Noch bevor er sich ganz zu ihr umgedreht hatte, fügte sie hinzu: »Jedenfalls ... glaube ich es.«

Lancelot trat rasch neben sie. Sein Blick folgte ihrem ausgestreckten Arm, doch im ersten Moment konnte er nichts als Schnee, Eis und verkrustete Felsen erkennen. Dann aber entdeckte er den schmalen, steil in die nahezu lotrecht abfallende Felswand hineingemeißelten Pfad und ein eisiger Schauer lief ihm über den Rücken. Gwinneth hatte Recht gehabt: Es *war* unmöglich, dort hinunterzukommen. Jedenfalls im Moment. Der Weg war kaum so breit wie zwei nebeneinander gelegte Hände und musste schon bei Windstille und gutem Wetter lebensgefährlich sein. Wie Merlin, der auch während seiner Zeit auf Tintagel bereits ein alter Mann gewesen war, dort hatte hinabsteigen können, war ihm ein Rätsel.

»Und die Höhle?«, fragte er.

Statt zu antworten deutete Gwinneth nach unten und Lancelots Blick folgte auch dieser Geste. Trotzdem dauerte es eine geraume Weile, bis er den schmalen, keilförmigen Spalt im Felsen entdeckte. Vermutlich war das einzig dem Eis zu verdanken, mit dem sich der Fels überzogen hatte, dass er ihn überhaupt sah, denn es war der einzige Flecken weit und breit, auf dem sich das Licht nicht schimmernd brach. Ohne die glitzernde Eiskruste war der Höhleneingang so gut wie unsichtbar.

»Das ist ja eine halbe Meile, wenn nicht mehr«, murmelte er ungläubig. »Und Dagda ... *Merlin* ist jeden Tag dort hinunter und wieder hinaufgestiegen?«

»Manchmal mehrmals«, bestätigte Gwinneth. »Wenn der Fels nicht vereist ist, ist das alles halb so wild, aber trotzdem gefährlich genug. Als ich das erste Mal dort unten war, habe ich den Fehler begangen, Uther davon zu erzählen. Er war so wütend, dass er mich eine Woche lang in meinem Zimmer eingesperrt hat.«

»Und die Male danach?«, erkundigte sich Lancelot.

»Habe ich es ihm nicht gesagt«, antwortete Gwinneth in einem Ton, als hätte er eine ziemlich dumme Frage gestellt. Sie richtete sich auf und trat demonstrativ einen Schritt von der Felskante zurück, was Lancelot mit spürbarer Erleichterung zur Kenntnis nahm. »Nun hast du es gesehen. Wenn sich das Wetter bessert, können wir vielleicht hinunter. Aber im Moment nicht.«

Wenn er sich nicht mit Gewalt lächerlich machen wollte, so gab es nichts, was er darauf erwidern konnte. Und trotzdem antwortete Lancelot nicht, sondern trat nach einem Augenblick des Zögerns dichter an die Felskante heran, ließ sich schließlich auf die Knie hinabsinken und musterte den Pfad aus eng zusammengekniffenen Augen. Er konnte das Gefühl nicht begründen – aber er *wusste* einfach, dass dort unten mehr als eine leere Höhle im Fels war. »Irgendetwas ist dort«, murmelte er.

Gwinneth sog scharf die Luft ein. »Du denkst jetzt nicht das, was ich denke, dass du es denkst?«, fragte sie.

Lancelot verzog flüchtig die Lippen, sah aber nicht zu ihr hoch. »Kannst du das noch mal wiederholen?«

»Du bist völlig wahnsinnig, wenn du glaubst, dass wir dort hinuntergehen könnten!«

»Wir?« Lancelot schüttelte den Kopf. »Nein. Aber ich.«

Gwinneth keuchte vor Entsetzen, aber Lancelot stand auf, streifte den Mantel von den Schultern und setzte dann vorsichtig den Fuß auf den Anfang des schmalen

Felsweges. Der Stein war glatt wie ein polierter Spiegel und der Wind schien mit doppelter Wucht über ihn herzufallen, nachdem er den wärmenden Mantel abgelegt hatte. Seine Finger waren so steif vor Kälte, dass sie schmerzten, als er nach dem rauen Stein tastete und nach einem Halt suchte.

»Lancelot, ich flehe dich an – tu das nicht!«, beschwor ihn Gwinneth.

»Bleib, wo du bist«, wies Lancelot sie an. »Ich werde mich nicht umbringen, das verspreche ich dir. Wenn ich merke, dass es nicht weiter geht, kehre ich um.« Unendlich behutsam machte er einen zweiten Schritt. Gleichzeitig presste er sich mit dem Rücken so eng gegen die kalte Felswand, wie er konnte. Der Wind heulte noch lauter und schien sich wie mit unsichtbaren Fingern in seine Kleider zu krallen, um ihn von seinem Halt hinunterzureißen und in die Tiefe zu schleudern, aber Lancelot biss die Zähne zusammen und schob sich Stück für Stück weiter.

»Also gut«, sagte Gwinneth. »Wenn du es nicht anders willst!«

Lancelot drehte den Kopf in ihre Richtung und hätte um ein Haar aufgeschrien, als er sah, wie sie mit einer entschlossenen Bewegung den Mantel abstreifte und ebenfalls auf den abschüssigen Pfad hinaustrat.

»Gwinneth!«, keuchte er. »Bist du wahnsinnig geworden?«

»Sicher«, antwortete sie. »Aber nicht mehr als du.«

»Tu das nicht!«, sagte Lancelot beschwörend. »Das ist viel zu gefährlich!«

»Ach?«, machte Gwinneth schnippisch. Was sie nicht daran hinderte, schnell und mit unerwartetem Geschick zu ihm herabzusteigen. Obwohl Lancelots Herz vor Angst in seiner Brust fast zersprang, musste er doch

gleichzeitig zugeben, dass sie sich mindestens so geschickt wie er dabei anstellte, wenn nicht mehr.
»Bitte, Gwinneth – geh zurück!«, flehte er trotzdem.
»Wenn du mitkommst, gerne«, erwiderte Gwinneth. Sie war nun schon fast neben ihm angelangt und machte keine Anstalten, kehrtzumachen oder auch nur langsamer zu gehen.
»Also gut.« Lancelot kapitulierte. »Du hast gewonnen. Wir gehen zurück.«
»Nur wenn du mir versprichst, dass du nicht bei der erstbesten Gelegenheit wieder herkommst und es noch einmal versuchst«, sagte Gwinneth, während sie unerschütterlich weiterging. »Nicht bevor der Winter vorüber ist.«
»Ich verspreche es«, versicherte Lancelot, aber damit gab sich Gwinneth nicht zufrieden.
»Ich verlange dein Ehrenwort«, sagte sie. »Wenn du es mir nicht gibst, dann bitte ich Sean noch heute darum, die Tür zumauern zu lassen.«
»Ich gebe mich geschlagen«, antwortete Lancelot. »Geh zurück. Ich werde dir folgen.« Um zu beweisen, dass er die Wahrheit sagte, drehte er sich zu ihr herum und dann geschah das, was geschehen musste: Sein linker Fuß rutschte auf dem spiegelglatt gefrorenen Felsen weg und Lancelot machte alles noch schlimmer, als er sich mit einer erschrockenen Bewegung herumzuwerfen versuchte, um irgendwo an der Wand Halt zu finden.
Er fand ihn nicht. Der Felsen, senkrecht und mit einer Eisschicht überkrustet, die so glatt war wie ein auf Hochglanz polierter Spiegel, schien ihn regelrecht von sich wegzustoßen, und Lancelot kippte mit einem entsetzten Schrei und hilflos rudernden Armen nach hinten und auf den unter ihm klaffenden Abgrund zu.
Er fiel. Über sich hörte er Gwinneth gellend aufschreien

und auch er selbst schrie und griff verzweifelt um sich. Hart prallte er mit der Hüfte auf dem Rand des schmalen Felsweges auf, fiel weiter ins Nichts hinaus – und dann war es, als würde er von einer unsichtbaren, sanften Hand aufgefangen und fast behutsam zurückgeschoben. Er schlug aber trotzdem mit dem Hinterkopf so hart gegen den Felsen, dass er einen Moment lang benommen liegen blieb. Als er wieder mehr als nur bunte Lichtblitze sah, richtete er sich vorsichtig auf, lehnte sich mit dem Rücken gegen den kalten Fels und tastete mit beiden Händen seine Glieder ab, als müsse er sich davon überzeugen, dass sein Körper tatsächlich noch komplett war. Erst dann registrierte er, dass Gwinneth neben ihm kniete und ihn aus Augen anstarrte, die von blankem Entsetzen erfüllt waren.
»Lancelot!«, keuchte sie. »Bist du ... aber wie ... was ist denn nur ...?«
»Das wüsste ich auch gern.« Völlig fassungslos starrte er die Leere neben dem schmalen Felspfad an. Er *war* gestürzt. Er hatte es sich nicht eingebildet – so wenig wie die unsichtbare Kraft, die ihn im letzten Moment aufgefangen und zurückgedrängt hatte. Mit klopfendem Herzen richtete er sich auf, streckte behutsam die Hand über dem Abgrund aus und wartete darauf, auf einen Widerstand zu stoßen. Aber da war nichts. Nur der Wind, der eisig in seine Haut biss.
»Aber wie kann das sein?«, hauchte Gwinneth.
Zur Antwort hob Lancelot nur die Schultern. Irgendetwas hatte ihn aufgefangen, das war klar. Und es war ganz eindeutig *nicht* der Wind gewesen.
Er wurde trotzdem nicht leichtsinnig, sondern war im Gegenteil noch vorsichtiger, als er seinen Weg fortsetzte. Obwohl er Gwinneth gerade versprochen hatte kehrtzumachen, erhob sie jetzt keine Einwände, doch

auch Lancelot protestierte nicht mehr, als sie sich ihm anschloss.

Sie brauchten nahezu eine halbe Stunde, bis sie den schmalen Spalt im Felsen erreichten, der immer noch gute drei oder vier Manneslängen über dem Meer lag. Aus der Nähe erkannte Lancelot, dass es einen zweiten, womöglich noch steileren Pfad gab, der von dort aus hinab zur eigentlichen Küste führte, jetzt aber nur in Schaum gekrönten grauen Wellen endete, die mit solcher Wucht gegen das Land anrannten, dass der Fels unter seinen Füßen und in seinem Rücken unter ihrem Ansturm erzitterte.

Als sie die Höhle erreichten und hintereinander durch den schmalen Spalt traten, blieb Lancelot noch einmal stehen, ließ sich auf die Knie hinab und klaubte eine Hand voll gefrorenen Schnees vom Boden auf. Er formte ihn mit beiden Händen zu einem Ball, den er so kräftig in die Leere hinauswarf, wie er konnte. Er flog jedoch kaum weiter als eine Armeslänge, ehe er vom Wind ergriffen und in die Tiefe gerissen wurde. Die unsichtbare Hand, die ihn gerettet hatte, war offensichtlich nicht gewillt, dasselbe auch mit Schneebällen zu tun. Vielleicht noch verwirrter als bisher wandte er sich endgültig ab und folgte Gwinneth in die Höhle hinein.

Der schmale, sich nach oben verjüngende Gang, der sie aufnahm, war so niedrig, dass selbst Gwinneth sich bücken musste, um nicht mit Kopf und Schultern gegen die Decke zu stoßen. Er führte ein gutes Dutzend Schritte weit steil aufwärts, bevor er einen scharfen Knick nach links machte. Und als Gwinneth und Lancelot diesem Knick folgten, erlebten sie eine Überraschung.

Nach Gwinneths Erzählung hatte er eine finstere Höhle erwartet, aber das genaue Gegenteil war der Fall. Vor ihnen erstreckte sich ein hoher, weiter Felsensaal, der von einem sanften hellgrauen Schimmer erfüllt war, der aus keiner bestimmten Quelle kam. Die Decke erhob sich mindestens zehn Meter hoch über ihren Köpfen, und sowohl die Wände als auch der Boden waren frei von Eis und Schnee, denn es war unerwartet warm hier drinnen. Unter dem Heulen des Sturmes und der Brandung, die zu ihnen hereindrangen, hörte er das Plätschern von Wasser irgendwo weiter vorn in der Höhle, und nachdem sich seine Augen an das veränderte Licht gewöhnt hatten, entdeckte er eine Anzahl gut mannshoher Durchgänge, die tiefer in den Fels hinein und vielleicht auch in benachbarte Räume führten.

»Habe ich zu viel versprochen?«

Obwohl Gwinneths Stimme vor Anstrengung zitterte, hörte er doch deutlich den Stolz darin. Er schüttelte wortlos den Kopf.

»Merlins Höhle ist gleich da vorne rechts, der erste Gang.« Gwinneth wartete seine Reaktion nicht ab, sondern ging in die bezeichnete Richtung los und Lancelot sah sich weiter und mit wachsendem Staunen um, während er ihr folgte. Auch die Wände hier drinnen glitzerten, aber es konnte kein Eis sein, das sie bedeckte, denn dazu war es viel zu warm. Vielmehr schienen es Millionen winziger schimmernder Kristalle zu sein, die direkt aus dem Stein hervorwuchsen und bizarre, wunderschöne Formen bildeten, die von innen heraus zu leuchten schienen, aber auch jede Bewegung widerspiegelten, sodass die Höhle von unzähligen huschenden Schatten und Lichtblitzen erfüllt war, die sich jedoch weigerten, sich mit Blicken fixieren zu lassen. Auch unter seinen Füßen klirrte und hallte es bei jedem Schritt, als ginge er über zermahlendes Glas, und je tiefer sie in die Höhle eindrangen, desto wärmer wurde es.

Gwinneth erreichte den Durchgang, auf den sie gerade gedeutet hatte und blieb stehen, damit er zu ihr aufschließen konnte. Sie lachte leise, machte einen übertriebenen Hofknicks und dann eine einladende Geste und Lancelot trat gebückt an ihr vorbei und in die zweite, deutlich kleinere Höhle, die sich hinter dem Durchgang befand.

Im ersten Moment war er beinahe enttäuscht. Er wusste nicht, was er erwartet hatte – vielleicht ein Feenschloss, einen Märchenpalast, irgendetwas *Außergewöhnliches* jedenfalls, nach dem, was sie draußen gesehen hatten –, aber der Raum war von fast enttäuschender Schlichtheit. Auch seine Wände waren mit den leuchtenden Kristallen übersät, doch die Decke war nicht höher als zwei Meter und das wenige Mobiliar hätte ebenso gut aus einem einfachen Bauern- oder Fischerhaus stammen können. Es gab ein schmales Bett, dessen Laken und Kissen längst vermodert und zu Staub zerfallen waren, einen wuchtigen Tisch mit einem einzigen Stuhl und eine gewaltige Truhe aus schweren Eichenbohlen, und das war auch schon alles. Nicht das Labor eines Alchemisten, keine Zauberkugel, keine Regale voller uralter Pergamente und Bücher mit geheimem Wissen. Zögernd machte er einen weiteren Schritt in den Raum hinein, blieb stehen und drehte sich einmal im Kreis.

»Und hier hat Merlin ...?«

»... gelebt. Ja. Jedenfalls erzählt man sich das.« Gwinneth schüttelte den Kopf. »Er hätte leben können wie ein König, aber er hat diese schlichte Unterkunft vorgezogen.«

Das wiederum überraschte Lancelot kein bisschen. Der Mann, über den Gwinneth jetzt sprach, war ganz der Dagda, den er gekannt hatte. »Und die anderen Räume?«

»Die Gänge führen tiefer in den Berg hinein«, antwortete Gwinneth. Sie wirkte ein bisschen verlegen. »Ich habe es nicht gewagt, sie zu erkunden. Ich war noch fast ein Kind damals. Ich hatte Angst, mich zu verirren.«
»Sehen wir sie uns wenigstens an«, schlug Lancelot vor. Gwinneth widersprach nicht, aber sie wirkte auch nicht begeistert und Lancelot fragte sich, ob sie wirklich die Wahrheit gesagt oder nicht vielmehr in einem dieser anderen Gänge etwas entdeckt hatte, worüber sie lieber nicht sprechen wollte. Sie machte jedoch keinen Versuch, ihn zurückzuhalten, und so verließ er die Höhle wieder und wandte sich nach rechts.
Es gab insgesamt vier weitere Durchgänge. Der erste führte tatsächlich in einen schmalen, steil abschüssigen Gang, aus dem ihm ein Hauch eisiger Luft entgegenschlug. Lancelot machte nur ein paar Schritte hinein und blieb wieder stehen, als sich das lose Geröll unter seinen Füßen bewegte und eine winzige Lawine abging. Er verlor sie schon nach kurzer Distanz aus den Augen, aber das Klirren und Klacken rollender Steine hielt noch lange an, bevor es verklang. Lancelot zog es vor, umzukehren und sein Glück bei einem der anderen Stollen zu versuchen.
Auch der zweite Durchgang war eine Enttäuschung. Der Boden war hier zwar eben, aber der Tunnel führte gute fünfzig oder sechzig Schritte weit in den Berg hinein, wo er sich gleich dreimal verzweigte. Man musste nicht unbedingt ein Kind sein, um sich davor zu fürchten, sich in diesem Labyrinth zu verirren. Lancelot dachte einen Moment ernsthaft darüber nach, einem der Gänge zu folgen, entschied sich aber dann dagegen. Niemand wusste, dass sie hier unten waren. Niemand würde sie hier suchen, und selbst wenn, konnte ihnen vermutlich auch niemand zu Hilfe eilen, sollten sie sich tatsächlich verirren. Mit ei-

ner wortlosen Geste bedeutete er Gwinneth, kehrtzumachen, was sie deutlich erleichtert tat, und sie traten wieder in die große Höhle hinaus und wandten sich dem vorletzten verbliebenen Durchgang zu.
Auch dahinter lag ein weiterer Gang, der jedoch nur wenige Schritte weit führte, bevor sich die Wände abermals zu einer großen, hohen Höhle weiteten. Lancelot sog erstaunt die Luft zwischen den Zähnen ein und blieb so abrupt stehen, dass Gwinneth fast gegen ihn geprallt wäre. Als sie sich an ihm vorbeischob und einen Blick in die Höhle warf, gab auch sie einen überraschten Laut von sich.
Der Boden war nicht mit Stein bedeckt. Vor ihnen breitete sich ein weiter, nahezu perfekt runder See aus, aus dessen Mitte ein bizarres Gebilde aus leuchtenden, buntfarbenen Kristallsäulen und -spitzen wuchs. Ein sonderbarer Klang lag in der Luft, nicht wirklich zu hören, aber deutlich zu spüren; etwas wie Musik, die versuchte Gestalt anzunehmen. Über dem Wasser lag ein dünner Nebel, der in beständiger Wallung war, als bewegten sich unsichtbare Dinge darin, und auf der anderen Seite des Sees, sicherlich fünfzig oder sechzig Schritte entfernt und mehr zu erahnen als wirklich zu erkennen, erhob sich ein riesiges schwarzes Tor in der Felswand, das mit fremdartigen Runen und Hieroglyphen übersät war.
»Das ist ... unglaublich«, flüsterte Gwinneth. »So etwas habe ich noch nie gesehen.«
Lancelot schwieg. Der See und sein Herz aus magischen Kristallen waren keine genaue Kopie dessen, was er unter den Mauern Malagons gefunden hatte, aber die Ähnlichkeit war zu groß um Zufall zu sein. Außerdem konnte er die Magie *spüren*, die dieses unheimliche Kristallgebilde ausstrahlte.

»Das muss der See sein, in dem er Artus gefunden hat«, flüsterte Gwinneth.
Lancelot sah sie überrascht an. »Wen?«
Bevor sie antwortete, warf Gwinneth ihm einen sonderbaren Blick zu. »Für jemanden, der in Artus' und Merlins unmittelbarer Nähe groß geworden ist, weißt du erstaunlich wenig über sie.« Sie deutete auf den See. »Es heißt, Merlin habe Artus am Ufer eines unterirdischen Sees gefunden, als er noch ein Baby war. Ich habe immer geglaubt, es wäre nur eine Legende.«
Lancelot kniff nachdenklich die Augen zusammen. Auch er war als Kleinkind am Ufer eines Sees gefunden worden, ebenso wie Gwinneth. Wie viele noch?, fragte er sich. Langsam ließ er sich in die Hocke sinken, streckte den Arm aus und tauchte behutsam die Hand ins Wasser. Es war warm. Nicht nur *nicht kalt*, sondern eindeutig *warm*. Und es fühlte sich auf eine fast unmöglich in Worte zu kleidende Weise *anders* an, als sich Wasser im Allgemeinen eben anfühlen sollte. Wäre ihm der Gedanke nicht selbst absurd vorgekommen, hätte er gesagt, *lebendig*.
»Was mag hinter dieser Tür sein?«, fragte Gwinneth.
Er war nicht sicher, ob er die Antwort darauf wissen wollte. Die Runen, die in das schwarze Eisen der beiden riesigen Torflügel eingearbeitet waren, kamen ihm auf sonderbare, aber unheimliche Weise vertraut vor, so wie dieser ganze Raum, und die Erinnerung, die er damit verband, war eher abschreckend. Die Tir Nan Og mochte seine Heimat sein, doch die wenigen Male, die er dort gewesen war, hatten fast in einer Katastrophe geendet.
Und als hätte sie seine Gedanken gelesen, sagte Gwinneth: »Wenn es das ist, wofür ich es halte, dann ... dann sind wir vielleicht am Ziel.«

Lancelot sah sie fragend an. Er schwieg. Sein Herz begann zu klopfen.

»Vielleicht können wir hinüber«, murmelte Gwinneth.

Vielleicht konnten sie das tatsächlich. Lancelot war diesen Weg schon mehr als einmal gegangen. Aber was, dachte er, wenn es genau das war, was Morgaine wollte? Gegen jede Wahrscheinlichkeit hatte er ihr mehr als einmal in dieser Welt getrotzt und vielleicht war es ganz genau das, was sie von ihm erwartete: Dass er Gwinneth hinüber auf die Tir Nan Og führte, die nicht nur die Insel der Unsterblichen war, sondern auch Morgaine Le Fayes ureigenstes Reich, die Welt der Elben, in der sie über die ganze Macht der finsteren Magie verfügte, die sie hier, in der Welt der Menschen, nicht vollständig entfalten konnte. Irgendetwas Schlimmes wartete hinter dieser Tür, das spürte er.

»Wir sollten das nicht tun«, sagte er.

»Warum?«

Lancelot zögerte noch einen Moment, aber dann deutete er auf das bizarre Kristallgebilde in der Mitte des Sees. »Ich habe so etwas schon einmal gesehen. Tief unter der schwarzen Festung Malagons.«

»Und?« Gwinneth wirkte verstört. Vielleicht spürte sie die Furcht, die die Erinnerung in Lancelot heraufbeschwor.

»Ich dachte, es wäre der Quell von Morgaines Macht.« Es fiel ihm schwer, weiterzusprechen. Seine Stimme zitterte. »Ich war so dumm. Um ein Haar hätte ich eine unvorstellbare Katastrophe heraufbeschworen.«

»Was meinst du damit?«, fragte Gwinneth.

»Ich habe versucht, es zu zerstören«, sagte Lancelot. »Es ist mir nicht gelungen. Aber um ein Haar hätte ich Camelot zerstört.«

Gwinneth blinzelte. Sie wollte lachen, doch es misslang.

»Aber das ist doch Unsinn. Wie kannst du ...«
»Das Erdbeben, das Camelot heimgesucht hat«, unterbrach sie Lancelot. »Erinnerst du dich nicht?«
»Doch«, sagte Gwinneth. »Und was hat das mit dir zu tun?«
»Ich habe mein Schwert gezogen und versucht den Quell von Morgaines Macht zu zerschlagen«, antwortete Lancelot. »Und im gleichen Moment, in dem ich es tat, begannen Camelots Mauern zu wanken.« Er riss sich unter Aufbietung aller Kräfte vom Anblick des schillernden Kristallgebildes los und drehte sich zu Gwinneth herum. Seine Stimme sank zu einem Flüstern herab. »Morgaine kam und hat mich im letzten Moment aufgehalten. Hätte sie es nicht getan, gäbe es jetzt kein Camelot mehr.«
»Aber das ist ...« Gwinneths Stimme versagte. Sie schüttelte immer wieder hilflos den Kopf. »Aber das kann nicht sein. Du musst dich irren.«
»Ich wollte, es wäre so«, flüsterte Lancelot. Die Erinnerung schmerzte. Sie schmerzte unvorstellbar.
»Du hast mir nie davon erzählt«, sagte Gwinneth nach einer Weile.
»Wie konnte ich das?«, murmelte Lancelot. Er wollte noch mehr sagen, aber seine Stimme versagte und plötzlich begann er am ganzen Leib zu zittern.
Gwinneth kam auf ihn zu, nahm ihn in die Arme und drückte ihn zärtlich an sich. »Warum hast du es mir niemals gesagt, Liebster?«, flüsterte sie. »All dieser Schmerz. Warum wolltest du ihn nicht mit mir teilen?«
Vielleicht, dachte Lancelot, *weil geteiltes Leid eben nicht halbes Leid ist, sondern nur zu oft doppeltes.* Laut sagte er: »So schlimm war es nicht. Es sind ja gottlob keine Menschen zu Schaden gekommen.« Fast behutsam, aber sehr entschlossen löste er sich aus Gwinneths Um-

armung und trat einen Schritt zurück. »Doch es wäre gefährlich, nicht aus diesem Fehler zu lernen, Gwinneth. Das nächste Mal könnte vielleicht ein größeres Unglück geschehen.«

Gwinneth sah ihn ernst an, antwortete aber nicht darauf, sondern wandte sich wieder dem See zu und blickte nachdenklich auf das Wasser, über dem ein grauer Dunst trieb, um schließlich den Kopf zu heben und das gewaltige eiserne Tor auf der anderen Seite zu betrachten.

»Lass es uns wenigstens ... versuchen«, sagte sie zögernd. »Wir müssen ja nicht hindurchgehen. Ich will nur einen Blick hineinwerfen.«

»Wir kämen ja nicht einmal hin.« Lancelot deutete zur Seite. Abgesehen von dem schmalen Streifen trockenen Bodens, auf dem sie standen, und einem kaum breiteren Bereich auf der anderen Seite unmittelbar vor dem Tor, reichte das Wasser überall bis an die Wände heran. Es gab keine Möglichkeit, trockenen Fußes auf die andere Seite des unterirdischen Sees zu gelangen.

Anstatt zu antworten beugte sich Gwinneth vor und tauchte die Hand ins Wasser. »Es ist warm. Wir können hinüberschwimmen.«

»Eine wunderbare Idee«, gab Lancelot – in ganz bewusst verletzend-spöttischem Ton – zurück. »Und auf dem Weg zurück nach oben erfrieren wir dann in unseren nassen Kleidern.« Er schüttelte den Kopf. »Was glaubst du, wie lange du es draußen aushältst? Eine Minute oder vielleicht sogar zwei?«

Einen Moment lang wirkte Gwinneth ehrlich betroffen, aber er hätte sie besser kennen müssen. So leicht gab sie nicht auf. »Dann dürfen unsere Kleider eben nicht nass werden«, stellte sie fest.

Noch bevor Lancelot wirklich begriff, was sie damit

meinte, streifte sie ihren Mantel ab, schlüpfte aus ihrem Kleid und trat ohne auch nur noch einen Moment zu zögern ins Wasser hinein. Schon nach wenigen Schritten reichte es ihr bis zur Hüfte, dann bis zu den Schultern. Sie blieb stehen und sah zu ihm hoch. »Das Wasser ist wunderbar, wie ein warmer See im Frühling. Komm schon, oder traust du dich nicht?«
Die ehrliche Antwort wäre ein ganz klares »Nein« gewesen, aber dazu fehlte ihm erst recht der Mut. Lancelot zögerte nur noch einen kurzen Moment, dann legte auch er seine Kleider ab und trat dicht neben Gwinneth ins Wasser. Sie hatte nicht übertrieben. Es war warm und es fühlte sich unglaublich gut auf der Haut an; als würde man von tausend unsichtbaren Händen überall zugleich gestreichelt. Und es war nicht nur die Wärme, die wohl tat. Zugleich schien die bloße Berührung dieses verzauberten Wassers jede Furcht und jeden Schmerz von ihm zu nehmen. Es gelang ihm nicht mehr, wirklich zornig auf Gwinneth zu sein. Was sie vorhatte, erschien ihm noch immer viel zu gefährlich und leichtsinnig, aber er konnte ihr nicht mehr zürnen – als wäre er gar nicht mehr in der Lage, ein solches Gefühl zu empfinden. Fast ohne sein Zutun erwiderte er Gwinneths Lächeln, stieß sich ab und begann mit kräftigen, gleichmäßigen Zügen neben ihr herzuschwimmen.
Das Gefühl des Behütetseins und der Sicherheit verstärkte sich, je näher sie der kristallenen Blüte im Herzen des Sees kamen. Hier, genau wie in der Höhle unter der schwarzen Festung Malagon, spürte Lancelot die ungeheure magische Macht, die in diesen Kristallen schlummerte, mit fast körperlicher Intensität, und doch gab es einen gewaltigen Unterschied. Die Kristalle im Herzen Malagons hatten eine kalte, bedrohliche Macht ausgestrahlt, eine Magie, die jeden, der ihr zu nahe kam

und nicht damit umzugehen wusste, vernichten würde. Die Macht, die er hier spürte, war das genaue Gegenteil. Eine unendlich sanftmütige, schützende Aura, die keine Furcht und keinen schlechten Gedanken zuließ.
Die leuchtenden Kristallgebilde übten eine geradezu magische Anziehungskraft auf ihn aus und er musste sich beherrschen, um weiter neben Gwinneth her – und nicht direkt darauf zuzuschwimmen. Ganz ohne Zweifel erging es ihr nicht anders, denn sie sah immer öfter in Richtung der leuchtenden gläsernen Blume. Auch änderte sie immer wieder leicht die Richtung, kehrte dann aber wieder auf ihren ursprünglichen Kurs zurück, als Lancelot stur weiter geradeaus schwamm. Warum er das tat, konnte er selbst nicht genau sagen, denn er sehnte sich fast nach nichts mehr als danach, dieses wunderschöne Gebilde zu berühren, die leuchtende Magie mit Händen zu betasten und vielleicht ein Teil von ihr zu werden.
Dennoch blieb er weiter auf Kurs, bis sie die Mitte des Sees hinter sich gebracht hatten und sich dem gegenüberliegenden Ufer näherten, und schließlich spürte er wieder festen Boden unter den Füßen. Rasch richtete er sich auf, trat aus dem Wasser und wollte Gwinneth ans Ufer helfen, aber sie ignorierte seine ausgestreckte Hand und trat mit einer so kraftvollen und eleganten Bewegung aus dem Wasser heraus, dass Lancelot überrascht die Brauen zusammenzog. Erst dann wurde ihm klar, dass Gwinneth seine Hilfe nicht etwa ignoriert hatte, um ihn vor den Kopf zu stoßen. Sie brauchte sie nicht. So wenig wie er irgendeine Hilfe benötigt hätte.
Obwohl sie gerade eine Strecke von sicherlich fünfzig Metern geschwommen waren, fühlte sich Lancelot so ausgeruht und frisch wie schon seit langer Zeit nicht mehr. Die Anstrengung, den See zu durchschwimmen,

hatte ihn keine Kraft gekostet, sondern schien ihn im Gegenteil mit neuer Energie zu erfüllen – und auch einer Zuversicht, die er allzu lange vermisst hatte. Gwinneth schien es ganz genauso zu ergehen, denn sie warf mit einem hellen Lachen den Kopf zurück und eilte leichtfüßig über den feinkörnigen Kies, der den schmalen Strand bedeckte, auf das große Eisentor zu.

Und noch etwas: Gwinneth war ihm noch nie so schön und strahlend vorgekommen wie in diesem Moment. Das Bad im verzauberten See hatte ihr nicht nur körperliche Kraft verliehen.

Lancelot verwendete gute zwei oder drei Minuten darauf, einfach still dazustehen und sie zu bewundern, erst dann löste er sich aus seiner Erstarrung und trat neben sie. Gwinneth hatte die Arme halb erhoben, als wolle sie das Tor aufdrücken, aber selbst wenn ihre körperliche Kraft dazu ausgereicht hätte – was angesichts der beiden Torflügel, die Tonnen wiegen mussten, schier unmöglich war –, wäre es ihr nicht gelungen. Es gab keinen Riegel, kein Schloss, keinen irgendwie sichtbaren Mechanismus, um das Tor zu öffnen.

»Wie geht es auf?«, murmelte sie.

Lancelot hob nur die Schultern. Da Gwinneth immer noch wie hypnotisiert auf das Tor und die verwirrenden Runen und Schriftzeichen in dem schwarzen Eisen starrte, fügte er nach einem kurzen Moment hinzu: »Ich weiß es nicht.«

Fast widerwillig riss Gwinneth ihren Blick von den ineinander verschlungenen Runen vor sich los und sah zu ihm hoch. »Aber in Malagon hast du es doch auch geöffnet.«

»Das war etwas anderes«, behauptete Lancelot. Es bedurfte einer bewussten Willensanstrengung, um seine Stimme zumindest annähernd bedauernd klingen zu lassen, und er hoffte zumindest, dass ihm Gwinneth seine Erleichterung nicht ansah. Der Gedanke, dass hinter diesem Tor irgendetwas Gefährliches auf sie lauern sollte, war schlichtweg absurd, und doch war Lancelot insgeheim froh. Sicherlich war dies die eleganteste Methode, Gwinneths Bitte abschlagen zu können und nicht durch dieses Tor gehen zu müssen.

Doch wie schon vorhin am anderen Ufer war Gwinneth auch dieses Mal nicht geneigt aufzugeben. Sie schüttelte nur den Kopf und zauberte ein vielleicht nicht ärgerliches, aber eindeutig ungeduldiges Stirnrunzeln auf ihr Gesicht. Sie glaubte ihm nicht, doch sie sparte sich eine entsprechende Bemerkung. Stattdessen legte sie den Kopf in den Nacken, um die Runen auf dem oberen Teil des Tores zu betrachten.

»Irgendwie kommen sie mir bekannt vor«, murmelte sie. »Ich weiß nicht, was sie bedeuten ...«

»... aber du hast das Gefühl, sie schon einmal gesehen zu haben.« Lancelot nickte. »Mir geht es ganz genauso.« Dann, nur einen Moment später, wusste er es. »Das Schwert. Es sind die gleichen Runen wie auf dem Schwert!«

»Und auf deinem Schild«, fügte Gwinneth mit einem Nicken hinzu. »Schade nur, dass wir auch nicht wissen, was sie bedeuten.«

Sie machte keinen Hehl aus ihrer Enttäuschung, sondern seufzte nur noch einmal tief, drehte sich dann um und ließ sich mit angezogenen Knien vor dem Tor auf den Boden sinken. Das nasse Haar hing ihr ins Gesicht. Sie strich es nachlässig mit einer Hand zurück und allein die Grazie dieser Bewegung war fast mehr, als Lancelot in diesem Moment ertrug. Er musste all seine Kraft aufwenden, um sie nicht einfach an sich zu ziehen. Aber hier und jetzt waren weder der richtige Mo-

ment noch der richtige Ort für Zärtlichkeiten. Ganz bewusst weiter von ihr entfernt als notwendig setzte sich auch Lancelot hin und lehnte Schultern und Hinterkopf gegen das eiserne Tor. Genau wie der See war es nicht so kalt, wie sein Anblick hatte erwarten lassen, und es fühlte sich auch nicht wirklich an wie Eisen. Hart, ja, vielleicht sogar unzerstörbar, und dennoch auf eine Weise sanft, die er nicht in Worte zu kleiden vermochte.
»Glaubst du, dass er Artus hier gefunden hat?«, fragte Gwinneth nach einer Weile. »An diesem See?«
»Wo sonst?« Lancelot dachte flüchtig an die anderen Gänge, die sie entdeckt hatten, und ein kurzer, aber eisiger Schauer lief ihm über den Rücken. So wie er mit absoluter Gewissheit spürte, dass sie in dieser Höhle in Sicherheit waren und ihnen keine Gefahr der Welt hier etwas anzuhaben vermochte, ebenso sicher war er, dass in den übrigen Gängen etwas Schlimmes, Gefährliches wartete. Etwas, das sie besser nicht weckten.
»An einem See«, murmelte Gwinneth. Lancelot hörte ein Rascheln, drehte den Kopf und sah, dass sie ein Stück näher gerückt war und nun nur noch eine Handbreit von ihm entfernt saß. Ihr Blick war jedoch weiter unverrückbar auf den schimmernden Kristall im Herzen des Sees gerichtet. »Genau wie du. Und ich. Das muss etwas zu bedeuten haben.«
»Vermutlich«, sagte Lancelot. »Aber ich weiß nicht was.«
»Was wissen wir überhaupt?«, fragte Gwinneth. Sie rückte noch ein Stück näher und ihre Schulter berührte jetzt die Lancelots. Ein kurzer Schauer rann ihm über den Rücken.
»Was meinst du damit?«
Bevor sie antwortete, berührte Gwinneth in einer Geste, die wie zufällig wirkte, es aber ganz und gar nicht

war, mit den Fingerspitzen ihr Ohr und tastete über den schmalen vernarbten Streifen an seinem oberen Ende, der genau dem glich, den auch Lancelots Ohren aufwiesen, und die Artus'.

»Wir wissen nicht einmal, wer wir sind.« Zu jeder anderen Zeit und an jedem anderen Ort hätten diese Worte bitter geklungen, aber jetzt hörte Lancelot nur eine ganz vage Spur von Traurigkeit darin; und vielleicht auch nur, weil er es erwartete. »Wir stammen nicht von dieser Welt, Lancelot. Du und ich, wir sind auf der anderen Seite geboren, ebenso wie Artus und viele andere auch.«

Lancelot zuckte mit den Schultern. »Vielleicht.«

Gwinneth schüttelte entschieden den Kopf. »Es ist so«, behauptete sie. »Wir sind keine Menschen, Lancelot. Wir sind Elben.«

»Und wo ist der Unterschied?«, fragte Lancelot.

Es verging eine Weile, bevor Gwinneth antwortete, und als sie es tat, da war ihre Stimme von einem sonderbaren Ton erfüllt, einem Klang zwischen Bitterkeit und Resignation, den er noch niemals gehört hatte. »Als ich noch ein Kind war, da habe ich viele Geschichten über Elben, Feen, Trolle und Einhörner gehört. Ich habe ihnen gerne gelauscht wie alle Kinder, aber es hat nicht lange gedauert, bis mir klar wurde, dass es nur Geschichten waren und dass es all diese Wesen nicht wirklich gibt. Und nun muss ich mich an den Gedanken gewöhnen, selbst eines von diesen Fabelwesen zu sein.« Sie lachte leise. »Dabei fühle ich mich gar nicht so.«

»Vielleicht gibt es auch gar keinen Unterschied«, überlegte Lancelot. Aber war die Wahrheit nicht vielmehr die, dass er diesen Unterschied gar nicht kennen wollte? Gwinneth hatte Recht: Sie und er gehörten so wenig zum Volk der Menschen, wie Artus, Morgaine, Mordred und vermutlich auch Merlin – und möglicherweise auch viele andere, denen er begegnet war, ohne ihr Geheimnis zu erkennen.

Aber die Elben, die sich ihm offenbart hatten, waren eher Dämonen als Schutzengel gewesen. Die Menschen berichteten in ihren Legenden und Mythen vom magischen Volk der Tir Nan Og als einem, das den Menschen wohl gesonnen war und über sie wachte, und doch hatte Lancelot niemals Krieger erlebt, die so erbarmungslos unter ihren Feinden gewütet hatten, wie Morgaine Le Fayes Dunkelelben es taten.

»Es muss einen Unterschied geben«, beharrte Gwinneth. »Es muss einen *Grund* geben.«

»Die meisten Dinge geschehen grundlos«, wehrte Lancelot ab. Er wollte nicht darüber nachdenken, er hatte es nie gewollt und er wollte es jetzt und hier schon gar nicht. Es war ein Gedanke, der nicht an diesen Ort passte.

»Wir sollten uns auf den Rückweg machen«, schlug er vor.

»Schon?« Gwinneth machte ein bedauerndes Gesicht. Sie zog die Knie weiter an den Leib und umschlang sie mit beiden Armen, dann ließ sie sich zur Seite und gegen Lancelots Schulter sinken. Ihr nasses Haar kitzelte an seiner Wange. »Ich könnte ewig hier unten bleiben. Es ist ein so wunderschöner Ort.«

»Wir sind schon lange fort«, erinnerte Lancelot. »Oben auf Tintagel wird man sich bereits fragen, wo wir geblieben sind. Und wenn wir nicht bald zurückkehren, wird Sean anfangen sich Sorgen zu machen.« Er lachte leise. »Du kennst diesen irischen Sturkopf. Wenn er sich Sorgen macht, ist er noch unausstehlicher als sonst. Er wird deine armen Diener so lange anbrüllen, bis sie auf Händen und Knien durch Tintagel kriechen und jeden Winkel nach uns absuchen.«

Gwinneth seufzte. »Vielleicht hast du Recht. Aber ich doch auch, oder? Es *ist* ein wunderschöner Ort.«

»Sicher. Doch im Moment können wir hier nichts ausrichten. Wir kommen später zurück und sehen uns genauer um. Vielleicht gibt es ja einen Weg, um dieses Tor zu öffnen.« Leiser und nach einem spürbaren Zögern fügte er hinzu: »Wenn du das wirklich willst.«

»Du nicht?« Gwinneth sah ihn überrascht an.

Lancelot hob nur die Schultern. Er wusste die Antwort auf ihre Frage nicht.

»Aber du warst schon einmal dort«, sagte Gwinneth.

»Genau wie du«, erwiderte Lancelot, doch Gwinneth schüttelte nur heftig den Kopf, sodass ihr nasses Haar flog und Lancelot ins Gesicht klatschte, als hätte sie ihm eine spielerische Ohrfeige verpasst.

»Das war etwas anderes«, behauptete sie. »Ich war unten in Morgaines Kerkern gefangen. Du hast die Tir Nan Og gesehen.«

Und was er dort gesehen hatte, war wunderschön gewesen, aber auch unbeschreiblich furchtbar. Vor allem jedoch *anders*. Gwinneth mochte Recht haben, dass sie von der Insel der Unsterblichen stammten – aber gehörten sie auch dorthin?

»Lass uns gehen«, sagte er statt ihre Frage zu beantworten. »Wir haben noch einen ziemlich weiten Weg vor uns.«

Gwinneth nickte und richtete sich ein wenig auf, aber sie erhob sich nicht ganz, sondern beugte sich im Gegenteil über ihn und schlang die Arme um seinen Hals. »Das werden wir«, sagte sie, »nur jetzt noch nicht. Ich finde, dieser Ort ist einfach zu schön, um ihn unverrichteter Dinge zu verlassen.«

»Unverrichteter Dinge?« Lancelot blinzelte. »Was meinst du damit?«

Gwinneth lachte. Ihr Gesicht kam näher und dann versiegelte sie seine Lippen mit einem Kuss und machte es ihm so unmöglich, eine weitere Frage zu stellen.
Sie wäre auch überflüssig gewesen.

Der Himmel war aufgeklart, als sie die Höhle verließen, und es war nicht mehr annähernd so kalt wie auf dem Weg nach unten. Auch der Wind hatte spürbar nachgelassen und wehte zwar noch immer eisig vom Meer her, versuchte aber nicht mehr mit aller Kraft, sie von dem schmalen Sims hinunterzureißen, dem sie wieder hinauf zur Burg folgten. Trotzdem – und obwohl sowohl Lancelot als auch Gwinneth nun um die Anwesenheit einer unsichtbaren, behütenden Macht wussten – bewegten sie sich mit äußerster Vorsicht, eng mit den Rücken gegen den rauen Fels gepresst und immer erst sicheren Halt auf dem vereisten Stein suchend, ehe sie den nächsten Schritt in Angriff nahmen. Sie brauchten deutlich länger für den Weg nach oben als vorhin für den nach unten und sie mussten sich wohl auch länger in Merlins Höhle und am Ufer des Sees aufgehalten haben, als Lancelot bisher bewusst gewesen war, denn die Sonne stand schon fast im Zenit, als sie sich dem kleinen Schlupftor auf der rückwärtigen Seite Tintagels näherten.
Dort erwartete sie eine unangenehme Überraschung. Das Tor war verschlossen. Das Stück Holz, das Lancelot in die Öffnung geklemmt hatte, war verschwunden und jemand musste wohl auch den Riegel von innen vorgelegt haben, denn die Tür rührte sich nicht, obwohl er mit aller Kraft daran zerrte.
Niedergeschlagen und wütend zugleich trat Lancelot einen Schritt zurück, legte den Kopf in den Nacken und suchte die scheinbar himmelhoch aufragende Mauer

der Burg mit Blicken ab. Er sah nur grauen Stein, Eis und Schnee, die sich in Fensteröffnungen und Ritzen niedergelassen hatten, und obwohl der Sturm momentan Atem für einen weiteren Angriff holte und es fast völlig still war, ersparte er es sich, zu rufen.
»Das verstehe ich nicht«, sagte Gwinneth. »Wer kann bloß die Tür hinter uns geschlossen haben?«
»Keine Ahnung«, grollte Lancelot. Er trat wütend mit dem Fuß gegen die Tür – mit dem einzigen Ergebnis, dass er sich die Zehen prellte – und drehte sich noch wütender herum und musterte mit finsteren Blicken den schmalen Pfad, der an der Mauer entlangführte. Er war erschöpft, durchgefroren bis auf die Knochen und so verärgert, dass er sich mit aller Macht beherrschen musste, um seinen Zorn nicht an Gwinneth auszulassen, aber aller Ärger nutzte ja nichts: So wie es aussah, blieb ihnen nichts anderes übrig, als dem Pfad zu folgen und Tintagel einmal ganz zu umrunden.
Gwinneth, die seine Gefühle zu spüren schien, sagte vorsichtshalber nichts, sondern machte sich wortlos auf den Weg und nach einem letzten wütenden Blick auf die verschlossene Tür folgte ihr Lancelot.
Die Sonne hatte den Zenit endgültig erreicht und vielleicht sogar schon ein kleines Stückchen mehr überschritten, als sie Tintagel weit genug umrundet hatten, um endlich das Haupttor sehen zu können. Lancelots Laune sank noch weiter, als ihm klar wurde, dass vor ihnen noch ein gehöriges Stück Kletterei über vereiste Felsen und durch Schneewehen lag, und dann mindestens eine Viertelmeile Fußmarsch den steil ansteigenden Pfad zum Haupttor hinauf. Irgendwo oben hinter den Zinnen glaubte er den Schatten eines Mannes zu erkennen, aber er gab immer noch keinen Laut von sich. Er würde schon noch herauszufinden, wer das Tor hinter

ihnen verriegelt und ihnen diesen ganz und gar überflüssigen und alles andere als erquickenden Spaziergang damit eingebrockt hatte – und dann konnte sich der Kerl auf ein paar muntere Worte freuen!

Auch Gwinneth seufzte tief, machte sich aber ansonsten klaglos daran, über die spitzen Felsen und Steine hinwegzuklettern und den Aufstieg zum Tor zu beginnen. Lancelot folgte ihr wortlos, doch es blieb ihm dabei nicht verborgen, wie sehr Gwinneth unter der Kälte und Anstrengung litt, und der Anblick fachte seinen Zorn erneut an. Er verzichtete jedoch auf jeden Kommentar, sondern schloss stattdessen mit ein paar raschen Schritten zu ihr auf.

Als sie die halbe Strecke zum Tor hin zurückgelegt hatten, erscholl oben hinter den Zinnen ein überraschter Ruf, und als Lancelot den Kopf in den Nacken legte, sah er gerade noch, wie eine Gestalt herumfuhr und rennend aus ihrem Sichtfeld verschwand. Nur einen Augenblick später wurden andere, ebenfalls aufgeregte Rufe drinnen in der Burg laut, und sie hatten noch keine fünf weiteren Schritte zurückgelegt, als sich ein halbes Dutzend Gestalten unter dem nur halb hochgezogenen Pfeilgatter hindurchbückten und ihnen aufgeregt gestikulierend und rufend entgegengelaufen kam.

Gwinneth runzelte die Stirn. »Was hat das zu bedeuten?«

Lancelot konnte nur mit den Schultern zucken. Nichts Gutes, vermutete er. Während ihrer Abwesenheit musste irgendetwas in der Burg geschehen sein, aber er hütete sich diesen Gedanken laut auszusprechen, sondern beschleunigte stattdessen nur seine Schritte um eine Winzigkeit; nicht so sehr, wie er es gekonnt hätte, damit Gwinneth nicht zurückfiel oder – was schlimmer gewe-

sen wäre – sich bei dem Versuch noch mehr verausgabte, mit ihm Schritt zu halten.
Es vergingen auch nur wenige Augenblicke, bis ihr Empfangskomitee auf Rufweite herangekommen war. Es handelte sich um ein halbes Dutzend Männer und Frauen aus Tintagel – seltsam, dachte Lancelot, gut die Hälfte von ihnen kannte er überhaupt nicht –, die von dem grauhaarigen Iven angeführt wurden. Fünf Schritte vor ihnen blieb er stehen, starrte einen Moment lang ihn und dann viel länger und ebenso fassungslos wie erleichtert Gwinneth an.
»Mylady!«, sagte er mit zitternder Stimme. »Ihr ... Ihr seid zurück!«
Gwinneth setzte zu einer Antwort an, doch Lancelot kam ihr zuvor. »Natürlich sind wir zurück«, raunzte er. »Und wir wären es schon eine ganze Weile eher gewesen, hätte nicht jemand die Tür hinter uns verriegelt. Welcher Narr war das?«
Iven löste mit einiger Mühe seinen Blick von Gwinneths Gesicht. Lancelot hatte selten einen Ausdruck so völliger Verständnislosigkeit in den Augen eines Menschen gesehen wie jetzt in den seinen. »Herr? Ich verstehe nicht ...«
»Das würde ich an deiner Stelle auch nicht«, sagte Lancelot unfreundlich. Er machte eine herrische Geste, als Iven etwas erwidern wollte, und fuhr lauter und mit noch schärferer Stimme fort: »Aber das klären wir später. Lady Gwinneth ist halb erfroren und müde von dem langen, völlig unnötigen Weg. Jemand soll hineingehen und ein heißes Bad vorbereiten.«
Niemand reagierte. Alle starrten Gwinneth und ihn nur völlig verblüfft und mit offenkundiger Verständnislosigkeit an.
»Habt ihr mich nicht verstanden?«, fragte Lancelot.

Allmählich wurde er wirklich wütend. Es fiel ihm schwer, Iven nicht einfach am Kragen zu packen und so lange zu schütteln, bis dieser alte Narr verstand, was er von ihm wollte.
Sein scharfer Ton fruchtete. Alle – bis auf Iven und eine dunkelhaarige Frau, die zu denen gehörte, an deren Gesichter sich Lancelot partout nicht erinnern konnte – wandten sich hastig um und kehrten fast fluchtartig dorthin zurück, wo sie hergekommen waren, und schließlich geleiteten sie der alte Diener und die Frau in die Burg.
Als sie sich dem Tor näherten, ertönte das Klirren einer rostigen Kette und das Fallgatter begann sich langsam und quietschend nach oben zu bewegen. Sie gingen noch ein paar Schritte, dann blieb Gwinneth plötzlich stehen und gab einen überraschten Laut von sich.
»Was ist?«, fragte Lancelot alarmiert.
»Ich ... irgendetwas stimmt hier nicht«, murmelte Gwinneth.
Lancelot sah sie fragend an, dann folgte er ihrem Blick – und auch zwischen seinen Augenbrauen erschien eine steile Falte. Gwinneth hatte Recht. Irgendetwas stimmte hier ganz und gar nicht.
Durch das Torgewölbe hindurch konnten sie nur einen kleinen Ausschnitt des Hofes erkennen, aber schon dieser unterschied sich so sehr von dem Tintagel, das sie vor wenigen Stunden verlassen hatten, wie es nur möglich schien. Der Hof war von geschäftiger Aktivität erfüllt und scheinbar auch von Menschen – viel mehr als eigentlich da sein sollten. Aus nahezu jedem Kamin quoll Rauch und sie hörten das helle Klingen von Hammerschlägen, das Geräusch einer Säge, das Wiehern von Pferden. Der Schnee, der noch am Morgen fast knöcheltief auf dem Hof gelegen hatte, war nahezu vollkommen geschmolzen.

»Das ... ist sonderbar«, murmelte Gwinneth. Aber sie klang eher beunruhigt als überrascht – und Lancelot erging es ebenso.
Er hob die Schultern. »Denken wir später darüber nach«, schlug er vor. »Mir ist kalt und dir sicher auch. Außerdem bin ich hungrig.«
Gwinneth warf ihm einen irritierten Blick zu, widersprach aber nicht mehr. Als sie das Tor durchschritten und auf den Hof traten, verstärkte sich das seltsame Gefühl in Lancelot noch. Er *wusste* jetzt, dass sich deutlich mehr Menschen auf Tintagel aufhielten, als es noch am vergangenen Abend der Fall gewesen war – und nicht nur das. Die so überdeutlich sichtbaren Spuren des Verfalls und des Alters waren zwar nicht völlig verschwunden, aber kaum noch der Rede wert, und hätte er nicht gewusst, dass es in nur einer Nacht und einem halben Tag vollkommen unmöglich war, so hätte er geschworen, dass selbst der größte Teil der Schäden an Mauerwerk und Zinnen beseitigt worden war. Was um alles in der Welt ging hier vor?
Dem hastig schlurfenden Iven folgend gingen sie weiter. Als sie den halben Weg zum Haupthaus zurückgelegt hatten, wurde die Tür aufgestoßen und Sean und sein Bruder Patrick stürzten heraus. Auch ihr Anblick überraschte Lancelot. Er streifte Patrick nur mit einem flüchtigen Blick, musterte Sean aber dafür umso aufmerksamer. Der irische Hüne trug nicht mehr seine normalen derben Kleider unter einem Mantel aus Bärenfell, sondern schwarzes Leder und poliertes Metall: Waffenrock und Rüstung eines Ritters. Auf seinem Umhang, den er lose über die linke Schulter geworfen hatte, prangte das Wappen Tintagels.
»Was soll denn diese Maskerade?«, murmelte Lancelot. Auch Sean stockte mitten im Schritt, als er Gwinneths

und Lancelots ansichtig wurde, dann verdüsterte sich sein Gesicht und er stürmte so rasch auf sie zu, wie es gerade noch ging, ohne wirklich zu rennen. Lancelot setzte dazu an, seine eher gemurmelte Frage laut zu wiederholen, aber Sean kam ihm zuvor, indem er ihn mit einem ärgerlichen Blick regelrecht aufspießte und dann – nur noch einen Deut von wirklichem Schreien entfernt – anfuhr: »Wo seid ihr gewesen?«

Brodelnder Zorn stieg in Lancelot empor. Er war verwirrt, durcheinander und verärgert und er hatte alles von Sean erwartet, nur nicht diesen Ton – der ihm im Übrigen nicht zustand.

»Ich wüsste nicht, was dich das anginge, *Söldner*«, entgegnete er scharf und in ganz bewusst verletzendem Ton. »Aber falls du es unbedingt wissen willst: Lady Gwinneth und ich haben einen Spaziergang am Strand entlang gemacht. Wir haben ihn nicht so lange geplant, aber jemand war so freundlich, die Tür hinter uns zu verriegeln.«

Sean starrte ihn an. »Was?«

»Sean, was soll das?«, fragte Gwinneth. Sie machte eine hilflose Geste. »Was ist hier los?«

»Was los ist?«, krächzte Sean. Sein Blick wanderte unstet zwischen Gwinneth und Lancelot hin und her, wobei er Gwinneth verwirrt und bestürzt, Lancelot aber eindeutig verärgert ansah. »Mylady, verzeiht, aber ... es ist meine Aufgabe, über Eure Sicherheit zu wachen. Wir waren in großer Sorge um Euch.«

»Wir waren doch nur kurz weg.«

»Kurz.« Sean sprach das Wort auf eine eigenartige Weise aus; so als müsse er sich erst über seine wirkliche Bedeutung klar werden. »Verzeiht, wenn ich Euch widerspreche, Mylady – aber *kurz* würde ich Eure Abwesenheit nun wirklich nicht nennen.« Er wandte sich wieder zu Lancelot um, und sowohl der Ausdruck in seinen Augen als auch der Klang in seiner Stimme änderten sich radikal. »Es steht mir vielleicht nicht zu, zu fragen, wohin Ihr geht und warum und für wie lange, Lancelot. Aber wenn ich für eure Sicherheit verantwortlich sein soll, dann muss ich wissen, wenn ihr auf Reisen geht.«

»Auf Reisen?« Lancelot lachte leise. »Kann es sein, dass du deine Aufgabe ein bisschen zu ernst nimmst, Ire? Schließlich waren wir nur ...«

»... etwas länger als zwei Monate verschwunden«, fiel ihm Patrick ins Wort.

Jetzt war es Lancelot, der sein Gegenüber völlig fassungslos anstarrte. »Wie bitte?«

»Acht Wochen und drei Tage um genau zu sein«, sagte Sean. »Selbst in Irland ist das nicht das, was man unter einem *kurzen* Spaziergang versteht.«

»Das ist ein Scherz«, sagte Lancelot. »Wir waren doch nur ...« Er brach ab. Es war kein Scherz. Was er in den Augen der beiden Iren las, war eindeutig und es passte zu dem, was er gerade draußen in den Gesichtern Ivens und der anderen Diener gelesen hatte. Sean und sein Bruder sagten die Wahrheit. Auch wenn es unmöglich war.

»Aber ... aber das kann doch gar nicht ... sein«, stammelte Gwinneth. Sie warf Lancelot einen Hilfe suchenden, fast flehenden Blick zu. »Wir sind doch nur ...«

Lancelot brachte sie mit einer raschen Geste zum Schweigen. »Acht Wochen?«, vergewisserte er sich.

»Und drei Tage«, fügte Sean grimmig hinzu. »Es ist eine Menge passiert in dieser Zeit. Nicht alles davon wird dir gefallen.«

Lancelot atmete tief und hörbar ein. Für einen Moment schien sich alles um ihn zu drehen und ein Gefühl von

Unwirklichkeit ergriff von ihm Besitz. Der logische Teil seines Verstandes weigerte sich noch immer, Seans Worten Glauben zu schenken. Es war vollkommen unmöglich. Sie waren nur wenige Stunden fort gewesen, allerhöchstens einen halben Tag. Und doch spürte er zugleich, dass Sean die Wahrheit gesagt hatte. Plötzlich machte alles einen Sinn. Der Sturm, der aufgehört hatte, Eis und Schnee, die sich zurückgezogen hatten, das Meer, das nun wieder ruhig dalag – der Winter war fast vorüber und lieferte sich nur noch ein vergebliches Rückzugsgefecht mit dem Frühling.

»Vielleicht hast du Recht, Sean«, fuhr er nach einer Weile fort. »Wir hätten es dir sagen sollen. Es tut mir Leid. Aber Gwinneth und ich ...« Er schüttelte den Kopf und warf Gwinneth einen fast beschwörenden Blick zu, ehe er neu ansetzte. »Uns war beiden nicht klar, dass wir *so* lange weg gewesen sind.«

Sean schwieg. Sein Blick war ein einziger Vorwurf.

»Ich erkläre euch alles später«, versprach Lancelot. »Aber zuerst brauchen wir ein heißes Bad, frische Kleider und eine warme Mahlzeit. Lady Gwinneth ist müde von der Reise.«

»Ich werde alles vorbereiten lassen«, sagte Sean kühl. »Doch ich bitte dich, dir nicht zu viel Zeit zu lassen. Es ist eine Menge geschehen, solange ihr weg wart. Wir müssen reden.«

Iven und seine Helfer hatten ein kleines Wunder vollbracht, denn als sie Gwinneths Kemenate betraten, brannte dort nicht nur bereits ein gewaltiges Feuer im Kamin, das für wohlige Wärme sorgte, sondern es war auch schon ein Badezuber mit heißem Wasser bereitgestellt und eine der Zofen hatte weiche Tücher und saubere, warme Kleidung zurechtgelegt.

Gwinneth, die auf dem ganzen Weg herauf kein einziges Wort gesagt hatte, schwieg auch jetzt, ließ jedoch ein erleichtertes Seufzen hören, streifte ihre Kleider ab und glitt ins heiße Wasser, noch bevor die Zofe das Zimmer ganz verlassen und die Tür hinter sich zugezogen hatte. Lancelot war ein wenig überrascht, aber er begriff auch, dass Gwinneth nicht nur mindestens so bestürzt und durcheinander war wie er selbst, sondern vermutlich auch halb erfroren. Auch wenn draußen – warum auch immer – die schlimmste Zeit des Winters vorüber sein mochte, so lagen die Temperaturen doch immer noch deutlich unter dem Gefrierpunkt und sie hatten einen Marsch von gut einer Stunde in bitterer Kälte hinter sich. Er überlegte einen Moment lang, zu ihr ins heiße Wasser zu steigen, beließ es dann aber dabei, sich umzudrehen und dicht genug an den Kamin heranzutreten, um sich an den prasselnden Flammen zu wärmen.

Lancelot war weit davon entfernt, zu verstehen, was passiert war. Es lag auf der Hand, dass es irgendetwas mit Merlins Höhle zu tun hatte, mit diesem magischen Ort, auf den sie unter so merkwürdigen Umständen gestoßen waren, aber das brachte ihn auch nicht weiter. Vielleicht wollte er die Antwort auf all die Fragen, die sich hinter seiner Stirn im Kreis drehten, auch gar nicht wissen.

Es dauerte lange, bis die Wärme des Kaminfeuers die lähmende Kälte aus seinen Gliedern halbwegs vertrieben hatte. Er fror hinterher noch immer, aber längst nicht mehr so grausam wie zuvor, und er fühlte sich plötzlich so müde, als sei er tatsächlich zwei Monate lang durch Eis und Schnee gelaufen. Dennoch widerstand er der Versuchung, zum Bett zu gehen und sich darauf auszustrecken – er spürte, dass er auf der Stelle

eingeschlafen wäre –, sondern trat stattdessen ans Fenster und blickte auf den Burghof hinab.
Zu sagen, dass sich die Burg verändert hätte, wäre eine Untertreibung sondergleichen gewesen. Dies war ganz eindeutig nicht mehr das Tintagel, das Gwinneth und er vor einigen Wochen erreicht hatten – und auch nicht mehr das, in das es sich danach verwandelt hatte. Dies war eine lebende, pulsierende Burg voller Menschen und Geschäftigkeit. Überall wurde gearbeitet, Dutzende von Menschen eilten geschäftig hin und her und hinter den zum größten Teil instand gesetzten Zinnen standen gut ausgerüstete und bewaffnete Posten, die das Umland im Auge behielten. Aber er bemerkte auch Dinge, die ihm nicht gefielen. An mindestens zwei Stellen waren die Zinnen brandgeschwärzt und jemand – vermutlich Sean – hatte eine Anzahl schwerer gusseiserner Töpfe auf die Wehrgänge hinaufschaffen lassen. Töpfe, wie man sie benutzte, um von den Zinnen einer belagerten Burg heißes Öl oder Pech auf die Angreifer zu schütten. Lancelot hatte plötzlich eine ungute Vorahnung, was es war, das Sean so dringend mit ihm besprechen wollte.
»Es ist also wahr?«
Lancelot drehte sich zu Gwinneth um und stellte mit einem Gefühl leiser Besorgnis fest, dass sie sich so weit in das dampfend heiße Wasser hatte sinken lassen, dass es ihr bis ans Kinn reichte. Sie wirkte völlig entspannt und sehr müde. Er hätte sie nicht so lange aus den Augen lassen dürfen. Erschöpft, wie sie war, bestand durchaus die Gefahr, dass sie in dem heißen Wasser einschlief und ertrank.
»Wir waren so lange fort.«
Lancelot nickte. Was sollte er darauf antworten? Falls sie eine Erklärung von ihm erwartete, die hatte er nicht.

»Aber wie kann das sein?«, murmelte Gwinneth schläfrig. »Wir waren doch nur eine Stunde dort unten.«
»Es ist ein magischer Ort.« Lancelot hob die Schultern. »Mehr kann ich auch nicht sagen.«
»Aber eine Stunde dort – und zwei Monate hier?« Gwinneth schüttelte den Kopf und setzte sich zu Lancelots Erleichterung etwas weiter auf. Ihr Blick tastete suchend umher und Lancelot löste sich rasch von seinem Platz am Fenster und holte vom Bett eines der flauschigen Wolltücher. Gwinneth seufzte hörbar enttäuscht, verstand aber, was er ihr mit dieser Geste sagen wollte und kletterte widerstrebend aus dem Badezuber. Als Lancelot ihr das Tuch wie einen Mantel um die Schultern legte, fuhr sie fort: »Als du damals auf der Tir Nan Og warst – ist da in dieser Welt hier auch so viel Zeit vergangen?«
Lancelot schüttelte den Kopf, ohne wirklich über diese Frage nachgedacht zu haben. »Vielleicht läuft die Zeit auf der Insel der Unsterblichen wirklich anders ab. Aber wenn, dann ist der Unterschied nicht so groß. Ich war mehrere Tage dort.«
Gwinneth nickte. »Und hier hätten Jahre vergehen müssen, wäre damals das Gleiche passiert wir jetzt. Doch das sind sie nicht.« Sie zog das Tuch enger um die Schultern zusammen, fröstelte plötzlich, obwohl sie gerade aus dem fast kochend heißen Wasser gestiegen war, und trat mit raschen Schritten an den Kamin. Lancelot warf einen schrägen Blick in den Badezuber. Der Gedanke an das warme Wasser erschien ihm verlockend, doch er brauchte nur einen Moment, um sich anders zu entscheiden. Sean würde vermutlich jetzt schon unten voller Ungeduld auf sie warten, und auch wenn Lancelot beinahe Angst vor dem hatte, was er erfahren würde, so brannte er auf der anderen Seite auch

zugleich darauf, mit dem Iren zu reden. Er beließ es dabei, Mantel und Rock abzustreifen und in die sauberen – und viel wärmeren – Kleider zu schlüpfen, die Iven bereitgelegt hatte.

»Sean wird uns fragen, wo wir gewesen sind«, meinte Gwinneth, während sie ans Bett herantrat und sich ebenfalls umzuziehen begann.

»Dann müssen wir uns eine plausible Geschichte einfallen lassen«, erwiderte Lancelot. Leiser und eigentlich nur an sich selbst gerichtet fügte er hinzu: »Auch wenn ich wirklich nicht weiß welche.«

»Wie wäre es mit der Wahrheit?«, schlug Gwinneth vor. Um ein Haar hätte Lancelot gelacht. »Meinetwegen. Obwohl ich mutmaße, dass er *die* am allerwenigsten glauben würde.« Er schüttelte entschieden den Kopf und wurde schlagartig wieder ernst. »Das Geheimnis dieser Höhle muss unbedingt gewahrt bleiben, Gwinneth. Merlin wird einen guten Grund gehabt haben, es mit niemandem zu teilen.«

»Ich vertraue Sean«, sagte Gwinneth.

»Ich auch. Doch darum geht es nicht. Es ist besser, wenn wir ihm nicht sagen, wo wir waren. Davon abgesehen – irgendetwas ist dort unten, Gwinneth. Irgendetwas hat uns beschützt, sowohl auf dem Weg hinein als auch wieder hinaus. Es könnte ebenso gut die Höhle davor beschützen, von jemandem betreten zu werden, der nicht dorthin gehört.«

»Tun wir das denn?«, fragte Gwinneth. »Dorthin gehören?«

Darauf antwortete Lancelot nicht. Er wartete schweigend, bis Gwinneth sich angekleidet hatte, dann wandte er sich zur Tür und machte eine auffordernde Geste. »Sean wartet auf uns. Ich habe das Gefühl, dass er uns eine Menge zu erzählen hat. Und dass es wichtig ist.«

»Und was sollen wir ihm jetzt sagen?«, fragte Gwinneth. »Und den anderen?«
»Ich werde mir etwas ausdenken«, erwiderte Lancelot fast grob. »Und nun komm!«
Sein unwirscher Ton tat ihm sofort wieder Leid, zumal er sah, dass Gwinneth zusammenzuckte und ihn vorwurfsvoll anblickte, und ihm lagen entschuldigende Worte auf der Zunge – aber er sprach sie nicht aus. Ganz im Gegenteil war er plötzlich noch ungeduldiger und musste sich beherrschen, um Gwinneth nicht wirklich anzufahren. Doch als sie an ihm vorüberging und die Tür öffnen wollte, da war er es, der noch einmal kehrtmachte und zu der großen Truhe trat, die an der Wand gegenüber dem Bett stand. Wortlos öffnete er den schweren Deckel, streifte seinen Mantel ab und nahm den heraus, den er am ersten Morgen hier getragen hatte: Die prachtvolle, aufwändig bestickte Robe König Uthers, das Kleidungsstück des Herrn von Tintagel. Gwinneth sah ihm mit gerunzelter Stirn und einem Ausdruck ganz sachter Bestürzung in den Augen zu, sagte aber nichts, sondern öffnete die Tür und trat auf den Gang hinaus.
Lancelot hörte hastige Schritte und das Rascheln von Stoff, als entferne sich jemand in großer Eile. Vielleicht hatte einer der Dienstboten draußen gestanden und gelauscht und auch dieser Gedanke erfüllte ihn mit Zorn, wo allerhöchstens Ärger sein sollte. Was war nur mit ihm los? Er reagierte unwirscher und viel heftiger, als er es dürfte.
Lancelot verscheuchte den Gedanken und beeilte sich, Gwinneth zu folgen.
Wie er erwartet hatte, saßen Sean und Patrick unten im Kaminzimmer am Tisch. Als Lancelot und Gwinneth die Treppe herabstiegen, sprangen beide auf und kamen

ihnen entgegen, aber Lancelot bedeutete ihnen mit einer unwilligen Geste, sich wieder zu setzen. Fast zu seiner eigenen Überraschung gehorchten die beiden Iren widerspruchslos, wenn Sean auch mit einem Ausdruck deutlicher Missbilligung Lancelots königliche Robe musterte. Er enthielt sich dazu jedoch jeglichen Kommentars und wartete stattdessen ungeduldig, dass auch Gwinneth und er Platz nahmen.
Kaum hatten sie es getan, da schwang die Tür auf und Iven und zwei weitere Dienstboten erschienen, um das Essen zu bringen, das Lancelot vorhin gefordert hatte. Sie mussten wohl ahnen, was für wichtige Dinge hier gleich besprochen werden sollten, denn sie beeilten sich, ihre Last auf dem Tisch abzuladen und alles mit mehr gutem Willen als wirklicher Sorgfalt zu arrangieren, und dennoch musste sich Lancelot auch jetzt wieder beherrschen, um seinem Ärger nicht Luft zu machen.
»Ihr seid also endlich zurück«, begann Sean, nachdem sie wieder allein waren und er einen kurzen, aber beredten Blick mit seinem Bruder getauscht hatte. »Darf ich fragen, wo Ihr all die Zeit über wart? Und warum?«
»An einem Ort, zu dem ihr uns nicht hättet begleiten können«, antwortete Lancelot.
Das war nicht die Antwort, die Sean hatte hören wollen. Er presste wütend die Lippen aufeinander, beließ es dann aber bei einem mürrischen Achselzucken. »Und ich nehme an, ihr seid auch nicht geneigt uns mitzuteilen, was ihr dort getan habt?«, fragte er sarkastisch.
»Vielleicht später«, antwortete Lancelot. »Jetzt erzählt. Es hat sich eine Menge getan, während wir fort waren.«
Sean nickte. Er sah Gwinneth an, als erhoffe er sich von ihr eine Antwort auf die Fragen, die Lancelot ihm so offenkundig nicht beantworten wollte, zuckte aber dann

nochmals mit den Schultern und wandte sich wieder an Lancelot. »Nachdem wir gemerkt haben, dass Lady Gwinneth und du nicht in eurem Zimmer wart, haben wir ganz Tintagel nach euch durchsucht«, begann er. »Iven und die anderen haben buchstäblich jeden Stein herumgedreht, aber es hat einen ganzen Tag gedauert, bis wir das offene Schlupftor gefunden und eure Spuren im Schnee entdeckt haben.« Er schüttelte den Kopf. »Was hast du dir nur dabei gedacht, Lancelot? Ich war fast sicher, dass ihr tot seid.«

»Wieso?«, fragte Gwinneth erschrocken.

»Weil Eure Spuren und die Lancelots bis zur Steilküste gingen und dort aufhörten, Mylady«, antwortete Sean. »Ich selbst bin zur Küste hinuntergeklettert und habe nach euch gesucht. Ich habe es niemandem gesagt, um die Menschen hier nicht noch mehr zu entmutigen, als es ohnehin schon der Fall war – aber ich war sicher, ihr wäret abgestürzt und unten auf den Felsen zerschmettert.«

Gwinneth wollte antworten, doch Lancelot kam ihr zuvor. »Wie du siehst, sind wir das nicht.«

»Ja«, erwiderte Sean spröde. »Ich sehe es.« In seinen Augen blitzte es kampflustig auf und Lancelot beherrschte sich im letzten Moment, um ihm nicht die Antwort zu geben, die ihm gebührte. Er hatte keine Furcht vor einer Auseinandersetzung mit dem Iren, aber jetzt war nicht der Moment zu streiten. Dennoch nahm er sich vor, später auf das Thema zurückzukommen. Sean war vielleicht einer der vertrauenswürdigsten Männer, die er kannte, und seine Hilfe war von unschätzbarem Wert – und doch wurde es vielleicht Zeit, ihm klar zu machen, *wer* der Herr auf Tintagel war.

»Wie gesagt: Wir waren fast sicher, dass Ihr nicht mehr am Leben seid«, fuhr Sean fort. »Aber eben nur fast.

Also sind Patrick, Iven und ich übereingekommen, uns eine Geschichte auszudenken, die eure Abwesenheit erklärt.«

»Warum?«, fragte Gwinneth.

»Warum, Mylady?«, wiederholte Sean im Ton ehrlicher Bestürzung. Er machte eine ausholende Geste. »Das fragt Ihr? Habt Ihr nicht gesehen, was Eure Rückkehr nach Tintagel bewirkt hat? Als wir angekommen sind, war diese Burg verlassen und leer. Die Menschen lebten in Furcht und ohne Hoffnung und mit dem sicheren Wissen, dass der Krieg auch hierher kommen und ihnen auch noch das wenige nehmen würde, das ihnen geblieben war. Ihr habt ihnen Hoffnung gegeben, ein Ziel, für das es sich zu leben und zu kämpfen lohnt. Hätten wir ihnen all das nehmen sollen? Was hätte ich antworten sollen, wenn sie mich gefragt hätten, wo Ihr seid? Warum Ihr sie verlassen habt?«

Gwinneth senkte betroffen den Blick.

»Aber es sind noch mehr Menschen nach Tintagel gekommen«, sagte Lancelot.

Sean nickte. »In Scharen. Wir mussten die meisten abweisen. Wir sind jetzt mehr als dreihundert, und sobald das Frühjahr kommt, werden auch die Händler und Fischer zurückkehren. Es gibt Pläne, den Hafen wieder aufzubauen und den Handel neu zu beleben.« Sein Gesicht verdüsterte sich. Etwas leiser fügte er hinzu: »Wenn uns so viel Zeit bleibt.«

»Wie meinst du das?«, fragte Lancelot alarmiert.

»Wir sind zweimal angegriffen worden«, erklärte Patrick.

Gwinneth sah erschrocken hoch. »Angegriffen? Von wem?«

»Artus«, antwortete Sean.

Für einen kurzen Moment wurde es fast unheimlich still, dann flüsterte Gwinneth: »Artus? Aber er ...«

»Nicht er selbst«, fiel ihr Sean ins Wort. »Aber seine Ritter. Das erste Mal waren es nur wenige; eine Hand voll. Sie verlangten Einlass, und als wir ihnen den nicht gewährten, haben sie versucht ihn sich mit Gewalt zu verschaffen.« Er lachte leise. Es klang nicht wirklich amüsiert. »Sie haben wohl geglaubt, es nur mit einer verfallenen Ruine zu tun zu haben, die von einem halben Dutzend altersschwacher Diener vor dem endgültigen Verfall bewahrt wird. Wir haben sie eines Besseren belehrt.«

»Aber sie sind wieder gekommen«, berichtete Patrick.

»Vor einer Woche«, fügte sein Bruder hinzu. »Ein Heer, vielleicht achtzig, hundert Mann. Wir haben sie zurückgeschlagen, doch es war ein harter Kampf.«

»Gab es ... Tote?«, fragte Gwinneth erschrocken.

»Auf unserer Seite?« Sean schüttelte den Kopf. »Nein. Aber eine Menge Verletzte. Und wir hatten Glück. Sie haben uns wohl wieder unterschätzt. Ein drittes Mal wird ihnen das nicht passieren.«

»Und du bist sicher, dass es Artus' Ritter waren?«, vergewisserte sich Lancelot.

»Es war ein Söldnerheer«, verbesserte Patrick. »Keine wirklich gut ausgebildeten Krieger – sonst wäre es uns nicht so leicht gefallen, sie zurückzuschlagen.«

»Aber sie wurden von einem Ritter befehligt, der unter der Fahne Camelots ritt«, fügte Sean hinzu. Er machte ein besorgtes Gesicht. »Ihr hättet keinen Tag später zurückkehren dürfen, Lancelot. Als die Schlacht vorüber war, da schickte er einen Parlamentär und hat uns ein Ultimatum gestellt.«

»Und was verlangt er?«, fragte Lancelot. Als ob er das nicht wüsste.

Sean lachte bitter. »Was wohl? Eure Auslieferung. Und vor allem die von Lady Gwinneth, was sonst? Wir haben noch drei Tage Zeit, heute mitgerechnet. Dann kommen sie wieder – und ich fürchte, Patrick hat Recht. Das nächste Mal werden es nicht nur ein paar Dutzend schlecht ausgebildeter Söldner sein.«

»Was willst du damit sagen?«, fragte Lancelot.

Sean zog eine Grimasse und seiner Meinung nach war das wohl Antwort genug, denn er beließ es dabei. Lancelot wartete einige Augenblicke vergeblich und setzte dann zu einer scharfen Entgegnung an, doch Gwinneth kam ihm zuvor.

»Also haben wir den Krieg auch hierher gebracht«, flüsterte sie.

Es waren nicht ihre Worte, die Lancelot erschrocken herumfahren und sie alarmiert ansehen ließen, sondern vielmehr die Art, *wie* sie sie aussprach. Im ersten Moment dachte er, Gwinneth blicke ihn an, dann aber wurde ihm klar, dass ihre Augen leer waren und ihr Blick geradewegs durch ihn hindurch ins Nirgendwo ging.

»Verzeiht, Mylady«, sagte Sean, »aber das ist Unsinn. Nicht Ihr habt uns angegriffen, sondern Artus' Heer.«

»Aber ich bin der Grund, warum es vor den Toren der Burg aufmarschiert ist«, widersprach Gwinneth. Ihr Gesicht war ebenso leer wie ihr Blick, doch Lancelot spürte deutlich, dass sie nur mit letzter Mühe die Tränen zurückhielt. »Hätte sich meine Anwesenheit in Tintagel nicht herumgesprochen, wäre es niemals zu diesem Ultimatum gekommen.« Sie ballte die Hände zu Fäusten. »Ich wollte doch nur ... nur nach Hause. Und ich dachte, ich könnte den Menschen in diesem Landstrich ein wenig von dem Frieden und Wohlstand zurückbringen, wie sie ihn unter Uthers Herrschaft gewöhnt waren.«

»Aber das habt Ihr, Mylady«, sagte Sean.

Gwinneth schien seine Worte gar nicht zu hören. »Statt-

dessen habe ich ihnen den Untergang gebracht«, flüsterte sie. »Artus wird ...«
»... sich eine blutige Nase holen, wenn er glaubt leichtes Spiel mit uns zu haben«, unterbrach sie Sean. Er schüttelte so heftig den Kopf, dass sein Haar flog. »Mit Verlaub, Mylady, aber ich glaube, Ihr überschätzt Euch. Ich weiß nicht viel über König Artus, doch ein so mächtiger und einflussreicher Mann kann kein Dummkopf sein. Und nur ein vollkommener Dummkopf würde ein Heer quer durch ein ganzes Land schicken – noch dazu im Winter und mitten in einem Krieg – nur um eine Frau zurückzuholen, die ihm weggelaufen ist.«
Lancelot war nicht sicher, was er von diesen Worten halten sollte. Im ersten Moment ärgerte er sich nur maßlos über sie, denn sie waren selbst bei wohlwollender Betrachtung nichts anderes als eine Beleidigung Gwinneths. Aber noch bevor er wirklich wütend werden konnte, begriff er auch, dass Sean diese Worte ganz bewusst gewählt hatte. Er wollte Gwinneth keineswegs vor den Kopf stoßen, sondern sie vielmehr davon abhalten, sich selbst noch weiterzuquälen. Selbst wenn er vielleicht insgeheim ganz genau wusste, dass sie Recht hatte.
Gegen seine Überzeugung, aber nichtsdestoweniger in sehr überzeugtem *Ton* sagte er: »Sean hat Recht, Gwinneth. Artus' Liebe zu dir mag so groß sein wie sein Hass auf mich, doch er ist kein Dummkopf. Und selbst wenn er es wäre – die Ritter, Barone und Könige, die an seiner Seite kämpfen, würden ihr Blut nicht vergießen, nur um seinen Rachedurst zu stillen.« Er schüttelte den Kopf und warf Sean einen fast beschwörenden Blick zu, als er dessen überraschtes Stirnrunzeln bemerkte; offensichtlich hatte der Ire nicht damit gerechnet, dass ausgerechnet Lancelot ihm beisprang. »Wenn er Tintagel angrei-

fen lässt, dann nur, weil es sowieso in seine Pläne passt. Cornwall ist von großem strategischem Wert – noch dazu, wenn der Krieg wirklich so schlecht verläuft, wie man hört.«

»Wer Tintagel beherrscht, der beherrscht die gesamte Westküste in Südbritannien«, stimmte ihm Patrick zu. »Lancelot und mein Bruder haben Recht, Mylady: Artus' Heer wäre sowieso hier aufmarschiert. Möglicherweise noch nicht jetzt. Vielleicht in einem halben Jahr oder einem ganzen, aber glaubt mir, er *wäre* gekommen.«

Ihr wisst, dass das nicht stimmt, sagte Gwinneths Blick. Sie sprach diesen Gedanken nicht aus, doch irgendwie war es, als hörten sie alle ihre Worte trotzdem. Eine quälende Ewigkeit verging, in der niemand ein Wort sprach, dann erhob sich Gwinneth, drehte sich niedergeschlagen und mit hängenden Schultern um und ging. Ganz automatisch wollte Lancelot aufstehen und ihr folgen, aber er führte die Bewegung nicht einmal halb zu Ende, sondern ließ sich wieder auf seinen Stuhl zurücksinken und sah ihr traurig nach, wie sie mit so mühsamen, schleppenden Schritten, als trüge sie eine unsichtbare Zentnerlast auf den Schultern, die Treppe hinaufging.

»Es tut mir Leid, dass wir keine besseren Nachrichten hatten«, sagte Sean, als sie wieder allein waren. »Ihr wart lange fort.«

Lancelot lachte sehr leise und sehr bitter. »Wären die Nachrichten denn besser, wenn wir hier geblieben wären?«

»Wahrscheinlich nicht«, gestand Sean. Er beugte sich vor, um ein Stück Brot abzubrechen. Keiner von ihnen hatte das fürstliche Mahl, das Iven und die Diener aufgetragen hatten, bisher auch nur angerührt und Lance-

lot machte auch jetzt keine Anstalten zu essen, obwohl er wirklich sehr hungrig war. »Du willst mir also nicht sagen, wo ihr gewesen seid?«
»Das kann ich nicht, Sean«, meinte Lancelot leise. Er schüttelte heftig den Kopf, als er das Aufblitzen in den Augen des Iren sah. »Und selbst wenn ich es könnte, es würde nichts ändern. Weder an dem, was geschehen ist, noch an unserer jetzigen Lage.« Er drehte sich auf dem Stuhl um und sah zur Treppe hinauf, als ob er sich davon überzeugen wollte, dass Gwinneth auch tatsächlich nicht mehr in Hörweite war, bevor er sich wieder an sein Gegenüber wandte. »Sei ehrlich zu mir, Sean: Wie stehen unsere Chancen.«
Einen Moment lang dachte der Ire angestrengt nach, dann zuckte er mit den Schultern und brach ein weiteres Stück Brot ab. Kauend und ein wenig undeutlich antwortete er: »Ich weiß es nicht, Lancelot. Wir haben an die hundert Männer hier – zweihundert, wenn wir auch alle Diener, Handwerker und Knechte bewaffnen und auf die Mauern schicken – und Tintagel ist wahrlich die stärkste Festung, die ich jemals gesehen habe. Unsere Vorratskammern sind trotz des zurückliegenden harten Winters noch recht ordentlich gefüllt und jeder einzelne Mann, jede Frau und selbst jedes Kind hier wird nicht zögern sein Leben für Lady Gwinneth einzusetzen. Wären es nicht Artus und die Ritter der Tafelrunde, mit denen wir es zu tun haben, dann wäre ich guten Mutes. Gegen einen normalen Gegner kann ich diese Burg eine halbe Ewigkeit halten. Aber Artus ...« Er hob seufzend die Schultern.
»Artus ist auch nur ein Mensch aus Fleisch und Blut«, antwortete Lancelot.
»So wie du?« Sean sah ihn mit schräg gehaltenem Kopf und sehr nachdenklich an.

»Bin ich das etwa nicht?«, fragte Lancelot scharf. »Wenn ich mich schneide, blute ich dann nicht?«
»Sicher«, antwortete Sean. »Aber deine Wunden heilen so schnell, wie ich es bei noch keinem anderen Menschen gesehen habe, und wenn du deine Zauberrüstung trägst, dann kämpfst du mit der Kraft von zehn Männern.«
»Vielleicht ist es genau diese Rüstung, die uns retten wird«, sagte Lancelot. »Ich habe zwar Gwinneth versprochen sie nie wieder anzulegen – doch lieber breche ich mein Wort ihr gegenüber als zuzulassen, dass sie in Artus' Gewalt gerät.«
»Ich habe nichts anderes erwartet«, antwortete Sean. »Aber, entschuldige die offene Frage, Lancelot: Was, wenn du einem Mann gegenüberstehst, der über die gleiche Zauberkraft verfügt? Oder fünf? Oder zehn?«
Das könnte das Ende der Welt bedeuten, dachte Lancelot schaudernd. Für einen winzigen Moment war er wieder in Camelot, sprengte zusammen mit Gwinneth auf dem Rücken des Einhorns durchs Tor und sah sich plötzlich Artus gegenüber, der Excalibur in der Hand hielt und versuchte ihn aufzuhalten. Einmal, nur ein einziges Mal und für einen unendlich kurzen Moment, waren das Runenschwert und Excalibur aufeinander geprallt, und schon diese winzige Berührung hatte eine Macht entfesselt, die die Welt in ihren Grundfesten hatte erbeben lassen. Was, wenn er gezwungen wäre, erneut gegen Artus anzutreten?
Allein die Frage war so schrecklich, dass er sich weigerte über eine Antwort auch nur nachzudenken. Stattdessen schüttelte er mit einer Überzeugung, die er ganz und gar nicht hatte, den Kopf. »Das wird nicht geschehen, Sean. Artus wird nicht gegen mich antreten.«

»Weil er Angst vor dir hat?«, fragte Sean spöttisch.
Weil Elben keine Elben töten, dachte Lancelot. Laut sagte er nur noch einmal und mit noch mehr Überzeugung in der Stimme: »Es wird nicht geschehen, glaub mir. Artus würde so wenig seine Waffe gegen mich erheben wie ich gegen ihn. Und keiner seiner Ritter ist mir gewachsen.«
Sean sagte nichts mehr, runzelte aber die Stirn, was eine Antwort im Grunde auch überflüssig machte, und stopfte schweigend Unmengen von Brot in sich hinein.
»Also bereiten wir uns auf eine Belagerung vor?«, fragte Lancelot schließlich.
»Das haben wir schon«, erwiderte Patrick. »Noch heute werden zwanzig oder dreißig weitere Männer hier eintreffen – und sobald sich die Kunde von Lady Gwinneths Rückkehr herumgesprochen hat, dürften es noch sehr viel mehr werden.«
»Und Artus und sein Heer?« Lancelot sah fragend von einem zum anderen. »Ich meine: Wisst ihr, wo er ist? Habt ihr keine Kundschafter ausgesandt?«
»Drei sogar«, antwortete Sean grimmig. »Keiner von ihnen ist zurückgekehrt.«
»Also bleibt uns nichts anderes übrig als zu warten.« Lancelot seufzte. »Das gefällt mir nicht.«
»Glaubst du etwa, uns?« Sean sprang wütend auf und ballte die Faust. »Ich habe mich nie vor einem Kampf gefürchtet, nicht einmal wenn ich glaubte, ihn zu verlieren. Aber ich hasse das untätige Herumsitzen und Warten. Fast wünschte ich mir, sie wären bereits da. Lieber stehe ich oben auf den Mauern und kämpfe, ehe ich hier herumsitze und warte und weiß, dass es nichts gibt, was ich tun kann.«
Aber vielleicht stimmte das nicht. Vielleicht, dachte Lancelot, konnte er doch noch etwas tun. Auch wenn es

zugleich vielleicht nichts auf der Welt gab, wovor er sich mehr fürchtete.

Als hätten Seans Worte es heraufbeschworen, verstrichen die nächsten beiden Tage auch für Lancelot in einem Gefühl quälender Hilflosigkeit, in das sich ein immer größer werdender, aber ziellos Groll mischte, sodass er noch launiger und reizbarer wurde als zuvor. Nicht nur Iven und der Rest der Dienerschaft, selbst Sean und sein Bruder begannen ihm bald aus dem Wege zu gehen, und auch Gwinneth sprach nur noch das aller Notwendigste mit ihm, obwohl sich Lancelot in ihrer Gegenwart beherrschte und kein böses Wort über seine Lippen kam. Dennoch redete Gwinneth kaum – nicht nur mit ihm, sondern überhaupt nicht –, aber am Abend, wenn sie in seinem Arm einschlief, dann hörte er sie manchmal leise weinen und es verging nicht eine Stunde, in der sie nicht mindestens einmal von Albträumen und Angst geplagt aufwachte.
Tagsüber strich Lancelot durch die Burg und inspizierte die Vorbereitungen, die Sean und sein Bruder getroffen hatten. Soweit er das überhaupt zu beurteilen imstande war, hatten die beiden Iren Tintagel so gut auf eine Belagerung vorbereitet, wie es überhaupt möglich schien. Selbst angesichts der großen Anzahl von Menschen, die sich nun auf der Burg aufhielt, reichten die Vorräte für mindestens zwei Monate, vermutlich deutlich länger, es gab nicht nur einen, sondern gleich zwei Brunnen, die für frisches Wasser sorgten, und genug Baumaterial, um die Burgmauern ein Dutzend Mal zu reparieren, sollten sie beschädigt werden.
Was ihnen fehlte, war Mut.
Seit ihrer Rückkehr aus Merlins Höhle hatte sich Tintagel nicht nur äußerlich verändert. Es schien jetzt das ge-

naue Gegenteil der Festung zu sein, die sie bei ihrer Ankunft vorgefunden hatten: Damals war es eine nahezu verlassene Ruine gewesen, in der Moder und Kälte nisteten, aber die Menschen, die hier lebten, hatten voller Zuversicht und Kraft in die Zukunft geblickt, denn allein Gwinneths Anwesenheit hatte ihnen die Kraft für einen neuen Anfang gegeben, ein Ziel, auf das sie hinarbeiten und für das sie leben und jede noch so große Entbehrung in Kauf nehmen würden. Nun war Tintagel fast in seiner alten Pracht und Größe wiedererstanden, aber die Augen der Menschen, denen er begegnete, waren voller Angst. Sie fürchteten die Zukunft, weil sie ahnten, was sie bringen würde.

Ja, er konnte Gwinneth verstehen und er begriff auch, warum sie sich jeden Abend in den Schlaf weinte und in jeder Minute von Albträumen und Schrecken heimgesucht wurde. Sie war hierher gekommen, um diesen Menschen neue Hoffnung zu geben und ihnen den Weg in eine neue und bessere Zukunft zu weisen. Was sie ihnen gebracht hatte, war das genaue Gegenteil. Und auch wenn Lancelot nicht müde wurde ihr zu versichern, dass es nicht ihre Schuld sei – tief in sich wusste er doch, dass sie Recht hatte.

Es war kurz vor Sonnenuntergang des dritten Tages nach ihrer Rückkehr aus der Höhle des Zauberers, als Iven aufgeregt und kurzatmig in Gwinneths Kemenate platzte; so sehr in Hast und außer sich, dass er nicht einmal anklopfte, sondern die Tür aufriss und drei Schritte weit hereinstolperte, bevor er stehen blieb und abwechselnd Gwinneth und ihn aus schreckgeweiteten Augen anstarrte. »Herr!«, stammelte er. »Sie ... Sean ... Ihr müsst ...«

»Beruhige dich.« Lancelot hob rasch die Hand. »Was ist passiert? Schickt dich Sean?«

Iven nickte. Er zitterte am ganzen Leib und sein Atem ging so schnell, dass Lancelot ernsthaft befürchtete, er könne im nächsten Moment zusammenbrechen. Er musste den ganzen Weg vom Burghof bis hier herauf gerannt sein, eine Anstrengung, die selbst einen Mann von weit weniger Jahren an den Rand des Zusammenbruchs gebracht hätte. »Die ... Ritter ...«
»Artus?«
»Ein Heer«, brachte Iven mühsam hervor. »Ein ... gewaltiges Heer. Die ... sie sind gerade auf den Hügeln im Osten aufgetaucht, und ...« Seine Stimme versagte ihm endgültig den Dienst. Er begann noch stärker zu zittern und musste die Hand ausstrecken, um sich an der offenen Tür festzuhalten, sonst wäre er gestürzt. Aber Lancelot hatte genug gehört.
»Und Sean hat dich geschickt um mich zu holen«, vermutete er. Iven nickte nur – zum Sprechen fehlte ihm die Kraft – und Lancelot streifte mit einer entschlossenen Bewegung den roten Königsmantel ab, den er trotz des hochlodernden Kaminfeuers auch hier drinnen trug, und schoss die Stiefel achtlos in eine Ecke. »Geh zu ihm und sage, dass ich so schnell wie möglich komme.«
Iven nickte und wollte sich auf der Stelle umdrehen, aber die Bewegung war offensichtlich zu viel für ihn. Er strauchelte, fiel schwer auf ein Knie hinab und gab einen leisen, wimmernden Schmerzenslaut von sich. Sofort sprang Gwinneth auf und eilte zu ihm, doch Iven wehrte ihre hilfreich ausgestreckte Hand ab und kämpfte sich mühsam auf die Beine. Er schwankte wie das sprichwörtliche Schilfrohr im Sturm, und als er einen mühsamen Schritt in Richtung Tür machte, wäre er um ein Haar wieder gestürzt.
»Oder nein, lass es«, sagte Lancelot, während er bereits

aus der Hose schlüpfte. »Setz dich an den Kamin und ruh dich aus.«
»Aber Herr!«, protestierte Iven.
»Ich wünsche es«, sagte Lancelot streng. »Niemand hat etwas davon, wenn dich auf dem Weg nach unten der Schlag trifft. Außerdem bin ich vermutlich ohnehin schneller als du.«
Gwinneth warf ihm einen anklagenden Blick zu, den Lancelot aber ebenso ignorierte wie das erleichterte Seufzen des alten Dieners. Ohne noch ein weiteres Wort zu verschwenden begann Lancelot seine Rüstung anzulegen. Gwinneth sah ihm schweigend dabei zu, doch als er schließlich den Schwertgurt umband und an den Kamin trat um die Runenklinge vom Sims zu nehmen, schlug sie erschrocken die Hand vor den Mund.
»Keine Sorge«, sagte Lancelot. »Ich habe nicht vor sie zu benutzen.«
»Warum nimmst du sie dann mit?«, fragte Gwinneth.
Es fiel ihm schwer, aber irgendwie gelang es ihm, ein verschwörerisches Grinsen auf seine Lippen zu zaubern. »Ich habe auch nicht vor Artus auf die Nase zu binden, dass ich es nicht ziehen will.«
Gwinneths Blick wurde anklagend. Sie sagte nichts.
Lancelot ließ ihr auch ganz bewusst nicht genug Zeit, um etwa doch noch einen Einwand vorzubringen, sondern rammte das Schwert in die Scheide und stürmte mit weit ausgreifenden Schritten aus der Kemenate. Nur wenige Augenblicke später hatte er die Treppe hinter sich gebracht, durchquerte die Halle und stürmte auf den Hof hinaus.
Tintagel war in heller Aufregung. Wohin er auch blickte, sah er rennende Menschen, die scheinbar kopflos durcheinander liefen, und es war nicht ein Gesicht dabei, auf dem sich nicht Angst und Bestürzung widerge-

spiegelt hätte. Das Fallgatter vor dem Tor war heruntergelassen und gerade als Lancelot auf den Hof hinaustrat, schlossen vier Männer mit vereinten Kräften das gewaltige, zweigeteilte Tor und legten einen schweren Riegel vor. Hinter den Zinnen der Wehrmauer, hinter denen normalerweise nur ein oder höchstens zwei Wächter patrouillierten, drängelten sich jetzt zwei, wenn nicht drei oder gar vier Dutzend Bewaffnete, und nach kurzem Suchen entdeckte Lancelot auch Seans hünenhafte Gestalt zwischen ihnen. So schnell er konnte, eilte er die Treppe hinauf und zu dem Iren hin.
»Lancelot!«, begrüßte ihn Sean. »Gut, dass du kommst. Sie sind da.«
Natürlich hatte Lancelot das heranrückende Heer bereits gesehen – und obwohl er auf den Anblick vorbereitet gewesen war, jagte er ihm einen eisigen Schauer über den Rücken. Plötzlich konnte er das Entsetzen, das er in Ivens Augen gelesen hatte, besser verstehen.
Es war nicht wirklich ein Heer, das sich über die verschneiten Hügel im Osten schob, sondern eine gewaltige, brodelnde grau-schwarze Masse, als wäre die Nacht vor der Zeit hereingebrochen und werfe ihre ersten Schatten über die Erde. Nach Ivens Worten hatte er mit einer großen Truppe gerechnet – aber was dort anrückte, das musste nahezu Artus' gesamte Armee sein. Lancelot war nie besonders gut im Schätzen gewesen und die Entfernung und das Licht waren auch zu schlecht dazu, doch ihre Zahl musste in die Tausende gehen.
Nur ein einziges Mal hatte er ein größeres Heer gesehen, als Mordreds Pikten vor Camelot aufmarschiert waren, aber der Unterschied erschien ihm recht unbedeutend – und die piktischen Horden waren trotz allem letztlich Barbaren, die mit mehr Wildheit und Kraft als mit taktischem Verstand gegen die gewaltige und bes-

tens gerüstete Festung Camelot angebrandet waren. Obwohl er wusste, wie wichtig es war, dass gerade er Zuversicht und Mut zeigte, blieb er endlose Sekunden lang reglos neben dem Iren stehen und starrte mit unverhohlenem Entsetzen auf die näher rückende Armee.

»Was immer ihr Artus angetan habt, er scheint ziemlich verärgert darüber zu sein«, stellte Sean fest.

Lancelot riss sich vom Anblick des näher kriechenden tausendköpfigen Ungeheuers los und blickte dem Iren irritiert ins Gesicht. »Was?«

Sean grinste, aber seine Augen blieben ernst. »Meinst du nicht, dass es an der Zeit ist, mir die Wahrheit zu sagen, mein junger Freund?«

»Was soll das?«, fragte Lancelot.

Plötzlich und vollkommen ohne Warnung wurde Sean wütend. »Wenn ich schon sterben muss, dann will ich gerne wissen warum«, schnappte er. Er deutete aufgebracht gestikulierend nach Osten. »Sag mir nicht, dass Artus *diese* Armee aufbietet, nur weil du ihm seine Frau weggenommen hast. Was hast du ihm wirklich angetan?«

»Ich schwöre dir, da war sonst nichts«, antwortete Lancelot. Aber war das die Wahrheit? Vielleicht war da ja doch noch mehr und vielleicht hatte er dieses »mehr« bisher nur nicht begriffen, weil etwas in ihm gar nicht darüber nachdenken *wollte.*

»Wer sagt, dass du sterben musst?«, fuhr er in verändertem Ton fort. »Hast du mir nicht selbst versichert, wir könnten jedem Angreifer standhalten in dieser Festung?«

Sean schnaubte. »Jedem Heer, von dem ich bislang gehört habe«, sagte er bitter. »Aber das da ist kein Heer. Es ist ... « Er suchte sichtlich nach Worten und schüttelte schließlich nur den Kopf. »Es ist einfach unvorstellbar.«

Auch Lancelot hätte ihm vor wenigen Augenblicken noch Recht gegeben. Er erwiderte nichts mehr auf die Worte des Iren, sondern wandte sich nach Osten. Die näher kriechende grau-schwarze Masse schien sich kaum sichtlich bewegt zu haben, aber das war eine Täuschung. Die Hügel waren dort Meilen entfernt, und dass er die Bewegung überhaupt wahrnahm, bedeutete, dass Artus' Krieger im Eiltempo marschierten. Sie würden den Fuß der Anhöhe, auf der Tintagel lag, noch vor Sonnenuntergang erreichen, wenn sie diese Geschwindigkeit beibehielten. *Und wahrscheinlich,* dachte er, *werden sie uns überrennen, bevor die Sonne wieder aufgegangen ist.*

Obwohl er weiter unverwandt nach Osten blickte, spürte er, wie Sean ihn anstarrte – und nicht nur er. Lancelot ließ noch eine geraume Weile verstreichen, aber dann drehte er sich mit einem Ruck um und wandte sich dem erstbesten Mann zu, der neben ihm stand. »Du da!«, sagte er herrisch. »Lauf nach unten und hol mein Pferd.«

Er hatte die Schnelligkeit, mit der sich das Heer näherte, trotz allem noch unterschätzt – als es zu dämmern begann, da hatte die gewaltige Armee nicht nur den Fuß des Hügels bereits erreicht, sondern auch schon damit begonnen, ein Lager aufzuschlagen, das sich gerade außerhalb der Pfeilschussweite befand, in seiner Ausdehnung aber so gewaltig war, dass der Blick nicht von einem Ende zum anderen reichte. Erst als Lancelot – tief über den Hals des Einhorns gebeugt, um sich unter dem nur halb hochgezogenen Fallgatter hindurchzubücken – die Burg verließ, begriff er so richtig, welch gewaltiges Heer Artus zur Belagerung Tintagels aufgeboten hatte. Dass es in die Tausende ging, das hatte er

schon auf den ersten Blick erkannt, aber *wie viele* Tausend es waren, das erschreckte ihn mit jedem Moment mehr.
Nicht einmal bei der Belagerung Camelots hatte Artus so viele Männer unter Waffen gehabt. Er schien buchstäblich jeden Mann, der auch nur im Entferntesten in der Lage war, ein Schwert zu führen, um seine Fahne geschart zu haben. Und das alles nur, um Gwinneth zurückzuholen und ihn für seinen vermeintlichen Verrat zur Rechenschaft zu ziehen? Lancelot konnte das nicht glauben und er glaubte es immer weniger, mit jedem Schritt, den sich das Einhorn den gewundenen Felspfad hinabbewegte und sich dem im Aufbau begriffenen Heerlager näherte.
Natürlich blieb seine Annäherung nicht unentdeckt. Lancelot war vielleicht noch hundert oder hundertfünfzig Schritte vom Rand des Lagers entfernt, als eine der hastig aufgebauten Palisaden aus Weidenzweigen und Stroh zur Seite geschoben wurde und ein einzelner Ritter auf einem gepanzerten Schlachtross und in einer silbernen Rüstung erschien. Lancelots Herz begann schneller zu schlagen, denn er hielt den Reiter im allerersten Moment für niemand anderen als Artus selbst, doch als er näher kam, erkannte er seinen Irrtum. Der Mann trug die Farben und das Banner Camelots und auch seine Rüstung ähnelte der des Königs, aber dieser Eindruck löste sich in Luft auf, als er näher kam. Obwohl vollständig gerüstet und bewaffnet, trug der Reiter keinen Helm, doch Lancelot erkannte ihn trotzdem nicht. Es musste sich zweifellos um einen Tafelritter handeln, aber wenn, dann war er erst zu Artus gestoßen, nachdem er, Lancelot, die Burg verlassen hatte.
Als sie noch zwanzig Schritte voneinander entfernt waren, ließ Lancelot das Einhorn anhalten. Anders als sein

Gegenüber trug er einen Helm mit heruntergeklapptem Visier und er machte auch keine Anstalten, es zu öffnen, als der Reiter langsam näher kam und ihn mit gleichermaßen misstrauischen wie überraschten Blicken musterte. Lancelot seinerseits beobachtete nicht nur ihn, sondern auch das Lager in seinem Rücken. Die Palisade war nicht wieder geschlossen worden und er sah, dass dort, wo der Reiter erschienen war, mindestens zwei Dutzend Männer Aufstellung genommen hatten; gut die Hälfte von ihnen mit den gefürchteten Langbogen bewaffnet, die auf eine so kurze Distanz ohne Mühe selbst eine Rüstung durchschlagen konnten. Niemand hatte auf ihn angelegt oder seine Waffe auch nur erhoben, aber Lancelot hatte oft genug mit eigenen Augen gesehen, wie schnell diese Männer einen Pfeil auf die Sehne zaubern konnten.

»Sir Lancelot, nehme ich an?«, fragte sein Gegenüber. Er hatte eine dunkle, volltönende Stimme, die nicht so recht zu seinem im Grunde noch sehr jugendlichen Aussehen passen wollte, und in seinen Worten schwang ein widerwilliger Respekt mit, der ihm unangenehm zu sein schien. Er hatte die rechte Hand auf den Schwertgriff gelegt, aber es war nichts Bedrohliches an dieser Geste.

Lancelot nickte. »Und Ihr seid ...?«

»Nennt mich einfach Thomas«, sagte der Ritter.

»Nun, Sir Thomas ...«, begann Lancelot, wurde aber von dem Dunkelhaarigen sofort und mit einem Kopfschütteln unterbrochen.

»Ich bin kein Ritter im eigentlichen Sinne. Thomas genügt.«

»Aber Ihr tragt Rüstung und Waffen eines Ritters?«

Der andere lachte, aber es klang eher verbittert als amüsiert. »Es herrscht im Moment auf Camelot kein Mangel an Rüstungen und Waffen, sondern eher an Männern, die sie tragen könnten. Es stimmt zwar, dass ich pro forma zum Ritter geschlagen wurde, um einer dieser Ausrüstungen würdig zu sein. Aber wie Ihr ja selbst wisst, sind ganz besondere Anforderungen zu erfüllen, wenn man von Artus' Tafelrunde aufgenommen werden will. Davon bin ich noch meilenweit entfernt – und so wie es aussieht, wird es mir auch nicht mehr vergönnt sein, dieses Ziel zu erreichen.«

Lancelot runzelte überrascht die Stirn und drehte dann demonstrativ den Kopf von links nach rechts und wieder zurück, um die gewaltige Heermasse zu überblicken, die hinter Thomas lag. Sein Gegenüber musste die Frage, die diese Bewegung ausdrückte, auch ganz genau verstehen, aber er machte keine Anstalten sie zu beantworten und schließlich ergriff Lancelot wieder das Wort. »Hat Artus Euch geschickt, um mit mir zu verhandeln?«

Thomas schüttelte den Kopf. »Ich soll Euch zu ihm bringen, wenn Ihr das wünscht. Und Euch freies Geleit zusichern.«

Im Grunde genommen hätte Lancelot jetzt innerlich aufatmen müssen. Dass er überhaupt noch lebte – geschweige denn, so weit gekommen war –, war gar nicht selbstverständlich. Er hatte sein Kommen weder angekündigt noch auf irgendeine andere Art zu erkennen gegeben, dass er als Unterhändler erschien. Artus hätte ihn auf der Stelle gefangen nehmen oder töten lassen können, ohne seine Ehre dabei zu verlieren oder auch nur Gefahr zu laufen, dass ihm irgendjemand einen Vorwurf machte.

Dennoch empfand Lancelot allerhöchstens ein flüchtiges Gefühl von Erleichterung. Er war sich dieser Gefahr durchaus bewusst gewesen, als er Tintagel verließ –

aber welchen Unterschied machte es schon? Ganz egal was geschah, ihm blieben so oder so nur noch ein paar Stunden.
Er nickte, machte eine auffordernde Geste und Thomas, der möglicherweise ein guter Schwertkämpfer war, aber kein besonders guter Reiter, wendete mit einiger Mühe sein Pferd und trabte wieder aufs Lager zu. Die Krieger hinter der Palisade wichen respektvoll zur Seite, und obwohl Lancelot starr geradeaus und auf Thomas' in Eisen gehüllten, breiten Rücken blickte, bemerkte er doch sehr wohl, wie ihn die Männer anstarrten, die sie passierten. In den Augen der meisten mischte sich Neugier mit Überraschung, aber da war auch eine Menge Respekt und Ehrerbietung, die er sich nicht wirklich erklären konnte. Es gab kein zorniges Murren, keine bösen Blicke und keine gemurmelten Drohungen; die Krieger bildeten stumm und diszipliniert ein lebendes Spalier, das schnurgerade bis in die Mitte des Heerlagers reichte.
Auch hier herrschte hektische Betriebsamkeit. Artus' großes Königszelt war noch nicht einmal zur Hälfte aufgebaut, obwohl ein gutes Dutzend Männer gleichzeitig daran arbeitete, und er bemerkte weitere Männer in Rüstung und den Farben Camelots, die er so wenig kannte wie Thomas.
Und endlich erblickte er Artus selbst.
Der König stand ein Stück abseits und folgte schweigend dem Fortgang der Arbeit. Auch er war umgeben von zahlreichen Tafelrittern, die Lancelot nahezu ausnahmslos unbekannt waren, was in Lancelots Augen kein gutes Zeichen war. Man wurde nicht einfach so zum Ritter geschlagen. Normalerweise dauerte es ein halbes Leben lang, zumindest aber viele Jahre, bevor einem Mann diese Ehre zuteil wurde, und einen Platz an

König Artus' Tafel bekamen nur die besten der Besten. Schließlich aber entdeckte er doch zumindest zwei bekannte Gesichter. Es waren Galahad und Parzival, mit Ausnahme Lancelots vielleicht die jüngsten Ritter, die jemals einen Platz an König Artus' Tafel gefunden hatten.

Obwohl er seine Annäherung zweifellos bemerkt haben musste – schließlich hatte er Thomas ja selbst geschickt, um ihn in zu ihm zu geleiten –, tat Artus eine geraume Weile weiter, so als verfolge er konzentriert die Arbeit an seinem Zelt. Erst als Lancelot sich auf zehn Schritte genähert hatte, das Einhorn anhielt und aus dem Sattel stieg, wandte auch er sich um, sah ihm für die Dauer eines einzelnen, aber endlosen Atemzuges wortlos und mit steinernem Gesicht entgegen und kam dann ganz langsam auf ihn zu. Er trug Rüstung und Mantel, und der Schwertgriff, der aus seinem Gürtel ragte, war der Excaliburs. Doch es war nicht der Anblick der magischen Waffe, der Lancelot erschrocken zusammenfahren ließ, als Artus näher kam.

Es war Artus selbst.

Seit sie sich das letzte Mal gesehen hatten, war kaum mehr als ein halbes Jahre vergangen, aber der König schien um Jahrzehnte gealtert. Sein Gesicht wirkt blass und eingefallen und seine Augen, die niemals anders als von schier unerschöpflicher Kraft erfüllt gewesen waren, erschienen Lancelot jetzt plötzlich trübe und glanzlos, als hätte er erst vor kurzem ein schweres Fieber überwunden. Obwohl er ihm hoch aufgerichtet und mit kräftigen Schritten entgegentrat, fehlte seinen Bewegungen irgendetwas, das Lancelot zwar nicht in Worte fassen konnte, dessen Fehlen aber überdeutlich war.

»Du bist also tatsächlich gekommen.«

Lancelot wusste nicht genau, was er auf diese unge-

wöhnliche und überraschend kraftlos wirkende Eröffnung erwidern sollte. Mehr aus Hilflosigkeit denn aus irgendeinem anderen Grund nahm er den Helm ab und verbeugte sich vor Artus. »Mein König.«
Ein schmerzliches Lächeln erschien auf Artus' Lippen. »Mein König ...«, wiederholte er nachdenklich. »Wie sonderbar das aus deinem Mund klingt.«
»Majestät, es tut mir Leid, wenn ich ...«, begann Lancelot.
»Nenn mich nicht so!«, unterbrach ihn Artus, keinen Deut lauter, aber in hörbar schärferem und zugleich verbittertem Ton. »Ich bin nicht dein König, Lancelot. Ich bin nur ein Mann, dem du alles genommen hast, was man einem Menschen nehmen kann.«
Ein Schlag ins Gesicht hätte Lancelot nicht schmerzhafter treffen können. Er hatte sicherlich nicht erwartet, dass Artus ihn freundschaftlich oder auch nur respektvoll begrüßte, und dennoch taten die Worte so weh, als hätte er ihm einen Dolch in die Brust gerammt. Er konnte nichts darauf erwidern, sondern blickte Artus nur hilflos an.
»Du überraschst mich, Lancelot«, fuhr Artus fort. Er hatte seine Fassung zurückgewonnen und sprach jetzt mit ruhiger, fast kühler Stimme. »Bist du besonders dumm oder besonders dreist, so ganz allein vor mir zu erscheinen?« Wieder wartete er vergeblich einige Sekunden lang auf eine Antwort, dann löste sich sein Blick von Lancelots Gesicht und tastete über seine Gestalt. Am Griff des Runenschwertes in seinem Gürtel blieb er einen Moment lang hängen.
»Ich bin gekommen, um mit Euch zu reden, Artus«, sagte Lancelot schließlich.
»Reden?« Artus wiegte erneut den Kopf, als müsse er erst über dieses Wort nachdenken. Dann runzelte er die

Stirn. »Ich verstehe«, sagte er nickend. »Du bist gekommen, um mir die Kapitulation anzubieten.«

»Wenn es das ist, was Ihr wünscht«, antwortete Lancelot.

»Was ich wünsche?« Artus seufzte tief. »Was ich wünsche, spielt keine Rolle mehr, mein Freund. Was ich mir gewünscht *hätte*, das kannst du mir nicht mehr geben.«

Lancelot wollte etwas darauf erwidern, aber Artus unterbrach ihn mit einer herrischen Geste. »Bring dein Anliegen vor und dann geh. Auch wenn du es nicht verdient hast, nach allem, was du mir und vor allem Camelot angetan hast, so gewähre ich dir freies Geleit zurück nach Tintagel. Aber stelle meine Geduld auf keine zu lange Probe und verschwende nicht meine Zeit – wir haben viel zu tun, wie du siehst.«

»Ich bin hier, um Euch um Frieden zu bitten, Artus«, sagte Lancelot. »Nicht für mich. Aber für die Menschen dort oben in der Burg – und für Gwinneth. Gewährt ihnen freien Abzug und ich übergebe Euch mein Schwert und liefere mich kampflos aus.«

»Wie edel von Euch, Ritter Lancelot«, sagte Artus spöttisch. »Ihr verzichtet tatsächlich darauf, mit uns zu kämpfen? Das ist überaus großmütig. Ich habe fünfundzwanzigtausend Mann unter Waffen bei mir und es wäre doch eine Schande, wenn ich zusehen müsste, wie Ihr jeden Einzelnen von ihnen erschlagt.«

»Die Menschen dort oben in der Burg haben nichts mit unserem Streit zu tun, Artus«, sagte Lancelot eindringlich. »Lasst sie gehen. Macht mit mir, was Ihr wollt, aber lasst diese Leute gehen. Und Gwinneth.«

»Gwinneth.« Artus runzelte die Stirn und tat abermals und diesmal für lange Zeit so, als wisse er nicht genau, was dieser Name bedeutete. Doch dann nickte er und ein Ausdruck von schlecht gespielter Verblüffung erschien auf seinem Gesicht. »O ja, ich erinnere mich – Ihr meint dieses dumme Mädchen, das wegen Ehebruchs zum Tod auf dem Scheiterhaufen verurteilt worden ist?« Er schüttelte den Kopf. »Ich fürchte, diese Bitte kann ich Euch nicht gewähren, Sir Lancelot. Oder habt Ihr die oberste Regel Camelots vergessen? Niemand steht über dem Gesetz. Nicht der König, und auch nicht die Königin. Nicht einmal *meine* Königin.«

»Artus, ich flehe Euch an«, beharrte Lancelot. »Ich weiß, dass es Unrecht war, was wir getan haben. Ich erwarte keine Gnade von Euch. Nicht für mich. Aber lasst Gwinneth gehen.«

Lange, endlos lange, wie es ihm vorkam, starrte Artus ihn nur ausdruckslos an. Er sagte nichts, in seinem Gesicht bewegte sich kein Muskel, doch dafür konnte Lancelot umso deutlicher die unendliche Qual sehen, die seine Augen erfüllte. Schließlich aber schüttelte er den Kopf.

»Geh jetzt, *Küchenjunge*«, sagte er kalt. »Ich lasse euch Zeit bis zum Anbruch der Nacht. Verlässt du bis dahin zusammen mit Gwinneth die Burg und kommst zurück, dann lasse ich die Handlanger und Bauerntölpel, an denen dir so viel zu liegen scheint, ungeschoren. Andernfalls greifen wir an.«

Und damit drehte er sich auf dem Absatz um und ging. Lancelot starrte ihm mit einer Mischung aus Fassungslosigkeit und Entsetzen nach und er flehte innerlich darum, dass Artus sich doch noch einmal umdrehen und mit ihm reden, vielleicht ihm auch nur einen Blick zuwerfen würde. Aber der König ging mit sehr schnellen Schritten weiter und verschwand schließlich zwischen den anderen Rittern.

Niedergeschlagen und mit müden, kraftlosen Bewegungen stieg Lancelot wieder in den Sattel und ritt zum

Rand des Lagers zurück. Das lebende Spalier, das Artus' Krieger bildeten, schloss sich hinter ihm, doch diesmal nahm Lancelot die Blicke und Gesichter der Männer rechts und links kaum noch wahr. Er wusste nicht, was er sich von diesem Gespräch mit Artus erhofft hatte – aber das? Das war nicht mehr der Artus, den er gekannt hatte. Viel mehr noch als sein Schwert, sein Mut oder seine Klugheit hatten Artus' unerschütterliche Kraft und Güte ihn zu dem gemacht, was er war – oder einmal gewesen war. Der König, mit dem er gerade gesprochen hatte, trug nur noch die Krone, aber er war nicht mehr das Herz Camelots. Dieser Artus war ein gebrochener, verbitterter Mann, der nur noch Rache wollte und sich selbst nicht mehr gestattete, irgendein anderes Gefühl zu empfinden. Was hatten Gwinneth und er ihm nur angetan?

Er erreichte den Rand des Lagers und machte sich auf den Weg zum Pfad nach Tintagel hinauf, doch noch bevor er ihn zur Hälfte hinter sich gebracht hatte, hörte er seinen Namen rufen und hielt an. Halb alarmiert, halb aber auch von der wilden, völlig widersinnigen Hoffnung erfüllt, es könne doch Artus sein, der ihm gefolgt war, um noch einmal mit ihm zu reden, wandte er sich im Sattel des Einhorns um und sah eine schlanke, ganz in Silber gekleidete Gestalt auf sich zugaloppieren. Es war auch diesmal nicht Artus, doch Lancelots Herz begann trotzdem vor Aufregung zu klopfen, als er das Gesicht unter dem hochgeklappten Helmvisier als das Parzivals erkannte.

»Lancelot, bitte warte!«, rief Parzival – obwohl Lancelot längst angehalten und das Einhorn halb gewendet hatte. Das Tier, das die Bewegung offensichtlich falsch deutete, schnaubte erregt und begann kampflustig mit den Vorderhufen zu scharren, doch Lancelot brachte es

mit einem ärgerlichen Ruck am Zügel zur Räson. Parzival sprengte in scharfem Tempo heran, brachte sein Pferd unmittelbar neben ihm zum Stehen und sagte noch einmal und atemlos: »Lancelot, warte!«
»Aber das tue ich doch schon«, erwiderte Lancelot lächelnd. Er freute sich aufrichtig, den jungen Ritter wiederzusehen – obwohl ihn Parzivals Anblick fast so sehr erschreckte wie es vorhin der Artus' getan hatte. Parzival sah noch immer so jung und von unbändiger Kraft erfüllt aus, wie er ihn in Erinnerung hatte, doch auch er hatte sich verändert. Von allen Rittern am Hofe war er nicht nur der jüngste, sondern auch der mit Abstand fröhlichste gewesen, immer zu einem Scherz aufgelegt und fast immerzu lachend. Jetzt gewahrte Lancelot um seinen Mund einen bitteren Zug und tiefe, unauslöschlich in sein Gesicht eingegrabene Linien, die von zu viel schlimmem und zu viel erlittenem Schmerz kündeten, als dass er ihn jemals in seinem Leben würde ganz vergessen können.
»Ich kann dich nicht so gehen lassen«, sagte Parzival. »Nicht, bevor wir miteinander geredet haben.«
»Es tut gut, dich wiederzusehen«, sagte Lancelot ehrlich. »Ich wünschte mir nur, die Umstände wären besser.«
»Du musst Artus verstehen«, bat Parzival. Er klang beinahe flehend. »Was er gerade gesagt hat, das hat ihn mehr geschmerzt als dich.«
»Warum hat er dann seine Worte nicht anders gewählt?«, fragte Lancelot.
»Weil ihm das nicht möglich ist«, erwiderte Parzival traurig. »Du weißt nicht, was du ihm angetan hast, nicht wahr?«
»Nun, anscheinend genug, dass er mit einem Heer von ...« Er sah demonstrativ zum Lager zurück, »wie vielen, sagte er doch gleich? Fünfundzwanzigtausend?«

»Fast dreißig.«
Lancelot nickte. Er bemühte sich seiner Stimme einen bewusst bitteren Klang zu verleihen, als er fortfuhr: »Von fast dreißigtausend Mann hier erscheint, um sich für diese Schmach zu rächen. Es muss ihn wahrlich hart getroffen haben.«
»Das hat es, aber das ist nicht der Grund, aus dem wir hier sind«, behauptete Parzival.
»Nicht?« Lancelot machte ein überraschtes Gesicht. »Dann seid ihr nur zufällig des Weges gekommen, nehme ich an?«
Parzival sah ihn für eine kleine Ewigkeit durchdringend und ebenso traurig wie verwirrt an. »Es sind die Pikten«, sagte er dann.
»Was für Pikten?«
»Mordreds Heer«, erwiderte Parzival. »Sie folgen uns im Abstand eines Tagesrittes und sie sind uns fast um das Doppelte überlegen.«
Lancelot erschrak. »Die Pikten?«, keuchte er. »Mordred? Sie sind hier?«
»Artus hat den ganzen Winter über Truppen zusammengezogen«, bestätigte Parzival. »Alle seine Berater und alle seine Ritter haben ihm geraten, Camelot zu befestigen und Mordreds Angriff dort abzuwarten, aber er wollte Camelot und seine Bewohner nicht unnötig in Gefahr bringen und so haben wir uns auf den Weg zur Küste gemacht.« Er drehte sich halb im Sattel um und machte eine weit ausholende, müde Geste. »Spätestens morgen bei Sonnenuntergang werden sie hier sein. Es ist Artus' Plan, sie hier zu empfangen.«
»Das ist kein sehr kluger Plan«, sagte Lancelot erschrocken. »Mit der Steilküste im Rücken gibt es nichts, wohin ihr euch zurückziehen könnt.«
»Und genau das ist Artus' Absicht. Es wird keinen

Rückzug geben, Lancelot. Wir werden siegen oder untergehen.«
»Das klingt nach dem Plan eines verzweifelten Mannes«, sagte Lancelot.
»Artus ist verzweifelt«, bestätigte Parzival. »Wenn nicht ein Wunder geschieht, werden wir diesen Krieg verlieren, und du weißt, was das bedeutet.«
Es war nicht nötig, dass Lancelot antwortete. Es ging nicht um Artus. Es ging um Camelot. Wenn Camelot fiel, dann fiel Britannien und alles, was Artus und seine Ritter ein Menschenalter lang aufgebaut hatten, würde in Barbarei und einem Meer von Blut und Leid ertrinken. Obwohl er sich innerlich schon längst von Artus und all seinen Idealen und Zielen losgesagt geglaubt hatte, lief ihm ein kalter Schauer über den Rücken.
»Wie konnte es so weit kommen?«, murmelte er.
Parzival antwortete nicht sofort, und als er es tat, sah er Lancelot nicht an, sondern starrte an ihm vorbei ins Leere. »Niemand weiß das. Wir haben unsere Kraft verloren, Lancelot. Vielleicht sind wir selbst schuld. Wir haben immer nur gesiegt und gesiegt, wir haben jeden Gegner geschlagen, jeden Feind zurückgetrieben, der es gewagt hat, unsere Grenzen zu überschreiten.« Er lachte leise und bitter. »Vielleicht waren wir unserer Sache zu sicher. Vielleicht musste es eines Tages so weit kommen.«
Lange Zeit schwiegen sie und es war eine unangenehme, drückende Stille, die sich über ihnen ausbreitete. Schließlich räusperte sich Lancelot übertrieben und künstlich und fragte mit veränderter, leicht belegter Stimme: »Und was willst du jetzt von mir?«
Parzival blinzelte, als hätte er die Frage nicht wirklich verstanden. Dann erschien ein halb überraschtes, halb aber auch verlegenes Lächeln auf seinem Gesicht. »Von

dir? Nichts. Ich bin nicht hierher gekommen, um dir Vorwürfe zu machen oder etwas von dir zu verlangen, mein Freund. Ich wollte nur noch einmal mit dir reden.«

»Bevor wir uns das nächste Mal mit dem Schwert in der Hand gegenüberstehen?«, fragte Lancelot.

Parzival wirkte verletzt. Einen Atemzug lang blickte er ihn ausdruckslos an, dann schüttelte er fast unmerklich den Kopf. »Ich werde nicht an diesem Kampf teilnehmen«, sagte er. »Und Galahad auch nicht. Wir haben Artus darum gebeten und er hat unserer Bitte entsprochen.«

»Wie edel von euch«, sagte Lancelot bitter.

»Wie konnte es nur so weit kommen?«, murmelte Parzival. »Wir waren einmal Freunde, Lancelot. Hast du das schon vergessen?«

»Sind wir das denn nicht mehr?«

Parzival ignorierte die Frage und Lancelot taten seine eigenen Worte schon längst wieder Leid. Parzival machte eine Geste zur Burg hinauf. »Vielleicht solltest du dich beeilen. Artus hat dir keine lange Frist gesetzt.«

»Du weißt, dass ich seine Forderung nicht erfüllen kann«, sagte Lancelot leise. »Ginge es nur um mich – sofort. Aber ich kann nicht zulassen, dass er Gwinneth tötet, heute so wenig wie damals in Camelot.«

Parzivals Reaktion überraschte ihn. Der junge Tafelritter lächelte, doch es war ein sehr trauriges, verbittertes Lächeln, und wieder schwieg er für eine lange, endlos quälend lange Zeit. »Warum bist du nicht zu mir gekommen, Lancelot?«

»Zu dir?«

»Als du den Plan gefasst hast, zusammen mit Gwinneth zu fliehen«, erklärte Parzival. »Warum hast du dich mir nicht anvertraut? Das alles hätte nicht passieren müssen.«

»Und was hättest du getan?«, fragte Lancelot bitter. »Ein gutes Wort für mich eingelegt oder Artus gefragt, ob er es sich nicht doch noch einmal überlegen will?«

»Es war alles arrangiert«, fuhr Parzival leise fort, als hätte er seine Worte gar nicht gehört. »Du hast es gerade nicht verstanden und du hast es auch damals nicht verstanden, Lancelot. Und wie könntest du auch? Camelots Macht beruht auf einem einzigen unantastbaren Prinzip, und das bedeutet, dass das Gesetz über allen steht, auch über dem König. Auf Ehebruch steht nun einmal der Tod und Artus konnte keine Ausnahme machen, auch – und gerade – bei sich selbst nicht.«

»Und?«, schnappte Lancelot. »Was hätte ich tun sollen? Zusehen, wie er Gwinneth verbrennt, um seinen *Prinzipien* treu zu bleiben?« Seine Stimme klang zorniger, als er wirklich war. Ganz im Gegenteil: Tief in sich verstand er jetzt wie damals genau, dass Artus keine andere Wahl gehabt hatte, als so zu entscheiden und nicht anders. Aber was hätte er tun sollen in einer Lage, in der *jede* Entscheidung falsch war?

»Gwinneth wäre nicht gestorben«, sagte Parzival leise.

Lancelot starrte ihn an. »Was?«

»Es war alles vorbereitet«, antwortete Parzival. »Galahad, Braiden und ich waren eingeweiht und der Scharfrichter auch.«

»Aber ich habe den Scheiterhaufen *gesehen*«, widersprach Lancelot. Sein Herz begann zu hämmern, als wäre er zehn Meilen ohne innezuhalten gerannt. »Ich habe die Flammen gespürt, Parzival!«

»Wir hatten nasses Stroh unter das Reisig gelegt«, antwortete Parzival. »Das Feuer hätte nur Rauch entwickelt, aber kaum Hitze, und der Scheiterhaufen war so präpariert, dass wir Gwinneth hätten herausholen können, sobald der Rauch den anderen die Sicht genommen hat. Galahad hatte heimlich die Leiche einer jungen piktischen Kriegerin vom Schlachtfeld geholt, die an Gwinneths Stelle verbrannt wäre.«

Lancelot war nicht fähig, irgendetwas zu sagen. Er starrte Parzival nur an und für einen Moment schien sich alles um ihn zu drehen und die Welt gleichzeitig stehen zu bleiben. Nie zuvor hatte er ein so fassungsloses Entsetzen verspürt wie in diesem Moment.

»Das ... das ist nicht wahr«, murmelte er schließlich. »Das sagst du jetzt nur, um ...«

»Um was?«, fragte Parzival.

Lancelot schwieg. Er spürte, dass Parzival die Wahrheit sagte, auch wenn er sich immer noch mit aller Macht dagegen sträubte, seinen Worten zu glauben. »Warum hast du es mir nicht gesagt?«, flüsterte er.

»Ich durfte es nicht«, antwortete Parzival. »Artus hat es verboten. Gwinneth sollte hinterher in ein Kloster gebracht werden, aber dich sollten wir in dem Glauben lassen, sie sei tot.«

»Ich verstehe«, flüsterte Lancelot. »Also wäre nichts von alledem geschehen, wenn ich nicht ...«

»Es ist nicht deine Schuld«, unterbrach ihn Parzival fast erschrocken. »Vielleicht hätte ich an deiner Stelle ebenso gehandelt. Seit damals ist kein Tag vergangen, an dem Artus sich nicht selbst schwere Vorwürfe gemacht hätte, dir nicht die Wahrheit gesagt zu haben.«

»Und jetzt hat er dich geschickt, um es nachzuholen?«

Parzival schüttelte müde den Kopf. »Nein. Ich glaube, er würde mich töten, wenn er wüsste, worüber wir jetzt reden. Nicht dass es einen Unterschied macht; wahrscheinlich sind wir morgen um diese Zeit ohnehin alle tot. Aber die Menschen dort oben in der Burg, Lancelot, müssen nicht sterben.«

»Verlangst du von mir, dass ich ihm Gwinneth ausliefere?«
»Ich verlange nichts«, antwortete Parzival. »Ich sage dir nur, was geschehen ist und was geschehen wird.«
»Und was, wenn wir aufgeben?«, fragte Lancelot. »Artus wird mich töten, das ist mir klar und davor fürchte ich mich nicht. Aber was wird mit Gwinneth geschehen?«
Diesmal dauerte es einen Moment länger, bevor Parzival antwortete, und er sah ihm dabei auch nicht direkt in die Augen. »Der König wird tun, was er tun muss. Damals hätte er Gwinneth vielleicht retten können. Heute nicht mehr.«
»Warum also sollte ich dann aufgeben, wenn wir sowieso sterben müssen?«, fragte Lancelot.
»Weil es manchmal einen Unterschied macht, *wie* man stirbt, Lancelot«, antwortete Parzival. »Artus' Zeit ist vorbei, Lancelot. Aber vielleicht ist es deine Entscheidung, wie die Menschen in diesem Land ihn in Erinnerung behalten.«
Er sah Lancelot noch einen Moment lang durchdringend an, dann griff er nach den Zügeln, wendete auf dem schmalen Pfad das Pferd und ritt ohne ein Wort des Abschieds oder einen letzten Blick zurück ins Lager. Lancelot wartete, bis sich die Palisade hinter ihm geschlossen hatte, dann setzte auch er seinen Weg hinauf nach Tintagel fort.

Kaum war die Frist verstrichen, die ihm Artus gesetzt hatte, da begann auch bereits der Angriff. Lancelot stand zusammen mit den beiden Iren und gut hundert Bewaffneten – nahezu allen ihnen zur Verfügung stehenden Männern – oben auf der Wehrmauer und blickte ins Tal hinab und er betete bis zum allerletzten Mo-

ment darum, dass Artus es sich vielleicht doch noch einmal überlegt haben mochte und nicht sinnlos so viele weitere Menschenleben opferte, um sich etwas zurückzuholen, was ihm niemals gehört hatte.
Er hatte nach seiner Rückkehr nach Tintagel nicht mehr mit Gwinneth gesprochen, sondern hatte nur einem herbeigeeilten Diener die Zügel des Einhorns in die Hand gedrückt und war dann zu Sean hinauf auf die Wehrmauer geeilt, um ihm von seinem Gespräch mit Artus zu berichten. Auf Lancelots Befehl hin hatte Patrick kurz darauf die gesamten Bewohner Tintagels zusammengerufen und Lancelot hatte ihnen offen und ohne Schönfärberei erklärt, was ihnen bevorstand, und es danach jedem freigestellt, zu gehen und sein Leben zu retten.
Nicht einer hatte die Burg verlassen.
Und nicht eines von Lancelots zahlreichen stummen Gebeten wurde erhört.
Als die Frist verstrichen war, begannen sich die Schatten unter ihnen im Tal zu bewegen. Es war mittlerweile fast vollkommen dunkel geworden, sodass sie nur eine gewaltige finstere Masse erkannten, in der zahllose winzige rote Glutfunken glommen – die Feuer, die die Männer entzündet hatten, um sich vor der Kälte der hereinbrechenden Nacht zu schützen – und die von einer vagen, im Einzelnen nicht wahrnehmbaren Bewegung erfüllt zu sein schien. Doch etwas in dieser Bewegung änderte sich, aus dem brodelnden Hin und Her, das bei aller Unruhe in keine bestimmte Richtung führte, wurde ein düsteres Gleiten, als wäre die Nacht selbst unter ihnen in Bewegung geraten und kröche nun langsam den Hang hinauf.
Gleichzeitig hob ein sonderbares, fernes Geräusch an: Etwas wie der Laut von Wind, der über das Blätterdach

eines weit entfernten, dichten Waldes strich, dann wurde es zu einem Rauschen und schließlich zu einem Pfeifen und Heulen, und zu der Dunkelheit am Boden unter ihnen gesellte sich ein zweiter, rauchiger Schatten, der von der Erde aufstieg und rasch das Firmament zu verdunkeln begann wie ein gewaltiger Vogelschwarm, der im Schlaf aufgeschreckt war und nun hochstob.
Nur dass es keine Vögel waren.
Lancelot wich einen halben Schritt zur Seite und presste sich mit dem Rücken gegen den kalten Stein der Zinne und auch die übrigen Verteidiger taten es ihm gleich; die, die keinen massiven Stein vor sich hatten, kauerten sich auf dem Wehrgang zusammen und duckten sich unter ihre Schilde, und dann war der Schatten heran und zerfiel zu Hunderten, wenn nicht Tausenden schlanker gefiederter Todesboten, die auf den Wehrgang herunterprasselten oder in den Hof stürzten. Die meisten Pfeile waren mit unheimlicher Präzision gezielt, etliche gingen aber auch fehl und einige der Geschosse flogen so weit, dass sie klappernd an der Wand des Haupthauses auf der anderen Seite des Hofes zerbrachen oder auch die Fenster zerschlugen.
Soweit Lancelot es beurteilen konnte, hatte diese erste Salve nicht ein einziges Opfer gefordert, denn die Männer waren rechtzeitig in Deckung gegangen und unten auf dem Hof war niemand mehr; dessen ungeachtet lief ihm ein eisiger Schauer über den Rücken. Artus' Bogenschützen mochten zwar in vorderster Reihe stehen, aber sie befanden sich trotzdem unten am Fuße des Hügels, gute fünfzig Meter unter und mindestens zweihundert Meter von ihnen entfernt, und trotzdem hätte schon diese erste Salve die Hälfte der Verteidiger von den Zinnen gefegt, hätte Lancelot nicht gewusst, was kommen würde, und die Männer rechtzeitig gewarnt. Er wusste

aus eigener Erfahrung, welche enorme Reichweite und Durchschlagskraft die englischen Langbogen hatten, aber er hatte noch niemals zuvor auf der Seite derer gestanden, auf die mit diesen Waffen *geschossen* wurde.

»Bleibt unten!«, rief Sean, der sich ebenso wie Lancelot in den toten Winkel unter der Zinne gekauert hatte. »Bleibt in Deckung!«

Seine Warnung war nicht überflüssig. Das unheimliche Rauschen hob erneut an und schon im nächsten Augenblick prasselte eine neue Pfeilsalve auf sie herab. Diesmal traf mindestens eines der tödlichen Geschosse sein Ziel. Lancelot beobachtete entsetzt, wie nur wenige Meter von ihm entfernt ein mehr als armlanger Pfeil senkrecht vom Himmel herabstürzte und sowohl den dünnen, aus Weidenzweigen geflochtenen Schild eines seiner Männer als auch dessen Brustkorb durchbohrte. Irgendwo auf der anderen Seite des Wehrganges erscholl ein gellender Schrei, der von einem zweiten Treffer kündete.

»Unten bleiben!«, schrie Sean. Trotz allem war es so unheimlich still auf der Mauer, dass seine Worte überall in der Burg gehört werden mussten. »Kriecht in den toten Winkel! Und kauert euch zusammen!«

Trotz dieser Worte wartete er kaum ab, bis der letzte Pfeil vom Himmel gestürzt war, bevor er aufsprang und geduckt zu einem der großen Kessel lief, die hinter den Zinnen aufgestellt worden waren. Das Feuer darunter brannte schon, seit Lancelot zurückgekehrt war, aber Sean fachte es nun zu höherer Glut an, sodass das Öl, das sich in dem schweren Kessel befand und ohnehin schon heiß war, binnen weniger Minuten den Siedepunkt erreichen würde. An einem halben Dutzend Stellen der Mauer taten es ihm andere Männer gleich, dann feuerten Artus' Bogenschützen erneut und die Salve trieb die Krieger hastig wieder in Deckung. Das Schicksal ihrer beiden Kameraden hatte sie Vorsicht gelehrt. Diesmal traf nicht ein einziger Pfeil sein Ziel, aber die Salve erreichte dennoch ihre beabsichtigte Wirkung: Die Verteidiger blieben in Deckung und niemand wagte es, auch nur einen Blick nach unten zu werfen.

Sean hatte jedoch ganz offensichtlich auch damit gerechnet. Er hatte einen glühenden Zweig aus dem Feuer mitgebracht, den er nun in einem bestimmten Rhythmus hin und her schwenkte, und es verging nur ein Augenblick, bevor ein blinzelnd rotes Auge auf einem der Türme auf das Signal antwortete. Offensichtlich hatte der Ire einen Mann dort hinaufgeschickt, der den Bereich vor dem Tor und den Felsenpfad aus sicherer Entfernung im Auge behalten konnte.

Sie überstanden auch eine dritte Pfeilsalve, ohne dass es weitere Verluste gab, doch Lancelot ließ sich davon nicht täuschen. Artus musste so gut wie er wissen, dass dieser Beschuss die Verteidiger nicht wirklich schwächen konnte, aber er war kein Dummkopf. Zweifellos ließ er seine Bogenschützen nur Salve um Salve kostbarer Pfeile abfeuern, um die Verteidiger in Deckung zu zwingen, sodass sich der Rest seiner Truppen ungefährdet der Burg nähern konnte.

»Gleich wird es lustig!«, schrie ihm Sean zu. »Sie werden jeden Moment da sein!«

Lancelot blickte mit einer Mischung aus Verständnislosigkeit und Entsetzen zu dem Iren hin. So unglaublich es war – Sean schien sich regelrecht auf den bevorstehenden Kampf zu *freuen*! Lancelot richtete sich behutsam hinter seiner Deckung auf, machte einen Schritt auf Sean zu und wurde mit einem harten Schlag gegen den Helm belohnt, der ihn mit einer Mischung aus einem Schmerzenslaut und einem Fluch auf die Knie fallen ließ; nur einen Augenblick, bevor der in zwei Teile zerbrochene Pfeil neben ihm zu Boden fiel, der am unzerstörbaren Metall seiner Zauberrüstung abgeprallt war. Lancelot klappte hastig das Visier herunter, bevor er seinen Weg auf Händen und Knien kriechend fortsetzte und schwer atmend neben dem Iren ankam.

»Was wolltest du ausprobieren?«, fragte Sean spöttisch. »Ob Artus' Bogenschützen tatsächlich so gut sind, wie man sagt, oder ob deine Rüstung auch hält, was sie verspricht?«

Lancelot ignorierte den beißenden Spott in Seans Stimme und duckte sich hastig tiefer in den toten Winkel unterhalb der Mauer, als ein weiterer Pfeilhagel auf sie herabstürzte. Auch diesmal schien keines der Geschosse sein Ziel zu treffen – zumindest hörten sie keine Schreie mehr – doch für Lancelot war das nur ein schwacher Trost. Mit jeder Salve, die die Bogenschützen unten im Tal abfeuerten, kamen Artus' Kämpfer näher und wurde die Frist, die ihnen bis zum Beginn des eigentlichen Angriffes blieb, kürzer. Zum allerersten Mal hatte Lancelot *panische* Angst vor einer Schlacht.

Er fürchtete sich nicht davor, verwundet zu werden oder zu sterben – das eine wie das andere war so gut wie unausweichlich, und er hatte sein Schicksal akzeptiert –, und doch war dieser Kampf radikal anders als jeder andere, den er zuvor ausgefochten hatte. Diesmal standen sie keinen Feinden Britanniens, Camelots oder auch nur Artus' gegenüber. Diesmal würde es ein Bruderkampf werden und er musste sein Schwert gegen Männer führen, die im Grunde auf der gleichen Seite standen wie er; vielleicht gegen Männer, mit denen er vor nicht allzu langer Zeit Seite an Seite gefochten hatte. Warum war das Schicksal so grausam zu ihm? Was hatte er getan, dass es ihm nicht den allerkleinsten Ausweg ließ?

»Noch zwei oder drei Salven, schätze ich.« Sean blies auf den Ast, den er immer noch in der Hand hielt, um die Glut wieder neu zu entfachen und schwenkte ihn so wie auch gerade schon einmal vor dem Gesicht. Der Späher oben im Turm antwortete nach einem kurzen Moment, und auch wenn Lancelot den Code nicht kannte, auf den sich Sean und er geeinigt haben mussten, sah er doch, dass das Blinzeln des winzigen roten Auges hinter dem Fenster dort oben diesmal anders war. Dann erscholl ein helles Sirren und plötzlich wehte ein gellender Schrei von der Turmspitze zu ihnen herab. Das zitternde rote Glutauge hinter dem Fenster erlosch.

»Verdammt!«, presste Sean hervor. »Sie schießen noch besser, als ich befürchtet habe.« Er blickte einen Moment lang wütend zu dem jetzt leeren Fenster des Aussichtsturmes hinauf, dann schürzte er grimmig die Lippen und machte Anstalten, sich hinter seiner Deckung zu erheben, um selbst einen Blick nach unten zu werfen.

Lancelot kam ihm zuvor. Er versicherte sich mit einer raschen Bewegung, dass sein Helmvisier auch zuverlässig geschlossen war, hob zusätzlich den Schild vors Gesicht und richtete sich hinter den Zinnen auf. Er hatte sich noch nicht einmal weit genug vorgebeugt, um die Angreifer unten auf dem Felsenpfad sehen zu können, da schlugen drei oder vier Pfeile gleichzeitig gegen seinen Schild. Sie alle zerbrachen, ohne seinem magischen Schutz auch nur einen Kratzer zugefügt zu haben, doch die pure Wucht des Aufpralls ließ Lancelot einen halben Schritt zurücktaumeln. Sofort sprang er wieder vor, duckte sich noch tiefer unter den Schildrand und betete, dass die unsichtbaren Schützen dort unten im Tal nicht noch besser waren, als es ohnehin schon der Fall sein musste, und etwa einen der schmalen Sehschlitze seines Visiers trafen.

Ein ganzer Schwarm von Pfeilen prallte neben und unter ihm gegen die Mauer oder flog über ihn hinweg und mindestens drei oder vier weitere Geschosse zersplitterten an seinem Schild. Einer schrammte sogar über seinen Helm, doch diesmal war Lancelot auf den Schlag vorbereitet und beugte sich trotzig weiter vor.

Was er sah, erschreckte ihn bis ins Mark.

Der schmale Felsenpfad unter ihnen war schwarz vor Männern. Die ersten Angreifer hatten das Tor fast erreicht und Hunderte und Aberhunderte weiterer drängten ihnen nach. Trotz allem hatte Lancelot bisher den bloßen Gedanken, dass Artus sein ganzes Heer gegen Tintagel schicken würde, als lächerlich abgetan – dreißigtausend Mann gegen eine Burg, die von ein paar Hundert verteidigt wurde? Das war grotesk. Und doch schien ganz genau dies der Fall zu sein, denn als er seinen Blick von den Angreifern unten am Fuße der Mauer löste und zum Feldlager hinsah, erkannte er eine schwerfällige, fließende Bewegung, die sich direkt auf Tintagel zuschob.

Artus schien nicht gewillt, Worte wie Ritterlichkeit und Fairness in diesem Kampf zuzulassen, sondern hatte sich offenbar entschlossen, die Burg mit der puren Menge seiner Kämpfer zu überrennen, eine Taktik, die zweifellos zum Erfolg führen musste. Aber welchen Preis würde er dafür bezahlen!

Wie hoch er wirklich war, das demonstrierte ihm Sean schon im nächsten Augenblick.

»Und?«, fragte der Ire.

Lancelot ließ sich hastig wieder hinter den Zinnenrand zurücksinken und schüttelte den Kopf. »Sie sind da.«

»Unten auf dem Pfad?«

»Und vor dem Tor«, bestätigte Lancelot.

Sean nickte grimmig und wieder erschien dieser Ausdruck in seinen Augen, der Lancelot so sehr erschreckte, machte er ihm doch endgültig klar, dass sich etwas in dem Iren tatsächlich auf diesen Kampf freute. Er sagte jedoch nichts mehr, sondern duckte sich nur, als ein weiterer Pfeilhagel auf sie herabregnete, ließ sich dann auf Hände und Knie hinab und kroch scheinbar unbeholfen, aber sehr schnell zu dem Ölkessel hin, den er gerade weiter angeheizt hatte. Wieder regnete es Pfeile. Eines der Geschosse stürzte nahezu senkrecht in den Kessel hinab, hinter dem sich Sean hastig duckte. Siedendes Öl spritzte hoch und der Ire stieß einen knurrenden Schmerzenslaut aus und fuhr sich mit dem Unterarm über das Gesicht.

Und dann war es vorbei. Der letzten Pfeilsalve folgte keine weitere mehr, doch dafür hob unter ihnen auf dem Pfad das aufpeitschende Kampfgeschrei hunderter und aberhunderter von Männern an, und nur einen Augenblick später prallte etwas mit einem dumpfen Krachen gegen die Mauer in Lancelots Rücken. Als er erschrocken hochsah, erblickte er die beiden oberen Sprossen einer Leiter!

»Jetzt!«, schrie Sean. Gleichzeitig sprang er hinter seiner improvisierten Deckung in die Höhe, griff – obwohl er glühend heiß sein musste – nach dem Kessel und begann ihn nach vorne zu kippen. Lancelot sah, wie sich die gewaltigen Muskeln des irischen Hünen spannten, und für einen Moment glaubte er sogar den Gestank von verbrannter Haut wahrzunehmen, dann kippte der Kessel weiter nach vorne und entlud seine tödliche Last in die Tiefe.

Ein Chor gellender Schmerzensschreie begann sich in das Kampfgeschrei der Angreifer zu mischen, Schreie, die so hoch und spitz und so voll unerträglicher Qual waren, dass sich etwas in Lancelot zusammenkrümmte

und er für einen winzigen Moment nichts anderes wollte, als aufzuspringen und davonzurennen, nur weg, fort von diesem schrecklichen Ort, an dem Menschen einander das Schlimmste antaten, was sie nur konnten. Und dieser Chor wurde lauter, als an anderen Stellen der Mauer weitere Kessel voll siedendem Öl ausgeschüttet wurden. Gleichzeitig aber erschienen weitere Leitern über der Mauer und irgendetwas prallte tief unter ihnen mit einem dumpfen, vibrierenden Schlag gegen das Tor.
»Jetzt gilt es!«, schrie Sean. In einer unvorstellbaren Kraftanstrengung riss er den leeren Ölkessel in die Höhe und schleuderte ihn ebenfalls über die Mauer. Lancelot sah, dass seine Hände blutig waren und Fetzen seiner verbrannten Haut an dem gusseisernen Kessel kleben blieben, aber das schien Sean nicht einmal zu spüren. Mit einem schrillen, weithin hörbaren Lachen riss er das Schwert aus dem Gürtel und warf sich dem ersten Angreifer entgegen, der vor ihm auf der Leiter erschien.
Und statt herumzufahren und zu flüchten, sprang auch Lancelot auf und zog seine Waffe.
Was folgte, war ein Albtraum. Ganz gleich, wie viele Opfer das siedende Öl gefordert haben mochte, es waren viel zu wenige gewesen, um den Ansturm nennenswert aufhalten zu können. Plötzlich schienen Dutzende, ja scheinbar Hunderte von Leitern gleichzeitig auf die Mauerkronen zu knallen und auf jeder einzelnen tauchte ein Mann auf, der eine Waffe schwang und auf den Wehrgang hinaufzuklettern versuchte.
Nur die allerwenigsten Angreifer schafften es, auch nur einen Fuß in die Burg zu setzen. Neben ihm führte Sean einen wütenden, beidhändig geführten Hieb, der seinen unglückseligen Gegner nicht nur enthauptete, sondern auch noch die Sprosse zersplittern ließ, über der sein

Kopf aufgetaucht war, dann ließ der Ire das Schwert fallen, packte die Leiter und drehte sie in einem einzigen harten Ruck um, und auch Lancelot sah sich plötzlich von zwei Männern zugleich attackiert, die scheinbar aus dem Nichts aufgetaucht waren.

Er stieß dem ersten das Runenschwert in die Brust und parierte den Angriff des zweiten mit einem so wuchtigen Schildstoß, dass dem Mann die Waffe aus der Hand geprellt wurde und er mit haltlos rudernden Armen nach hinten stolperte. Lancelot versetzte ihm einen Tritt, der ihn endgültig aus dem Gleichgewicht brachte und schreiend in den Burghof hinunterstürzen ließ, fuhr herum und erkannte zu spät einen weiteren Mann, der mit einer kraftvollen Bewegung über die Zinnen flankte und gleichzeitig mit dem Schwert nach seinem Kopf schlug. Sein hastig hochgerissener Schild kam zu spät. Die Klinge prallte mit entsetzlicher Wucht gegen Lancelots Helm. Der von Menschenhand geschmiedete Stahl vermochte die magische Rüstung nicht zu durchdringen, doch die bloße Wucht des Hiebes schleuderte Lancelot nach hinten und zu Boden. Der Krieger schrie triumphierend auf, sprang über ihn und packte das Schwert mit beiden Händen, um es senkrecht nach unten und in seine Brust zu stoßen.

Die Spitze wäre zweifellos von der Rüstung abgeprallt, aber der Mann legte all seine Kraft und sein ganzes Körpergewicht in den Angriff, und vermutlich hätte die Wucht des Hiebs genügt, um ihm ein paar Rippen zu brechen, ihn vielleicht sogar wirklich schwer zu verletzen. Lancelot versuchte sein Schwert in die Höhe zu reißen, doch auch diese Bewegung kam zu spät und plötzlich war Sean über ihm. Der irische Riese schlug das Schwert des Angreifers im buchstäblich allerletzten Moment beiseite, sodass die Spitze der Klinge Funken sprühend über den Stein neben Lancelot schrammte, packte den Mann mit beiden Händen und schleuderte ihn über die Zinnen. Noch während der Mann schreiend in der Tiefe verschwand, fuhr Sean herum und streckte Lancelot die Hand entgegen um ihm aufzuhelfen.

»Gib ein wenig auf dich Acht, mein kleiner Held«, sagte er grinsend. »Eine unzerstörbare Rüstung allein macht dich nicht unverwundbar.«

Lancelot verzichtete vorsichtshalber auf eine Antwort, hob sein Schwert auf und hielt nach einem weiteren Angreifer Ausschau.

Er musste nicht lange suchen. Irgendwie hatten es Seans Männer geschafft, die erste Welle zurückzuschlagen, doch über der Mauerkrone erschienen schon wieder weitere Helme und Speerspitzen und auch die Schläge gegen das Tor waren lauter und härter geworden. Lancelot sprang einem Krieger bei, der sich tapfer, aber vergeblich gegen einen von Artus' Männern wehrte, beendete das Duell mit einem schnellen Streich der Elbenklinge und versetzte der Leiter, über die der Angreifer hereingekommen war, eine Tritt, der sie zur Seite kippen ließ. Er konnte nicht sehen, was weiter geschah, er hörte nur ein dumpfes Knirschen, gefolgt von einem sonderbar weichen Aufprall und einem ganzen Chor erschrockener, dann entsetzter Schreie.

»Die Leitern!«, schrie Sean. »Ihr müsst die Leitern zurückstoßen!«

Zuerst glaubte Lancelot, er hätte den Iren auf diese Idee gebracht, dann aber sah er, wie sich nicht nur Sean, sondern zahlreiche andere Männer duckten und lange, an den Enden gespaltene Stangen aufhoben, die bisher unbeachtet vor der Wand gelegen hatten. Jeweils zwei oder auch drei von ihnen ergriffen eine der Stangen, rammten sie gegen die Sprossen und strengten all ihre Kräfte an, um die Leitern von der Mauer weg und ins Leere zu schieben. Nicht alle ihre Anstrengungen waren von Erfolg gekrönt; aber mindestens vier oder fünf Leitern kippten langsam nach hinten und fielen dann um, wobei sie die unglückseligen Männer, die sich auf ihnen befanden, mit in die Tiefe rissen.

»Weiter so!«, schrie Sean. »Jagt sie zurück! Wir schaffen es!«

Natürlich konnten sie das nicht. Zwei oder drei weitere Leitern fielen, aber an mindestens ebenso vielen Stellen gelang es den Angreifern, die Mauer heraufzukommen und die Verteidiger weit genug zurückzutreiben, sodass hinter ihnen weitere Truppen heranstürmen konnten. Sean warf sich mit einem gellenden Kampfgeheul in die Schlacht und Lancelot allein säuberte die Wehrmauer an drei Stellen von jedem Angreifer.

Aber er konnte nicht überall sein, und auch wenn er längst wieder in einen Blutrausch verfallen war, der ihn weder Angst noch Schmerz kennen ließ, und er die düstere Stimme des Elbenschwertes bei jedem Streich, der ein Leben beendete, bei jedem Stich, der Blut fließen ließ, tief in sich triumphierend aufschreien hörte, und ihn das Runenschwert mit schier unerschöpflicher Kraft zu erfüllen schien, so waren es doch einfach mehr Angreifer, als er besiegen konnte. Mann auf Mann fiel unter seinen Hieben, und obwohl sich der Wehrgang längst in einen tobenden Hexenkessel verwandelt hatte, schienen die Angreifer doch zu wissen, wer er war und vor allem *was*. Bald stellte sich ihm kaum noch einer der Männer zum Kampf, sondern suchte sein Heil in der Flucht, sobald er auch nur vor ihm auftauchte.

Dennoch war es vergeblich. Hatten Artus' Krieger die Mauer am Anfang nur an drei oder vier Stellen überwunden, so lehnte mittlerweile hinter jeder Lücke in den Zinnen eine Leiter, und Mann auf Mann stürmte hinauf, die meisten nur, um auf der Stelle zu sterben, aber scheinbar unerschöpflich an Zahl. Sie würden verlieren, begriff Lancelot. Er hatte gewusst, dass sie diesen Kampf nicht gewinnen konnten, auch nicht überleben, und doch erschütterte ihn die Schnelligkeit, mit der er zu Ende ging. Auch wenn es ihm wie eine Ewigkeit vorkam, so konnten doch seit dem Moment, in dem die erste Leiter über der Mauerkrone erschienen war, nur wenige Minuten verstrichen sein und dennoch befanden sich auf dem Wehrgang mittlerweile mehr Tote und Verwundete als Kämpfende, und für jeden Angreifer, den sie zurückschlugen, schienen drei neue über die Mauer zu stürmen. Es war vorbei. Noch wenige Minuten und der Kampf war zu Ende.

Und dann stand er Thomas gegenüber.

Der junge Ritter war der Letzte gewesen, der über die Mauer gestiegen war, bevor Sean die Leiter hinter ihm umstieß, und er nutzte den Moment, den der Ire abgelenkt war, um ihn wütend zu attackieren. Sein Schwerthieb verfehlte Seans Kehle, hinterließ aber einen langen Schnitt in der schwarzen Lederrüstung des Iren, aus der ein erschreckend intensiver Blutstrom quoll, und schleuderte Sean zurück. Thomas, der aus einem Grund, den Lancelot nicht verstand, ohne Helm kämpfte, sodass er ihn auf der Stelle erkannte, schrie triumphierend auf und setzte seinem für den Moment wehrlosen Opfer nach, und zweifellos hätte sein nächster Hieb Sean getötet, doch als er das Schwert hob, war Lancelot zur Stelle.

Die Runenklinge wollte zustoßen und das Blut des jungen Ritters trinken, aber Lancelot riss den Arm im letzten Moment zurück und schmetterte Thomas stattdessen den Runenschild vor Brust und Kopf, sodass er nach hinten und gegen die Wand geschleudert wurde, wo er benommen in die Knie sank. Sofort war Lancelot über ihm und setzte ihm das Schwert an die Kehle.

Aber er stieß nicht zu.

Er konnte es nicht. Plötzlich war es nicht mehr Thomas, dem er gegenüberstand, sondern Parzival, vielleicht der einzige Freund, den er jemals gehabt hatte, und die Todesangst, die er in Thomas' Augen las, verwandelte sich in die Mischung aus Bedauern und Schmerz, die vorhin in Parzivals Blick gewesen war. Die Stimme des Runenschwertes drängte immer gewaltiger. Seine Hand begann zu zittern und die Schwertspitze ritzte Thomas' Hals und ließ ein dünnes Rinnsal hellroten Blutes daran herablaufen.

»Worauf wartest du?«, fragte Thomas. »Stoß zu!«

Alles in ihm wollte es. Die Gier des Elbenschwertes war übermächtig. Es hatte Blut getrunken wie nie zuvor, seit Lancelot es das erste Mal in der Hand gehalten hatte, und doch war sein Durst von der Art, die immer größer wurde, je mehr er versuchte ihn zu stillen.

»Tu es endlich!«, sagte Thomas. »Bring es zu Ende!«

Statt zuzustoßen trat Lancelot einen halben Schritt zurück und ließ das Schwert sinken. Rings um sie herum tobte der Kampf mit unerbittlicher Wucht weiter und doch stand er völlig reglos da und blickte auf den dunkelhaarigen Jungen hinab – wobei ihm erst jetzt auffiel, dass Thomas nicht sehr viel älter sein konnte als er selbst – und ließ Schild und auch Schwert schließlich noch weiter sinken.

»Nein«, sagte er. »Geh. Geh und sage Artus, dass ich das Blut seiner Krieger nicht noch weiter vergießen möchte.«

Thomas blinzelte. Er wirkte völlig fassungslos, aber

auch misstrauisch; vielleicht vermutete er einen Hinterhalt, nur eine Grausamkeit seines Gegners, der ihn in Sicherheit wiegen wollte, nur um ihn danach umso härter treffen zu können. Schließlich aber stemmte er sich mühsam in die Höhe, wischte sich mit der linken Hand das Blut vom Hals und wollte die andere nach dem Schwert ausstrecken, das er fallen gelassen hatte.

Lancelot schüttelte rasch den Kopf. »Nein!«

»Aber das ... kann ich nicht«, sagte Thomas verstört. »Ich kann nicht zurück.«

»Willst du sterben, du Narr?«, fragte Lancelot. Er nahm eine Bewegung aus den Augenwinkeln wahr und schlug mit dem Schwert zu, ohne auch nur darüber nachzudenken. Ein dumpfer Aufprall und ein Schrei antworteten ihm, aber er sah nicht einmal hin, als der Angreifer stürzte.

»Artus hat uns befohlen diese Burg zu nehmen«, sagte Thomas.

»Auch wenn es euer Leben kostet?«

»Auch wenn es unser Leben kostet.« Thomas' Blick glitt kurz und flackernd über die schimmernde Klinge des Runenschwertes. Trotz all der Leben, die er in den letzten Minuten damit ausgelöscht hatte, blitzte sie, als käme sie gerade aus der Werkstatt des Schmieds, der sie erschaffen hatte. Nicht der winzigste Blutstropfen war darauf zu sehen. Thomas schluckte schwer. Vielleicht begann er allmählich zu begreifen, *wem* er gegenüberstand. Und trotzdem schüttelte er nach einem weiteren Moment nur den Kopf und sagte noch einmal: »Ich kann nicht zurück.«

Nie zuvor war es Lancelot so schwer gefallen wie jetzt, zu antworten. »Dann nimm dein Schwert und stirb, du verdammter Narr«, flüsterte er.

Thomas sah ihn noch einen Moment lang zweifelnd an,

dann aber ließ er sich in die Hocke sinken, ergriff sein Schwert und richtete sich mit einem trotzigen Nicken wieder auf. Er spreizte die Beine, packte den Schwertgriff mit beiden Händen und erwartete mit grimmiger Entschlossenheit Lancelots Angriff. Wie oft hatte er einen Ausdruck wie diesen in den Augen von Männern gesehen, die ihm entgegentraten?, dachte Lancelot bitter. Und wie oft hatte er sich gewünscht, dass sie die Waffe sinken ließen und flohen. Vielleicht war auch das ein Teil des Fluchs, der auf der Elbenklinge lastete und damit auf ihm. Vielleicht machte das Schwert dem, dem er gegenüberstand, es unmöglich, sein Leben zu retten. Aber er, Lancelot, war des Tötens müde. Er würde es kurz machen.

Noch bevor Thomas überhaupt begriff, was er tat, sprang Lancelot vor, schlug mit einem blitzschnellen Hieb das Schwert aus der Hand und stieß ihn praktisch gleichzeitig mit dem Runenschild zu Boden. Thomas fiel, und noch ehe er ganz auf dem harten Stein des Wehrganges aufgeschlagen war, berührte die Spitze der Elbenklinge zum zweiten Mal seine Kehle und Lancelot spannte die Muskeln.

»Du hast es nicht anders gewollt, Dummkopf«, sagte er.

»*NEIN!*«

Lancelot hob überrascht den Blick, als der Schrei unmittelbar hinter ihm erscholl – und dann stieß er ebenfalls einen halblauten schrillen Schrei aus und prallte entsetzt zurück.

Unmittelbar hinter ihm, inmitten des tobenden Kampfes, stand Gwinneth. Ihr Gesicht war leichenblass und ihre Augen schwarz vor Entsetzen und so weit aufgerissen, dass sie schier aus den Höhlen zu quellen schienen. Ihr Kleid hing in Fetzen und über der rechten Schulter hatte sich der dünne Stoff dunkel und rot gefärbt und auch ihr Gesicht war mit Blut besudelt, das allerdings nicht das ihre zu sein schien. Sie stand in einer fast grotesken Haltung wie mitten in der Bewegung erstarrt da und hatte die Hand halb erhoben, als wolle sie nach ihm greifen und ihn zurückreißen. Sie zitterte am ganzen Leib.

»Gwinneth!«, keuchte Lancelot. »Bist ... bist du verrückt geworden? *Was tust du hier?!*«

Gwinneth hörte seine Worte nicht. Ihr Blick war weiter starr auf das Schwert in seiner Hand gerichtet und auf das leichenblasse Gesicht Thomas', der mit halb geschlossenen Augen dalag und auf den Tod wartete. »Nein«, stammelte sie noch einmal. »Genug! Hört auf!«

Statt die begonnene Bewegung zu Ende zu führen und den jungen Ritter zu töten, riss Lancelot das Schwert zurück und fuhr in einer abrupten Bewegung vollends zu Gwinneth herum. Ein Mann im Blau und Weiß Camelots erschien hinter ihr und schwang sein Schwert; Lancelot stieß die Runenklinge schräg aufwärts an Gwinneth vorbei, sodass er blutüberströmt zurücktaumelte und zusammenbrach, und griff mit der anderen Hand nach Gwinneths Arm. »Du musst weg hier!«, keuchte er. »Du wirst sterben!«

Gwinneth riss sich los. Ihr Kopf flog mit einem Ruck herum und das Entsetzen in ihren Augen nahm eine andere, ungekannte Dimension an, als sie in sein Gesicht blickte. »Hört auf damit«, stammelte sie. Und dann noch einmal und so laut, dass ihre Stimmbänder schier zu zerreißen drohten: *»Hört auf damit!«*

Und noch bevor der völlig fassungslose Lancelot auch nur wirklich begriff, was sie tat, geschweige denn sie daran hindern konnte, fuhr sie herum, stürmte mitten zwischen den kämpfenden Männern hindurch und war mit einem einzigen Satz auf der Mauerkrone.

»*Aufhören!*«, schrie sie. »Es ist genug! Hört auf damit!« Lancelot wollte ihr nachstürmen, aber er war wie gelähmt vor Entsetzen. Hilflos. Er war sicher, dass Gwinneth im nächsten Moment sterben würde, niedergestreckt von einem Angreifer, getroffen von einem fehlgeleiteten Pfeil oder Speer, oder einfach weil sie auf dem schmalen Mauerstück den Halt verlor und in die Tiefe stürzte.

Aber das Wunder geschah. Niemand griff Gwinneth an. Und das war noch nicht alles. Das zweite, ungleich größere Wunder kam Lancelot erst nach einigen Augenblicken zu Bewusstsein.

Rings um sie herum erlosch der Kampf. Männer, die gerade noch verbissen miteinander gefochten und versucht hatten ihren Gegner zu töten, ließen plötzlich ihre Waffen sinken, wandten sich um und starrten Gwinneth an, und die Bewegung setzte sich fort, lautlos und schnell und unaufhaltsam wie die Wellen, die ein ins Wasser geworfener Stein schlug. Überall auf dem Wehrgang erlosch das Klirren der Waffen, lösten sich Krieger von ihren Gegnern.

»Hört auf!«, schrie Gwinneth noch einmal. »Es ist genug Blut geflossen! Niemand soll mehr sterben!«

»Mylady, seid Ihr von Sinnen?«, entfuhr es Sean. »Wollt Ihr Euch umbringen?«

Gwinneth reagierte auf seine Worte so wenig wie auf Lancelots vorhin. Ganz im Gegenteil, sie trat noch einen Schritt näher an die Mauerkante heran, hob die Arme und rief so laut sie konnte: »Artus! Lass es enden! Ich flehe dich an, mach Schluss mit diesem sinnlosen Morden!«

Endlich erwachte Lancelot aus seiner Erstarrung. Rasch schob er das Schwert in den Gürtel, lief zu Gwinneth hin und versuchte sie am Arm zu ergreifen, aber sie riss sich auch diesmal los und ihre Bewegung war so ungestüm, dass nur eine Kleinigkeit gefehlt hätte, und sie hätte das Gleichgewicht verloren und wäre über die Mauer gestürzt. Hastig trat Lancelot einen halben Schritt zurück. »Gwinneth, bitte!«, flehte er. »Komm herunter! Willst du dich umbringen?«

»Wenn es sein muss, ja«, antwortete Gwinneth, und sowohl ihre Stimme als auch ihr Blick waren von einem bitteren Ernst erfüllt, der keinen Zweifel an ihren Worten aufkommen ließ. Wieder lauter und nicht nur an Lancelot allein gerichtet fuhr sie fort: »Hört auf zu kämpfen oder ich stürze mich in die Tiefe.«

»Gwinneth!«, flehte Lancelot. »Sei vernünftig! Du ... du machst alles nur schlimmer!«

Gwinneth lachte hart. »Schlimmer?«, fragte sie. »Was kann man denn hier noch *schlimmer* machen?« Sie schüttelte trotzig den Kopf. »Hört auf. Wenn es hier nur um mein Leben geht, dann kann Artus es haben.«

Und damit drehte sie sich wieder um und stürzte sich in die Tiefe.

Lancelot reagierte so schnell wie nie zuvor im Leben. Seine ausgestreckten Hände verfehlten Gwinneths Arm, doch seine Finger krallten sich in den dünnen Stoff ihres Gewandes. Die hauchfeine Seide riss mit einem hässlichen Laut und Lancelots eisengepanzerte Finger hinterließen tiefe, blutige Kratzer auf Gwinneths Haut, und doch reichte es, um ihren Sturz eine Winzigkeit zu verlangsamen; gerade genug, dass er mit der anderen Hand zugreifen und ihr Handgelenk packen konnte.

Dennoch war er für einen Moment sicher, dass er es nicht schaffen würde. Gwinneth schrie vor Schmerz auf und Lancelot wurde nach vorne und mit solcher Wucht gegen die Mauerkante geschleudert, dass es ihm die Luft aus den Lungen trieb. Für einen noch kürzeren, aber unbeschreiblich schrecklichen Moment spürte er, wie er weiter nach vorne kippte und nun seinerseits den Halt zu verlieren drohte, aber das war ihm gleich. Vielleicht war es sogar am besten so. Vielleicht wollte es das Schicksal, dass Gwinneth ihn mit sich in die Tiefe riss, und wenn sie es tat, dann würde er sich nicht dagegen wehren.

Vielleicht war das Schicksal dieser Meinung, doch ein anderer nicht. Gerade als Lancelot spürte, dass er endgültig den Halt zu verlieren drohte, packte ihn jemand bei den Schultern, riss ihn mit erstaunlicher Kraft zurück und Lancelot griff instinktiv nun noch einmal mit der anderen Hand zu und bekam Gwinneths rechten, wild herumfuhrwerkenden Arm zu fassen. Ohne auf ihre verzweifelte Gegenwehr zu achten, warf er sich zurück und zerrte sie gleichzeitig mit aller Kraft zu sich herauf und zu Thomas, denn erst jetzt erkannte er, dass es der junge Ritter war, der sie unter Einsatz seines Lebens zu retten bemühte.

Gwinneth schrie und versuchte sich loszureißen, doch er strengte noch einmal all seine Muskeln an, warf sich zurück und zerrte sie zu sich herauf. Er stürzte, wurde halbwegs unter Gwinneth begraben und kam nur umständlich und vor Anstrengung keuchend wieder auf Hände und Knie hoch. Gwinneth schlug nach ihm. Lancelot nahm die ersten zwei oder drei Hiebe reglos hin, bis ihm klar wurde, dass sie sich die Hände am harten Eisen seiner Rüstung aufriss, rasch ergriff er ihre Handgelenke und hielt sie fest.

»Bist du verrückt geworden?«, keuchte er. »Gwinneth! Hör auf!«

Aber sie hörte nicht auf. Ganz im Gegenteil versuchte sie mit immer größerer Verzweiflung sich loszureißen, schrie und wand sich unter seiner Umklammerung und

trat nach ihm. Und schließlich löste Lancelot die Rechte von ihrem Arm, holte aus und versetzte ihr eine schallende Ohrfeige.
Er hatte nicht annähernd mit ganzer Kraft zugeschlagen, denn immerhin steckte seine Hand in einem eisernen Handschuh, sodass sie der Hieb schwer verletzt, wenn nicht gar getötet, hätte, und trotzdem war die Wirkung verheerend. Gwinneth sackte benommen zurück und erschlaffte in seinen Armen und der Abdruck seiner Hand erschien wie mit roter Farbe gemalt auf ihrer bleichen Wange. Ihre Lippe platzte auf und Blut rann über ihr Kinn.
»Jetzt beruhige dich«, sagte Lancelot. »Nie mehr! Verstehst du mich? Tu so etwas niemals wieder!«
Gwinneth reagierte nicht. Sie sah ihn an, aber ihr Blick schien geradewegs durch ihn hindurchzugehen und dann, ganz langsam, hob sie den Arm, wischte sich das Blut vom Kinn und blickte anschließend fast verwirrt auf den roten Fleck auf ihrem Handrücken hinab.
Und erst in diesem Moment begriff Lancelot, was er getan hatte.
Das heißt – nein. Er *verstand* es, aber er begriff es nicht. Er hatte Gwinneth geschlagen. Er hatte die Hand gegen sie erhoben, gegen den einzigen Menschen auf der Welt, der ihm wirklich etwas bedeutete und für den er ohne zu zögern sofort sein Leben geopfert oder alle Qualen der Hölle auf sich genommen hätte.
Umständlich stand er auf, machte einen fast taumelnden Schritt zurück und wollte etwas sagen, aber seine Stimme verwehrte ihm den Dienst. Er konnte sich nicht rühren. Ein Gefühl vollkommener Fassungslosigkeit und fast ebenso großen Entsetzens begann sich in ihm breit zu machen, außerdem eine Lähmung, die nicht nur seinen Körper, sondern auch seine Gedanken

befiel. Er konnte nichts sagen. Nicht denken. Er wollte Gwinneth aufhelfen, sie in die Arme schließen, vor ihr auf die Knie fallen und sie um Verzeihung bitten, aber er war nicht in der Lage, irgendetwas davon zu tun. Er stand einfach nur da und sah reglos und ohne zu atmen, vielleicht sogar ohne dass sein Herz schlug, zu, wie Gwinneth langsam aufstand, ihm noch einen letzten, traurigen Blick zuwarf und sich dann umdrehte um zu gehen. Rings um sie herum hielt der Kampf immer noch inne, als hätte die Zeit selbst den Atem angehalten, und Freund und Feind wichen respektvoll vor ihr zurück.

Was hatte er getan? *Was um alles in der Welt hatte er getan?*

»Lancelot?«

Seans Stimme riss ihn nicht vollkommen aus seiner Erstarrung, aber zumindest ein Stück weit in die Wirklichkeit zurück. Lancelot holte mit einem keuchenden Atemzug Luft, der sich in seinen eigenen Ohren fast wie ein gequälter Schrei anhörte, drehte sich unsicher um und sah den Iren an.

»Ist alles in Ordnung?«, fragte Sean. Er hatte sich mittlerweile wieder erhoben und stand in halb verkrümmter, gleichzeitig aber irgendwie sprungbereit wirkender Haltung da, die linke Hand auf den tiefen und immer noch heftig blutenden Schnitt in seiner Schulter gepresst.

Alles in Ordnung? Fast hätte Lancelot schrill aufgelacht. Für einen Moment war er dankbar für das geschlossene Visier vor seinem Gesicht, denn so konnte Sean den Ausdruck vollkommener Qual nicht erkennen, der sich in seine Züge gegraben hatte. Ohne zu antworten oder sonst irgendwie auf Seans Frage zu reagieren, drehte er sich um und wandte sich an Thomas. Der junge Tafelritter stand nur wenige Schritte

neben ihm. Die Zeit, die verstrichen war, seit er Lancelot gepackt und zurückgerissen hatte, hätte Thomas mehr als gereicht, um zu fliehen und sein Leben zu retten, aber er stand einfach da und auch auf seinem Gesicht lag ein Ausdruck von Fassungslosigkeit und Entsetzen, der Lancelot erneut einen kalten Schauer über den Rücken laufen ließ.
»Ich danke dir«, sagte er. »Du hast Gwinneth das Leben gerettet. Und mir wohl auch.«
Thomas reagierte nicht. Lancelot wartete einen Moment vergeblich darauf, dass er irgendetwas sagte oder sich auch nur bewegte, dann bückte er sich nach seinem Schwert, schob es mit einer demonstrativen Bewegung in den Gürtel, löste den Runenschild vom linken Arm und nahm als Letztes den Helm ab. Thomas sah ihm mit versteinertem Gesicht dabei zu, aber Sean riss ungläubig die Augen auf. Lancelot gab ihm jedoch keine Gelegenheit, irgendetwas zu sagen, sondern trat an den inneren Rand des Wehrgangs, hob die Arme, um aller Aufmerksamkeit auf sich zu ziehen – als ob er sie nicht sowieso schon gehabt hätte! –, und rief mit fester, weit schallender Stimme: »Der Kampf ist vorüber! Legt die Waffen nieder!«
Sean keuchte. »Lancelot! Hast du den Verstand verloren?«
Lancelot ignorierte ihn weiter, drehte sich langsam um und wandte sich erneut an Thomas. »Du hast mich gehört, mein Freund. Es ist vorbei.«
Hinter ihm japste Sean hörbar nach Luft und auch an anderen Stellen der Festungsmauer wurden ungläubige, überraschte Rufe laut. Thomas legte den Kopf auf die Seite und sah ihn ebenso verwirrt wie zweifelnd an. »Soll das heißen, dass ...«
»Lady Gwinneth hat Recht«, fiel ihm Lancelot ins

Wort. »Es ist schon viel zu viel Blut geflossen. Nehmt Eure Männer und geht in Frieden. Heute soll niemand mehr sterben.«

»Was genau ...?«, begann Thomas, wurde aber erneut von Lancelot unterbrochen.

»Geht zu Artus und sagt ihm Folgendes: Wir akzeptieren all seine Bedingungen. Tintagel gehört ihm. Doch ich bitte ihn darum, den Menschen in dieser Burg freies Geleit zu gewähren. Das Tor wird hinter dem letzten nicht wieder geschlossen werden und Gwinneth und ich erwarten ihn hier.«

»Das werde ich tun«, versprach Thomas. Er machte eine Bewegung, wie um sich nach dem Schwert zu bücken, das Lancelot ihm aus der Hand geschlagen hatte, brachte sie aber nicht zu Ende, sondern drehte sich plötzlich um und trat an die Mauer. Ohne ein weiteres Wort stieg er auf eine der daran gelehnten Leitern und kletterte in die Tiefe. Und überall rings um ihn herum taten es ihm diejenigen Angreifer, die die Mauern gestürmt hatten und noch am Leben und nicht zu schwer verletzt dafür waren, gleich.

»Lancelot, was ... was soll das?«, fragte Sean. Am liebsten hätte Lancelot gar nicht geantwortet, aber schließlich drehte er sich müde zu dem Iren um und sah ihn an. Seans Gesicht hatte jede Farbe verloren und der Ausdruck in seinen Augen war der blanken Entsetzens. »Hast du den Verstand verloren?«

»Lass gut sein, mein Freund«, sagte Lancelot leise. »Es ist vorbei.«

»Vorbei?«, wiederholte Sean. Er schrie fast. »Was soll das heißen: Vorbei? Es ist nicht vorbei, solange ich noch ein Schwert halten kann.«

»Wir haben keine Chance«, berichtigte ihn Lancelot. Es fiel ihm schwer, sich auf die Worte des Iren zu konzent-

rieren, und noch schwerer, zu antworten. »Es ist schon viel zu viel Blut geflossen.«
»Ja, und zwar das meine und das meiner Brüder!«, erwiderte Sean heftig. »Du willst aufgeben? Soll das heißen, dass alles umsonst gewesen ist? Dass meine Brüder und mein Onkel für nichts und wieder nichts gestorben sind?«
»Manchmal muss man wissen, wann es genug ist«, antwortete Lancelot. Er schüttelte müde den Kopf. »Gwinneth hat Recht. Sie hatte von Anfang an Recht, Sean. Vielleicht ist Freiheit das höchste Gut, das ein Mensch besitzen kann, aber vielleicht ist es auch das Einzige, das man nicht mit dem Blut anderer erkaufen darf.«
»Was für ein Unsinn!«, ereiferte sich Sean. Er machte einen Schritt auf Lancelot zu. So erregt, wie er war, hätte sich Lancelot nicht gewundert, hätte er sich im nächsten Augenblick auf ihn gestürzt, aber dann blieb er wieder stehen und ballte nur in hilflosem Zorn die Fäuste.
»Ich hatte Recht«, sagte er bitter. »Tief in mir habe ich die ganze Zeit gespürt, dass du nichts anderes als ein Kind bist. Ein kleiner Junge, der den Erwachsenen spielt und es mit der Angst zu tun bekommt, wenn es ernst wird. Ich hoffe, du bist zufrieden mit dem, was du angerichtet hast.« Er machte eine zornige Geste in die Runde. »Sieh dich um. Die Hälfte unserer Männer ist tot und fast alle anderen verletzt, und wie viele von Artus' Heer gefallen sind, wage ich nicht einmal zu schätzen. Hältst du das hier für ein Spiel?«
Lancelot sah ihn nur traurig an. Er verzichtete darauf, zu antworten, denn er wusste, dass Sean ihn nicht verstanden hätte. Und wie konnte er auch? Statt noch etwas zu dem Iren zu sagen, wandte er sich wieder um und rief noch einmal und mit lauter Stimme: »Ihr habt

mich gehört! Verlasst die Festung! Niemand wird euch etwas tun!«
»Und du, kleiner Held?«, fragte Sean böse. »Was hast du vor? Suchst du dir einen neuen Spielplatz?«
Die Beleidigung prallte an Lancelot ab ohne ihn zu berühren, aber was unerwartet heftig schmerzte, das war die Bitterkeit in Seans Worten und das Wissen, wie unendlich tief er den Iren enttäuscht hatte. Wahrscheinlich war es das letzte Mal, dass sie sich sahen, und Lancelot begriff mit tiefem Bedauern, dass ihm nicht einmal mehr ein Abschied blieb, kein Wort des Dankes. Er konnte nur hoffen, dass Artus seiner Bitte entsprach und Sean und alle anderen unbehelligt ziehen ließ, und dass der Ire vielleicht irgendeines Tages einmal verstehen würde, warum er so entschieden hatte und nicht anders. Statt noch irgendetwas zu sagen, drehte er sich langsam um und ging zur Treppe.

Die Frist, die Lancelot von Artus erbeten hatte, war fast verstrichen, als er Gwinneths Kemenate betrat. Er war unmittelbar von der Wehrmauer aus ins Haus gegangen, ohne noch einen Blick nach rechts oder links zu werfen, irgendeine der Fragen zu beantworten, die ihm gestellt wurden, auf irgendeinen der verwirrten oder erschrockenen Blicke zu reagieren, die ihn trafen, sich um einen der Verwundeten zu kümmern, die in erschreckend großer Zahl auf dem Hof lagen und um Hilfe wimmerten. Dann aber, unmittelbar vor der Tür zu Gwinneths Gemach, war er stehen geblieben. Ihm hatte die Kraft gefehlt, die Tür zu öffnen, und erst recht die, einzutreten und Gwinneth in die Augen zu sehen.
So war er wieder zurückgegangen, bis er eines der schmalen Fenster fand, die auf den Hof hinausführten, und hatte sich davon überzeugt, dass sein Befehl auch

tatsächlich befolgt wurde. Nicht einmal dessen war er sich sicher gewesen. So aufgebracht und verwirrt, wie Sean war, hätte es ihn kaum gewundert, hätte der Ire auf eigene Faust gehandelt und versucht die Festung gegen seinen Willen zu verteidigen. Doch Lancelots letzter Befehl wurde ausgeführt. Das Tor stand weit offen und ein dünner, aber beständiger Strom von Menschen verließ Tintagel, die meisten mit ihren wenigen Habseligkeiten beladen, viele verletzt, sodass sie sich schwer auf andere stützten oder gar getragen werden mussten. Der Anblick hätte Lancelot mit Erleichterung erfüllen müssen, aber alles, was er empfand, waren Scham und Trauer. Es gelang ihm nicht, Seans Worte zu vergessen: *Dann soll das alles umsonst gewesen sein?* Was für den Iren und seine Brüder zutraf, das galt für diese Menschen hier noch viel mehr.

Sean und seine Brüder waren Söldner; Männer, die sich freiwillig entschieden hatten ein Leben zu führen, das zu einem Gutteil aus Gewalt bestand und mit großer Wahrscheinlichkeit auch irgendwann einmal durch eben diese Gewalt beendet werden würde. Den Menschen, die jetzt dort unten in einer weit auseinander gezogenen, zerbrochenen Kette aus dem Tor marschierten, hatten Gwinneth und er etwas ungleich Schlimmeres angetan. Sie hatten ihnen gezeigt, dass es etwas gab, wofür es sich zu kämpfen und vielleicht auch zu sterben lohnte, ihnen das Kostbarste gegeben, was ein Mensch haben konnte – Hoffnung – und sie ihnen dann wieder genommen.

Irgendwann wurde der Strom aus Männern, Frauen und Kindern, der Tintagel verließ, dünner, und auch oben auf den Mauern hielten sich nur noch wenige Gestalten auf, größtenteils Männer, die sich um ihre verwundeten Kameraden kümmerten oder sich vielleicht auch mit eigenen Augen überzeugen wollten, dass Artus das Wort auch hielt, das Thomas ihnen in seinem Namen gegeben hatte, und schließlich trat er vom Fenster zurück und machte sich erneut auf den Weg zu Gwinneths Gemach.

Sie stand am Fenster und blickte in die Nacht hinaus, als er eintrat. Das Feuer im Kamin war heruntergebrannt und Dunkelheit und bittere Kälte hatten das Zimmer längst erobert. Gwinneth musste seine Schritte hören und zweifellos wusste sie auch, wer es war, der ihr Gemach betreten hatte, aber sie wandte sich nicht zu ihm um, sondern blieb starr und reglos am Fenster stehen.

»Gwinneth«, begann Lancelot. Seine Stimme wollte ihm den Dienst versagen. Er räusperte sich ein paarmal, schluckte mühsam und musste einen weiteren Moment lang die Tränen niederkämpfen, die ihm in die Augen steigen wollten. »Ich ... es tut mir so Leid.«

Er hatte nicht damit gerechnet, doch Gwinneth drehte sich langsam um und sah ihn an. Sie schwieg.

»Ich ... ich wollte nicht, dass es so weit kommt«, flüsterte er.

»Ich weiß«, sagte Gwinneth.

Lancelots Kehle war plötzlich wie zugeschnürt. All die Worte, die er sich hundertmal zurechtgelegt und ebenso oft wieder verworfen hatte, jedes Flehen um Verzeihung, jedes Wort des Bedauerns, waren fort. Der Raum hinter seiner Stirn war wie leer gefegt. Mühsam trat er auf sie zu, aber er brachte nur die Kraft für einen einzigen Schritt auf.

»Ich wollte das nicht«, sagte er noch einmal. Diesmal antwortete Gwinneth nicht, doch vielleicht war ihr Schweigen schlimmer als alles, was sie hätte sagen können. Endlos lange stand Lancelot da, blickte sie an und wartete auf ein Wort, eine Geste von ihr, dann wandte er sich ab, ging zum Kamin und streifte den rechten Panzerhandschuh ab. Achtlos ließ er ihn fallen, ließ sich vor dem halb heruntergebrannten Feuer in die Hocke sinken und streckte den rechten Arm aus.

»Lancelot – was tust du?«, entfuhr es Gwinneth entsetzt.

»Nie wieder«, flüsterte Lancelot. Der Schmerz, mit dem die Flammen seine zur Faust geballte Hand berührten, war entsetzlich und zugleich seltsam irreal. Es tat weh, vielleicht sogar noch mehr, als er erwartet hatte, und zugleich berührte ihn dieser Schmerz nicht wirklich, auch wenn er ihm die Tränen in die Augen trieb. »Ich werde dich nie wieder mit dieser Hand schlagen.«

Gwinneth stieß ein ungläubiges, erschrockenes Keuchen aus, war mit einem einzigen Satz bei ihm und riss Lancelot mit solcher Kraft vom Kamin zurück, dass er die Balance verlor und stürzte. »Lancelot, nein!«, rief sie. »Was tust du denn nur?«

Lancelot wollte sich aufrichten und den Arm erneut nach dem Kamin ausstrecken, aber diesmal war es Gwinneth, die ihn mit einer Kraft zurückstieß, die ihn überraschte, und gleichzeitig nach seinem Arm griff, um seine verwundete Hand an die Brust zu pressen. Als Lancelot zusammenfuhr und ein leises Wimmern ausstieß, ließ sie ihn jedoch sofort wieder los und blickte entsetzt auf seine Rechte hinab. Obwohl er die Hand nur für einen kurzen Moment in die Glut gehalten hatte, hatten die Flammen seine Haut geschwärzt und hier und da bildeten sich bereits große, hässlich nässende Brandblasen. Der Schmerz schien jetzt, als er die Hand nicht mehr ins Feuer hielt, wie eine Woge durch seine Arm zu rasen.

»Wahnsinn«, wimmerte Gwinneth. »Das ... das ist doch Wahnsinn!«

»Ich wollte das nicht«, murmelte Lancelot. »Bitte glaub mir, Gwinneth. Ich ... ich hatte nur Angst um dich, und ...«

Gwinneth legte ihm sanft Zeige- und Mittelfinger auf die Lippen, um ihn zum Schweigen zu bringen. »Ich weiß«, sagte sie leise. »Es ist nicht deine Schuld.«

Erneut richtete sich Lancelot halb auf, machte aber jetzt keinen Versuch mehr, die Hand ins Feuer zu strecken. Vielleicht hatte Gwinneth sogar Recht, doch das machte es nicht besser. Lancelot wusste, dass er sich niemals im Leben würde verzeihen können, was er getan hatte. »Was ist nur aus uns geworden?«, fragte er.

»Vielleicht das, was wir von Anfang an waren«, antwortete Gwinneth. Sie sah noch einmal auf seine verbrannte Hand hinab, dann stand sie auf und trat wieder ans Fenster. »Wir hätten niemals hierher kommen dürfen, Lancelot. Du nicht. Ich nicht. Artus nicht und vielleicht nicht einmal Merlin. Keiner von uns. Wir haben den Menschen dieser Welt nur Unheil und Leid gebracht.«

»Dann sollten wir vielleicht gehen«, sagte Lancelot.

Gwinneth wandte den Kopf und sah ihn ernst an. »Und was wird aus Sean und den anderen?«

»Artus wird ihnen nichts tun. Er gehört nicht zu denen, die ihren Zorn an Unschuldigen auslassen.«

»Nein«, antwortete Gwinneth. »Sicher nicht.« Sie blieb noch einen Moment lang reglos so stehen, dann nickte sie kaum merklich und sagte leise und mit einem bitteren, traurigen Lächeln auf dem Gesicht: »Komm Lancelot. Gehen wir nach Hause.«

Sturm und Kälte empfingen sie mit eisigem Geheul, als sie Tintagel durch das schmale Schlupftor auf der Rückseite verließen. Um Haaresbreite hätte ihre Flucht geendet, noch bevor sie richtig begonnen hatte, denn die

Tür erwies sich nicht als verschlossen – damit hatte Lancelot beinahe gerechnet – sondern als *zugemauert*. Sean hatte ihm nichts davon gesagt, als er sich wegen der zugesperrten Tür beschwert hatte, aber er hatte offensichtlich Vorkehrungen getroffen, um neuen etwaigen Alleingängen vorzubauen. Wo Lancelot eine verschlossene Tür erwartete, da erhob sich eine frisch gemauerte Wand aus roten Ziegelsteinen.

Gottlob war die Arbeit ebenso schnell wie schlampig ausgeführt worden. Trotz der pochenden Schmerzen, mit denen die versengte Hand die Bewegung quittierte, zog Lancelot das Schwert und hieb mit aller Gewalt auf die Mauer ein. Schon zwei, drei Schläge der Runenklinge reichten um einen der Ziegel herauszubrechen, und danach war es nur noch eine Frage weniger Minuten, in denen er das Schwert als Hebel benutzte, um die so entstandene Lücke zu erweitern, bis sie schließlich groß genug war, dass Gwinneth und er sich hindurchquetschen konnten. Die Tür, die sich dahinter befand, war unverschlossen – wozu auch? –, aber Lancelot zertrümmerte den Riegel dennoch mit einem fast trotzigen Schlag des Runenschildes und sprengte sie dann mit einem Fußtritt auf.

Das Schwert noch immer in der Hand und den Runenschild wieder am linken Arm befestigt, trat er als Erster auf den schmalen Pfad hinaus und sah sich hastig nach beiden Seiten um. Artus hatte bisher Wort gehalten und seine Truppen die Festung noch nicht stürmen lassen, aber das bedeutete nicht automatisch, dass er leichtsinnig wäre. Lancelot an seiner Stelle jedenfalls hätte auch Männer auf die Rückseite Tintagels geschickt, und sei es nur zur Vorsicht.

Im Moment jedoch waren sie allein. Die Nacht war zu dunkel, um weiter als ein oder zwei Dutzend Schritte sehen zu können, doch Lancelots Augen waren weitaus schärfer als die eines normalen Menschen, so wie alle seine Sinne, und er spürte, dass sie allein waren. Im ersten Moment war er keineswegs beruhigt, sondern eher misstrauisch – wenn es außer Gwinneth und Uther noch einen Menschen auf der Welt gab, der mit Sicherheit um diesen geheimen Ausgang und den Pfad hinunter zur Höhle des Magiers wusste, dann Artus – aber es blieb dabei: Hier war niemand.

Er bedeutete Gwinneth mit einer Geste, still zu sein und dicht hinter ihm zu bleiben, und lief los; geduckt und so schnell, wie er es gerade noch wagte, damit Gwinneth in der Dunkelheit und auf dem hier immer noch spiegelglatt gefrorenen Boden mit ihm Schritt halten konnte. Alle seine Sinne waren bis zum Zerreißen angespannt – es erschien ihm mit jedem Schritt unwahrscheinlicher, dass Artus, der ebenso wie Gwinneth auf dieser Burg aufgewachsen war, diesen geheimen Fluchtweg nicht kennen sollte. Dennoch erreichten sie unbehelligt den Beginn des Felsenpfades, der zu Merlins Höhle hinabführte.

Bevor sie den Abstieg in Angriff nahmen, blieb Lancelot noch einmal stehen und beugte sich schaudernd vor. Der Sturm war nicht mehr annähernd so schlimm wie das letzte Mal, als sie hier gewesen waren, aber er zerrte doch wie mit unsichtbaren, eiskalten Fingern an ihm, und auch wenn das Meer nun nicht mehr mit solcher Urgewalt gegen die Küste anrannte, als wollte es die von Menschenhand erschaffene Festung herunterreißen, so brachen sich die Wogen doch mit solcher Wucht an den vereisten Klippen, dass der Boden unter ihren Füßen jedes Mal spürbar erzitterte. War es schon bei Tageslicht gefährlich gewesen, diesen Pfad hinabzusteigen, so kam ihm jetzt, mitten in der Nacht und erschöpft und verängstigt, wie sie waren, ihr Vorhaben wie der pure Wahnsinn vor. Doch wenn er wollte, dass Gwinneth am Leben blieb, hatten sie keine andere Wahl.

»Also willst du mich am Ende doch noch betrügen.«

Gwinneth stieß einen leisen, erschrockenen Schrei aus und schlug die Hand vor den Mund, und Lancelot fuhr so hastig herum, dass er auf dem rutschigen Fels beinahe den Halt verloren hätte. Seine rechte Hand schloss sich um den Schwertgriff.

Wie ein Geist, der direkt aus der Nacht gekommen war, trat Artus aus der Dunkelheit heraus. Er trug noch immer die silbern schimmernde Rüstung, in der Lancelot ihn am Abend gesehen hatte, darüber jetzt aber einen blütenweißen Mantel, auf dem als einziger Schmuck das königsblaue Wappen Camelots über der rechten Schulter prangte, und anstelle eines Helmes hatte er den schmalen, schmucklosen Goldreif aufgesetzt, den er als Krone trug. Er kam langsam näher, blieb in zwei Schritten Abstand stehen und sah abwechselnd Lancelot und Gwinneth an. In der Dunkelheit war es unmöglich, den Ausdruck auf seinem Gesicht zu deuten.

Lancelot trat einen halben Schritt zur Seite und versuchte die Schatten hinter Artus mit Blicken zu durchdringen, aber Artus schüttelte nur den Kopf und sagte: »Keine Sorge. Ich bin allein.«

Zögernd nahm Lancelot die Hand vom Schwertgriff. »Was willst du?«

»Es wäre mir lieber gewesen, ich hätte diese Frage nicht beantworten müssen«, sagte Artus. »Ich hatte dein Wort.«

»Mein Wort, dir Tintagel zu übergeben, ja«, antwortete Lancelot. »Das habe ich getan. Tintagel gehört dir.«

Artus schüttelte zornig den Kopf. »Beleidige mich nicht noch zusätzlich, indem du dich rauszureden versuchst;

noch dazu auf so eine kindische Art.« Seine Worte klangen scharf, seine Stimme jedoch nur bitter und traurig. »Es war das Wort eines Ritters, das du mir gegeben hast. Aber ich glaube, du hast niemals wirklich begriffen, was das bedeutet, nicht wahr?«

»Doch«, widersprach Lancelot. »Aber ich habe auch Gwinneth mein Wort gegeben, sie zu beschützen. Ginge es nur um mich, dann hätte ich dich in der Festung erwartet.«

»Ich weiß«, bestätigte Artus.

»Ich kann sie dir nicht ausliefern.«

»Und ich, mein junger Freund«, sagte Artus und schloss die Hand fester um den Griff Excaliburs, »kann euch nicht gehen lassen.« Er seufzte. »Wäre es anders herum und ich an deiner Stelle, ich würde nicht anders handeln als du. Aber ich bin nicht an deiner Stelle. Es geht nicht um mich. Nicht um das, was der *Mann* Artus will oder was nicht. Du hast den König herausgefordert, und damit dieses ganze Land.«

Lancelot zog langsam das Schwert. Die Runenklinge schien im blassen Licht des Mondes aufzuglühen und für einen ganz kurzen Moment erschien ein Ausdruck von Erschrecken in Artus' Augen, ja fast Entsetzen. Dann aber zog er selbst seine Klinge, und auch Excalibur leuchtete im gleichen, unheimlichen, knochenbleichen Glanz auf.

»Nein!«, sagte Gwinneth. »Tut das nicht! Ich flehe euch an!«

Artus schluckte trocken. »Ich kann nicht anders«, sagte er leise. Lancelot konnte sich täuschen – aber für einen Moment war er fast sicher, Tränen in den Augen des Königs zu erkennen. Und auch Artus' Stimme zitterte hörbar, als er weitersprach: »Wäre es nur mein Leben, das auf dem Spiel steht, ich würde mich sofort in die

Tiefe stürzen um dich zu retten. Ich würde den Thron, die Krone und Camelot aufgeben, damit du leben kannst. Aber darum geht es nicht.«

»Worum dann?«, schrie Gwinneth. »Ist es nur dein verdammter Stolz? Wollt ihr beide lieber sterben, ehe ihr euch dem anderen beugt? Ist es nur, weil ihr *Männer* seid, die nicht eingestehen können, dass sie auch einmal einen Kampf verlieren?«

»Es geht um die Zukunft Britanniens«, sagte Artus. »Es geht um all diese Männer dort draußen auf der anderen Seite des Hügels, Gwinneth. Morgen werden viele von ihnen sterben, wenn nicht alle. Sie werden nicht für einen König in die Schlacht ziehen, der sich von einem Kind herausfordern lässt.« Sein Blick heftete sich für einen ganz kurzen Moment auf das Runenschwert in Lancelots Hand, dann auf seine Augen. »Willst du wirklich diese Waffe gegen mich heben?«, fragte er. »Du weißt, was es bedeutet, wenn einer von uns den anderen tötet?«

Hätte Lancelot ehrlich geantwortet, hätte er Artus' Frage verneinen müssen. Er hatte einmal erlebt, mit welch unvorstellbarer Wut die beiden magischen Klingen aufeinander geprallt waren, und er war mehr als einmal Zeuge der fast panischen Furcht geworden, die Elben davor empfanden, gegen einen Angehörigen ihres eigenen Volkes kämpfen zu müssen. Aber da war noch mehr. Dies alles hatte einen Grund, einen Grund, den er nicht kannte. Trotzdem nickte er.

»Dann muss es wohl sein«, sagte Artus bitter.

Sein Hieb kam so schnell, dass Lancelot ihn kaum sah. Excalibur verwandelte sich in einen Blitz aus bleichem Licht, der auf seine Brust zielte und ihn unweigerlich getroffen hätte, hätte Gwinneth ihn nicht plötzlich bei den Schultern gepackt und zur Seite geworfen. Statt

Lancelots Rüstung zu treffen, zuckte Excalibur plötzlich nach Gwinneths Brust. Artus schrie gellend auf und versuchte sich zurückzuwerfen und irgendwie gelang es ihm auch, dem Hieb die schlimmste Wucht zu nehmen. Trotzdem konnte Lancelot den grässlichen Laut hören, mit dem der silberne Stahl in Gwinneths Fleisch schnitt.

Sie schrie auf, taumelte zurück und drohte über die Klippe zu stürzen, fing sich dann aber im allerletzten Moment und brach wimmernd unmittelbar neben Lancelot zusammen.

Er ließ das Schwert fallen, sank neben ihr auf die Knie und griff nach ihren Schultern um sie herumzudrehen, und im gleichen Augenblick war auch Artus neben ihm. Excalibur klirrte zu Boden, als sich der König ebenfalls auf die Knie warf und nach Gwinneth zu greifen versuchte. Sie schlug sowohl seinen als auch Lancelots Arm beiseite, richtete sich zitternd auf und biss stöhnend die Zähne zusammen. Zwischen ihren Fingern quoll hellrotes Blut hervor und tränkte den Stoff des dünnen Kleides, das sie trug. Lancelot sah zwar sofort, dass die Wunde nicht tief und schon gar nicht lebensgefährlich war, aber sie war zweifellos sehr schmerzhaft, und eine Woge heißen, roten Zornes fegte jede Vernunft und jede Furcht beiseite.

Blitzschnell fuhr er herum, ergriff sein Schwert und führte einen Hieb gegen Artus' Beine. Der König reagierte ebenso unglaublich schnell, wie er ihn gerade angegriffen hatte, aber er befand sich in einer ungünstigen Position und Lancelots Wut gab ihm zusätzliche Kraft und Schnelligkeit. Artus warf sich zur Seite und griff nach Excalibur, sodass die Klinge nicht seine Brust traf, sondern nur an seiner Seite entlangschrammte. Dennoch schleuderte ihn der Treffer zu Boden und sein gerade noch blütenweißer Mantel und seine silberne Rüstung färbten sich rot. Das Runenschwert hatte seine magische Rüstung ebenso mühelos durchdrungen, wie es jeden anderen Panzer zerschnitt. Artus brüllte vor Schmerz und Wut, kam aber trotzdem mit einer blitzartigen Rolle wieder auf die Füße und machte einen raschen Schritt nach hinten, um sein Gleichgewicht zurückzugewinnen.

Lancelot hätte ihm nachsetzen können und vermutlich hätte er in diesem Moment eine gute Chance gehabt, den Kampf zu beenden, aber sein mörderischer Zorn war so schnell wieder verraucht, wie er gekommen war. Statt Artus anzugreifen riss er Gwinneth in die Höhe, drehte sich halb um und versetzte ihr einen Stoß, der sie ungeschickt vorwärts und auf den schmalen Felsenpfad zur Küste hinabstolpern ließ. »*Lauf!*«, schrie er.

Das Risiko, das er damit einging, war ungeheuerlich. Der Pfad war kaum so breit wie zwei nebeneinander gelegte Hände, vereist und abschüssig, und er konnte einfach nur darauf vertrauen, dass die unsichtbare Magie, die sie schon bei ihrem ersten Besuch dort unten beschützt hatte, noch immer wirkte. Wenn nicht, dann war es ohnehin um sie beide geschehen. Er wusste, dass er Artus jetzt nicht mehr besiegen konnte. Er hatte einen überlegenen Gegner überrascht, aber dieser Vorteil war dahin und ein zweites Mal würde ihm Artus keine solche Chance gewähren.

Hinter ihm schrie Gwinneth irgendetwas, doch er achtete nicht darauf, sondern suchte mit gespreizten Beinen festen Stand und erwartete Artus' Angriff. Dieser überzeugte sich mit einem raschen, erschrockenen Blick davon, dass Gwinneth auf dem abschüssigen Pfad nicht den Halt verloren hatte, dann duckte er sich und griff mit einem wütenden Knurren an.

Es gelang Lancelot, sich unter dem ersten Schlag Excaliburs hinwegzuducken und Artus an sich vorbei ins Leere rennen zu lassen, aber der König wirbelte so rasch herum, dass seine Bewegung fast nicht mehr zu erkennen war, und wieder verwandelte sich Excalibur in einen Blitz aus tödlichem Licht, vor dem es kein Ausweichen und kein Entkommen gab. Im allerletzten Moment riss Lancelot das Elbenschwert in die Höhe. Hätte er noch Zweifel daran gehabt, wer der Sieger in diesem Kampf sein würde, sie wären in diesem Moment beseitigt gewesen.

Schon der erste Schlag prellte ihm beinahe die Waffe aus der Hand. Wie damals in Camelot explodierte grellweißes, kaltes Licht zwischen den beiden magischen Klingen, als sie aneinander prallten, und wie damals spürte er das Ringen uralter, unvorstellbar gewaltiger Kräfte, deren Zusammenstoß die Welt in ihren Grundfesten zu erschüttern schien. Jetzt aber kam auch noch seine verletzte Hand hinzu, die das Schwert zwar irgendwie noch festhalten konnte, seinen gesamten rechten Arm aber mit unerträglichen Schmerzen überflutete.

Lancelot taumelte zurück, wäre fast in die Tiefe gestürzt, als unter seinem Fuß plötzlich nichts mehr war, und warf sich verzweifelt nach vorne und herum. Artus schien die Bewegung vorausgesehen zu haben, denn er schnitt ihm mit einem raschen Schritt den Weg ab und führte einen geraden Stich mit Excalibur, der zwar von Lancelots hastig hochgerissenem Schild abprallte, ihn aber endgültig das Gleichgewicht kostete. Er stürzte, fiel schwer auf den Rücken und warf sich verzweifelt herum. Nur einen Fingerbreit neben seinem Helm grub sich Excalibur knirschend so tief in den Fels, dass Artus einen Moment lang Mühe hatte, die Waffe wieder he-

rauszuziehen, und Lancelot nutzte die Gelegenheit, sich weiter herumzurollen und in die Höhe zu springen.
Kaum hatte er sich umgedreht, griff Artus abermals an, und diesmal mit einem solchen Ungestüm, dass sich Lancelot gar nicht mehr anstrengte seinen Hieb abzuwehren, sondern hastig zurücksprang ...
... und ins Leere trat.
Mit verzweifelt wirbelnden Armen versuchte er seinen Sturz aufzufangen, doch er spürte selbst, dass es zu spät war. Unter seinem anderen Fuß lösten sich knirschend winzige Steinsplitter, um lautlos in die Tiefe zu stürzen, dann kippte er langsam aber unerbittlich nach hinten. Hinter und ein Stück unter ihm schrie Gwinneth gellend und wie in Todesqual auf, und plötzlich vollführten der Himmel und die hoch aufragende Festungsmauer Tintagels einen halben Salto und Lancelot stürzte kopfüber und mit hilflos pendelnden Armen und Beinen in die Tiefe.
Und dann geschah das Gleiche wie bei ihrem ersten Besuch hier. Eine unsichtbare, sanfte und doch unglaublich starke Hand griff nach ihm, fing ihn auf und lud ihn fast behutsam auf dem schmalen Pfad ab, der in die Felswand hineingeschlagen worden war. Die gleiche Magie, die auch Gwinneth davor bewahrt hatte, in den Tod zu stürzen, hatte nun ihn gerettet.
Aber für wie lange? Lancelot richtete sich benommen auf und stellte fest, dass er vielleicht zwei Meter tief gestürzt war und unmittelbar neben Gwinneth lag, die entsetzt die Hand vor den Mund geschlagen hatte und mitten in der Bewegung erstarrt zu sein schien. Aber er sah auch aus den Augenwinkeln, dass Artus seine Überraschung bereits überwunden hatte und herangestürmt kam. Umständlich versuchte er sich aufzurichten, schaffte es nicht und schob sich schließlich mit Rücken

und Schultern an der Wand entlang in die Höhe. Das Gewicht des Schwertes schien schon fast mehr zu sein, als er bewältigen konnte, und er musste alle Mühe aufbringen um sich in die Richtung zu drehen, aus der der König heranstürmte.

Doch Artus kam nicht. Er war stehen geblieben, unmittelbar dort, wo die Steilwand endete und der schmale Pfad begann, und ein Ausdruck tiefster Fassungslosigkeit begann sich auf seinem Gesicht auszubreiten. Es war nicht etwa so, als ob er gegen eine unsichtbare Wand geprallt wäre, ein Hindernis, das es ihm unmöglich machte, weiterzugehen. Er stand einfach da, sah immer noch fassungslos und verwirrt aus, machte aber keine Anstalten, erneut anzugreifen.

»Er ... er kann es nicht«, flüsterte Lancelot. »Gwinneth! Er kann uns nicht folgen.«

Artus hatte seine Worte gehört und blickte zu ihm herab. Er sah verstört aus, ein bisschen wütend vielleicht auch, aber mehr als alles andere überrascht, ja regelrecht schockiert. Lancelot hielt seinem Blick einen Herzschlag lang stand, dann schob er stöhnend das Schwert in die Scheide und drehte sich zu Gwinneth um. Auch sie stand mit aufgerissenen Augen da und starrte abwechselnd ihn und Artus an, aber Lancelot bemerkte auch, dass der dunkle Fleck über ihrer Schulter größer geworden war. Die Wunde, die Excalibur geschlagen hatte, blutete heftig und sie zitterte am ganzen Leib. Vermutlich war es nur der Schock, der sie den grausamen Schmerz nicht vollständig spüren ließ. Ihnen blieb nicht viel Zeit.

»Weiter«, sagte er. »Schnell.«

Fast hatte er selbst nicht damit gerechnet, doch Gwinneth drehte sich gehorsam um und lief vor ihm den Felsenpfad hinab. In Wirklichkeit nach wenigen Minuten, wie es Lancelot aber vorkam, nach einer schieren Ewigkeit, erreichten sie den schmalen Spalt im Fels und betraten die Höhle.

Gwinneth atmete erleichtert auf, machte noch zwei Schritte und begann dann zu taumeln. Lancelot konnte gerade noch hinzuspringen und sie auffangen, als sie zusammenzubrechen drohte.

»Gwinneth! Was ist mit dir?«

Sie versuchte den Kopf zu schütteln, aber selbst diese Bewegung schien ihre Kräfte zu übersteigen. Lancelot griff noch einmal und mit größerer Beherztheit zu, als Gwinneth in seinen Armen erschlaffte. Seine rechte Hand schmerzte so sehr, dass er am liebsten geschrien hätte, doch er nahm Gwinneth trotzdem auf die Arme und taumelte weiter. Das unheimliche Glühen, das die Höhle schon das letzte Mal erfüllt hatte, wies ihnen auch diesmal den Weg, aber die Strecke erschien ihm hundertmal weiter als damals. Jeder einzelne Schritt kostete ihn mehr Kraft, als er eigentlich erübrigen konnte, und als sie endlich das Ufer des unterirdischen Sees erreichten, da brach auch Lancelot keuchend in die Knie.

Gwinneth schlug schwer auf dem Boden auf und ließ ein leises, schmerzerfülltes Wimmern hören, doch Lancelots Kraft reichte einfach nicht mehr. Er stürzte schwer auf die Seite, rollte auf den Rücken und brauchte endlose Sekunden, bis er es auch nur schaffte, sich wieder aufzusetzen. Gwinneth lag neben ihm, hatte die Knie an den Leib gezogen und die rechte Hand gegen die verletzte Schulter gepresst. Er empfand ein Mitleid, das so tief war, dass es ihn körperlich schmerzte, aber es gab nichts, was er für sie tun konnte, und das war vielleicht das Allerschlimmste.

Zudem wurde der Schmerz in seiner verbrannten rechten Hand immer unerträglicher. Er vermutete nicht, er

konnte *spüren*, dass Artus' Schwerthieb, den er mit der Runenklinge abgefangen hatte, ihm mindestens zwei oder drei Finger gebrochen hatte, wenn nicht alle. Zitternd hob er den rechten Arm vors Gesicht und stellte ohne die mindeste Überraschung fest, dass Blut aus seinem Panzerhandschuh tropfte. Er richtete sich auf Hände und Knie hoch, kroch mühsam die beiden letzten Schritte zum Ufer des Sees und zerrte sich vor Schmerz wimmernd den Handschuh von der Rechten. Der Bewusstlosigkeit näher als dem Wachsein, tauchte er die Hand ins Wasser um sie zu kühlen.
Der Schmerz erlosch. Nicht die erwartete Kälte, sondern im Gegenteil ein Gefühl angenehmer, weicher Wärme begann sich in seiner Hand und dann im ganzen Arm breit zu machen, und anstelle des grausamen Pochens, das mittlerweile seine gesamte rechte Körperhälfte erfüllt hatte, durchströmte neue Kraft und wohltuende Schwere seine Glieder.
Verblüfft zog Lancelot die Hand wieder aus dem Wasser. Die Brandwunden waren nicht verschwunden, aber sie sahen schon längst nicht mehr so schlimm aus wie noch vor einem Augenblick, und auch die dünnen roten Schmerzpfeile, die die gesplitterten Enden seiner gebrochenen Fingerknochen in sein Fleisch versenkt hatten, waren fort. Vollkommen fassungslos bewegte Lancelot die Finger, ballte die Hand zur Faust und hielt sie dann noch einmal vor die Augen. Er konnte regelrecht dabei *zusehen*, wie seine verbrannte Haut heilte.
Im nächsten Augenblick war er neben Gwinneth, zerriss das Kleid über ihrer rechten Schulter und schöpfte mit beiden Händen Wasser, das er in den tiefen Stich in ihrem Fleisch tropfen ließ.
Das Wunder wiederholte sich. Diesmal konnte er wortwörtlich zusehen, wie die Wunde zu bluten aufhörte

und sich dann rasch und lautlos und eindeutig nicht *wie*, sondern *durch* Zauberei schloss.
Gwinneths Zittern ließ nach und hörte schließlich ganz auf und die unnatürliche Blässe ihres Gesichtes verschwand. Und endlich öffnete sie auch wieder die Augen. Der Schmerz war aus ihrem Blick verschwunden – zumindest die *körperliche* Qual –, doch was Lancelot darin las, ließ ihm trotzdem einen eisigen Schauer über den Rücken laufen.
»Was ... was hast du getan?«, murmelte sie. Ohne seine Antwort abzuwarten setzte sie sich auf, blickte ihre Schulter an und tastete schließlich vorsichtig mit den Fingerspitzen über ihre Haut, die noch rot von ihrem eigenen Blut war, aber unversehrt.
»Nichts«, antwortete Lancelot. Er hob die Hand und bewegte die Finger. »Es ist das Wasser. Es hat deine Wunde geheilt. Und meine auch.«
Gwinneth blickte verwirrt seine Hand, dann noch einmal ihre Schulter an, setzte sich schließlich auf und streckte ebenfalls den Arm nach dem Wasser aus, verharrte aber dann mitten in der Bewegung, als wage sie nicht, es zu berühren. Lange, unendlich lange, wie es Lancelot vorkam, glitt ihr Blick über den unterirdischen See, verharrte einen Moment auf dem schimmernden Kristall in seiner Mitte und suchte schließlich das jenseitige Ufer und das große, aus schwarzem Eisen geschmiedete Tor.
»Dahinter«, sagte sie leise.
»Ich weiß«, sagte Lancelot. Er wusste, dass sie Recht hatte und hinter diesem aus schwarzem Eisen geschmiedeten und von magischen Runen versiegelten Tor ihre Heimat lag, die Welt, aus der sie kamen, in die sie gehörten und in der sie allen Zorn, alles Leid und alle Angst hinter sich lassen würden. Ebenso wusste er – oh-

ne einen Beweis dafür nötig zu haben –, dass es sich dieses Mal für sie öffnen würde. Was immer diese Höhlen auch waren, sie gehörten schon nicht mehr ganz zur Welt der Menschen und sie befanden sich in einem Teil der Wirklichkeit, in dem Beweise so wenig nötig waren wie Logik – und auch die Zeit gehorchte hier ganz anderen Regeln als für gewöhnlich.

»Seid ihr sicher, dass es das ist, was ihr wollt?«

Gwinneth fuhr erschrocken zusammen, wirbelte herum und stieß einen halblauten, kleinen Schrei aus; vielleicht auch nur ein Keuchen, das zu einem Schrei werden wollte, ohne dass es ihr gelang. Lancelot jedoch war nicht erschrocken, ja nicht einmal wirklich überrascht, als er sich – langsamer als Gwinneth und erst einen Wimpernschlag später als sie – ebenfalls umdrehte und die schmale, weißhaarige und bärtige Gestalt erblickte, die hinter ihnen aus dem Gang getreten und auf halber Strecke stehen geblieben war. Er fragte sich, wie lange Merlin schon dort verweilte und sie beobachtete.

»Merlin?«, hauchte Gwinneth. »Du ... Ihr ... aber ich dachte, Ihr wärt ...«

»Tot?«, fragte Merlin mit einem verzeihenden Lächeln. Er kam näher. Seine Schritte waren langsam und er bewegte sich so mühevoll und mit weit nach vorne gebeugten Schultern, als trüge er eine unsichtbare Zentnerlast darauf. Und dennoch strahlte er zugleich eine Kraft und Stärke aus, die Lancelot innerlich erschauern ließ. »In gewissem Sinne war ich das vielleicht«, fuhr er fort, »aber der Tod ist nicht das, wofür ihn die meisten halten.«

»Dann ... dann seid Ihr ...«

Merlin unterbrach sie mit einem sanften, aber auch sehr entschiedenen Kopfschütteln, kam um einige weitere Schritte näher und machte dann eine auffordernde

Handbewegung. »Ich bin nicht hier, um über mich zu sprechen. Eure Zeit ist knapp. Ihr habt viel weniger davon, als ihr glaubt.«
Gwinneth sah den weißhaarigen alten Magier nur irritiert an, aber Lancelot glaubte zu wissen, was er mit diesen Worten meinte – auch wenn es ihm nicht möglich war, den Gedanken zu fassen und seinerseits in Worte zu kleiden. Einen Herzschlag lang starrte er Merlin ebenso fragend und durchdringend an, wie Gwinneth es tat, aber dann wandte er den Blick und sah zu dem großen Eisentor auf der anderen Seite des Sees hin.
Ein flüchtiges, wenn auch sonderbar trauriges Lächeln huschte über Merlins Gesicht. Er hob fast beiläufig die Hand und bewegte die Finger und im nächsten Moment schwang das Tor lautlos und wie von Geisterhand bewegt auf.
Dahinter lag die Tir Nan Og.
Es waren nicht die dunkelgrünen, schattigen Wälder, in denen Lancelot schon gewesen war, es war nicht die ungleich größere, prachtvollere Schwester Camelots, die er damals gesehen hatte, und auch nicht das Dorf, in dem er den Elbenjungen getroffen hatte. Es war das Paradies. Auch hinterher, in all den Jahren, die folgen sollten, und sooft Lancelot auch darüber nachdachte und versuchte sich die Szene wieder in Erinnerung zu rufen, sollte es ihm nie gelingen, das Bild in Worte zu kleiden, das sich Gwinneth und ihm bot. Vielleicht weil es in der Sprache, die er gelernt hatte und in der er dachte, keine passenden Worte dafür gab. Sie sahen lebendes Grün, sanft wogende Hügel, einen Himmel in der Farbe von strahlendem Azur, bunte Fabelwesen und Tiere, die in friedlicher Eintracht nebeneinander lebten, glückliche Menschen voller Stolz und Würde, und tausend andere Dinge, für die er keine Worte fand und die ihm doch so

vertraut waren, als wären sie vom Moment seiner Geburt an ein Teil von ihm gewesen.

Es war nicht das, was er *sah*, was ihn – und zweifellos auch Gwinneth, der es nicht anders erging – so sehr berührte wie nie zuvor irgendetwas anderes. Es war das, was er *fühlte*. Es war dasselbe Bild, das sich ihnen damals geboten hatte, im Keller Camelots, als sie zum allerersten Mal allein waren und Merlins Zauberbuch aufschlugen, die Welt auf der anderen Seite der Wirklichkeit, die Tir Nan Og, die Insel der Unsterblichen. Aber es war auch mehr. Es war alles, was er jemals hatte haben wollen, alles, wofür es sich zu leben und sogar zu sterben lohnte, nur dass es in *dieser* Welt keinen Tod gab und dass das Glück dort für alle Ewigkeiten währte.

»Unsere Heimat«, flüsterte Gwinneth.

»Ja«, bestätigte Merlin. »Zumindest die Welt, in der ihr geboren seid.«

Gwinneth schien nicht genau zu verstehen, was er mit diesen Worten meinte, denn sie löste – wenn auch mit sichtbarer Anstrengung – ihren Blick einen Moment lang vom Tor und dem Ausschnitt der Insel der Unsterblichen, der sich ihnen dahinter bot, und sah Merlin irritiert an, aber Lancelot nickte nur traurig. Auch das überraschte ihn nicht. Tief in sich hatte er die ganze Zeit über nicht nur gespürt, dass Merlin irgendwo hier in ihrer Nähe war, sondern auch *warum.*

»Du willst dorthin zurück.« Merlin schüttelte lächelnd und nur andeutungsweise den Kopf, als Gwinneth dazu ansetzte, ihm zu widersprechen. »Du musst dich deshalb nicht schämen, mein Kind. Ich weiß, welchen Schmerz du erlitten hast und noch erleidest. Dort drüben würdet ihr Frieden finden, beide.«

»Aber wir könnten nie wieder zurück«, flüsterte Lancelot.

Er sah aus den Augenwinkeln, wie Gwinneth erschrocken die Luft anhielt, doch Merlin wandte sich nun ganz zu ihm um, sah ihn einen Herzschlag lang durchdringend an und nickte dann ernst.

»Ja.«

»Aber ... aber wieso?«, flüsterte Gwinneth. Ihr Blick irrte für einen Moment wieder zu der offen stehenden Tür in eine andere Welt und kehrte dann fast flehend zu Merlins Gesicht zurück. »Ich verstehe das nicht.«

»Ich glaube, du verstehst es schon, mein Kind«, korrigierte Merlin sie sanft. »Lausch in dich hinein. Die Antworten auf alle Fragen, die du dir je gestellt hast, sind dort. Der Weg ist offen. Niemand wird versuchen euch aufzuhalten und niemand wird euch dort drüben ein Leid tun. Doch willst du wirklich dorthin?«

Er kam noch einmal näher, blieb aber erneut stehen, gerade bevor er nahe genug gekommen wäre, um ihn zu berühren, und Lancelot sah, dass er irgendwie ... unwirklich war. Er war kein Geist oder Trugbild, und doch war es, als fehle ihm ein winziges bisschen um Realität zu werden. »Uns bleibt nicht viel Zeit«, fuhr er fort. »Zu viel steht auf dem Spiel. Deswegen habe ich auch den Iren Sean und seine Brüder damit beauftragt, über euch zu wachen, und ihnen einen ganz besonderen schwarzen Elben-Hengst mit auf den Weg gegeben, der niemals eure Spur oder die Tintagels verlieren konnte ...«

»Du warst das?« Lancelot schüttelte ungläubig den Kopf. »Dann warst du es also auch, der Sean am Abend vor Morgaines Überfall zum raschen Aufbruch gedrängt hat?«

»Einem Drängen, dem der Ire leider nicht nachgekommen ist«, bedauerte Merlin.

»Aber warum bist du dann nicht zu uns hereingekom-

men? Warum hast du nicht wenigstens nach mir – oder Gwinneth – rufen lassen?«
»Weil nicht ich es war, der mit Sean sprach«, erklärte Merlin. »Es war ... eine Art Trugbild. Etwas, das nur die Iren und ihr beiden zu sehen vermochtet, etwas, das eigentlich aus Sean selbst entstand, das er in sich aufgenommen hatte bei unserem ersten und einzigen Gespräch in der Nähe Camelots, lange bevor du von Dulac zu Lancelot wurdest.«
»Was?«, keuchte Lancelot. »Soll das heißen, dass du all das von langer Hand geplant hast?«
»Aber nein.« Merlin lächelte begütigend. »Ich habe es nicht geplant, ich habe nur ... gewisse Vorkehrungen getroffen. Und eine davon war, dass Sean und die anderen euch unauffällig folgen sollten, falls sich meine Befürchtungen bewahrheiten sollten, um dann einzugreifen, wann immer es nötig wäre.«
Lancelot war durch diese unerwartete Eröffnung wie vor den Kopf geschlagen. »Und die Münzen, die Sean nach dem Gespräch mit ... mit dieser *Erscheinung* plötzlich aus der Tasche zog ...«
»... hatte er schon lange zuvor von mir erhalten«, beendete Merlin seinen Satz. Doch dann winkte er entschlossen ab. »Aber nun genug von den Iren. Uns bleibt kaum noch Zeit. Und deshalb werde ich etwas tun, was ich eigentlich nicht tun dürfte. Ich werde euch erklären, was ihr im Laufe eines Lebens hättet herausfinden sollen. Und warum ihr die Antworten auf all eure Fragen in euch tragt – und damit auch die Sehnsucht nach dem, was eure Heimat hätte werden können, hätte das Schicksal es anders mit euch gemeint.«
»Und das bedeutet, dass wir das Recht verwirkt haben, zur Tir Nan Og zurückzukehren«, entfuhr es Lancelot bitter.

»Nicht das Recht«, antwortete Merlin sanft, »und auch nicht die Fähigkeit. Aber die Frage bleibt: Wollt ihr wirklich dorthin? Wollt ihr wirklich das aufgeben, was euch hier all die Jahre Heimat gewesen ist?«
Gwinneth wirkte einfach nur verstört, doch Lancelot spürte, dass das nicht daran lag, weil sie Merlins Worte nicht verstand. Tief in ihr war das gleiche ererbte Wissen wie in ihm. Es war so, wie Merlin gesagt hatte: Alle Antworten auf alle Fragen waren bereits in ihnen. Aber in diesem Moment *wollte* Gwinneth sie nicht kennen. Sie wollte nicht einmal die Fragen wissen.
»Schließlich ist das unsere Heimat«, murmelte Gwinneth. »Wir ... wir gehören dorthin, Merlin.«
Der Anteil von Trauer in Merlins dunklen Augen wurde noch eine Spur größer. »Ihr seid dort geboren, das ist wahr. Ihr seid von meinem Volk, meinem Blut. So wie es auch Artus und Mordred und viele andere sind.«
Er sprach nicht weiter und nach einer kleinen Ewigkeit und so leise, dass seine Stimme fast nur ein Hauch war, führte Lancelot den Satz zu Ende: »Aber wir gehören nicht dorthin.«
Gwinneth fuhr herum und starrte ihn fast entsetzt an, doch Merlin nickte langsam und traurig. Er schwieg.
»Was ... was soll das heißen?«, fragte Gwinneth. Ihre Stimme wurde schrill, fast zu einem Schrei. »Das ist unsere *Heimat*!«
»Was haben wir euch nur angetan?«, fragte Merlin. »Mögen die Götter, an die wir glauben, uns vergeben. Ich kann es nicht.«
»Aber ... aber wir können ...«, begann Gwinneth, doch Lancelot unterbrach sie, indem er sacht den Kopf schüttelte und sie dann unendlich behutsam in die Arme nahm.
»Wir gehören nicht dorthin, Gwinneth. So wenig wie

hierher.« Seine Stimme versagte. Die Worte, nach denen er suchte, fand er nicht. Mit einem fast verzweifelt flehenden Blick wandte er sich an Merlin. »Ist es so?«
Auf dem Gesicht des alten Magiers erschien ein Ausdruck von Qual, den Lancelot nie wieder wirklich vergessen sollte. »Ja«, gestand er. »Es tut mir Leid. Ich weiß, dass ich nicht das Recht habe, Euch um Vergebung zu bitten, aber ich tue es trotzdem. Das dort ist nicht mehr eure Welt, auch wenn ihr dort geboren seid.«
»Und ... und wohin sollen wir dann gehen?«, murmelte Gwinneth.
»Wenn ich das nur wüsste«, sagte Merlin traurig.
»Wer sind wir, Merlin?«, fragte Lancelot. Er hatte nicht die Kraft, den Magier bei diesen Worten anzublicken, sondern starrte zu Boden und klammerte sich so fest an Gwinneth, als fürchte er den Halt in der Wirklichkeit zu verlieren und in einen Abgrund aus bodenloser Schwärze zu stürzen.
»Wir sind das Alte Volk«, antwortete Merlin.
Seine Gestalt schien zu flackern, als bestünde sie aus nichts anderem als flüchtigem Rauch, der sich zum Abbild eines Menschen geformt hatte, und wurde im nächsten Moment wieder real. »Wir waren hier, bevor es Menschen gab, und wir werden noch hier sein, wenn sie längst vergessen sind. Einst hat diese Welt uns gehört und wir haben sie von einem Ufer des großen Ozeans zum anderen beherrscht. Unsere Herrschaft währte Äonen und wir wurden alt und weise – und dabei auch hochmütig. Und irgendwann kamen die Menschen. Am Anfang waren sie für uns nicht mehr als Tiere, Schoßhunde, die wir zu unserem Vergnügen hielten, um uns an ihren Kunststücken zu erfreuen. Aber sie wuchsen heran und sie wurden stärker, und es kam der

Moment, in dem wir in ihnen das erkannten, was wir einst gewesen sind, vor so unendlich langer Zeit. Und so fingen wir an uns aus dieser Welt zurückzuziehen, um sie einem jüngeren, wilderen Volk zu überlassen.«

»Vielleicht nicht ganz«, vermutete Lancelot. Er wollte es nicht, doch seine Stimme klang bitter.

»Sie waren jung und stark und wild, aber sie waren auch dumm und unbeherrscht«, bestätigte Merlin. »Sie brauchten Führung oder sie hätten sich selbst ausgelöscht. Unser Volk lebt jetzt in einer anderen Welt. Manche Menschen erinnern sich noch an uns und für eine Weile werden wir vielleicht auch in ihrem Mythen und Legenden weiterleben. Aber irgendwann werden sie uns vergessen haben.« Er lächelte traurig. »Wer weiß, vielleicht hören wir in diesem Moment auch wirklich auf zu existieren. Vielleicht ist die Erinnerung der Menschen der einzige Grund, aus dem es uns noch gibt.«

»Und deshalb gibt es Männer wie Artus und Mordred«, sagte Lancelot bitter. »Und mich.«

»Du darfst uns nicht verurteilen, mein junger Freund«, sagte Merlin. »Es ist leicht, hinterher auf Fehler zu deuten und ein Urteil zu fällen. Wir mussten die Menschen beschützen, solange sie jung und unerfahren waren. Der Verstand, der ihnen gegeben wurde, mag noch ungeschliffen und grob gewesen sein, aber er ist eine gewaltige Waffe.« Er schüttelte den Kopf. »Würdest du einem Kind ein scharfes Schwert in die Hand drücken?«

Statt zu antworten blickte Lancelot auf das Runenschwert in seinem Gürtel hinab und Merlins Blick wurde noch trauriger.

»Irgendwann erkannten wir, dass die Menschen weiter eine starke Führung brauchen«, fuhr Merlin fort, in leicht verändertem Ton und etwas lauter, so als erinnere er sich an einen zurechtgelegten Text und versuche ihn vorzutragen, bevor ihm dazu die Kraft fehlte. »Aber unsere Macht in dieser Welt schwand im gleichen Maße, in dem die Menschen aufhörten an uns zu glauben. Und so brachten wir dann und wann ein einzelnes neugeborenes Kind in diese Welt und legten es ans Ufer eines Sees, wo es von Menschen gefunden und aufgezogen werden konnte.«

»Also so sind wir hierher gekommen«, murmelte Lancelot. Er lachte bitter. »Und wer sind unsere Eltern?«

Er las die Antwort in Merlins Augen, aber der Zauberer schüttelte trotzdem nur den Kopf und fuhr fort ohne seine Frage zu beantworten: »Artus gehörte zu ihnen, ihr, aber auch andere. Manche wissen bis heute nichts von ihrer wahren Natur und werden es nie erfahren. Andere haben es erfahren und sind daran zerbrochen. Es gehört zur Natur der Magie, die dieses Tor erschuf, dass der Weg hindurch für den, der sich seiner wahren Natur bewusst ist, ein Weg ohne Wiederkehr ist.«

»Also darum konnte ich zurück«, sagte Lancelot. »Weil ich es nicht wusste.«

»Und deshalb könnt ihr es jetzt noch einmal durchschreiten und nie mehr zurückkehren«, bestätigte Merlin. »So wenig, wie sich dieses Tor jemals wieder für euch öffnen wird, wenn ihr ihm jetzt den Rücken kehrt. Es tut mir Leid. Es ist eine grausame Entscheidung, die ich von euch fordere, aber ich habe keine Wahl.«

»Hat Artus diese Wahl auch getroffen?«, fragte Lancelot.

»Für jeden von uns kommt der Moment, in dem er sie treffen muss«, antwortete Merlin. »Auch für mich.«

»Doch warum bekämpfen wir uns?«, fragte Gwinneth. »Wieso versucht Morgaine Artus zu vernichten, wenn wir doch alle vom gleichen Volk sind?«

Merlin lächelte sanft, als er antwortete: »Das ist eine gute Frage, mein Kind. Unser Volk ist vielleicht älter als die Menschen, vielleicht sind wir auch ein kleines bisschen weiser, aber im Grunde unsere Herzens unterscheiden wir uns gar nicht so sehr, wie du glaubst. Nicht alle von uns sind der Meinung, dass die Menschen schon so weit sind, selbst über ihr Schicksal zu bestimmen. Und vielleicht haben einige von uns auch Geschmack an der Macht gefunden, die wir hier in dieser Welt haben.«

»So wie Morgaine?«, vermutete Lancelot.

»Der Streit ist so alt wie unser Entschluss, uns in die andere Welt zurückzuziehen«, bestätigte Merlin. »Es gibt die, die glauben, die Menschen wären bereit für die Freiheit, und die, die der Meinung sind, sie brauchten noch immer die Führung der Götter.«

»Morgaine und ihre Dunkelelben«, flüsterte Gwinneth.

»Und Mordred«, fügte Merlin hinzu. Seine Stirn umwölkte sich, als er den Namen aussprach, aber nur für einen Moment, dann erschien wieder die gleiche Mischung aus Bedauern, Resignation und Schuld in seinen Augen. »Sie wird siegen, Gwinneth. Artus und seine Armee ist Mordred und seinen Barbarenhorden nicht gewachsen. Mordred wird den Thron Camelots besteigen und das, wofür die Tafelrunde stand, wird untergehen.«

»Aber Artus ist unbesiegbar!«, protestierte Gwinneth. »Niemand hat seine Ritter je geschlagen!«

»Seine Macht war die des Grals«, antwortete Merlin. »Als er verloren ging, zerbrach auch die Macht Camelots. Sein Heer und das Morgaines und Mordreds treffen in diesem Moment aufeinander und er wird verlieren. Und er weiß es.«

Lancelot hob den Kopf und sah das Abbild Merlins lange und schweigend an. Es war nicht wirklich Merlin, der vor ihnen stand, das erkannte er jetzt, denn auch der uralte Zauberer, der in so vielen Gestalten über diese Welt gewandelt war, hatte das magische Tor zur Insel der Unsterblichen ein letztes Mal durchschritten. Es war nur etwas von ihm, das er zurückgelassen hatte, damit es hier auf sie wartete und ihnen ganz genau das sagte, was sie nun hörten. »Du hast den Gral fortgebracht, habe ich Recht?«

»Er war zu mächtig«, bestätigte Merlin. »Ich hätte ihn Artus niemals geben dürfen. Auch er hat zu lange unter den Menschen gelebt, um nicht den Geschmack der Macht gekostet zu haben und Gefallen daran zu finden.«

»Und was sollen wir jetzt tun?«, fragte Gwinneth. Sie begann wieder zu schluchzen, doch ihre Augen blieben trocken, als hätte sie alle Tränen, die sie besaß, schon geweint.

Merlin antwortete nicht, aber Lancelot löste behutsam seinen Arm von Gwinneths Schulter, stand auf und wandte sich dann ganz dem Magier zu. »Die Entscheidungsschlacht tobt in *diesem* Moment?«

»Die erste Schlacht ist bereits vorüber«, antwortete Merlin. »Vergiss nicht, dass die Zeit hier einem anderen Willen gehorcht als oben in der Welt der Menschen. Mit Tintagel hat Artus eine starke Festung, in die er sich zurückziehen und dem Gegner noch eine Weile standhalten kann, aber am Ende wird auch sie fallen.«

»Dann wird Mordred gewinnen und tausend Jahre Dunkelheit werden sich über die Welt der Menschen senken«, flüsterte Gwinneth. Auch sie stand auf. Noch einmal drehte sie sich um und blickte das offen stehende Tor auf der anderen Seite des Sees an, das Paradies, das zum Greifen nahe vor ihnen und doch unerreichbar weit weg lag. Dann drehte sie sich wieder um, trat an Lancelots Seite und ergriff mit festem Druck seine Hand.

»Da ist noch eine Frage, die du mir stellen willst, mein junger Freund«, sagte Merlin.

»Ja«, antwortete Lancelot. »Warum töten Elben keine Elben?«

Merlin sagte es ihm.

Die Schlacht war nahezu vorüber, als sie die Höhle verließen und sich auf den Weg zur Küste hinauf machten. Schwarzer Rauch hing über den Zinnen Tintagels, und obwohl sie nur die Rückseite der Burg sahen, wusste Lancelot doch, dass ihre stolzen Mauern und Türme in Trümmern lagen. Er hätte den Qualm und den Feuerschein nicht sehen, das Prasseln der Flammen und die Schreie der Sterbenden nicht hören müssen um zu wissen, dass die mächtige Festung zusammen mit ihren Verteidigern starb. Es dämmerte, aber der Himmel hatte sich so sehr mit schweren, tief hängenden Wolken voller Schnee bezogen, dass er nicht sagen konnte, ob es Morgen oder Abend war, und der Wind schien wieder kälter geworden zu sein und hatte auch an Kraft zugenommen; und es kostete Lancelot fast jedes bisschen Energie und Willen, die er aufbringen konnte, den schmalen Felsenpfad zur Küste hinaufzusteigen und Gwinneth dabei auch noch mit sich zu ziehen, denn die unsichtbare Magie, die sie bis jetzt beschützt hatte, war erloschen. Sie war im gleichen Moment verschwunden, mit dem sie die Höhle verlassen hatten, und Lancelot erinnerte sich schaudernd an den letzten Blick, den er in die Tiefe zurückgeworfen hatte.

Der Spalt im Felsen war nicht mehr da. Merlins Höhle war verschwunden. Wo ihr Eingang gewesen war, erhob

sich jetzt eine massive, undurchdringliche Felswand. Der Weg zur Tir Nan Og war verschlossen, vielleicht nicht überall, vielleicht nicht für jeden, aber hier und für sie.
Schwer atmend und am Ende ihrer Kräfte erreichten sie den schmalen Pfad, der zu der kleinen Tür auf der Rückseite Tintagels führte. Sosehr Lancelot auch spürte, wie wichtig jeder Augenblick war: Sie mussten einen Moment innehalten, um neue Kräfte zu schöpfen. Über ihnen erhellte der rote Widerschein der brennenden Burg die Unterseiten der Wolken, die plötzlich aussahen, als stünde ihre Last, die darauf wartete, auf das Land herabzuregnen, nicht aus Schnee, sondern aus Blut. Selbst das Donnern der Brandung, die tief unter ihnen mit Urgewalt gegen die Felsenklippe anrannte, ging im Kampfgetöse unter, das aus Tintagel herauswehte.
Lancelot wartete, bis sein Herz aufhörte wie verrückt zu schlagen und seine Knie so sehr zu zittern, dass er gar nicht hätte aufstehen können, selbst wenn er es gewollt hätte, dann arbeitete er sich mühsam und keuchend in die Höhe, lehnte sich erschöpft gegen die gemauerte Wand in seinem Rücken und streckte Gwinneth die Hand entgegen. Sie musste ebenso erschöpft und ausgelaugt sein wie er, aber sie blickte seine ausgestreckte Rechte nur einen Moment lang fast verständnislos an, dann schüttelte sie den Kopf und stand langsam und schwankend, aber aus eigener Kraft auf.
»Du solltest hier bleiben«, sagte er. »Ich weiß nicht, wie es drinnen in der Burg aussieht.«
Was für ein Unsinn. Sie wussten es beide. Gwinneth sah ihn auch nur kurz ausdruckslos an, dann schüttelte sie den Kopf. »Ich bleibe bei dir.«
Er versuchte nicht noch einmal sie zum Bleiben zu

überreden. Gwinneth wusste so gut wie er, dass dort drinnen in der Burg mit großer Wahrscheinlichkeit nichts anderes als der sichere Tod auf sie wartete, aber er akzeptierte ihre Entscheidung. Wenn sie überlebten, dann gemeinsam, und wenn er starb und Gwinneth weiterlebte, dann war das, was sie erwartete, auf jeden Fall schlimmer als der Tod. Er nickte.

»Also gut«, sagte er. »Doch bleib immer hinter mir, ganz egal was passiert.«

Gwinneth nickte, drehte sich auf dem vereisten Pfad um und lief so schnell voraus, dass Lancelot alle Mühe hatte, auch nur mit ihr Schritt zu halten, und sie erst wieder einholte, als sie die Schlupftür erreicht hatte. Er sagte nichts dazu, sondern beließ es bei einem kurzen tadelnden Blick, dann schob er sie mit sanfter Gewalt aus dem Weg und legte die Hand auf die Tür. Das Wunder, auf das er kaum zu hoffen gewagt hatte, geschah: Die Tür war offen und auch die Ziegelsteinmauer dahinter war nicht repariert worden, sodass sie nur einen Augenblick später hindurchtreten konnten.

Der Anblick, der sie erwartete, war von einer geradezu absurden Friedfertigkeit. Der winzige Innenhof hatte sich nicht verändert, seit sie Tintagel auf diesem Weg verlassen hatten, und auch der Kampflärm und die Schreie und das Prasseln der Flammen war hier deutlich weniger laut zu vernehmen als draußen, außerhalb der Festung. Nur das rote Licht, das von den Unterseiten der Wolken reflektiert wurde und die Szenerie in flüssiges Blut zu tauchen schien, war intensiver.

Lancelot nahm den Schild vom Rücken, befestigte ihn an seinem linken Arm und zog das Runenschwert. Erneut wollte Gwinneth an ihm vorbeigehen, aber diesmal hielt er sie mit einer raschen Bewegung auf und schob sie mit schon etwas mehr als nur sanfter Gewalt wieder

zurück, sodass sie genau hinter ihm stand. »Dort«, sagte er streng. »Nirgendwo anders!«
Gwinneth schüttelte den Kopf. »Das meine ich nicht«, sagte sie und deutete auf irgendetwas – oder irgend*jemanden* – hinter ihnen.
Lancelot fuhr herum und die Elbenklinge zuckte vor auf der Suche nach einem Opfer, das es mit einem Streich niederzustrecken galt.
»Nicht doch!«
Die Gestalt, die aus dem Schlagschatten einer Mauer hervortrat, schien Schwierigkeiten zu haben, sich auf den Beinen zu halten; sie taumelte und wäre um ein Haar gestürzt, wenn sie nicht der zweite Mann gestützt hätte, der ebenfalls im Halbdunkeln auf sie gewartet zu haben schien.
»Begrüßt man so alte Freunde?«, fragte Sean müde, als er drei Schritte vor Lancelot schwankend stehen blieb.
Der Ire sah fürchterlich aus, genauso wie sein Bruder. Die Augenbrauen und auch die Kopfhaare beider Männer waren versengt, als wären sie nur mit Mühe einem Feuer entkommen, und über ihre Arme lief Blut, das vielleicht von ihren Feinden, vielleicht aber auch von ihnen selbst stammte; zudem wies Seans Bein kurz oberhalb des Knies eine klaffende Wunde auf, die so übel aussah, dass es an ein Wunder grenzte, wie er sich noch aufrecht zu halten vermochte.
»Sean!«, keuchte Gwinneth, und so wie es aussah wollte sie zu ihm stürzen um ihm zu helfen. Doch der Ire winkte rasch ab.
»Uns bleibt keine Zeit mehr«, stieß er schwer atmend hervor und deutete gleichzeitig hinter sich. »Wir haben noch etwas zu erledigen. In den Burghof, rasch!«
Wie um seine Worte zu untermalen, stürzte in diesem Moment irgendetwas mit einem so gewaltigen Getöse

zusammen, dass er Gwinneths Einwand – falls es überhaupt einen gab – übertönte, doch Lancelot gab ihr auch keine Gelegenheit, ihn in eine weitere hitzige Debatte zu verstricken oder gar irgendetwas Unbedachtes zu tun, sondern ging mit vorsichtigen, aber auch sehr schnellen Schritten los.

Das Grauen, auf das er gerade vergeblich gewartet hatte, holte sie ein, als die nächste Tür durchschritten. Tintagel brannte lichterloh. Wohin er auch blickte, sah er Flammen und Rauch, brennendes Holz und Menschen, in Panik flüchtende Tiere und lodernde Scheiterhaufen. Helles, flackerndes Licht, das aus hundert verschiedenen Richtungen zugleich kam, machte es schier unmöglich, irgendetwas wirklich zu erkennen, trieb ihm aber fast sofort die Tränen in die Augen, und die Schreie der Sterbenden und Verwundeten wuchsen in seinen Ohren zu einem Chor an, der irgendetwas in ihm zum Zerbrechen zu bringen schien. Es war unmöglich zu sagen, wer Freund und wer Feind war, wer kämpfte oder einfach floh. Schatten und ein einziges Chaos aus reiner, kochender Bewegung waren rings um sie herum. Er sah Metall blitzen, zerberstenden Stein von den Mauerkronen herabregnen und Männer fallen, von Schwerthieben, Pfeilen oder einfach einer unsichtbaren Macht niedergestreckt.

Irgendjemand stürmte auf ihn zu, ein Schemen, der ein Pikte, ein Brite, genauso gut aber auch Artus selbst sein konnte; er fing den wütenden Schwerthieb des Angreifers mit einer instinktiven Bewegung des Schildarms ab und schlug ebenso instinktiv zurück. Er traf, aber er nahm sich nicht einmal die Zeit, zu sehen, wen er getroffen hatte, sondern wich rasch einen Schritt rückwärts und zur Seite, wobei er Gwinneth einfach zurückdrängte, hob den Runenschild schützend über den

Kopf und versuchte aus tränenden Augen Einzelheiten zu erkennen.
Das große Haupthaus Tintagels, aber auch die beiden mächtigen Wehrtürme hatten sich in gigantische Scheiterhaufen verwandelt, in deren Innerem weiße Glut tobte und deren Hitze so gewaltig war, dass niemand sich ihnen auf mehr als zwanzig Schritt nähern konnte ohne zu verbrennen. Auch überall auf dem Hof loderten rote und gelbe Flammen, aber dazwischen wurde gekämpft, an zahllosen Stellen zugleich und mit ungebrochener Wut. Die Angreifer hatten sich nicht damit zufrieden gegeben, Tintagel in Brand zu schießen, sondern seine Mauern in einer selbstmörderischen Aktion zugleich gestürmt, und nun schien hier buchstäblich jeder gegen jeden zu kämpfen.
Lancelot sah zahllose erschlagene Pikten, aber auch nahezu ebenso viele Männer aus Artus' Heer und eine erschreckend große Anzahl von Opfern, die weder eindeutig zu der einen noch zur anderen Seite zu gehören schienen, denn Tod und Feuer hatten alle Unterschiede ausgelöscht und sie gleichgemacht. Das Schwert in seiner rechten Hand begann wieder zu zittern, als die Runenklinge die überreiche Mahlzeit spürte, mit der der Tod den Tisch gedeckt hatte, doch diesmal gestattete ihr Lancelot nicht, Gewalt über ihn zu erringen. Das Runenschwert war noch immer eine furchtbare Waffe, aber er war nicht länger ihr Sklave.
»Artus!«, schrie Gwinneth hinter ihm.
Lancelot fuhr automatisch herum und starrte sie fragend an, dann folgte sein Blick der Richtung, in die Patricks Schwertarm wies, und er sah den Grund für Gwinneths Aufschrei.
Genau in der Mitte des Hofes, umgeben von einer kleinen Schar seiner tapfersten Ritter, die das Gemetzel bis-

her noch überstanden hatten, zum Großteil aber verwundet waren und mehr tot als lebendig aussahen, stand Artus selbst und schwang Excalibur mit gewaltigen, beidhändig geführten Hieben. Das Zauberschwert teilte die Angreifer fast schneller, als sie herbeizustürmen vermochten, und Artus' Gesicht hinter dem hochgeklappten Visier seines Helms war verzerrt vor Anstrengung und Wut, aber auch von Blut besudelt, das nicht ausnahmslos das seiner Feinde war. Er kämpfte auf verlorenem Posten einen letzten, heroischen, jedoch sinnlosen Kampf. Noch während Lancelot ihn entsetzt und fassungslos zugleich anstarrte, stürmte eine neue Welle von Angreifern heran, die Artus zwar ebenso gnadenlos zurückschlug wie die, die vor ihnen gekommen waren, die zugleich aber auch furchtbar unter seinen Rittern wüteten. Vielleicht war es noch ein Dutzend Männer, das Artus verblieb, wahrscheinlich weniger, und die Zahl ihrer Feinde schien jeden Moment noch zu wachsen.

Lancelot wehrte – fast ohne hinzusehen – einen weiteren Angreifer ab, schrie Patrick und Sean zu, Gwinneth zu beschützen, die offensichtlich dicht hinter ihm bleiben wollte, und rannte los. Plötzlich war alles vergessen. Aller Zorn, alle Enttäuschung, jedes Leid, das Artus ihm angetan hatte, jede Erniedrigung, für die er ihm Rache geschworen hatte, nichts von alledem zählte noch. Jetzt – und vielleicht zum allerersten Mal wirklich – war Lancelot das, was er sich immer gewünscht hatte: ein Ritter der Tafelrunde, der seinem König Treue geschworen hatte und sein Leben für ihn geben würde, sollte es nötig sein.

Er stürmte los, schwang das Runenschwert mit kraftvollen Hieben nach rechts und links, um sich den Weg zu Artus und seinen Rittern freizukämpfen, und nahm kaum zur Kenntnis, dass sich ihm und Gwinneth immer mehr und mehr Pikten in den Weg stellten, als hätten sie den neu aufgetauchten Gegner als den erkannt, der er war, und spürten instinktiv, dass sich das Schlachtglück mit dem Eintreffen von Lancelots kleiner Truppe vielleicht im letzten Moment doch noch einmal wenden würde. Es war nicht der Blutdurst des Runenschwertes, der Lancelot in diesem Augenblick zu einem Feind machte, der jeden Gegner erbarmungslos niederschmetterte. Die Kraft, die ihn jetzt beseelte, war keine Magie, sondern etwas viel Mächtigeres: Es war die Angst eines Menschen um seinen Freund. Ungleich mehr, als er es jemals unter dem Schutz der undurchdringlichen Rüstung gewesen war, war Lancelot in diesem Moment so unbesiegbar wie unaufhaltsam. Es mussten ein Dutzend piktischer Krieger sein, die sich ihnen den Weg stellten, wenn nicht mehr, aber keiner von ihnen vermochte ihn aufzuhalten oder auch nur zu verlangsamen, und wer von ihnen versuchte sich Gwinneth zu nähern, wurde von den beiden Iren zurückgetrieben, die trotz ihrer Verletzungen wie die Berserker kämpften.

Und trotzdem kam Lancelot zu spät.

Artus' Ritter waren längst gefallen. Noch bevor er auch nur die halbe Strecke an die Seite des Königs zurückgelegt hatte, ging der letzte seiner Paladine unter der schieren Übermacht der angreifenden Barbaren zu Boden und auch Artus selbst wankte. Seine Rüstung war längst zerschlagen und eingedellt, besudelt mit dem Blut der Pikten, die er erschlagen hatte, der Schild zerbrochen und selbst Excaliburs silbernes Blitzen war jetzt rot gefleckt, als wäre das Zauberschwert nicht mehr in der Lage, die Menge an Blut zu trinken, die es vergossen hatte. Artus kämpfte unerschüttert weiter,

schlug einen Angreifer nach dem anderen nieder – und dann war es vorbei.
Plötzlich stürmten keine weiteren Pikten mehr heran. Es waren mindestens drei oder vier Dutzend, wenn nicht mehr, der in zerschrammtes schwarzes Leder und Felle gekleideten Barbarenkrieger, die den König eingekreist hatten, aber keiner von ihnen griff ihn mehr an. Vielmehr bildeten sie einen weiten, sicherlich zwanzig Schritte messenden Kreis, in dessen Mitte Artus, schwankend vor Erschöpfung und keuchend, aber immer noch hoch aufgerichtet und Excalibur in beiden Händen haltend, stand und auf das Ende wartete. Lancelot, Gwinneth und die beiden Iren waren vielleicht noch dreißig oder vierzig Schritte von ihm entfernt, doch mit der gleichen, durch nichts begründeten, aber unerschütterlichen Gewissheit, mit der er vorhin gewusst hatte, was Merlin von ihm erwartete, wusste Lancelot nun, dass er zu spät kommen würde.
Der Kreis der Barbarenkrieger teilte sich und zwei einzelne Gestalten traten heraus. Eine von ihnen war fast so groß wie Artus und trug eine nachtschwarze, mit gefährlichen Stacheln und Dornen übersäte Rüstung und einen Helm, dessen Visier die Form eines stilisierten Wolfskopfes hatte. Der schwarze Schild war mit gefährlichen Klingen und reißenden Dornen übersät und in der rechten Hand hielt sie ein ebenso langes, schlankes und mit verschlungenen Runen verziertes Schwert wie Excalibur, das aber im Gegensatz zu Artus' Waffe die Farbe der Nacht hatte. Die zweite Gestalt war kleiner und zierlicher und trug keine Rüstung, sondern ein schlichtes schwarzes Gewand und als einzigen Schmuck ein goldenes Stirnband, und Lancelot musste *ihr* Gesicht ebenso wenig erkennen wie das Mordreds unter der Wolfsmaske, um zu wissen, dass es Morgaine Le Faye war.

»Nein!«, keuchte er. »*Nein!*« Er versuchte seine Schritte zu beschleunigen, aber es gelang ihm nicht. Niemand stellte sich ihnen mehr in den Weg, und doch war es, als wäre die Zeit selbst plötzlich gegen sie, als wäre alles rings um sie herum schier erstarrt, sodass er eine Ewigkeit für einen einzelnen Schritt brauchte, während seine Gedanken rasten. So grausam konnte Merlin nicht sein. Er konnte ihn nicht hierher geschickt und für diesen letzten Kampf die beiden Iren an die Seite gestellt haben, nur damit sie gemeinsam mit Gwinneth Zeugen des Endes wurden.

Und doch wurden sie es.

In der Mitte des Kreises aus Barbarenkriegern schleuderte Artus den zerbrochenen Schild vom linken Arm, ergriff Excalibur mit beiden Händen und spreizte die Beine um festen Stand zu haben, während Mordred langsam auf ihn zuging. Sein Sohn und Erzfeind hob das schwarze Elbenschwert, doch gerade als er Artus angreifen wollte, hob Morgaine die Hand und hielt ihn noch einmal zurück.

»Ich will nicht deinen Tod, Artus«, sagte sie. »Gib auf.«

»Niemals!«, antwortete Artus.

»Dann stirb doch, du verdammter Hund!«, schrie Mordred. Die metallene Larve, die er vor dem Gesicht trug, machte seine Stimme zu einem verzerrten Kreischen, an dem nichts Menschliches mehr zu sein schien. Noch bevor er die Worte ganz ausgesprochen hatte, drang er auf Artus ein und führte einen Hieb, der einen Felsen gespalten hätte. Artus wich ihm mit einer fast spielerischen Bewegung aus, trat nahezu beiläufig nach Mordreds Knie und brachte ihn so aus dem Gleichgewicht. Der riesige Dunkelelb keuchte überrascht, versuchte mit einem ungeschickten Schritt seine Balance wiederzufinden und sank hilflos neben Artus auf die

Knie. Für den Bruchteil eines Herzschlages war er deckungslos und Artus hätte nicht der beste Schwertkämpfer der Welt sein müssen, um ihn in diesem Moment zu töten. Stattdessen jedoch bewegte er sich nur mit einer fast eleganten Drehung hinter ihn und versetzte Mordred einen Fußtritt, der ihn endgültig nach vorne schleuderte und aufs Gesicht fallen ließ.
»Artus!«, keuchte Morgaine. Ihre Stimme war pures Entsetzen.
Lancelot stürmte verzweifelt weiter heran; Gwinneth und die beiden Iren folgten ihm dichtauf. Vielleicht trennten sie noch fünf oder sechs Schritte vom Ring der Barbarenkrieger, die Artus einschlossen, eine an sich lächerliche Distanz, aber sie würden es nicht schaffen.
Mordred arbeitete sich mühsam wieder in die Höhe, hob das Schwert auf, das er fallen gelassen hatte, und fuhr mit einem wütenden Knurren erneut zu Artus herum. »Gib auf!«, zischte er. »Übergib mir die Krone Camelots und ich lasse dich am Leben. Sie gehört mir doch sowieso schon.«
Artus schüttelte nur traurig den Kopf. »Du hast es immer noch nicht verstanden«, sagte er bedauernd.
Lancelot hatte den Kampfplatz endlich erreicht. Schreiend vor Verzweiflung und Angst stieß er die Krieger, die ihm den Weg versperrten zur Seite und riss das Schwert in die Höhe, um sich schützend zwischen Mordred und den König zu werfen, und Artus wandte langsam den Kopf, sah ihn an und lächelte.
Dann ließ er Excalibur sinken und machte einen einzelnen Schritt nach vorne und Mordreds schwarzes Schwert bohrte sich knirschend durch seinen Brustpanzer und traf sein Herz.
Und die Zeit blieb stehen.
Nicht im übertragenen Sinne. Es war nicht seine Ver-

zweiflung, die Lancelot das Gefühl vorgaukelte, dass die Ewigkeit den Atem anhielt. Die Barbarenkrieger, der heulende Sturm, die prasselnden Flammen, das alles erstarrte, wurde zu einer Skulptur aus hartem, leuchtendem Glas, das die Wände der winzigen Welt bildeten, in der er plötzlich gefangen war, und alles, was noch existierte und sich zu bewegen vermochte, waren Artus, Mordred, Morgaine und er selbst und Gwinneth. Er sah, wie sich Mordreds schwarzes Runenschwert weiter durch Artus' Brust bohrte, den Rücken seiner silbernen Rüstung durchdrang und helles Elbenblut über Artus' Brust floss. Er sah das fassungslose Entsetzen auf Morgaines Gesicht, aber auch den Ausdruck auf dem Artus', in dem kein Schmerz lag, keine Furcht, sondern beinahe so etwas wie Erleichterung.

Der König fiel. Seine Hand, die nicht mehr die Kraft hatte, das Schwert zu halten, ließ Excalibur los und er sank langsam auf die Knie und sein Blick war noch immer auf ihn, Lancelot, gerichtet und tief unter aller Verzweiflung, allem Schmerz und allem Bedauern in seinen Augen war ein Ausdruck unendlicher Erleichterung. Sein Herz war durchbohrt, denn auch das Herz eines Elben war kaltem Stahl nicht gewachsen, und er starb zu schnell, um noch ein Wort des Abschieds sagen zu können, aber Lancelot las es in seinen Augen. Da war kein Vorwurf. Kein Groll. Nichts von alldem, was er erwartet hätte. Artus hatte gewusst, was geschehen würde, und es war gut so.

Das Leben in den Augen des Königs erlosch und im gleichen Moment bewegte sich die Wirklichkeit weiter. Plötzlich war der Hof wieder von Flammenschein erfüllt, im Prasseln des Feuers gellenden Schreien und dem Dröhnen zusammenbrechender Mauern, aber auch von den entsetzen Ausrufen der Barbarenkrieger,

die ebenso fassungslos wie Lancelot selbst zusahen, was geschah. Viele von ihnen prallten zurück, die meisten erstarrten einfach und nicht einer machte auch nur den Versuch, Lancelot aufzuhalten, als er brüllend vor Zorn weiterstürmte und Mordred mit einem einzigen gewaltigen Hieb der Runenklinge niederstreckte.
Es war nicht das erste Mal, dass er gegen einen Feind in der schwarzen Rüstung der Dunkelelben kämpfte. Er wusste, wie undurchdringlich die schwarzen Rüstungen dieser furchtbaren Krieger waren, denn sie bestanden aus einem Metall, das nicht auf dieser Welt geschmiedet worden war, und er legte all seine Kraft und all seinen Zorn in diesen einen, beidhändig geführten Hieb. Das Elbenschwert traf Mordred mit tödlicher Präzision und enthauptete ihn auf der Stelle. Der schwarze Helm mit der Wolfsfratze flog davon und rollte klappernd über den Burghof, während Mordred enthauptet allein noch einen Moment stehen blieb, als hätte er noch nicht ganz begriffen, was ihm geschehen war, und dann, die rechte Hand immer noch um den Griff des Schwertes geschlossen, das Artus' Brust durchbohrt hatte, auf die Knie und weiter nach vorne sank. Wie in einer letzten, verzeihenden Umarmung stürzten Artus und er gegeneinander und fielen eng umschlungen zu Boden.
»Nein«, stammelte Lancelot. »Nein! Artus! Nicht das! Du ... du darfst nicht ...«
Seine Stimme versagte. Artus war tot. Die Augen, die ihn hinter dem geöffneten Visier anblickten, waren leer. Doch trotz all des Blutes auf seinem Gesicht, all des Schmerzes und der Verzweiflung auf seinen Zügen, war da zugleich etwas wie ein tiefer zufriedener Ausdruck.
Er spürte, wie die beiden Iren und Gwinneth neben ihm anlangten und stehen blieben, aber er war nicht in der Lage, sie auch nur anzusehen. Er konnte nur Artus

anblicken, den Mann, der ihm alles bedeutet hatte, der sein größter und einziger Freund und zugleich sein schlimmster Feind gewesen war, und alles, was er fühlte, war eine entsetzliche Leere und eine Verzweiflung, die fast körperlich wehtat. Hätte ihn irgendeiner der Barbarenkrieger, die sie umringten, in diesem Moment angegriffen, er hätte nicht einmal versucht sich zu verteidigen.

Doch niemand griff ihn an. Die Zeit lief weiter, trotzdem war es in diesem Moment und an diesem Ort, in dem kleinen aus Körpern gebildeten Kreis im Herzen der brennenden Burg noch immer, als hielte die Schöpfung selbst den Atem an. Trotz allem Furchtbaren war es ein fast heiliger Moment, in dem Lancelot spürte, dass etwas unvorstellbar Großes, Gewaltiges geschah.

Am Ende war es Morgaine, die die fast unheimliche Stille brach, indem sie aus ihrer Erstarrung erwachte und sich langsam, zitternd neben Artus und ihren toten Sohn auf die Knie sinken ließ. Etwas an ihr hatte sich verändert. Sie war noch immer so schön und kalt wie zuvor, doch die Aura unbezwingbarer Macht, die sie umgeben hatte, war dahin. Wortlos, mit steinernem Gesicht bettete sie Mordreds enthaupteten Leib in ihren Schoß und schloss die Augen.

»Was hast du getan?«, flüsterte sie.

Auch Lancelot ließ endlich das Schwert sinken. Plötzlich fühlte er sich unsagbar müde und ihm war kalt. Nicht nur Morgaine hatte sich verändert. Er spürte, wie auch aus ihm etwas wich, eine Kraft, die die ganze Zeit über da gewesen war, ohne dass er sich ihrer bewusst gewesen wäre, und die es nun nicht mehr gab und die nie wieder zurückkommen würde. Müde schob er das Schwert in den Gürtel, löste den Schild vom linken Arm und ließ ihn zu Boden fallen. Der unzerstörbare

Runenschild, dem keine Gewalt der Welt auch nur einen Kratzer hatte zufügen können, zerbrach wie Glas, als er auf dem Boden aufschlug. Lancelot griff nach oben, zog den Helm ab und warf auch ihn zu Boden, und auch er zerbarst wie ein Gebilde aus filigranem Kristall, das nur in den Augen seines Beobachters Bestand gehabt hatte.

Lancelot ging langsam weiter, blieb unmittelbar neben Artus stehen und ließ sich dann auf die Knie fallen. Rings um ihn herum hörte die Schlacht auf. Nicht wenige Männer warfen einfach ihre Waffen fort und suchten ihr Heil in der Flucht, viele ließen von ihren Gegnern ab und sahen verwirrt und erschrocken zugleich aus, und auf mehr als nur einem Gesicht erschien ein Ausdruck, als erwache sein Besitzer aus einem tiefen Schlaf und hätte im ersten Moment Mühe, sich darauf zu besinnen, wo er war und was er hier tat. Und auch immer mehr und mehr der Barbarenkrieger, die mit Morgaine und Mordred gekommen waren, steckten ihre Waffen ein, warfen sie einfach fort und liefen davon oder sahen ihre Herrin auch verwirrt und hilflos an.

Lancelot nahm von alledem kaum etwas wahr. Er kniete da und blickte auf den toten König herab und er versuchte vergeblich sich über seine eigenen Empfindungen klar zu werden. Da waren Entsetzen und Schmerz und Kummer, zweifellos, aber auch etwas Neues, etwas, das zu beschreiben ihm schwer fiel, denn es war ein Gefühl, wie er es nie zuvor empfunden hatte.

»Warum hast du das getan, du Dummkopf?«, murmelte Morgaine immer wieder. Ihre Stimme war so leer wie ihre Augen; wo Kummer und Vorwurf sein sollten, war nur ein tiefes fassungsloses Entsetzen.

»Weil er es zugelassen hat.«

Nicht nur Morgaine hob den Kopf, als Gwinneths Stimme unmittelbar hinter Lancelot erscholl. Auch er wandte den Blick und sah zu ihr hoch und er gewahrte in ihren Augen die gleiche, fast unnatürliche Ruhe, die auch er empfand. Artus war tot, aber da war etwas an seinem Tod gewesen, was es leichter machte, ihn zu akzeptieren. Vielleicht weil er einen Sinn gehabt hatte.

Morgaine schwieg. Ihr Gesicht war plötzlich wie aus Stein gemeißelt und ihre Hände hörten auf über die in schwarzes Eisen gepanzerten Schultern ihres Sohnes zu streichen. Auch sie blickte Artus an, doch ihr Blick blieb nur für einen Moment auf seinem Gesicht haften und glitt dann weiter, um den Schwertgriff zu suchen, der noch immer aus seiner Brust ragte. »Das hätte nicht geschehen dürfen«, flüsterte sie endlich. »Er hätte das nicht tun dürfen. Er hatte kein Recht dazu.«

»Er war der König«, antwortete Gwinneth. »Und es war seine Entscheidung.«

»Alles zu zerstören?«, fragte Morgaine. »Zu entscheiden, dass ...«

»... die Zeit der Alten Götter vorbei ist, Morgaine«, fiel ihr Gwinneth ins Wort. Sie schüttelte heftig den Kopf, als Morgaine widersprechen wollte, fuhr aber leiser und mit einem fast verständnisvollen Lächeln auf den Lippen fort: »Merlin hat es uns gesagt, Morgaine. Seit es Leben auf dieser Welt gibt, hat niemals ein Elb einen anderen Elb getötet.«

»Und solange es Leben auf dieser Welt gibt, hätte das niemals geschehen dürfen«, fügte Morgaine hinzu. »Die Strafe wird furchtbar sein. Wisst ihr überhaupt, *was* er getan hat?«

»Wenn Elbenblut von Elbenhand vergossen wird«, antwortete Lancelot, »dann wird die Tür zwischen den Welten für alle Zeiten geschlossen.« Das war wörtlich das, was Merlin ihnen gesagt hatte, seine letzten Worte unten in der Höhle, die Antwort auf Lancelots Frage und vielleicht der einzige Grund, aus dem er auf sie gewartet hatte.

»Wir können nie wieder zurück«, flüsterte Morgaine. »Ihr auch nicht. Wir sind für alle Zeiten gefangen in dieser Welt der ...« Sie suchte nach Worten und hob schließlich nur hilflos die Schultern. »Menschen.«

»Und die Menschen werden frei sein«, sagte Gwinneth. »Sie brauchen niemanden mehr, der ihr Schicksal lenkt. Und auch niemanden mehr, der mit ihnen spielt.«

»Frei?« Morgaine lachte bitter, richtete sich ein wenig auf und sah sich auf dem großen, von Flammen, Verwundeten und Toten übersäten Burghof um. Hier und da wurde noch immer gekämpft, aber die Schlacht erlahmte zusehends und war im Grunde schon vorüber, und was sich ihnen bot, das war ein Bild des Grauens, wie es jedes Schlachtfeld darstellt, wenn das Töten vorüber ist. »Frei?«, wiederholte sie noch einmal. »Frei, sich gegenseitig umzubringen?«

»Es war nicht Artus, der diesen Krieg begonnen hat«, erinnerte Lancelot.

»Aber es wäre der letzte gewesen«, widersprach Morgaine. »Artus und seine närrischen Träume von Freiheit! Er hätte ihnen die Freiheit gebracht, sich gegenseitig zu zerfleischen! Dieses Land wird in einem Meer von Blut ertrinken!«

»Vielleicht«, antwortete Lancelot. »Aber wenn, dann ist es ihre Entscheidung, Morgaine. Und ich bin davon überzeugt, dass sie es schaffen werden. Sie sind ein junges Volk, zornig und unbeherrscht und wild, doch sie werden lernen. Vielleicht gab es einmal eine Zeit, in der die Menschen uns gebraucht haben, um sie zu leiten und zu beschützen, jetzt ist sie vorbei. Diese Welt gehört uns schon lange nicht mehr. Artus hat es erkannt. Und er hat sein Leben geopfert, um den Menschen die Freiheit zu schenken.«

Und er hatte noch mehr getan. Lancelot hatte es in seinen Augen gelesen, in jenem letzten, unendlich kurzen Moment, in dem sich Artus umgedreht und ihn angesehen hatte. Er hatte gewusst, warum Lancelot zurückgekommen war, und vermutlich hatte er auch gewusst, was Merlin ihm gesagt hatte. Dieser Tag des Blutes, in dem nicht nur Tintagel versunken war, sondern eine ganze Epoche, würde mit dem Tod eines Elben enden, der von der Hand eines anderen Elben herbeigeführt worden war, und dies war Artus' letztes Geschenk an Gwinneth und ihn gewesen. Außer Gwinneth und ihm selbst würde niemand je die ganze Wahrheit erfahren. Lancelot war sicher, dass Artus in den Gedanken und Geschichten der Menschen weiterleben würde, als König und Beschützer, doch niemand würde je wissen, *wie* gewaltig das Opfer gewesen war, das er gebracht hatte. Und das war auch gut so, dachte er. Artus hätte es nicht anders gewollt.

Er hörte Hufschlag hinter sich, und als er sich umdrehte, da erblickte er zu seinem Erstaunen nichts anderes als das Einhorn, das aus Flammen und Rauch auftauchte und in seiner silbern und weiß schimmernden Schabracke einen prachtvolleren Anblick denn je bot. Im ersten Moment verstand er nicht wirklich, was das Erscheinen des Fabelwesens zu bedeuten hatte, dann aber begriff er. Er richtete sich auf, ging an den beiden fassungslosen Iren vorbei zu dem Tier hin und streichelte ihm noch einmal über den stolzen, strahlend weißen Schädel, dessen armlanges gedrehtes Horn aus Elfenbein nun für jedermann sichtbar war. Das Tier blickte ihn stumm aus seinen großen, noch immer so beunruhigend *wissenden* Augen an und Lancelot verstand die

Aufforderung, die darin geschrieben stand, und nickte. Wortlos trat er einen Schritt zurück und begann seine Rüstung abzulegen.
Das Allerletzte, was er am Sattelknauf des Einhorns befestigte, war die weiße Lederscheide mit dem Runenschwert. Das Metall fühlte sich nun kalt und schwer in seiner Hand an, nur noch eine Waffe, die von Meisterhand geschmiedet war, aber keine Seele mehr hatte. Ihr Blutdurst und die unbezwingbare Kraft, mit der sie ihren Träger erfüllte, waren im gleichen Moment erloschen, in dem die Verbindung zwischen den Welten unterbrochen worden war. Ebenso wie die magische Rüstung, der Runenschild und auch das Einhorn selbst hatte sie ihre Aufgabe erfüllt.
Lancelot trat zwei Schritte zurück, und noch bevor er sich umdrehte um zu Gwinneth und den beiden Iren zurückzukehren, verschwand das Einhorn und mit ihm auch Rüstung, Schild und Schwert.
Er ging an Gwinneth vorbei, ließ sich noch einmal neben Artus auf die Knie sinken und erwies ihm einen letzten Freundschaftsdienst, indem er die Lider über seinen gebrochenen Augen schloss und das Visier seines Helmes zuklappte. Dann hob er Excalibur auf, legte es dem toten König auf die Brust und schloss Artus' Hände um den Griff der mythischen Waffe. Für einen ganz kurzen Moment glaubte er noch einmal den Geist Merlins zu spüren, die Präsenz einer unvorstellbar alten, unvorstellbar weisen und gütigen Macht, und die schwarze Klinge, die Artus' Herz durchbohrt hatte, war verschwunden. Seine Rüstung war wieder unversehrt und sauber und schimmerte wie reines Silber.
Als er erneut hochsah, war auch Morgaine nicht mehr allein. Die Barbarenkrieger, mit deren Hilfe sie eine Welt hatte erobern wollen, waren verschwunden, doch

hinter ihr erhob sich eine Reihe hünenhafter Krieger in schwarzen, mit Stacheln und Klingen übersäten Rüstungen. Aber es ging keine Gefahr mehr von ihnen aus, keine Bedrohung. Trotz ihrer beeindruckenden Erscheinung und ihrer Größe wirkten sie unendlich verloren, und obwohl Lancelot ihre Gesichter hinter den schwarzen Visieren der Helme nicht erkennen konnte, spürte er die Angst, die die Dunkelelben erfüllte.
»Und was geschieht jetzt mit mir?«, fragte Morgaine. »Mit ... uns?«
Lancelot stand auf und schloss Gwinneth in die Arme. Sie zitterte leicht und plötzlich spürte auch er, wie kalt es trotz der überall noch hochlodernden Feuer auf dem Hof war, wie eisig der Wind und wie rau diese Welt, in der auch sie gestrandet waren und aus der es auch für sie kein Zurück mehr gab. Und trotzdem fühlte er zugleich eine innere Wärme, wie er sie noch nie zuvor empfunden hatte, ein Gefühl von Freiheit, das neu und unbeschreiblich war und das er in seiner ganzen Tiefe noch längst nicht begriffen hatte. Er dachte erneut an die Tir Nan Og zurück, die Insel der Unsterblichen, das Paradies, das sie durch das offen stehende Tor unten im Fels gesehen hatten, aber mit dieser Erinnerung war kein Bedauern verbunden. Gwinneth und er waren vielleicht dort drüben geboren, doch sie gehörten hierher, auf diese Seite der Wirklichkeit.
»Gwinneth und ich gehen zurück nach Camelot«, sagte er.
»Und wenn es dir recht ist, begleiten wir dich«, fügte Sean hinzu, der sich schwer auf sein Schwert gestützt hatte, um nicht das Gleichgewicht zu verlieren, aber jetzt einen unbeholfenen Schritt auf Lancelot zumachte, um kurz vor ihm schwankend und mit grimmigem Funkeln in den Augen, wieder stehen zu bleiben. »Das

heißt, wenn ihr zwei irische Dickschädel bei dem gebrauchen könnt, was auch immer ihr in Camelot vorhabt.«

Lancelot und Gwinneth tauschten einen schnellen Blick und schließlich nickte Gwinneth leicht und mit der Andeutung eines Lächelns, das gleichermaßen schmerzlich wirkte, wie auch den Keim der Hoffnung auf so etwas wie ein normales Leben in sich zu tragen schien.

»Ich glaube, es gibt in Camelot ein kleines Gasthaus, das auf mich als neuen Besitzer wartet, Sean«, sagte Lancelot. »Solange euch beiden die Arbeit dort nicht zu schwer ist und euch die Abenteuerlust nicht wieder packt, sollt ihr dort jederzeit genug zu essen und im Winter einen Schlafplatz am Feuer vorfinden.«

Der Ire starrte ihn eine Weile schweigend an, dann ging ein entschlossener Ruck durch seinen Körper und er nickte. »So sei es dann. Außerdem können wir dort euch beiden Turteltäubchen im Auge behalten, falls jemand Hand an euch anzulegen versucht – jetzt wo du kein Zauberschwert mehr führst!«

Mit einem flüchtigen Lächeln und einem Blick, den wohl nur Gwinneth verstand, fügte Lancelot hinzu: »Und auf einen kleinen Hund, der auf seinen Herrn wartet und sich nun nicht mehr durch einen Zaubertrank gestärkt mit den größten Straßenkötern anlegen kann.«

Morgaine wirkte irritiert, verängstigt. »Dann ... dann bin ich nicht deine Gefangene?«, fragte sie zweifelnd.

»Meine Gefangene?« Lancelot lachte leise. »Was sollte ein Schankwirt in Camelot wohl mit einer Gefangenen anfangen, Morgaine?« Er schüttelte den Kopf. »Es ist vorbei. Es gibt keinen Grund mehr für uns, Feinde zu sein.«

Morgaine wirkte so verwirrt und verständnislos, dass sie ihm fast Leid tat, aber Lancelot – *Dulac!* – genoss den Ausdruck von Hilflosigkeit und Verwirrung in ihren Augen noch eine geraume Weile, bevor er sich ein letztes Mal zu ihr und den Elben umdrehte und mit der freien Hand auf den toten König vor sich wies. »Er war trotz allem dein Bruder, Morgaine«, sagte er. »Erweise ihm einen letzten Liebesdienst. Bring ihn nach Hause.«

ENDE

› Werkverzeichnis

Eine Auswahl der im Heyne Verlag von Wolfgang und Heike Hohlbein erschienenen Titel

© Tom Platzer

HEYNE ‹

Die Autoren

Wolfgang Hohlbein wurde 1953 in Weimar geboren. Schon als Jugendlicher begann er, fantastische Geschichten zu schreiben. Nach der Schulzeit in Nordrhein-Westfalen machte er eine Ausbildung zum Industriekaufmann und arbeitete daraufhin in diesem Beruf.
Bei einem Wettbewerb des Ueberreuter Verlags im Jahre 1982 belegte er zusammen mit seiner Frau Heike den ersten Platz: mit dem Jugendbuch ***Märchenmond***, das ursprünglich der Fantasie seiner Frau entsprang und mit über 500.000 verkauften Exemplaren zum Bestseller wurde. Im gleichen Jahr erschien Hohlbeins Roman ***Der wandernde Wald***, der ebenfalls großen Erfolg hatte. Wolfgang Hohlbein verlegte sich daraufhin ganz auf das Schreiben und hat inzwischen ein Millionenpublikum gewonnen.
Er ist einer der beliebtesten deutschen Autoren auf dem Gebiet der fantastischen Literatur und zählt mit seinen Romanen aus den verschiedensten Genres – Thriller, Horror, Science-Fiction und historischer Roman – zu den erfolgreichsten und produktivsten deutschen Autoren überhaupt. Zusammen mit seiner Frau Heike und etlichen anderen Co-Autoren hat er bislang mehr als 200 Bücher und Geschichten verfasst.
Heute leben Wolfgang und Heike Hohlbein mit ihren sechs Kindern in der Nähe von Düsseldorf.

› Werkverzeichnis

1. Fantasy von Wolfgang Hohlbein

Die Magier-Trilogie

Erbe der Nacht (Band 1)
Der junge Robert Craven erfährt, dass er der Nachfahre eines großen Magiers ist. Nun ist in längst vergangener Zeit eine geheimnisvolle Kraft erwacht, die die Gegenwart bedroht. Als sein Großvater umkommt, erkennt Robert, dass er in großer Gefahr schwebt. Kann er dem nächtlichen Besucher trauen, der ihm seine Hilfe anbietet?

Tor ins Nichts (Band 2)
Seit Robert Craven erfahren hat, dass er magische Kräfte besitzt, beschäftigt er sich mit dem Okkulten. Noch ist er ein Anfänger und erhofft sich Hilfe und Anleitung von dem Holländer DeVries. Dieser jedoch nutzt seine magischen Kenntnisse auf zerstörerische Weise. Um ihn aufzuhalten, begibt sich Robert in einen gefährlichen Kampf.

Sand der Zeit (Band 3)
Robert wird von Visionen aus den Wikingerzeiten gequält. Um diesen auf den Grund zu gehen, reist er mit seinem Freund Jake Becker nach Mexiko zu Professor Havilland, einem bedeutenden Wikingerforscher. Doch dort wartet das Grauen auf sie.

2. Fantasy von Wolfgang & Heike Hohlbein

Märchenmond
Nach einer Blinddarmoperation liegt Kims kleine Schwester im Koma. Da erfährt Kim von dem Land Märchenmond, in dem der böse Boraas seine Schwester gefangenhält. Kim gelangt in das magische Land und macht sich mit seinen neuen Freunden auf die abenteuerliche Suche nach seiner Schwester.

Märchenmonds Erben
Bei seiner Rückkehr nach Märchenmond stellt Kim erschrocken fest, dass sich vieles verändert hat: Niemand glaubt mehr an

Träume und Magie, alte Bräuche und Riten werden missachtet. Kim versucht mit Hilfe des Zauberers Themistokles, Märchenmond zu retten. Denn ohne seine magischen Kräfte ist die Welt verloren.

Der Greif

Als Mark in den schwarzen Turm eindringt, ahnt er nicht, welche Kräfte er entfesselt. Der Greif, magischer Herrscher über dieses alptraumhafte Reich, versucht den Jungen in seine Gewalt zu bringen. Doch inmitten von Feuer und Schatten liegt ein Paradies, und um dieses zu retten, nimmt Mark den aussichtslos scheinenden Kampf gegen den mächtigen Greif auf.

Schattenjagd

»Schattenjagd« ist für David das beste Computerspiel aller Zeiten. Bald greift die virtuelle Welt jedoch nach der Wirklichkeit, und ihre Geschöpfe entwickeln ein unheimliches Eigenleben. David muss ein letztes Mal in das Spiel einsteigen, um die bedrohlichen Geschöpfe aufzuhalten.

Krieg der Engel

Der 15-jährige Eric hat stets denselben Traum. Ein weißer Engel steht mit brennendem Gefieder auf dem Dach einer gigantischen schwarzen Kathedrale, die sich über einer trostlosen Landschaft erhebt. Als Erics Eltern plötzlich in die Gewalt der schwarzen Engel geraten, entbrennt ein gnadenloser Kampf.

Das Buch

Leonie stammt aus einer altehrwürdigen Buchhändlerfamilie. Wie schon ihre Großmutter ist auch sie eine »Hüterin der Wirklichkeit«. Als ihre Eltern ein Buch aus dem Archiv entwenden, muss sich Leonie einem gefährlichen Kampf um die einzig gültige Wahrheit stellen, denn die beiden schreiben die Wirklichkeit um - mit katastrophalen Folgen!

Dreizehn

Das Mädchen Thirteen entdeckt im alten Haus ihres Großvaters ein Labyrinth, in dem sechs Kinder gefangen gehalten werden – die letzten Kinder, die der Rattenfänger damals aus Hameln entführte. Beim Versuch, sie zu retten, geraten Thirteen und ihr Freund Frank in Lebensgefahr. Am Freitag den 13. wird sich ihr Schicksal entscheiden.

Die Legende von Camelot (Trilogie)

Gralszauber (Band 1)
Der Küchenjunge Dulac träumt davon, ein heldenhafter Ritter zu werden. Als er eine alte Rüstung und ein Schwert findet, verwandelt er sich in den tapferen Helden seiner Träume. Als Silberner Ritter Lancelot zieht er an der Seite von König Artus in den Kampf gegen den finsteren Mordred. Das Schicksal Britanniens steht auf dem Spiel.

Elbenschwert (Band 2)
Die Hochzeit von König Artus und Gwinneth soll gefeiert werden. Doch Morgaine, die Mutter des finsteren Mordred, entführt die junge Braut. Lancelot macht sich auf, um Gwinneth zu retten. Währenddessen sammelt Mordred seine Krieger zum Angriff auf Camelot.

Runenschild (Band 3)
Nach Lancelots Flucht von Camelot geraten er und Gwinneth in die sagenhafte Welt von Avalon. Ohne sein Schwert glaubt Lancelot, chancenlos gegen die Dunkelelben zu sein. Doch sein Schild erweist sich als rettende, magische Waffe. Und noch etwas erfährt Lancelot: Das Schicksal aller liegt in den Händen der Dunkelelben.

3. Mystery-Thriller

Die Azrael-Bücher

Azrael (Band 1)
Mehrere Menschen bringen sich in Berlin auf außergewöhnliche Weise um, nachdem sie mit ihrem eigenen Blut den Namen des Todesengels Azrael an die Wand geschrieben haben. Hinweise

auf Fremdverschulden scheint es nicht zu geben, bis man im Blut eines der Toten eine unbekannte Droge entdeckt.

Azrael- Die Wiederkehr (Band 2)
Eine rätselhafte Mordserie sucht Berlin heim, an jedem Tatort findet sich der Schriftzug »Azrael«. Kriminalinspektor Bremer wird an die Geschehnisse vor einigen Jahren erinnert, die er lange verdrängt hat. Dann entdeckt er einen Mann, der im Koma liegt und stets reagiert, wenn der geheimnisvolle Mörder zuschlägt. Hat das Ungeheuer überlebt?

Wyrm
In Maggoty gehen seltsame Dinge vor. Schon bei der Anfahrt des Landvermessers Joffrey Coppelstone wird sein Auto von einer unheimlichen Substanz regelrecht aufgefressen. Als er im Dorf Hilfe sucht, begegnet man ihm mit unverhohlener Feindseligkeit. Er gerät in einen Sumpf von Aberglauben und sklavischer Vergötterung einer dämonischen Macht.

Katzenwinter
Nach dem Tod von Justins Großmutter liegt etwas Bedrohliches über der kleinen Stadt. Justin entdeckt die Quelle der Gefahr: in den Ruinen eines alten Klosters, wo im Mittelalter finstere Magie herrschte. Justin muss die Kräfte zurückzudrängen, andernfalls droht der Untergang. Doch die Tore zu dieser dunklen Welt sind bereits geöffnet.

Druidentor
Uhren laufen rückwärts und Menschen verschwinden, ein Tunnel in den Schweizer Bergen wird zur schwarzen Hölle. Schon bald ist klar, dass hier Dinge geschehen, die die Existenz des Lebens auf der Erde gefährden und vernichten werden, wenn nichts Entscheidendes passiert.

Im Netz der Spinnen
Den Horrorstreifen auf seinem Videogerät findet der Kriminalbeamte Fred Issler eher lächerlich. Bis zum Abspann, als eine Horde Vogelspinnen aus der Bildröhre kriecht. Ein mörderischer Alptraum beginnt – und die Polizei ist machtlos.

Teufelsloch
In der Mine Devil's Hole geschieht Entsetzliches. Als Bergbauingenieur Harrison in den Stollen hinabsteigt, stößt er auf einen entstellten Toten und ein Labyrinth von Gängen. An den Wänden findet er Bilder jener Kreaturen, die auch seine Träume vergiften. Dort unten lauert etwas Grauenhaftes.

4. Historische Romane von Wolfgang Hohlbein

Die Nibelungensaga

Der Ring der Nibelungen (Band 1)
Als der junge Drachentöter Siegfried an den Hof der Burgunder kommt, verliebt er sich in die schöne Kriemhild. Er bietet sich an, ihrem Bruder König Gunther bei dessen Brautwerbung zu Seite stehen. Die beiden schließen einen verräterischen Pakt, der beiden das Eheglück sichern soll, jedoch nur Tod und Verderben bringt.

Die Rache der Nibelungen (Band 2)
Siebzehn dunkle Winter sind seit dem verräterischen Mord an Siegfried vergangen. Weitab vom Schatz der Nibelungen wächst sein Sohn Sigurd in Island auf. Als dort die Dunklen Horden von König Wulfgar von Xanten einfallen, greift er nach dem Schwert seines Vaters und eine Odyssee durch den ganzen Kontinent beginnt.

Odysseus
Auf der Fahrt zu seiner Heimat Ithaka gerät Odysseus in einen schrecklichen Sturm. Während der darauf folgenden Irrfahrt muss er unglaubliche Hindernisse überwinden. Als Odysseus nach langen Jahren endlich nach Hause gelangt, stellt er fest, dass sein Königreich in großer Gefahr ist.

Das Siegel
Am frühen Morgen landet ein Schiff im Hafen von Alexandria. Unter den Gefangenen ist Ulrich von Wolfenstein, der als

Kreuzfahrer ins Heilige Land ziehen wollte und es nun als Sklave betritt. Er wird zum Mittelpunkt einer Intrige der Tempelritter und Sarazenen und das Schicksal Jerusalems liegt in seiner Hand.

Hagen von Tronje

Hagen von Tronje gilt als der einsame, finstere Verräter und Königsmörder, während Siegfried, der Drachentöter und Herrscher der Nibelungen, der strahlendste aller Helden ist. Im Spannungsfeld dieser beiden großen, schillernden Gestalten entwickelt sich das dramatische Geschehen des Nibelungenepos.

Die Templer-Trilogie

Die Templerin (Band 1)

Friesland im 12. Jahrhundert: Robin ist noch ein junges Mädchen, als Fremde ihr Dorf überfallen und ihre Mutter töten. Man verdächtigt die Tempelritter, doch Robin kennt die Wahrheit. Sie sucht Zuflucht vor den wirklichen Mördern bei den Templern und beginnt ihr eigenes, geheimnisvolles Schicksal zu begreifen.

Der Ring des Sarazenen (Band 2)

Die junge Friesin Robin ist in der Rüstung eines Tempelritters unterwegs ins Gelobte Land. Sie gerät in die Fänge eines Sklavenhändlers und soll als Haremsdame verkauft werden. Als einziger Schutz bleibt ihr der geheimnisvolle Ring, den sie von ihrem treuen Freund und Begleiter Salim bekam.

Die Rückkehr der Templerin (Band 3)

Um ihr eigenes Leben zu retten, sieht sich Robin noch einmal gezwungen, im Heiligen Land für die Sache der Templer zu kämpfen. Während das Heer der Kreuzfahrer in Auflösung begriffen ist, rettet sie dem König von Jerusalem das Leben und wird Zeugin eines weiteren heimtückischen Mordanschlags. Bald steht sie im Mittelpunkt einer groß angelegten Intrige.